SNUP **동서양의 고전 4**

예브게니 오네긴

알렉산드르 세르게예비치 푸슈킨 저 | 최선 역주

서울대학교출판문화원

Evgenii Onegin

Aleksandr Sergeevich Pushkin | Tr. with Commentary by Choi, Sun

역자서문

알렉산드르 세르게예비치 푸슈킨(1799~1837)의 『예브게니 오네긴』은 러시아 문학에 가장 많은 영향을 끼친 작품으로 종종 평가되는 소설이다. 러시아 문학뿐만 아니라 세계문학 속에서 살펴보아도 매우 독특한 장르인 이 운문으로 된 소설은 푸슈킨이 1823년에서 1831년까지 8년에 걸쳐서 쓴 것으로 푸슈킨의 창작인생과 함께 자라난 작품이다.

이 작품이 러시아 문학에 그토록 커다란 영향을 준 이유는 무엇일까? 또 시대와 공간과 언어를 달리하는 독자들에게 생생한 감동을 주어 러시아에서 연극, 오페라 등의 다른 예술 장르로 만들어지는 것은 물론 다른 나라에서도 영화로 만들어지고 발레로 공연되어 전 세계 사람들에게 다가오는 이유는 무엇일까?

그것은 푸슈킨이 이 운문소설 속에서 아이러니와 패러디를 섞어 만든 독특한 유머러스한 스타일로 독자를 끌어들여 『예브게니 오네긴』에 그려진 지성인의 고뇌를 모든 지성인들의 것으로 공감하게 만들기 때문이다. 예브게니 오네긴의 권태와 고민은 바로 내면을 들여다보며 정체성을 추구하는 지성인들의 것이고 그것은 모든 생각하며 사는 지성인들에게 주어진 문제이다. 예브게니 오네긴이라는 인물에게서 우리는 권태와 우월감, 그리고 냉소를 본다. 그러나 동시에 우리는 자신을 들여다보는 일을 멈추지 않는 회의하는 고독한 인간을 보는 것이다.

정체성에 대한 질문은 푸슈킨 작품세계의 중심을 차지하는 것으로 『보리스 고두노프』(1825), 단편소설모음 『벨킨 이야기』(1830)에서 다루고 있는 문제도 바로 이것이다. 『보리스 고두노프』에서 한 정치가의 비극을 중심으로 인간과 국가의 정체성의 문제를, 『벨킨 이야기』에서 당시 여러 계층의 러시아인들의 방황과 길찾기를 통하여 정체성의 문제를 탐구하고 있다면, 8년에 걸쳐 쓰여진 이 운문소설에서 보여주는 것은 당시 지성인의 정체성의 문제이다. 이는 바로 푸슈킨과 그의 친구들의 문제이기도 하였다. 푸슈킨은 그와 친구들의 삶을 이루는 모든 것—사는 공간, 먹고 마시는 것, 입는 것, 읽는 것, 보고 듣는 것, 조상들과 부모들의 행동과 말, 친구들과 하인들의 행동과 성격, 러시아 수도의 모습과 도시인의 생활, 러시아의 시골의 정경과 시골지주들의 생활, 러시아의 도로와 여관, 산천의 모습—속에서 스스로를 들여다보며 길을 찾는다.

주인공 예브게니 오네긴은 러시아의 서유럽사상 유입과 나폴레옹 전쟁에서 승리한 이후 팽배했던 민족적 자긍심의 결과로써 일어난, 가까이는 당시 전제 정권 자체에 대한 비판에서 비롯된 1825년 12월의 실패한 혁명의 세대에 속한다. 그는 국외자, 잉여인간으로 살아가던 당시 지성인들의 자화상이라고 할 수 있다. 목적도 의미도 없이 살아가나 그는 자신과 그가 처한 세계를 정확하게 이해하고 있다. 날카로운 지성, 회의, 사고의 독자성과 솔직성, 아이러니가 그의 특징이다.

소설의 시작에서 예브게니 오네긴은 상류층 청년으로서의 특권을 누린다. 수도에서 가장 사치스럽게 외국풍으로 치장하고 외국산 포도주 및 외국에서 수입한 식품으로 미식을 하고, 화려한 극장에서 연극을 보고 최상류층 무도회에 나타나고, 외국 책을 좀 뒤적이며 아무 하는 일 없이 나른하게 쾌락을 좇는 일에만 바쁘다. 한참을 정신없이 쾌락을 좇다 주변을 둘러보니 모든 것이 하찮고 사람들은 심술궂고 시시하다. 결국 그에게는 모든 것이 권태롭고 그는 사랑도 우정도 믿을 수 없다는 환멸감에 휩싸인다. 공간을 옮겨 봐도 역시 마찬가지다. 시골로 내려가니 이웃 지주들의 하찮음은 참기 어려울 정도이다. 자신이 사는 땅에 뿌리박을 수 없기에 모든 것은 그에게 의미가 없고 그의 개혁시도는 힘을 얻지 못하고 그의 마음을 충만하게 하는 것은 아무것도 없다. 그래서 그는 자신 속에 갇혀 있을 수밖에 없다.

그러나 주인공은 자신의 처지를 똑바로 바라보며 타인과 자신을 구별하면서 길을 찾고 고뇌한다. 이러한 인물이 빠질 수밖에 없는 공허감과 폐쇄성, 그리고 깊은 절망감이 바로 지성인들의 가장 큰 문제이기에 이 운문소설이 모든 지성인들의 심금을 울린다고 여겨진다. 그래서 소설의 결말에서 오네긴이 타티아나에 대한 자신의 사랑을 깨닫고 비로소 진정으로 충만한 삶을 알게 되고 사랑하는 타티아나와 함께 살아가려고 안간힘을 쓸 때 우리는 그에게 아낌없는 동정을 보낸다. 또 그런 인간을 순수하고 용감하게 사랑하는 한 여자를 찬탄하고 동정한다. 자신도 이유를 모르지만 '영혼 깊이 러시아 여성'인 타티아나 역시 아무도 그녀를 이해해주지 못하는 환경 속에서 자신을 주변의 타인과 구별하면서 그녀만의 세계에 머물며 외국소설 읽기로 살아가며 자신의 길을 소설의 도움으로 창조해보고자 하는 사람이다. 타티아나는 예브게니를 만났을 때 그가 자신처럼 길을 찾는 사람이라는 것을 한눈에 무의식적으로 알아차리고 그와 함께 삶을 개척하고자 자신의 실존적 결단을 편지로 전한다. 그러나 예브게니는 그녀의 이러한 삶의 기획을 받아들일 수 없었다. 그는 평온과 자유가 사랑으로 흔들릴 것을 무엇보다도 걱정하였다. 어디서나 주변의 하찮음에 대한 염증을 극도로 느끼고 타티아나에 답할 수 없는 자신에게도 짜증이 나고, 시골에서 만난 청년지주, 유럽유학에서 얻어들은 애매모호한 말을 맥락 없이 늘어놓으며 자기의 고향과는 정신적으로 유리된 채, 그러나 아무 회의를 느끼지 못하고 살아가는 순진한 친구 렌스키에게도 더 이상 참을 수 없었던 그는 결국 시골무도회에서 타티아나의 동생인 그가 하찮게 생각하는 생각 없는 올가에게 그녀에게 맞는 시시한 장난을 하여 렌스키의 분노를 자아내고 그의 결투 도전을 받아들여 그를 죽이게 된다. 예브게니도 이러한 결투가 얼마나 말도 안 되는 일인가를 잘 알고 있었으나 그는 그것을 피하지 않는다. 요컨대 그에게는 소중한 것이 아무것도 없었고, 아무리 발버둥쳐도 역시 하찮은 현실에 묶여 있었던 것이다. 외국 유학을 했어도 별 할 일 없이 의미 없이 살아가는 렌스키와 날카로운 지성을 지니고 모든 것에 회의하며 아무것도, 자신의 생명조차도 소중하게 여기지 않는 예브게니, 두 젊은이의 결투는 당시 상류층 젊은이들의 위태한 공존을 말해주고 있다. 결투 이후 그가 떠난 뒤 타티야나는 예브게니의 서재에서 그의 실체를 깨닫는다. 그의 날카로운 지성, 아이러니와 회의, 독립적 사고와 자신에게 솔직함, 이 모든 그의 특성과 함께 그가 세상에 실망하고 설자리가 없는 인텔리라는 것도 깨닫는다. 마지막 8장에서 사교계에 나타난 그녀는 흠잡을 데 없이 완전해 보인다. 이는 그녀가 세상과 타인과 또 자신을 이해하고 있고 자신의 길을 알기 때문이다. 그리고 속 깊이 아픔과 그리움과 사랑을 품고 있어서다. 인생길에 대한 전체적인 조망이 있기에 '그녀는 서두르지 않았으며', 사랑을 지니고 있기에 '차갑지 않았고', 말의 무용성을 알기에 '말수가 없었으며', 타인을 배려하고 타인과의 적당한 거리를 알고 있기에 '과하게 여길 만큼 빤히 쳐다보고 함부로 시선을 던지지 않았고', '성공을 과시하지도 않았다.' 이제는 소설과 현실의 차이를 이해하고 살아가는 여자이므로 '모방하려는 의도도 없이', 세상과 예브게니, 그리고 자신을 이해하고 자신만의 길을 알고 걸어가는 '그녀의 모든 것은 고요하고 단순했다.' 그녀가 이렇게 의젓한 것은 홀로 있음과 어울림, 희망과 좌절, 사랑과 권태, 자유와 부자유, 침묵과 말, 평온과 열정, 삶과 죽음, 과거와 현재, 이성과 감정, 이상과 현실, 책과 일상, 타 문화와 자문화의 관계를 이해하고 있으며 내면에 사랑과 자유와 평온을 함께 지니고 있기 때문이다. 예전에 그녀는 미래의 미지의 삶에 대한 동경을 가지고 용감하게 자신의 삶을 창조하려는 여자였고 이제는 현실을 이해하고 과거의 아픔과 함께 과거에 대한 그리움을 소중하게 품고 내면에 사랑을 간직한 채 현재를 평온하게 자유롭게 살아가는 여인인 것이다. 결국 예민한 지성과 감성을 지닌 두 남녀의 순수한 사랑이야기는 길을 물으며 찾으며 헤매며 사랑하고 고민하고 고민하며 사랑하는 순수한 두 인간의 어긋난 만남의 이야기이기에 작품이 남기는 안타까움은 여운이 길다.

옮긴이

차례

일러두기

1. 이 러시아어-우리말 운문대역은 운문소설 『예브게니 오네긴』 특유의 리듬을 우리말로 살려 보고자 한 실험적 시도이다. 이 운문소설을 이루고 있는 기본 단위는 '오네긴 연'이라 불리는 약강 4보격의 14행으로 된 연이다. 한 행이 약강 4보격이니 한 행에 8개 또는 9개의 모음이 있어 한 행이 소리 나는 길이가 일정하며 강세가 규칙적으로 반복되어 리드미컬하다. 약강 4보격은 19세기 러시아 시에서 가장 많이 쓰인 율격으로 러시아 시를 공부하는 사람들에게는 매우 친숙하다. 또 14행도 유럽 운문에서 페트라르카나 단테, 셰익스피어의 소네트로 널리 알려져 있다. 그러나 이들의 소네트와 달리 '오네긴 연'에서는 14행의 연 안에 항상 동일한 순서로 네 종류의 각운 배열방식이 나타난다. 러시아 시에서 각운을 이루고 있다고 함은 두 시행이 끝에 같은 소리를 내는 것으로 시행에서 마지막 강세가 오는 모음부터 시행의 끝까지 소리가 일치하는 것을 말한다. 시행의 끝이 강세가 오는 모음이면 그 앞의 자음까지 소리가 같아야 완전하지만 그렇지 않은 경우들도 있다. '오네긴 연'에서는 제1행과 제3행이, 제2행과 제4행이 각운을 이루고(이러한 4행을 교대운이라 부른다), 제5행과 제6행이, 제7행과 제8행이 각운을 이루며(이러한 4행을 병렬운이라 부른다) 제9행과 제12행이, 제10행과 제11행이 각운을 이루고(이러한 4행을 고리운이라 부른다) 제13행과 14행이 각운을 이루고 있다(이러한 2행을 쌍운이라 부른다). 이를 도식으로 표시하자면 AbAbCCddEffEgg이다. 대문자와 소문자로 구별하여 표시한 것은 대문자로 표시한 경우는 시행이 9개의 모음을 가지고 마지막에서 두 번째 모음에 네 번째 강세가 있다는 뜻이다. 소문자로 표시한 경우는 시행이 8개의 모음을 가지고 마지막 모음에 네 번째 강세가 있다는 뜻이다. 페트라르카나 단테의 소네트는 약강 5보격으로 각운배열은 abba abba cde cde이고(동일한 고리운 2개에 3행이 두 개인데 두 번째 3행은 순서대로 첫 번째 3행의 시행들의 끝에 오는 소리들을 반복한다. 두 3행은 cde dce나 cdc dcd의 변이형들도 있다) 셰익스피어의 소네트는 약강 5보격으로 ababcdcdefefgg(교대운 3개에 쌍운 하나)이다. 괴테의 소네트는 페트라르카나 단테의 소네트와 형식이 같다. 우리말이나 우리 운문은 여러모로 이탈리아, 영국, 독일, 러시아 등 유럽 각국의 언어나 운문과 크게 다르다. 유럽문화권

내에서 서로서로 번역을 할 때는 율격이나 각운을 살리며 번역하는 것이 비교적 용이하다. 그러나 인도 유럽어와 전혀 다른 언어로 번역할 때는 율격이나 각운을 살리며 번역하는 것이 용이하지 않은 것은 당연하고, 시행의 끝소리들만 일치시킨다고 원문의 각운의 효과 및 의미가 살아나는 것은 아니다. 그러나 운문의 기본원칙은 항상 리듬이니 소리의 반복은 어떤 형태이거나 중요하다. 시행의 끝에 오는 소리의 반복은 더욱 그러하다. 특히 이 운문소설처럼 교대운, 병렬운, 고리운이 각각 적어도 366개가 나타나는 경우(두 편지에 들어 있는 것은 세지 않았으나 헌시, 주석 40에 있는 것은 포함함) 우리말로 번역할 때 시행의 끝소리들을 일치시켜 리드미컬하게 배열하는 것도 의미가 있겠다고 여겨졌다. 그래서 역자는 '오네긴 연'처럼 14행의 연을 만들어 두 행씩 끝소리들을 일치시켜 '오네긴 연'에 사용된 각운배열들처럼 만들어 보려고 하였다. 한 행의 길이가 비슷하도록 하고 한 행이 서너 마디가 되도록 하는 것도 염두에 두었다. 어쨌거나 시행들의 끝소리들을 abab, ccdd, effe(우리말에는 강세가 없어서 소문자 대문자를 구별해서 표시하지 않았다) 식으로 맞춘 우리말 운문번역은 여태껏 없었고 더욱이 세 종류를 한 연 안에 다 나열한 경우는 볼 수 없었으나 실험적으로 시도해 보았다.

2. 이 책의 가상적 독자는 세 부류이다. 첫 번째 부류는 '오네긴'을 소리 내어 읽고 해석하면서 번역을 참고하고 비교도 해보는 독자들이고, 두 번째 부류는 역자주석까지 꼼꼼하게 이리저리 맞네 틀리네 따져보는 독자들이고, 세 번째 부류는 러시아어를 몰라 러시아어는 그냥 그림삼아 보고 우리말로만 생각대로(소리 내거나 또는 눈으로만) 읽으면 되는 독자들이다. 모두 역자에게 고마운 이들이지만 물론 첫 번째 독자들이 가장 소중하고, 신경은 쓰이지만 그래도 두 번째 독자들이 든든하고 미덥다면, 아무래도 이 책 저 책 읽어보기 좋아하는 세 번째 독자들이 가장 사랑스럽다.

3. 『예브게니 오네긴』의 연들은 로마자 숫자로 표시되어 있지만 개정판에서 아라비아숫자로 바꾸어 표시하였다. 서양독자들에게는 로마자 숫자가 그런대로 익숙하지만 우리 독자들에게는 그렇지 않아서였다. 푸슈킨도 양해할 것이다.

4. 러시아 이외의 다른 나라의 인명이나 지명, 책이름 같은 고유명사의 경우 작품 속에서 대부분 러시아식으로 표기되어 있다. 이런 경우 대부분 원명이 한글로 표기되는 방식을 따랐다. 예: Байрон바이런, Шекспир셰익스피어, Анджело안젤로, Шиллер실러, Гомер호메로스. (Кюхельбекер는 독일 이름이지만 이미 러시아화되어 쓰인 것을 감안해서 퀴헬베커가 아니라 큐헬베케르로 썼다. Дельвиг도 마찬가지로 델비히가 아니라 델비그로 썼다.)

5. 러시아어 인명과 지명은 한글로 표기될 때, 대부분의 나라에서 러시아어 인명과 지명이 자기나라 글자로 표기될 때 그래왔고 또 그렇듯이, 여러 가지 이유에 의해서 여러 가지 방식으로 행해져 오고 있다. 이 책에 사용된 표기방식은 다음과 같다(국립국어원의 지침을 그대로 지키지는 못했다. 그것은 역자가 러시아어로 재생하는 데 편리한 한글표기방식으로 푸슈킨과 관련된 인명과 지명을 표기했기 때문이다).

먼저 러시아어, 괄호 안에 요즘 영미 푸슈킨 연구에서 사용되는 영어식 표기의 한 방법(학문적으로 사용하는 라틴자 표기가 있긴 하나 유럽 각 나라마다 자기 나라의 언어에 맞게 표기하는 경우가 많고, 영어인구가 많은 것을 감안하여 참고로 이를 소개한다), 그리고 한글표기의 순으로 소개하는데, 예들은 푸슈킨에게 다가가면서 친숙하게 되는 인명과 지명들로서 이들을 읽으면 저도 모르게 푸슈킨이 다가오게 된다. 러시아어를 모르는 사람은 영어나 한글로만 읽으면 되고 효과는 마찬가지이다. 좀 많긴 하지만 참고로 한번 읽어두면 그만큼 좋은 효과를 본다. 일러두기가 길다 싶게 된 것은 이런 좋은 목적 때문이다.

А(a) ㅏ　Александр(Aleksandr)알렉산드르, Алина(Alina)알리나

Б(b) ㅂ　Болдино(Boldino)볼디노, Жеребцова(Zherebtsova)줴렙초바

В(v) ㅂ　Вяземский(Viazemskii)뱌젬스키, Воронцов(Vorontsov)보론초프
뒤에 모음을 동반하지 않을 때: 프　Батюшков(Batiushkov)바튜슈코프,
Жуковский(Zhukovskii)쥬코프스키
그러나 в 다음에 유성음이 올 때: 브　Евгений(Evgenii)예브게니,
Гавриловна(Gavrilovna)가브릴로브나

Г(g) ㄱ　Грибоедов(Griboedov)그리보예도프, Петербург(Perterburg)페테르부르그,
Олег(Oleg)올렉

Д(d) ㄷ　Державин(Derzhavin)데르좌빈, Данзас(Danzas)단자스, Бонди(Bondi)본디,
Надеждин(Nadezhdin)나데쥬딘, Ленинград(Leningrad)레닌그라드

Е(e) ㅔ　Онегин(Onegin)오네긴, Катенин(Katenin)카테닌, Рылеев(Ryleev)릴레예프
맨 앞이나 모음 다음에 올 때: ㅖ　Евгений(Evgenii)예브게니,
Грибоедов(Griboedov)그리보예도프

Ё(e) ㅛ　*영어표기에서는 'e'로 발음을 살리지 않는다. Чёрная Речка(Chernaia Rechka)쵸르나야 레치카, Пугачёв(Pugachev)푸가쵸프

Ж(zh)　뒤에 모음을 동반하지 않을 때: 쥬　Княжнин(Kniazhnin)크냐쥬닌,
Загряжская(Zagriazhskaia)자그랴쥬스카야, Боронеж(Boronezh)보로네쥬
모음들과 함께: 좌, 줴, 쥐 죠 쥬
Державин(Derzhavin)데르좌빈, Бестужев(Bestuzhev)베스투줴프,
Жирмунский(Zhirmunskii)쥐르문스키, Дружинин(Druzhinin)드루쥐닌
Жомини(Zhomini)죠미니, Жуковский(Zhukovskii)쥬코프스키

З(z)ㅈ Кавказ(Kavkaz)카프카즈, Зарецкий(Zaretskii)자레츠키

И(i)ㅣ Алина(Alina)알리나, Барятинский(Bariatinskii)바랴틴스키,
Кишинёв(Kishinev)키쉬뇨프, Цибьян(Tsibian)치비안, Кюи(Kiui)큐이,

Й(i)ㅣ Михайловское(Mikhailovskoe)미하일로프스코예,
Шаховской(Shakhovskoi)샤호프스코이
*ий(ii)는 ㅣ Евгений(Evgenii)예브게니, Ленский(Lenskii)렌스키

К(k)ㅋ Карамзин(Karamzin)카람진, Аракчеев(Arakcheev)아락체예프,
Алексеев(Alekseev)알렉세예프

Л (l)ㄹ 또는 ㄹㄹ Ларин(Larin)라린, Светлана(Svetlana)스베틀라나

М(m)ㅁ Москва (Moskva)모스크바, Мусоргский(Musorgskii)무소르그스키

Н(n)ㄴ Онегин(Onegin)오네긴, Набоков(Nabokov)나보코프

О(o)ㅗ Окуджава(Okudzhava)오쿧좌바, Набоков(Nabokov)나보코프

П(p)ㅍ Пестель(Pestel)페스텔, Ипсиланти(Ipsilanti)잎실란티

Р(r)ㄹ Раевский(Raevskii)라예프스키, Александр(Aleksandr)알렉산드르

С(s)ㅅ Скрябин(Skriabin)스크랴빈, Сергеевич(Sergeevich)세르게예비치

Т(t)ㅌ Терц(Terts)테르츠, Пастернак(Pasternak)파스테르나크

У(u)ㅜ Уваров(Uvarov)우바로프, Пушкин(Pushkin)푸슈킨

Ф(f)ㅍ Фонвизин(Fonvizin)폰비진, Уфа(Ufa)우파

Х(kh)ㅎ Харликов(Kharlikov)하를리코프, Бахтин(Bakhtin)바흐틴

Ц(ts)ㅊ Чацкий(Chatskii)차츠키, Цветаева(Tsvetaeva)츠베타예바

Ч(ch)ㅊ Гончарова(Goncharova)곤차로바, Чехов(Chekhov)체호프
뒤에 모음을 동반하지 않을 때: 치
Чёрная Речка(Chernaia Rechka)쵸르나야 레치카, Галич(Galich)갈리치

Ш(sh) 뒤에 모음을 동반하지 않을 때: 슈 Шишков(Shishkov)쉬슈코프,
Шкловский(Shklovskii)슈클로프스키, Пушкин(Pushkin)푸슈킨
모음들과 함께: 샤, 쉐, 쉬, 쇼, 슈
Шаховской(Shakhovskoi)샤호프스코이, Ушакова(Ushakova)우샤코바
(*ша로 단어가 끝날 때는 샤: Наташа(Natasha)나타샤),
Шеврёв(Shevrev)쉐브료프, Шишков(Shishkov)쉬슈코프,
Шостакович(Shostakovich)쇼스타코비치, Шувалов(Shuvalov)슈발로프

Щ(shch) 뒤에 모음을 동반하지 않을 때: (이름에서는 찾아볼 수 없었다.)
모음들과 함께(이름에서 나타나는 경우는 셰, 시, 쇼)
Радищев(Radishchev)라디셰프, Щепкин(Shchepkin)셉킨
Пущин(Pushchin)푸신(유일하게 볼 수 있었던 경우),
Нащокин(Nashchokin)나쇼킨(유일하게 볼 수 있었던 경우)

Ъ(무시함) 무시함.

Ы(y)ㅢ Крым(Krym)크릠, Баратынский(Baratynskii)바라틘스키,
Вырин(Vyrin)븨린, Тынянов(Tynianov)틔냐노프

Ь(무시함) 무시할 때: Ольга(Olga)올가, Гоголь(Gogol)고골

뒤에 Я와 함께: 'ㅣ아' Татьяна(Tatiana)타티아나, Марья(Maria)마리아

[지명과 인명에서 자음+'ㅣ아'로 나타나는 경우는 'Тредиаковский(Trediakovskii)트레디아코프스키'와 'Цицианов(Tsitsianov)치치아노프'뿐이었다.]

뒤에 Е와 함께 'ㅣ에' Красногорье(Krasnogore)크라스노고리에

뒤에 Ё와 함께 'ㅣ오' Муравьёв(Muravev)무라비오프

[지명과 인명에서 자음+'ㅣ오'로 나타나는 경우는 외국 이름에서만 볼 수 있었다. Сильвио(Silvio)실비오는 외국이름이다.]

Э(e)ㅔ 맨 앞과 모음 뒤에 '에' Эйхенбаум(Eikhenbaum)에이헨바움

Ю(iu)ㅠ Тютчев(Tiutchev)튜체프, Батюшков(Batiushkov)바튜슈코프

Я(ia)ㅑ Пустяков (Pustiakov)푸스탸코프, Языков(Iazykov)야즤코프, Маяковский(Maiakovskii)마야코프스키

* 자음이 모음을 동반하지 않을 때는 'ㅡ' 와 함께 쓰거나 발음에 따라 받침으로 썼다. 받침을 발음은 같더라도 철자에 따라 분화해서 썼는데 한글표기를 보고 러시아어로 재생할 때 편리해서였다.

'ㅡ': Москва(Moskva)모스크바, Петербург(Peterburg)페테르부르그, Павловск(Pavlovsk)파블로프스크, Лермонтов(Lermontov)레르몬토프, Некрасов(Nekrasov)네크라소프, Фет(Fet)페트, Лотман(Lotman)로트만, Булгаков(Bulgakov)불가코프, Платонов(Platonov)플라토노프

받침: Жеребцова(Zherebtsova)줴렙초바, Ипсиланти(Ipsilanti)잎실란티, Окуджава(Okudzhava)오쿧좌바, Тютчев(Tiutchev)튵체프, Блок(Blok)블롴, Аракчеев(Arakcheev)아랔체예프, Олег(Oleg)올렉, Катенин(Katenin)카테닌, Булгарин(Bulgarin)불가린.

* 자음이 모음을 동반하지 않을 때 'ж'와 'ч'와 'ш'의 경우에는 위에서 보았듯이 'ㅡ'와 함께 쓴다는 위의 원칙을 적용하지 않았다.

Надеждин(Nadezhdin)나데쥬딘, Шишков(Shishkov)쉬슈코프

Чёрная Речка(Chernaia Rechka)쵸르나야 레치카

* 같은 자음이나 모음이 겹칠 때 무시한 경우가 많았다. ('ee'는 제외함)

Чадаaeв (Chadaaev)차다예프, Германн(Germann)게르만, Одесса(Odessa)오데사, Бессарабия(Bessarabiia)베사라비아

6. (6에 해당하는 부분은 안 읽어도 된다.)

위의 방식대로 표기하는 경우에 러시아어 음운체계와 한국어 음운체계가 다르기 때문에

'ㄹ'은 'л'과 'р'를,

'ㅂ'은 'в'와 'б'를,

'ㅍ'은 'п'와 'ф'를(이 경우 '프'는 'п', 'ф', 'в'를 동시에 나타내게 된다. 할 수 없는 일이다. 그러나 받침 'ㅍ'은 항상 'п'를 나타낸다),

‘ㅊ’은 ‘ч’와 ‘ц’를(이 경우 ‘치’는 ‘ч’, ‘чи’, ‘ци’를 나타내지만 러시아 인명과 지명의 맨 끝에 ‘чи’,‘ци’가 오는 경우는 볼 수 없었다. Паулуччи는 이탈리아 이름이다. ‘ч’가 뒤에 모음을 동반하지 않을 때 Чёрная Речка(Chernaia Rechka)쵸르나야 레치카, Галич (Galich)갈리치같이 ‘치’로 쓰게 되면 ‘ц’가 모음을 동반하지 않을 때 Высоцкий(Vysotskii) 븨소츠키같이 ‘츠’로 쓰는 것과 구별된다. 그러나 인명이나 지명의 한글표기에서 처음이나 중간에 ‘치’가 나오면 Чёрная Речка(Chernaia Rechka)쵸르나야 레치카, Чичиков (Chichikov)치치코프, Цицианов(Tsitsianov)치치아노프에서 보듯이 ‘ч’인지, ‘чи’인지, ‘ци’인지 알 수는 없다. 할 수 없는 일이다),

‘시’는 ‘си’와 ‘щи’[Пущин(Pushchin)푸신에서만 볼 수 있었다]를,

‘쇼’는 ‘шо’와 ‘що’[Нащокии(Nashchokin)나쇼킨에서만 볼 수 있었다]를,

‘슈’는 ‘ш’와 ‘шу’와 ‘сю’를[‘сю’는 Боссюэ(Bossiue)보슈에같이 외국 이름에서만 볼 수 있었고 , ‘шу’는 Шувалов(Shuvalov)슈발로프같이 이름의 맨 처음 음절에서만 볼 수 있었으므로, 뒤에 모음을 동반하지 않는 ‘ш’를 Шишков(Shishkov)쉬슈코프 또는 Пушкин(Puhkin)푸슈킨 같이 ‘슈’로 표기하는 것이 편리했다],

‘쥬’는 ‘ж’와 ‘жу’와 ‘zю’를[‘zю’는 Зюссмильх(Ziussmilkh)쥬스밀흐같이 외국 이름에서만 볼 수 있었고, ‘жу’는 Жуковский(Zhukovskii)쥬코프스키같이 이름의 맨 처음 음절에서만 볼 수 있었으므로, 뒤에 모음을 동반하지 않는 ‘ж’를 Надеждин(Nadezhdin) 나데쥬딘 또는 Боронеж(Boronezh)보로네쥬같이 ‘쥬’로 표기하는 것이 편리했다] 동시에 나타내게 된다.

7. 6에서 보았듯이 러시아어 음운체계와 한국어 음운체계가 다르기 때문에 러시아어를 한글로 표기할 때 무리가 생기는 일이 있지만 이는 할 수 없거나 별로 없는 경우가 많다. 중요한 것은 푸슈킨과 관련된 인명과 지명에서 비교적 자주 나타나는 ‘за’와 ‘жа’를, ‘зе’와 ‘же’를, ‘зи’와 ‘жи’를, ‘си’와 ‘ши’를, ‘ше’와 ‘се’와 ‘ще’를 구분하여 표기하는 것인데 여기서 사용한 한글 표기방식으로 이것이 가능하다. 요컨대 이러한 방식으로 표기하니 뒤에 ‘е’, ‘ё’, ‘я’와 함께 쓰일 때를 제외하고 무시하기로 한 글자 ‘ь’(여기서 소개한 영어표기에서는 항상 무시함)와 그냥 무시하기로 한 글자 ‘ъ’ 이외의 러시아 자모를 비교적 체계적으로 분화하여 편리하게 우리의 훌륭한 한글 자모로 표기할 수 있어서 푸슈킨과 관련된 인명과 지명(푸슈킨과 관련되지 않을 인명과 지명이 있겠나마는)에 관심이 많으나 이들을 한글로 어떻게 적으면 좋을까, 어떻게 적어야 러시아어로 재생할 때 가장 편리할까 고민하면서도 되는대로 적는 사람들(말하자면 역자 자신이나 예를 들어 제자 강유빈)에게 도움이 되었고 무엇보다도 이 책에 푸슈킨과 관련된 인명과 지명을 망설이지 않고 정한 규칙에 따라 적을 수 있어서 머리가 시원했다. 그렇지 않아도 ‘각운’과 ‘각운’ 배열에 신경 쓰고(푸슈킨

이 '오네긴 연'에 사용한 세 가지 각운배열, 교대운, 병렬운, 고리운 4행씩을 번역에서 우리말로 살려보고자 두 행씩 끝소리들을 일치시켜 '오네긴 연'에서처럼 세 가지 종류로 배열하였는데 세 가지를 차례대로 나열하지 못한 경우도 많다) 각주의 공간을(거의 대부분 장당 16줄 이하) 맞춘답시고 뭔가 싶게 들쑥날쑥 거친 번역과 되는대로 이리저리 밀어 넣은 주석에 이 하나만이라도 정연하다고 여겨지니 독자도 뭔가 시원한 머리로 실험적 시도인 이 운문번역을 신선하게 여기고 읽어줄 것 같아 기쁘다.

8. 관례적으로 굳어진 표기는 대부분 그대로 사용한 셈인데 그것은 관례적으로 굳어진 표기가 여기서 사용한 대로의 표기법에 따랐을 때와 대부분 일치하였기 때문이다.

9. 작품은 집필 연도를 위주로 소개하였다. 특별한 경우에만 출판 연도를 밝혔다.

10. 번역에서 편지나 직접 인용된 대화가 아닌 경우 한 연 안에서 시행의 끝에 문장이 끝나는 것이 확실한 경우는 대부분 마침표를 생략하였다. 이 경우 한 연이 끝날 때에는 마침표를 찍었다.

예브게니 오네긴 Evgenii Onegin

Евгений Онегин
роман в стихах

예브게니 오네긴
운문소설

이 운문소설은 오네긴연(약강 4보격 14행으로 항상 교대운, 병렬운, 고리운의 순서로 4행씩 12행, 이어서 쌍운 2행의 각운을 가진다) 366개, 헌시, 편지, 노래 합쳐서 모두 5,275행으로 되어 있다(주석과 제사들은 포함하지 않았다). 푸슈킨에 따르면 그냥 소설과 '(귀)신들린' 차이가 있는 이 운문소설의 진행과정에 대해 그가 작품 전체를 9장으로 출판할 것을 계획하면서 1830년 9월 26일 볼디노에서 기록한 바는 아래와 같다.

제1부: 헌시, Ⅰ. 한드라(우울증). 키쉬뇨프, 오데사/ Ⅱ. 시인. 오데사 1824/
Ⅲ. 지주아가씨. 오데사, 미하일로프스코예 1824//
제2부: Ⅳ. 시골. 미하일로프스코예 1825/ Ⅴ. 명명일. 미하일로프스코예 1825,1826/
Ⅵ. 결투. 미하일로프스코예 1826//
제3부: Ⅶ. 모스크바. 미하일로프스코예, 페테르부르그, 말리니키 1827,1828/
Ⅷ. 편력. 모스크바, 파블로프스크 1829 볼디노/ Ⅸ. 대사교계. 볼디노//
주석//
1823년 5월 9일 키쉬뇨프에서 시작, 1830년 9월 25일 볼디노에서 마침.//
'매순간 날고 튀며 서둘러 감각을 좇네'. 뱌젬스키공.//
7년 4개월 17일.

오네긴이 타티야나에게 보내는 편지는 1831년 10월 5일 끝냈다. 전체가 처음 출판된 것은 1833년이고 재판은 1837년 1월 19일 이전(나보코프에 따르면)에 나왔다. 이 판이 정본이다. 대개 1833년에 미세한 손질까지 다 끝난 것으로 친다.

Pétri de vanité il avait encore plus de cette espèce d'orgueil qui fait avouer avec la meme indifferénce les bonnes comme les mauvaises actions, suite d'un sentiment de supériorité, peut-etre imaginaire.

Tiré d'une lettre particulière

작품 전체에 붙이는 프랑스어로 된 이 제사는 인용이라기보다는 푸슈킨이 만들어 낸 것으로 보인다. 이 제사가 소설의 제1장을 따로 출판할 때(1825)부터 있었던 것으로 보아 소설의 진행과정에서 오네긴의 성격에 급격한 변화가 일어났다고 보기는 어렵다. 주인공 예브게니 오네긴은 소설 시작부터 끝까지 소외감과 우월감을 느끼는 것으로 보이는 자존심 높은 인물이다. 로트만에 따르면 오네긴은 1795년생이다. 1819년 말 겨울에 페테르부르그 사교계에서 권태를 느끼고 '독기 어린 논쟁', '반은 독설인 농담', '분노에 찬 음울한 경구'를 내뱉던 그는 1820년 여름에 시골로 내려오지만 곧 시골지주들의 시시함에 지겨워져 그들과 왕래하지 않게 되고 자신의 '이상형'인 1803년생인 17세의 타티아나에게서 사랑의 고백을 받으나 남들의 결혼생활을 우월감을 가지고 내려다보듯 그려 보이며 자신이 결혼에 어울리지 않는다며 그녀에게 조심스럽게 행동하라고 '차갑고 엄격한 말씨'로 설교한다. 1821년 1월 12일, 타티아나의 명명일 파티에서 다시 예전 사교계에서 밀려오던 권태와 타인들에 대한

그는 허영심으로 반죽이 된데다
심지어 선행도 악행도 똑같이
무관심한 태도로 고백하는
특별한 거만함까지 가졌는데
이는 우월감, 아마도 스스로 상상한
우월감의 결과였으리.

私信 중에서

경멸을 느끼고 렌스키와 올가의 관계와 자신과 타티아나의 관계를 비교하며 소외감, 우월감, 허영심으로 가득 차서 자신을 주체하지 못하고 타티아나도 렌스키도 배려하지 않고 경박한 올가의 유혹자로 행세하여 그와 친교를 맺어 온 1803년생인 18세의 렌스키를 결투에서 죽이고 26세의 나이로 시골을 떠나 '목표 없이 떠돌아다니다' 1824년 가을 페테르부르그의 사교계에 다시 나타난다. 여기서도 그는 사교계 무리 속에 안개 낀 듯 서있는 소외된 자존심 높은 '괴짜'로 보인다. 타티아나를 다시 만난 그는 이제 자신의 감정에 열려 그녀에게 꾸밈없는 심정으로 사랑을 고백하는 편지를 쓰고 괴로움 속에서 그녀의 마음을 알고 싶어한다. 여행하는 동안 그리고 편지의 답장을 기다리는 동안 머릿속이 복잡한 채 여러 가지 책들을 읽으면서 그는 자신의 모습을 돌아보는 시간이 많았을 것이다. 그러나 그에게 완전히 자신의 실체를 이해하게 하는 것은 그녀의 사랑의 고백이다. 때는 1825년 봄. 그는 이제 30세. 아직 1825년 12월 혁명이 일어나기 전이다.

Не мы́сля го́рдый свет заба́вить,
Внима́нье дру́жбы возлюбя́,
Хоте́л бы я тебе́ предста́вить
Зало́г досто́йнее тебя́,
Досто́йнее души́ прекра́сной,
Свято́й испо́лненной мечты́,
Поэ́зии живо́й и я́сной,
Высо́ких дум и простоты́;
Но так и быть — руко́й пристра́стной
Прими́ собра́нье пёстрых глав,
Полусмешны́х, полупеча́льных,
Простонаро́дных, идеа́льных,
Небре́жный плод мои́х заба́в,
Бессо́ниц, лёгких вдохнове́ний,
Незре́лых и увя́дших лет,
Ума́ холо́дных наблюде́ний
И се́рдца го́рестных заме́т.

이 헌시가 바쳐진 사람은 표트르 알렉산드로비치 플레트뇨프(1792-1865)로서 푸슈킨이 좌천, 유배당해 페테르부르그에 없을 때 1825년부터 그의 출판을 맡은 출판업자이자 딜레탕트 시인, 교수였다. 플레트뇨프는 푸슈킨을 1817년부터 알게 되어 푸슈킨이 죽을 때까지 가까운 지기로 지냈으며 플레트뇨프의 표현에 따르면 그는 푸슈킨의 '친척이자 친구이자 출판인이자 회계였다'. 이 헌시는 제4장과 제5장을 함께 출판할 때(1828년 1월) 처음 볼 수 있었다. 『예브게니 오네긴』 초판 시에는 이 글이 주석에 들어 있었고 재판 시부터 헌시로 앞에 들어 있었다. 여기에는 플레트뇨프에게 바친다는 말은 들어 있지 않다. 1825년 제1장을 따로 출판했을 당시에는 '동생, 레프 세르게예비치 푸슈킨에게 헌정함'이라고 간단히 헌사를 썼었고 이어서 괴테의 『파우스트』의 「극장의 서연(Vorspiel auf dem Theater)」에 나오는 극장감독과의 논쟁을 연상하게 하는 시 「서적상인과 시인의 대화」(미하일로프스코예에서 1824년 9월 26일에 썼다)가 들어 있었다. 제1장 제사인 뱌젬스키의 「첫눈」의 구절은

거만한 사교계에 흥밋거리 주기보다는
우정 어린 관심을 소중하게 여겨서
그대에게 그대보다 더 값나가는
저당물을 내놓고 싶었다네
신성한 꿈과 고상한 사상과
소박함과 생생하고 명쾌한 시로
가득 찬 아름다운 그대 영혼보다
더 값나가는 저당물을 말일세
허나 할 수 없네 — 각별한 애정 담긴 손으로
받아 주게나, 반은 우습고, 반은 슬프고,
소박하고 서민적이고 또 고답적인
각양각색의 장을 모은 이 작품을.
내 즐거움과 불면과 날개 돋친 영감의 결실,
설익은 시절과 시들어 버린 시절의 열매,
이성의 냉철한 관찰과
심장의 슬픈 기억으로
내키는 대로 엮은 결과물을.

없었다. 푸슈킨은 자신의 운문 소설이 지향하는 바를 '신성한 꿈', '고상한 사상', '생생하고 명쾌한 시'로 밝히면서 한편으로 이 작품이 '각양각색의 장을 모은', '반은 우습고, 반은 슬프고', '소박하고 서민적이고 또 고답적이며' 오랜 기간에 걸쳐 쓴 '이성의 냉철한 관찰'과 '심장의 슬픈 기억'의 산물이라고 말한다. 독자들은 복잡하고 모순적인, 그래서 신비로운 인간 삶의 총체적인 모습을 포괄적으로 그린 이 작품을 읽어 나가면서 푸슈킨이 작품집필과정의 한가운데를 지나며 표현한 이 말들을 기억하게 될 것이다.
* 거만한 사교계는 페테르부르그와 모스크바의 상류층 사교계를 말한다.

1 ГЛАВА ПЕРВАЯ

И жить торо́пится и чу́вствовать спеши́т.
Кн. Вяземский

제1장

매순간 날고 튀며 서둘러 감각을 좇네.

바젬스키 公

제1장은 1823년 5월부터 10월까지 키쉬뇨프와 오데사에서 씌어져서 1825년 2월 출판되었다. 2월에 700부가량 팔렸으나 그 뒤로는 잘 팔리지 않았다. 제1장에서 푸슈킨은 1819년 말 페테르부르그의 젊은이들의 생활을 펼쳐 보이고 있다. 그는 페테르부르그에서 남부 베사라비아로 좌천되어 1820년 5월 예카테리노슬라프에 도착한 후 카프카즈와 크림을 여행하고 9월 상관 인조프가 옮겨간 키쉬뇨프로 와서 근무하다가 1823년 8월 오데사로 옮겼다. 제1장의 이 제사는 1833년 초판에서 처음 볼 수 있었다. 이는 푸슈킨의 친구인 바젬스키 공(1792-1878)의 시 「첫눈」(1819)에서 따온 행인데 젊은이가 얼은 눈 위를 썰매(트인 마차에 썰매를 단 것)를 타고 달리며 눈구름을 일으켜 은빛 눈가루를 막 이리저리 튀고 흩날리게 하는 모습이 젊은이의 혈기에 비유되었다. 제1장의 기능이 오네긴에 대한 소개이자 전체 사건의 도입부인 것을 감안하면 이 제사는 오네긴의 정신없이 빠르게 돌아가는 향락적 도시생활을 나타낸다고 볼 수 있다. 바젬스키는 푸슈킨이 처음으로 이 운문소설에 대해서 알려준 사람으로 이 작품에 여러 방식으로 몇 차례 등장한다. 바젬스키도 이에 대해 영광으로 여겼다고 한다. 제사의 구절이 들어간 부분은 젊은 처녀와 썰매에 꼭 붙어 앉아 산책하며 그녀들을 정복하는 달콤함을 묘사한 후 나오는데 다음과 같다.

누가 행운아들의 이 황홀감을 표현할 수 있을까?
가벼운 회오리처럼 날개 돋친 듯 질주하네
눈을 똑같은 이랑들로 자르며
불어 올려 막 뭉게구름을 피워
하얀 은가루를 온몸에 뒤집어쓰고.
그들에게 시간은 날개 돋친 이 한순간
젊은이의 뜨거운 혈기는 이처럼 삶 위를 미끄러지니
매순간 날고 튀며 서둘러 감각을 좇네!

1. "Мой дя́дя са́мых че́стных пра́вил,
Когда́ не в шу́тку занемо́г,
Он уважа́ть себя́ заста́вил
И лу́чше вы́думать не мог.
Его́ приме́р други́м нау́ка;
Но, бо́же мой, кака́я ску́ка
С больны́м сиде́ть и день и ночь,
Не отходя́ ни ша́гу прочь!
Како́е ни́зкое кова́рство
Полу-живо́го забавля́ть,
Ему́ поду́шки поправля́ть,
Печа́льно подноси́ть лека́рство,
Вздыха́ть и ду́мать про себя́:
Когда́ же чёрт возьмёт тебя́?"

2. Так ду́мал молодо́й пове́са,
Летя́ в пыли́ на почтовы́х,
Всевы́шней во́лею Зеве́са
Насле́дник всех свои́х родны́х.
Друзья́ Людми́лы и Русла́на!
С геро́ем моего́ рома́на
Без предисло́вий, сей же час
Позво́льте познако́мить вас:
Оне́гин, до́брый мой прия́тель,
Роди́лся на брега́х Невы́,
Где, мо́жет быть, роди́лись вы
Или блиста́ли, мой чита́тель;
Там не́когда гуля́л и я:
Но вре́ден се́вер для меня́ ([1]).

---

1. 죽어가는 백부에게로 마차를 타고 가는 주인공의 혼잣말을 들으며 독자는 세상만사를 시니컬하게 보는 주인공이 처한 상황 한가운데로 곧장 들어가게 된다. 이 혼잣말은 앞의 헌시나 제1장의 제사의 시적 표현과는 대비되는 구어적 표현이다. *첫 행을 크릴로프의 우화 「당나귀와 농부」(1819)에서 따왔다고 보는 해석도 있다.
2. *활량은 1810년대 기성세대를 비판하고 기존 규범을 무시하며 분별없이 마구 행동하며 극도로 오락을 즐기며 정치적으로 반골의 뉘앙스를 풍기는 귀족 청년들을 지칭하는 말이다. 한량, 탕자, 조롱가, 망나니, 건달들과 공통되는 점이 있으나 반골의 행동족 뉘앙스를 살리고자 활량이라고 번역했다. *역마차 타고: 역참마다 말을 바꿔 매고 탈 수 있는 마차로 집마차를 타고 달릴 때보다 훨씬 빨리 갈 수 있다.

"훌륭하시고 틀림없으신 백부이시네 1.
병환이 장난이 아니게 위중하게 되시니
귀하신 몸 존경하게 만드시네
최고로 잘 생각해 내신 것이지
다른 사람들도 본받을 지경이야
허나 맙소사, 이 얼마나 지겨운 일이야
밤낮으로 환자 옆에 붙어 앉아
한 발짝도 뗄 수 없으니, 아!
반쯤 죽은 사람의 비위를 맞추고
베개를 고쳐 베어 주고
슬픈 표정 지으며 약을 갖다 바치고
한숨 쉬며 '귀신이 언제 널 잡아 가냐고'
속으로 생각하는 건
얼마나 저열한 교활함인가!"

이런 생각을 하며 젊은 활량이, 2.
제우스 신의 지고하신 뜻에 따라서
모든 친척들의 유산상속자가 된 몸이
역마차로 날아가네, 흙먼지 뒤집어쓰고서.
어이, 류드밀라와 루슬란의 친구들! 저기
나 머리말 빼고 곧바로 여기
내 소설의 주인공을 그대들에게
소개하는 걸 허락해 주게.
내 친구 오네긴은 말이지
네바 강변에서 태어났네, 아마도
내 독자들이여, 그대들도
태어났거나 날리던 곳이겠지,
나도 한때 누비며 놀았었지.
허나 북방은 내게 해로웠네.([1])

---

*류드밀라와 루슬란의 친구들: 당시 문단의 러시아 민속의 강조 경향을 푸슈킨이 아이러니와 패러디로써 장난스럽게 비판한 「루슬란과 류드밀라」를 읽은 독자. 역자는 이 작품의 작가 화자 '나'를 그냥 '푸슈킨'이라 부른다. *누비며 놀았었지: 산책한다는 뜻과 놀고 즐긴다는 뜻이 들어 있다. *북방은 내게 해로웠네 (1): 푸슈킨은 주석 (1)에서 '베사라비아에서 씌어졌다'고 하면서 그가 황제에 대한 풍자시 「노엘」을 쓰고 송시 「자유」에서 입헌군주제를 주장하고 「시골」에서 농노의 불행을 고발하는 등, 자유주의적 성향과 행동으로 인해 남부로 좌천된 것을 환기시킨다.

3. Служи́в отли́чно благоро́дно,
Долга́ми жил его́ оте́ц,
Дава́л три ба́ла ежего́дно
И промота́лся наконе́ц.
Судьба́ Евге́ния храни́ла:
Сперва́ *Madame* за ним ходи́ла,
Пото́м *Monsieur* её смени́л.
Ребёнок был резо́в, но мил.
Monsieur l'Abbé, францу́з убо́гой,
Чтоб не изму́чилось дитя́,
Учи́л его́ всему́ шутя́,
Не докуча́л мора́лью стро́гой,
Слегка́ за ша́лости брани́л
И в Ле́тний сад гуля́ть води́л.

4. Когда́ же ю́ности мяте́жной
Пришла́ Евге́нию пора́,
Пора́ наде́жд и гру́сти не́жной,
Monsieur прогна́ли со двора́.
Вот мой Оне́гин на свобо́де;
Остри́жен по после́дней мо́де;
Как *dándy* ([2]) ло́ндонский оде́т —
И наконе́ц уви́дел свет.
Он по-францу́зски соверше́нно
Мог изъясня́ться и писа́л;
Легко́ мазу́рку танцева́л
И кла́нялся непринужде́нно;
Чего́ ж вам бо́льше? Свет реши́л,
Что он умён и о́чень мил.

---

3. *뛰어나게 고결하게 봉직했던: '뛰어나게'와 '고결하게' 사이에 쉼표가 없다. 장별로 출판되었던 1825년판이나 1829년판을 따라 여기 1975년판에도 그렇다. *빚으로 살았네: 귀족들은 영지를 저당 잡히고 빚을 내서 도시생활을 하는 경우가 많았다. *주인공의 이름 '예브게니'가 처음 나온다. 푸슈킨은 나중에 이 이름을 서사시 「청동마상인」(1833)에서 1824년의 홍수로 약혼녀를 잃고 페테르부르그를 건설한 표트르 대제의 동상에다 주먹질을 하는 가난한 관리(몰락한 모스크바 명문귀족의 후예)에게 주었다. 성 오네긴은 오네가 강에서, 렌스키는 레나 강에서 유래했다. *마담은 프랑스여자 가정교사, 무슈는 프랑스남자 가정교사를 말한다. 아베는 제수이트 신부를 연상시킨다. 오네긴은 기숙학교나 군사학교에 다니지 않고 가정에서 교

뛰어나게 고결하게 봉직했던 3.
그의 아버지는 주로 빚으로 살았네
한 해에 세 번씩 무도회를 열던
아버지는 결국은 파산하고 말았네
운명은 예브게니를 보호하사
처음에는 **마담**이 그를 돌보다가
나중에는 **무슈**가 그녀 뒤를 이었네
아이는 장난꾸러기지만 사랑스러웠네
초라한 프랑스 남자 **무슈 아베**,
아이를 고생시키지 않으려고
모든 것을 놀이처럼 가르쳤고
엄격한 훈계로 지겹지 않게
장난질은 가볍게 나무라고
여름공원으로 데리고 다녔네

곧 반란 같은 청춘시절이, 4.
갖가지 희망과 달콤한 우수의 시절이
예브게니에게 찾아왔을 적에
무슈를 집에서 내쫓았네, 이제
내 예브게니는 자유의 몸,
최신 유행의 헤어스타일에
런던의 **댄디**(2) 같은 옷차림,
그는 드디어 사교계에 들어갔네
프랑스어를 나무랄 데 없이
유창하게 말하고 쓰고
마주르카를 경쾌하게 추고
자연스럽게 절할 줄 알았으니
뭘 더 바라겠나? 똑똑하고 매우
사랑스런 젊은이라고 사교계는 결정했네.

육을 받았다. *여름공원은 페테르부르그 중심부에 있으며 표트르 대제가 만들었다.
4. *런던의 댄디처럼 영국풍으로 머리를 다듬고 차려입는 것은 1810년경부터 유행했다. '두 시간이나 공들여서 흐트러지게' 빗은 짧은 머리가 유행이었다. 푸슈킨은 주석에서 영어로 '댄디'와 러시아어로 '멋쟁이'를 병기하여 둘의 공통점과 차이점을 환기시킨다. 제4장 8-10연의 역자주석을 보시오. *마주르카 등 춤을 경쾌하게 추고 자연스럽게 절하는 것은 오랜 훈련의 결과로서 젊은 사람에게 동작에 있어서의 자신감, 자세를 취함에 있어서의 자유로움과 독립성을 가져다주었다.

5. Мы все учи́лись понемно́гу
Чему́-нибу́дь и как-нибу́дь,
Так воспита́ньем, сла́ва бо́гу,
У нас немудрено́ блесну́ть.
Оне́гин был, по мне́нью мно́гих
(Суде́й реши́тельных и стро́гих)
Учёный ма́лый, но педа́нт:
Име́л он сча́стливый тала́нт
Без принужде́нья в разгово́ре
Косну́ться до всего́ слегка́,
С учёным ви́дом знатока́
Храни́ть молча́нье в ва́жном спо́ре
И возбужда́ть улы́бку дам
Огнём нежда́нных эпигра́мм.

6. Латы́нь из мо́ды вы́шла ны́не:
Так, е́сли пра́вду вам сказа́ть,
Он знал дово́льно по-латы́не,
Чтоб эпигра́фы разбира́ть,
Потолкова́ть об Ювена́ле,
В конце́ письма́ поста́вить *vále*,
Да по́мнил, хоть не без греха́,
Из Энеи́ды два стиха́.
Он ры́ться не име́л охо́ты
В хронологи́ческой пыли́
Бытописа́ния земли́;
Но дней мину́вших анекдо́ты
От Ро́мула до на́ших дней
Храни́л он в па́мяти свое́й.

---

5. 푸슈킨은 러시아의 교육수준, 정신적 · 문화적 수준이 실속 없고 낮은 것을 직시하고 종종 우려하였다. 오네긴도 마찬가지로 무슨 체계적 교육을 받았거나 유용한 지식을 가지고 있는 것은 아니지만 겉만 얄팍하게 보고 판단하는 상류층으로부터 아는 것이 많다는 평을 들을 정도이다. *현학자: 모든 것에 대해 태연하게 비판하며 자기의 지식을 드러내려는 사람. 사교계의 다른 사람들과는 구별되는 꽤 까다로운 원칙과 견해를 가진 사람, 유머와 겸손이 부족하고 책에 얽힌 사람이라는 뉘앙스도 가질 수 있다. 제6장의 결투입회인 자레츠키도 '결투의 고전주의자이자 현학자'라고 표현되었다. *예기치 않게 불길 같은 경구를 토하여: 경구는 여기서 정곡을 찌르는 날카로운 언급, 조롱, 재치를 말한다.

우리는 모두 아무거나 되는대로 5.
아무렇게나 조금씩은 다 배웠고
우리나라에서 배웠다고 뽐내고
날리기는 다행히도 쉬운 일이고
하여 여러 사람의 의견에 따르면(이른바
단호하고 엄격하다는 심판자들 말이네)
오네긴은 지식이 많긴 하나 현학자라네
그는 복 받은 재능을 가진바
담소할 땐 자연스러운 태도로 그냥
모든 것을 다 조금씩 건드리고
심각한 논쟁에서는 전문가인 양
학자연하는 태도로 침묵하고
그러다 예기치 않게 불길 같은 경구를 토하여
귀부인들을 미소 짓게 할 줄 알았네.

요즘 라틴어가 유행에서 지나갔네만 6.
여러분께 진실대로 말하자면
그는 제사를 해독하고
유베날리스에 대해 잠깐 떠들고
편지 끝에 라틴어로 **안녕**이라고도
쓸 만큼 꽤 라틴어를 알았고
또 비록 틀리기는 했어도
『아이네이스』에서 두 줄을 암송했고
먼지투성이 연대기 속에서까지
세계역사에 대해 뒤져서라도
샅샅이 탐구할 마음은 없었어도
로물루스에서 오늘날까지
지난 역사 속의 일화들은
낱낱이 기억 속에 간직하고 있었다네.

---

6. *제사는 여기서 묘비나 기념비에 쓴 문장을 말한다. 가장 유명한 고대의 제사들은 대중적 프랑스 선집에 실렸고 고전어의 초급 과정에서 배웠다. *유베날리스: 로마의 풍자시인(42-125년). 데카브리스트(1825년 12월 입헌군주제를 옹호하며 봉기한 귀족청년들)가 존경한 문학가. *아이네이스: 베르길리우스(기원전 70-19)의 로마건국 서사시. *로물루스: 전설적인 로마의 건국자이자 최초의 황제(기원전 8세기). 아이네이아스의 후손. *푸슈킨은 1823년 5월 13일 그네디치에게 라틴어로 "안녕히, 그리고 검열은 없애야 하네."라고 편지 끝에 썼다.

7. Высóкой стрáсти не имéя
Для звýков жи́зни не щади́ть,
Не мог он я́мба от хорéя,
Как мы ни би́лись, отличи́ть.
Брани́л Гомéра, Феокри́та;
Затó читáл Адáма Сми́та,
И был глубóкий эконóм,
То есть, умéл суди́ть о том,
Как госудáрство богатéет,
И чем живёт, и почемý
Не нýжно зóлота емý,
Когда *простóй продýкт* имéет.
Отéц поня́ть егó не мог
И зéмли отдавáл в залóг.

8. Всегó, что знал ещё Евгéний,
Пересказáть мне недосýг;
Но в чём он и́стинный был гéний,
Что знал он твёрже всех наýк,
Что бы́ло для негó измлáда
И труд и мýка и отрáда,
Что занимáло цéлый день
Егó тоскýющую лень, —
Былá наýка стрáсти нéжной,
Котóрую воспéл Назóн,
За что страдáльцем кóнчил он
Свой век блестя́щий и мятéжный
В Молдáвии, в глуши́ степéй,
Вдали́ Итáлии своéй.

---

7. *호메로스: 『일리아스』와 『오뒤세이아』의 저자. *테오크리토스: 기원전 3세기에 살았던 그리스의 목가시인. 이들의 작품들은 민족의 영웅적 전통과 민족문화의 길을 찾던 19세기 초 러시아에서 높은 관심을 불러일으켰다. 그러나 시문학('시를 위해 생명을 아끼지 않을 만한 고상한 열정')에 대해 데카브리스트는 비판적이었다. *아담 스미스(1723-90)의 『국부론』(1776)은 당시 유행하는 학문이었다. 1818-1820년 정치경제학에 대한 관심은 젊은이들의 뚜렷한 특징이었고 오네긴의 경우도 그렇다. *일차산물은 18세기에 부의 유일한 원천을 땅이라 보던 프랑스 경제학자들의 용어를 인용한 것이다. 1837년판에는 이탤릭체로 되어 있지 않다. 오네긴은 아버지의 견

시를 위해 생명을 아끼지 않을 만한 7.
고상한 열정이 없었던 그는 도대체
아무리 우리가 애를 써봐도 마냥
약강조와 강약조를 구별하지 못한 채
호메로스와 테오크리토스를 욕한 다음
아담 스미스를 읽고 나더니, 음,
경제에 조예도 깊어라. 무슨 말인고
하면, 국가가 어떻게 부를 창출하고
국가가 무엇으로써 살아가는지
그리고 **일차산물**이 있으면 왜
국가에 금이 필요 없는지 꽤
판단할 줄 알았다는 말씀이지
아버지는 그의 생각을 이해 못하고
땅을 자꾸만 저당 잡혔다네.

그 외에도 예브게니가 아는 것들을 다 8.
꼽을 시간도 경황도 없다
그러나 그가 진정 천재인 분야,
다른 어떤 학문보다 더 잘 아는 분야,
소싯적부터 그의 일이자 고통이자 기쁨이라,
하루 종일 그의 따분한 한가함을
지배하던 분야, 그것은 다름 아니라
바로 그 연애의 기술인 것을!
나소가 찬미했던 기술, 그가
그 때문에 황제에게서 총애를 잃어서
조국 이태리에서 멀리로 쫓겨나서
몰다비아 황량한 초원에서 살다
빛나고 격렬했던 일생을 마감했던
바로 그 기술인 것을! 우후!

해와 달리 농촌의 생산성을 높여야 국가가 부강해진다는 견해를 가졌다. 이 부분과 연관하여 마르크스는 「정치경제학 비판에 붙여」라는 글에서 "푸슈킨의 작품에서 주인공의 아버지는 산물이 돈이라는 생각을 전혀 하지 못했다."라고 썼고, 엥겔스는 「러시아 차리즘의 대외정치」에서 공격적 대외정치의 경제적 근본을 분석하면서 "그때는 예브게니 오네긴이 아담 스미스로부터 '국가가 어떻게 부를 창출하는지' 인식하게 된 시기였다."고 썼다.

8. *소싯적부터: 고상한 문체. 서술 내용과 배치됨. *나소: 『연애의 기술(*Ars*

9. . . . .
. . . .
. . . .

10. Как ра́но мог он лицеме́рить,
Таи́ть наде́жду, ревнова́ть,
Разуверя́ть, заста́вить ве́рить,
Каза́ться мра́чным, изныва́ть,
Явля́ться го́рдым и послу́шным,
Внима́тельным иль равноду́шным!
Как то́мно был он молчали́в,
Как пла́менно красноречи́в,
В серде́чных пи́сьмах как небре́жен!
Одни́м дыша́, одно́ любя́,
Как он уме́л забы́ть себя́!
Как взор его́ был быстр и не́жен,
Стыдли́в и де́рзок, а поро́й
Блиста́л послу́шною слезо́й!

Amatoria)』을 쓴 로마의 시인 나소 오비디우스(Naso Ovidius, 기원전 44-기원후 16)를 말한다. 그는 이 책을 쓴 이유로 도나우 강 하류(몰다비아, 베사라비아 지방)로 유배당했었다. 푸슈킨의 오비디우스에 대한 관심은 제8장 5연의 역자주석을 보시오. 이 책에는 구체적으로 어떻게 연애를 하여야 하나 하는 기술에 대해 씌어 있다. 어디서 여자들을 만나며 어떻게 유혹해야 하는가 등등. 예를 들면 서커스나 연단, 극장, 전쟁승리 축하행렬, 폼페이 신전 기둥 밑을 찾아보라 등등, 여자를 정복하려면 우선 자신감을 가질 것 ... 그녀의 하녀에게 접근할 것 ... 하녀까지 정복할 것인가 아닌가를 생각해 둘 것 등등.

. . . . 9.

. . . .

. . . .

얼마나 어린 나이에 짐짓 행동을 꾸미고 10.
희망을 감추고 질투를 하는 법,
못 믿도록 하고 믿도록 하는 법,
침울한 듯 아파하는 듯 보이고
거만하게 보이고, 공손하게 보이는 법,
관심 많은 척, 무관심한 척하는 법,
이 모든 법을 그가 다 꿰고 있었던지!
얼마나 애타게 침묵했고 얼마나 유창하게 말했던지
연애편지 문구는 또 얼마나 거침없었던지!
오직 하나만으로 숨 쉬며 오직 하나만을 사랑하며
그가 어떻게나 자신을 잊을 수 있었던지!
그의 시선은 얼마나 재빠르고 부드러우며
수줍고 또 대담했던지, 또 가끔은
자유자재로 눈물을 빛내기도 했었고!

---

9. 초고에는 이 부분에 사랑을 가르치는 것이 본성이 아니고 스탈 부인이나 샤토브리앙의 소설의 영향이며 삶을 미리 알려고 하는 열망이 있어 소설 속에서 우리는 그것을 알게 되나 즐기지는 못하고 본성(본능, 자연)의 목소리를 경계하면서 우리는 행복을 해칠 뿐이고 뒤늦게 젊음의 혈기가 그 뒤(본성의 목소리)를 따라 날아간다고 되어 있는데, 이는 우리가 책에 따라 머리로만 사랑을 알 뿐 본성의 소리에는 오히려 귀를 막고 행복을 해치다가 나중에야 뒤늦게 깨닫고 서둘러 사랑을 하려 한다는 뜻이다. 오네긴은 그러나 사랑을 체험했고 여자들을 잘 알았다고 씌어 있었다.

11. Как он умéл казáться нóвым,
Шутя́ невúнность изумля́ть,
Пугáть отчáяньем готóвым,
Приятной лéстью забавля́ть,
Ловúть минýту умилéнья,
Невúнных лет предубеждéнья
Умóм и стрáстью побеждáть,
Невóльной лáски ожидáть,
Молúть и трéбовать признáнья,
Подслýшать сéрдца пéрвый звук,
Преслéдовать любóвь, и вдруг
Добúться тáйного свидáнья...
И пóсле ей наединé
Давáть урóки в тишинé!

12. Как рáно мог уж он тревóжить
Сердцá кокéток записны́х!
Когдá ж хотéлось уничтóжить
Емý сопéрников своúх,
Как он язвúтельно злослóвил!
Какúе сéти им готóвил!
Но вы, блажéнные мужья́,
С ним оставáлись вы друзья́:
Егó ласкáл супрýг лукáвый,
Фоблáса дáвний ученúк,
И недовéрчивый старúк,
И рогонóсец величáвый,
Всегдá довóльный сам собóй,
Своúм обéдом и женóй.

---

11. *새롭게 보일 줄 알았던지: 항상 새로운 면을 가진 사람처럼 여겨지도록 행동할 줄 알았다는 뜻이다. *저절로 우러나는 애무: 본능에서 우러나는 애무.

12. *이름난 교태꾼은 교태가 몸에 밴 유명한 바람둥이 여인들로서 사교계의 귀부인들과는 다른 부류로 말과 행동에 있어서 상류 사교계의 여인들보다 더 자유롭고 대담하게 행동했다. 이들은 예를 들어 제7장 51연에 나오는 모스크바의 볼쇼야 드미트로프카 거리에 있었던 무도회가 열리고 연극이나 오페라가 상연되었던 귀족사

얼마나 그가 새롭게 보일 줄 알았던지 11.
순진한 처녀를 장난삼아 놀래주고
준비된 절망으로 겁을 주었던지
듣기 좋은 아첨으로 즐겁게 해주고
감동받은 순간을 잘 잡아서
순진한 처녀의 선입견과 망설임을 싸잡아서
논리와 정열로써 조금씩 무너뜨리며
저절로 우러나는 애무를 기대하며
애원하고 고백을 집요하게 요구하다가
심장의 첫 번째 소리를 듣고,
사랑을 추적하여... 문득 밀회를 얻어내고
단둘이 조용한 곳에서 만나고... 그러다가
그녀에게 얼마나 노련하게
레슨을 해줄 줄 알았던지!

얼마나 이른 나이에 이미 그는 12.
이름난 교태꾼들 가슴을 흔들 줄 알았던지!
연적들을 제거해야 했을 때 그는
얼마나 지독한 독설을 해댔던지!
어떤 덫을 그들에게 준비해 두었던지! 우,
허나 그대들, 복받은 남편들이여, 휴우,
그대들은 그의 친구로 남았구려
그대들은 모두 그를 사랑했구려,
파블라스의 오랜 제자여서
아무쪼록 교활한 남편들도
의심 많은 늙은 남편들도
항상 자기 자신과 식사에서
그리고 아내에게서 만족을 느끼는
고상하신 속는 남편들도.

교클럽에 나타난 유혹하는 데 능한 노련한 유명한 바람둥이 남자처럼 유혹하는 데 능했다. *파블라스는 주베 드 쿠브리(1760-1797)의 소설 「기사 파블라스의 편력」(러시아어 명칭)에 나오는 주인공으로서 일생을 연애행각으로 보내는 남자. 여성을 유혹하는 악명 높은 사람이다. *지위 높은 속는 남편은 푸슈킨의 돈환 리스트(푸슈킨이 1828년 작성한 자신이 정복한 여자의 리스트로서 백 명이 넘는다. 집시 여자들의 이름도 들어 있다)에 나오는 아글라야의 남편 다비도프(1777-1833)라고도 한다.

13. . . . .

14. . . . .

. . . .

15. Бывáло, он ещё в постéле:
К немý запи́сочки несýт.
Что? Приглашéнья? В сáмом дéле,
Три дóма нá вечер зовýт:
Там бýдет бал, там дéтский прáздник.
Кудá ж поскáчет мой прокáзник?
С когó начнёт он? Всё равнó:
Вездé поспéть немудренó.
Покáмест в ýтреннем убóре,
Надéв ширóкий *боливáр* (3),
Онéгин éдет на бульвáр
И там гуля́ет на простóре,
Покá недрéмлющий брегéт
Не прозвони́т емý обéд.

---

13. 14. 초고에는 이 부분에 과부와 숙녀들을 순진한 척 능란하게 유혹하는 것을 묘사하는 우스꽝스러운 내용이 씌어 있었다. 이렇게 생략해 버리면 수많은 여자들을 차례로 정복한 오네긴의 사랑의 유희가 보나 마나 뻔한 것들로 이야기할 필요가 없다는 듯한 인상을 준다.

15. *소녀무도회에는 13-16세 된 소녀들이 어머니와 함께 참가하였다. 남자들은 나이의 제한이 없었다. 보통 무도회보다 일찍 끝났다. *아침 의상은 모닝코트 차림을 말한다. *푸슈킨이 주석 (3)에서 프랑스어와 러시아어를 섞어서 설명한 볼리바르 식의 모자는 당시에 유행하던 챙 넓은 실크 실린더 모자로서 19세기 초 스페인의 식민지

.... 13.

.... 14.

....

우편물이 전해질 때 때때로 15.
그는 아직 침대 속에 있었다
이건 뭐야? 초청장들인가? 정말로
세 집에서 야회로 초대하고 있었다
여기는 그냥 무도회, 저기는 소녀무도회, 어쩌나,
우리 개망나니는 어디로 갈거나?
누구로부터 시작할까? 아무래도 매한가지
어디나 시간 맞춰 가는 건 문제없지
일단 아침 의상을 입고
챙 넓은 **볼리바르**([3])를 쓰고서
오네긴은 네프스키 대로로 달려가서
막 누비고 다닌다. 절대로
죽지 않는 브레게 시계
식사시간을 알릴 때까지.

였던 남아메리카에서 스페인에 대항하여 봉기를 일으킨, 1820년대 유럽 자유주의자들의 우상이었던 혁명가 시몬 볼리바르가 쓰던 것이다. 1837년판에는 이탤릭체로 되어 있지 않다. *네프스키 대로에는 1820년 봄까지 도로 가운데 줄지어 나무가 심어져 있었다. 낮 2시경에 이곳은 사교계 사람들의 아침산책 장소였다. *막 누비고 다닌다: 제1장 2연의 역자주석을 보시오. *브레게 시계: 파리의 명인 브레게(1747-1823)가 만든 고급 주머니시계로 울림종이 달려 있다. 브레게 시계는 똑같은 것이 없다는 것이 특징이다.

16. Уж тёмно: в са́нки он сади́тся.
"Пади́, пади́!" — разда́лся крик;
Моро́зной пы́лью серебри́тся
Его́ бобро́вый воротни́к.
К Talón (4) помча́лся: он уве́рен,
Что там уж ждёт его́ Каве́рин.
Вошёл: и про́бка в потоло́к,
Вина́ коме́ты бры́знул ток,
Пред ним *roast-béef* окровавле́нный,
И трю́фли, ро́скошь ю́ных лет,
Францу́зской ку́хни лу́чший цвет,
И Стра́збурга пиро́г нетле́нный
Меж сы́ром Ли́мбургским живы́м
И анана́сом золоты́м.

17. Ещё бока́лов жа́жда про́сит
Зали́ть горя́чий жир котле́т,
Но звон брегéта им доно́сит,
Что но́вый начался́ бале́т.
Теа́тра злой законода́тель,
Непостоя́нный обожа́тель
Очарова́тельных актри́с,
Почётный граждани́н кули́с,
Оне́гин полете́л к теа́тру,
Где ка́ждый, во́льностью дыша́,
Гото́в охло́пать *entrechát*,
Оши́кать Фе́дру, Клеопа́тру,
Мои́ну вы́звать (для того́,
Чтоб то́лько слы́шали его́).

---

16. *비켜요: 마부가 행인들에게 지르는 소리. 사람이 많은 거리를 빠른 속도로 다니는 것이 멋스럽게 여겨졌는데 마부가 될수록 청아한 높은 목소리로 길게 '비켜요'를 외치는 것이 경쟁이었다고 한다. *3,4행은 체호프의 중편 「결투」에서 주인공 라예프스키가 카프카즈에서 페테르부르그를 그리워하며 읊는 구절이다. *탈롱은 유명한 레스토랑의 주인이라고 푸슈킨이 주를 달았는데 고급 프랑스 레스토랑으로 1825년까지 네프스키에 있었다. *카베린(1794-1855)은 1816년에서 1820년 사이에 푸슈킨과 친분이 있었던 활달한 장교로서 자유사상을 가졌다. 괴팅겐에서 공부한(1810-1811) 인텔리로서 비밀회합인 '복지연합'의 멤버이자 자유주의자들의 모임인 '초록등'에도 속해 있었다. 예브게니와 친하게 어울리는 인물로 제일 먼저 소개되

벌써 어둡다. 그는 썰매에 오르고 16.
사동이 목소리를 높인다 "비켜요, 비켜요!"
그의 해리털 외투 깃은 언 서리김으로
은가루 뿌린 듯 반짝거리고.
그는 **탈롱**(4)으로 달려간다. 그곳에서
필시 카베린이 기다리고 있겠지, 벌써.
들어가니 코르크 마개가 천장에 부딪히고
혜성주가 거품을 내며 넘쳐흐르고.
그 앞에 피가 뚝뚝 떨어지는 **로스트비프**에
청년들이 즐겨 먹는 미식,
프랑스 요리의 꽃 중의 꽃, 송로버섯에
림부르그 불루치즈와 금색
파인애플 한 조각 사이에 불후의
스트라스부르그산 통조림 거위간이 놓인다.

커틀릿의 뜨거운 기름을 식히게 17.
몇 잔 더 마시고 싶게 갈증이 나나
어김없는 브레게 시계,
새 발레가 시작된다 알리는구나
극장을 손안에 쥐고 흔드는 심술꾼이자
무대 뒤의 존경할 만한 시민이자
매혹적인 여배우들의
변덕스런 숭배자인 우리의
오네긴이 달려간다, 극장으로,
모두가 자유의 공기를 숨 쉬는 곳,
앙트레샤를 박수로 맞으려는 곳,
(자기 목소리가 들리게 하려는 목적만으로)
페드르와 클레오파트라에게 야유하고
모이나를 소리 높여 불러내는 곳으로.

었다. *혜성주는 1811년 유럽에 혜성이 나타났던 해에 수확한 포도로 만든 명성 높은 샴페인. *로스트 비프, 비프 스테이크는 1810년대 말-1820년대 초 새로운 유행이었다. *송로버섯: 프랑스식 고급요리. *림부르그 불루치즈: 벨기에에서 수입한 맛이 진하고 냄새가 강한 생치즈. *스트라스부르그산 통조림 거위간: 통조림은 나폴레옹 전쟁 때 발명되었다. 푸아그라를 말한다. 모두 유럽에서 수입한 델리카테세들이다. 귀족들은 수입품들을 먹고 마시고 입고 했다.

17. 귀족 청년들은 늦게 일어나 간단히 커피를 마시고 모닝코트를 입고 오후 2시

18. Волше́бный край! там в ста́ры го́ды,
Сати́ры сме́лый властели́н,
Блиста́л Фонви́зин, друг свобо́ды,
И переи́мчивый Княжни́н;
Там О́зеров нево́льны да́ни
Наро́дных слёз, рукоплеска́ний
С младо́й Семёновой дели́л;
Там наш Кате́нин воскреси́л
Корне́ля ге́ний велича́вый;
Там вы́вел ко́лкий Шаховско́й
Свои́х коме́дий шу́мный рой,
Там и Дидло́ венча́лся сла́вой,
Там, там под се́нию кули́с
Млады́е дни мои́ несли́сь.

19. Мои́ боги́ни! что́ вы? где́ вы?
Внемли́те мой печа́льный глас:
Всё те же ль вы? други́е ль де́вы,
Смени́в, не замени́ли вас?
Услы́шу ль вновь я ва́ши хо́ры?
Узрю́ ли ру́сской Терпсихо́ры
Душо́й испо́лненный полёт?
Иль взор уны́лый не найдёт
Знако́мых лиц на сце́не ску́чной,
И, устреми́в на чу́ждый свет
Разочаро́ванный лорнет,
Весе́лья зри́тель равноду́шный,
Безмо́лвно бу́ду я зева́ть
И о было́м воспомина́ть?

경 네프스키 대로를 산책한 다음 식당으로 가서 오후 4시쯤 식사를 마치고 저녁 10시경의 무도회까지 시간을 보내기 위해 극장에 가곤 했다. 제7장 50연의 역자주석을 보시오. *무대 뒤의 존경할 만한 시민은 1810-20년대에 배우들과 우호관계를 맺으며 그들에 대한 평판을 만들어 내기도 하던 사람들로 푸슈킨도 한때 그런 명칭을 가질 만한 적이 있었다. *앙트레샤는 발레에서 포인트한 양발로 높이 뛰어올라 공중에서 두 번이나 세 번 발을 엇갈리게 하는 동작. *페드르는 라신의 비극 『페드르』를 오페라로 각색한 작품의 여주인공. 이 오페라는 1818년 12월 18일 러시아어로 번역되어 상연되었다. 클레오파트라는 아마도 당시 번역된 드라마의 여주인공, 모이나는 오제로프의 오시안 각색 작품인 비극 「핑갈」의 여주인공. 1818년 12월 상연.

매혹의 장소! 왕년에 왕왕 18.
용감한 풍자의 제왕,
자유의 친구 폰비진의 명성 드높고
모방 작가 크냐쥬닌이 날리던 곳,
관객들이 저도 모르게 줄곧
눈물 흘리고 박수 치며 바치는 공물을
오제로프가 젊은 세묘노바와 나누던 곳,
카테닌이 코르네유의 고상한 혼을
우리에게로 부활시키던 곳,
벌떼같이 수많은 희가극을 데리고
솨호프스코이가 찌르러 오고
디들로가 영광의 관을 썼던 곳,
그 무대의 그늘 밑에서
내 젊음이 흘러간 곳으로.

내 여신들! 그대들은 어디서 뭘 하오? 19.
내 슬픈 목소리 들어 주오,
그대들은 그대로 여전하오?
아니면 다른 여인들이 그대들을 대신하오?
나 다시 그대들의 합창을 듣게 되려나?
춤의 여신의 혼이 깃든 그 비상을 나
다시 보게 되려나, 아니면 우울한 내 시선이
지겨운 무대 위에 아는 얼굴 찾아내지
못하고 실망한 오페라글라스를
낯선 사람들에게로 향해서
그들이 즐거워하는 광경을
심드렁하게 바라보면서
말없이 하품이나 하면서
지난날을 회상하게 되려나?

여배우 콜로소바가 역할을 맡았다. 이들은 당시 주로 상연되었던 작품들이다.

18. *폰비진(1745-1792)은 최초의 중요한 러시아 희극작가이다. 푸슈킨은 희극을 중요하게 여겼다. 그는 18세기 비극에서 아무런 민족적 원칙을 보지 못하고 여기에 희극을 대비시켰다. 폰비진은 창작 초기부터 푸슈킨의 머릿속에 항상 자리하는 작가였다. 러시아인들의 프랑스 심취를 풍자한 『여단장』(1758), 러시아 시골지주들의 무지와 횡포를 풍자하는 『미성년』(1782)을 썼다. *크냐쥬닌(1742-1791)은 프랑스 작품을 모방하여 많은 비극과 희극, 희극 오페라들을 썼다. *오제로프(1769-

20. Теа́тр уж по́лон; ло́жи бле́щут;
Парте́р и кре́сла, всё кипи́т;
В райке́ нетерпели́во пле́щут,
И, взви́вшись, за́навес шуми́т.
Блиста́тельна, полувозду́шна,
Смычку́ волше́бному послу́шна,
Толпо́ю нимф окружена́,
Стои́т Исто́мина; она́,
Одно́й ного́й каса́ясь по́ла,
Друго́ю ме́дленно кружи́т,
И вдруг прыжо́к, и вдруг лети́т,
Лети́т, как пух от уст Эо́ла;
То стан совьёт, то разовьёт,
И бы́строй но́жкой но́жку бьёт.

21. Всё хло́пает. Оне́гин вхо́дит,
Идёт меж кре́сел по нога́м,
Двойно́й лорне́т скося́сь наво́дит
На ло́жи незнако́мых дам;
Все я́русы оки́нул взо́ром,
Всё ви́дел: ли́цами, убо́ром
Ужа́сно недово́лен он;
С мужчи́нами со всех сторо́н
Раскла́нялся, пото́м на сце́ну
В большо́м рассе́яньи взгляну́л,
Отвороти́лся — и зевну́л,
И мо́лвил: "всех пора́ на сме́ну;
Бале́ты до́лго я терпе́л,
Но и Дидло́ мне надое́л" (5).

1816)는 감상적인 비극작품을 쓴 작가로서 나폴레옹 전쟁이 발발했던 1807년에 상연된 그의 역사극 『드미트리 돈스코이』는 큰 성공을 거두었다. *세묘노바(1786-1849)는 유명한 여배우이다. 그녀는 콜로소바와 쌍벽을 이루었다. 푸슈킨은 특히 세묘노바 때문에 오제로프의 역사극이 민족의 눈물을 자아내고 갈채를 받았다고 생각하였다. *카테닌(1792-1853)은 시인이자 비평가이고 프랑스 극작가 코르네유(1606-1684)의 작품들을 번역했다. 1817년부터 푸슈킨의 지기이다. 데카브리스트 운동에 적극적으로 참여하였다. *솨호프스코이(1777-1846)는 극작가이자 극장감독으로 희가극, 풍자극들을 창작하였다. 슬라바니즘을 옹호하여 '아르자마스' 그룹의 비판의 표적이었으나 1819년 이후 푸슈킨은 점점 그에게 관심을 가졌다. *디들로

극장은 이미 만원. 특별석은 번쩍거리고 20.
일등석과 일반석도 온통 들끓는다
꼭대기층에선 벌써 박수소리 울리고
드디어 막이 소리 내며 휘말려 올라간다
밝게 빛나며 환히 비치며 이스토미나는
신비스런 바이올린 선율에 맞춰서
요정 무리 한가운데 서서
춤추고 있다. 아, 그녀는
한 발끝을 살짝 바닥에 대고
다른 한 발로 천천히 돌고
갑자기 튀어 오르더니 휙 날아간다
바람의 신이, '후', 불은 솜털처럼 날아간다
몸을 웅크렸다가는 펴기도 하고
빠르게 한 발로 다른 발을 치기도 하고.

온통 박수를 치는데 오네긴이 들어오고 21.
의자들 사이로 사람들 발 위로 지나와서
뻔뻔스럽게 쌍안경을 무대에서 돌려서
특별석 낯선 귀부인들에게로 향하고.
모든 층에 시선을 던지고
모든 것을 본다. 얼굴하며
옷차림들이 몹시 마음에 들지 않고
사방에 남자들과 인사하며
몹시도 산만한 상태다
무대로 시선을 던지다가
곧 고개를 돌리고 하품을 하다가
말한다 "바꿀 때가 되었어, 아,
발레도 오래 참아 줬어,
디들로도 이제 더 못 참겠어."(5)

(1767-1837)는 1801년부터 페테르부르그의 발레 교수이자 수석안무가였다. 푸슈킨은 21연에 주석을 붙여 디들로의 발레에 대한 다양한 견해를 알려주는 셈이다.

19. 푸슈킨이 유배가기(1820) 전에 극장에 열심히 다닐 때 연극이나 발레나 발레리나를 좋아하던 '초록등' 젊은이들과 어울렸던 것을 보여준다. 초록등은 1819년 결성되어 니키타 프세볼로쥬스키의 집에 모여 토론하고 술도 마시고 각종 공연과 배우, 발레리나에 대해서도 이야기하였다. *춤의 여신은 러시아 무용수.

20. *이스토미나(1799-1848)는 당시 프리마발레리나. 그녀 때문에 푸슈킨의 친구들

22. Ещё аму́ры, че́рти, зме́и
На сце́не ска́чут и шумя́т;
Ещё уста́лые лаке́и
На шу́бах у подъе́зда спят;
Ещё не переста́ли то́пать,
Сморка́ться, ка́шлять, ши́кать, хло́пать;
Ещё снару́жи и внутри́
Везде́ блиста́ют фонари́;
Ещё, прозя́бнув, бью́тся ко́ни,
Наску́ча у́пряжью свое́й,
И кучера́, вокру́г огне́й,
Браня́т госпо́д и бьют в ладо́ни:
А уж Оне́гин вы́шел вон;
Домо́й оде́ться е́дет он.

23. Изображу́ ль в карти́не ве́рной
Уединённый кабине́т,
Где мод воспи́танник приме́рный
Оде́т, разде́т и вновь оде́т?
Всё, чем для при́хоти оби́льной
Торгу́ет Ло́ндон щепети́льный
И по Балти́ческим волна́м
За лес и са́ло во́зит нам,
Всё, что в Пари́же вкус голо́дный,
Поле́зный про́мысел избра́в,
Изобрета́ет для заба́в,
Для ро́скоши, для не́ги мо́дной, —
Всё украша́ло кабине́т
Фило́софа в осьмна́дцать лет.

이 결투를 하기도 하였다. *특별석은 칸막이가 있는 가족석으로 여성들은 이곳에만 있을 수 있었다. 이곳은 훈장과 제복의 별, 여인들의 보석으로 번쩍거린다. 일반석(다인석)에서는 원래 서서 관람하였다고 하는데 일등석(일인석) 뒤에 있는 공간으로, 다양한 사람들이 이곳에서 관람하였고 극장 애호가들도 종종 이곳에서 관람하였다. 일등석(1층 앞 정면에 있는 몇 줄의 좌석. 일인석)은 예브게니 오네긴처럼 주로 돈 있는 귀족들이 정기권으로 앉았다. 사람들이 연극이나 발레, 희가극이나 오페라가 시작되기 전에 이곳 다인석과 일인석에서 서로 인사하느라 부산하게 들끓는다. 꼭대기층에서는 진보적 성향의 사람들이 앉아 시작하라고 박수를 막 친다.
21. *쌍안경으로 공연을 관람하는 귀부인들을 보는 것은 매우 무례한 행동이다.

계속하여 큐피드들, 갖가지 요정들, 뱀들이 22.
무대 위에서 통통 뛰고 시끌벅적하고
입구에선 피곤한 하인들이
털외투를 깔고 아직 자고.
발구르기, 코풀기, 기침하기,
쉬쉬거리기, 박수치기가 끝나기
아직 쉽지 않아 보이고.
바깥이고 안이고 온 곳에 등불이 환하고.
말들은 고삐를 지긋지긋해하면서
몸이 얼어와 제자리에서 위아래로 뛰고
마부들은 불을 둘러싸고 주인들을 욕하고
손바닥을 두들겨 보는데 벌써
오네긴은 극장 밖으로 나왔다
옷을 갈아입으러 집으로 간다.

그럼 사실화처럼 그려 볼거나? 23.
그만의 고독한 서재를,
최신유행의 모범생인 젊은이가
옷을 입었다 벗었다 또 입는 그곳을?
잡화상 런던이 극도의 사치를 제공하러
북쪽 바다, 발트해를 건너
우리의 목재와 고기기름 값으로
우리에게 가져온 것들로,
파리의 게걸스런 취향이
이익되는 사업을 골라서
오락과 사치와 유행을 위해서
고안해 낸 것들이...
온통 장식하고 있는
우리네 18세 철학자의 서재를.

---

22. *큐피드는 고전주의시대의 회화나 시, 드라마에 항상 등장하는 사랑의 신이다. *19세기 초 러시아 극장에는 옷 보관소가 없었다. 하인들이 외투를 맡아 가지고 있었다. *마부들은 바깥에서 기다리는데 몸이 어는 경우도 있었고 손발에 동상이 걸리는 경우도 많았다고 한다.

23. 페테르부르그의 오네긴의 서재는 시골영지의 오네긴의 서재와 달리 의상실, 화장실, 분장실의 기능만이 강조되어 있다. *잡화상 런던: 영국제의 여러 일용잡화들은 종류가 다양했고 질이 좋았다. *목재와 고기기름은 러시아가 수출하던 주요 산

24. Янта́рь на тру́бках Царегра́да,
Фарфо́р и бро́нза на столе́,
И, чувств изне́женных отра́да,
Духи́ в гранёном хрустале́;
Гребёнки, пи́лочки стальны́е,
Прямы́е но́жницы, кривы́е,
И щётки тридцати́ родо́в
И для ногте́й и для зубо́в.
Руссо́ (заме́чу мимохо́дом)
Не мог поня́ть, как ва́жный Грим
Смел чи́стить но́гти перед ним,
Красноречи́вым сумасбро́дом (6).
Защи́тник во́льности и прав
В сем слу́чае совсе́м не пра́в.

25. Быть мо́жно де́льным челове́ком
И ду́мать о красе́ ногте́й:
К чему́ бесплo̐дно спо́рить с ве́ком?
Обы́чай де́спот меж люде́й.
Второ́й Чада́ев, мой Евге́ний,
Боя́сь ревни́вых осужде́ний,
В свое́й оде́жде был педа́нт
И то, что мы назва́ли фра́нт.
Он три часа́ по кра́йней ме́ре
Пред зеркала́ми проводи́л
И из убо́рной выходи́л
Подо́бный ве́треной Вене́ре,
Когда́, наде́в мужско́й наря́д,
Боги́ня е́дет в маскара́д.

물. *게걸스런 취향: 유행을 허기진 듯 추구하는 것을 말함. *18세의 철학자: 따로 떨어져 사는 독신이라는 의미를 장난스럽게 표현한 것으로도 보인다. 오네긴은 18세부터 독립했다.

24. *콘스탄티노플제 파이프: 로마제국의 옛 수도이자, 터키의 옛 수도였던 콘스탄티노플에서 수입한 파이프들은 매우 질이 좋은 것으로 가격이 비쌌다. *19세기 초에 향수는 새로운 유행이었다. 18세기 말에 러시아에 들어왔다. *루소(1712-1778)는 18세기 프랑스의 작가이자 사상가로서 자유와 국민국가의 민주주의를 설파하였다. 푸슈킨은 주석 (6)에 루소의 『참회록』(사후 1782년, 1788년 출판)에서 언급된 그림의 손톱손질에 관한 이야기를 따왔다. 이 부분은 1770년에 루소 자신이 1757년에

자, 홍보석 박힌 콘스탄티노플제 파이프라, 24.
흠, 갖가지 도자기, 청동제품들,
예민한 감각을 만족시키느라
세공유리병에 담겨 있는 향수들!
빗들과 손톱 다듬는 줄들,
곧은 가위들, 굽은 가위들,
손톱과 치아의 청결을 위해
가지가지 30가지 솔들이 화장대 위에
놓였어라. 루소는(곁가지로 언급하는바)
왜 거드름 피는 그림이 정신없이 말이 많은
그 앞에서 손톱을 손질하려는([6])
생각을 감히 품었는지 이해할 수 없었던바
자유와 정의의 옹호자는 이 경우
전혀 공정하지 않았던 것.

진지하고 유능한 활동가라도 피부와 25.
손톱에 신경 쓸 수 있는 법이고
시대와 공연히 다툴 필요도 없거니와
관습은 언제나 사람들 사이의 독재자이고.
제2의 차다예프, 내 예브게니는 모든 것에서
시기하는 경쟁자들의 비판이 겁나서
자신의 옷차림에도 현학자였다
그런 사람을 우리는 멋쟁이라 불렀다
그는 적어도 세 시간가량
거울 앞에서 보내고 나서
비너스 여신이 남장을 하고서
가장무도회에 가는 양
바람둥이 비너스와 비슷해져서
화장실에서 나오곤 했다.

겪은 것을 회상하면서 쓴 제9책 제2부에서 따온 것으로, 이 부분은(그림은) "허영심 많고 광대 같고 부석부석한 흐릿한 눈빛에 꼴사나운 외관을 가지고 있었는데 여자들을 사귀려는 마음에 ... 치장을 하기 시작했다. 치장이 그의 가장 중요한 일이 되었다. 이는 모두에게 알려져 있었다."로 시작한다. 루소는 그림에 대해서 비판적인 여러 가지 이야기를 하는데 이 이야기도 그림의 부정적인 측면의 증거로서 언급했다. 『예브게니 오네긴』의 이 연에서 루소는 '자유와 정의의 옹호자'인 동시에 '정신없이 말이 많은(달변의 미치광이)' 사람으로 표현되었다. 볼테르[「제네바 시민전쟁의

26. В после́днем вку́се туале́том
Заня́в ваш любопы́тный взгляд,
Я мог бы пред учёным све́том
Здесь описа́ть его́ наря́д;
Коне́чно б э́то бы́ло сме́ло,
Опи́сывать моё же де́ло:
Но *пантало́ны, фрак, жиле́т*,
Всех э́тих слов на ру́сском нет;
А ви́жу я, виню́сь пред ва́ми,
Что уж и так мой бе́дный слог
Пестре́ть гора́здо б ме́ньше мог
Иноплеме́нными слова́ми,
Хоть и загля́дывал я встарь
В Академи́ческий Слова́рь.

27. У нас тепе́рь не то в предме́те:
Мы лу́чше поспеши́м на бал,
Куда́ стремгла́в в ямско́й каре́те
Уж мой Оне́гин поскака́л.
Перед поме́ркшими дома́ми
Вдоль со́нной у́лицы ряда́ми
Двойны́е фонари́ каре́т
Весёлый излива́ют свет
И ра́дуги на снег наво́дят:
Усе́ян пло́шками круго́м,
Блести́т великоле́пный дом;
По це́льным о́кнам те́ни хо́дят,
Мелька́ют про́фили голо́в
И дам и мо́дных чудако́в.

후기」(1768)에서〕나 바이런(『차일드 해럴드의 순례』에서)은 루소를 말이 무척 많은 사기꾼, 스스로를 학대하는 소피스트, 광란하는 사람으로 표현하였다. *그림(1723-1807)은 독일출신의 18세기의 프랑스 백과전서학파 작가로 유럽의 여러 군주들의 후견을 받았다. 푸슈킨은 주석에서 루소를 인용한 뒤에 이어서 그림을 시대보다 앞서간 인물이라고 말한다.

25. *차다예프(1794-1856)는 1816년부터 푸슈킨의 친구였으며 매우 교양이 높은 사상가이자 작가였다. 그는 사교계에서 세련된 옷차림으로 유명하였다. 1837년판에는 그의 이름이 ***으로 처리되었다. 그는 저작물 「철학서한」 때문에 당시 사상적으로 극히 위험한 인물로 여겨졌다. *현학자였다: 여기서는 꽤 까다로웠다는 뜻. *화장

최신 유행의 옷차림으로 그가 26.
그대들의 호기심 어린 시선을 사로잡았으니
유식한 학자들 앞에서 내가
그의 옷들을 한번 묘사해 보겠으니
자, 물론 겁 없는 행동일 것이나
내 일이 바로 그것이니. 허나
팡탈롱, **프락**, **질레트**, 이같이
새로운 것들은 러시아 말로는 없으니
어쩌오, 나 용서를 구하오,
그렇지 않아도 보잘것없는 문체인데
외래어사용으로 더 덕지덕지하게
만들지 않을 수도 있었겠다 싶다오
나도 예전에 국어학회 표준사전을
부지런히 뒤져보긴 했었다오.

허나 지금 문제는 그게 아니고 27.
내 예브게니가 거리 마차를 타고
쏜살같이 달려간 무도회장으로 나는 듯
서둘러 가보는 것이 더 좋을 듯.
어둠에 싸인 집들 앞에서
잠든 거리를 따라 줄줄이
두 개의 등불을 단 마차들이
달려가며 즐거운 빛을 내뿜어서
눈 위에 무지개들을 그리고
처마 밑에 빙 둘러 걸린 촛불들이
집 전체를 휘황찬란하게 비추고
전면 유리창마다 온통 그림자들이,
숙녀들과 최신유행 괴짜들의 옆모습이
분주하게 어른거리는 그곳으로.

실은 옷을 갈아입고 머리를 빗고 치장을 하는 방이다. 당시 귀족청년들은 자신이 사교계에서 취해야 하는 역할에 따라 분장하듯이 공들여 치장했다.

26. *국어학회 표준사전은 6권으로 18세기 말(1789-94)에 발간되었는데 순수국어만을 고집하고 외래어를 배척하여 당시에 널리 쓰여졌던 외래어들조차도 전혀 들어있지 않았다. *팡탈롱, 프락, 질레트는 당시에 아직 새로운 외국식 복장이었다.

27. *거리 마차는 마부가 거리에 몰고 다니는 택시 같은 마차이다. *무도회는 도시의 주민들이 다 잠들었을 때 시작하였다. *최신유행 괴짜는 1810년대 말에서 1820

28. Вот наш геро́й подъе́хал к се́ням;
Швейца́ра ми́мо он стрело́й
Взлете́л по мра́морным ступе́ням,
Распра́вил волоса́ руко́й,
Вошёл. Полна́ наро́ду за́ла;
Музы́ка уж греме́ть уста́ла;
Толпа́ мазу́ркой занята́;
Круго́м и шум и теснота́;
Бренча́т кавалерга́рда шпо́ры;
Лета́ют но́жки ми́лых дам;
По их плени́тельным следа́м
Лета́ют пла́менные взо́ры,
И рёвом скры́пок заглушён
Ревни́вый шёпот мо́дных жён.

29. Во дни весе́лий и жела́ний
Я был от ба́лов без ума́:
Верне́й нет ме́ста для призна́ний
И для вруче́ния письма́.
О вы, почте́нные супру́ги!
Вам предложу́ свои́ услу́ги;
Прошу́ мою́ заме́тить речь:
Я вас хочу́ предостере́чь.
Вы та́кже, ма́меньки, постро́же
За дочерьми́ смотри́те вслед:
Держи́те пря́мо свой лорне́т!
Не то... не то, изба́ви бо́же!
Я э́то потому́ пишу́,
Что уж давно́ я не грешу́.

년대 초에 나타난 영국 유행을 따른 이들을 말한다. 프랑스 유행을 따른 사람들은 사교계의 규범에 따라 행동하였는 데 반해 영국 유행을 따르는 사람들은 이상한 행동이나 모습으로 튀게 굴었는데 이는 일상에 나타난 낭만주의 아류라고 말할 수 있다.
28. *기병장교의 장화에선 박차소리 요란하고: 기병장교들도 무도회에서 다른 손님들처럼 제복과 단화를 신었다고 하는 안나 이바노브나 불프(1826년 당시 미하일로프스코에 부근 트리고르스코에에 살았음)의 이 부분에 대한 지적에 대해 푸슈킨은 맞는 이야기라고 하면서 그러나 박차소리에는 뭔가 시적인 것이 들어 있다고 말했

자, 우리 주인공이 바로 입구까지 타고 와서 28.
화살처럼 문지기 옆을 지나고
대리석 계단 따라 나는 듯이 올라와서
손으로 잠시 머리를 매만지고
등장한다. 홀은 사람들로 가득 찼고
음악은 이미 울리기 지친 듯하고
사람들은 마주르카 추느라고 정신없고
사방이 시끌벅적 북적거리고
기병장교 장화에선 박차소리 요란하고
사랑스런 여인들의 두 발이 날아다니며
그 매혹적인 자취들 따라가며
뜨거워진 시선들도 날아다니고
유행 부인네의 시샘하는 속삭임 소리,
이를 덮어 버리는 바이올린 소리.

쾌락과 욕망의 그 시절에 29.
나 무도회에 완전 정신 나갔었소
사랑을 고백하고 편지를 전하는 데
이보다 더 좋은 장소는 없소
오, 그대들, 존경하옵는 남편들이여!
그대들에게 호의를 베풀겠나니, 어여
내가 하는 말을 명심하구려
그대들에게 경고하고 싶구려.
또 그대들, 엄마들도 마찬가지요,
딸들을 잘 감시하도록 하시오
오, 안경을 잘 쥐시오!
아니면... 아니면, 큰일나오!
나 이미 오래전부터 죄 짓지 않기에
이렇게 쓸 수 있는 거라오.

다. *유행 부인네: 18세기 풍자문학에서 다루어지던 유형으로 유행을 좇아 옷차림, 말, 행동을 하는 기혼녀들, 특히 드미트리예프의 풍자물 '유행 부인'(1791)을 염두에 두고 있다.

29. *사랑을 고백하고 편지를 전하는 데/이보다 더 좋은 장소는 없소: 무도회의 매력은 남녀 사이에 친밀함 속에서 자유롭게 행동하고 자연스럽게 대화할 수 있다는 점이다. 이는 다른 상황에서는 불가능한 일이었다. *안경을 잘 쥐시오: 손잡이가 달린 안경을 말한다. 여자들은 주로 단안경을 사용하였다.

30. Увы́, на ра́зные заба́вы
Я мно́го жи́зни погуби́л!
Но е́сли б не страда́ли нра́вы,
Я ба́лы б до сих пор люби́л.
Люблю́ я бе́шеную мла́дость,
И тесноту́, и блеск, и ра́дость,
И дам обду́манный наря́д;
Люблю́ их но́жки; то́лько вряд
Найдёте вы в Росси́и це́лой
Три па́ры стро́йных же́нских ног.
Ах! до́лго я забы́ть не мог
Две но́жки... Гру́стный, охладе́лый,
Я всё их по́мню, и во сне
Они́ трево́жат се́рдце мне.

31. Когда́ ж, и где, в како́й пусты́не,
Безу́мец, их забу́дешь ты?
Ах, но́жки, но́жки! где вы ны́не?
Где мнёте ве́шние цветы́?
Взлеле́яны в восто́чной не́ге,
На се́верном, печа́льном сне́ге
Вы не оста́вили следо́в:
Люби́ли мя́гких вы ковро́в
Роско́шное прикоснове́нье.
Давно́ ль для вас я забыва́л
И жа́жду сла́вы и похва́л,
И край отцо́в, и заточе́нье?
Исче́зло сча́стье ю́ных лет —
Как на луга́х ваш лёгкий след.

---

30. 귀족들의 춤 교습은 일찍이 5~6세부터 시작되었다. 푸슈킨은 이미 1808년에 춤을 배우기 시작한 것으로 보인다. 1811년 여름까지 그는 누이와 함께 트루베츠코이가(家), 부투를린가, 수슈코프가의 귀족 무도회에 참석하였다. 그리고 목요일마다 모스크바의 춤선생인 이오겔의 소녀 무도회에 참석했다. *우울하고 냉정해졌어도: 낭만주의적인 스테레오타입의 관례적인 포즈에 갑자기 러시아 여인의 발에 대한 비판이 나와서 아이러니한 효과를 일으킨다. *날씬한 발: 치마가 길었기 때문에 발목까지만 볼 수 있었는데 발목이 가늘고 발등부터 날씬하게 위로 올라가는 발을 말한

슬프도다, 갖가지 오락에 빠져서 나 30.
삶의 많은 부분을 망쳤도다!
허나 도덕에 해롭지만 않았다면 나
지금까지도 무도회를 사랑했을 것이다
나 사랑한다, 이 미친 듯한 젊음을,
이 북적거림, 이 번쩍거림, 이 즐김을,
여인들의 공들인 옷차림과 살짝 보이는
발을, 러시아에서 날씬한 발은
세 쌍도 찾아내기 어렵긴 해도.
아, 나 그 두 발을 참으로
오랫동안 잊을 수 없었다... 그야말로.
나 우울하고 냉정해졌어도
여전히 그 두 발을 기억한다, 꿈속에서도
그 두 발은 내 심장을 뒤흔든다.

그 언제 그 어디에, 어떤 황무지에 있어야 31.
바보, 너는 그 두 발을 잊을 수 있으리? 아,
귀여운 두 발, 두 발이여, 너희들은 지금 어디 있나?
그 어디서 봄꽃들을 밟고 있나?
동방의 안락함으로 애무받은 너희들은
북방의 슬픈 눈 위로는
아무런 자취도 남기지 않았다, 너희들은
부드러운 양탄자를 디디는
호사스런 감촉을 사랑했던 것이다
나 너희들을 위하여 영광도
갈채의 갈망도 조국도 유배도
모두 잊었던 시절이 오래전에 다
지나간 것일까? 젊은 시절의 행복은 사라졌다,
초원 위 너희들의 가벼운 자취가 사라졌듯이.

다. 푸슈킨은 여인의 발에 매우 관심이 많았다. 그의 다른 작품들(「눌린 백작」, 「귀족아가씨-농사꾼처녀」 등)에서도 항상 발은 여성의 몸에서 가장 매력적인 부분으로 제시된다. 푸슈킨은 여성의 발을 자주 지소형으로 부르는데 그가 발레리나의 발을 감탄하는 것을 보아도, 또 자연스러움을 좋아하는 그의 기질을 보아도 크기가 작은 발을 뜻하는 것은 아닐 것 같다. 너무 큰 발을 사랑하지 않은 것은 확실하겠지만.

31. 바로 앞의 연 말미의 아이러니와 대조되게 이 연은 푸슈킨 자신의 이야기인 듯 내밀한 서정적인 어조로 되어 있다. 무슨 이야기인지는 자세히 알 수 없다.

32. Диáны грудь, ланúты Флóры
Прелéстны, мúлые друзья́!
Однáко нóжка Терпсихóры
Прелéстней чéм-то для меня́.
Онá, прорóчествуя взгля́ду
Неоценúмую нагрáду,
Влечёт услóвною красóй
Желáний своевóльный рой.
Люблю́ её, мой друг Эльвúна,
Под длúнной скáтертью столóв,
Веснóй на муравé лугóв,
Зимóй на чугунé камúна,
На зéркальном паркéте зал,
У мóря на гранúте скал.

33. Я пóмню мóре пред грозóю:
Как я завúдовал волнáм,
Бегу́щим бу́рной чередóю
С любóвью лечь к её ногáм!
Как я желáл тогдá с волнáми
Косну́ться мúлых ног устáми!
Нет, никогдá средь пы́лких дней
Кипя́щей млáдости моéй
Я не желáл с такúм мучéньем
Лобзáть устá млады́х Армúд,
Иль рóзы плáменных ланúт,
Иль пéрси, пóлные томлéньем;
Нет, никогдá поры́в страстéй
Так не терзáл душú моéй!

---

32. *디아나는 달의 여신으로 젊은 처녀를 가리키는 관례적인 표현이고 *플로라는 꽃의 여신으로 붉은 뺨을 가진 여인을 가리키는 관례적인 표현이다. *엘비나는 카람진의 전통과 연관되는 에로틱한 서정시에서 찬미되는 소녀의 관례적인 이름이다.
33. *바닷가의 그녀는 나중에 남편(데카브리스트였던 볼콘스키)을 따라 시베리아로 간 엠.엔. 라에프스카야(1805-1863, 푸슈킨이 남부로 좌천되어 예카테리노슬라프에

디아나의 가슴, 플로라의 두 뺨은 32.
매혹적이다, 사랑스런 친구들이다!
허나 춤의 여신의 발은
내게 왠지 더 매혹적이다
그 발은 던지는 시선에 하마
더할 수 없는 보상을 예언하며
감질나게 보이는 아름다움으로 볼 때마다
마구 욕망을 부풀어 오르게 한다
내 연인 엘비나여, 나 발을 사랑하오,
긴 식탁보 밑에 놓인 발,
봄 초원의 풀밭 위에 놓인 발,
겨울 벽난로 타일 위에 놓인 발, 또
무도회장의 거울 같은 바닥 위에 놓인 발,
바닷가 화강암 바위 위에 놓인 발을.

나 폭풍 전의 그 바다를 기억한다, 정말로 33.
나 얼마나 부러워했는지, 그 파도를,
그녀의 발아래 엎드리려고 차례로
사랑의 폭풍처럼 달려오는 그 파도를!
파도와 함께 두 입술로 그 발에
키스하기를 나 얼마나 원했는지, 그때!
내 불타는 젊음의
그 뜨거운 나날에
젊은 아르미다들의 입술도,
불타는 뺨도, 애타하는 가슴도
그때 그 발처럼 키스하기를 그렇게도
고통스럽게 원한 적은 결코 없었다, 한 번도.
격정의 폭발이 내 가슴을 그렇게도
갈기갈기 찢어놓은 적은 결코 없었다!

도착한 후 곧 함께 여행했던 라예프스키 장군의 딸로서 당시 15세)라고도 하고 오데사에 있을 때(1823-1824) 푸슈킨이 사랑한 보론초프 백작부인일 수도 있다고 한다. *아르미다는 괴테의 운문 드라마 『토르쿠아토 타소』(1789 완성, 1807 초연)에서 보듯이 박해받는 예민한 시인의 모델로서 받아들여졌던 토르쿠아토 타소의(1544-1595)의 서사시 『해방된 예루살렘』(1581)의 여주인공으로 매력적이고 고혹적인 여자. 고전주의문학에서 관례적으로 여성찬미에 사용된 이름이다. 여기서 복수로 쓰인 점이 더욱 이를 뒷받침한다.

34. Мне па́мятно друго́е вре́мя!
В заве́тных иногда́ мечта́х
Держу́ я сча́стливое стре́мя...
И но́жку чу́вствую в рука́х;
Опя́ть кипи́т воображе́нье,
Опя́ть её прикоснове́нье
Зажгло́ в увя́дшем се́рдце кровь,
Опя́ть тоска́, опя́ть любо́вь!..
Но по́лно прославля́ть надме́нных
Болтли́вой ли́рою свое́й;
Они́ не сто́ят ни страсте́й,
Ни пе́сен, и́ми вдохнове́нных:
Слова́ и взор волше́бниц сих
Обма́нчивы... как но́жки их.

35. Что ж мой Оне́гин? Полусо́нный
В посте́лю с ба́ла е́дет он:
А Петербу́рг неугомо́нный
Уж бараба́ном пробуждён.
Встаёт купе́ц, идёт разно́счик,
На би́ржу тя́нется изво́зчик,
С кувши́ном о́хтенка спеши́т,
Под ней снег у́тренний хрусти́т.
Просну́лся у́тра шум прия́тный.
Откры́ты ста́вни; тру́бный дым
Столбо́м восхо́дит голубы́м,
И хле́бник, не́мец аккура́тный,
В бума́жном колпаке́, не раз
Уж отворя́л свой *васисда́с*.

---

35. *무도회는 새벽 5시경에 끝나는데 오네긴은 훨씬 뒤에 침대로 돌아온다. 그가 어디서 시간을 보냈는지는 알 수 없지만 당시 귀족 청년들이 술을 마시러 고급창녀들(코티산)에게 가거나 도박을 한 것은 흔히 있는 일이었다. 오네긴이 무도회에서 결국 집으로 돌아오는 것은 확실한 일이다. 그러나 43연에서 언급되는 늦은 밤 마차를 타고 다니는 젊은 미녀들과 만났는지도 모른다. *19세기 초 페테르부르그에서 경비대의 북소리가 아침을 알렸다. 경비대는 도시 외곽으로 여러 군데가 있었다. *마차 대기소: 거리에 마부들이 빈 마차로 손님을 기다리는 곳. *오흐타 소녀는 페

가끔 남 모르는 희망을 품고 34.
행운의 등자를 잡았던
두 손으로 발을 감촉했던
또다른 순간도 잊을 수 없고...
상상이 또다시 끓어오르고
또다시 그 발의 감촉이
시들어 버린 심장에 피를 뜨겁게 하고
또다시 그리움이, 또다시 사랑이!...
허나 이제 관두겠다, 거만한 여인들을
내 수다스런 리라로 찬미하는 걸.
그네들에겐 열정을 바칠 만한 가치가 없다,
자신들이 영감을 준 노래를 들려줄 가치도 없다
그 매혹적인 여자들의 말과 시선은
못 믿을손... 그들의 발이 그렇듯이.

헌데 내 오네긴은? 반은 잠이 든 그는 35.
무도회에서 침대로 돌아온다
지칠 줄 모르는 페테르부르그는
벌써 경비대 북소리로 잠이 깨었다
상인들이 일어나고 배달이 시작되고
마부는 마차 대기소로 다가가고
오흐타 소녀는 우유통을 들고 바삐 걷는다
그녀의 발아래 아침 눈이 사각거린다
아침의 기분 좋은 소리들이 깨어나고
덧창이 열렸고 굴뚝 연기는
푸른 기둥이 되어 올라가고 정확한
빵가게 독일인은 하얀 무명모자를 쓰고
이미 작은 창문 **뭐예요**
위아래로 수차례 여닫았고.

테르부르그 교외인 오흐타 지역에 사는 소녀를 말하며 이 지역은 도시에 우유제품을 공급하였다. *뭐예요라 불리는 작은 창문: 독일어 '뭐예요(was ist das)?'에서 온 것으로 빵가게 주인(독일인들이 빵집 주인인 경우가 많았다)은 이 조그만 창문만 열고 요구하는 것을 묻고 물건을 내주었다. 갓 구운 신선한 아침 빵을 포함하여 도시의 겨울 아침이 기분 좋은 소리와 따뜻한 온기로 막 깨어나는 표정이 차일드 해럴드처럼 '차갑게 식어버린 감정'을 지니고 오락에 지쳐 집으로 돌아오는 오네긴과 날카로운 대조를 이룬다.

36. Но, шу́мом ба́ла утомлённый,
И у́тро в по́лночь обратя́,
Споко́йно спит в тени́ блаже́нной
Заба́в и ро́скоши дитя́.
Проснётся за́-полдень, и сно́ва
До у́тра жизнь его́ гото́ва,
Однообра́зна и пестра́.
И за́втра то́ же, что вчера́.
Но был ли сча́стлив мой Евге́ний,
Свобо́дный, в цве́те лу́чших лет,
Среди́ блиста́тельных побе́д,
Среди́ вседне́вных наслажде́ний?
Вотще́ ли был он средь пиро́в
Неосторо́жен и здоро́в?

37. Нет: ра́но чу́вства в нём осты́ли;
Ему́ наску́чил све́та шум;
Краса́вицы не до́лго бы́ли
Предме́т его́ привы́чных дум;
Изме́ны утоми́ть успе́ли;
Друзья́ и дру́жба надое́ли,
Зате́м, что не всегда́ же мог
Beef-steáks и стра́збургский пиро́г
Шампа́нской облива́ть буты́лкой
И сы́пать о́стрые слова́,
Когда́ боле́ла голова́;
И хоть он был пове́са пы́лкой,
Но разлюби́л он наконе́ц
И брань, и са́блю, и свине́ц.

---

36. 19세기 초 페테르부르그에서 '오락과 사치의 자식'인 오네긴과 같은 삶을 누리는 청년들은 소수에 불과했다. 관직에 복무하지 않는 청년들이 아니라면 부유하고 명망 있는 가문의 자식들만이 이와 같은 삶을 누릴 수 있었다. 아락체예프시나가 절정에 달했던 1810-1820년대의 하급 근위 장교는 이른 아침부터 근무해야 했다. 가능한 한 늦게 일어나는 생활양식은 '귀족적임'을 나타내는 일종의 징표와 같은 것이었다. 그것은 아무 일도 하지 않는 귀족을, 일반 서민들이나 군대에서 힘든 복무를 하고 있는 귀족들뿐만 아니라 영지를 경영해야 하는 시골 지주들과도 구별해 주는 특징이었다. 가능한 한 늦게 기상하는 유행은 '구체제'하의 프랑스 귀족들 사이에서

허나 오락과 사치의 자식인 그는 36.
무도회의 소음에 지쳐서
아침을 한밤으로 바꿔서
복 받은 어둠 속에 평온하게 자다가는
한낮이 지나서 깨어나면 또다시
그 앞에 단조롭고 화려한 생활이
다음날 아침까지 대기하고 있고.
내일도 또 어제와 똑같을 것이고.
허나 인생의 꽃다운 시절의 정점에서
눈부신 승리 가운데서 그는 어땠을까?
나날의 넘치는 쾌락 가운데서
내 자유로운 예브게니가 행복했을까?
향연 가운데서 웃고 떠드는 그가
겉보기에 거침없고 건강하지 않았던가?

아니다. 일찍이 그 안의 감정은 굳었다 37.
그에게는 사교계의 소음이 지겨워졌고
미녀들이 습관적인 공상에서 숙고의
대상이 되는 시간도 길지 못했다
여인들의 배반도 그를 괴롭히진 못했다
친구들도 우정도 다 지겨워졌다,
항상 피가 뚝뚝 떨어지는 **비프스테이크**,
스트라스부르그 거위간, 송로버섯, 림부르그 블루치즈,
삼킨 위로 샴페인을 병째 들이부을 수는 없었으니까,
머리가 지끈지끈 아플 때에도
날카로운 재담을 뿌릴 수는 없었으니까,
그가 비록 펄펄 날뛰는 개망나니긴 했어도
결국 결투도, 장검도, 총알도
다 지겨워지고 말았다.

생겨났고 망명한 프랑스 복고주의자들에 의해 러시아에 도입되었다. 혁명 전 파리 사교계 여성들은 햇빛을 한 번도 보지 못했다는 것을 자랑스럽게 여겼다. 그들은 해가 질 무렵 깨어나 해가 뜰 무렵 잠자리에 들었다.

37. *재담을 뿌릴 수는 없었고: 당시 사교계 모임에서 재치 있는 말을 경쟁하듯이 하는 분위기를 알 수 있다. *결투도, 장검도, 총알도/다 지겨워지고 말았다: 제6장에서 오네긴과 렌스키의 결투를 보게 되는데 여기서 이미 우리는 오네긴이 결투를 많이 해본 사람이라는 것을 알 수 있다.

38. Недýг, котóрого причи́ну
Давнó бы отыскáть порá,
Подóбный áнглийскому *спли́ну*,
Корóче: рýсская *хандрá*
Им овладéла понемнóгу;
Он застрели́ться, слáва бóгу,
Попрóбовать не захотéл,
Но к жи́зни вóвсе охладéл.
Как *Child-Haróld*, угрю́мый, тóмный
В гости́ных появля́лся он;
Ни сплéтни свéта, ни бостóн,
Ни ми́лый взгляд, ни вздох нескрóмный,
Ничтó не трóгало егó,
Не замечáл он ничегó.

39. . . . .

40. . . . .

41. . . . .

---

38. *영국말로 스플린과 비슷한 증상인데: 이로써 바이런의 주인공의 특징인 세상에 대한 환멸, 우울, 권태, 분노, 복수의 특징이 오네긴과 연결되었다. *차일드 해럴드는 바이런(1788-1824)의 소설 『차일드 해럴드의 순례』(1812-1818)의 주인공으로서 당시 젊은이들 간에 인기 있는 인물이었다. 현실에서 소외감을 느끼는 차일드 해럴드는 권태, 우울, 염세, 불만, 분노, 복수심, 이런 내적인 동요를 포르투갈, 스페인, 알바니아, 그리스, 벨기에, 독일, 제네바, 로마로의 여행의 모험으로 달래려 한다. 『차일드 해럴드의 순례』 제1칸토, 4연에서 차일드 해럴드가 권태를 느끼기 시작하는 나이가 오네긴의 나이와 비슷한 것을 알 수 있다(오네긴은 25세에 시골로 떠나오지만 권태의 병이 시작된 것은 '이미 오래전').

'Childe Harold bask'd him in the noontide sun,/Disporting there like any other fly;/Nor deem'd before his little day was done/One blast might chill him into misery./But long ere scarce a third of his pass'd by,/Worse than adversity the Childe befell;/He felt the fulness of satiety:/Then loathed he in his native land to dwell,/Which seem'd to him more lone than Eremite's sad cell.//'

차일드 해럴드는 주어진 생애의 '삼분의 일도 겨우 지나기 이미 오래전에' 권태를 병의 원인을 이미 오래전에 38.
찾았어야 했는데...
영국말로 **스플린**과 비슷한 증상인데
간단히 말하면 러시아적 우울증이
점차로 그를 휩싸 버린 것.
다행히도 그는 자살 같은 것을
시도하지는 않았으나 도대체가
삶에 대해 냉담해졌다. 그가
차일드 해럴드처럼 음울하고도
지친 모습으로 객실에 나타나긴 했어도
사교계의 소문, 보스톤 게임,
사랑스런 눈길, 노골적인 숨소리,
그 어느 것도 그를 감동시키지 못했고
그는 아무것도 눈여겨보지 않았다.

.... 39.
.... 40.
.... 41.

느끼기 시작했다. 바이런이 순례를 떠났을 때가 21세, 권태를 느끼기 시작한 것은 그보다 전, 바이런은 어쨌거나 자신이 생각했던 것보다 훨씬 일찍 죽은 것 같다. 푸슈킨은 제1장을 집필할 당시 이 작품을 1820년 파리에서 출판된 프랑스어 번역으로 읽었다. 푸슈킨은 주석 (5)에서 모든 것에 차갑게 식어버린 감정을 차일드 해럴드의 특징으로 보고 있다. 오네긴 속에는 화려한 사교계 청년, 진보사상을 지닌 젊은이, 세상에 환멸과 권태를 느낀 조로한 젊은이의 모습들이 혼재해 있다. 이 연에서 프랑스어 제사에서 언급된 선과 악에 대한 '무관심'은 차일드 해럴드의 것 같은 권태와 우울이 그 주 원인인 것을 구체적으로 보여주고 있다. 푸슈킨이 구체적으로 차일드 해럴드를 언급하였기 때문에 『예브게니 오네긴』의 주인공이 바이런적 주인공으로 널리 알려진 원인이 되었을 것이다. 그리고 분명 오네긴과 차일드 해럴드 사이에는 비슷한 점이 있다. 제4장 44연에서 그는 차일드 해럴드처럼 사색의 한가함에 빠졌고 제7장 24연에서 타티아나는 오네긴을 해럴드의 망토를 걸친 모스크바 사람일까도 생각해 보고 제8장 8연에서 푸슈킨은 타티아나처럼 그가 해럴드일까 뭘까 자문해 본다. *보스톤게임: 휘스트와 비슷한 카드게임. *노골적인 숨소리는 여자들이 부끄러움을 모르고 사랑을 기대하게 하며 내쉬는 거친 숨소리인 듯하다.

42. Причу́дницы большо́го све́та!
Всех пре́жде вас оста́вил он;
И пра́вда то, что в на́ши ле́та
Дово́льно ску́чен вы́сший тон;
Хоть, мо́жет быть, ина́я да́ма
Толку́ет Се́я и Бента́ма,
Но вообще́ их разгово́р
Несно́сный, хоть неви́нный вздор;
К тому́ ж они́ так непоро́чны,
Так велича́вы, так умны́,
Так благоче́стия полны́,
Так осмотри́тельны, так то́чны,
Так непристу́пны для мужчи́н,
Что вид их уж рожда́ет *сплин* ([7]).

43. И вы, красо́тки молоды́е,
Кото́рых по́зднею поро́й
Уно́сят дро́жки удалы́е
По петербу́ргской мостово́й,
И вас поки́нул мой Евге́ний.
Отсту́пник бу́рных наслажде́ний,
Оне́гин до́ма заперся́,
Зева́я, за перо́ взялся́,
Хоте́л писа́ть — но труд упо́рный
Ему́ был то́шен; ничего́
Не вы́шло из пера́ его́,
И не попа́л он в цех задо́рный
Люде́й, о ко́их не сужу́,
Зате́м, что к ним принадлежу́.

---

42. *세이(1767-1832)는 리카르도와 아담 스미스를 따르는 프랑스의 부르주아 경제학자이고 벤담(1748-1832)은 영국의 법률가이자 자유주의적 부르주아 작가로서 이들의 저서는 19세기 초에 러시아의 반정부적인 지성층 사이에서 널리 읽히며 사랑받았다. 이러한 책들을 읽은 진보적 여성들도 있었다. 관료 사회에 편입되어 있었던 남성들은 직위 관계나 상명하복의 체계가 그들의 사고를 편협하게 했으나 귀족 여성들은 비교적 많은 사고의 자유와 개인의 자유를 누릴 수 있었기 때문에 1812년 이후 귀족 사회에서 민족의식이 고양되었을 때 많은 귀족 여성들이 진정한 시민의식, 비판의식을 보인다. *푸슈킨은 주석 (7)에서 이 연 전체가 아이러니하며 이는

상류 사교계의 변덕스런 여인들이여 42.
그가 누구보다도 먼저 버린 이들이여
요즘 시대에 상류식 언행이, 오,
상당히 지루한 것은 사실이라오.
세이와 벤담을 입에 올리는 경지의
숙녀들이 혹 있다고는 해도
도대체가 그들의 대화는 견디기 어려울 지경,
비록 죄없는 어리석은 말이긴 해도.
더구나 그들은 그리도 정절이 굳으니,
그리도 고상하시고 그리도 현명하시고
그리도 미덕으로 가득 차 있고
그리도 분별 있고, 그리도 정확하시니
남자들이 접근하기 그리도 어려워라,
하여, 보기만 해도 **스플린**이 생길 지경이라.(7)

그리고 그대들, 멋진 마차들이 43.
늦은 밤 페테르부르그의 보도를 따라
실어 나르는 젊은 미녀들이여,
내 예브게니는 그대들도 떠났어라
쾌락의 소용돌이에서 벗어나서
오네긴은 초연하게 집에 틀어박혀서
하품하며 펜을 잡고 글을 써보려 하나
끈질긴 일은 딱 못 견뎌하는지라
그의 펜에서 나오는 것은
전혀 없다, 정말 한 줄도 없다.
그래서 그는 기회 있을 때마다
논쟁하는 무리들 축에 끼지 않았던 것.
이들에 대해서는 비판을 않겠다
그건 나도 그들 중 하나이기 때문이다.

러시아 여성에 대한 찬사라고 말하며 스탈 부인의 책 『유배 10년』을 언급한다. 주석과 본문의 관계가 정면으로 모순되어 양가적 의미가 생성된다. 스탈 부인의 이 책은 1818년에 사후출판되었다. 여기서 그녀는 러시아를 여행하면서 페테르부르그의 여인들에 대해 동방의 매혹적인 여인으로서 품위 있고 정절 있고 종교적이라고 했다.
43. *젊은 미녀들: 이 여인들은 좀더 자유분방한 코티산(고급창녀) 같은 드미몽드(demimonde)에 속하는 여인들. *기회 있을 때마다/논쟁하는 무리들: 작가들, 문필가들을 말한다.

44. И сно́ва, пре́данный безде́лью,
Томя́сь душе́вной пустото́й,
Усе́лся он — с похва́льной це́лью
Себе́ присво́ить ум чужо́й;
Отря́дом книг уста́вил по́лку,
Чита́л, чита́л, а всё без то́лку:
Там ску́ка, там обма́н иль бред;
В том со́вести, в том смы́сла нет;
На всех разли́чные вери́ги;
И устаре́ла старина́,
И ста́рым бре́дит новизна́.
Как же́нщин, он оста́вил кни́ги,
И по́лку, с пы́льной их семьёй,
Задёрнул тра́урной тафто́й.

45. Усло́вий све́та све́ргнув бре́мя,
Как он, отста́в от суеты́,
С ним подружи́лся я в то вре́мя.
Мне нра́вились его́ черты́,
Мечта́м нево́льная преда́нность,
Неподража́тельная стра́нность
И ре́зкий, охлаждённый ум.
Я был озло́блен, он угрю́м;
Страсте́й игру́ мы зна́ли о́ба:
Томи́ла жизнь обо́их нас;
В обо́их се́рдца жар уга́с;
Обо́их ожида́ла зло́ба
Слепо́й Форту́ны и люде́й
На са́мом у́тре на́ших дней.

---

44. *무위에 몸을 맡긴 그는: 여기서 책을 읽는 일이 무위에 몸을 맡겼다고 표현되어 있는데 제1장의 55연에서 푸슈킨은 창작하는 일이 무위 속에서 일어나는 행복한 일이라고 말한다. *그는 정신적 공허감에 괴로워하면서: 오네긴은 제3장 10연 8행에서 '충만한 심장의 열매들'을 책 속에서 찾아서 발견하는 타티아나와 대조된다. *부자유의 사슬: 사고와 표현의 부자연스러움으로 인하여 자유스럽지 못한 것을 말한다. 푸슈킨 문학 세계에서 '자유'는 초기 페테르부르그 시절부터 계속 그 내포가 조금씩 변화하면서 그의 문학 전체를 관통하는 매우 중요한 개념이다.

또다시 무위에 몸을 맡긴 그는 44.
정신적 공허감에 괴로워하면서
타인의 지혜를 자기화하려는
칭송할 만한 목적을 가지고서
책들을 책꽂이에 열 지어 꽂고
읽고 또 읽었으나 내내 공염불이고.
지루하지 않으면 속임수나 헛소리고
양심이 없거나 의미가 없고
갖가지 부자유의 사슬에 매여 있다
옛날 것은 이미 낡았고
새것은 옛날 것을 되풀이하고.
여인들을 버렸듯이 그는 책들도 버렸다
먼지 쌓인 그들 가족과 함께 책꽂이도
검은 천의 상복으로 덮어 버렸다.

사교계 관습이라는 짐을 벗어 버리고 45.
그처럼 법석으로부터 초연하게 되었을 때
나는 그와 친구가 되었다. 그때
나는 저도 모르게 공상에 빠지고
모방할 수 없는 특이함을 보이는
날카롭고 냉철해진 지성으로 두드러지는
그의 성격을 퍽이나 좋아했다
나는 분노하고 있었고 그는 음울했다
우리 둘은 열정의 장난을 알고 있었고
삶은 우리 둘을 고통스럽게 짓눌렀고
우리 둘 속 심장의 불은 꺼졌고
눈먼 운명과 사람들의 심술이 언제고
우리 둘을 기다리고 있었다,
우리 생애의 신새벽이었는데.

---

45. 법석(суета): 이 단어에는 '미망', '번잡', '공허한 번잡'의 뜻이 모두 들어 있다. 사교계의 짐을 벗고 우정을 찾는 테마는 당시 푸슈킨 시의 주요 테마였고 그의 자서전적인 사실을 반영한다. 이 연에서 그려지는 오네긴은 푸슈킨의 시 「악마」(1823)에 나오는 주인공처럼 회의하고 부정하는 사람이지만 공상에 빠지는 사람이기도 하다. 푸슈킨과 오네긴의 관계가 매우 가깝게 그려져 있다. 푸슈킨과 오네긴의 관계는 가까웠다가 멀었다가 한다. 제4장 12-16연의 역자주석을 보시오. *지성(ум): 머릿속과 연관된 자질. 다른 부분에서 '정신', '이성'으로도 번역하였다.

46. Кто жил и мы́слил, тот не мо́жет
В душе́ не презира́ть люде́й;
Кто чу́вствовал, того́ трево́жит
Призра́к невозврати́мых дней:
Тому́ уж нет очарова́ний,
Того́ змия́ воспомина́ний,
Того́ раска́янье грызёт.
Всё э́то ча́сто придаёт
Большу́ю пре́лесть разгово́ру.
Сперва́ Оне́гина язы́к
Меня́ смуща́л; но я привы́к
К его́ язви́тельному спо́ру,
И к шу́тке с же́лчью попола́м,
И зло́сти мра́чных эпигра́мм.

47. Как ча́сто ле́тнею поро́ю,
Когда́ прозра́чно и светло́
Ночно́е не́бо над Нево́ю ([8]),
И вод весёлое стекло́
Не отража́ет лик Диа́ны,
Воспо́мня пре́жних лет рома́ны,
Воспо́мня пре́жнюю любо́вь,
Чувстви́тельны, беспе́чны вновь,
Дыха́ньем но́чи благоскло́нной
Безмо́лвно упива́лись мы!
Как в лес зелёный из тюрьмы́
Перенесён коло́дник со́нный,
Так уноси́лись мы мечто́й
К нача́лу жи́зни молодо́й.

---

46. 1823년 위의 연들을 쓸 무렵 푸슈킨은 심각한 정신적 위기를 겪는다. 특히 이 연은 매우 비관적인 인간관을 보여준다. 이 당시 푸슈킨은 인간이 원래 선량하다는 루소적인 생각에서 벗어나 인간의 본성이 원래 이기적이라는 생각을 품게 되었는데 이 점에서 오네긴은 당시의 푸슈킨에게 매우 근접해 있다.

47. 푸슈킨이 주석 (8)에서 그네디치의 페테르부르그의 밤에 대한 시를 인용하는 것은 나보코프에 따르면 그네디치가 「루슬란과 류드밀라」 출판을 도와준 데 대한 고마움 때문일 것이라고 한다. 그러나 그네디치의 페테르부르그에 대한 장황한 묘사의 요지는 '하늘이 투명하고 밝으며' 네바 강이 '거울'처럼 고요하다는 것이다. *디아나는 원래 달의 여신을 의미하는데 여기서는 프랑스 문학의 관례대로 달을 의미

생각하며 살아왔던 사람은 46.
마음속으로 사람들을 경멸하지 않을 수 없고
감정을 가져 왔던 사람은
돌이킬 수 없는 날들의 망령에 휘둘리고
이미 더 이상 황홀감을 느끼지 못한다.
기억의 뱀이, 회한이 그를 갉고 있는 것이다.
이런 모든 것이 종종 그와 대화할 때
커다란 매력으로 작용하였다, 그때
처음엔 오네긴의 혀가 꽤나
나를 당혹스럽게 했었다
그러나 어느새 나는 익숙해졌다,
그의 독기 어린 논쟁이나
반은 독설인 농담들에
또 분노에 찬 음울한 경구들에.

여름 날 네바 강 위(8) 47.
하늘이 투명하고 밝으며
강물의 명랑한 거울 위
디아나도 수줍어하며
몸을 감춘 듯 보이지 않았을 때
예전의 소설들을 기억하며 그때
그 사랑을 기억하며 감정에 넘쳐 다시
우리는 아무 걱정 없을 때처럼 말없이
복 받은 밤의 숨결을 뿌듯이
흠뻑 들이키곤 했다!
잠에 취한 죄수가 어쩌다
감방에서 초록빛 숲으로 나온 듯이
그렇게 우리는 꿈꾸기의 힘으로
달려와 있었다, 청춘의 시작 무렵으로.

한다. *예전의 소설들(романы): 여기서는 '지난날의 로맨스들'로 번역할 수도 있다. 제7장 53연에서 모스크바로 간 타티아나가 그리워하는 것은 시골에 두고 온 그녀의 소설들이지 로맨스들은 아니다. *잠에 취한 죄수가 어쩌다/감방에서 초록빛 숲으로 나온 듯이: 「도적 형제」(1821)에서 산속에서 법의 굴레를 벗어나 자유롭게 살던 도적 형제가 붙잡혀 감옥에서 숲을 그리워하다가 탈옥하는 장면과 연관된다. 남부 서사시에 속하는 이 작품도 푸슈킨의 자유에 대한 추구와 그 한계에 대한 사유가 들어 있는 작품이라고 볼 수 있다.

48. С душо́ю, по́лной сожале́ний,
И оперши́ся на грани́т,
Стоя́л заду́мчиво Евге́ний,
Как описа́л себя́ Пии́т (9).
Всё бы́ло ти́хо; лишь ночны́е
Переклика́лись часовы́е;
Да дро́жек отдалённый стук
С Мильо́нной раздава́лся вдруг;
Лишь ло́дка, вёслами маха́я,
Плыла́ по дре́млющей реке́:
И нас пленя́ли вдалеке́
Рожо́к и пе́сня удала́я...
Но сла́ще, средь ночны́х заба́в,
Напе́в Торква́товых окта́в!

49. Адриати́ческие во́лны,
О Бре́нта! нет, уви́жу вас,
И вдохнове́нья сно́ва по́лный,
Услы́шу ваш волше́бный глас!
Он свят для вну́ков Аполло́на;
По го́рдой ли́ре Альбио́на
Он мне знако́м, он мне родно́й.
Ноче́й Ита́лии злато́й
Я не́гой наслажу́сь на во́ле,
С венециянкою младо́й,
То говорли́вой, то немо́й,
Плывя́ в таи́нственной гондо́ле;
С ней обрету́т уста́ мои́
Язы́к Петра́рки и любви́.

---

48. *시인이 자신을 묘사했던 바로 그 모습: 이는 푸슈킨이 주석 (9)에서 유희스럽게 인용한 무라비오프의 「네바의 여신에게」에 나오는 시인의 모습과 유사하다. 미하일 니키티치 무라비오프(1757-1807)는 감상주의 시인의 원조 중의 한 명이다. 감상주의 시인과 오네긴이 비교되어 재미있다. *밀리온 거리는 페테르부르그의 네프스키 대로에 평행한 거리를 말한다. *토르쿠아토의 8행시가: 토르쿠아토 타소(1544-1595)의 서사시 『해방된 예루살렘』(1581)은 8행의 모음으로 끝나는 연(aeaeaeii)들로 이루어져 있었다. 바이런(『돈 주안』, 『차일드 해럴드의 순례』)에 따르면 이 작품은 당시 매우 널리 알려져 있었고 노래로 만들어져 베네치아의 곤돌라 뱃사공들에 의해서까지 불려졌다고 한다. 아름다운 마녀 아르미다가 기사들을 매혹시켜 잠들게 하는 내용.

마음이 애석함으로 가득해서 48.
대리석 난간에 몸을 기대고서
생각에 잠겨 서 있는 예브게니 모습은
시인이 자신을 묘사했던 바로 그 모습.(9)
주위에 모든 것은 고요했다. 야경꾼들만
서로서로 신호를 외쳐댔고
멀리 밀리온 거리에서 마차소리 문득 울리고
멀리 노를 휘두르는 배 한 척만
잠자는 강 따라 헤엄치고 있었다
그 취주악곡과 대담한 노래들
우리의 마음을 사로잡았었다
허나 뭐니뭐니해도 밤의 유희들
가운데 가장 달콤했던 것은
토르쿠아토의 8행시가였다!

아드리아의 파도여, 49.
오 브렌타여, 그대를 보면 나
다시 영감으로 가득하여
그대의 마력의 목소리 들으리라!
아폴로의 후예에게 신성한 그 목소리!
알비온의 자랑스런 리라가 알려준 그 목소리,
그 목소리는 내 혈연인 것을!
황금의 이태리, 그 밤의 달콤함을
나 젊은 베네치아 여인과 단둘이
신비스러운 곤돌라를 타고서
때로는 속삭이고 때로는 침묵하면서
자유로이 마음껏 즐기리
그녀와 함께라면 내 입술
페트라르카의 혀와 사랑의 언어를 얻으리.

---

49. *브렌타는 아드리아해로 흘러 들어가는 강을 말한다. 이 강 하구에 베네치아가 위치한다. 바이런이 자주 노래했다. *아폴로의 후예는 시인들을 말한다. *알비온의 자랑스런 리라는 영국(알비온은 영국의 옛 이름)의 시인 바이런으로 그는 이탈리아에 대해 많은 작품을 썼다. *페트라르카(1304-1374)는 14세기의 이탈리아 시인으로 사랑에 대한 소네트를 많이 지었다.

50. Придёт ли час мое́й свобо́ды?
Пора́, пора́! — взыва́ю к ней;
Брожу́ над мо́рем (10), жду пого́ды,
Маню́ ветри́ла корабле́й.
Под ри́зой бурь, с волна́ми спо́ря,
По во́льному распу́тью мо́ря
Когда́ ж начну́ я во́льный бег?
Пора́ поки́нуть ску́чный брег
Мне неприя́зненной стихи́и,
И средь полу́денных зыбе́й,
Под не́бом А́фрики мое́й (11),
Вздыха́ть о су́мрачной Росси́и,
Где я страда́л, где я люби́л,
Где се́рдце я похорони́л.

51. Оне́гин был гото́в со мно́ю
Уви́деть чу́ждые страны́;
Но ско́ро бы́ли мы судьбо́ю
На до́лгий срок разведены́.
Оте́ц его́ тогда́ сконча́лся.
Перед Оне́гиным собра́лся
Заимода́вцев жа́дный полк.
У ка́ждого свой ум и толк:
Евге́ний, тя́жбы ненави́дя,
Дово́льный жре́бием свои́м,
Насле́дство предоста́вил им,
Большо́й поте́ри в том не ви́дя
Иль предузна́в издалека́
Кончи́ну дя́ди-старика́.

---

50. *바다를 떠돌면서: 푸슈킨이 주석 (10)에서 말하듯 이 연을 흑해 연안 오데사에서 썼는데 위 49연에서 이미 알 수 있듯이 실제로 푸슈킨은 이 당시 외국으로 도주하려는 마음을 품었었다고 한다. *내 아프리카의 하늘 아래: 푸슈킨은 제1장을 처음 출판했을 당시 아프리카 출신의 그의 외조부에 대해서 자세히 주를 달았다. 1833년, 1837년 작품 전체를 출판했을 때 뒤에 붙인 '예브게니 오네긴에 붙이는 주석' (11)에서는 '예브게니 오네긴 초판을 보시오'라고 짤막하게 말하여 초판을 돌이켜 읽도록 한다. 다음은 1825년 처음 출판할 당시 붙인 주석의 내용이다:

작가는 어머니쪽으로 아프리카 출신이다. 그의 외증조할아버지 아브람 페트로비치 한니발은 만 7살이 지나고 8살이 아직 안 되었을 때 아프리카 해안으로부터 납

내 자유의 시간이 다가오려나? 50.
때가 되었다, 때가 되었다! 자유를 부르노라
바다를 떠돌면서(10) 좋은 날씨가 오려나
기다리며 돛단배를 부르노라.
폭풍의 옷자락 아래 파도와 싸워가며
자유로운 바닷길 따라 사방팔방 달리며
나 언제 시작할까나, 자유로운 도주를?
내게 해로운 기(氣)를,
이 지겨운 해안을 떠나 그곳,
저 멀리 적도의 물결 가운데서
내 아프리카의 하늘 아래에서(11)
내가 고통스러워했고 사랑했던 곳,
내 심장을 파묻은 곳, 이 어둑한
러시아를 생각하며 한숨 쉴 때가 되었다.

오네긴과 나는 우리 둘만을 위해 51.
낯선 나라로 떠날 채비를 했었다
허나 곧 우리는 운명에 의해
오랫동안 헤어지게 되었다
그의 아버지가 운명하셨던 것이다
오네긴 앞에 탐욕스런 빚쟁이들이
한 부대는 모였다. 각자 다 계산이
있었고 이유가 있었음은 물론이다
예브게니는 귀찮은 일을 꺼려서
주어진 운명에 만족하고서
큰 손해가 아닌 것을 보고
유산을 그들에게 넘겨 버렸고...
아니면 그때 멀리서 벌써
늙은 백부의 임종을 예견했는지도.

치를 당하여 콘스탄티노플로 끌려왔다. 그를 구한 러시아 공사는 표트르 대제에게 그를 선물로 보냈고 대제는 그를 빌나에서 세례를 주었다. 그의 뒤를 좇아 그의 형이 처음에 콘스탄티노플로, 그 다음 페테르부르그로 그를 도로 사겠다고 왔으나 표트르 대제는 자신의 세례자를 돌려보내는 데 동의하지 않았다. 최노년까지도 그는 못내 아프리카, 그의 아버지, 19명의 형제들을 기억하였다. 그는 그중에 막내였다. 그리고 형들은 양손을 등 뒤로 묶인 채 아버지에게로 데려와졌지만 그만은 자유롭게 아버지집의 분수 아래서 헤엄쳤던 것을 기억하였다. 또 그의 사랑하는 누이 라간

52. Вдруг получи́л он в са́мом де́ле
От управи́теля докла́д,
Что дя́дя при́ смерти в посте́ле
И с ним прости́ться был бы рад.
Прочтя́ печа́льное посла́нье,
Евге́ний то́тчас на свида́нье
Стремгла́в по по́чте поскака́л
И уж зара́нее зева́л,
Приготовля́ясь, де́нег ра́ди,
На вздо́хи, ску́ку и обма́н
(И тем я на́чал мой рома́н);
Но, прилете́в в дере́вню дя́ди,
Его́ нашёл уж на столе́,
Как дань гото́вую земле́.

53. Нашёл он по́лон двор услу́ги;
К поко́йнику со всех сторо́н
Съезжа́лись не́други и дру́ги,
Охо́тники до похоро́н.
Поко́йника похорони́ли.
Попы́ и го́сти е́ли, пи́ли,
И по́сле ва́жно разошли́сь,
Как бу́дто де́лом заняли́сь.
Вот наш Оне́гин се́льский жи́тель,
Заво́дов, вод, лесо́в, земе́ль
Хозя́ин по́лный, а досе́ль
Поря́дка враг и расточи́тель,
И о́чень рад, что пре́жний путь
Перемени́л на что-нибу́дь.

도 기억하였다. 그녀는 그가 배를 타고 멀어질 때 그리로 멀리서부터 헤엄쳐 왔었다. 18세 때 한니발은 황제에 의해 프랑스로 보내져서 공후의 군대에서 복무하였고 러시아로 돌아왔을 때는 박박 깎은 머리에 중위 계급이었다. 그때부터 그는 황제 곁을 떠나지 않았다. 안나가 통치할 때는 비론의 적이었던 한니발은 그럴싸한 핑계 하에 시베리아로 보내졌다. 인적이 없고 혹심한 날씨를 역겨워하여 그는 자의로 페테르부르그로 돌아와 친구 미니흐 앞에 나타났다. 미니흐는 놀라 당장 숨으라고 충고하였다. 한니발은 자기의 영지로 떠나가 안나의 통치기간 내내 그곳에 머물렀다. 사람들은 그가 복무중이고 시베리아에 있다고 여겼다. 옐리자베타가 옥좌에 오르자 그를 매우 총애하였다. 이후 아.페. 한니발은 예카테리나 통치시기에 총사령

정말로, 백부의 관리인이 52.
갑자기 소식을 보내왔다. 편지에는
'임종이 가까운 백부님이
조카님과 마지막 인사를 나누고 싶다는
희망을 표하셨으며...' 등등이 쓰여 있었고
예브게니는 이 슬픈 소식을 읽고
역마차로 달려갔다, 쏜살같이.
그는 한숨, 지겨움, 속임수를 오로지
돈의 대가로 치를 준비를 하고
벌써 하품을 계속 해댔다
(나 소설을 이렇게 시작했었다)
헌데 막상 백부의 시골에 다다르고
보니 그는 땅에 바쳐질 공물처럼
이미 장례탁자 위에 놓여 있었다.

마당은 하인들로 가득 차 있었고 53.
온 사방에서 장례식을 좋아해서
몰려온 적과 친지들이 달려들어서
고인을 땅에 고이 파묻었고
사제들과 손님들은 먹고 마시고
씩씩거리고 하더니 모두 다
무슨 큰일이라도 치르고
난 듯 얼마 후 거드름 피며 돌아갔다
이제 우리 오네긴은 농촌의 거주자,
농장, 호수, 강, 숲의 소유자,
땅의 소유자가 되었다. 여태껏은
질서의 적이자 삶의 낭비자였지마는
예전의 생활방식을 무엇으로라도
바꿀 수 있어 매우 기뻤다.

관-원수의 계급을 달고 중요한 업무로부터 벗어나 있다가 92세의 나이로 죽었다. 그의 아들인 육군중장 이.아. 한니발도 논쟁의 여지없이 예카테리나 시대의 가장 높은 신분에 속하였다(1800년에 죽었다). 역사적인 기록이 부족한 이유로 하여 특기할 만한 사람들에 대한 기억이 빠른 속도로 사라지는 러시아에서 한니발의 기이한 생애는 가족 속에 전해 내려오는 이야기로서만 알려져 있다(우리는 시간이 지나면 그의 전체 생애를 출판하기를 바라고 있다).

여기에서 말하는 공후는 루이 15세가 나이가 어려서 18세기 초 프랑스를 통치하

54. Два дня ему́ каза́лись но́вы
Уединённые поля́,
Прохла́да су́мрачной дубро́вы,
Журча́нье ти́хого ручья́;
На тре́тий ро́ща, холм и по́ле
Его́ не занима́ли бо́ле;
Пото́м уж наводи́ли сон;
Пото́м уви́дел я́сно он,
Что и в дере́вне ску́ка та́ же,
Хоть нет ни у́лиц, ни дворцо́в,
Ни карт, ни ба́лов, ни стихо́в.
Хандра́ ждала́ его́ на стра́же,
И бе́гала за ним она́,
Как тень иль ве́рная жена́.

55. Я был рождён для жи́зни ми́рной,
Для дереве́нской тишины́:
В глуши́ звучне́е го́лос ли́рный,
Живе́е тво́рческие сны.
Досу́гам посвятя́сь неви́нным,
Брожу́ над о́зером пусты́нным,
И *far niénte* мой зако́н.
Я ка́ждым у́тром пробуждён
Для сла́дкой не́ги и свобо́ды:
Чита́ю ма́ло, до́лго сплю,
Лету́чей сла́вы не ловлю́.
Не так ли я в былы́е го́ды
Провёл в безде́йствии, в тени́
Мои́ счастли́вейшие дни?

였던 오를레앙 공을 말한다. 비론과 미니흐는 안나 여황제 당시의 정치가들이다. 푸슈킨 자신 아프리카 선조를 자랑스러워했고, 푸슈킨을 일생 동안 연인처럼 사랑했던 시인 마리나 츠베타예바는 푸슈킨의 아프리카의 피를 특히 중요시했는데 그런 피를 가진 학생들의 신이자 남편들의 적인 푸슈킨이 그의 드라마 「석상손님」에 나오는 돈나 안나의 남편처럼 돌로 된 기념비로써 모셔질 수 없다고 여겼다. 그러나 1930년대 러시아 문학비평의 현실은 국내이거나 망명지이거나 푸슈킨을 기념비적 인물로 만드는 경향이 강했다. 1930년대 중반에 쓰여졌으나 소련이 와해되는 시기에야 출판된 하름스의 「푸슈킨 생애로부터의 일화들」은 이러한 푸슈킨 클리쉐(상투적 관용구)를 부조리문체로써 신랄하게 비판하고 있다.

이틀 동안은 외떨어진 들판도 54.
정원의 어두한 참나무 숲의 서늘함도
시냇물 조용히 흐르는 소리도
모두 그에게 새로웠어도
사흘째는 수풀도, 언덕도, 들판도
더 이상 그의 마음을 붙들지 못하더니
얼마 후엔 벌써 졸음을 일으키게 되니
그는 이제 확실히 깨달았다, 시골에도
똑같은 권태가 있는 것을. 시골에는
화려한 거리들과 궁전이 없고
카드게임, 무도회, 시의 밤이 없기는
해도, 우울증이 그를 보초 서고
그를 내내 졸졸 따라다녔다,
그림자처럼, 정숙한 아내처럼.

나는 평화로운 삶을 보내고 55.
시골의 고요함을 즐기려고 태어났어라
벽지에서 내 리라 소리 더 낭랑하고
창조적 상상은 더 생생하여라
무구한 한가함에 몸을 맡기고 무시로
인적 없는 호숫가를 거니니
내 법칙은 말 그대로 **무위**.
매일 잠에서 깨어나면 이리로
달콤한 편안함과 자유가 날 찾도다
나 책 거의 읽지 않고 잠 실컷 자도다
나 스쳐가는 영광도 탐하지 않아라
예전에도 무위의 그늘 아래
더없이 행복한 나날들을
나 이렇게 보내지 않았던가?

---

51. *상속자는 유산을 받고 빚을 갚는 방법과 유산을 포기하고 채권자들에게 자기들끼리 알아서 나누어 갖도록 하는 방법 중에서 선택해야 했다.

54. 이 연의 풍경은 오네긴이 겨울을 극장과 무도회가 있는 페테르부르그에서 보내고 봄에 시골로 떠나온 것을 말해 준다.

55. *무위를 이탈리아어 그대로 썼는데 이 소설에서 여러 번 이탈리아어가 그대로 쓰였다. 푸슈킨은 54연과 55연에서 자신을 오네긴과 차별화하면서 자연과 예술의 관계에 대해서 이야기한다. 제4장 12-16연의 역자주석을 보시오.

56. Цветы́, любо́вь, дере́вня, пра́здность,
Поля́! я пре́дан вам душо́й.
Всегда́ я рад заме́тить ра́зность
Между Оне́гиным и мной,
Чтобы насме́шливый чита́тель
Или како́й-нибудь изда́тель
Замыслова́той клеветы́,
Слича́я здесь мои́ черты́,
Не повторя́л пото́м безбо́жно,
Что намара́л я свой портре́т,
Как Ба́йрон, го́рдости поэ́т,
Как бу́дто нам уж невозмо́жно
Писа́ть поэ́мы о друго́м,
Как то́лько о себе́ само́м.

57. Заме́чу кста́ти: все поэ́ты —
Любви́ мечта́тельной друзья́.
Быва́ло, ми́лые предме́ты
Мне сни́лись, и душа́ моя́
Их о́браз та́йный сохрани́ла;
Их по́сле Му́за оживи́ла:
Так я, беспе́чен, воспева́л
И де́ву гор, мой идеа́л,
И пле́нниц берего́в Салги́ра.
Тепе́рь от вас, мои́ друзья́,
Вопро́с нере́дко слы́шу я:
"О ком твоя́ вздыха́ет ли́ра?
Кому́, в толпе́ ревни́вых дев,
Ты посвяти́л её напе́в?

---

56. 푸슈킨은 "바이런은 세상과 인간 본성에 대한 일면적인 시선을 벗어던졌다. 그는 그것들에서 벗어나 자신 속으로 침잠했다. 그는 자신의 유령을 보여준다. 제2의 자신을 창조한다."고 말한 적이 있다. 바이런은 '차일드 해럴드'를 자신의 상상력의 '아이(차일드)'라고 주장했고 『돈 주안』을 미완성으로 남기면서 자신과 '돈 주앙'과의 거리를 확보하기 어렵다고 고백했다. 복잡한 문제이다. 바이런과 푸슈킨의 '혈연' 관계는 널리 알려져 있고 그것은 맞는 이야기이다. 또 바이런과 해럴드와 푸슈킨과 오네긴의 관계도 사실은 가깝다. 그래서 역자는 개정판에서 오네긴의 아저씨를 숙부가 아니라 푸슈킨의 유명한 백부가 생각나도록 백부라고 번역했다(비록 다른 성격의 사람이긴 하지만). 제4장 8-10연, 51연의 역자주석을 보시오.

꽃들, 사랑, 시골, 한가함, 그리고 56.
들판이여, 내 영혼 그대들에게 바쳐졌도다
나 항상 기쁜 마음을 가지고
오네긴과 나 사이의 차이를 알리도다,
비웃음을 일삼는 독자나
고의적으로 비방을 꾸며내거나
심술이 심한 어떤 편집인이 있어
여기서 내 특징들을 잡아내어
나중에 뻔뻔스럽게 되씹는 일이 없으라고,
거만한 시인 바이런도 그랬으며
나도 내 초상화를 갈겨 놓았다며,
마치 우리가 자신에 대해서만 쓸 수 있고
이미 타인에 대해서는 결코
서사시를 쓸 수 없다는 듯이.

말 나온 김에 하는 얘긴데 시인들은 다 57.
꿈꾸는 사랑의 친구들이다
예전에 종종 사랑하는 여인들이
내 꿈에 보이면 내 영혼은 고이
그들의 신비스런 모습을 간직했고
시혼은 나중에 그들을 살려냈다
나 평온한 마음으로 내 이상을 노래했다
그렇게 나 산속의 체르케스 처녀를 노래했고
살기르 강변의 포로여인들을 노래했다
내 친구들이여, 그대들은 요즘
뭐가 그리 궁금한지 내게 종종 물어온다
"그대의 리라는 누구를 노래하오, 요즘?
샘 많은 처녀들 무리 가운데
그대는 누구에게 리라를 바쳤소?

---

57. *산속의 체르케스 처녀는 푸슈킨이 남부시절 초기에 쓴 서사시 「카프카즈의 포로」(1821)에 나오는 체르케스 처녀. 문명세계에 환멸을 느끼고 조국땅을 떠나 먼 카프카즈로 자유를 찾아온 상처 입은 러시아인을 돌보며 사랑하다가 그가 다시 러시아로 떠나갈 때 물에 빠져 자살하는 여인이다. 살기르 강변의 포로 여인들은 『바흐치사라이의 분수』(1822)에 나오는 크림의 기레이의 포로들로 이슬람 세계의 칸이 소유하고 싶어하는 기독교세계의 여인 마리아와 그녀를 질투하여 죽이고 자신도 익사당하는 열정적인 자레마를 말한다. 살기르 강은 크림에 있는 강이름이다.

58. Чей взор, волну́я вдохнове́нье,
Уми́льной ла́ской награди́л
Твоё заду́мчивое пе́нье?
Кого́ твой стих боготвори́л?"
И, дру́ги, никого́, ей-бо́гу!
Любви́ безу́мную трево́гу
Я безотра́дно испыта́л.
Блаже́н, кто с не́ю сочета́л
Горя́чку рифм: он тем удво́ил
Поэ́зии свяще́нный бред,
Петра́рке ше́ствуя вослe҆д,
А му́ки се́рдца успоко́ил,
Пойма́л и сла́ву ме́жду тем;
Но я, люб́я, был глуп и нем.

59. Прошла́ любо́вь, яви́лась Му́за,
И проясни́лся тёмный ум.
Свобо́ден, вновь ищу́ сою́за
Волше́бных зву́ков, чувств и дум;
Пишу́, и се́рдце не тоску́ет,
Перо́, забы́вшись, не рису́ет,
Близ неоко́нченных стихо́в,
Ни же́нских но́жек, ни голо́в;
Пога́сший пе́пел уж не вспы́хнет,
Я всё грущу́; но слёз уж нет,
И ско́ро, ско́ро бу́ри след
В душе́ мое́й совсе́м ути́хнет:
Тогда́-то я начну́ писа́ть
Поэ́му пе́сен в два́дцать пять.

---

58. 사랑의 미친 듯한 격정을 겪게 한 대상은 누굴까? 제1장 33연의 역자주석을 참고하시오.

59. *미완의 시구 곁에 여인의 발도 머리도/이제 그리는 법이 없고: 푸슈킨의 원고에는 어디나 이런 그림들이 나타난다. 1823년 10월 22일에 이 연을 썼는데 7개월 후 제3장 29연의 왼쪽 여백에 우아한 드레스 밑으로부터 뻗어나온 흰 스타킹을 신고 안쪽에 레이스 리본이 달린 검은 빛나는 가죽 슬리퍼를 신은 보론초프 백작부인의 발 한 쌍을, 오른쪽 여백에 그녀의 머리를 그리는 등, 푸슈킨의 원고의 여백에는 여인들의 얼굴이나 발들이 그려져 있었다. *25장의 서사시는 『보리스 고두노프』를 말하는 듯하다. 푸슈킨은 1825년에 25장으로 된 이 희비극의 초고를 완성했다. 이

누구의 시선이 영감을 일으켰소? 58.
누가 그대의 생각에 잠긴 노래 듣고
사랑스런 애무로 보상했고
그대의 시는 누구를 경배했소?"
맹세코 내 시는, 오, 친구들,
아무도 경배하지 않았다. 사랑의 미친 격정만을
나 고통스럽게 겪었을 뿐이다
각운의 열병을 사랑의 격정에
결합시킨 자는 복도 많아라. 그로써
그는 시라는 신성한 열뜬 소리를 두 배로 하고
페트라르카의 뒤를 밟아서
심장의 고통을 가라앉히고
영예까지 잡았으니. 아, 허나
난 사랑했을 땐 바보요 벙어리였다.

이제 사랑이 지나갔고 시혼이 나타났다 59.
혼미했던 정신도 맑아졌다
다시 자유로워진 나 매혹적인 소리에다
감정과 사고를 결합하려 해 본다
나 쓴다, 심장은 더 이상 애타하지 않고
펜은 이미 저도 모르게 또
미완의 시구 옆에 여인의 발도 머리도
이제 그리는 법이 없고
다 타버린 재는 이미 불길을 올리지 않고
나 여전히 슬프지만 눈물은 이미 말랐으니
내 가슴속에서 이제 곧, 이제 곧
폭풍의 흔적마저 사라질 것이니
그때 나 쓰기 시작하리라,
25장의 서사시를.

초고의 제목은 『보리스 황제와 그리슈카 오트레피에프에 대한 희비극』이고 이는 1993년 처음으로 책으로 출판되었다. 이 희비극은 무소르그스키가 오페라 『보리스 고두노프』(1874년 초연)를 작곡할 때 주로 참고하였다. '보리스 고두노프'라는 제목으로 '비극'이라는 부제를 붙여 1831년 처음 출판되었을 때는 22장이었고 군데군데 수정되었다. 소련시절에는 절충적으로 23장으로 출판되었다. 초고본과 출판본은 여러 면에서 차이를 보이는데, 검열을 생각하지 않은 초고본이 작품성에 있어서 보다 완벽한 것으로 보인다. 셰익스피어의 영향 아래 탄생한 이 작품은 국가의 운명과 인간

60. Я ду́мал уж о фо́рме пла́на,
И как геро́я назову́;
Пока́мест моего́ рома́на
Я ко́нчил пе́рвую главу́;
Пересмотре́л всё э́то стро́го:
Противоре́чий о́чень мно́го,
Но их испра́вить не хочу́.
Цензу́ре долг свой заплачу́,
И журнали́стам на съеде́нье
Плоды́ трудо́в мои́х отда́м:
Иди́ же к не́вским берега́м,
Новорождённое творе́нье,
И заслужи́ мне сла́вы дань:
Кривы́е то́лки, шум и брань!

의 운명을 진실하게 그려 보이고자 통치자, 귀족, 백성의 관계를 마키아벨리적인 관점에서 보여주는 정치 드라마이자 그의 역사와 역사쓰기에 대한 사유의 결과물이다.

60. 제1장을 마치며 푸슈킨은 이 소설에 모순의 법칙이 지배하리라는 것을 예고하는 셈이다. 전체 출판에서는 생략했으나 1장을 따로 출판했을 때의 서문도 이러한 생각을 나타낸다: "이것은 아마도 미완성으로 남을 커다란 시의 시작부분이다. 예브게니 오네긴의 몇몇 노래들, 또는 몇몇 장들은 이미 다 준비되었다. 유리한 처지의 영향으로 쓰여진 이 노래(장)들은 「루슬란과 류드밀라」의 작가의 초기작품들을 특징짓는 유쾌함을 뚜렷한 특징으로 가지고 있다. 제1장은 하나의 완성품이다. 이 장은 1819년 말의 페테르부르그 젊은이의 사교생활의 묘사를 포함하며 침울한 바이런의 유머러스한 작품인 베포(Beppo)를 상기시킨다. 멀리 보는 비평가들은 물론 계획의 결점들을 알아차릴 것이다. 누구나 소설의 첫 장만 읽고 나서 소설 전체의 계획에 대해 자유로이 심판할 수 있다. 사람들은 카프카즈의 포로를 닮은 주인공의 반문학적인 성격과, 우울한 감정이 모든 다른 감정들을 삼켜 버리는 최근의 비가들에 나타

이미 그 작품의 형식 및 60.
주인공의 이름을 생각해 두었다
여기 이 소설은 지금 막
일단 제1장을 끝마쳤다
전체를 다시 엄격히 검토해 보았다
흠, 모순이 무척 많다
허나 그것들을 고치기 싫다
검열엔 충분한 몫을 치르겠다
이제 평론가들에게 삼키라고 내주리라,
내 작업의 결실을. 자,
여기 갓 탄생한 창조물이여, 자,
이제 네바 강변으로 가거라!
가서 내게 영광의 공물—
곡해, 소동, 욕설—을 받아 오거라!

나는 고통스런 투로 쓰여진 몇몇 연들을 비판할 것이다. 그러나 우리에게 독자들의 주의를 장점들로 돌리게 하는 것이 허락되리라. 그 장점들이란 풍자작가들에게는 드문 것들로서 그들이 모욕을 주는 인물이 등장하지 않고 관습을 유머러스하게 묘사하며 엄격한 예의를 지켰다는 점이다." 여기서 푸슈킨은 「루슬란과 류드밀라」, 「카프카즈의 포로」의 연장선상에 있는 유머러스한 풍자물로서 이 소설의 기획을 언급했다. 실상 이 작품의 기본음조는 유머이다. 그는 세상을 냉철하게 보고 인물들에 대해서도 날카로운 시선을 보내지만 어떤 경우에도 인물들과 세상에 대해 너그러운 유머러스한 거리를 유지하며 이야기를 끌어간다. 그는 1823년 1월호 『유럽통보』에 그의 「카프카즈의 포로」를 비판한 포고딘과 1824년 『므네모지나』에 「우리 시문학의 방향에 대하여」라는 비평에서 '우울한 감정이 모든 것을 삼켜 버리는' 당시의 비가들을 비판한 큐헬베케르를 겨냥하며 이 작품의 풍자성을 환기시키며 제1장이 완성품이라고 하니 소설을 기획했다고 하나 언제라도 미완성일 수도 있겠다는 생각을 하게 하는 등 이 운문소설의 모순성을 천연덕스럽게 언급하고 있다.

2 ГЛАВА ВТОРАЯ

O rus!...
Hor.

О Русь!

제2장

오 시골 땅!
호라티우스

오 러시아 땅!

제2장은 주로 1823년에 오데사에서 집필하여 1826년 10월 출판하였다. 1823년 8월 푸슈킨은 친구들의 주선으로 키쉬뇨프에서 좀 더 유럽적이고 문화적인 도시 오데사로 옮겼었다. 제2장의 이 제사에서 '러시아 땅'은 표트르 대제 이전의 러시아, 진정하고 경외할 만한 그러나 후진적인 조국의 모습 전체를 뜻하는 것이라고 볼 수 있다. 이는 라틴어의 '시골 땅'하고 발음이 같은데 이 둘을 병치함으로써 시골과 이런 러시아의 모습이 더욱 긴밀하게 연결된다. 이는 제2장의 시골이 제1장의 도시적인, 유럽적이고 진정하지 못한 페테르부르그에 대비되리라는 것을 기대하게 한다. 호라티우스, 『풍자시』 제2권, 제6 노래에서 따온 이 라틴어(O rus)는 다음과 같은 텍스트에 들어 있다.

"오, 내가 언제 시골 땅을 보고(o rus, quando ego te aspiciam,)
옛글을 읽고 달콤한 잠에 들고 한가함을 누리며
불안한 현실을 잊는 축복을 즐길 수 있을까?"

스탕달의 『적과 흑』(1831년) 제31장(「시골의 즐거움」)에도 똑같은 제사(o rus, quando ego te aspiciam)가 쓰였다.

1. Дере́вня, где скуча́л Евге́ний,
Была́ преле́стный уголо́к;
Там друг неви́нных наслажде́ний
Благослови́ть бы не́бо мог.
Госпо́дский дом уединённый,
Горо́й от ве́тров ограждённый,
Стоя́л над ре́чкою. Вдали́
Пред ним пестре́ли и цвели́
Луга́ и ни́вы золоты́е,
Мелька́ли сёлы; здесь и там
Стада́ броди́ли по луга́м,
И се́ни расширя́л густы́е
Огро́мный, запущённый сад,
Прию́т заду́мчивых Дриа́д.

2. Почте́нный за́мок был постро́ен,
Как за́мки стро́иться должны́:
Отме́нно про́чен и споко́ен
Во вку́се у́мной старины́.
Везде́ высо́кие поко́и,
В гости́ной што́фные обо́и,
Царе́й портре́ты на стена́х,
И пе́чи в пёстрых изразца́х.
Всё э́то ны́не обветша́ло,
Не зна́ю пра́во почему́;
Да, впро́чем, дру́гу моему́
В том ну́жды бы́ло о́чень ма́ло,
Зате́м, что он равно́ зева́л
Средь мо́дных и стари́нных зал.

---

1. 미하일로프스코예의 풍경을 연상시키지만 예술적 형상이지 사실화는 아니다. 푸슈킨은 초기 시 「시골」(1820)에서 목가적인 즐거움에만 빠지는 것을 질타하기도 했지만 자연 속의 삶은 '무구한 쾌락의 벗'인 푸슈킨에게 도시의 삶에 지친 인간의 휴식처였고 창작의 산실이었다. 예를 들어 제4장 39연의 1-4행을 보시오. *무구한 쾌락의 벗: 시골생활의 즐거움을 아는 사람이라는 뜻(18세기 프랑스문학에 자주 나타났던 표현). *생각에 잠긴 숲요정들의/요람, 다듬지 않은 커다란 정원이/짙은 그늘을 넓게 펼치고 있었다.: 이러한 표현들 역시 18세기 후반 프랑스 시에 자주 사용되었다. 정원은 요즈음 공원만큼 큰 개인용 숲이다.

예브게니가 지루해했던 시골은 1.
무구한 쾌락의 벗이라면 정말로
하늘에 감사할 만한 그야말로
멋진 외딴 곳이었다. 불어오는
바람을 막아 주는 산 앞에
지주저택이 강 언덕 위에
외따로 서 있었고 그 앞으로 멀리
풀밭과 금빛 들판이
아롱거리며 꽃피어 있었고
드문드문 보이는 농가 부근에
여기저기 가축들이 거닐고
생각에 잠긴 숲요정들의
요람, 다듬지 않은 커다란 정원이
짙은 그늘을 넓게 펼치고 있었다.

지체 높은 성채는 신중하게 2.
성채 건축 양식을 그대로 지켜서
지혜로운 옛날의 취향에 따라서
지극히 견고하고 진중하게
지어져 있었다. 방들은 천장이 높았고
응접실 벽은 비단으로 발랐고
벽에는 황제들의 초상화가 걸린데다
벽난로는 무늬 타일로 꾸며져 있었다
이 모든 것이 지금은 한물가 버렸는데
왜 그런지는 나도 정말 모르겠는데
그건 그렇고 내 친구 오네긴에게는 근데
이 모든 것이 거의 상관이 없었는데
최신식 방에서나 옛날식 방에서나
하품 나기는 매한가지였으니까.

---

2. *지체 높은 성채: 저택이라고 하지 않고 성채라고 한 것은 로트만의 견해에 따르면 유럽 낭만주의 소설에 나오는 성채에서 일어나는 여러 가지 사건을 연상시킴으로써 독자는 무슨 사건인가를 기대하게 되지만 제2장에서 독자는 이런 면에서 자신의 기대를 전혀 충족하지 못하게 되는데 이는 푸슈킨이 의도한 바라고 볼 수 있다. 나보코프에 따르면 프랑스어 chateau(성채, 큰 저택, 별장)에 해당한다고 한다. *응접실 벽은 비단으로 발랐고: 18세기 귀족의 전형적 저택 내부.

3. Он в том поко́е посели́лся,
Где дереве́нский старожи́л
Лет со́рок с клю́чницей брани́лся,
В окно́ смотре́л и мух дави́л.
Всё бы́ло про́сто: пол дубо́вый,
Два шка́фа, стол, дива́н пухо́вый,
Нигде́ ни пя́тнышка черни́л.
Оне́гин шка́фы отвори́л:
В одно́м нашёл тетра́дь расхо́да,
В друго́м нали́вок це́лый строй,
Кувши́ны с я́блочной водо́й
И календа́рь осьмо́го го́да;
Стари́к, име́я мно́го дел,
В ины́е кни́ги не глядe´л.

4. Оди́н среди́ свои́х владе́ний,
Чтоб то́лько вре́мя проводи́ть,
Сперва́ заду́мал наш Евге́ний
Поря́док но́вый учреди́ть.
В своe´й глуши́ мудре́ц пусты́нный,
Яре́м он ба́рщины стари́нной
Обро́ком лёгким замени́л;
И раб судьбу́ благослови́л.
Зато́ в углу́ своём наду́лся,
Уви́дя в э́том стра́шный вред,
Его́ расчётливый сосе́д.
Друго́й лука́во улыбну́лся,
И в го́лос все реши́ли так,
Что он опа́снейший чуда́к.

---

3. 여기에는 당시 시골 지줏집 거실에서 쓰던 가구가 열거되어 있다. 보통 이들은 저택의 목수가 만들었다. *깃털 넣은 안락의자는 응접실 벽이 비단으로 도배된 것과 같이 거실도 안락하게 꾸며져 있으며 1770년의 유행에 따라 치장했음을 의미한다. *사과즙: 사과로 즙을 만들어 놓고 약으로 쓰곤 했다. *1808년의 달력: 오네긴이 시골에 도착한 해가 1820년으로 추정되므로 12년 전의 것이다. *파리를 죽이며 하녀와 실랑이하며 시간을 보내던 시골 노인이 '볼일 많은' 사람이라고 아이러니하게 표현되었다. 아마 시골 노인 자신이 다른 사람에게 볼일이 많다고 한 듯하다.
4-5연에서 오네긴은 계몽된 도시인일 뿐만 아니라 진보적인 사상을 가진 사람으로 나타난다. 1820년대 푸슈킨이 알고 지냈던 오를로프 등 반정부적 성격을 가졌던 진

그는 시골 노인이 하녀장과 날마다 3.
실랑이하며 대략 40년을 죽이던,
창을 내다보며 파리들을 죽이던
그 방을 자기 방으로 삼았다
모든 것은 소박했다. 참나무 마룻바닥,
장 둘, 탁자, 깃털 넣은 안락의자,
어디에도 잉크 자국 하나 없었다
오네긴은 장들을 열었다
한 군데는 가계부가 들어 있었고
다른 데는 과일주들이 열을 지은데다
사과즙이 담긴 항아리들이 들어 있었고
1808년 달력도 한 권 들어 있었다
볼일 많은 시골 노인이
다른 책 볼 새가 어디 있었겠나.

자신의 영지에서 홀로 지내면서 4.
우리 예브게니는 심심해 못 견뎌하다
그저 시간이나 좀 때워 보려는 생각에서
우선 신제도의 실시를 기획했다
자신의 벽지에 은둔한 현자로서
그는 예전의 부역의 멍에를 비로소
가벼운 연공으로 대체하였고
농노들은 운명을 찬미하였고
계산 빠른 이웃 지주는 빨리도
이 제도의 엄청난 해독을 알아차리고
자기 집에 틀어박혀 화를 내고 있었고
어떤 사람은 교활하게 웃음 짓기도
했는데 모두가 이구동성 내린 결론은
그가 위험천만한 괴짜라는 것.

보적인 청년들은 시골에 살면서 농노들의 삶의 조건을 개선하려고 노력하였다. 부역 대신 '가벼운' 연공을 바침으로써 농노들은 지주가 원하는 일이 아닌 다른 일을 할 수 있었다. 진보적인 지성인 그룹인 '복지연합'에서는 이것이 농노해방에 이르게 할 수 있다는 믿음까지 가졌다. 1820년대 초 이렇듯 부역을 공물로 대체하는 지주의 결정은 진보적인 행동으로 여겨졌으나 이웃이 얼마나 가나 보자고 교활하게 웃듯, 이는 대부분 그리 오래가지 못하는 귀족들의 행동이기도 했다. 연공으로 대체하면 지주의 농장을 운영하기가 어렵게 되니 농노들을 편하게 해주는 대신, 농장주인 오네긴

5. Снача́ла все к нему́ езжа́ли;
Но так как с за́днего крыльца́
Обыкнове́нно подава́ли
Ему́ донско́го жеребца́,
Лишь то́лько вдоль большо́й доро́ги
Заслы́шит их дома́шни дро́ги, —
Посту́пком оскорбя́сь таки́м,
Все дру́жбу прекрати́ли с ним.
"Сосе́д наш не́уч, сумасбро́дит,
Он фармазо́н; он пьёт одно́
Стака́ном кра́сное вино́;
Он да́мам к ру́чке не подхо́дит;
Всё *да* да *нет*; не ска́жет *да-с*
Иль *нет-с*". Тако́в был о́бщий глас.

6. В свою́ дере́вню в ту же по́ру
Поме́щик но́вый прискака́л
И столь же стро́гому разбо́ру
В сосе́дстве по́вод подава́л.
По и́мени Влади́мир Ле́нской,
С душо́ю пря́мо геттинге́нской,
Краса́вец, в по́лном цве́те лет,
Покло́нник Ка́нта и поэ́т.
Он из Герма́нии тума́нной
Привёз учёности плоды́:
Вольнолюби́вые мечты́,
Дух пы́лкий и дово́льно стра́нный,
Всегда́ восто́рженную речь
И ку́дри чёрные до плеч.

의 수입은 매우 줄었다고 볼 수 있다. *잔유석공회원(фармазон): 프랑스어 프랑마존(franc mason)을 파르마존으로 잘못 발음한 것으로 자유석공회원은 러시아에서 1780년경부터 러시아 정교를 엄격하게 신봉하는 시골귀족들로부터 이단으로 여겨졌다. 알렉산드르 1세(1777-1825, 1801년 즉위)는 1822년에 푸슈킨이 속했던 지회를 금지했다. 당시 몇몇 자유석공 그룹은 반정부적인 성격을 띠고 있었고 자유석공회원은 무신론자, 혁명가라는 의미로 사용되었다. 이들은 당시의 귀족 및 지주들의 관습에 반항하여 세련되지 못한 옷차림에 거친 말과 행동들을 하기도 하였다. *큰 컵으로 수입산 포도주만 마시는 것은 낭비하는 것을 의미한다. 보통 시골지주들은 과실주를 집에서 만들어 기호에 따라 보드카를 좀 타기도 하여 작은 술잔으로 마셨다.

처음엔 모두들 그를 방문했었는데 5.
큰 길 따라서 아직 멀리서
이웃의 마차 소리 들리기 무섭게
그가 화닥닥 서둘러서
뒷문에 돈 지방 준마를 으레
대기시키는 것을 알고 나서
모두들 이런 행동에 모욕을 느끼고서
그와 친교를 끊고서 "이웃은 무례해,
미치광이야, 잔유석공 회원이지,
수입산 적포도주만 마셔대지,
그것도 유리컵으로만 들이켜고,
숙녀들의 손에 키스도 안하고,
항상 **그렇소**, **아니오**라 말하지, **그렇습니다**,
아닙니다 하는 법 없지." 입을 모아 욕했다.

바로 그때 새로운 지주 한 사람이 6.
시골의 영지로 돌아왔다
그도 마찬가지로 이웃들의
까다로운 품평회에 내맡겨졌다
이름하여 블라디미르 렌스키,
한창 나이의 꽃미남에다 훤칠한 키
진짜 괴팅겐 정신으로 가득 찬
칸트 숭배자이자 시인인
그는 안개 낀 독일에서 깜냥
자유애 사상의 이상들,
불타는, 상당히 이상한
정신, 항상 열띤 말, 어깨까지 마냥
내려오는 검은 고수머리 같은
학문의 열매들을 막 수입했다.

---

*상냥하게 말하는 사교계 관습을 거부하고 단호하게 말하는 것은 당시 진보적 청년들의 유행이었다. *숙녀들의 손에 키스하는 것은 당시 숙녀들을 만나거나 떠날 때 갖추던 예의를 갖춘 관습을 말한다.

6-12연에서 여러 가지 면에서 예브게니와 대조되는 귀족청년의 유형인 렌스키가 소개된다. 원래 푸슈킨은 제2장의 중심인물을 렌스키로 하고자 하여 제2장의 제목을 '시인'으로 생각했었다. 그는 순진하고 감격을 잘하는 열정가로 지적인 회의주의자 예브게니 오네긴과 대조적인 성격으로 제시될 예정이었다. 초고에는 렌스키의 정치

7. От хла́дного развра́та све́та
Ещё увя́нуть не успе́в,
Его́ душа́ была́ согре́та
Приве́том дру́га, ла́ской дев.
Он се́рдцем ми́лый был неве́жда,
Его́ леле́яла наде́жда,
И ми́ра но́вый блеск и шум
Ещё пленя́ли ю́ный ум.
Он забавля́л мечто́ю сла́дкой
Сомне́нья се́рдца своего́;
Цель жи́зни на́шей для него́
Была́ зама́нчивой зага́дкой,
Над ней он го́лову лома́л
И чудеса́ подозрева́л.

8. Он ве́рил, что душа́ родна́я
Соедини́ться с ним должна́,
Что, безотра́дно изныва́я,
Его́ вседне́вно ждёт она́;
Он ве́рил, что друзья́ гото́вы
За честь его́ приня́ть око́вы,
И что не дро́гнет их рука́
Разби́ть сосу́д клеветника́;
Что есть избра́нные судьба́ми,
Люде́й свящённые друзья́;
Что их бессме́ртная семья́
Неотрази́мыми луча́ми,
Когда́-нибудь, нас озари́т
И мир блаже́нством одари́т.

적 자유주의의 색채가 더 강했다. "칸트의 숭배자이자 시인" 대신 "비평가, 반란자이자 시인"으로, "안개 낀 독일" 대신 "자유로운 독일"로 "불타는, 상당히 이상한 정신", 대신 "불타는, 진정으로 고귀한 정신"으로 되어 있었다. 두 인물은 푸슈킨의 서정시에 나타나는 화자들과 연결된다. 렌스키는 1823년 이전의 순수를 경배하지만 순진한 사람이고 오네긴은 성숙한 지성을 가졌으나 회의주의에 빠진 인물이다. 둘의 대조는 각자의 부족함과 가치를 동시에 강조한다. 둘 모두에 대해 작가는 거리를 취하고 또 둘에 대해 일면적이고 경직된 가치판단을 벗어나려 한다. 그러나 푸슈킨은 아무래도 렌스키보다 오네긴을 더 좋아하는 것 같다.

6. *괴팅겐: 독일의 대학도시로 18세기 말 19세기 초에 러시아 유학생들이 상당수

사교계의 냉혹한 야비함으로 7.
아직 시들지 못한 그의 영혼은
친구들의 다정함으로, 처녀들의 상냥함으로
데워져서 훈훈했고, 아직까지는
사랑스런 어린애의 마음을 가진
그를 희망이 얼러 주었고, 세상의 갖가지
광채와 소요는 그에게 항상 새로웠다
그것들은 아직 그의 젊은 머리를 사로잡았다
그는 심장의 어두운 의혹을
달콤한 공상으로 위안했고 또
우리네 삶의 목적은 언제라도
그를 사로잡는 수수께끼, 그것을
푸느라 골머리를 앓으며 그는
기적 같은 일이 일어나리라 예측했다.

그는 항상 조국의 혼이 8.
그와 합일되어야 하고
기쁨을 모르고 흐느끼는 그 혼이
매일 그를 기다리고 있다 믿었고
그는 친구들이 그의 명예를 위해서라면
족쇄를 감수할 태세가 되어 있으며
그들의 손으로 모함꾼의 무기를 부수다
죽는다 해도 흔들림 없으리라 굳게 믿었다
또 운명에 의해 선택된 자들, 저
인류의 신성한 친구들이 있어
그들 영원 불멸의 가족이 있어
꺼지지 않는 횃불을 쳐들어서, 자,
언젠가 우리를 밝게 비치고
세상에 지복을 선물하리라 믿었다.

있었다. 이 대학은 독일 관념론과 체제비판을 주로 가르쳤다. "진짜 괴팅겐 정신"이라는 것은 그래서 정치적인 중립과는 거리가 먼 개념이었다. *칸트(1724-1804): 18세기 독일 관념론자. 독일 낭만주의는 그의 철학의 영향을 받았다. 칸트를 신봉한다는 것은 당시에 무신론을 신봉한다는 뉘앙스를 가졌다. *어깨까지 내려오는 긴 머리는 당시 짧게 자른 댄디 멋쟁이들의 머리와는 대조되는 자유사상가의 머리를 말한다.

7. *아직 시들지 못한: 사교계에 거의 몸을 담지 않아 시들 새가 없었다는 뜻.

9. Негодова́нье, сожале́нье,
Ко бла́гу чи́стая любо́вь
И сла́вы сла́дкое муче́нье
В нём ра́но волнова́ли кровь.
Он с ли́рой стра́нствовал на све́те;
Под не́бом Ши́ллера и Ге́те
Их поэти́ческим огнём
Душа́ воспламени́лась в нём.
И Муз возвы́шенных иску́сства,
Счастли́вец, он не постыди́л;
Он в пе́снях го́рдо сохрани́л
Всегда́ возвы́шенные чу́вства,
Поры́вы де́вственной мечты́
И пре́лесть ва́жной простоты́.

10. Он пел любо́вь, любви́ послу́шный,
И песнь его́ была́ ясна́,
Как мы́сли де́вы простоду́шной,
Как сон младе́нца, как луна́
В пусты́нях не́ба безмяте́жных,
Боги́ня тайн и вздо́хов не́жных.
Он пел разлу́ку и печа́ль,
И *не́что*, и *тума́нну* даль,
И романти́ческие ро́зы;
Он пел те да́льные страны́,
Где до́лго в ло́но тишины́
Лили́сь его́ живы́е слёзы;
Он пел поблёклый жи́зни цвет
Без ма́лого в осьмна́дцать лет.

---

8. *그는 친구들이 그의 명예를 위해서라면/족쇄를 감수할 태세가 되어 있으며/그들의 손으로 모함꾼들의 무기를 부수다/죽는다 해도 흔들림 없으리라: 친구의 말을 보증하기 위해서 목숨을 내놓은 내용의 실러의 발라드 「보증서」를 상기시키며 이는 큐헬베케르를 염두에 둔 것이라고 한다.

9. 이 연에서는 당시 데카브리스트적 시인들의 특징인 만인의 행복을 위한 투쟁, 순수함, 순결함, 도덕적 엄격주의가 당시 젊은이들의 문학적 모범인 것을 알 수 있다. *실러(1759-1805)와 괴테(1749-1832): 18세기-19세기 초 독일의 가장 위대한 시인들. 스탈 부인(1866-1817)의 『독일론』(1810)으로 러시아에 널리 알려지게 되었다. 『독일론』은 1810년 완성되어 1만 부를 찍었으나 나폴레옹의 명령으로 파기되었다가

한편으로는 분노가, 한편으로는 연민이, 9.
또 만인의 행복에 대한 순수한 사랑이,
영광의 달콤한 고통이 다
일찍이 그의 피를 설레게 했다
리라와 함께 세상을 편력하면서
실러와 괴테의 하늘 밑에서
그들의 시적 화염으로 해서
영혼에 불이 붙은 행운아여서
그는 오, 숭고한 시혼들의
예술을 홀대하지 않았고
자랑스레 그의 노래들 속에
언제나 숭고한 감정, 그리고
처녀다운 동경의 열정, 또
진지한 단순함의 매력을 보전했다.

사랑에 순종하는 그는 사랑을 노래했고 10.
그의 노래는 소박한 처녀의 생각처럼,
어린애의 순진무구한 꿈처럼,
비밀의 여신이자 애정 어린 한숨의 여신이고,
외로이 고요한 허공에 뜬 달인 양,
티 하나 없이 말갰다. 그는 마냥
하고많은 이별과 슬픔을,
그 무엇인가, 안개 낀 먼 곳을,
그리고 낭만적인 장미들을 노래했다
또 고요의 품속으로 여러 해를
그가 생생한 눈물을 흘리다
떠나온 저 먼 이국들을,
삶의 빛바랜 색채를 노래했다,
열여덟도 채 안 된 나이에.

1813년 런던에서 출판되었다. 스탈 부인은 유배 상태에서 1812년 러시아를 여행하였다. 푸슈킨은 1825년 『모스크바 통보』에 익명으로 쓴 첫 비평을 스탈 부인에게 바쳤다. 그와 친분이 있었던 무하노프가 익명으로 그녀의 저서 『유배 10년』을 폄하한 발언에 대해 분노하면서 그녀를 매우 높이 평가하는 언급을 하였고 미완성소설 「로스라블레프」(1831)에는 인물로 등장시켰다.

10. *그 무엇인가, 안개 낀 먼 곳을: 이 표현은 당시 큐헬베케르가 낭만주의적인 스테레오타입의 문학을 비판하는 평론에서 쓴 것이다.

11. В пусты́не, где оди́н Евге́ний
Мог оцени́ть его́ дары́,
Госпо́д сосе́дственных селе́ний
Ему́ не нра́вились пиры́;
Бежа́л он их бесе́ды шу́мной.
Их разгово́р благоразу́мный
О сенoко́се, о вине́,
О пса́рне, о свое́й родне́,
Коне́чно, не блиста́л ни чу́вством,
Ни поэти́ческим огнём,
Ни острото́ю, ни умо́м,
Ни общежи́тия иску́сством;
Но разгово́р их ми́лых жён
Гора́здо ме́ньше был умён.

12. Бога́т, хоро́ш собо́ю, Ле́нский
Везде́ был при́нят как жени́х;
Тако́в обы́чай дереве́нский;
Все до́чек про́чили свои́х
За *полуру́сского сосе́да;*
Взойдёт ли он, тотча́с бесе́да
Заво́дит сло́во стороно́й
О ску́ке жи́зни холосто́й;
Зову́т сосе́да к самова́ру,
А Ду́ня разлива́ет чай,
Ей ше́пчут: "Ду́ня, примеча́й!"
Пото́м прино́сят и гита́ру:
И запищи́т она́ (бог мой!).
Приди́ в черто́г ко мне злато́й!.. (12)

---

11. *아내들의 대화: 귀족아가씨들은 결혼하면 시골영지에서 라린 부인처럼 알뜰한 농노제 수호자가 되거나 시골의 수다쟁이가 되는 일이 많았는데 그들의 지적 후진성, 빈말로도 결코 높다고 할 수 없는 교양과 통찰력을 저자는 꼬집고 있다.

12. *부자이고: 렌스키에 대한 소개는 그가 "부자"라는 것으로 시작된다. 라린 집은 그리 부자는 아니다. 초고에서 올가는 "가난한 이웃의 작은 딸" 혹은 "가난한 이웃의 딸아이"로 소개되었다. 완성본에서 이 부분은 삭제되었지만 라린 부인이 모스크바로 갈 여비가 충분치 않은 것을 걱정하는 장면(제7장 26연 12행)은 여전히 남아있어 집안이 경제적으로 그리 넉넉하지 않다는 설정은 유지된다고 할 수 있다. 예카테리나 시대의 여단장이었던 고(故) 라린의 미망인은 중지주에 속했다. 렌스키는 대

예브게니만이 그의 재능을 11.
알아주는 시골구석에서
이웃 마을 지주들의 모임을
좋아하지 않아서
그는 그들의 떠들썩한 대화들을
피했다. 추수와 포도주에 관한,
사냥개 사육과, 친척들에 관한
그들의 현명한 대화들을
들어 보면 물론 그 어느 것도
감정으로도 시적 화염으로도
기지와 지성으로도 사교술로도
전혀 빛나지 않았다. 그래도
이보다 훨씬 더 정신성을 결여한 것은
그들의 사랑스런 아내들의 대화였다.

부자이고 잘 생긴 렌스키는 12.
어디서나 환영받는 신랑감으로
시골의 관습대로 모두들 속으로는
이 **반독일인 이웃**을 자기 딸의 짝으로
찍어 놓았다. 그가 나타나는 즉시로
대화가 슬며시 바뀌어 바로
독신생활의 지리함에 대한 얘기가
슬쩍 나오고, 조금 있다가
이 이웃에게 차와 과자를 내온다
차를 따르는 두냐에게
"잘 봐라" 속삭이며 그녀에게
기타까지 가져다들 준다
두냐는 빽빽거린다 (맙소사!)
'**내게로 내 황금의 방으로 오라!**'...(12)

지주이리라 여겨진다. 재산 정도에 따라 지주는 소지주(80-100명 이하의 농노 소유), 중지주(몇백 명), 대지주(천 명가량)로 나뉜다. 그 외에도 만 명에서 많게는 수십만 명의 농노를 소유한 지주들도 소수 있었다. 얼마나 많은 농노를 소유했느냐 하는 것은 사회적 지위를 말해 주는 것이었다. *반독일인 이웃: 이웃 사람들이 렌스키를 지칭한 표현. *'내게로, 황금의 내 방으로 오라!': 푸슈킨은 주석 (12)에서 두냐가 격에 안 맞게 어림없이 빽빽거리는 이 노래의 출처가 『드네프르의 루살카』 제1부라고 밝히고 있다. 이는 페르디난트 카너(1751-1831)가 작곡하고 카알 프리드

13. Но Ле́нский, не име́в коне́чно
Охо́ты у́зы бра́ка несть,
С Оне́гиным жела́л серде́чно
Знако́мство покоро́че свесть.
Они́ сошли́сь. Волна́ и ка́мень,
Стихи́ и про́за, лёд и пла́мень
Не столь разли́чны меж собо́й.
Сперва́ взаи́мной разното́й
Они́ друг дру́гу бы́ли ску́чны;
Пото́м понра́вились; пото́м
Съезжа́лись ка́ждый день верхо́м,
И ско́ро ста́ли неразлу́чны.
Так лю́ди (пе́рвый ка́юсь я)
От *де́лать не́чего* друзья́.

14. Но дру́жбы нет и той меж на́ми.
Все предрассу́дки истребя́,
Мы почита́ем всех нуля́ми,
А едини́цами — себя́.
Мы все гляди́м в Наполео́ны;
Двуно́гих тва́рей миллио́ны
Для нас ору́дие одно́;
Нам чу́вство ди́ко и смешно́.
Сносне́е мно́гих был Евге́ний;
Хоть он люде́й коне́чно знал
И вообще́ их презира́л, —
Но (пра́вил нет без исключе́ний)
Ины́х он о́чень отлича́л
И вчу́же чу́вство уважа́л.

리히 헨즐러(1759-1825)가 가사를 만든 『도나우 처녀(Das Donauweibchen)』로서 니콜라이 스테파노비치 크라스노폴스키에 의해 1803년 『루살카』, 1804년 제2부 『드네프르의 루살카』라는 제목으로 러시아 말로 번역 소개되었다. 19세기 초 매우 인기 있었던 환상적 오페라. 푸슈킨은 페테르부르그와 오데사에서 『마탄의 사수』, 『세빌리아의 이발사』, 『돈 조반니』, 『피가로의 결혼』 등 당시 유행하던 유럽 오페라들을 즐겨 관람하였다. 그의 작품에도 유럽 오페라의 영향이 직접 나타났으며(「석상손님」, 「귀족아가씨-농사꾼처녀」), 그의 작품이 유럽 오페라를 만들게 하는 데 기여하기도 하였는데 『스페이드 여왕』(Eugine Scribe, Jacques Halevy 1850년, 메리메는 이 작품을 1849년 프랑스어로 번역했다.) 『카르멘』(비제, 1875)의 경우가 그렇다.

허나 결혼의 멍에를 짊어지기를 13.
물론 전혀 원하지 않는 렌스키는
오네긴과 어서 빨리 친교 맺기를
진심으로 원했다. 드디어 그들은
친구가 되었다. 파도와 바위도,
시와 산문도, 얼음과 불도
그들처럼 다를 수는 없었다. 처음에
만날 땐 서로의 다른 점 때문에
서로에게 시큰둥했다. 그러다
서로의 마음에 들었다. 그러더니
얼마 후 매일 말을 타고 서로를 방문하더니
곧 떨어질 수 없는 사이가 되었던 바다
이렇게 사람들은(나부터 그렇다고 고백하는바)
딱히 할 일이 없어 친구가 되는 바이다.

허나 우리들 간에는 이만한 우정조차 없다 14.
우리는 모든 편견을 분쇄 박멸해 버렸다
그 결과 우리에게 모든 타인은 제로이고
우리 자신만이 제일이고.
모두는 나폴레옹을 모범으로 삼는다
수천만의 두 발 달린 짐승은 누구고
우리에겐 단지 도구일 뿐이다,
감정이란 야만이고 우스울 뿐이고.
예브게니는 다른 사람들보다 나은 편이어서
그가 물론 인간들을 잘 알고
도대체 인간들을 경멸하고는
했지만 (예외 없는 법칙은 없어서)
그에겐 각별히 소중한 사람들도 있었고
남의 일이라도 감정을 존중할 줄 알았다.

---

13. 오네긴과 렌스키의 대조를 비교하는 표현들 — 파도와 바위, 시와 산문, 얼음과 불 — 중에서 무엇이 누구를 말하는지는 논란의 대상이다. *딱히 할 일이 없어: 당시 여러 상황에서 흔히 쓰였던 관례적 표현이다. 친교가 할일없는 사람들끼리의 시간 보내기라는 의미가 강화되어 있다. 그러나 오네긴이 "심심해 못 견뎌하다 신제도의 실시를 계획했다"고 할 때나 이때나 그냥 오네긴이나 화자가 남들에게 그렇게 이야기하는 것이라고 볼 수 있다. 그러나 오네긴이 러시아사회를 시시하게 보는 어조가 느껴지는 것은 사실이다.

15. Он слу́шал Ле́нского с улы́бкой.
Поэ́та пы́лкий разгово́р,
И ум, ещё в сужде́ньях зы́бкой,
И ве́чно вдохнове́нный взор, —
Оне́гину всё бы́ло но́во;
Он охлади́тельное сло́во
В уста́х стара́лся удержа́ть
И ду́мал: глу́по мне меша́ть
Его́ мину́тному блаже́нству;
И без меня́ пора́ придёт;
Пуска́й пока́мест он живёт
Да ве́рит ми́ра соверше́нству;
Прости́м горя́чке ю́ных лет
И ю́ный жар и ю́ный бред.

16. Меж и́ми всё рожда́ло спо́ры
И к размышле́нию влекло́:
Племён мину́вших догово́ры,
Плоды́ нау́к, добро́ и зло,
И предрассу́дки вековы́е,
И гро́ба та́йны роковы́е,
Судьба́ и жизнь в свою́ чреду́,
Всё подверга́лось их суду́.
Поэ́т в жару́ свои́х сужде́ний
Чита́л, забы́вшись, ме́жду тем
Отры́вки се́верных поэ́м,
И снисходи́тельный Евге́ний,
Хоть их не мно́го понима́л,
Приле́жно ю́ноше внима́л.

---

14. 이 연에서도 오네긴의 양면적인 면모가 드러난다. *모든 편견을 분쇄 박멸해 버렸다: 편견(이성적이고 합리적이 아닌 견해나 믿음을 말한다)을 없애자는 것은 18세기 계몽주의의 기치였다. *나폴레옹은 오랫동안 유럽 젊은이들의 우상이었다.
15. 나이 어리고 열정적인 렌스키와 성숙하고 회의적이면서도 사려 깊은 오네긴의 대조가 드러나는 부분이다.

그는 렌스키의 말을 미소 띠며 15.
들었다. 시인의 열띤 말이며
아직 판단이 흔들리는 정신이며
영원히 영감에 취한 시선이며
모든 것이 오네긴에게 새삼스러웠다
그는 입술에 저절로 떠오르는
찬물 끼얹는 말을 겨우 참았다
그는 생각했다. '그의 순간적인
행복을 방해하는 것은 어리석다.
내가 안 그래도 스스로 알 때가
올 것이다. 흠, 아직 세상이
완전하다 믿고 살게 두어야지.
청춘의 열기도 청춘의 헛소리도
청춘의 열병이니 용서해야지.'

그들 사이에선 모든 것이 다 16.
논쟁과 토론의 대상이었다
과거의 종족들의 계약들이,
학문의 열매들이, 선과 악이,
수세기간 굳어진 편견들이,
무덤 속 숙명적 비밀들이,
운명과 삶이, 이 모든 것들이
차례차례 그들의 심판대에
올랐다. 시인은 자기의 심판에
자기를 잊은 채 열을 올리며
북방 서사시의 조각들을 읽었으며
아량을 베푸는 예브게니는 군데군데
알아들을 수 없는 부분이 많았지만
열심히 젊은이에게 귀를 기울였다.

---

16. *과거의 종족들의 계약들이,/학문의 열매들이, 선과 악이: 이는 루소의 저작들을 상기시킨다. *북방 서사시: 러시아 또는 북구의 서사시를 말한다. 맥퍼슨(1736-1790)이 오시안의 작품을 각색한 것이 독일에 잘 알려져 있었고 괴테, 뷔르거, 실러 등에게 강한 영향을 미쳤으며 스탈 부인의 『독일론』에도 이 작가들의 인용문들이 실린 것으로 보아 독일 유학생 렌스키가 이것들을 읽었을 수 있다.

17. Но ча́ще занима́ли стра́сти
Умы́ пусты́нников мои́х.
Ушёд от их мятёжной вла́сти,
Оне́гин говори́л об них
С нево́льным вздо́хом сожале́нья.
Блаже́н, кто ве́дал их волне́нья
И наконе́ц от них отста́л;
Блаже́нней тот, кто их не знал,
Кто охлажда́л любо́вь — разлу́кой,
Вражду́ — злосло́вием; поро́й
Зева́л с друзья́ми и с жено́й,
Ревни́вой не трево́жась му́кой,
И де́дов ве́рный капита́л
Кова́рной дво́йке не вверя́л.

18. Когда́ прибе́гнем мы под зна́мя
Благоразу́мной тишины́,
Когда́ страсте́й уга́снет пла́мя
И нам стано́вятся смешны́
Их своево́льство иль поры́вы
И запозда́лые отзы́вы, —
Смире́нные не без труда́,
Мы лю́бим слу́шать иногда́
Страсте́й чужи́х язы́к мятёжный,
И нам он се́рдце шевели́т.
Так то́чно ста́рый инвали́д
Охо́тно кло́нит слух приле́жный
Расска́зам ю́ных усаче́й,
Забы́тый в хи́жине свое́й.

---

17. *요상한 카드짝에 돈을 건다는 것은 파라오 도박에 돈을 거는 것을 말한다. 파라오 도박에서 돈을 거는 사람은 카드를 뽑아 뒤집어 놓고 그 위에 돈을 건다. 도박판의 물주는 자기 앞에 오른쪽 왼쪽으로 번갈아 카드를 내려놓는다. 물주가 왼쪽에 놓은 카드가 건 사람이 펼쳐 보이는 카드와 짝이 맞으면(숫자가 일치하면) 건 사람이 이겨서 건 돈만큼 물주로부터 돈을 받는다. 그러나 그때 물주가 오른쪽에 놓은 카드가 건 사람이 놓은 카드와 짝이 맞으면 물주가 이기고 건 돈을 딴다. 푸슈킨의 소설 「스페이드 여왕」의 마지막 부분, 주인공 게르만이 도박에 지고 미치게 된 것은 그가 꿈속에 나타난 늙은 백작부인이 알려준 대로 1을 걸었더라면 물주가 왼쪽에 놓은 카드 1이 그가 건 카드와 짝이 맞으므로 그가 따게 될 것을, 스페이드 여왕을

허나 열정이 무엇보다 자주 그때 17.
우리 은둔자들의 머리를 사로잡았다
자신이 열정의 소용돌이에서 벗어났다
여기는 예브게니는 열정을 말할 때
저절로 유감의 한숨을 쉬었다
열정의 동요를 체험한 자,
그리고 마침내 그것에서 벗어난 자는 행복하다
그러나 열정을 모르는 자,
사랑을 이별로 식히고
증오를 비방으로 식히고
질투의 고통으로 불안해하지 않고
이제는 친구들과 아내 곁에서 하품하고
조상의 든든한 재산을 파라오 도박
요상한 카드짝에 걸지 않는 자는 더 행복하다.

우리가 현명한 평온의 18.
깃발 아래로 다가갈 때,
열정의 화염이 꺼지고 그것의
변덕, 폭발, 때늦은 반향이 우스워질 때
모든 힘든 대가를 치르고 나서
마음의 평화를 얻은 우리라서
가끔은 다른 사람의 열정의
반란 같은 언어, 언제나 우리의
심장을 설레게 하는 그 언어를
들으면서 달콤한 즐거움을 맛본다,
마치 잊혀진 채 집에 틀어박혀 살다
가끔 수염 기른 젊은이의 무용담을
노병이 기꺼이 부지런히
귀 기울여 들을 때처럼.

1이라고 잘못 보고 스페이드 여왕을 놓고 돈을 걸었다. 그러나 물주가 오른쪽에 놓은 카드가 마침 여왕이어서 게르만이 건 카드와 짝이 맞았으므로 게르만은 자기가 건 돈을 다 잃게 되었기 때문이다. 이런 식으로 왼쪽의 카드와 짝이 맞느냐, 오른쪽의 카드와 짝이 맞느냐 하는 데 따라서 재산이 왔다 갔다 하기에 요상한 카드짝이라고 표현했다.

18. *수염 기른 젊은이: 당시에는 귀족 중에서 장교들만이 수염을 기를 수 있었다.

19. Зато́ и пла́менная мла́дость
Не мо́жет ничего́ скрыва́ть.
Вражду́, любо́вь, печа́ль и ра́дость
Она́ гото́ва разболта́ть.
В любви́ счита́ясь инвали́дом,
Оне́гин слу́шал с ва́жным ви́дом,
Как, се́рдца и́споведь любя́,
Поэ́т выска́зывал себя́;
Свою́ дове́рчивую со́весть
Он простоду́шно обнажа́л.
Евге́ний без труда́ узна́л
Его́ любви́ младу́ю по́весть,
Оби́льный чу́вствами расска́з,
Давно́ не но́выми для нас.

20. Ах, он люби́л, как в на́ши ле́та
Уже́ не лю́бят; как одна́
Безу́мная душа́ поэ́та
Ещё люби́ть осуждена́:
Всегда́, везде́ одно́ мечта́нье,
Одно́ привы́чное жела́нье,
Одна́ привы́чная печа́ль.
Ни охлажда́ющая даль,
Ни до́лгие лета́ разлу́ки,
Ни му́зам да́нные часы́,
Ни чужезе́мные красы́,
Ни шум весе́лий, ни Нау́ки
Души́ не измени́ли в нём,
Согре́той де́вственным огнём.

그것은 나폴레옹과의 전쟁 이후 민족적 자각에서 장교들이 러시아 농민들처럼 수염을 기르게 된 것에서 연유한다. 표트르 대제는 수염을 기르는 것을 금지하였었다.

반면 불타는 청춘은 아무것도 19.
아무래도 감출 수가 없다
증오도, 사랑도, 슬픔도, 기쁨도
청춘은 다 떠들어 버리고 싶어한다
스스로를 사랑의 노병이라 여기며
오네긴은 위엄 있는 태도로 들었고
시인은 심장의 토로를 사랑하여 대고
마음속을 있는 대로 다 털어놓으며
자신의 쉬 믿는 양심을 다
보여주었다. 예브게니는 다
수월하게 이해했다, 시인의
청춘연애담을, 우리들이
이미 오래전부터 익히 알고 있는
감정들로 넘쳐흐르는 그 얘기를.

아, 그는 사랑을 했던 것이다, 이 시대에 20.
이미 그 누구도 못할 그런 사랑을.
시인의 미친 영혼만이 아직 그렇게
사랑하도록 선고받은 그런 사랑을.
언제나 어디서나 오직 한 가지 꿈만이,
늘상 오직 한 가지 희망만이,
늘상 오직 한 가지 슬픔만이 있을 뿐,
냉각시키는 먼 거리도 가깝기만 할 뿐,
이별의 기나긴 나날도
시에 바쳐진 시간들도
이국의 아름다운 여인들도
떠들썩한 소동도, 학문도
처녀다운 열정으로 뜨거워진
그 안의 영혼을 변하게 할 수 없었다.

20-22. 낭만주의 비가의 풍으로 1810-1820년 러시아 문학에서 사용되던 낭만적 목가적인 클리쉐(상투적 관용구)들로 렌스키의 이력을 소개하고 있다. *영혼(душа): 육체의 속에 있는 마음을 말한다. 제2장 6연에서는 (괴팅겐)정신이라고 번역했다.

21. Чуть о́трок, Ольгою пленённый,
Серде́чных мук ещё не знав,
Он был свиде́тель умилённый
Её младе́нческих заба́в;
В тени́ храни́тельной дубра́вы
Он разделя́л её заба́вы,
И де́тям про́чили венцы́
Друзья́ сосе́ды, их отцы́.
В глуши́, под се́нию смире́нной,
Неви́нной пре́лести полна́,
В глаза́х роди́телей, она́
Цвела́ как ла́ндыш пота́енный,
Не зна́емый в траве́ глухо́й
Ни мотылька́ми, ни пчело́й.

22. Она́ поэ́ту подари́ла
Млады́х восто́ргов пе́рвый сон,
И мысль об ней одушеви́ла
Его́ цевни́цы пе́рвый стон.
Прости́те, и́гры золоты́е!
Он ро́щи полюби́л густы́е,
Уедине́нье, тишину́,
И Ночь, и Звёзды, и Луну́,
Луну́, небе́сную лампа́ду,
Кото́рой посвяща́ли мы
Прогу́лки средь вече́рней тьмы,
И слёзы, та́йных мук отра́ду...
Но ны́нче ви́дим то́лько в ней
Заме́ну ту́склых фонаре́й.

---

21. *자식들에게 화관을 준비했다: 그들의 부모는 그들을 혼인시킬 예정이었다는 뜻인데 나중에 렌스키의 무덤 위의 나뭇가지에 화관이 걸린 것과 의미적으로 병행된다.

22. *그의 피리에 첫 한숨을 불어넣었다: 그의 첫 번째 시작품을 탄생시킨 것을 말한다. 고전문학에서 피리는 리라와 마찬가지로 시의 상징으로 사용되었다. *황금

아직 심장의 고통이 뭔지 모르는 21.
소년시절부터 올가의 포로가 된 그는
그녀의 유치한 장난들을 날마다
감동스레 목격한 사람이었다
참나무 그늘 아래 몰래 만나다
둘이 함께 장난을 나누게 되자
친구이자 이웃인 부모들은 양쪽 다
자식들에게 화관을 준비했다
평화로운 시골에서 소박한 지붕아래
순진한 매력으로 가득 차 있는
그녀는 그녀의 부모가 보기에는
인적 드문 풀밭에 피어나서 아예
나비도 벌도 모르게 숨겨진
한 송이 향기로운 방울꽃이었다.

그녀는 시인에게 청춘의 열광의 22.
첫 번째 꿈을 선물했다
그녀에 대한 생각은 그의 피리에
첫 한숨을 불어넣었다
황금 같은 장난이여, 이제 작별이다!
그가 이제 사랑하게 된 것들은
빽빽한 숲 같은 것들,
고독과 정적 같은 것들에다
이제나저제나 밤과 밤별들과
달이다, 저녁 어스름 속의 산책과
눈물과 비밀스런 고통의 기쁨을 다
바치던 하늘의 램프인 달 말이다...
요즘 우리는 달을 희미한 가로등불의
대체물이라고만 여기지만 말이다.

같은 장난이여, 이제 작별이다!: 낭만주의 비가들의 관용적 표현. 철모르던 소년시절, 사랑의 고통을 모르던 시절의 가벼운 장난들을 의미하는 듯하다. *하늘의 램프인 달: 달을 시적으로 표현한 것과 대조되게 과시적으로 산문적으로 달을 램프로 표현하였다.

23. Всегда́ скромна́, всегда́ послу́шна,
Всегда́ как у́тро весела́,
Как жизнь поэ́та простоду́шна,
Как поцелу́й любви́ мила́,
Глаза́ как не́бо голубы́е;
Улы́бка, ло́коны льняны́е,
Движе́нья, го́лос, лёгкий стан,
Всё в Ольге... но любо́й рома́н
Возьми́те и найдёте ве́рно
Её портре́т: он о́чень мил,
Я пре́жде сам его́ люби́л,
Но надое́л он мне безме́рно.
Позво́льте мне, чита́тель мой,
Заня́ться ста́ршею сестро́й.

24. Её сестра́ звала́сь Татья́на... (13)
Впервы́е и́менем таки́м
Страни́цы не́жные рома́на
Мы своево́льно освяти́м.
И что ж? оно́ прия́тно, зву́чно;
Но с ним, я зна́ю, неразлу́чно
Воспомина́нье старины́
Иль де́вичьей! Мы все должны́
Призна́ться: вку́су о́чень ма́ло
У нас и в на́ших имена́х
(Не говори́м уж о стиха́х);
Нам просвеще́нье не приста́ло
И нам доста́лось от него́
Жема́нство, — бо́льше ничего́.

---

23. 올가를 묘사하는 단어들은 보통 남자들의 마음을 끄는 여인의 특징들을 뭉뚱그리고 있다.

24. 푸슈킨은 주석 (13)에서 듣기 좋고 부르기 좋은 이름 타티아나와는 달리 멋지게 울리는 평민여자들의 이름을 소개하고 있다. 올가, 타티아나 둘 다 러시아적인 이름이지만 올가는 타티아나보다 귀족여자에게 더 자주 쓰였고 타티아나는 평민여자에게 더 많이 사용되었다. 올가는 고대 러시아적인 색채가 느껴지며 당시 문학작품에서 사용된 적이 있고 좀 더 평민적인 성격을 가지는 이름 타티아나는 문학에서 사

항상 얌전하고 항상 공손하고 23.
항상 아침처럼 명랑하고
시인의 삶처럼 단순하고
사랑의 키스처럼 달콤하고
하늘처럼 파란 두 눈에
미소에, 금발 고수머리에
몸짓, 음성, 가벼운 자태, 올가는
모든 것을 갖추고 있었으나... 이는
모든 소설 속에 등장하는 초상화,
매우 사랑스러운 초상화,
나도 예전에 사랑했던 초상화,
이제는 무지무지 지긋지긋한 초상화.
내 독자여, 허락해 주오,
나 이제 언니에게 집중하려오.

언니의 이름은 타티아나...(13) 24.
처음으로 이런 이름을 가지고
소설의 사랑 넘치는 페이지들을 나
내 맘대로 펼쳐 보이려 하오
뭐 어떠리오? 듣기 좋고 부르기 좋은
이 이름과 옛 시대나 하녀 방은
뗄 수 없이 연결된 걸 알긴 하오만.
이제 우리 모두 인정해야 하오, 그만,
우리에게 취향이 발달되지 못한 것을,
이름에서도 그렇고(특히
시에서는 말할 필요도 없이)
문화가 도달되지 못했다는 것을.
문화라고는 흉내내고 젠체하는 것일 뿐
그 이상은 전혀 아니오.

용된 바가 없다. 당시 비가에는 고대문학의 모범을 따라 플로라, 다프네 등이 많이 사용되었다. 소설이나 에로틱한 시가에서는 프랑스적 이름인 엘비나, 리제타, 리네타 등이 사용되었다. 올가는 뷔르거(1747-1794)의 『레노레』(1773)의 번안물 「올가」(1816)의 주인공. 작가 카테닌은 쥬코프스키가 1808년 이를 번안하며 여주인공을 류드밀라라고 이름한 데 맞서서 민속적인 이름인 올가를 취했다. 당시 민족문화의 정체성에 대한 고민을 보여주는 한 예이다. 『예브게니 오네긴』이 나온 이후 타티아나라는 이름도 문학작품에서 많이 사용되었다.

25. Ита́к, она́ звала́сь Татья́ной.
Ни красото́й сестры́ своей,
Ни све́жестью её румя́ной
Не привлекла́ б она́ оче́й.
Дика́, печа́льна, молчали́ва,
Как лань лесна́я боязли́ва,
Она́ в семье́ свое́й родно́й
Каза́лась де́вочкой чужо́й.
Она́ ласка́ться не уме́ла
К отцу́, ни к ма́тери свое́й;
Дитя́ сама́, в толпе́ дете́й
Игра́ть и пры́гать не хоте́ла
И ча́сто це́лый день одна́
Сиде́ла мо́лча у окна́.

26. Заду́мчивость, её подру́га
От са́мых колыбе́льных дней,
Тече́нье се́льского досу́га
Мечта́ми украша́ла ей.
Её изне́женные па́льцы
Не зна́ли игл; склоня́сь на пя́льцы,
Узо́ром шёлковым она́
Не оживля́ла полотна́.
Охо́ты вла́ствовать приме́та,
С послу́шной ку́клою дитя́
Приготовля́ется шутя́
К прили́чию, зако́ну све́та,
И ва́жно повторя́ет ей
Уро́ки ма́миньки свое́й.

25-29연에는 타티아나가 또래 다른 소녀들과는 다른 매우 개성적인 모습을 지니는 것이 부각되어 있다. 타티아나는 사람을 꺼리며 가족 속에서도 혼자이며 어린애일 적에도 다른 어린애들과 섞여서 놀지 않았고 새벽마다 발코니에 앉아서 해가 떠오르는 것을 기다린다고 소개된다. 그녀는 영혼 깊이 러시아 여성으로 자연의 아름다움과 신비를 감탄하는 처녀이고 그녀 자체가 자연이다. 그러나 그녀는 항상 고독한, 남들과 동떨어져 있는 여자이다. 그녀는 오네긴에게 쓴 진정 어린 편지에서 자신은 '혼자'라고 말하고 제7장 53연에서 모스크바의 사교계에서 동떨어져 시골의 자신의 '고독한 방'을 그리워한다. 그녀의 남다른 모습은 타고난 그녀의 성격에만 원인이 있는 것은 아니다. 이는 그녀의 독서행위가 남달랐기 때문이기도 하다.

각설하고 그녀는 타티아나라고 불렸다 25.
그녀에겐 동생 같은 아름다움도
신선한 붉은 뺨도 없어서 누구의 시선도
특별히 끌 만하지 못했다
사람을 꺼리고 슬픔에 젖은, 말이 없는,
숲 속의 사슴처럼 겁이 많은 그녀는
자기의 가족 속에 있을 때도
데려온 아이처럼 보일 정도.
아버지에게도 어머니에게도 그녀는
응석을 부릴 줄 몰랐고
어린애였을 적에도 그녀는
어린애들과 뛰놀기를 원하지 않았고
하루 종일 내내 혼자서
말없이 창가에 앉아 있었다.

그녀는 생각에 잠기는 것을 26.
요람에서부터 벗 삼았다
그녀는 시골에 흐르는 한가함을
공상으로 항상 아름답게 꾸몄다
그녀의 가녀린 손가락은 바늘을
잡은 적 없었고 수틀 위로 머리를
숙이고 비단실로 수를 놓아 가며
무늬를 살려 내지도 못했으며
여자애들이 지배욕의 징후를 드러내며
말 잘 듣는 인형에게 이만저만하게
사교계의 법도와 예의범절을 엄격하게
가르치는 놀이를 하며
잘난 척하며 근엄하게
자기 엄마의 훈계를 되풀이하는

당시 보통 귀족 아가씨들의 교육은 귀족 청년들의 그것에 비해 보다 더 형식적이었고, 대부분 가정에서 이루어졌다. 그것은 일상적인 대화가 가능한 정도의 한두 가지 외국어(보통 프랑스어와 독일어였고, 영어를 할 줄 안다는 것은 이미 보통 이상의 교육을 받았음을 의미했다)와 사교 모임에서 춤을 추고 처신하는 법, 기초 회화(繪畵) · 성악 · 악기, 입문 수준의 역사 · 지리학 · 문학을 배우는 것에 국한되었다. 귀족 영애를 교육시키는 주된 이유는 매력적인 신부로 길러내는 데 있었다.

27. Но ку́клы да́же в э́ти го́ды
Татья́на в ру́ки не брала́;
Про ве́сти го́рода, про мо́ды
Бесе́ды с не́ю не вела́.
И бы́ли де́тские прока́зы
Ей чу́жды; стра́шные расска́зы
Зимо́ю в темноте́ ноче́й
Пленя́ли бо́льше се́рдце ей.
Когда́ же ня́ня собира́ла
Для Ольги на широ́кий луг
Всех ма́леньких её подру́г,
Она́ в горе́лки не игра́ла,
Ей ску́чен был и зво́нкий смех,
И шум их ве́треных уте́х.

28. Она́ люби́ла на балко́не
Предупрежда́ть зари́ восхо́д,
Когда́ на бле́дном небоскло́не
Звёзд исчеза́ет хорово́д,
И ти́хо край земли́ светле́ет,
И, ве́стник у́тра, ве́тер ве́ет,
И всхо́дит постепе́нно день.
Зимо́й, когда́ ночна́я тень
Полми́ром до́ле облада́ет,
И до́ле в пра́здной тишине́,
При отума́ненной луне́,
Восто́к лени́вый почива́ет,
В привы́чный час пробуждена́
Встава́ла при свеча́х она́.

---

27. *어린 소녀가 인형을 손에 쥐지 않거나, 어린이가 장난을 거부하고 심각해 있는 것은 낭만주의적인 주인공의 특징이다. 이야기를 듣기 좋아하는 특성은 푸슈킨의 장편서사시 『폴타바』(1828-1829)의 여주인공 마리아에게서도 나타나는 특징이다. 푸슈킨이 언급한 대로 셰익스피어의 오델로가 데스데모나를 무용담으로 유혹해 낸 것처럼 마리아는 다른 소녀들과 달리 무시무시한 무용담을 즐겨 듣는 소녀이다. 그녀는 그녀의 대부인 열정과 야심의 화신 마제파의 무용담을 즐겨 듣다가 그를 사랑하게 되고 부모 몰래 그와 도주한다. 마제파는 표트르에 대항하는 음모를 꾸미다가

그런 나이 때도 타티아나는 손에 27.
인형을 잡아본 적 없었고 인형과
도시의 소문이나 유행 옷에 대해
이야기한 적도 없었다
애들의 장난은 그녀에게 낯설었고,
겨울 밤 깜깜한 어둠 속에
듣는 무서운 이야기들이
그녀의 마음을 더 끌었고,
유모가 꼬마 여자 동무들을
올가와 놀라고 넓은 들에
모아 주어도 그녀는 그들과
숨바꼭질하지 않았다. 그들의
낭랑한 웃음소리와 경박한 장난을
지루해하기만 했을 뿐이다,

그녀는 새벽마다 발코니에 앉아서 28.
창백한 하늘에서 별 무리가 사라지고
고요히 땅끝이 밝아 오면서
아침을 알리는 바람이 불고
이제 낮이 점차로 떠오르는 것을
알리는 아침노을을
마냥 기다리는 것을
좋아했고, 밤의 어둠이 북반구를
더 오래 덮는 겨울,
게으른 아침이 무위의 고요 속에서
안개 낀 듯 몽롱한 달 아래에서
더 오래 잠자는 겨울에도
그녀는 으레 그 시각에 깨어나
촛불을 켜고 일어나곤 했다.

이를 마리아의 아버지 코추베이가 표트르에게 밀고하자 그를 처형한다. 결국 마제파는 폴타바 전투에서 패하여 도주하고 마리아는 미치게 된다. *겨울밤에 무시무시한 이야기를 듣고 하는 것도 낭만주의적인 경향과 연결되어 있다. 1830년대 문학 살롱에서 이러한 이야기들을 교환한 것을 기록한 책도 있다. *러시아에서 유모는 어머니보다 어쩌면 더 가까운 존재이다. 타티아나와 유모가 대화하는 것을 보면 그 친밀도를 잘 알 수 있다.

29. Ей ра́но нра́вились рома́ны;
Они́ ей заменя́ли всё;
Она́ влюбля́лася в обма́ны
И Ричардсо́на и Руссо́.
Оте́ц её был до́брый ма́лый,
В проше́дшем ве́ке запозда́лый;
Но в кни́гах не вида́л вреда́;
Он, не чита́я никогда́,
Их почита́л пусто́й игру́шкой
И не забо́тился о том,
Како́й у до́чки та́йный том
Дрема́л до у́тра под поду́шкой.
Жена́ ж его́ была́ сама́
От Ричардсо́на без ума́.

30. Она́ люби́ла Ричардсо́на
Не потому́, что́бы прочла́,
Не потому́, чтоб Грандисо́на
Она Ловла́су предпочла́ (14);
Но в старину́ княжна́ Али́на,
Её моско́вская кузи́на,
Тверди́ла ча́сто ей об них.
В то вре́мя был ещё жени́х
Её супру́г, но по нево́ле;
Она́ вздыха́ла о друго́м,
Кото́рый се́рдцем и умо́м
Ей нра́вился гора́здо бо́ле:
Сей Грандисо́н был сла́вный франт,
Игро́к и гва́рдии сержа́нт.

---

29. 1770년대에만 해도 책, 특히 소설을 읽는 것은 위험천만한 일로 여겨졌고, 특히 여성들의 독서는 교양 없는 행위로 여겨졌다. 19세기 초의 귀족 영애들은 이미 소설을 읽었다. *리차드슨(1689-1761)은 18세기 영국작가로서 교훈적인 소설 『그랜디슨』(1754)과 『클라리사 하알로우』(1748)를 썼다. 프랑스어로 된 번역에서 러시아어로 번역한 번역본이 1793-1794년 상트 페테르부르그에서 나왔다. 타티아나는 프랑스어 번역을 읽은 듯하다. 이들 작품들은 러시아 시골에서 19세기 초까지 매우 즐겨 읽혔다. *루소는 감상주의 소설인 『줄리, 또는 新 엘로이즈』를 썼다. 타티아나에게 이 소설은 그녀가 오네긴에게 보낸 편지에서 나타나듯이 커다란 영향을 끼친 것으로 보인다. 제3장 9연의 역자주석을 보시오.

일찍부터 그녀의 마음에 든 것은 소설들. 29.
소설은 그녀에게 모든 것을 대신했다
리차드슨과 루소의 꾸며낸 이야기들에
그녀는 흠뻑 빠져 버렸다
그녀의 아버지는 선량한 보통사람이어서
아직 지난 세기에 속하는 사람이었다
허나 그는 책 속에서 아무런 해독을 보지 못했다
그는 한 번도 책을 읽은 적이 없어서
책을 의미 없는 장난감이라 여겨서
딸이 몰래 베개 밑에 감추고서
읽는 비밀의 책이 무엇인지
아무런 신경도 쓰지 않았다, 도무지.
헌데 그의 아내도 한때
리차드슨에 미친 적이 있었다

그녀가 리차드슨을 사랑한 것은 소설을 30.
다 읽어서가 아니라
러블라스보다 그란디손을(14)
더 좋아해서가 아니라
예전에 모스크바의 사촌언니,
알리나 공작영애가 이리저리
만날 때마다 그들이 좋다 멋지다
되풀이하여 얘기했기 때문이다
그때 그녀는 현재의 남편과 억지로 정혼된 몸,
허나 심장으로든 정신으로든
정혼자보다 훨씬 더 마음에 든
다른 남자에게 열을 올리고 있었다, 몹시.
그 남자가 바로 그란디손 같은
멋쟁이에다 도박꾼에 근위대 소위였던 것.

---

30. *그랜디슨은 리차드슨(1689-1761)의 소설 『그랜디슨』의 남자 주인공으로 나무랄 데 없는 신사이고 러브레이스는 역시 리차드슨의 소설 『클라리사 하알로우』의 남자주인공으로서 교활하고 매력적인 악한이다.

역자는 제3행에서 그란디손, 러블라스로 발음을 적어 봤는데 이는 푸슈킨의 주석(14)에서도 프랑스어 번역을 읽었다는 것을 밝히는 모양인지 그렇게 러시아어로 표기했기 때문이기도 하고 그녀들이 프랑스어 번역으로 읽었기 때문이기도 하다.

31. Как он, она́ была́ оде́та
Всегда́ по мо́де и к лицу́;
Но, не спрося́сь её сове́та,
Деви́цу повезли́ к венцу́.
И, чтоб её рассе́ять го́ре,
Разу́мный муж уе́хал вско́ре
В свою́ дере́вню, где она́,
Бог зна́ет кем окружена́,
Рвала́сь и пла́кала снача́ла,
С супру́гом чуть не развела́сь;
Пото́м хозя́йством заняла́сь,
Привы́кла и дово́льна ста́ла.
Привы́чка свы́ше нам дана́:
Заме́на сча́стию она́ ([15]).

32. Привы́чка услади́ла го́ре,
Неотрази́мое ниче́м;
Откры́тие большо́е вско́ре
Её уте́шило совсе́м:
Она́ меж де́лом и досу́гом
Откры́ла та́йну, как супру́гом
Самодержа́вно управля́ть,
И всё тогда́ пошло́ на стать.
Она́ езжа́ла по рабо́там,
Соли́ла на́ зиму грибы́,
Вела́ расхо́ды, бри́ла лбы,
Ходи́ла в ба́ню по суббо́там,
Служа́нок би́ла осердя́сь —
Всё э́то му́жа не спрося́сь.

---

31. 라린 부인은 꽤 일찍 중매결혼을 한 것으로 보인다. *정교회의 혼인예식에서 혼인식장에서 들러리들이 신부와 신랑 머리 위로 화관을 들고 있다가 신부님이 이를 씌워준다. *남편과 거의 이혼할 지경까지 가더니: 이혼은 여기서 별거를 의미하는 듯하다. 즉 친정으로 돌아가는 것. *습관은 하늘로부터 주어진 것, 그것은 행복의 대체물(15): 푸슈킨은 주석 (15)에 샤토브리앙의 『르네』의 구절, "내게 만약 행복을 믿는 분별없음이 있다면 나는 행복을 습관 속에서 찾을 것이다."를 인용하고 있다.

그녀는 그 남자처럼 항상 유행하는 대로 31.
어울리는 옷을 잘도 차려 입었다
허나 사람들은 그녀에게 묻지도 않고 마음대로
처녀를 혼인식장으로 끌고 갔다
현명한 남편은 그녀의 슬픔을
떨쳐 버리려고 서둘러 그녀를
시골의 영지로 데리고 왔고 그녀는
누가 있거나 말거나 처음에는
참지 못하고 울음을 터트리곤 하다가
남편과 거의 이혼할 지경까지 가더니
얼마 후 차츰 살림에 재미를 붙이더니
그냥저냥 익숙해지고 만족하게 되었다
습관은 하늘로부터 주어진 것,
그것은 행복의 대체물.(15)

무엇으로도 달랠 길 없던 슬픔을 32.
습관이 누르게 된데다
위대한 발견이 곧 그녀를
그야말로 완전히 달랬다
일과 휴식 가운데 그녀는
전제군주처럼 남편을 조정하는
비밀을 발견했던 것이다
그러자 모든 것은 제자리를 잡게 되었다
그녀는 이리저리 일을 따라다니며
버섯절임을 만들고 가계부를 적고
이마머리를 밀고 토요일마다 목욕을 하고
화가 나면 하녀를 때렸으며 —
이 모든 것을 남편에게 묻지도 않고
척척 잘도 해냈다.

르네가 샥터스에게 항상 미지의 행복을 찾으나 행복이란 어디에도 없고 무엇도 지속적으로 할 만한 것은 없으며 모든 것에서 권태를 느끼게 된다는 것을 토로할 때 하는 말이다. 푸슈킨의 본문에서 이야기되는 라린 부인의 산문적인 일상과 르네의 내면의 토로는 의미적으로 서로 충돌되고 있다. 푸슈킨은 왜 이런 주석을 붙였을까? 김선안은 「푸슈킨 포에마의 메타시학」(고려대 박사학위논문, 2008)에서 『예브게니 오네긴』의 저자가 "슈제트 밖에 산문으로 된 주석 텍스트를 마련하여 자신이 구축

33. Бывáло, пи́сывала крóвью
Онá в альбóмы нéжных дев,
Звалá Поли́ною Праскóвью
И говори́ла нараспéв,
Корсéт носи́ла óчень ýзкий,
И рýсский Н как N францýзский
Произноси́ть умéла в нос;
Но скóро всё перевелóсь;
Корсéт, Альбóм, княжнý Али́ну,
Стишкóв чувстви́тельных тетрáдь
Онá забы́ла; стáла звать
Акýлькой прéжнюю Сели́ну
И обнови́ла наконéц
На вáте шлáфор и чепéц.

34. Но муж люби́л её сердéчно,
В её затéи не входи́л,
Во всём ей вéровал беспéчно,
А сам в халáте ел и пил;
Покóйно жизнь егó кати́лась;
Под вéчер иногдá сходи́лась
Сосéдей дóбрая семья́,
Нецеремóнные друзья́,
И потужи́ть и позлослóвить
И посмея́ться кой о чём.
Прохóдит врéмя; мéжду тем
Прикáжут Óльге чай готóвить,
Там ýжин, там и спать порá,
И гóсти éдут со дворá.

한 슈제트에 논평을 가"하여 "소설을 써나가는 저자의 창조적 자의식을 보여주게" 된다고 본문과 주석의 관계를 전체적으로 언급했다.

32. *이마머리를 밀었다는 것은 농노들을 군대로 내보냈다는 뜻이다. 신체검사에 합격되면 이마머리를 밀었고 신체검사에 불합격되면 뒷머리를 밀었다.

다정한 처녀들의 앨범에 피로 33.
글씨를 쓰곤 했던 그녀,
프라스코비아를 폴리나라 하고
노래하듯이 말하던 그녀,
코르셋을 꽉 조이고 콧소리로
러시아자 엔을 프랑스식으로
발음하던 그녀였는데. 그런데
모든 것이 달라졌다, 순식간에!
코르셋, 앨범, 알리나 공작영애,
감상적인 시구를 적은 노트, 유행, 이 모두를
그녀는 잊었다. 예전에 셀리나라 부르던 애를
이제는 아쿨카라 부르고, 마침내
잠잘 때 누비옷을 입고
벙거지를 쓰기 시작했다.

허나 남편은 그녀를 진심으로 사랑하며 34.
그녀가 뭘 하든 간섭하지 않았다
모든 것을 그녀에게 안심하고 맡겼으며
자기는 실내복 바람에 먹고 마시고 했다.
그의 삶은 평온하게 굴러갔다
저녁 무렵에는 가끔가다
선량한 이웃사촌들, 여간해서
격식 차리지 않는 친구들이 모여서
불평도 하고 화도 내다가
이것저것에 대해 웃음을 터뜨리며
시간을 보내다가, 사이사이 올가를 부르며
차를 준비시키기도 하다가
밤참을 먹고 잘 시간이 되면
손님들은 집으로 갔다.

---

33. *앨범에 잉크 대신 피로 글씨를 쓰는 감상적인 처녀들이 있었다. *프라스코비아, 아쿨리나, 아쿨카는 러시아식 이름이고 폴리나, 셀리나, 첼리나는 유럽적인 이름이다. 프라스코비아, 아쿨카는 낮은 평민층에서 사용한 이름이었다. 알리나는 알렉산드리아의 변형으로 프랑스풍이 느껴져서인지 정교회 세례명으로는 받아들여지지 않았다고 한다. *러시아자 엔은 비음이 아니다.

35. Она́ храни́ли в жи́зни ми́рной
Привы́чки ми́лой старины́;
У них на ма́сленице жи́рной
Води́лись ру́сские блины́;
Два ра́за в год они́ гове́ли;
Люби́ли кру́глые каче́ли,
Подблю́дны пе́сни, хорово́д;
В день Тро́ицын, когда́ наро́д
Зева́я слу́шает моле́бен,
Уми́льно на пучо́к зари́
Они́ роня́ли слёзки три;
Им квас как во́здух был потре́бен,
И за столо́м у них гостя́м
Носи́ли блю́да по чина́м.

36. И так они́ старе́ли о́ба.
И отвори́лись наконе́ц
Перед супру́гом две́ри гро́ба,
И но́вый он прия́л вене́ц.
Он у́мер в час перед обе́дом,
Опла́канный свои́м сосе́дом,
Детьми́ и ве́рною жено́й
Чистосерде́чней, чем ино́й.
Он был просто́й и до́брый ба́рин,
И там, где прах его́ лежи́т,
Надгро́бный па́мятник гласи́т:
Смире́нный гре́шник, Дми́трий Ла́рин,
Госпо́дний раб и бригади́р
Под ка́мнем сим вкуша́ет мир.

---

35. 제5행부터 제11행은 1837년판에 점선으로 처리되어 있는데 종교적 의식이 진지하게 표현되지 않았다는 이유로 검열에 걸린 듯하다. 이 연에는 이교적 의식과 종교적 의식을 다 지키며 사는 러시아 지주의 모습이 나타난다. 사육제(봄의 축제, 카니발)의 마지막 날에 러시아식 부침개(블린)를 많이 구워서 죽은 조상에게 바치며 성상화가 놓인 구석이나 창가에 또는 지붕에 올려놓았고 실컷 먹었다. 이 관습을 지키지 않으면 한 해 동안 빈궁과 기아로 고생할 것이라는 민간신앙이 있었다. *접시노래는 명절에 처녀들이 자신의 미래를 점치면서 부르는 민요이다. 물이 가득 담긴 접시에 반지를 넣었다가 노래를 부르면서 꺼내는데 자신의 반지를 꺼낼 때 부르는 노래의 내용이 자신의 미래이다. *약초 다발: 교회의 의식으로 자작나무 가지를

평화로운 생활 속에서 그들은 35.
사랑스런 옛날의 관습을 지켰다
금식주간 앞두고 사육제 마지막 날에는
러시아식 부침개를 넘쳐흐르게 구웠다
일 년에 두 번 금식을 했으며
둥그런 회전 그네하며
접시노래, 민속춤을 좋아했다
사람들이 기도소리 듣다
하품하는 삼위일체날에는 교회에서
약초 다발 위로 감동스레
눈물 세 방울 떨구었고, 불그레
크바스를 공기처럼 필요로 하면서
손님들을 접대할 때는
관등순으로 요리접시를 돌렸다.

그렇게 부부는 늙어 갔고 36.
드디어 무덤의 문이 아내보다
남편 앞에 먼저 열렸고
그는 새 관을 쓰게 되었다
그는 식사 전 한 시쯤 죽었다
다른 많은 사람들보다 그는 더 진심으로
모든 이웃들과 자식들 그리고
정절 높은 아내로부터 애도받았다
그는 소박하고 선량한 지주였던 것이다
사람들은 그의 유해가 놓인 곳에다
주님의 종, 온순한 죄인,
여단장 드미트리 라린,
이 돌 밑에 평화를 맛보고 있네
라고 써서 묘비를 세웠다.

묶은 다발에 회개의 눈물을 떨어트리면 그해에 가뭄이 오지 않는다고 했다. 또 그리하면 자작나무 가지의 수만큼 죄가 사해진다고 했다. 자작나무 가지 대신 다른 풀이나 꽃들을 사용하기도 했다. *크바스는 러시아인이 즐겨 마시는 전통 곡물 발효 음료이다. 18세기 요리책에는 수십 종의 크바스 만드는 법이 들어 있었다.

36. *새 관을 쓰게 되었다는 것은 교회적인 표현으로 죽는다는 뜻이다. *여단장 드미트리 라린: 여단장은 군대에서 제5계급. 중위와 소위 사이의 계급으로 18세기 말에 없어졌다. 폰비진(제1장 18연의 역자주석을 보시오)의 드라마 『여단장』 이후

37. Свои́м пена́там возвращённый,
Влади́мир Ле́нский посети́л
Сосе́да па́мятник смирённый,
И вздох он пе́плу посвяти́л;
И до́лго се́рдцу гру́стно бы́ло.
"*Poor Yórick*! (16) — мо́лвил он уны́ло, —
Он на рука́х меня́ держа́л.
Как ча́сто в де́тстве я игра́л
Его́ Оча́ковской меда́лью!
Он О́льгу про́чил за меня́,
Он говори́л: дожду́сь ли дня?.."
И, по́лный и́скренней печа́лью,
Влади́мир тут же начерта́л
Ему́ надгро́бный мадрига́л.

38. И там же на́дписью печа́льной
Отца́ и ма́тери, в слеза́х,
Почти́л он прах патриарха́льный...
Увы́! на жи́зненных бразда́х
Мгнове́нной жа́твой поколе́нья,
По та́йной во́ле провиде́нья,
Восхо́дят, зре́ют и паду́т;
Други́е им всле́д иду́т...
Так на́ше ве́треное пле́мя
Растёт, волну́ется, кипи́т
И к гро́бу пра́дедов тесни́т.
Придёт, придёт и на́ше вре́мя,
И на́ши вну́ки в до́брый час
Из ми́ра вы́теснят и нас!

희극적인 마스크로 받아들여졌다. 선량하고 소박한 그가 식사 시간 바로 전에 죽었기 때문에 아쉽지만 다른 많은 사람들보다 그는 더 진심으로 애도받았기에 그에게도 독자에게도 좀 위로가 된다.

37. *고향의 보금자리라는 표현은 당시 비가에서 많이 쓰였다. *가련한 요릭!(16): 푸슈킨은 주석 (16)에서 이 말은 '광대의 해골 위에서 햄릿이 외친 말'이라고 하며 셰익스피어와 스턴을 보라고 하는데 이는 스턴의 소설『감상적 여행』에 들어 있는 한 에피소드와 연결된다. 이 소설의 주인공은 자신을 요릭이라고 부르며 만나는 사람들에게 자신이 바로 셰익스피어의 비극『햄릿』에 나오는 바로 그 요릭이라고 확언하곤 한다. 이로써『햄릿』의 광대와『감상적 여행』의 주인공의 이미지가 문학작품

고향의 보금자리로 돌아와서 37.
블라디미르 렌스키는 그길로
이웃의 소박한 묘비를 방문해서
유해에게 한숨을 바치니 정말로
오랫동안 마음이 슬퍼졌다
블라디미르는 우울하게
"**가련한 요릭**!(16) 나를 따뜻하게
종종 안아주셨지, 아, 슬프다!
어릴 땐 노상 그의 오차코프 메달을
가지고 놀았었지! 그는 나를
올가의 신랑감으로 여겼고 그때까지
살 수 있겠냐고 말하곤 했지."
라 말하곤 정말로 슬픔에 가득 차 버려
당장 애도의 찬가를 그에게 지어 바쳤다.

또 바로 그곳에서 그의 양친에게도 38.
눈물을 흘리며 슬픈 묘비명을 써서
족장의 유해에 경의를 표했다... 이다지도
슬픈 인생! 인생의 밭이랑에서
세대들이 순간을 사는 이삭처럼
하느님의 알 수 없는 의지에 따라서
왔다가 자라다가 스러지고... 그 뒤를 이어서
다른 이들이 나타난다. 이처럼
우리 바람 같은 종족도 태어나고
자라나고, 동요하고, 들끓고
그러다가 조상의 무덤을 향해 밀고 들어간다
이제 곧 우리의 시각도 올 것이다!
그러면 우리의 손자들은 그때
이 세상으로부터 우리를 밀어낼 것이다!

에 맥락 없이 얹힌 렌스키를 통하여 라린씨에게 겹쳐진다. 그러나 렌스키가 혹시라도 선량하고 소박한 라린 씨를 진정으로 광대라고 생각했다면 이는 더더욱 문제가 아닐 수 없다. *오차코프 메달은 1788년 러시아군이 수보로프 장군의 지휘 아래 드네프르 강 어귀에 있던 터키 진지 오차코프를 점령했을 때 전투에 참가한 사람들 모두에게 주었던 흔한 십자훈장이다.

38. 프랑스 계몽주의자이자 종교적 저술가 보쉐(1627-1704)의 어투를 딴 것으로 이는 당시 웅변적 산문의 모범이었다고 한다.

39. Пока́мест упива́йтесь е́ю,
Сей лёгкой жи́знию, друзья́!
Её ничто́жность разуме́ю,
И ма́ло к ней привя́зан я;
Для при́зраков закры́л я ве́жды;
Но отдалённые наде́жды
Трево́жат се́рдце иногда́:
Без неприме́тного следа́
Мне бы́ло б гру́стно мир оста́вить.
Живу́, пишу́ не для похва́л;
Но я бы, ка́жется, жела́л
Печа́льный жре́бий свой просла́вить,
Чтоб обо мне, как ве́рный друг,
Напо́мнил хоть еди́ный звук.

40. И чьё-нибудь он се́рдце тро́нет;
И, сохранённая судьбо́й,
Быть мо́жет, в Ле́те не пото́нет
Строфа́, слага́емая мной;
Быть мо́жет (ле́стная наде́жда!),
Ука́жет бу́дущий неве́жда
На мой просла́вленный портре́т
И мо́лвит: то́-то был поэ́т!
Прими́ ж мои́ благодаре́нья,
Покло́нник ми́рных Аони́д,
О ты, чья па́мять сохрани́т
Мои́ лету́чие творе́нья,
Чья благоскло́нная рука́
Потре́плет ла́вры старика́!

39, 40. 이 연들에서 푸슈킨은 동시대의 독자들에게뿐만 아니라 후대의 독자들에게도 말을 걸며 자신의 작품을 호메로스의 서사시처럼 읽고 잊지 말기를 희망한다. 푸슈킨이 원했던 바가 이루어졌을까? 그렇기도 하고 아니기도 하다. 푸슈킨 사후 1880년경부터 러시아 내에서나 망명지에서나 계속 이어져 왔으며 현재까지 떠들썩한 그의 명성은 진정 그를 이해한 사람들의 칭송이기도 하고 그를 진정으로 이해하지 않은 채 그냥 그를 내세워 자신들의 처지를 유리하게 하려 했던 사람들의 덕분이기도 하다. 그의 생애나 그의 작품들이 가곡으로 발레로 연극으로 오페라로 영화로 만들어진 것을 보고, 그의 동상이나 초상화를 보고, 여러 가지 종류의 글에서 그의 작품의 인용을 보고, 또 여러 나라의 번역을 읽는다면(알 수 없는 일이지만!) 푸

그때까지 친구들이여, 이 삶을 39.
마음껏 들이마시게, 이 가벼운 삶을!
나 삶의 무상을 이해하네
그래서 삶에 연연해하지 않네
나 허상들에 눈을 감았네
그러나 멀리 떼어놓은 희망들이
가끔 내 마음을 뒤흔드네
아무런 조그만 흔적도 없이
이 세상을 떠나는 건 슬플 것 같으이
나 갈채를 위하여 살고 쓰지 않네만
아마 나 원하는 모양이네, 다만
내가 지은 소리 하나라도 살아남아 부디
진정한 친구처럼 나를 상기시키도록
내 보잘것없는 운명을 찬미하고 싶다고!

그 소리 그 어떤 이의 마음을 흔들어 40.
내가 만든 연 하나라도
운명에 의해 보전되어
망각의 강에 빠지지 않을지도 모르네, 아마도
먼 훗날 문외한인 어떤 사람이
찬미되는 내 초상화를 가리키고 말할지
모르네, "진짜 시인이었어!"라고.
(참 위안이 되는 희망이고 말고!)
자, 평화로운 시의 신들의 숭배자여,
내 감사를 받아 주오,
오, 그대, 기억으로
내 스쳐가는 창작들을 보전하는 이여!
호의를 품은 손으로
옛사람의 월계관을 매만지는 사람이여!

슈킨은 용서는 하되 동의는 하지 않을 경우가 있었을 것이다. 그러나 푸슈킨을 읽고 기리는 대부분의 사람들이 어쨌든 '호의를 품은 손으로 옛 사람의 월계관을 매만지는 사람'인 것만은 확실할 터.

40. *망각의 강: 레테 강. 죽은 자와 산 자를 가르는 강. 이 행은 재능 없는 시인들의 시는 레테 강으로 가라앉으리라는 바튜슈코프의 시 「레테 강변의 환영」을 연상시킨다. *호의를 품은 손으로/옛사람의 월계관을 매만지는 사람이여!: 큐헬베케르가 회상하듯이 리체이의 선생님 갈리치가 호메로스 강독을 시작할 때 쓴 말이다.

3 ГЛАВА ТРЕТЬЯ

Elle était fille, elle était amoureuse.
Malfilâtre

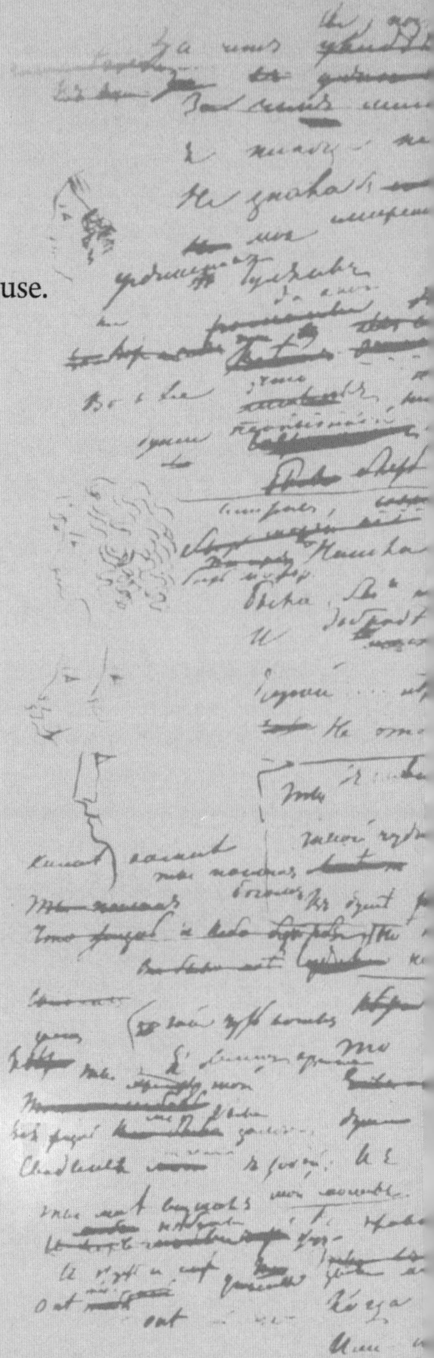

제3장

그녀는 처녀, 그녀는 사랑에 빠져 있었다.

말피래트르

제3장은 주로 1824년 2월에서 10월까지 오데사, 미하일로프스코예에서 썼고 1827년 10월 출판되었다. 푸슈킨이 키쉬뇨프에서 오데사로 옮길 때 마침 오데사로 부임하는 세련된 유럽신사인 상관 보론초프 백작은 푸슈킨이 재능을 펼칠 수 있도록 도와주겠다고 약속했으나 전혀 약속을 지키지 않았으며 둘의 사이가 껄끄러워진 터에 푸슈킨과 보론초프 백작 부인의 사랑은 백작으로 하여금 푸슈킨을 미하일로프스코예로 보내도록 전력을 다하도록 하였다. 푸슈킨은 오데사의 사교계 사람들을 라예프스키 장군의 장남만을 제외하고 모두 빈껍데기 같은 외면적인 사람들이라고 여겼다. 보론초프 백작의 청원으로 푸슈킨은 1824년 8월부터 아버지의 감독하에 미하일로프스코예에 머물게 되었다. 아버지와의 심한 마찰로 푸슈킨은 무척 괴로워했는데 11월에 부모는 그곳을 떠나고 이후 유모만이 그의 곁에 남았다. 제3장의 이 제사 "그녀는 처녀, 그녀는 사랑에 빠져 있었다."는 프랑스의 이류 작가 자크 루이 클랭상 드 말피래트르(1733-1767)의 운문소설 「나르치스 또는 비너스의 섬」(1768년 출판)에서 따온 것이다. 이 소설에서 이는 요정 에코에 대해서 말할 때 쓰였다. 그녀의 나르치스에 대한 헌신적인 사랑은 그의 이기적인 냉정함 때문에 실패하였다. 제3장의 주 테마는 사랑, 그것도 17세 타티아나의 사랑인데 이 제사는 타티아나의 사랑의 경로에 대한 암시로 볼 수 있다.

1. "Куда́? Уж э́ти мне поэ́ты!"
— Проща́й, Оне́гин, мне пора́.
"Я не держу́ тебя́; но где ты
Свои́ прово́дишь вечера́?"
— У Ла́риных. — "Вот э́то чу́дно.
Поми́луй! и тебе́ не тру́дно
Там ка́ждый ве́чер убива́ть?"
— Ни ма́ло. — "Не могу́ поня́ть.
Отсе́ле ви́жу, что тако́е:
Во-пе́рвых (слу́шай, прав ли я?),
Проста́я, ру́сская семья́,
К гостя́м усе́рдие большо́е,
Варе́нье, ве́чный разгово́р
Про дождь, про лён, про ско́тный двор..."

2. — Я тут ещё беды́ не ви́жу.
"Да, ску́ка, вот беда́, мой друг".
— Я мо́дный свет ваш ненави́жу;
Миле́е мне дома́шний круг,
Где я могу́... — "Опя́ть экло́га!
Да по́лно, ми́лый, ра́ди бо́га.
Ну что ж? ты е́дешь: о́чень жаль.
Ах, слу́шай, Ле́нский; да нельзя́ ль
Уви́деть мне Филли́ду э́ту,
Предме́т и мы́слей, и пера́,
И слёз, и рифм et cetera?..
Предста́вь меня́". — Ты шу́тишь. — "Не́ту".
— Я рад. — "Когда́ же?" — Хоть сейча́с.
Они́ с охо́той при́мут нас.

---

1. 제3장은 순수 대화체로 직접화법으로 시작한다. 첫 두 연과 세 번째 연의 첫 번째 행의 첫 번째 보까지가 그렇다. 1824년 당시 이러한 방법은 유럽소설에서도 비교적 새로운 방법이었다. 여기서 우리는 오네긴과 렌스키의 실제 대화를 처음 듣게 된다. 앞 장에서는 둘의 대화에서 25세의 오네긴은 주로 듣는 역할을 했고 17세의 렌스키는 사랑의 심정 등을 있는 대로 털어놓으면서 열변을 토했는데 이제 라린가의 이야기가 나오자 오네긴이 렌스키보다 훨씬 말을 많이 하는 것을 알 수 있다. 라린 댁을 방문하고 돌아오는 길에서 이런 현상은 더욱 심하게 되다가 렌스키는 결

"어디로 가나? 도대체 시인들이란 도무지!" 1.
— "잘 있어요, 오네긴, 나 가 봐야..."
"붙잡지 않겠네. 그런데 자넨 도무지
어디서 저녁 시간을 보내는 거야?"
—"라린 댁에서." — "거 정말 이상하군.
맙소사! 자네는 그 집에서 내내
매일 저녁을 죽이는 게 힘들지도 않나?"
—"전혀 안 그런데." — "이해할 수 없군.
안 가 봐도 어떤지 난 잘 알지.
우선 (들어 보게, 내 말이 맞지?)
보통 러시아 가족은 말이지
손님대접을 아주 잘하지
과일 졸임에 항상 똑같은 얘기,
비, 삼베, 가축사육 등등..."

"그게 뭐 어때서, 나쁠 거 없는데." — 2.
"이 친구야, 어휴, 지루한 게 질리는 거네."
— "난 당신들의 최신 유행 사교계가 싫은데.
가정의 울타리 안이 더 마음에 드는데.
그곳에는...."— "또 읊고 있네, 그 목가!
그만하게, 여보게, 제발 부탁이야.
그래 가겠단 말이지? 매우 유감이네,
아, 가만, 렌스키, 근데 내가 자네의
초원씨를 좀 보면 안 되겠나?
자네의 생각, 자네의 펜, 자네의 눈물,
자네의 각운, 등등의 대상인 그 처녀를
소개해 주게" — "농담 말아요" — "농담 같나?"
"기꺼이 소개하지요" — "언제 말인가?" — "지금
당장, 우리를 반가이 맞이할 텐데.

국 입을 다문다. 둘의 대화를 번역함에 있어 둘이 친구라고는 하나 아무래도 아직 렌스키는 오네긴에게 완전히 반말을 쓰거나 '자네'라고 부를 것 같지 않아서 대충 얼버무리는 것으로 처리하였다.

2. *목가는 목동의 생활을 내용으로 하는 전원시를 말한다. *초원씨로 번역한 이 이름, 필리다는 18세기 러시아 목가에서 즐겨 쓰이던 처녀의 이름이다. 필리다는 콘스탄틴 바튜슈코프(1787-1855)의 시 「나의 혼」(1815)에 나오는 고수머리 초원처녀를 상기시킨다.

3. Поéдем. —

Поскакáли дрýги,
Явѝлись; им расточены́
Порóй тяжёлые услýги
Гостеприи́мной старины́.
Обря́д извéстный угощéнья:
Несýт на блю́дечках варéнья,
На стóлик стáвят вощанóй
Кувши́н с брусни́чною водóй,
. . . .
. . . .
. . . .
. . . .
. . . .
. . . .

4. Они́ дорóгой сáмой крáткой
Домóй летя́т во весь опóр (17).
Тепéрь послýшаем укрáдкой
Герóев нáших разговóр:
— Ну что ж, Онéгин? ты зевáешь. —
— "Привы́чка, Лéнский". — Но скучáешь
Ты кáк-то бóльше. — "Нет, равнó.
Однáко в пóле уж темнó;
Скорéй! пошёл, пошёл, Андрю́шка!
Каки́е глýпые местá!
А кстáти: Лáрина простá,
Но óчень ми́лая старýшка,
Бою́сь: брусни́чная водá
Мне не надéлала б вредá.

---

3. *초 입힌 식탁 위로: 초를 먹인 식탁보를 덮은 식탁, 혹은 광택이 나라고 초를 칠해 반들반들하게 한 식탁. *월귤술: 집에서 월귤로 만든 술. 18세기 말 요리책에 따르면 4등분한 월귤들을 반은 항아리에 넣어 밤새 벽난로 속에 넣어 찌도록 하고 다음 날 꺼내 체에 걸러 나무통에 넣은 다음, 4등분한 월귤들 나머지 반을 넣고 물을 세 양동이가량 붓고 움에 둔다. 12일 지나면 월귤술이 되는데 프랑스 보드카를 첨가해서 마실 수 있다. *1837년판에는 점선이 다섯 줄로 되어 있으나 1975년판에서는 6개이다. 초고에는 점선 대신 '숟갈 하나로 모든 사람이 쓰고/시골에는 식사 후에 별로/다른 할 일이나 오락이 없고/새로운 이웃을 보려고/문가에 양손을 꼭

가요." — 3.
두 친구는 말을 달려 그리로
갔다. 그들에게 쏟아부어진 접대는 다
옛 풍습 그대로 정성을 다한 것으로
가끔은 너무 지나칠 정도였다
접대음식으로 으레 나오는 것들은
과일 졸임을 담은 작은 접시들,
초 입힌 식탁 위로 올려놓는
월귤술 항아리는
. . . .
. . . .
. . . .
. . . .
. . . .
. . . .

그들은 최단 지름길로 해서 최대의 4.
속도로 집으로 날아간다(17), 자,
이제 몰래 우리 주인공들의
대화를 잠깐 들어 보자
"그래 어때, 오네긴, 하품하시네."
—"습관이네, 렌스키."— "오늘은 어째
더 지루해하시네."— "아니, 똑같애,
아니 벌써 들판이 어두워졌네.
좀더 빨리 달리게, 안드류슈카!
얼마나 멍청한 풍경인가!
그런데 참, 라린 부인은 단순하네만
참 사랑스런 노파네. 다만
겁나는 건 월귤술 때문에
무슨 탈이 나지 않을까 하는 거야.

모아 쥐고/처녀들이 재빨리 모여들고/마당에는 라린네 사람들 무리가/손님들의 말들을 비평한다./'로 8행이 씌어 있다.

4. *집으로 날아간다: 푸슈킨은 주석 (17)에서 지난 번 인쇄의 오류를 말하면서 이 기회에 슬며시 이해력이 부족한 비평가들의 발언들을 꼬집고 있다. *라린 부인은 단순하네만/참 사랑스런 노파네: 푸슈킨은 '사랑스런'이라는 형용사를 이 작품 속에서 매우 빈번히 사용하고 있다.

5. Скажи́: кото́рая Татья́на?"
— Да та, кото́рая грустна́
И молчали́ва, как Светла́на,
Вошла́ и се́ла у окна́. —
"Неу́жто ты влюблён в меньшу́ю?"
— А что? — "Я вы́брал бы другу́ю,
Когда́ б я был, как ты, поэ́т.
В черта́х у Ольги жи́зни нет.
Точь-в-то́чь в Ванди́ковой Мадо́не:
Кругла́, красна́ лицо́м она́,
Как э́та глу́пая луна́
На э́том глу́пом небоскло́не.
Влади́мир су́хо отвеча́л
И по́сле во весь путь молча́л.

6. Меж тем Оне́гина явле́нье
У Ла́риных произвело́
На всех большо́е впечатле́нье
И всех сосе́дей развлекло́.
Пошла́ дога́дка за дога́дкой.
Все ста́ли толкова́ть укра́дкой,
Шути́ть, суди́ть не без греха́,
Татья́не про́чить жениха́;
Ины́е да́же утвержда́ли,
Что сва́дьба сла́жена совсе́м,
Но остано́влена зате́м,
Что мо́дных ко́лец не доста́ли.
О сва́дьбе Ле́нского давно́
У них уж бы́ло решено́.

---

5. 오네긴이 '누가 타티아나야' 하고 묻는 저의는 무엇일까? 그가 몰랐단 말인가? 방문했을 때 타티아나는 그냥 창가에 앉아만 있었더라도 올가가 렌스키와 사랑하는 처지라는 것은 확실하니 그 여자가 타티아나라는 것은 오네긴도 짐작했을 것이다. 게다가 렌스키의 찬미의 대상을 멍청한 하늘에 뜬 멍청한 달이라고 하는 심사는 뭔가? 푸슈킨은 제6장의 오네긴과 렌스키의 결투를 미리 준비하는가? *스베틀라나는 쥬코프스키의 유명한 담시 「스베틀라나」(1812)의 여주인공 이름이다. 이 작품 역시 독일작가 고트프리드 아우구스트 뷔르거(1747-1794)의 『레노레』(1773)를 러시아 민속적인 형식으로 번안한 작품이다. 소네트 형식으로 된 20개의 연으로 구성되어 있으며 여주인공 스베틀라나가 점을 치니 일 년 동안 사라졌던 사랑하는 이가 나타나

말해 보게, 누가 타티아나야?" — 5.
"슬퍼 보이고 스베틀라나처럼
말이 없던, 들어와서 그림자처럼
창가로 앉았던 그 여자." —
"자네는 동생한테 반한 거야?" —
"근데요?" — "나라면 언니를 택했을 거야,
자네처럼 시인이라면 말이네,
올가의 모습에는 생명이라고는 없네,
그저 닮은꼴 반다이크 마돈나,
얼굴은 동그랗고 예쁘장한 게
꼭 저 멍청한 하늘에 뜬 그거야,
바로 그 멍청한 달 말이네."
블라디미르는 무뚝뚝하게 답하더니
오는 동안 내내 입을 다물었다.

반면 오네긴의 출현은 6.
라린 집안 모든 사람들에게 다
커다란 인상을 남겼고 많은
이웃사람들을 맘 졸이게 했다
갖가지 추측들이 꼬리에 꼬리를 물었다
모두들 몰래 숙덕거리고
농담하고 심술궂게 속단하고
그를 타티아나의 신랑감으로 여겼다
어떤 사람은 확언까지 했다,
혼인은 완전히 준비되었다,
헌데 최신유행 반지를 구하지 못했다고
그래서 혼인이 미루어지고 있다고...
렌스키의 혼인은 이미 그들에겐
오래전에 결정된 이야기였고.

서 그녀를 업고 그의 무덤으로 갔는데 깨어보니 꿈이었고 아침에 그가 돌아왔고 그들은 결혼하게 된다는 내용이다. 다음은 이 연과 연관된 「스베틀라나」에 나오는 구절이다: 안개 피는 어둠 속에/달이 희미하게 빛나고/사랑스런 스베틀라나는/말없이 슬픔에 젖어 있네// *반다이크의 마돈나: 17세기 네덜란드 화가 반다이크가 그린 성모화. 지겨울 정도로 여기저기서 볼 수 있는 흥미 없는 얼굴이라는 뜻으로 쓰인 듯하다.

7. Татья́на слу́шала с доса́дой
Таки́е спле́тни; но тайко́м
С неизъясни́мою отра́дой
Нево́льно ду́мала о том;
И в се́рдце ду́ма зарони́лась;
Пора́ пришла́, она́ влюби́лась.
Так в зе́млю па́дшее зерно́
Весны́ огнём оживлено́.
Давно́ её воображе́нье,
Сгора́я не́гой и тоско́й,
Алка́ло пи́щи роково́й;
Давно́ серде́чное томле́нье
Тесни́ло ей младу́ю грудь;
Душа́ ждала́... кого́-нибу́дь,

8. И дождала́сь... Откры́лись о́чи;
Она́ сказа́ла: э́то он!
Увы́! тепе́рь и дни и но́чи,
И жа́ркий одино́кий сон,
Всё по́лно им; всё де́ве ми́лой
Без у́молку волше́бной си́лой
Тверди́т о нём. Доку́чны ей
И зву́ки ла́сковых рече́й,
И взор забо́тливой прислу́ги.
В уны́ние погружена́,
Госте́й не слу́шает она́
И проклина́ет их досу́ги,
Их неожи́данный прие́зд
И продолжи́тельный присе́ст.

타티아나는 유감스러워하며 7.
이런 소문들을 다 들었다
허나 속으로는 알 수 없는 기쁨을 느끼며
저도 모르게 그것에 대해 생각하기 시작했다
그러자 가슴속에 생각이 뿌리를 내렸다
때가 왔고 그녀는 사랑에 빠졌던 것이다
대지에 떨어진 씨앗이
봄볕에 생명으로 살아나듯이.
오래전부터 그녀의 상상은
달콤한 도취와 동경으로 불붙었으며
독이 든 음식을 고대하고 있었으며
오래전부터 마음의 고통은
젊은 가슴을 죄어 왔던 것이다
영혼은 기다리고 있었으니... 누구라도,

이제 기다림은 끝났다... 눈이 뜨였다 8.
그녀는 말했다, 바로 그 사람이다!
어쩌나! 이제는 낮도 밤도
불타는 고독한 동경도
모든 것은 그로 가득 찼으니,
모든 것은 마력으로 사랑스런 처녀에게 그의
모든 것에 대해 끊임없이 되풀이 말하니
친절한 말소리도, 걱정스런 하인의
시선들도 그녀에겐 성가실 뿐이다
우울에 잠긴 채, 손님들의 이야기를
전혀 듣지 않고 그들의 한가함을
그녀는 속으로 내내 저주했다
그들의 예기치 않은 방문을
그들이 오래도 앉아 있는 것을 저주했다.

9. Тепе́рь с каки́м она́ внима́ньем
Чита́ет сла́достный рома́н,
С каки́м живы́м очарова́ньем
Пьёт обольсти́тельный обма́н!
Счастли́вой си́лою мечта́нья
Одушевлённые созда́нья,
Любо́вник Юлии Вольма́р,
Мале́к-Аде́ль и де Лина́р,
И Ве́ртер, му́ченик мяте́жный,
И бесподо́бный Грандисо́н (18),
Кото́рый нам наво́дит сон, —
Все для мечта́тельницы не́жной
В еди́ный о́браз облекли́сь,
В одно́м Оне́гине слили́сь.

10. Вообража́ясь герои́ней
Свои́х возлю́бленных творцо́в,
Клари́сой, Юлией, Дельфи́ной,
Татья́на в тишине́ лесо́в
Одна́ с опа́сной кни́гой бро́дит,
Она́ в ней и́щет и нахо́дит
Свой та́йный жар, свои́ мечты́,
Плоды́ серде́чной полноты́,
Вздыха́ет и, себе́ присво́я
Чужо́й восто́рг, чужу́ю грусть,
В забве́нье ше́пчет наизу́сть
Письмо́ для ми́лого геро́я...
Но наш геро́й, кто б ни был он,
Уж ве́рно был не Грандисо́н.

---

9. *푸슈킨은 주석에서 셋만 간단히 소개한다. 줄리 볼마르는 장 자크 루소의 감상주의 소설 『줄리, 또는 新 엘로이즈』(1761)의 여주인공 이름이다. 그녀의 가정교사이자 애인이었던 사람은 상 프뢰. 제2부에서 그녀는 볼마르와 결혼한다. 제1부에서 그려진 그녀와 상 프뢰와의 에로틱한 관계는 제2부에서 고상한 우정의 관계가 된다. 중세의 아벨라르와 엘로이즈의 불행한 사랑이야기와 달리 루소의 소설에서는 여주인공이 결혼하게 되므로 줄리를 새로운 엘로이즈라고 칭한 것이다. *말렉 아델은 프랑스 여류작가 소피(원래는 마리) 코탱(1770-1807)의 소설 『마틸다 또는 십자군원정』(1805)의 주인공이다. 19세기 낭만주의적 귀족아가씨들의 우상이었다. 푸슈킨은 주석 (18)에서 중류소설이라고 평했다.

얼마나 깊은 주의를 기울이고 9.
얼마나 생생한 황홀감을 느끼며
달콤한 소설을 읽고, 그게 뭐라고
그 유혹적인 거짓말을 마구 들이켜며
공상의 행복한 힘으로써
살아 숨쉬는 인물들, 바로 저
줄리 볼마르의 연인, 드 리나르,
말렉 아델, 반란의 수난자 베르테르,
또 우리에겐 졸음을 일으키게 하나
그녀에겐 비할 데 없는 그란디손을,[18]
다 다른 인물들인 이 모든 이들을
사랑에 빠진 공상녀는 오직 하나의
인물, 오네긴으로 이제
녹여 합쳐 버렸는지!

스스로를 자기가 좋아하는 여인들, 10.
즉 경애하는 작가의 여주인공들,
클라리사, 줄리, 델피느라고 상상하면서
타티아나는 숲의 고요 속에서
홀로 위험한 책을 들고 배회한다
책 속에서 찾아보고 발견한 것들은 바로
자기의 비밀스런 열정, 꿈 그리고
충만한 심장의 열매들이다
한숨 쉬며 타인의 기쁨과 슬픔을
자기 것으로 하여 그녀는 여인들마다
사랑하는 남주인공에게 보내는 편지들을
자신을 잊고 속삭이듯 읊는다...
허나 우리의 주인공이 누구든 간에
정말 그랜디슨만은 아니었는데.

---

*드 리나르는 여류작가 바르바라 율리아네 폰 크뤼드너(1764-1824)의 프랑스어 소설 『발레리, 또는 구스타프 드 리나르가 에르네스트 드. 가.에게 보낸 서신』(1803년 익명으로 발표함)의 주인공. 드 리나르는 베니스로 보내진 외교관으로 열정적이고 우울해하는 사람이다. 그는 아내 발레리와 비슷하게 생긴 베니스 여자 비앙카와 지나가는 관계를 맺으며 아내가 곁에 있는 듯한 생각을 잠시 한다. 나중에 그는 죄의식 때문에 스스로 벽지로 가서 죽는다. 푸슈킨은 매력적인 단편소설이라고 평했다.
*반란의 수난자, 베르테르는 괴테의 『젊은 베르테르의 슬픔』(1774)의 주인공으로

11. Свой слог на ва́жный лад настро́я,
Быва́ло, пла́менный творе́ц
Явля́л нам своего́ геро́я
Как соверше́нства образе́ц.
Он одаря́л предме́т люби́мый,
Всегда́ непра́ведно гони́мый,
Душо́й чувстви́тельной, умо́м
И привлека́тельным лицо́м.
Пита́я жар чисте́йшей стра́сти,
Всегда́ восто́рженный геро́й
Гото́в был же́ртвовать собо́й,
И при конце́ после́дней ча́сти
Всегда́ нака́зан был поро́к,
Добру́ досто́йный был вено́к.

12. А ны́нче все умы́ в тума́не,
Мора́ль на нас наво́дит сон,
Поро́к любе́зен — и в рома́не,
И там уж торжеству́ет он.
Брита́нской му́зы небыли́цы
Трево́жат сон отрокови́цы,
И стал тепе́рь её куми́р
Или заду́мчивый Вампи́р,
Или Мельмо́т, бродя́га мра́чный,
Иль Ве́чный Жид, и́ли Корса́р,
Или таи́нственный Сбога́р ([19]).
Лорд Ба́йрон при́хотью уда́чной
Облёк в уны́лый романти́зм
И безнадёжный эгои́зм.

이 작품은 스탈 부인의 『독일론』에도 언급되어 있다. 당시 세 종류의 프랑스어 번역이 있었고 러시아어 번역도 있었다.

10. *클라리사는 리차드슨의 소설 『클라리사 하알로우』(1748)의 여주인공. 그녀는 아름답고 도덕적인 여자로서 자신의 자존심과 신조를 지키기 위해서 가족과 또 그녀에게 구애하는 러브레이스에게 끝까지 저항하다 죽음을 맞는다. 러브레이스도 나중에 결투에서 총에 맞아 죽는다. *줄리는 위에서 말한바 루소의 소설 『줄리, 또는 新 엘로이즈』의 여주인공. *델피느는 스탈 부인(1766-1817)의 소설 『델피느』(1802)의 여주인공. 그녀는 정열적이고 감상적인 젊은 과부로서 자신의 감정의 부름대로 살려 하며 사회의 편견에 저항한다. 일종의 여성해방 소설이다.

예전엔 장중한 풍의 문체로써 11.
열정에 넘치는 작가는
자신의 주인공을 완벽함의 모범으로서
제시하곤 했다. 작가는
언제나 어딜 가나 항상 부당하게
박해받는 자신의 총아에게
예민한 영혼과 현명함, 그리고
매력적인 얼굴까지 선물했고
가장 순수한 정열의 열기를 품은
언제나 열광적인 주인공은 언제나
자신을 희생할 준비가 되어 있었으나
마지막 대단원에 와서는
언제나 악덕은 징벌받고
미덕은 왕관을 차지했다.

허나 요즘은 모든 정신이 안개 속을 헤매고 12.
도덕은 졸음을 일으킬 뿐이고
악덕은 사랑받는다, 소설 속에서도.
이미 거기선 승리하고 있고.
이제 소녀들의 꿈을 흔드는 것은
영국 시혼의 허황된 이야기,
생각에 잠긴 흡혈귀,
침울한 방랑자 멜모트, 혹은
영원한 유대인 아니면 해적,
아니면 스보가르, 그 비밀에 찬 의적.(19)
이들이 바로 소녀들의 우상으로
바이런경은 변덕을 부리며 멋대로
절망적 이기주의에 제대로
음울한 낭만주의의 옷을 입혔던 것.

---

12. *요즘이란 1824년 집필 당시를 말한다. *영국 시혼의 허황된 이야기란 바이런이나 그의 추종자들 같은 19세기 초 영국작가들의 이야기를 말한다. *『흡혈귀(뱀피르)』는 폴리도리가 쓴 소설. 바이런은 그의 주치의이자 이 소설(1819)의 작가 폴리도리(1795-1827)와 이 소설이 나오기 전(1816)에 어떤 날씨가 궂은 날 무서운 이야기 꾸미기 놀이를 한 적이 있는데 여기서 그는 흡혈귀에 대해서 즉흥적으로 꾸며 이야기했는데 폴리도리가 이를 이용하여 소설을 썼다. 그런데 이 소설은 바이런이

13. Друзья́ мои́, что ж то́лку в э́том?
Быть мо́жет, во́лею небе́с,
Я переста́ну быть поэ́том,
В меня́ вскели́тся но́вый бес,
И, Фе́бовы презре́в угро́зы,
Уни́жусь до смире́нной про́зы;
Тогда́ рома́н на ста́рый лад
Займёт весёлый мой зака́т.
Не му́ки та́йные злоде́йства
Я гро́зно в нём изображу́,
Но про́сто вам перескажу́
Преда́нья ру́сского семе́йства,
Любви́ плени́тельные сны
Да нра́вы на́шей старины́.

14. Перескажу́ просты́е ре́чи
Отца́ иль дя́ди старика́,
Дете́й усло́вленные встре́чи
У ста́рых лип, у ручейка́;
Несча́стной ре́вности муче́нья,
Разлу́ку, слёзы примире́нья,
Поссо́рю вновь, и наконе́ц
Я поведу́ их под вене́ц...
Я вспо́мню ре́чи не́ги стра́стной,
Слова́ тоску́ющей любви́,
Кото́рые в мину́вши дни
У ног любо́вницы прекра́сной
Мне приходи́ли на язы́к,
От ко́их я тепе́рь отвы́к.

쓴 소설로 알려져 프랑스어로 번역되기도 하였다. 바이런은 이에 매우 민감하게 반응하여 작가 폴리도리에게 그가 썼다는 것을 밝히라고 요구하고 자신이 그때 즉흥적으로 읊었던 「흡혈귀」 부분은 따로 출판하였다. *멜모트는 영국작가 찰스 로버트 마튜린(1782-1824)의 소설 『방랑자 멜모트』(1820년, 프랑스어 번역 1821년)에 나오는 주인공. 그는 괴테의 파우스트처럼 인식욕 때문에 초인간적인 인식능력과 150년의 수명을 보장받는 악마와의 계약을 맺는다. 이 계약에서 벗어나려면 그는 그를 대신할 사람을 찾아야 한다. 악마와의 계약에서 벗어나고자 그는 방랑하며 여러 사건들을 겪는다. 살인, 사랑, 애인의 죽음, 도주 등등, 결국 그는 고향집에 돌아와 갑

친구들, 이게 뭔가, 도대체? 13.
나 아마도 하늘의 뜻에 따라서
시인노릇을 그만두게 될 거네,
새로운 악마가 내 안에 들어와서
둥지 틀면 나 포에부스의 경고를 경멸하고
소박한 산문으로 몸을 낮출 거고
그때는 옛날식 소설이
내 즐거운 석양길을 점령할 테지...
나 악행의 감추어진 고통을
무시무시하게 그리기보다는
러시아 가정에 전해오는
이야기들, 사랑의 매혹적인 꿈들,
그리고 우리의 옛 관습을
그대들에게 그대로 전할 거네.

나 전할 거네, 아버지나 14.
늙은 백부의 소박한 말투를,
보리수 고목나무 그늘 아래나
시냇가 풀밭 위의 자식들의 밀회를,
불행한 질투의 고통과
이별과 화해의 눈물과
새로운 다툼을, 그리고 마침내
나 그네들을 혼인식장으로 데려갈 거네...
나 기억해 낼 거네, 사랑의 말을,
지난날 아름다운 애인의 발치에서
내 혀에 떠올랐던, 이제는 내게서
잊혀져 버린 사랑의 말을,
애타하는 사랑의 말,
그 열정적인 사랑의 말을.

자기 매우 늙은 모습으로 지옥으로 간다. 그의 모습은 우울하고 그의 말은 쓰디쓰다. 푸슈킨은 주석 (19)에서 마튜린을 천재적인 작가라고 평한다. *영원한 유대인은 아마도 류이스(1775-1818)의 소설 『암브로지오 또는 수도사』의 주인공을 말하는 듯한데 러시아에서 이 소설이 아. 레드클립에 의해 쓰여졌다고 여겨졌다. 유대인 아가스페르의 방랑에 대해서 푸슈킨은 폴란드 작가 얀 포토츠키의 소설 『사라고사의 필사본』(1803-1815)에서 읽었는데 푸슈킨에게 강한 인상을 남긴 것 같다. 전설에 의하면 아가스페르는 예수의 청을 거절한 죄로 불멸과 영원한 방랑의 저주를 받았다.

15. Татья́на, ми́лая Татья́на!
С тобо́й тепе́рь я слёзы лью;
Ты в ру́ки мо́дного тира́на
Уж отдала́ судьбу́ свою́.
Поги́бнешь, ми́лая; но пре́жде
Ты в ослепи́тельной наде́жде
Блаже́нство тёмное зовёшь,
Ты не́гу жи́зни узнаёшь,
Ты пьёшь волше́бный яд жела́ний,
Тебя́ пресле́дуют мечты́:
Везде́ вообража́ешь ты
Прию́ты сча́стливых свида́ний;
Везде́, везде́ перед тобо́й
Твой искуси́тель роково́й.

16. Тоска́ любви́ Татья́ну го́нит,
И в сад идёт она́ грусти́ть,
И вдруг недви́жны о́чи кло́нит,
И лень ей да́лее ступи́ть.
Приподняла́ся грудь, лани́ты
Мгнове́нным пла́менем покры́ты,
Дыха́нье за́мерло в уста́х,
И в слу́хе шум, и блеск в оча́х...
Наста́нет ночь; луна́ обхо́дит
Дозо́ром да́льный свод небе́с,
И солове́й во мгле древе́с
Напе́вы зву́чные заво́дит.
Татья́на в темноте́ не спит
И ти́хо с ня́ней говори́т:

---

*「해적」(1814)은 바이런의 서사시이다. 1822년 프랑스어로 번역됨. 주인공 콘라드는 소년시절 사람들에게 실망하고 속아 세상 사람들에게 전쟁을 선포하고 스스로 해적이 되어 돌아다니는 사람이다. 그는 터키의 파샤 사이드가 그를 조사하려 한다는 것을 미리 알고 변장을 하고 파샤를 급습해 들어가나 그의 부하들이 너무 일찍 습격하여 자신의 정체를 드러내게 되고 습격도 실패로 돌아간다. 그러나 그곳에서 싸우는 중에 콘라드는 파샤의 애첩 굴나레를 구하게 된다. 그녀는 콘라드를 매우 사랑하여 잠든 파샤를 직접 죽이고 그를 따라 해적의 섬으로 간다. 그곳에서 콘라드는 사랑하는 아내 메도라가 그가 죽었다고 여기고 슬픔으로 인하여 죽은 것을 알게 된다. 그 순간 그도 섬에서 자취 없이 사라진다. *스보가르는 샤를르 노디에(1780-1844)의

타티아나, 사랑스런 타티아나! 이제 15.
나 그대와 함께 눈물 흘린다
그대는 최신유행 폭군의 손아귀에
이미 그대의 운명을 내주었다
그대는 파멸하게 될 것이다, 사랑스런 처녀여,
허나 그대는 아직 희망에 눈멀어
비밀스런 행복을 부르고 있구나
그대는 욕망이라는 마법의 독을 마시는구나
그대는 삶의 달콤함에 일깨워진 것이다
공상이 내내 그대를 쫓는다
어디서나 그대는 밀회를 상상한다
어디서나 그 행복한 보금자리를 본다
어디서나, 어디서나 그대 앞에는
그대의 숙명적인 유혹자가 서 있다.

사랑의 고통이 타티아나를 쫓고 16.
그녀는 슬픔에 잠기러 정원으로 간다
그러다 갑자기 꼼짝 않고 눈을 내리깔고
한 걸음도 더 떼지 못한다
가슴이 부풀어 오르고, 두 뺨은 다
순식간에 홍조로 뒤덮이고
입술에서는 숨이 멈춘 듯하고
귀에서는 윙윙 소리, 눈에서는 광채가...
밤이 왔다. 먼 하늘에 달이
순찰 돌고 밤꾀꼬리 한 마리
숲 안개 속에 낭랑하게
노래한다, 지지 제제.
허나 타티아나는 잠들지 못하고
어둠 속에서 나직하게 유모와 얘기한다.

귀족 도적에 대한 유명한 소설 『장 스보가르』(1818)의 주인공. 그는 의적두목으로 강도행위로 부를 균등하게 하겠다는 의지를 가졌던 인물이다. 노디에의 소설은 러시아에서 금지되었었고 그래서 큰 성공을 거두었다. 푸슈킨은 주석 (18), (19)에서 당시 즐겨 읽혔던 소설들에 대해 매우 간단히 언급하는데 이들이 너무나 알려진 터이기도 하겠고 이들이 이미 낡았다는 것을 말하고 싶었기 때문이기도 하겠다.

13. *포에부스의 경고를 경멸하고: 포에부스는 아폴로 신. 태양, 문학, 뮤즈를 관장하는 신으로 고전주의 예술의 상징으로 쓰였다. 그래서 이 구문은 새로운 스타일의

17. "Не спи́тся, ня́ня: здесь так ду́шно!
Откро́й окно́ да сядь ко мне".
— Что, Та́ня, что с тобо́й? — "Мне ску́чно,
Поговори́м о старине́".
— О чём же, Та́ня? Я, быва́ло,
Храни́ла в па́мяти не ма́ло
Стари́нных бы́лей,небыли́ц
Про злых духо́в и про деви́ц;
А ны́нче всё мне тёмно, Та́ня:
Что зна́ла, то забы́ла. Да,
Пришла́ худа́я череда́!
Заши́бло... — "Расскажи́ мне, ня́ня,
Про ва́ши ста́рые года́:
Была́ ты влюблена́ тогда́?"

18. — И, по́лно, Та́ня! В э́ти ле́та
Мы не слыха́ли про любо́вь;
А то бы согнала́ со све́та
Меня́ поко́йница свекро́вь. —
"Да как же ты венча́лась, ня́ня?"
— Так, ви́дно, бог веле́л. Мой Ва́ня
Моло́же был меня́, мой свет,
А бы́ло мне трина́дцать лет.
Неде́ли две ходи́ла сва́ха
К мое́й родне́, и наконе́ц
Благослови́л меня́ оте́ц.
Я го́рько пла́кала со стра́ха,
Мне с пла́чем ко́су расплели́,
Да с пе́ньем в це́рковь повели́.

작품을 쓸 것을 말한다. 푸슈킨은 자신의 창작 스타일과 당시의 문단을 지배하는 스타일 일반에 관해 작품 속에서 종종 이야기한다. 데뷔작 「루슬란과 류드밀라」에서부터 푸슈킨은 문단과의 논쟁을 활기차게 이어나갔다. 이 운문소설의 다른 부분에서도 이와 같은 논쟁을 더러 볼 수 있고 그는 새로운 스타일로 본인이 쓰려던 것을 이 운문소설에 다 썼다. 보리수, 시냇가, 사랑의 꿈, 질투, 혼인, 러시아 가정의 관습 등.

17. *지루해: 타티아나는 여태껏 책을 읽고 자연과 하나 되어 지루함을 모르던 여자인데 사랑의 열정이 싹트면서 달빛 아래 잠들지 못하고 오네긴을 기다리는 것이 못 견디게 괴롭고 지루하다는 뜻이리라. 오네긴이 삶을 지루해하는 것과는 다른 종류의 지루함일 듯. 아니면 오네긴의 권태가 벌써 저도 모르게 그녀에게로 옮아 왔나?

"잠이 안 와, 유모, 여기는 숨이 막혀! 17.
창문을 열고 내 곁으로 좀 앉아 줘" —
"왜 그러니, 타냐야, 왜 그래?" — "지루해.
옛날얘기 좀 해 줘" —
"무슨 얘기 말야, 타냐야? 전에는
옛날 얘기, 있었던 얘기, 없었던 얘기,
마귀 얘기, 처녀 얘기
많이도 기억했는데, 이제는
모든 게 다 까마득하단다
알던 것도 다 잊어버렸단다...
이제 틀렸어, 늙어 버렸어! 아무렴
죽을 때가 된 거지." — "유모, 그럼
유모 젊었을 때 얘기 좀 해 줘
그때 사랑한 적 있어?" —

"그만해라, 타냐야! 그 시절에는 18.
사랑이란 말을 들어 본 적도 없단다
만약 그런 일이 있었다면
죽은 시어머니가 나를 죽여 버렸을 거다" —
"그럼 혼인은 어떻게 했어, 유모는?" —
— "그냥, 아마 신이 명령했나봐. 내 바냐는,
아가, 나보다 더 어렸단다.
난 그때 열세 살이었단다.
중매쟁이가 두 주일이나
우리 친척들 집에 뻔질나게 드나들더니만
결국 아버지가 나를 축복했지. 하지만
난 무서워서 막 울었지, 허나,
우는 나에게, 양 갈래 머리를 땋더니
노래를 부르며 교회로 데려가더라.

---

18. 유모는 사랑에 대해 낭만적인 타티아나와는 다른 태도를 가진다. 13세에 결혼한 그녀에게 사랑은 결혼 후에 일어나는 일이다. 게다가 귀족 여인과 농촌 여인들의 도덕은 달랐다. 귀족 여인에게는 혼전 순결이 중요하고 간통은 실제로 흔한 일이었던 것에 반해 농촌 여인에게는 혼전 순결은 그리 문제되지 않고 비교적 자유로웠던 반면 혼인 이후에 남편을 배반하는 것은 매우 무거운 죄였다. *우는 나에게, 양 갈래 머리를 땋더니/노래를 부르며 교회로 데려가더라: 예전의 결혼 풍습. 여자친구들이 신부의 한 갈래 머리를 풀어서 양 갈래로 땋고 교회로 데리고 간다.

19. И вот ввели́ в семью́ чужу́ю...
Да ты не слу́шаешь меня́... —
"Ах, ня́ня, ня́ня, я тоску́ю,
Мне то́шно, ми́лая моя́:
Я пла́кать, я рыда́ть гото́ва!.."
— Дитя́ моё, ты нездоро́ва;
Госпо́дь поми́луй и спаси́!
Чего́ ты хо́чешь, попроси́...
Дай окроплю́ свято́й водо́ю,
Ты вся гори́шь... — "Я не больна́:
Я... зна́ешь, ня́ня... влюблена́"
— Дитя́ моё, госпо́дь с тобо́ю! —
И ня́ня де́вушку с мольбо́й
Крести́ла дря́хлою руко́й.

20. "Я влюблена́", — шепта́ла сно́ва
Стару́шке с го́рестью она́.
— Серде́чный друг, ты нездоро́ва. —
"Оста́вь меня́: я влюблена́".
И ме́жду тем луна́ сия́ла
И то́мным све́том озаря́ла
Татья́ны бле́дные красы́,
И распущённые власы́,
И ка́пли слёз, и на скаме́йке
Пред герои́ней молодо́й,
С платко́м на голове́ седо́й,
Стару́шку в дли́нной телогре́йке
И всё дрема́ло в тишине́
При вдохнови́тельной луне́.

---

19. *성수: 특히 주현절인 1월 6일 교회에 의해서 성화된 물로써 민간에서는 여러 병을 치료하고 저주를 벗어나게 한다고 여겨졌다. 사랑도 귀신이 씌운 일로 여겨져 유모는 성수를 뿌리겠다고 한다. 실상 사랑은 타티아나의 꿈속에서 민속적인 요소와 낭만주의적인 요소의 결합으로 나타난다. *사랑스런: 이 연에서 다시 '사랑스런'이라는 형용사가 타티아나가 유모에게 말하는 중에 나타나고 34연에서는 유모가 타티아나에게 '사랑스런'이라는 형용사를 붙인다. 그 밖에도 이 소설 전체에서 이 형용사를 자주 볼 수 있다.

그렇게 날 낯선 가족에게로 보낸 거야... 19.
너 내 얘기 듣고 있지 않구나..." —
"아, 유모, 유모, 나 힘들어,
사랑스런 유모, 못 견디겠어
금방 울음이 터질 것 같아!" —
"너 성치 않구나, 아가,
은총을 베푸시고 구해주소서, 주여,
뭘 원하는지 얘기해봐... 아가,
내가 성수를 뿌려 주마, 아가
너 불덩어리구나.." — "나 아프지 않아.
유모, 나, 나 말이야... 사랑에 빠졌어." —
"주님이 함께 하기를, 아가!"
유모는 기도하며 처녀에게
늙고 떨리는 손으로 성호를 그었다.

"나 사랑에 빠졌어." 그녀는 비통하게 20.
다시 한번 속삭였다, 늙어 빠진 유모에게.
— "오, 내 마음의 친구야, 너 성치 않구나" —
"날 내버려둬 줘. 나 사랑에 빠졌어."
이러는 사이에 창백한 달은
타티아나의 창백한 아름다움을
풀어 내린 머리하며 눈물방울을,
또 여주인공 앞에 의자에 앉은
흰 머리에 수건을 덮어 쓰고
긴 누비옷을 입은 노파를
애타는 빛으로 환히 비추고
있었다, 모든 것이 영감을
불러일으키는 달 아래
모든 것이 고요 속에 잠들었는데.

---

20. *달 아래/모든 것이 고요히 잠들었는데: 타티아나만은 잠들지 못하고 달을 쳐다보며 심장은 멀리로 달려가고, 문득 편지를 써야겠다는 생각이 머릿속에 떠오르게 된다. 자연의 신비와 그녀의 열정이 겹쳐지고 그녀의 심장과 생각이 일치한다. 이것이 그녀의 자연스러운 꾸밈없는 편지의 원인일 것이다. *애타는 빛으로(томным светом): 1837년판에는 "어두운 빛으로(тёмным светом)"로 되어 있다. 이 번역에서는 번역의 텍스트로 삼은 원본인 모스크바에서 1974-1978년 출판된 푸슈킨 전집 제4권(1975)을 따라 "애타는 빛으로"로 하였다.

21. И се́рдцем далеко́ носи́лась
Татья́на, смо́тря на луну́...
Вдруг мысль в уме́ её роди́лась...
"Поди́, оста́вь меня́ одну́.
Дай, ня́ня, мне перо́, бума́гу,
Да стол подви́нь; я ско́ро ля́гу;
Прости́". И вот она́ одна́.
Всё ти́хо. Све́тит ей луна́.
Облокотя́сь, Татья́на пи́шет.
И всё Евге́ний на уме́,
И в необду́манном письме́
Любо́вь неви́нной де́вы ды́шет.
Письмо́ гото́во, сложено́...
Татья́на! для кого́ ж оно́?

22. Я знал краса́виц недосту́пных,
Холо́дных, чи́стых, как зима́,
Неумоли́мых, неподку́пных,
Непостижи́мых для ума́;
Диви́лся я их спе́си мо́дной,
Их доброде́тели приро́дной,
И, признаю́сь, от них бежа́л,
И, мни́тся, с у́жасом чита́л
Над их бровя́ми на́дпись а́да:
Оста́вь наде́жду навсегда́ ([20]).
Внуша́ть любо́вь для них беда́,
Пуга́ть люде́й для них отра́да.
Быть мо́жет, на брега́х Невы́
Подо́бных дам вида́ли вы.

---

22. *영원히 희망을 버리라: 푸슈킨은 주석 (20)에서 이 시구를 이탈리아어로 인용하면서("영원히 희망을 버리라, 이리로 오는 자여!") 우리의 겸손한 작가는 이 유명한 시구의 처음 반만을 번역하여 썼다고 말했다. 여기서 푸슈킨이 말하는 '유명한 시구'라 함은 단테 알리기에리의 『신곡』 중에서 지옥편 제3노래, 제9행이다. '겸손한 작가'는 푸슈킨 자신을 뜻한다. 푸슈킨은 이탈리아어를 읽을 수 있었고 단테를 원본으로 읽었다고 한다. 그러나 여기 있는 "지옥문에 새겨진 문구"라는 표현은 당시 이미 뱌젬스키도 편지에서 사용했었고 프랑스어로 된 샹포르(제8장 35연의 역자 주석을 보시오)의 "나는 인간의 약한 면을 모르는 죄 없는 여자들을 견디기 어렵다. 그들 이마에는 단테의 지옥문처럼 저주받은 영혼의 징표가 새겨 있는 것이 눈에 어른거린다."

달을 보며 타티아나의 마음은 저 21.
멀리로 달려갔다.
문득 머릿속에 하나의 생각이 떠올랐다...
"나가 줘, 날 혼자 둬 줘.
유모, 내게 펜과 종이를 주고
책상 좀 당겨 줘. 나 잘게, 곧,
안녕." 이제 그녀는 혼자다
모든 것이 고요하고 달이 그녀를 비춘다
팔꿈치를 괴고 쓰는 그녀의 머릿속에선
예브게니가 내내 떠나지 않고
즉흥적인 그녀의 편지 속에선
순진무구한 처녀의 사랑이 숨 쉬고...
편지는 다 쓰여졌고 접혀졌다...
타티아나! 그건 도대체 누구를 위한 거냐?

나 겨울처럼 차갑고, 순결하고 22.
아무리 애원해도 소용없고
무엇으로도 환심을 살 수 없고
도무지 이해할 수도 없고
근접할 수도 없는 미인들을 알았었다
나 그 유행하는 높은 콧대를 보고
그들의 타고난 미덕을 보고 감탄했고
고백하지만, 그들로부터 달아났다,
그들의 눈썹 위에 새겨진 경고로서
영원히 희망을 버리라(20)는 바로
그 지옥문에 새겨진 문구를 읽고 경악해서.
그들은 사랑을 일으키는 것을 재난으로,
사람 겁 주는 것을 기쁨으로 여긴다오
네바 강변에서 이런 귀부인들을 아마 봤을 거요.

라는 아포리즘도 알려져 있었기에 이를 유명한 시구라고 말한다. '겸손한 작가'라는 표현은 좀더 복잡한 배경을 가지고 있다. 볼테르의(1694-1778) 「오를레앙의 처녀」(1762년 출판)에서 서문의 화자가 이 작품이 다른 이탈리아 작가들의 작품보다 뻔뻔스럽거나 분방하지 않다고 말했는데 푸슈킨은 1825년 『예브게니 오네긴』 제1장을 출판할 때 서문에서 새로운 풍자작가의 유머러스한 면모를 평론가와 독자들에게 주지시키면서 "비록 농담조로 묘사했으나 엄격히 예절을 지켰다"고 말했고, 초고에는 "유베날리스, 페트로니우스, 볼테르, 바이런 모두 독자와 여성을 숭배하는 의무를

23. Среди́ покло́нников послу́шных
Други́х причу́дниц я вида́л,
Самолюби́во равноду́шных
Для вздо́хов стра́стных и похва́л.
И что ж нашёл я с изумле́ньем?
Они́, суро́вым поведе́ньем
Пуга́я ро́бкую любо́вь,
Её привле́чь уме́ли вновь,
По кра́йней ме́ре, сожале́ньем,
По кра́йней ме́ре, звук рече́й
Каза́лся иногда́ нежне́й,
И с легкове́рным ослепле́ньем
Опя́ть любо́вник молодо́й
Бежа́л за ми́лой сueто́й.

24. За что ж вино́внее Татья́на?
За то ль, что в ми́лой простоте́
Она́ не ве́дает обма́на
И ве́рит и́збранной мечте́?
За то ль, что лю́бит без иску́сства,
Послу́шная влече́нью чу́вства,
Что так дове́рчива она́,
Что от небе́с одарена́
Воображе́нием мяте́жным,
Умо́м и во́лею живо́й,
И своенра́вной голово́й,
И се́рдцем пла́менным и не́жным?
Уже́ли не прости́те ей
Вы легкомы́слия страсте́й?

저버리는 일은 거의 없었다. 우리의 숙녀들도 러시아어를 읽기 시작한다고 말한다. 그들 앞에 풍자적 유쾌함의 가벼운 베일 아래 진정하고 주의 깊은 관찰을 발견하게 될 이 작품을 감히 내놓는다....”라고 씌어 있었다. 푸슈킨은 볼테르를 염두에 두고 볼테르가 자신을 겸손한 작가라고 칭한 것을 본떠서 자신을 겸손한 작가라고 하고 있다.

23. 앞 연과 이 연에서 묘사된 여인의 부류는 체호프의 「강아지를 데리고 다니는 귀부인」(1899)에서 주인공 구로프가 안나 세르게예브나와 정사를 처음 가진 후 회상하는 자신이 경험한 여자들의 한 부류를 상기시킨다. “... 매우 아름다우나 차가운 여자들, 인생이 줄 수 있는 것보다 더 많은 것을 인생으로부터 취하고 움켜쥐려는 고집스러운 욕망, 탐욕스러운 표정이 얼굴에 갑자기 불현듯 지나가는, 이미 젊지 않은,

나 순종적인 숭배자들에 둘러싸인 23.
또 다른 부류의 유별난 여자들도 보았다
이들은 열정의 한숨과 찬사에 무관심인
반면에 오로지 자신만을 사랑한다
내가 알아채고 경악한 것은 바로
이들이 냉랭한 행동으로
수줍은 사랑을 겁주다가
기껏해야 동정이나 좀 나타내다가
기껏해야 가끔씩만 또다시
부드러운 어조를 보여주어
또다시 유혹해내는 데 능하여
젊은 연인은 쉽게 믿고 또다시
눈이 멀어서 헛된 사랑을
또다시 좇는다는 사실이다.

타티아나가 그녀들보다 뭘 더 잘못한 건가? 24.
사랑스런 소박함을 지니고
속임수나 기만을 모르고
자신이 선택한 꿈을 믿은 게 죄인가?
꾸밈없이 그대로 사랑하며
감정의 이끌림에 순종하며
그렇게도 남을 잘 믿은 게
죄인가? 격정적인 상상력에
이성과 생생한 의지를,
또 고집 센 머리에
뜨겁고 부드러운 심장을
하늘로부터 선물 받은 게
죄란 말인가? 그대들은 그녀의
무모한 열정을 용서해줄 수 없는가?

변덕스럽고 사려 깊지 못하고, 남을 쥐고 흔들려고 하는 어리석은 여자들, 구로프가 그녀들에 대한 열이 식었을 때 그녀들이 지닌 아름다움은 그에게 증오를 불러일으킬 뿐이었고, 그녀들의 속옷에 달린 레이스가 그때는 그에게 물고기 비늘처럼 여겨지는 두서너 명의 여자들의 부류였다." 체호프는 자신의 시대의 잉여인간을 형상화한 중편 「결투」(1891)에서도 『예브게니 오네긴』의 구절들을 인용하였고, 그 밖에도 시 「회상」(1828)을 제사로 인용하고 서사시 『폴타바』(1828-29)에 나오는 우크라이나의 밤을 묘사하는 시행들을 언급하는 등 푸슈킨과의 대화 속에서 자신의 작품들을 써 나갔다.

25. Коке́тка су́дит хладнокро́вно,
Татья́на лю́бит не шутя́
И предаётся безусло́вно
Любви́, как ми́лое дитя́.
Не говори́т она́: отло́жим —
Любви́ мы це́ну тем умно́жим,
Верне́е в се́ти заведём;
Сперва́ тщесла́вие кольнём
Наде́ждой, там недоуме́ньем
Изму́чим се́рдце, а пото́м
Ревни́вым оживи́м огнём;
А то, скуча́я наслажде́ньем,
Нево́льник хи́трый из око́в
Всеча́сно вы́рваться гото́в.

26. Ещё предви́жу затрудне́нья:
Родно́й земли́ спаса́я честь,
Я до́лжен бу́ду, без сомне́нья,
Письмо́ Татья́ны переве́сть.
Она́ по-ру́сски пло́хо зна́ла,
Журна́лов на́ших не чита́ла,
И выража́лася с трудо́м
На языке́ своём родно́м,
Ита́к, писа́ла по-францу́зски...
Что де́лать! повторя́ю вновь:
Доны́не да́мская любо́вь
Не изъясня́лася по-ру́сски,
Доны́не го́рдый наш язы́к
К почто́вой про́зе не привы́к.

---

26. *그녀는 러시아 말을 잘 모르고: 타냐는 물론 일상에서 쓰는 러시아 말과 교회에서 사용하는 러시아 말은 안다. 그러나 교회에서 사용하는 언어보다 좀 더 하위에 속하는 러시아 문어체 전반에 익숙하지 않다는 뜻이다(『방정한 품행』 같은 잡지를 읽을 만큼). 당시 교양계층의 글쓰기에서는 러시아어가 일상적 용도로만 쓰였다. 섬세한 감정이나 지적 대화를 위해서는 프랑스어를 사용해야 한다고 여겨졌고 대부분의 편지들이 프랑스어로 되어 있었다. 푸슈킨의 문화적 업적은 바로 이 언어적 편견을 뛰어넘은 데 있다. 작가는 타티아나가 러시아 말을 잘 모르지만 억지로 교과서적인 러시아 문어를 사용하는 '학식 있는 여성'보다 러시아어를 틀리게 해도 자신의 감정에 충실하기에 더 순수하고 더 러시아를 사랑하며 더 생생한 매력이 있다고 여긴

교태꾼은 냉혈적으로 계산하지만 25.
타티아나의 사랑은 장난이 아니다
사랑스런 어린애처럼 조건 없이 그녀는
사랑에 그대로 헌신하고 만다
그녀는 "생각해 보기로 해요" 하는
따위의 말은 하지 않는다
여자들은 그런 말로 주가를 올리고
좀더 그물로 잘 꾀어 들이려고
우선 희망을 주어 허영심을 콕 찌르고, 곧
의심을 일으켜서 심장에 고통을 준 다음
나중에 다시 질투의 불로 살려낸다, 음,
그렇지 않으면 영리한 포로가 곧
즐거움에 권태를 느끼고 줄곧
사슬을 끊고 달아날 태세니까.

아직 내 갈 길이 험하다 26.
조국의 명예를 건지려면 나 이제,
두말하면 잔소리지, 나 이제,
타티아나의 편지를 번역해야 한다
그녀는 러시아 말을 잘 모르고
우리나라 잡지는 읽지 않고
모국어로는 힘을 들여서만이
겨우 쓰는 형편이니
프랑스어로 쓸 수밖에, 아이,
어쩔거나! 되풀이하거니와
여태껏 러시아 여인의 사랑이
러시아 말로 고백된 적이 없거니와
여태껏 지체 높은 우리 언어는
서간체에 익숙하지 않으니.

다. 타티아나가 프랑스어를 완벽하게 구사할 줄 아는 것은 프랑스인 가정교사에게 배운 적이 있었을 거라는 추측을 가능하게 한다. 타티아나가 어떤 교육을 받았는지에 대해서 저자는 단 한 번도 직접적인 언급을 하지 않고 있다. 이는 푸슈킨이 타티아나의 자연스러움, 소박함, 어떤 상황에서든 자기 감정에 솔직할 줄 아는 용기, 꾸밈없는 영혼을 강조하면서 이 여주인공의 교육에 유리한 결혼을 위한 교육을 목적으로 세워진, 외국식의 부자연스러운 행동과 얕은 지식을 가르치던 그의 서사시 「눌린 백작」(1825)에 나오는 나탈리아가 다녔던 팔발 부인 같은 외국인이 경영하는 기

27. Я зна́ю: дам хотя́т заста́вить
Чита́ть по-ру́сски. Пра́во, страх!
Могу́ ли их себе́ предста́вить
С "Благонаме́ренным" (21) в рука́х!
Я шлюсь на вас, мои́ поэ́ты;
Не пра́вда ль: ми́лые предме́ты,
Кото́рым, за свои́ грехи́,
Писа́ли вта́йне вы стихи́,
Кото́рым се́рдце посвяща́ли,
Не все ли, ру́сским языко́м
Владе́я сла́бо и с трудо́м,
Его́ так ми́ло искажа́ли,
И в их уста́х язы́к чужо́й
Не обрати́лся ли в родно́й?

28. Не дай мне бог сойти́сь на ба́ле
Иль при разъе́зде на крыльце́
С семинари́стом в жёлтой ша́ле
Иль с акаде́миком в чепце́!
Как уст румя́ных без улы́бки,
Без граммати́ческой оши́бки
Я ру́сской ре́чи не люблю́.
Быть мо́жет, на беду́ мою́,
Краса́виц но́вых поколе́нье,
Журна́лов вняв моля́щий глас,
К грамма́тике приу́чит нас;
Стихи́ введу́т в употребле́нье;
Но я... како́е де́ло мне?
Я ве́рен бу́ду старине́.

숙학교에 대한 언급을 포함시킬 수는 물론 없었기 때문일 것이다.

27. *나도 아네, 여인들에게 러시아어를/가르치려 하는 걸, 정말 끔찍한 일이잖나!: 푸슈킨은 여성학자나 여자대학생들이 러시아어를 배웠으나 부자연스러운 언행을 한다고 여겼다. 나중에 「편지로 엮은 로맨스」에 나오는 시골에 사는 마샤는 러시아 문학을 잘 알고 진정으로 문학을 사랑했다. 그녀는 도시의 여성학자처럼 원칙에 매여 억지로 러시아어를 현학적으로 사용한 것이 아니었다. *『방정한 품행』: 푸슈킨은 주석 (21)에서 고인이 된 아. 이즈마일로프가 발간했던 상당히 엉성한 잡지라고

나도 아네, 여인들에게 러시아어를 27.
가르치려 하는 걸, 정말 끔찍한 일이잖나!
여인들이 『방정한 품행』(21)을
손에 쥔 걸 상상이나 할 수 있겠나!
시인들이여, 그대들을 증인으로 삼겠네
그대들이 지은 죄 때문에
그대들이 몰래 시를 바치는,
그대들의 심장을 모두 바치는
사랑스런 대상들은 모두 그렇게
러시아어를 잘 못하고 어지간히
힘을 들여서만이 하는 정도니
러시아어를 귀엽게 망칠 수밖에.
그러니 그들의 입술에서 외국어가
모국어로 되는 것이 사실이 아닌가?

무도회에서나 현관 앞에서 헤어질 때나 28.
노란 머플러를 두른 대학생이나
숙녀모를 쓴 학자들을
제발 보게 되는 일이 없기를!
옅은 미소 없는 붉은 입술처럼
틀린 문법 없는 러시아어를
나 사랑하지 않는다. 잡지들의 그처럼
간곡한 목소리를 듣고 그들의 간청을
들어 주어 아마 미인들의 새 세대는
우리에게 문법을 가르치려 들 거고
시문도 지어 보려 할 거고
그렇다면 그건 나의 불행. 허나 나는...
그게 내게 무슨 상관이랴?
나는 그냥 구식으로 남을 테다

칭했다. 이 잡지는 알렉산드르 예피미예비치 이즈마일로프(1779-1831)가 1818년에서 1826년 발행한 보수적인 잡지로 푸슈킨, 델비그(제6장 20연의 역자주석을 보시오.), 바라틘스키, 뱌젬스키의 조롱의 표적이었다.

28. *노란 머플러와 숙녀모는 전형적인 여성의 옷차림에 속한다. 그래서 노란 머플러와 숙녀모를 쓴 학자라는 표현은 여자대학생이나 여성학자를 뜻한다. 위에서 말했듯이 푸슈킨은 이들을 꺼려했다.

29. Непра́вильный, небре́жный ле́пет,
Нето́чный вы́говор рече́й
По пре́жнему серде́чный тре́пет
Произведу́т в груди́ мое́й;
Раска́яться во мне нет си́лы,
Мне галлици́змы бу́дут ми́лы,
Как про́шлой ю́ности грехи́,
Как Богдано́вича стихи́.
Но по́лно. Мне пора́ заня́ться
Письмо́м краса́вицы мое́й;
Я сло́во дал, и что ж? ей-е́й
Тепе́рь гото́в уж отказа́ться.
Я зна́ю: не́жного Парни́
Перо́ не в мо́де в на́ши дни.

30. Пев́ец Пиро́в и гру́сти то́мной (22),
Когда́ б ещё ты был со мной,
Я стал бы про́сьбою нескро́мной
Тебя́ трево́жить, ми́лый мой:
Чтоб на волше́бные нап́евы
Переложи́л ты стра́стной де́вы
Иноплеме́нные слова́.
Где ты? приди́: свои́ права́
Передаю тебе́ с покло́ном...
Но посреди́ печа́льных скал,
Отвы́кнув се́рдцем от похва́л,
Оди́н, под фи́нским небоскло́ном,
Он бро́дит, и душа́ его́
Не слы́шит го́ря моего́.

---

29. *보그다노비치(1743-1803)는 로코코 작가인 장 라 퐁텐(1621-1695)의 「프시케와 큐피드의 사랑」을 러시아어로 번안(「두쉔카」)하였는데 이는 푸슈킨의 「루슬란과 류드밀라」의 문체에 영향을 끼쳤다. 바튜슈코프(1787-1855)는 그의 문체를 '가벼운 문체'의 모범으로서 칭찬하였다. *파르니(1753-1814)는 연애시, 사랑의 비가나 이

틀리고 조심성 없는 열뜬 소리가 29.
종잡을 수 없는 말투가
예전처럼 내 가슴에 쿵다쿵다
또다시 동요를 일으킨다
내겐 이제 후회할 힘이 없다네
지난 젊은 시절에 지은 죄처럼
보그다노비치의 시처럼
내겐 프랑스어가 사랑스럽네
이제 이 정도 하고. 내 미인의 편지에
몰두할 때다, 나 약속했으니.
그래도 뭐 어때, 안 하면? 에이, 에이
맹세코 정말 안 했으면 좋겠거니.
사랑스런 파르니의 문체가
요즘 유행이 아니라는 걸 나 아니.

향연과 애타는 슬픔의 시인이여,(22) 30.
그대가 아직 이곳에 있다면, 바로
나 그대에게 가서 어려운 부탁으로
그대를 힘들게 할 텐데... 친구여,
열정적인 처녀의 외국말을 제대로
그대의 마력적인 노래들로
번역해 달라고 조르는 부탁으로 말이오
그대는 어디에 있는 거요? 이리 오오,
고개 숙여 절하며 내 권리를 넘겨 주겠소...
허나 그는 황량한 바위산 가운데서
마음에 찬사를 듣는 습관을 잊어버리고
홀로 핀란드의 잿빛 하늘 밑에서
헤매고 있다, 그의 영혼에
내 고통이 들릴 리 없다.

단적 성서 패러디의 작가로서 청년 푸슈킨이 사랑하던 작가였다. 파르니가 바튜슈코프에게 큰 영향을 끼쳤다고 큐헬베케르가 당시 경멸조로 말했었다.

30. *향연과 애타는 슬픔의 시인: 푸슈킨이 주석 (22)에서 밝히는바 바라튄스키(1800-1844). 그는 당시 핀란드에 좌천되어 있었다.

31. Письмо́ Татья́ны предо мно́ю;
Его́ я свя́то берегу́,
Чита́ю с та́йною тоско́ю
И начита́ться не могу́.
Кто ей внуша́л и э́ту не́жность,
И слов любе́зную небре́жность?
Кто ей внуша́л уми́льный вздор,
Безу́мный се́рдца разгово́р,
И увлека́тельный и вре́дный?
Я не могу́ поня́ть. Но вот
Непо́лный, сла́бый перево́д,
С живо́й карти́ны спи́сок бле́дный,
Или разы́гранный Фрейши́ц
Перста́ми ро́бких учени́ц:

Письмо́
Татья́ны к Оне́гину

Я к вам пишу́ — чего́ же бо́ле?
Что я могу́ ещё сказа́ть?
Тепе́рь, я зна́ю, в ва́шей во́ле
Меня́ презре́ньем наказа́ть.
Но вы, к мое́й несча́стной до́ле
Хоть ка́плю жа́лости храня́,
Вы не оста́вите меня́.
Снача́ла я молча́ть хоте́ла;
Пове́рьте: моего́ стыда́
Вы не узна́ли б никогда́,
Когда́ б наде́жду я име́ла

---

31. *마탄의 사수: 1821년 베를린에서 초연된 칼 마리아 폰 베버(1786-1826)의 오페라. 이 연이 씌어질 무렵 러시아에서 사랑받던 새 레퍼토리였다. 제2장의 12연에서 두냐가 집에서 오페라 아리아 중 일부를 노래하는 것을 보았는데 여기서 자신 없는 여학생이 집에서 피아노로 '마탄의 사수'를 치는 답답한 모양에 자신의 번역을 비유한다. 실제로 오페라가 러시아에 들어와 유행하기 시작하면서 집에서 시집갈 딸들에게 유행하는 오페라 중에서 아리아를 부르게 하거나 피아노로 치게 하는 일이 많았던 것 같다 ***타티아나가 예브게니 오네긴에게 보내는 편지**: 이 편지에는 루소의 소설이나 프랑스 여류시인 마르셀리나 데보르-발모의 영향이 배어 있지만 이는 내용 없는 모방적인 태도라기보다는 오히려 그런 문학적 표현들이 그녀의 열정이나

타티아나의 편지가 내 앞에 놓여 있다 31.
나 그것을 신성하게 보존하고
비밀스런 고통과 함께 읽는다
아무리 읽어도 싫지 않다. 어쩌자고
누가 그녀에게 가르쳤을까, 이 모든 것을?
이 다정함, 이 조심성 없는 말,
이 사랑의 말, 감동적인 무모한 말,
심장의 미친 듯한 고백을,
이토록 마음을 사로잡는 해로운 말을?
나는 모른다. 허나 불완전하고 취약한 번역을,
생명 넘치는 그림의 생명력 없는 모사이고
자신 없는 여학생들의 손가락이, 아이고,
고 모양으로 띵띵거린 '마탄의 사수'를
나 독자 앞에 내놓는다, 여기.

타티아나가 오네긴에게
보내는 편지

당신에게 씁니다, 더 무엇을 할 수 있나요?
더 무슨 말이 있을 수 있나요?
압니다, 당신이 저를 경멸로써 벌하시는 것은
이제 당신 뜻에 달렸다는 것을.
허나 당신이 제 불행한 운명에
한 올의 동정심이라도 지니고 계시다면
저를 그냥 내버려 두지 못할 거예요.
저도 처음엔 침묵을 지키려 했었어요.
제 말 믿어 주세요, 당신은
제 이 수치를 결코
알 수 없었을 거예요,

솔직한 내면을 드러내는 데 효과적으로 사용되었다고 할 수 있다. 또한 이 여류시인의 비가보다 사반세기 전에 나온 카람진의 「공후의 딸 나탈리아」의 영향까지도 볼 수 있다. 게다가 당시 젊은 사랑하는 사람들은 자신의 감정이 문학작품에 나타나는 정도의 밀도나 심도가 있어야 진정한 사랑이라고 생각했으며 이러한 생각이 진정한 사랑을 방해하는 것은 결코 아니었다. 그러니까 문학적 관용구가 어떤 맥락에서 쓰였느냐 하는 것이 문제이지 그 자체로 감정의 허위성을 논할 수 없다. 그녀는 '꾸밈없이' 사랑하는 여자이다. 오네긴이 제8장 20연에서 말하듯 "편지에 심장이 말하는

Хоть ре́дко, хоть в неде́лю раз
В дере́вне на́шей ви́деть вас,
Чтоб то́лько слы́шать ва́ши ре́чи,
Вам сло́во мо́лвить, и пото́м
Всё ду́мать, ду́мать об одно́м
И день и ночь до но́вой встре́чи.
Но говоря́т, вы нелюди́м;
В глуши́, в дере́вне всё вам ску́чно,
А мы... ниче́м мы не блести́м,
Хоть вам и ра́ды простоду́шно.

Заче́м вы посети́ли нас?
В глуши́ забы́того селе́нья
Я никогда́ не зна́ла б вас,
Не зна́ла б го́рького муче́нья.
Души́ нео́пытной волне́нья
Смири́в со вре́менем (как знать?),
По се́рдцу я нашла́ бы дру́га,
Была́ бы ве́рная супру́га
И доброде́тельная мать.

Друго́й!.. Нет, никому́ на све́те
Не отдала́ бы се́рдца я!
То в вы́шнем суждено́ сове́те...
То во́ля не́ба: я твоя́;
Вся жизнь моя́ была́ зало́гом
Свида́нья ве́рного с тобо́й;
Я зна́ю, ты мне по́слан бо́гом,
До гро́ба ты храни́тель мой...

그대로/모든 것을 솔직히 내키는 대로/마음껏 드러낸" 타티아나를 김진영은 저서 『푸슈킨』(서울대학교출판부, 2008)에서 "아무런 제약 없이 넘쳐흐르는 감정을 그대로 쏟아 낼 수 있는, 그리하여 언어의 한계성을 초월해 버리는 완벽한 서술자이며" 편지의 언어는 "부드럽고 사랑스럽고 귀여운 매혹의 언어일 뿐만 아니라, 거침없이 내뱉는, 그래서 자칫 경솔할 수 있는 헛소리인 것이다."라고 말한다. 차이코프스키는 오페라 『예브게니 오네긴』에서 이 편지 부분을 거의 그대로 타티아나의 아리아로 작곡하였다. 10분 이상 계속되는 이 아리아는 소프라노들에게 자신의 역량을 과시할 수 있는 기회를 줄 뿐만 아니라 타티아나라는 인물을 오페라 무대에서 카르멘이나 비올레타(라 트라비아타), 미미(라보엠), 이졸데(트리스탄과 이졸데)처럼 인상

만약 제가 드물게라도, 일주일에 한 번이라도
우리 시골에서 당신을 보는 희망을 가질 수 있다면,
그저 당신의 음성을 듣고 당신에게
한 마디 말하고, 그러고 나서
또다시 당신을 볼 때까지 낮이나 밤이나
그저 하나만을 내내 생각할 수 있다면 말예요.
그러나 당신은 사람을 피하신다더군요.
이 벽지에서, 시골에서 당신에겐 모든 것이 권태롭겠지요.
우리... 우리에게 빛나는 것은 아무것도 없으니까요,
비록 우리가 당신을 보면 소박한 마음으로 기뻐하지만요.

당신은 왜 우리를 방문하셨나요?
잊혀진 마을, 이 벽지에서
저 결코 당신을 알지 못했을 것이고
그렇다면 이 쓰디쓴 고통도 몰랐을 텐데
순진한 마음의 설렘이 시간이 흘러
잠잠하게 되면(알 수 없는 일이지만)
진정한 친구를 만나
신실한 아내이며
후덕한 어머니가 되었을 텐데.

다른 사람!.. 아니요, 이 세상 다른 누구에게도
결코 제 마음 바칠 수 없어요.
저는 당신의 것, 이는 하늘이 정한 일,
이는 하늘의 뜻이에요.
제가 살아온 모든 생애는
당신과의 진정한 만남을 위한 저당물이었어요.
전 신이 당신을 제게 보내셨다는 것을 알아요.
무덤에 갈 때까지 당신은 제 수호자...

깊게 만들었다. *다른 사람!... 아니요, 이 세상 다른 누구에게도/결코 제 마음 바칠 수 없어요.: 초판에서 이 부분을 "소중한 사람!... 저 이 세상 그 누구에게도/결코 제 마음 바친 적이 없어요."라고 오역하였다. 여러 모로 모자란 탓이었다. 여태껏 다른 사람에게 마음을 바친 적이 없다는 사실을 입에 올리는 것은 그녀에게 어울리지 않는다. 이 부분에서 그녀는 오네긴 이외에는 다른 사람에게 마음을 바치는 것이 불가능하다는 확신을 토로하며 분명 다른 여인들과는 다른 길을 갈 것을 선언하고 있다. 오네긴은 제4장 16연에서 "새봄이 다가올 때마다/나무가 새잎을 돋우는 것"처럼

Ты в сновиде́ньях мне явля́лся,
Незри́мый, ты мне был уж мил,
Твой чу́дный взгляд меня́ томи́л,
В душе́ твой го́лос раздава́лся
Давно́... нет, э́то был не сон!
Ты чуть вошёл, я вмиг узна́ла,
Вся обомле́ла, запыла́ла
И в мы́слях мо́лвила: вот он!
Не пра́вда ль? я тебя́ слыха́ла:
Ты говори́л со мной в тиши́,
Когда́ я бе́дным помога́ла
Или моли́твой услажда́ла
Тоску́ волну́емой души́?
И в э́то са́мое мгнове́нье

Не ты ли, ми́лое виде́нье,
В прозра́чной темноте́ мелькну́л,
Прини́кнул ти́хо к изголо́вью?
Не ты ль, с отра́дой и любо́вью,
Слова́ наде́жды мне шепну́л?
Кто ты, мой а́нгел ли храни́тель,
Или кова́рный искуси́тель:
Мои́ сомне́нья разреши́.
Быть мо́жет, э́то всё пусто́е,
Обма́н нео́пытной души́!
И суждено́ совсе́м ино́е...
Но так и быть! Судьбу́ мою́
Отны́не я тебе́ вруча́ю,
Перед тобо́ю слёзы лью,

필경 하늘의 이치로 그녀가 "또다시 사랑하게 될 거"라고, 그녀가 그 말고 또 다른 사람들도 사랑하게 될 거라고 답한다. 과연 하늘의 이치, 세상의 이치대로 그녀가 또다시 사랑하게 될 것인가? 위의 편지 구절들에서 보듯이 타티아나는 오네긴을 요모조모 따져 보고 좋아하는 것이 아니라 그냥 하늘의 뜻으로 주어진 사람으로 스스로 그에게 최고의 가치를 부여하고 운명적으로 받아들이며 그를 그녀의 전 존재를

당신은 제 꿈속에 나타나시곤 했지요.
보이지 않아도 당신은 이미 제게 사랑스런 존재,
당신의 마력 뿜는 시선은 제 맘을 졸이게 했지요.
제 영혼 속에서 당신 목소리가 울린 지
오래예요.. 정말로, 그것은 결코 꿈이 아니었어요!
당신이 들어오는 순간 바로 알았지요.
저는 온통 정신을 차릴 수 없었고 불타올랐어요.
바로 그 사람이다! 속으로 말했지요,
맞지요? 제가 당신의 말을 들은 거 맞지요?
제가 가난한 사람들을 도왔을 때마다
흔들리는 영혼의 고통을
기도로 달랬을 때마다
고요 속에서 저와 얘기했던 사람이 당신 맞지요?
그리고 바로 그 순간에

당신이, 그 사랑스런 환영이
투명한 어둠 속에서 어른거리며
조용히 베개로 몸을 굽혔던 것 맞지요?
당신이 기쁨과 사랑으로 희망의 말을
제게 속삭여 주었던 바로 그 사람이지요?
당신은 누구신가요? 제 수호천사인가요?
아니면 교활한 유혹자인가요?
제 의심을 풀어 주세요.
아마도 이 모든 것이 헛된 것,
경험 없는 마음의 착각인지도 모르지요!
전혀 다른 운명이 절 기다릴지도 모르지요...
그러나 할 수 없어요! 제 운명을
지금부터 당신에게 맡기겠어요.
당신 앞에서 눈물 흘리며

관장하는 존재로 여긴다. 그것도 매우 구체적으로. 그러니 그녀가 다른 사람을 사랑하는 것은 쉽지 않을 것이다. *할 수 없어요: 러시아어로 так и быть. 텍스트 안에 몇 군데 나오는데 이를 '할 수 없다'라고 번역하였다. '이렇게 되었으니 어쩔 수 없는 일이다', '아무래도 어쩔 수 없는 일이다', '이대로 될 대로 되도록 놔두겠다'는 의미들을 다 포함한다.

Твое́й защи́ты умоля́ю...
Вообрази́: я здесь одна́,
Никто́ меня не понима́ет,
Рассу́док мой изнемога́ет,
И мо́лча ги́бнуть я должна́.
Я жду тебя́: единым взо́ром
Наде́жды се́рдца оживи́,
Иль сон тяжёлый перерви́,
Увы́, заслу́женным уко́ром!

Конча́ю! Стра́шно перече́сть...
Стыдо́м и стра́хом замира́ю...
Но мне пору́кой ва́ша честь,
И сме́ло ей себя́ вверя́ю...

32. Татья́на то вздохнёт, то о́хнет;
Письмо́ дрожи́т в её руке́;
Обла́тка ро́зовая со́хнет
На воспалённом языке́.
К плечу́ голо́вушкой склони́лась.
Соро́чка лёгкая спусти́лась
С её преле́стного плеча́...
Но вот уж лу́нного луча́
Сия́нье га́снет. Там доли́на
Сквозь пар ясне́ет. Там пото́к
Засеребри́лся; там рожо́к
Пасту́ший бу́дит селяни́на.
Вот у́тро: вста́ли все давно́,
Мое́й Татья́не всё равно́.

---

32. *봉함지는 편지를 접어 봉하는 데 썼던 띠 모양의 풀 묻은 종이이다. 침을 발라 사용했다.

당신이 보호해 주기를 애원합니다...
상상해 보세요, 전 여기 혼자예요.
아무도 절 이해하지 못해요.
제 이성은 힘을 잃어 가고
전 침묵 속에 파멸해야 해요.
전 당신을 기다립니다. 시선을 한번 보내시어
제 심장의 희망을 살아나게 해 주세요,
아니면 마땅한 질책으로써
이 고통스러운 꿈을 중단시켜 주세요!

글을 마칩니다! 다시 읽어 보기가 무서워요...
수치와 공포로 숨이 넘어갈 지경이에요...
그러나 당신의 명예심은 제 담보물,
그것을 믿고 용감하게 저를 맡깁니다....

타티아나는 한숨을 쉬기도 하고 32.
탄식을 하기도 한다
편지가 손에서 떨고 있다
분홍 봉함지는 뜨거운 혀 위에 말라 가고.
고개를 옆으로 기울이니
그녀의 매혹적인 어깨에서
가벼운 잠옷이 흘러내리니....
그러나 이제 이미 달에서
빛은 꺼져 간다. 저기 계곡이
안개 사이로 맑아 온다. 시냇물이
은빛을 띠기 시작하고 목동의 피리소리
마을 사람들을 깨운다. 이제 아침이
왔다. 모두 벌써 일어났지만
내 타티아나에겐 모든 것이 관심 밖의 일.

33. Она́ зари́ не замеча́ет,
Сиди́т с пони́кшею главо́й
И на письмо́ не напира́ет
Свое́й печа́ти вырезно́й.
Но, дверь тихо́нько отпира́я,
Уж ей Фили́пьевна седа́я
Прино́сит на подно́се чай.
"Пора́, дитя́ моё, встава́й:
Да ты, краса́вица, гото́ва!
О пта́шка ра́нняя моя́!
Вечо́р уж как боя́лась я!
Да, сла́ва бо́гу, ты здоро́ва!
Тоски́ ночно́й и сле́ду нет,
Лицо́ твоё как ма́ков цвет".

34. — Ах! ня́ня, сде́лай одолже́нье. —
"Изво́ль, родна́я, прикажи́".
— Не ду́май... пра́во... подозре́нье...
Но ви́дишь... ах! не откажи́. —
"Мой друг, вот бог тебе́ пору́ка".
— Ита́к, пошли́ тихо́нько вну́ка
С запи́ской э́той к О... к тому́...
К сосе́ду... да веле́ть ему́ —
Чтоб он не говори́л ни сло́ва,
Чтоб он не называ́л меня́... —
"Кому́ же, ми́лая моя́?
Я ны́нче ста́ла бестолко́ва.
Круго́м сосе́дей мно́го есть;
Куда́ мне их и пересче́сть".

---

33. *이름자 새긴 인장: 편지를 봉하고 그 위에 찍는 자기의 이름자를 새긴 도장. *유모의 이름 필리피에브나(Филипьевна)는 1837년판에는 필라티에브나(Филатьевна)로 되어 있다.

그녀는 아침노을도 안 보고 고개를 33.
숙이고 앉아 있다
편지에다 이름자 새긴 인장을
아직 누르지는 않았다
허나 문이 살짝 열리면서
머리 센 필리피에브나가 벌써
쟁반에 차를 가져온다
"얘야, 일어날 시간이다,
아니, 예쁜아, 벌써 준비 다 했구나!
오, 내 부지런한 새벽닭아!
어젯저녁에는 무지 걱정했다!
근데 다행히도 성하구나!
밤의 아픔은 흔적도 없고
얼굴은 양귀비꽃 같구나."

"아, 유모, 내 부탁 좀 들어 줘." — 34.
"물론이지, 아가야, 말만 하거라." —
— "이상하게 생각하면 안 돼... 정말... 의심하거나..
하지만 알지.., 아, 거절하지 말아 줘."
"오, 내 친구, 말해, 하느님께 맹세할게." —
"그래 그러면 몰래 손자에게 말해
이 쪽지를 전해 줘, 오... 그 사람에게...
그 이웃분께... 그리고 손자에게 말해,
아무에게도 말하지 말라고,
내 이름을 입에 올리지 말라고."
"어느 분에게 말이냐, 사랑스런 아가,
나 이제 잘 못 알아듣는다, 아가,
주위에 이웃이 어디 한두 분이냐,
다 세지도 못하게 많지 않으냐." —

35. — Как недога́длива ты, ня́ня! —
"Серде́чный друг, уж я стара́,
Стара́: тупе́ет ра́зум, Та́ня;
А то, быва́ло, я востра́,
Быва́ло, сло́во ба́рской во́ли..."
— Ах, ня́ня, ня́ня! до того́ ли?
Что ну́жды мне в твоём уме́?
Ты ви́дишь, де́ло о письме́
К Оне́гину. — "Ну, де́ло, де́ло,
Не гне́вайся, душа́ моя́,
Ты зна́ешь, непоня́тна я...
Да что ж ты сно́ва побледне́ла?"
— Так, ня́ня, пра́во ничего́.
Пошли́ же вну́ка своего́. —

36. Но день протёк, и нет отве́та.
Друго́й наста́л: всё нет, как нет.
Бледна́ как тень, с утра́ оде́та,
Татья́на ждёт: когда́ ж отве́т?
Прие́хал О́льгин обожа́тель.
"Скажи́те: где же ваш прия́тель?"
Ему́ вопро́с хозя́йки был.
"Он что́-то нас совсе́м забы́л".
Татья́на, вспы́хнув, задрожа́ла.
— Сего́дня быть он обеща́л,
Стару́шке Ле́нский отвеча́л:
Да, ви́дно, по́чта задержа́ла. —
Татья́на потупи́ла взор,
Как бу́дто слы́ша злой уко́р.

---

36. *망령처럼(как тень) 창백한 얼굴로: 제1장 54연에서 우울증이 오네긴을 "그림자처럼(как тень)" 따라다닌다고 번역했는데 '망령처럼' 따라다닌다고 번역할 수도 있다. 어쨌거나 오네긴의 우울증은 '망령'이라는 단어와 연결된다. 이러한 의미적 연결은 제3장 마지막 연에서 오네긴이 "무서운 망령처럼" 서 있다는 표현이나 "피가 뚝뚝 떨어지는" 렌스키의 "망령이 매일 눈앞에 나타"난다는 표현(제8장 13연)에서 강화된다. 제8장 30연에서도 오네긴이 타티아나의 뒤를 '망령처럼 쫓는다'고 번역할 수 있다. *아침부터 차려 입고: 보통 아침 복장은 집안사람들이나 가까운 친구들이

"아이, 유모 어떻게 그렇게 추측을 못하우!" — 35.
"오, 내 마음의 친구, 나도 이제 늙었어,
늙었다구, 머리가 점점 무뎌진다구.
타냐야, 예전엔 나도 꽤 기민했어,
주인의 뜻 한마디만 들어도 척..." —
"아이, 유모, 유모! 그게 무슨 상관이야, 참,
유모의 기민함이 지금 나와 무슨 상관이게,
오네긴에게 편지를 보내는 게
일이란 말이야." — "그래, 맞아, 맞아, 얘야,
화 좀 안 낼 수 없냐?
나 이제 잘 못 알아듣는 거 알지 않냐,
헌데 왜 또 다시 창백해지냐, 얘야?" —
"그냥, 유모, 괜찮아, 정말,
손자나 좀 보내 줘, 어서." —

하루가 다 흘러도 아무런 답장이 없고 36.
다음 날이 왔어도 여전히 아무 소식이 없다
망령처럼 창백한 얼굴로 아침부터 차려입고
답장은 언제 오려나, 타티아나는 기다린다
올가의 숭배자가 도착했다
안주인이 그에게 물었다 —
"말해 봐요, 댁의 친구는 어디 갔어요?
그 사람 왠지 우릴 완전히 잊은 것 같네요."
타티아나는 얼굴을 확 붉히더니 떨기 시작했다
"오늘 온다고 약속했습니다.
아마 편지 때문에 지체되나 봅니다."
노파에게 렌스키가 대답했다
타티아나는 시선을 떨궜다,
심한 질책을 들은 것처럼.

있을 때 집에서 입는 차림이다. 아침식사에는 그런 복장을 하지만 점심식사에는 차려입어야 한다. 즉 아침 복장은 차려입은 것으로 간주되지 않는다. 저녁 무도회나 극장에 갈 때는 야회복을 입는다. 여기서 아침부터 차려입었다는 것은 타티아나가 잔뜩 긴장하고 오네긴을 기다린다는 뜻이다. *편지 때문에 지체되나 봅니다: 일주일에 두 번 우체부가 편지를 가져오고 가져가기에 그날은 편지를 받거나 편지를 쓸 일이 생긴 것 같다는 뜻. 타티아나는 오네긴이 편지 때문에 지체된다는 말에 자신의 편지에 대한 암시를 알아채고 얼굴을 확 붉히고 떨며 시선을 떨군다.

37. Смерка́лось; на столе́ блиста́я
Шипе́л вече́рний самова́р,
Кита́йский ча́йник нагрева́я;
Под ним клуби́лся лёгкий пар.
Разли́тый О́льгиной руко́ю,
По ча́шкам тёмною струёю
Уже́ души́стый чай бежа́л,
И сли́вки ма́льчик подава́л;
Татья́на пред окно́м стоя́ла,
На стёкла хла́дные дыша́,
Заду́мавшись, моя́ душа́,
Преле́стным па́льчиком писа́ла
На отума́ненном стекле́
Заве́тный ве́нзель *О* да *Е*.

38. И ме́жду тем душа́ в ней ны́ла,
И слёз был по́лон то́мный взор.
Вдруг то́пот!.. кровь её засты́ла.
Вот бли́же! ска́чут... и на двор
Евге́ний! "Ах!" — и легче те́ни
Татья́на прыг в други́е се́ни,
С крыльца́ на двор, и пря́мо в сад,
Лети́т, лети́т; взгляну́ть наза́д
Не сме́ет; ми́гом обежа́ла
Курти́ны, мо́стики, лужо́к,
Алле́ю к о́зеру, лесо́к,
Кусты́ сире́н перелома́ла,
По цветника́м летя́ к ручью́,
И задыха́ясь на скамью́

---

37. *오는 '오네긴'의 오, 예는 '예브게니'의 예이다. 타티아나는 지금 객실에 앉아서 유리창을 통하여 현관을 보고 있다. 시골의 저택은 현관을 통해 들어오면 저택의 한 면을 이루는 긴 홀(복도)이 있었으며, 그 홀에는 촘촘히 창문이 있었고, 따라서 온실처럼 환했다. 홀의 창이 없는 긴 벽에는 2개의 문이 있었다. 두 문 중에서 낮은 문을 지나면 어두운 복도가 이어지며 복도 끝에는 하녀방과 마당으로 나가는 뒷문이 있었다. 크기는 같으나 높은 문을 지나면 객실로, 계속 서재 또는 주인의 침실로 들어가게 된다. 이 두 방과 옆의 홀의 일부는 마당의 화단을 향하도록 되어 있었으며, 화단이

저녁 해가 지고 있었다. 식탁 위에는 37.
저녁 사모바르가 중국제 찻주전자를 데우느라
번쩍거리며 쉭쉭거린다. 주전자 밑에는
가벼운 김이 소용돌이친다
올가의 손으로 찻잔마다
벌써 향기로워진 차가
검은 시냇물처럼 흐르며 부어진다
하인아이는 크림을 가져온다
타티아나, 내 사랑은 혼자
생각에 잠긴 채 창가에 서서
차가운 유리에 입김을 불어서
매혹적인 손가락으로 쓴다,
안개 낀 듯 하얗게 김 서린 창유리 위에
비밀의 첫 글자 **오**와 **예**.

그러는 동안 가슴이 쓰라렸고 38.
애타는 시선은 눈물로 가득 찼다
갑자기 말발굽 소리... 피가 얼어 들었다
좀 더 가까이 온다! 말들이 달려오고...
마당으로 예브게니가! "아!" — 망령보다 가볍게 벌써
타티아나는 다른 쪽 복도로 뛰어가서
현관에서 마당으로, 또 곧장 정원을 향해 달리고
또 달린다, 뒤를 돌아볼 엄두도 못 내고
단숨에 화단, 디딤돌길, 잔디밭을 지나서
호수로 가는 보리숫길 지나서
작은 수풀도 지나서
라일락 가지를 부러뜨려 가면서
꽃들 사이로 해서 시냇가로
달려가 그만 숨이 차 벤치로

없는 경우엔 과수밭으로 향하도록 되어 있었다. 이런 저택의 전면부는 7개의 창문이 나 있었으며, 그중 두 개는 홀에, 세 개는 객실에(가운데 것은 여름에는 마당으로 내려가는 유리문으로 바뀌었다), 그리고 남은 두 개는 침실에 있었다.

38. *망령보다 가볍게 벌써/타티아나는 다른 쪽 복도로 뛰어가서: 객실에 있던 타티아나는 오네긴이 오는 것을 보고 낮은 문을 통해 어두운 복도를 지나 뒷문을 통해서 마당으로 나가서 정원을 향해 달려가다 보리숫길 지나서 언덕 아래 작은 수풀 지나서 시냇가에 있는 벤치로 쓰러져 정원에서 들려오는 노랫소리 듣는다. ***처녀**

39. Упа́ла...

"Здесь он! здесь Евге́ний!
О бо́же! что поду́мал он!"
В ней се́рдце, по́лное муче́ний,
Храни́т наде́жды тёмный сон;
Она́ дрожи́т и жа́ром пы́шет,
И ждёт: нейдёт ли? Но не слы́шит.
В саду́ служа́нки, на гряда́х,
Сбира́ли я́годы в куста́х
И хо́ром по нака́зу пе́ли
(Нака́з, осно́ванный на том,
Чтоб ба́рской я́годы тайко́м
Уста́ лука́вые не е́ли,
И пе́ньем бы́ли заняты́:
Зате́я се́льской остроты́!).

Пе́сня де́вушек

Де́вицы, краса́вицы,
Ду́шеньки, подру́женьки,
Разыгра́йтесь, де́вицы,
Разгуля́йтесь, ми́лые!
Затяни́те пе́сенку,
Пе́сенку заве́тную,
Замани́те мо́лодца
К хорово́ду на́шему.
Как зама́ним мо́лодца,
Как зави́дим и́здали,
Разбежи́мтесь, ми́лые,
Закида́ем ви́шеньем,

들의 노래: 이는 푸슈킨이 민요를 개작했거나 민요조로 창작한 것으로 보인다. 이 쾌활한 노래는 타티아나의 우울한 마음과 대조된다.

쓰러졌다... 39.

"여기 그가, 예브게니가 오셨다!
그가 어떻게 생각할까! 하느님, 오!"
그녀의 마음은 고통으로 가득 찼다
비밀스러운 희망의 꿈을 간직한 채, 오,
그녀는 떨며 열에 떠서 기다린다,
안 오시나? 아무 소리 안 들린다
정원에서 하녀들이 열을 지어서
덩굴에서 딸기를 따면서
분부에 따라 합창을 한다. (이 분부는
나릿댁 딸기를 그 못 믿을 입으로
몰래 날름 먹지 못하도록 입으로
내내 노래를 부르게 하려는
의도가 깔려 있는 것으로
시골지주의 영리한 착상이라오!)

처녀들의 노래

처녀들아, 예쁜이들아
마음의 친구, 동무들아
함께 놀자, 처녀들아
봄나들이 가자!
춤추며 노래하며
비밀 노래 부르면서
총각을 꾀어내어
춤추는 데 오게 하자.
총각을 꼬이다가
저 멀리 보이면
달아나자, 처녀들아
산딸기 던지자

Ви́шеньем, мали́ною,
Кра́сною сморо́диной.
Не ходи́ подслу́шивать
Пе́сенки заве́тные,
Не ходи́ подсма́тривать
И́гры на́ши де́вичьи.

40. Они́ пою́т, и с небреже́ньем
Внима́я зво́нкий го́лос их,
Ждала́ Татья́на с нетерпе́ньем,
Чтоб тре́пет се́рдца в ней зати́х,
Что́бы прошло́ лани́т пыла́нье.
Но в пе́рсях то же трепета́нье,
И не прохо́дит жар лани́т,
Но я́рче, я́рче лишь гори́т...
Так бе́дный мотылёк и бле́щет
И бьётся ра́дужным крыло́м,
Пленённый шко́льным шалуно́м
Так за́йчик в о́зиме трепе́щет,
Уви́дя вдруг издалека́
В кусты́ припа́дшего стрелка́.

산딸기, 들딸기,
빨간 딸기 던지자
오면 안 돼, 오면 안 돼,
비밀 노래 엿들으러
오면 안 돼, 오면 안 돼,
우리 처녀 놀이 엿보러.

그들은 노래한다. 낭랑하게 울리는 40.
그 목소리 무심코 들으며 타티아나는
심장의 떨림이 고요해지기를
두 뺨의 열기가 가시기를
초조하게 기다려 본다
허나 가슴의 떨림은 여전하고
뺨의 열기는 가실 줄 모르고
더 빨갛게 더 빨갛게 불탄다,
개구쟁이 학생에게 붙잡힌 듯
가여운 나비가 무지갯빛 날개를
반짝거리다 퍼득거리다 하듯.
수풀 속에 몸을 구부린 사수를
멀리서 문득 알아보고는
토끼가 밭고랑에 숨어 떨듯.

41. Но наконéц онá вздохнýла
И встáла со скамьи́ своéй;
Пошлá, но тóлько повернýла
В аллéю, пря́мо перед ней,
Блистáя взóрами, Евгéний
Стои́т подóбно грóзной тéни,
И, как огнём обожженá,
Останови́лася онá.
Но слéдствия неждáнной встрéчи
Сегóдня, ми́лые друзья́,
Пересказáть не в си́лах я;
Мне дóлжно пóсле дóлгой рéчи
И погуля́ть и отдохнýть:
Докóнчу пóсле как-нибýдь.

---

41. *시선을 번뜩이며 무서운 망령처럼/예브게니가 우뚝 서 있다: 이는 낭만주의적 문체로 타티아나의 관점에서 예브게니의 형상을 그린 것이다. 바로 앞에 나오는 처녀들의 유쾌한 노래에 대조된다. *"말을 꽤나 오래 하였으니/산책하며 좀 쉬어야겠"고 "얘기할 힘이 없"어 나중에 얘기하겠다는 말로 이 장을 끝내는데 사실 이 장에서 푸슈킨은 오네긴이 타티아나를 방문하게 하여 모든 사람들에게 타티아나와 관련하여 소문을 일으켰고 타티아나에게 그를 향한 동경과 무모한 열정에 소설책을 들고 홀로 우거진 정원에서 긴 산책을 하게 만들었으며 잠 못 이루는 밤 유모의 혼인

마침내 그녀는 한숨을 내쉬고서 41.
앉았던 벤치에서 일어나서
걸음을 떼었다. 막 보리숫길로
접어들자 그녀 앞에 바로
시선을 번뜩이며 무서운 망령처럼
예브게니가 우뚝 서 있다
그녀는 불에 덴 것처럼
그대로 우뚝 멈춰 섰다
허나 오늘은 예기치 않은 이
만남의 결과를, 사랑스런 친구들이여,
얘기할 힘이 없네 그려.
말을 꽤나 오래 하였으니
산책하며 좀 쉬어야겠네
나중에 어떻게든 다 얘기하겠네.

이야기를 듣게 했으며, 타티아나가 밤을 지새우며 쓴 긴 편지를 앞에 놓고 자신의 과거의 여인들을 회상하였고 이 편지를 번역해 달라고 멀리 있는 친구 바라틘스키까지 불러 보다가 결국 스스로 애써 번역했고 오네긴의 답변을 기다리는 그녀의 길고 긴 시간을 묘사했다. 또 푸슈킨 자신 1824년 8월부터 오데사에서 미하일로프스코예로 옮겨 왔고 이제 그와 마찰했던 부모도 떠난 이후 미하일로프스코예의 정원을 거닐면서 이제 좀 쉬어야겠다는 생각을 함직도 하다. 푸슈킨은 예브게니가 어떤 대답을 할지, 타티아나는 또 어떻게 될지 무척 궁금해하며 화자의 느긋한 태도를 못마땅해할 독자를 보고 웃음 띠며 놀리듯 말한다.

4 ГЛАВА ЧЕТВЕРТАЯ

La morale est dans la nature des choses.
Necker

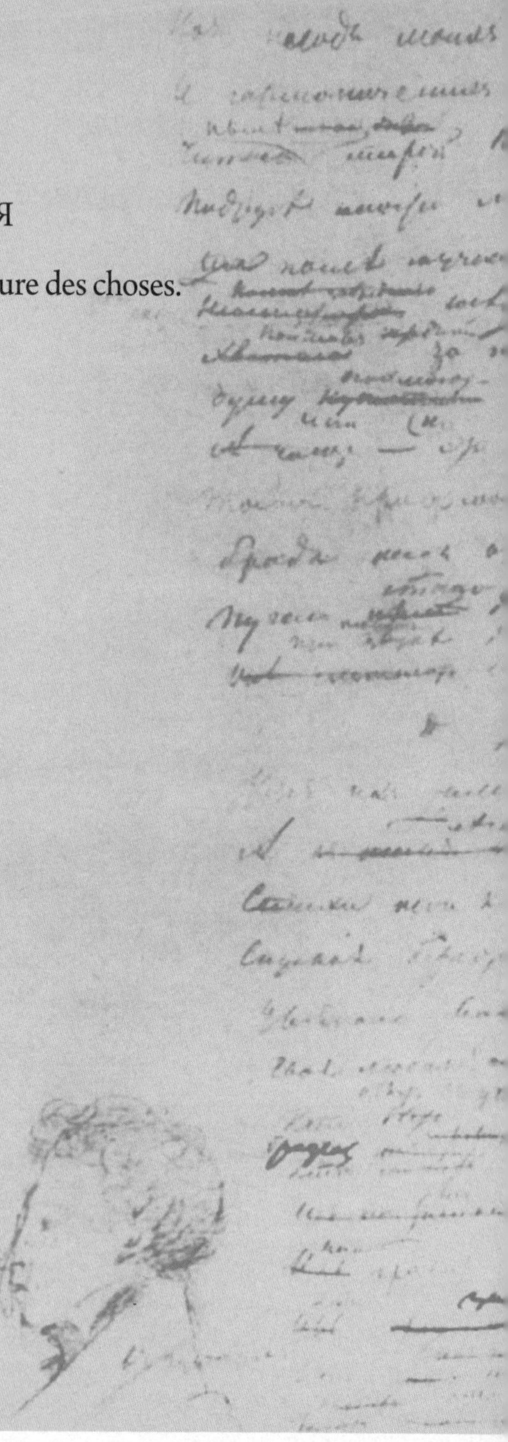

제4장

도덕은 사물의 본성 속에 들어 있다.

네케르

제4장은 미하일로프스코예에서 주로 1824년 10월-1826년 1월까지 집필하여 제5장과 함께 1828년1월 출판했다. 이 제사는 프랑스의 경제장관 자크 네케르(1732-1804)의 말로서 그의 딸인 스탈 부인(1766-1817)의 책 『프랑스혁명의 주요사건들에 대한 관찰』(1818년 출판)에 들어 있다. 이 말은 "네케르가 한번은 미라보에게 말했다. "당신은 현명하시니 조만간 도덕이 사물의 본성 속에 들어 있다는 것을 알아차리게 될 겁니다."라는 맥락 속에 있다. 본연 그대로의 사물의 상태가 도덕적이라는 뜻이다. 제4장의 내용과 연결해서 보면 진정한 사랑을 모르고 유희적 사랑만을 해왔던 오네긴이 권태에 짓눌려 이제 하늘의 이치이자 젊은이의 본성인 사랑에 대한 욕구를 부자연스럽게 억누르며 자신에 갇혀 타티아나를 이해하지 못 한다는 점이 두드러진다. 마찬가지로 자신 속에 갇혀 있는 렌스키와 올가의 부자연스러운 사랑에 대해서도 암시하고 있다.

1.

2.

3.

4.

5.

6.

7. Чем ме́ньше же́нщину мы лю́бим,
Тем ле́гче нра́вимся мы ей,
И тем её вернее гу́бим
Средь обольсти́тельных сете́й.
Развра́т, быва́ло, хладнокро́вный
Нау́кой сла́вился любо́вной,
Сам о себе́ везде́ трубя́
И наслажда́ясь не любя́.
Но э́та ва́жная заба́ва
Досто́йна ста́рых обезья́н
Хвалёных де́довских время́н:
Ловла́сов обветша́ла сла́ва
Со сла́вой кра́сных каблуко́в
И велича́вых парико́в.

---

1. 2. 3. 4. 5. 6. 연의 번호만 쓰고 내용을 쓰지 않았다. 이렇게 함으로써 푸슈킨은 독자로 하여금 각기 여러 가지 추측을 하게 하여 텍스트를 풍성하게 하는 효과를 얻을 수 있었다. 그리고 느슨한 느낌을 주어 독자와 작가의 관계에 있어서 좀 더 자유로운, 틀에 매이지 않는 분위기를 조성할 수 있다. 게다가 타티아나의 실존적 결단을 담은 꾸밈없는 편지로부터 받은 충격에 답하기 위해서는 상당한 시간이 필요하다. 이 연들을 포함하여 12연에 가서야 오네긴은 그녀에게 답한다.

7. 이 연의 내용과 유사하게 푸슈킨은 동생에게 편지를 쓴 적이 있다. "... 내가 여자들에 대해서 네게 해줄 수 있는 말은 완전히 쓸데없는 일일 거다. 다만 우리가 여자

1.
2.
3.
4.
5.
6.

우리가 여자를 덜 사랑하면 할수록 더욱더 7.
수월하게 우리는 여자의 마음에 들게 된다
그래서 유혹의 그물 한가운데서 더욱더
확실하게 여자를 파멸시킬 수 있다
냉혈적인 부도덕이 사랑의 기술로서 꽤나
명성이 높고 스스로 한 짓을 어디서나
큰소리로 자랑해대던 시절도
사랑 없이 쾌락만 좇던 시절도
다 지나갔다. 이 내로라하는 유희들도 다
할아버지 시대에나 칭송받던
옛날 원숭이들에게나 어울리던
낡은 것, 러브레이스의 명성은 빛바랬다,
빨간 구두뒤축과 위풍스런
가발의 명성이 사라졌듯이.

들을 덜 사랑하면 할수록 더욱 더 확실하게 우리는 그녀를 정복할 수 있다는 점만 지적해 둔다. 그러나 이런 장난은 18세기의 옛날 원숭이에게나 어울리는 법이다...." *옛날 원숭이: 18세기 '소설모방적' 바람둥이인 듯. *러브레이스는 제2장 30연, 제3장 10연의 역자주석을 참조하시오. *빨간 구두뒤축은 18세기 멋쟁이의 차림이었다. 프랑스 혁명 이전 루이 15세 시절에 높은 빨간 구두뒤축이 유행이었다. *위풍스런 가발은 18세기 전반에 유행이었다. 19세기로 넘어오면서부터는 노인들이나 특별한 파티에서 하인들이 가발을 썼다.

8. Кому́ не ску́чно лицеме́рить,
Разли́чно повторя́ть одно́,
Стара́ться ва́жно в том уве́рить,
В чём все уве́рены давно́,
Всё те же слы́шать возраже́нья,
Уничтожа́ть предрассужде́нья,
Кото́рых не́ было и нет
У де́вочки в трина́дцать лет!
Кого́ не утомя́т угро́зы,
Моле́нья, кля́твы, мни́мый страх,
Запи́ски на шести́ листа́х,
Обма́ны, спле́тни, ко́льца, слёзы,
Надзо́ры тёток, матере́й,
И дру́жба тя́жкая муже́й!

9. Так то́чно ду́мал мой Евге́ний.
Он в пе́рвой ю́ности свое́й
Был же́ртвой бу́рных заблужде́ний
И необу́зданных страсте́й.
Привы́чкой жи́зни избало́ван,
Одни́м на вре́мя очаро́ван,
Разочаро́ванный други́м,
Жела́ньем ме́дленно томи́м,
Томи́м и ве́треным успе́хом,
Внима́я в шу́ме и в тиши́
Ропта́нье ве́чное души́,
Зево́ту подавля́я сме́хом:
Вот как уби́л он во́семь лет,
Утра́тя жи́зни лу́чший цвет.

8-10연에는 푸슈킨과 오네긴이 비슷한 모습을 보인다. 푸슈킨도 오네긴처럼 18세부터 댄디처럼 차리고 사교계에서 빛났다. 댄디가 귀족계층의 행동양식, 사고방식을 나타내는 데 반해 러시아의 '멋쟁이'는 겉모양은 분명 '댄디'이나〔푸슈킨의 주석 (2)〕 그 내면은 복잡했다. 오네긴의 독서목록이 제7장 22연에 이어 제8장 35연에 소개되는데 그가 책들을 읽으면서 분명 자기 자신에 대해 여러 가지 생각을 하였을 것이다. 그는 자신의 댄디즘에 대해서도 생각했을 것이다. 이와 연관하여 1830년 초에 스탕달〔그의 생활방식 벨리즘(beylisme)은 열정과 개인주의, 특히 시대비판, 문명에 대한 회의, 자신에 대한 회의, 공격적인 엘리트주의, 날카로운 심리분석과 자기분석을 특징으로 한다〕이 쓴 에세이 「이탈리아의 바이런경」이 1830년 3월 『조국의 아들』

갖가지 위선을 이리저리 행하는 일, 8.
갖가지로 오직 한 가지만 반복하는 일,
모두가 오래전부터 믿고 있는 일을
진지한 태도로 확신시키려 하는 일,
내내 똑같은 거절을 들어주며, 사실은
예전에도 요즘에도 열세 살 먹은
소녀도 전혀 가지고 있지 않은
그런 편견을 없애려고 애쓰는
따위의 일이 지겹지 않은 사람이 어디 있겠나?
협박과 애원과 맹세와 두려운 척하기,
여섯 장의 연애편지, 기만, 소문, 반지, 눈물 흘리기,
이 모든 것이 지겹지 않은 사람이 어디 있겠나?
또 아주머니와 어머니들의 감시와
남편들과의 부담스런 우정은 어쩌고!

내 예브게니는 바로 이 점을 생각했다 9.
그는 청춘의 초창기에 이미
질풍 같은 방탕과 도저히
제어할 수 없는 열정의 희생물이었다
삶의 습관 때문에 버릇이 나빠져서
잠시 한 가지에 매혹 당했다가
벌써 다른 것 때문에 실망하고
희망 때문에 지리하도록 괴로워하다가
성공이 바람결 같아 또 괴로워하면서
소음 속에서나 고요 속에서
영혼이 항상 한탄하는 것을 들으면서
하품을 웃음으로 누르면서
인생의 한창 꽃다운 시절을
허송하며 8년을 죽여 온 그다.

에 러시아어로 번역되어 수록된 사실이 중요하다. 알렉산드르 이바노비치 투르게네프(1784-1845, 푸슈킨 집안의 가까운 친구이고 푸슈킨은 리체이를 졸업한 후 자주 그를 포함한 투르게네프 형제들을 방문하여 정치적인 견해를 나누었다. 알렉산드르 이바노비치 투르게네프는 오랫동안 파리와 런던에 머물며 외국문학과 러시아문학의 가교역할을 하였다. 1831년부터 더욱더 푸슈킨과 자주 만났으며 시인의 임종 시 곁을 떠나지 않았다. 그만이 스뱌토고르스크 수도원에 시신을 동행하는 것이 허락되었다)가 1830년 3월 10일 스탕달, 메리메와 함께 안슬로의 집에서 식사를 함께 할

10. В краса́виц он уж не влюбля́лся,
А волочи́лся как-нибу́дь;
Отка́жут — ми́гом утеша́лся;
Изме́нят — рад был отдохну́ть.
Он их иска́л без упое́нья,
А оставля́л без сожале́нья,
Чуть по́мня их любо́вь и злость.
Так то́чно равноду́шный гость
На вист вече́рний приезжа́ет,
Сади́тся; ко́нчилась игра́:
Он уезжа́ет со двора́,
Споко́йно до́ма засыпа́ет
И сам не зна́ет поутру́,
Куда́ пое́дет ввечеру́.

11. Но, получи́в посла́нье Та́ни,
Оне́гин жи́во тро́нут был:
Язы́к деви́ческих мечта́ний
В нём ду́мы ро́ем возмути́л;
И вспо́мнил он Татья́ны ми́лой
И бле́дный цвет и вид уны́лый;
И в сла́достный, безгре́шный сон
Душо́ю погрузи́лся он,
Быть мо́жет, чу́вствий пыл стари́нный
Им на мину́ту овладе́л;
Но обману́ть он не хоте́л
Дове́рчивость души́ неви́нной.
Тепе́рь мы в сад перелети́м,
Где встре́тилась Татья́на с ним.

만큼 스탕달과 가까웠다는 사실은 그가 스탕달의 에세이를 러시아에 소개하는 데 큰 역할을 했을 것이라고 추측하게 한다. 이 에세이에서 스탕달은 그가 이탈리아에서 한번 만난 적이 있는 바이런이 유행의 군주이기를 몹시 원했었고 1796년에서 1810년까지의 유행의 군주, 댄디인 부르멜의 이름을 부를 때는 숭배와 질투로 떨었다고 하며 댄디가 되려면 '냉담하고 무심해(권태로워해)'야 하는데 그는 전혀 그렇지 않고 끊임없이 열정에 흔들렸으며 열정이 침묵하면 어디서나 독설을 찾아내는 깊은 허영이 그를 괴롭혔다고 썼다. 이 에세이를 읽고 바이런처럼 유서 깊은 가문의 후예이고 시인인 푸슈킨은 자신에 대해 많은 생각을 했을 것이다.

이미 그는 미녀들과 사랑에 빠지지 않는다 10.
그래도 그냥 따라다니기는 하고
거절을 당하면 그 즉시 자신을 달랜다
배반을 당하면 쉴 수 있어 기뻐하고
열광 없이 그들을 추구하고
유감없이 그들을 떠나고
그들의 사랑과 분노를 채 기억도 못한다
마치 만사에 무관심한 손님이 저녁마다
휘스트게임을 하러 와 앉았다가
게임이 끝나면 그 집에서
아무 미련 없이 떠나와서
집에 돌아와 평온히 잠들었다가
아침이 되면 그날 저녁에 또
어느 집으로 가야 할지 모르는 것처럼.

허나 보내온 타냐의 편지는 11.
오네긴에게 생생한 감동을 주었다
편지에 적힌 처녀다운 동경의 말들은
그에게 갖가지 생각을 불러일으켰다
그는 사랑스런 타티아나를,
그 창백한 낯빛과 우울한 표정을
기억하고는 마음속으로 사르르
녹는 달콤하고 무구한 꿈에 스르르
빠졌다. 아마 예전 같은 감정이 불타
순간적으로 그를 사로잡은 듯하지만
그는 순진무구한 영혼의 신뢰만은
아무쪼록 배반하고 싶지 않았다
이제 우리 타티아나가 그를 만났던
그 정원으로 날아가 보자.

---

10. *휘스트(вист)는 네 명이 하는 카드놀이로서 도박의 성격을 갖지 않는다.
11. *달콤하고 무구한 꿈(сон): 푸슈킨은 '꿈(сон)'을 몽상, 공상(мечта)이라는 뜻으로 자주 쓴다. *정원으로 날아가 보자: 타티아나가 시냇가 벤치에서 정원에서 딸기 따는 처녀들의 노랫소리를 듣다가 일어나 걸음을 떼어 다시 보리숫길로 접어들었을 때 오네긴을 만났었다.

12. Мину́ты две они́ молча́ли,
Но к ней Оне́гин подошёл
И мо́лвил: "вы ко мне писа́ли,
Не отпира́йтесь. Я прочёл
Души́ дове́рчивой призна́нья,
Любви́ неви́нной излия́нья;
Мне ва́ша и́скренность мила́;
Она́ в волне́нье привела́
Давно́ умо́лкнувшие чу́вства;
Но вас хвали́ть я не хочу́;
Я за неё вам отплачу́
Призна́ньем та́кже без иску́сства;
Прими́те и́споведь мою́:
Себя́ на суд вам отдаю́.

13. "Когда́ бы жизнь дома́шним кру́гом
Я ограни́чить захоте́л;
Когда́ б мне быть отцо́м, супру́гом
Прия́тный жре́бий повеле́л;
Когда́ б семе́йственной карти́ной
Плени́лся я хоть миг еди́ный, —
То ве́рно б, кро́ме вас одно́й,
Неве́сты не иска́л ино́й.
Скажу́ без блёсток мадрига́льных:
Наше́д мой пре́жний идеа́л,
Я ве́рно б вас одну́ избра́л
В подру́ги дней мои́х печа́льных,
Всего́ прекра́сного в зало́г,
И был бы сча́стлив... ско́лько мог!

12-16연에 이르는 오네긴의 고백에는 타티아나의 편지와는 달리 아무런 문학적 관용구가 없다. 오네긴은 상류 사교계의 교양 있는 태도를 보인다. 책을 많이 읽은 타티아나가 감정에 충실한 반면 사교계 청년 오네긴은 감정에 닫혀 있는 것을 알 수 있다. 오네긴은 자신의 예민한 지성과 사교계에서 겪은 쓰라린 체험 때문에 자신 속에 갇혀 비록 타티아나가 꾸밈없이 편지를 썼다는 것을 알면서도 타티아나와 그녀의 감정을 제대로 느끼지 못한다. 오네긴은 자신의 문제에만 몰두하여 타인에게 열려 있을 여유가 없어 부자유스럽다. 여기서는 오네긴과 푸슈킨의 차이가 날카롭게 드러난다. 오네긴이 도시생활에서 시들어 버린 후 자연 속에서도 마찬가지의 권태를 느끼고 본성에서 우러난 꾸밈없는 사랑의 고백에도 도통 닫혀 있는 반면 푸

그들은 잠시 침묵했으나 예브게니는 12.
그녀에게로 다가가 말했다
"당신은 제게 편지를 썼지요, 자
부정하지 말아요. 그건 신뢰하는
영혼의 꾸밈없는 고백이었소.
순수한 사랑의 분출 말이오.
당신의 진정은 소중하오, 내게.
당신의 진정은 오래전에 내게
멈춰 버린 감정을 일렁이게 했소.
허나 당신을 칭찬하고 싶진 않소.
나 똑같이 꾸밈없는 고백으로써
그 진정에 보답하려 하오.
내 고백을 들어 줘요.
당신의 심판에 나를 맡기오.

내가 만약 가정의 울타리 안을 13.
내 인생의 테두리로 삼는다면
편안한 운명이 내게 아버지가 되기를,
그리고 남편이 되기를 명한다면,
가정의 정경이 일순간이라도 정말
내 마음을 끈다면 정말
당신 외에는 그 누구도
구하지 않을 거요, 그 누구도.
입에 바른 칭찬이 아니오
예전의 내 이상형, 당신을
찾았으니 정말 오직 당신만을
내 슬픈 인생길의 반려로 선택했을 거요,
모든 아름다운 것을 저당 잡혀서 말이오.
그리고 나 행복했을 거요... 더할 수 없이!

슈킨은 자연(본성)과 예술에 열려 있는 사람이다. 제1장 55연에서 밝힌 푸슈킨의 자연과 예술의 관계는 괴테의 소네트 「자연과 예술이...」(1802년 출판)를 떠오르게 한다. "자연과 예술이 서로 피하는 듯하다/했더니 생각보다 먼저 친구가 되었으니/이 적대는 내게서도 사라져 버렸다. 이/둘은 이제 동시에 내 가슴을 끄는 듯하다/성실하고 정직한 노력만이 중요한 법이다!/잘 헤아려진 시간 속에 정신과 근면이/우리를 예술에 묶어야 비로소 자연이/가슴 속에 자유롭게 다시 불타오른다./모든 교양도 바로 그렇게 얻어지리라./묶이지 않은 정신은 순수한 숭고함의/완성을 향하여 헛

14. "Но я не со́здан для блаже́нства;
Ему́ чужда́ душа́ моя́;
Напра́сны ва́ши соверше́нства:
Их во́все недосто́ин я.
Пове́рьте (со́весть в том пору́кой),
Супру́жество нам бу́дет му́кой.
Я, ско́лько ни люби́л бы вас,
Привы́кнув, разлюблю́ тотча́с;
Начнёте пла́кать: ва́ши слёзы
Не тро́нут се́рдца моего́,
А бу́дут лишь беси́ть его́.
Суди́те ж вы, каки́е ро́зы
Нам загото́вит Гимене́й
И, мо́жет быть, на мно́го дней.

15. "Что мо́жет быть на све́те ху́же
Семьи́, где бе́дная жена́
Грусти́т о недосто́йном му́же
И днём и ве́чером одна́;
Где ску́чный муж, ей це́ну зна́я
(Судьбу́, одна́ко ж, проклина́я),
Всегда́ нахму́рен, молчали́в,
Серди́т и хо́лодно-ревни́в!
Тако́в я. И того́ ль иска́ли
Вы чи́стой, пла́менной душо́й,
Когда́ с тако́ю простото́й,
С таки́м умо́м ко мне писа́ли?
Уже́ли жре́бий вам тако́й
Назна́чен стро́гою судьбо́й?

되이 노력할 뿐이리./위대한 것을 추구하는 자, 정신 차리라./제한 속에서 비로소 대가가 나타나며,/법칙만이 우리에게 자유를 줄 수 있으리.//"라며 자연과 예술이 함께 하여 교양이 얻어지는 것을 말한다. 괴테는 근면과 성실의 예술작업과 자연이 가슴속에 자유롭게 불타는 것이 친구사이라고 하며 이때 시간에 대한 균형 감각과

"허나 나는 행복을 위해 만들어지지 않았소. 14.
내 영혼은 행복에 낯설어요.
당신의 완벽함도 아무 소용이 없소.
나는 전혀 그것에 값하는 사람이 아니오.
내 말 믿어요(양심이 보증서요),
결혼은 우리에게 고통이 될 거요.
내가 당신을 얼마나 사랑하든지 간에
익숙해지면 곧 당신에게 싫증을 낼 게
뻔하고, 당신은 울기 시작할 거고, 당신이
흘린 눈물은 내 가슴을 울리지 못하고
오히려 나를 격분시킬 거요.
한번 판단해 봐요, 결혼의 신이
우리에게 어떤 장미를 준비하고 있는지,
그것도 아마도 질리도록 오래도록.

이 세상에 불행한 아내가 자격 없는 15.
남편을 그리워하며 슬퍼하고
밤이나 낮이나 혼자 앉아 있는
가정보다 더 나쁜 것은 없을 거요.
지루한 남편이 아내의 가치를 알면서
(그래도 여전히 운명을 저주하면서)
항상 얼굴을 찌푸리고 퉁명스런데다
화만 내며 차갑게 질투해대는
가정보다 더 나쁜 것이 어디 있겠소?
내가 그런 자요. 당신이 내게
그런 소박함과 그런 이성을 가지고 썼을 때
순수하고 열정적인 영혼으로 그런 자를 구한 거요?
가혹한 운명이 당신에게 그런
험난한 길을 정해 주었단 말이오?

'묶이는' '정신'의 '법칙'을 강조하는데 푸슈킨은 자신이 무위자연의 삶 속에 창작하기 위해 태어났다고, 자연의 '무위'가 창작과 삶의 '법칙'이라고 말한다. 푸슈킨과 달리 오네긴은 이 부분에서 자신의 편견과 선입견과 고정관념에 갇혀 자연 앞에 열려 있지 못하며 자신의 본성을 억누르고 있는 사람으로 설정되어 있다.

16. "Мечта́м и го́дам нет возвра́та;
Не обновлю́ души́ мое́й...
Я вас люблю́ любо́вью бра́та
И, мо́жет быть, ещё нежне́й.
Послу́шайте ж меня́ без гне́ва:
Смени́т не раз млада́я де́ва
Мечта́ми лёгкие мечты́;
Так деревцо́ свои́ листы́
Меня́ет с ка́ждою весно́ю.
Так, ви́дно, не́бом суждено́.
Полю́бите вы сно́ва: но...
Учи́тесь вла́ствовать собо́ю;
Не вся́кий вас, как я, поймёт;
К беде́ нео́пытность ведёт".

17. Так пропове́довал Евге́ний.
Сквозь слёз не ви́дя ничего́,
Едва́ дыша́, без возраже́ний,
Татья́на слу́шала его́.
Он по́дал ру́ку ей. Печа́льно
(Как говори́тся, *машина́льно*)
Татья́на, мо́лча, оперла́сь,
Голо́вкой то́мною склоня́сь;
Пошли́ домо́й вкруг огоро́да;
Яви́лись вме́сте, и никто́
Не взду́мал им пеня́ть на то́:
Име́ет се́льская свобо́да
Свои́ счастли́вые права́,
Как и надме́нная Москва́.

---

16. 오네긴의 설교는 마치 세상 이치를 다 알고 있는 사람의 것처럼 설득력 있다. "젊은 처녀는 가벼운 꿈들을 꾸다가/또 다른 꿈으로 옮겨 가기를 여러 번 하오/그건 새봄이 다가올 때마다 나무가 새 잎을 돋우는 것과 같다오/그것이 필경 하늘의 이치요/당신은 또다시 사랑하게 될 거요."라고 오빠보다 "더 살뜰히 사랑"한다며 그렇게 말하는 오네긴은 그러면 그녀가 진정 다른 이들을 사랑하기를 바란 것일까? 그는 진정으로 '그대가 다른 이들을 사랑하기를' 바라고 '다른 이들에게도 그대가 부디 사랑받기를' 바란다고 말하고 싶었을까? 진정으로? 위에서 인용한 푸슈킨의 시 「나 그대를 사랑했소」(1829)의 화자는 사랑의 괴로움 속에서도(또 진정으로 사랑하기에) 사랑하는 대상의 감정과 하늘의 이치, 세상 이치에 열려 있는 사람이다.

꿈과 세월은 돌이킬 수 없소 16.
내 영혼을 새롭게 할 수 없소...
나 당신을 사랑하오, 오빠같이,
아마도 그보다 더 살뜰히.
화내지 말고 내 말 좀 들어 봐요.
젊은 처녀는 가벼운 꿈들을 꾸다가
또다른 꿈으로 옮겨 가기를 여러 번 하오.
그건 새봄이 다가올 때마다
나무가 새 잎을 돋우는 것과 같다오.
그것이 필경 하늘의 이치요.
당신은 또다시 사랑하게 될 거요.
허나 자신을 억제하는 법을 배우시오.
누구나 당신을 나처럼 이해하는 것은 아니오.
무경험은 불행으로 이끌 수 있다오."

이렇게 예브게니는 설교했다 17.
타티아나는 눈물이 앞을 가리고
숨 막힌 채 아무 대답 못하고
예브게니의 말을 들었다
그가 손을 내미니 타티아나는 슬프게
괴로운 머리를 그의 어깨에
(이른바 **기계적으로**) 기대고
아무 말 없이 몸을 의지하고
채마밭을 빙돌아 집으로 돌아왔다
단둘이 나타났어도 아무도 함부로
그들을 비난할 생각을 하지 않았다
시골의 자유는 그 나름대로
행복한 권리를 가지는 것이다,
거만한 모스크바가 그렇듯이.

그러나 사랑의 열정 한가운데서, 그것도 보답 없는 사랑을 하는 경우에 정말 이렇게 하늘의 이치(그를 사랑하지 않더라도 그녀가 필경 사랑을 여러 번 주고받게 되리라는 당연한 이치)에 열려 있기란 지극히 어려운 일이어서 대부분의 경우 사랑이 지나가고 나서야 "정신도 맑아진다"(제1장 58-59연).

17. * "이른바 기계적으로"에서 '기계적으로'를 이탤릭체로 쓴 것은 당시로서 매우 일상적인 구어체를 시 텍스트에 인용하였기에 그렇게 한 듯하다. 이는 당시로서는 매우 놀랄 만한 구어체 인용이었다.

18. Вы согласи́тесь, мой чита́тель,
Что о́чень ми́ло поступи́л
С печа́льной Та́ней наш прия́тель;
Не в пе́рвый раз он тут яви́л
Души́ прямо́е благоро́дство,
Хотя́ люде́й недоброхо́тство
В нём не щади́ло ничего́:
Враги́ его́, друзья́ его́
(Что, мо́жет быть, одно́ и то́ же)
Его́ чести́ли так и сяк.
Враго́в име́ет в ми́ре всяк,
Но от друзе́й спаси́ нас, бо́же!
Уж э́ти мне друзья́, друзья́!
Об них неда́ром вспо́мнил я.

19. А что? Да так. Я усыпля́ю
Пусты́е, чёрные мечты́;
Я то́лько *в ско́бках* замеча́ю,
Что нет презре́нной клеветы́,
На чердаке́ вралём рождённой
И све́тской че́рнью ободрённой,
Что нет неле́пицы тако́й,
Ни эпигра́ммы площадно́й,
Кото́рой бы ваш друг с улы́бкой,
В кругу́ поря́дочных люде́й,
Без вся́кой зло́бы и зате́й,
Не повтори́л сто крат оши́бкой;
А впро́чем, он за вас горо́й:
Он вас так лю́бит... как родно́й!

18-22연까지 사랑과 우정에 대한 문학적 숭배와 사교계 현실 속에서의 사랑과 우정의 실체가 대비되어 있다.

19. *거짓말쟁이에 의해 만들어지고/다락방에서 사교계의 천민들에 의해 부추겨져서: 푸슈킨은 1822년 9월 1일 뱌젬스키에게 보낸 편지에서 친구라고 믿었던 '미국인-톨스토이'라는 별명을 가졌던 표도르 이바노비치 톨스토이(1782-1846)가 푸슈킨에

내 독자여, 그대는 동의할 거요 18.
우리 친구가 슬퍼하는 타냐를
매우 사랑스레 대했다는 것에 말이오
그가 영혼의 참다운 고귀함을
여기 처음으로 보이는 것은 아니라오,
인간들의 악의가 그의 모든 것을 무턱대고
가차 없이 비난하기는 했어도.
그의 친구들도, 그의 적들도
(아마도 이들은 동일인물일 거요, 필시)
그를 이리저리 갈기갈기 비난했었다오
사람은 누구나 세상에 적들을 가지오
허나 신이여, 우리를 친구들로부터 구해주소서
이 친구들, 친구라는 작자들로부터!
내가 공연히 이런 생각을 하는 것은 아니오.

뭐냐고? 그냥 그런 거요. 이런 황폐하고 19.
캄캄한 생각들을 나 이제 잠재우겠소
그저 괄호 쳐서 살짝 언급한 후에 말이오,
거짓말쟁이에 의해 만들어지고
다락방에서 사교계 천민들에 의해 부추겨져서
바로 당신의 친구가 웃음을 지으며
점잖은 사람들의 모임에서 당신에 대해서
그야말로 아무 악의나 의도가 없으며
어쩌다 실수한 듯한 포즈를 취해 가면서
그것도 골백번이나 되풀이해서 당신 뒤에서
말하지 않을 말도 안 되는 소문,
천박한 조롱시는 없다고. 어어, 근데 그런
비열한 비방을 하는 그 작자, 당신의
옹호자라고, 당신을 그리도 사랑한다고, 형제처럼!

대한 모욕적인 말을 다락방(당시 솨호프스코이의 살롱이 그렇게 불렸다)에 써 보내서 소문을 퍼뜨리는 것에 대해서 매우 분개하며 복수하겠노라고 말했다. 톨스토이는 푸슈킨이 풍자시 때문에 정부에 불려가서 엉덩이를 맞았노라는 이야기를 했다고 한다. 소위 옹호자이며 친한 친구라고 자처하는 사람들이 아닌 척하면서 악의적으로 그럴듯하게 말을 지어내어 비방하는 세태가 훌륭하게 묘사되어 있다.

20. Гм! гм! Чита́тель благоро́дный,
Здоро́ва ль ва́ша вся родня́?
Позво́льте: мо́жет быть, уго́дно
Тепе́рь узна́ть вам от меня́,
Что зна́чит и́менно *родны́е*.
Родны́е лю́ди вот каки́е:
Мы их обя́заны ласка́ть,
Люби́ть, душе́вно уважа́ть
И, по обы́чаю наро́да,
О рождестве́ их навеща́ть,
Или по по́чте поздравля́ть,
Чтоб остально́е вре́мя го́да
Не ду́мали о нас они́...
Ита́к, дай бог им до́лги дни!

21. Зато́ любо́вь краса́виц не́жных
Надёжней дру́жбы и родства́:
Над не́ю и средь бурь мяте́жных
Вы сохраня́ете права́.
Коне́чно так. Но ви́хорь мо́ды,
Но своенра́вие приро́ды,
Но мне́нья све́тского пото́к...
А ми́лый пол, как пух, лего́к.
К тому́ ж и мне́ния супру́га
Для доброде́тельной жены́
Всегда́ почте́нны быть должны́;
Так ва́ша ве́рная подру́га
Быва́ет вмиг увлечена́:
Любо́вью шу́тит сатана́.

---

20. *친척이 이탤릭체로 쓰인 것은 19세기에 러시아에서는 특히 친척이라는 연고가 승진이나 이권에 매우 중요한 역할을 한다는 뜻을 아이러니하게 강조하는 것으로 여겨진다. 성탄절은 의무적이고 공식적인 방문의 시기이다.

흠! 흠! 고귀하신 독자여, 20.
당신의 친척들은 또 모두 안녕하신지?
하지만 말이오, 지금 나를 통하여
소위 **친척**이 무엇을 의미하는지
배워 두는 게 아마도 편리할 거요
친척이란 말하자면 말이요
우리가 다정하게 굴고 사랑해야 하는,
마음속으로 존경해야 하는
의무를 주는 사람들이라오, 그러니 그저
사람들의 관습에 따라서
성탄절에 방문하거나 엽서를 써 보내서
그들이 일년 내내 아무쪼록 그저
우리 생각을 안 하게만 하면 된다오...
자, 그러면 그들이 아무쪼록 장수하기를!

애정 어린 미인들의 사랑은 21.
우정이나 친척보다 더 믿을 만하기는 하오
격정의 폭풍우 가운데서도 우리는
그 사랑에 대해서 권리를 가지오
물론 그렇소. 허나 회오리 같은 유행에
그들 본래의 변덕스런 성질에
사교계 여론의 흐름이 있는 법이고...
사랑스런 이 성(性)은 깃털처럼 가볍고...
게다가 또 남편의 의견은
정절 있는 아내에게는 언제고
항상 존중되어야 하는 법이고.
그래서 당신의 신실한 애인은
순식간에 딴마음을 먹는 거라오
악마가 사랑으로 장난을 치는 거요.

---

21. 이 성(性): 여성을 말함.

22. Кого́ ж люби́ть? Кому́ же ве́рить?
Кто не изме́нит нам оди́н?
Кто все дела́, все речи ме́рит
Услу́жливо на наш арши́н?
Кто клеветы́ про нас не се́ет?
Кто нас забо́тливо лелеет?
Кому́ поро́к наш не беда́?
Кто не наску́чит никогда́?
Призра́ка су́етный иска́тель,
Трудо́в напра́сно не губя́,
Люби́те самого́ себя́,
Достопочте́нный мой чита́тель!
Предме́т досто́йный: ничего́
Любе́зней ве́рно нет его́.

23. Что бы́ло сле́дствием свида́нья?
Увы́, не тру́дно угада́ть!
Любви́ безу́мные страда́нья
Не переста́ли волнова́ть
Младо́й души́, печа́ли жа́дной;
Нет, пу́ще стра́стью безотра́дной
Татья́на бе́дная гори́т;
Её посте́ли сон бежи́т;
Здоро́вье, жи́зни цвет и сла́дость,
Улы́бка, де́вственный поко́й,
Пропа́ло всё, что звук пусто́й,
И ме́ркнет ми́лой Та́ни мла́дость:
Так одева́ет бу́ри тень
Едва́ рожда́ющийся день.

---

23. 오네긴의 세상에 닫힌 기계같이 무감각한 차가움이 그녀에게서 생명을 앗아가는 듯하다. 오네긴의 차갑고 무감각한 답변을 들은 만남의 결과는 그녀가 기계적으로(17연) 몸을 기대고 집으로 돌아온 후 시들어 가는 것으로 나타난다. 오네긴의 설교는 마치 이미 결혼을 해본 남자처럼, 세상 이치를 다 알고 있는 사람의 것처럼 설득력을 지닐 정도였다. 말투도 제8장에서 그가 애원조로 편지를 썼을 때와는 달

누구를 사랑하고 누구를 믿어야 하나, 정말로? 22.
우리를 배반하지 않을 자 누가 있나?
모든 일을, 모든 말을 친절하게 정말로
우리의 자로 재는 자, 누가 있나?
비방의 씨앗을 안 뿌리는 자, 누가 있나?
우리를 근심스레 달래 주는 자, 누가 있나?
우리의 결점을 보고 가만있을 자, 누가 있나?
누가 결코 지루해하게 하지 않으려나?
허깨비를 헛되이 추구하는 자여,
헛된 노력 하지 말고, 자신을
사랑하시오, 바로 자신을,
흠, 존경하는 내 독자들이여!
자신만이 가치 있는 대상, 더 이상
소중한 것은 아무것도 없다오, 정말.

헌데 이 만남의 결과는 어땠을까? 그건 23.
뻔한 일이었다. 슬퍼라, 어쩌나, 이 일을!
사랑의 미칠 듯한 고통은
젊은 영혼을, 탐욕스런 슬픔을
흔들어대기 멈출 줄 몰랐다. 아니
우리 불쌍한 타티아나는 내내
위안받지 못하는 열정으로 보다
더 뜨겁게 세차게 불타올랐다
그녀의 침대에서 잠은 달아나 버렸다
건강, 꽃피는 삶, 달콤함,
미소, 처녀다운 평온함,
모든 것이 공허한 메아리처럼 사라졌다
사랑스런 타냐의 청춘도 시들어 갔다
폭풍의 그림자가 갓 태어난 낮을 덮어 버리듯.

리 나이 많은 남자가 어린 소녀에게 설교하는 투였다. 지금 아직 젊은 나이(25세)에 이미 사랑의 희망을 접고 모든 것에 권태를 느끼고 모든 것을 포기하고 있는 그가 정말 가엾지만 우리의 타티아나를 한동안 이토록 시들게 했다는 점은 용서하기 어렵다.

24. Увы́, Татья́на увяда́ет,
Бледне́ет, га́снет и молчи́т!
Ничто́ её не занима́ет,
Её души́ не шевели́т.
Кача́я ва́жно голово́ю,
Сосе́ди ше́пчут меж собо́ю:
Пора́, пора́ бы за́муж ей!..
Но по́лно. На́до мне скоре́й
Развесели́ть воображе́нье
Карти́ной сча́стливой любви́.
Нево́льно, ми́лые мои́,
Меня́ стесня́ет сожале́нье;
Прости́те мне: я так люблю́
Татья́ну ми́лую мою́!

25. Час о́т часу пленённый бо́ле
Краса́ми О́льги молодо́й,
Влади́мир сла́достной нево́ле
Преда́лся по́лною душо́й.
Он ве́чно с ней. В её поко́е
Они́ сидя́т в потёмках дво́е;
Они́ в саду́, рука́ с руко́й,
Гуля́ют у́тренней поро́й;
И что ж? Любо́вью упоённый,
В смяте́нье не́жного стыда́,
Он то́лько сме́ет иногда́,
Улы́бкой О́льги ободрённый,
Разви́тым ло́коном игра́ть
Иль край оде́жды целова́ть.

---

24. *이제 시집갈 때가 된 거야: 당시 타티아나의 나이는 17세로 결혼 적령기. 러시아 처녀들은 법적으로 13세부터 결혼할 수 있었다. 19세기 초의 귀족 영애들은 이른 나이에 결혼을 했지만 18세기 때처럼 14-5세에 결혼하는 일은 드물었고 17-9세가

슬프다, 타티아나는 시들어 가고 24.
창백해지고 꺼져 가고 말이 없다
아무것도 그녀의 마음을 끌지 못하고
그녀의 영혼을 설레키지 못한다
이웃들은 잘난 척 고개를 저어가며
이제 시집갈 때가 된 거야!... 하며
숙덕거린다, 그녀 뒤에서 자기네들끼리.
허나 그런 얘긴 이제 지겹다. 차라리
행복한 사랑의 정경으로, 오,
내 상상을 즐겁게 해야겠다, 어이,
사랑스런 이들이여, 내 온 가슴이
애석함으로 어쩔 수 없이 죄어 온다오,
용서하오, 나 내 사랑스런 타티아나를
이리도 애틋하게 사랑하는 것을!

매순간 점점 더 젊은 올가의 아리따움에 25.
매혹되어 갔던 블라디미르는
영혼 가득히 달콤한 포로상태에
몸을 맡겼다. 언제나 그는
그녀와 함께였다. 그녀의 방에서
어둠 속에 단둘이 앉아 있었고
아침부터 벌써 손을 잡고
정원에서 산책하였다, 멀리로 둘이서.
헌데 어쩌지? 사랑에 취해서
사랑의 부끄러움, 그 당혹감 속에서
그는 겨우 가끔만 그것도 기껏해야
올가의 미소에 용기를 내어 고작해야
그녀의 풀어 내린 고수머리를 만지작거리거나
옷자락에 키스할 수 있을 뿐인 걸.

결혼 적령기로 여겨졌다. 그러나 젊은 아가씨들이 소설에 마음을 빼앗겨 가슴 떨리는 삶을 살기 시작하는 것은 그보다 훨씬 이전이었다. 주위의 남성들도 후대 사람들이 어린아이로 보았을 법한 나이의 소녀들을 여인으로 보았다.

26. Он иногда́ чита́ет О́ле
Нравоучи́тельный рома́н,
В кото́ром а́втор зна́ет бо́ле
Приро́ду, чем Шатобриа́н,
А ме́жду тем две, три страни́цы
(Пусты́е бре́дни, небыли́цы,
Опа́сные для се́рдца дев)
Он пропуска́ет, покрасне́в.
Уединя́сь от всех далёко,
Они́ над ша́хматной доско́й,
На стол облокотя́сь, поро́й
Сидя́т, заду́мавшись глубо́ко,
И Ле́нский пе́шкою ладью́
Берёт в рассе́яньи свою́.

27. Пое́дет ли домо́й; и до́ма
Он за́нят О́льгою свое́й.
Лету́чие листки́ альбо́ма
Приле́жно украша́ет ей:
То в них рису́ет се́льски ви́ды,
Надгро́бный ка́мень, храм Кипри́ды,
Или на ли́ре голубка́
Перо́м и кра́сками слегка́;
То на листка́х воспомина́нья
Пони́же по́дписи други́х
Он оставля́ет не́жный стих,
Безмо́лвный па́мятник мечта́нья,
Мгнове́нной ду́мы до́лгий след,
Всё тот же по́сле мно́гих лет.

---

26. *샤토브리앙(1768-1848)은 프랑스 작가이자 정치가이다. 소설 『르네』(1802)를 써서 바이런의 낭만주의적 주인공들을 선취했다. 푸슈킨은 샤토브리앙에 대해서 각별한 관심을 가졌다. 오네긴과 달리 렌스키는 실러나 괴테 또는 18세기 교훈적 소설을 아이러니하고 염세적인 바이런이나 자기중심적이고 명상적인 샤토브리앙보다 더 좋아했던 것 같다. 샤토브리앙의 중편 『르네』에는 연인들 사이의 아무런 육체적인 애정표현이 없기에 '인간의 본성을 더 잘 아는 작가'의 소설이라면 좀 더 에로틱한 표현이 나왔을 것이라고 상정할 수 있다. 제7장 22연의 역자주석을 보시오. *처녀들의 심장에는 ... 해로운: 카람진은 '사람들은 소설이 심장에 해로울 수 있다고 공연히 생각한다. 모든 소설들은 으레 선행자들의 영광과 교훈적인 결말을 갖는다'고 했다.

그는 올가에게 가끔 샤토브리앙보다 26.
인간의 본성을 더 잘 아는
작가의 교훈적인 소설을 읽어 주었다
허나 두서너 페이지는
(처녀들의 심장에는 너무 위험해서
해로운 열뜬 헛소리, 엉터리 이야기는)
얼굴을 붉히며 뛰어넘었다. 때로는
모든 사람들로부터 떨어져 앉아서
둘은 장기판에 고개를 숙이고
탁자 위에 각기 팔을 괴고
무슨 깊은 생각에 잠겨 있다. 그러다
정신이 산란해진 렌스키가
무심코 자기의 졸로
그만 자기의 차를 잡는다.

집으로 돌아오면 집에서도 그를 27.
온통 사로잡는 것은 그의 올가다
그녀의 앨범의 페이지들을
장식해주느라고 그는 내내 바쁘다
펜과 물감을 가지고
시골정경, 묘비, 키프리스 사원을
또 리라 위의 비둘기를
살짝 그리기도 하고
추억의 페이지를 펼쳐서
다른 사람들의 서명에 이어서
사랑의 시구들을,
꿈의 말없는 기념비를,
남기기도 한다, 여러 해가 지나도
여전히 남는 순간적인 생각의 긴 자취를.

푸슈킨은 18세기 교훈적인 소설들도 심장에 해로울 수 있다고 생각하는 사람들의 말을 많은 푸슈킨 연구가들이 그렇게 하게 되듯이 비고유직접화법으로 인용한다.
27. *앨범은 18세기 후반에서 19세기 초 대중문학 형식의 하나. 시구뿐만 아니라 그림을 그려 넣기도 했다. 파티에 가면 사람들은 으레 앨범에다 무엇인가를 써서 남기곤 했다. 앨범은 손으로 쓴 편지나 시를 베껴 적는 것과 함께 사교계모임의 커뮤니케이션의 특징인 구어적 원칙의 연장선상에 있는 장르였다(제8장 7연, 23연의 역자주석을 보시오). 이 연에서 30연까지 푸슈킨은 당시 유행하던 앨범의 두 유형인

28. Коне́чно, вы не раз вида́ли
Уе́здной ба́рышни альбо́м,
Что все подру́жки измара́ли
С конца́, с нача́ла и круго́м.
Сюда́, назло́ правописа́нью,
Стихи́ без ме́ры, по преда́нью
В знак дру́жбы ве́рной внесены́,
Уменьшены́, продолжены́.
На пе́рвом ли́стике встреча́ешь
Qu' écrirez-vous sur ces tablettes;
И по́дпись: *t. à v. Annette*;
А на после́днем прочита́ешь:
"*Кто лю́бит бо́лее тебя́,*
Пусть пи́шет да́лее меня́".

29. Тут непреме́нно вы найдёте
Два се́рдца, фа́кел и цветки́;
Тут ве́рно кля́твы вы прочтёте
В любви́ до гробово́й доски́;
Како́й-нибудь *пиит* арме́йской
Тут подмахну́л стишо́к злоде́йской.
В тако́й альбо́м, мои́ друзья́,
Призна́ться, рад писа́ть и я,
Уве́рен бу́дучи душо́ю,
Что вся́кий мой усе́рдный вздор
Заслу́жит благоскло́нный взор,
И что пото́м с улы́бкой зло́ю
Не ста́нут ва́жно разбира́ть,
Остро́ иль нет я мог соврáть.

상류 살롱의 귀부인이 소장한 앨범과 시골 귀족 아가씨들의 소박한 앨범을 자세히 보여주고 있다. *키프리스는 그리스 신화에 나오는 사랑과 미의 여신이다.
28. 이 연에 나오는 이탤릭체로 된 글귀는 앨범에서 볼 수 있는 스테레오타입의 표현이다. 푸슈킨은 이를 이탤릭체로 표현하여 이런 표현의 상투적 관용구의 성격을 가시화하였다.

시골 귀족 아가씨들의 앨범을 28.
여러분은 물론 여러 번 보셨을 터.
모든 여자친구들이 끝에서부터 앞에서부터
또 옆으로 돌려서 끼적거린 앨범들을.
여기엔 전해 들은 시구들이
철자법도 틀리고 운율도 없이
영원한 우정의 표시로서 적혀져 있다,
때론 생략되었고 때론 첨가되었다
"**당신은 이 페이지에 무엇을 쓰겠어요?**"라는
프랑스어가 첫 페이지의 글귀이고 이어서
"**모든 것을 당신에게 바친 아네트**"라는
프랑스어 서명이 있다. 맨 마지막 장에서
읽게 되는 것은 "**나보다 더 그대를 사랑하는
사람 있으면 내 뒤에 쓰게 하시오**".

또 여기서 필시 보게 되는 것은 29.
두 개의 심장, 횃불, 그리고 작은 꽃들.
여러분이 필시 읽게 되는 맹세는
'**칠성판에 갈 때까지 사랑하리**.' 따위들.
또 어떤 군인은 **시인**이랍시고
무참한 시구 나부랭이를 휘둘러 댔고.
친구들, 실은 나도, 이제야 고백하네,
그런 앨범에 쓰기를 좋아하네,
열심히 쓴 갖가지 내 헛소리들이 다
여기서는 호의의 시선을 받을 터이고
나중에 사람들이 심술궂은 미소를 띠고
내 거짓말이 재치가 있네 없네 다
잘난 척 따져보지 않으리라는 걸
나 진정으로 확신하므로.

---

29. 이 연에 나오는 이탤릭체는 시골에서 볼 수 있는 스테레오타입의 시적 관용구이다.

30. Но вы, разро́зненные то́мы
Из библио́теки черте́й,
Великоле́пные альбо́мы,
Муче́нье мо́дных рифмаче́й,
Вы, украше́нные прово́рно
Толсто́го ки́стью чудотво́рной
Иль Бараты́нского перо́м,
Пуска́й сожжёт вас бо́жий гром!
Когда́ блиста́тельная да́ма
Мне свой in-quarto подаёт,
И дрожь и злость меня́ берёт,
И шевели́тся эпигра́мма
Во глубине́ моей души́,
А мадрига́лы им пиши́!

31. Не мадрига́лы Ле́нский пи́шет
В альбо́ме О́льги молодо́й;
Его́ перо́ любо́вью ды́шет,
Не хла́дно бле́щет острото́й;
Что ни заме́тит, ни услы́шит
Об О́льге, он про то и пи́шет:
И по́лны и́стины живо́й
Теку́т эле́гии реко́й.
Так ты, Язы́ков вдохнове́нный,
В поры́вах се́рдца своего́,
Поёшь, бог ве́дает, кого́,
И свод эле́гий драгоце́нный
Предста́вит не́когда тебе́
Всю по́весть о твое́й судьбе́.

---

30. *톨스토이는 표도르 페트로비치 톨스토이 백작(1783-1873)으로 조각가이자 미술가. *사절지: 지금으로 치면 일간지 한 면 크기의 종이. *번쩍거리는 귀부인: 러시아의 살롱문화는 17세기까지 거슬러 올라가는 프랑스 살롱문화의 모방이었고 페테르부르그나 모스크바의 살롱에서는 프랑스 말을 쓰는 경우가 많았으며 귀부인들이 중심이었다. *찬가: 여기서 말하는 찬가는 운문으로 쓴 칭찬으로서 여기서는 살롱의 여주인에게 바치며 앨범에 쓰는 서정시를 말하는 것 같다.

31. *니콜라이 미하일로비치 야즤코프(1803-1845)는 사랑의 비가를 많이 썼다. 푸슈킨은 낭만주의 시의 미학적 성격(1965년 문학연구가 구코프스키가 지적했듯 낭만주의 서정시에서 한 작가의 모든 서정시들이 서로서로 반향하며 합쳐져서 하나의

그러나 너희들, 귀신들의 서고에서 30.
꺼내 온 화려하게 장정된 앨범들,
기죽이는 시리즈 앨범들은
유행 따르는 시쟁이들의 두통거리여서
바라노니, 톨스토이의 멋진 붓이나
바라틘스키의 연필로 퍽이나
미끈하게 장식된 앨범들아,
신의 벼락이나 맞아 불타 없어져라.
화려하게 번쩍거리는 귀부인이 다가오며
자기 앨범의 사절지를 들이밀면
역겨움과 분노로 몸이 떨려 오며
마음 깊숙이 퍽 날카로운
풍자시가 막 꿈틀대지만
찬가를 써 줘야 하니 어쩌리!

렌스키는 젊은 올가의 앨범에 31.
그런 찬가는 쓰지 않는다
사랑으로 숨 쉬는 그의 펜이기에
재치로 차갑게 번득거리지도 않는다
그는 올가에 대해 보고 들은 건 모조리
다 적는다, 하나부터 열까지.
비가들이 생생한 진리로 가득 차서
출렁거리며 흐른다, 강물이 되어서.
그렇게, 그대, 영감 받은 야즤코프여,
심장이 폭발하는 순간마다
누군가를 노래한 비가들, 다
모여 값진 책으로 만들어져
언젠가 그대에게 그대 운명의
모든 이야기를 제공하게 될 거네.

자전적 · 심리적 소설을 만들어 내는 성격)을 정확하게 평가하고 있다. 1994년 독일의 푸슈킨 연구가 슈미트가 설득하는바 푸슈킨은 공허하고 추상적인 내용의 비가, 단조롭고 과장적인 비가에 대해서는 비판적이었으나 진정한 감정에 젖어 구체적으로 자신을 돌이켜보는 비가, 예를 들어 바라틘스키의 「고백」(1823) 같은 비가는 매우 높이 평가했고 푸슈킨 자신의 유명한 비가들, 예를 들어 『예브게니 오네긴』을 마친 뒤에 쓴 비가 「작업」(1830)이나 「그루지아 언덕」(1829), 「회상」(1828), 후기 비가들에는 자신을 돌이켜보는 경향, 구체적이고 개인적인 사항에 대한 토로, 감정의

32. Но ти́ше! Слы́шишь? Кри́тик стро́гий
Повелева́ет сбро́сить нам
Эле́гии вено́к убо́гий,
И на́шей бра́тье рифмача́м
Кричи́т: "да переста́ньте пла́кать,
И всё одно́ и то́ же ква́кать,
Жале́ть *о пре́жнем, о было́м*:
Дово́льно, по́йте о друго́м!"
— Ты прав, и ве́рно нам ука́жешь
Трубу́, личи́ну и кинжа́л,
И мы́слей мёртвый капита́л
Отвсю́ду воскреси́ть прика́жешь:
Не так ли, друг? — "Ничуть. Куда́!
Пиши́те о́ды, господа́,

33. Как их писа́ли в мо́щны го́ды,
Как бы́ло встарь заведено́..."
— Одни́ торже́ственные о́ды!
И, по́лно, друг; не всё ль равно́?
Припо́мни, что сказа́л сати́рик!
『Чужо́го то́лка』 хи́трый ли́рик
Уже́ли для тебя́ сносне́й
Уны́лых на́ших рифмаче́й? —
"Но всё в эле́гии ничто́жно;
Пуста́я цель её жалка́;
Меж тем цель о́ды высока́
И благоро́дна..." Тут бы мо́жно
Поспо́рить нам, но я молчу́;
Два ве́ка ссо́рить не хочу́.

절제와 균형, 밝고 우울한 감정의 혼합이 특징적으로 나타나고 있다. 여기서 야즈코프의 비가가 감정과잉인 것에 대해서 비판적인 것 같다. 야즈코프도 『예브게니 오네긴』을 좋아하지 않았다고 한다.

32. *엄격한 비평가는 푸슈킨의 동창생 빌헬름 카를로비치 큐헬베케르(1797-1846)를 말한다. 그는 1824년에 과거를 아쉬워하고 그리워하는 바튜슈코프류의 비가 및 목가의 아류가 유행하는 것을 비난하고 18세기에 꽃피던 송시를 긍정적 이상형으로 꼽았다. *나팔, 가면, 단도: 고전주의 문학과 미술에서 비극의 상징.

허나 조용! 엄격한 비평가는 32.
초라한 비가의 화관을 벗어 버리라고
단호한 어조로 명령하고
우리 형제들, 시쟁이들에게 그는
외친다 "찔찔거리지 말아, 울며불며
항상 **옛날 일**, **지난 일**들을 아쉬워하며
항상 똑같은 걸 개골개골 해대네
이제 그만, 다른 것을 노래해 보게!"
"자네 말이 맞네, 자넨 우리에게 벌써
나팔, 가면, 단도를 가리키고 있을 테지.
사장된 사상의 자산을 모든 곳에서
살려내오라고 명령할 테지,
그렇지 않나, 친구?" — "전혀, 그렇지 않네!
송가를 쓰라는 거네, 여러분들,

막강했던 시절에 송가를 썼듯이 33.
예전부터 항상 그래왔듯이."
— "장엄한 송가들만 쓰란 말인가!
됐네, 친구. 매한가지 아닌가?
풍자가가 한 말을 잘 기억하게나!
『타인의 견해』에 나오는 교활한 시인이
그럼 우리의 우울한 시쟁이들보다
더 견딜 만하다는 거야? 말도 안 되지."
"허나 비가에서는 모든 게 시시해.
공허한 목표가 불쌍할 지경이고.
반면 송가의 목표는 고상하고
숭고하지..." 이에 대해서는 논쟁해
볼 수도 있겠지만 침묵하겠다,
두 세기를 싸우게 하고 싶지 않으니.

---

33. *풍자가는 송시를 풍자하는 「타인의 견해」(1795)를 쓴 이반 이바노비치 드미트리예프(1760-1837)를 말한다. 그는 송시가 과장적이고 정직하지 못하고 저질인 것을 비판했는데 여기에 나오는 교활한 시인이란 이 풍자물의 주인공으로 재능 없는 송시작가이다. 푸슈킨은 비가와 송가의 논쟁에 대해서 장르 자체에 대한 것보다는 작품들의 질에 대해 생각해야 된다는 견해를 가진 듯 논쟁하는 대화를 소개하고 자신은 뒤로 물러나 있다.

34. Покло́нник сла́вы и свобо́ды,
В волне́ньи бу́рных дум свои́х
Влади́мир и писа́л бы о́ды,
Да О́льга не чита́ла их.
Случа́лось ли поэ́там сле́зным
Чита́ть в глаза́ свои́м любе́зным
Свои́ творе́нья? Говоря́т,
Что в ми́ре вы́ше нет награ́д.
И впря́мь, блаже́н любо́вник скро́мный,
Чита́ющий мечты́ свои́
Предме́ту пе́сен и любви́,
Краса́вице прия́тно-то́мной!
Блаже́н... хоть, мо́жет быть, она́
Совсе́м ины́м развлечена́.

35. Но я плоды́ мои́х мечта́ний
И гармони́ческих зате́й
Чита́ю то́лько ста́рой ня́не,
Подру́ге ю́ности мое́й,
Да по́сле ску́чного обе́да
Ко мне забре́дшего сосе́да,
Пойма́в нежда́нно за полу́,
Душу́ траге́дией в углу́,
Или (но э́то кро́ме шу́ток),
Тоско́й и ри́фмами томи́м,
Бродя́ над о́зером мои́м,
Пуга́ю ста́до ди́ких у́ток:
Вняв пе́нью сладкозву́чных строф,
Они́ слета́ют с берего́в.

---

34. *기쁘게 애타하는 미인: 사랑받는 것을 알아 기쁘게 애타하며 사랑하는 미인.
35. *늙은 유모를 여자친구로 부르는 것은 과감한 시적 표현이다. 시에서 보통 여자친구는 시인을 항상 동반하는 뮤즈 같은 고상한 내포를 가졌었다. 푸슈킨은 일상적 현실을 시로 들여온 것이다. 불가코프가 1937년 푸슈킨 생애의 마지막 날들을 극화한 『마지막 날들』(1934-35년에 씌어졌으나 푸슈킨 100주년 1937년에 공연되지 못하고 1943년 초연된 드라마)에서 푸슈킨의 시 「겨울저녁」(1825)이 네 번이나 여러 인물들에 의해 낭송된다. 이 시에서 푸슈킨은 바깥에서는 폭풍이 어린애처럼, 사나운 짐승처럼 울부짖는데 낡은 오두막에서 늙은 유모에게 옛이야기를 해달라며 미하일로프스코에 시절 그의 유일한 동반자인 그녀를 내 불행한 젊은 날의 착한 여자

영광과 자유의 숭배자, 블라디미르가 34.
자기의 폭풍 같은 사상들로 들끓다가
송가들을 줄줄이 썼다 할지라도
올가는 읽지 않았을 것이다, 한 줄도.
우리 눈물 많은 시인들이
사랑하는 이의 두 눈을 바라보며
언제 자신의 작품을 읽은 적이
있었나? 세상에서 그것보다
더 큰 보상은 없다고들 한다
자신의 꿈을 노래와 사랑의 대상인
기쁘게 애타하는 미인에게 읽어 준
수줍은 연인은 정말로 복받은 자이다!
비록 그녀가 아마도
전혀 다른 생각에 팔려 있다 해도.

허나 나는 내 상상력과 35.
조화로운 구성의 결실을 소리 높여서
내 늙은 유모, 내 청춘과
함께해 온 여자친구 앞에서
읽어 주거나, 지루한 식사 후 내 집을
우연히 방문한 이웃의 옷자락을
갑자기 붙잡고 방구석에서나
비극을 읽어서 괴롭히거나,
아니면 (허나 이건 농담이 아니네)
슬픔과 각운으로 고통스러워하면서
내 호수의 둔덕을 거닐면서
물오리 무리들을 겁주어서, 내
달콤하게 울리는 시구들을 듣고
호숫가에서 날아가 버리게 하는데.

친구라고 부른다. 불가코프나 푸슈킨이나 현실이라는 폭풍이 짐승 같은 사나운 모습으로, 또 어린애 같은 성숙하지 못한 모습으로 시인의 삶을 위협할 때 긴 겨울 저녁 같은 어두운 세월 속에서 문학의 도움으로 자기를 지키려고 애썼다. *우연히 방문한 이웃은 알렉세이 니콜라예비치 불프(1805-1881)로서 푸슈킨이 1824년 8월부터 1826년 9월 모스크바로 갈 때까지 미하일로프스코예에 살던 시절, 이웃 영지 트리고르스코예에 살던 오시포프 부인의 아들이다. *비극은 보리스 고두노프에 대한 비극을 말한다. 제1장 59연의 역자주석을 보시오.

36. А что ж Оне́гин? Кста́ти, бра́тья!
37. Терпе́нья ва́шего прошу́:
Его́ вседне́вные заня́тья
Я вам подро́бно опишу́.
Оне́гин жил анахоре́том;
В седьмо́м часу́ встава́л он ле́том
И отправля́лся налегке́
К бегу́щей под горо́й реке́;
Певцу́ Гюльна́ры подража́я,
Сей Геллеспо́нт переплыва́л,
Пото́м свой ко́фе выпива́л,
Плохо́й журна́л перебира́я,
И одева́лся...

38. Прогу́лки, чте́нье, сон глубо́кий,
39. Лесна́я тень, журча́нье струй,
Поро́й беля́нки черноо́кой
Младо́й и све́жий поцелу́й,
Узде́ послу́шный конь рети́вый,
Обе́д дово́льно прихотли́вый,
Буты́лка све́тлого вина́,
Уедине́нье, тишина́:
Вот жизнь Оне́гина свята́я;
И нечувстви́тельно он ей
Преда́лся, кра́сных ле́тних дней
В беспе́чной не́ге не счита́я,
Забы́в и го́род, и друзе́й,
И ску́ку пра́здничных зате́й.

36-39. 이 부분은 제1장에 나오는 오네긴의 페테르부르그의 일상과 대조된다.

36, 37연은 제13행 중간에서 끝난다. 이 부분에서 푸슈킨은 오네긴과 자신을 동일시하였다. 푸슈킨도 이 장을 쓰던 미하일로프스코예에 살던 시절, 여름에 강에서 아침 일찍 수영을 했다. *굴나레는 바이런의 서사시 「해적」의 여주인공으로 주인공 콘라드를 사랑하는 터키 파샤의 애첩(제3장 12연의 역자주석을 보시오). *헬레스폰트는 다르다넬 해협의 옛 그리스 명칭이다. 바이런은 1810년 7월 3일 이 해협을 헤엄쳐 건넜다.

37연의 마지막 두 행은 초고에 따르면 "옷을 입었소, 다만 그런 옷은/당신네들은 입지 않을 것이오."이다.

헌데 오네긴은? 그래, 아 참! 36.
형제들! 그대들의 인내를 요청하오 37.
이제 그의 매일의 일과를 한참
그대들에게 상세히 묘사할 참이오
오네긴은 은둔자처럼 살았소
여름에는 여섯 시쯤 일어나서
가벼운 차림으로 나서서
언덕 아래 흐르는 강으로 가서
굴나레의 시인을 모방해서
이곳의 헬레스폰트를 헤엄치고 나서
블랙 커피를 마시면서
몹쓸 잡지를 뒤적이고 나서
옷을 입었소...

산책하고 책 읽고 깊이 잠자고 38.
숲 그늘에서 시냇물소리 듣고, 39.
가끔 검은 눈 하얀 미인의 풋풋하고
젊음에 넘치는 키스를 맛보고
고삐에 순종하는 날렵한 말을 타고
꽤 잘 차린 식사를 하고
백포도주를 한 병 마시고
홀로 고독과 고요함을 즐기고...
이런 신성한 생활 속에
오네긴은 저도 모르게 젖어 들었다
아무 걱정 없는 안락 속에
아름다운 여름날들을 세지도 않았다,
도시도 친구들도 또 들뜬
쓸데없는 장난의 지루함도 잊은 채.

38, 39연 앞에 초고에 따르면 "그는 러시아 루바슈카를 입고/비단 천으로 허리띠를 매고/타타르 식의 밭갈이옷을 입고/움직이는 집처럼 지붕 달린 모자를 쓰고 ..." 등으로 된 한 연이 더 있었다.

* "검은 눈 하얀 미인의 풋풋하고/젊음에 넘치는 키스"라는 구절은 앙드레 셰니에(1762-1794)의 「비가」에서 그대로 번역한 것인데 여기에는 푸슈킨의 자전적인 요소가 드러난다. 푸슈킨은 미하일로프스코예에 있던 시절 올가 칼라슈니코바라는 농촌 처녀와의 사이에서 1826년 7월 1일 아들 파벨을 낳았다. *저도 모르게: 오네긴도

40. Но на́ше се́верное ле́то,
Карикату́ра ю́жных зим,
Мелькнёт и нет: изве́стно э́то,
Хоть мы призна́ться не хоти́м.
Уж не́бо о́сенью дыша́ло,
Уж ре́же со́лнышко блиста́ло,
Коро́че станови́лся день,
Лесо́в таи́нственная сень
С печа́льным шу́мом обнажа́лась,
Ложи́лся на поля́ тума́н,
Гусе́й крикли́вых карава́н
Тяну́лся к ю́гу: приближа́лась
Дово́льно ску́чная пора́;
Стоя́л ноя́брь уж у двора́.

41. Встаёт заря́ во мгле холо́дной;
На ни́вах шум рабо́т умо́лк;
С свое́й волчи́хою голо́дной
Выхо́дит на доро́гу волк;
Его́ почу́я, конь доро́жный
Храпи́т — и пу́тник осторо́жный
Несётся в го́ру во весь дух;
На у́тренней заре́ пасту́х
Не го́нит уж коро́в из хле́ва,
И в час полу́денный в кружо́к
Их не зовёт его рожо́к;
В избу́шке распева́я, де́ва (23)
Прядёт, и, зи́мних друг ноче́й,
Трещи́т лучи́нка перед ней.

저도 모르게 어느새 도시생활을 잊고 이제 신성한 시골 생활을 즐기는 것 같다. 아니면 느끼지 못하고 무감각하게 이런 생활을 하는지도.

40. 이제 타티아나가 사랑의 기쁨과 아픔을 알게 된 여름이 지나고 가을 겨울이 다가온 것을 알 수 있다.

41. *처녀가 노래 부르며: 푸슈킨은 여기에 주석 (23)을 붙여 귀족 아가씨들을 여자애들이라고 하고 시골 여자아이를 처녀라고 부른 데 대해 비평가들이 놀라워한다고

허나 우리 북방의 짧은 여름은 40.
남쪽 지방 짧은 겨울의 캐리커처,
나타나는가 하면 사라진다. 이는
인정하기 싫으나 기정사실, 체!
벌써 하늘이 가을을 내쉬고
벌써 해가 드물게 비치고
낮이 짧아지고 저기
신비스런 숲그늘이
구슬픈 소리를 내며 벗겨지고
들판에는 안개가 깔리는데
끼룩끼룩끼룩 기러기떼는
남쪽으로 줄을 짓고. 아이고!
지루한 시간이 다가왔다
벌써 11월은 마당에 서 있고.

차가운 안개 속에 아침노을이 뜨고 41.
밭에서 일하는 소리 멈추었다
수늑대는 굶주린 암늑대와 어쩌자고
큰길로 성큼성큼 걸어 나온다.
걸어가던 말이 늑대를 알아채고는
힝힝거리니 — 조심스런 길손은
산속으로 달려간다, 젖 먹던 힘 다해서.
동이 터도 목동은 외양간에서
소들을 들로 내몰지 않으며
한낮이 지나도 뿔피리 불고
소들을 들에서 모아들이지 않고.
오두막에선 처녀(23)가 노래 부르며
실을 잣고, 겨울밤의 친구, 광솔은
그녀 앞에서 파르르 떨고 있고.

기막힌 듯 밝힌다. 이는 시골의 실을 잣는 여자아이를 처녀라고 불러 평민적인 일상을 시적으로 고양시키고 귀족처녀들을 여자아이들이라고 부름으로써 일상적이고 친밀한 느낌을 주어 기존의 고착된 문체적 위계에 도전하려는 푸슈킨의 의도를 드러내는 것이다. 제8장 28연에서 사랑에 빠졌던 처녀시절의 타티아나도 '여자애'로 표현되었다.

42. И вот уже́ треща́т моро́зы
И серебря́тся средь поле́й...
(Чита́тель ждёт уж ри́фмы ро́зы;
На́, вот возьми́ её скоре́й!)
Опря́тней мо́дного парке́та
Блиста́ет ре́чка, льдом оде́та.
Мальчи́шек ра́достный наро́д (24)
Конька́ми зву́чно ре́жет лёд;
На кра́сных ла́пках гусь тяжёлый,
Заду́мав плыть по ло́ну вод,
Ступа́ет бе́режно на лёд,
Скользи́т и па́дает; весёлый
Мелька́ет, вьётся пе́рвый снег,
Звезда́ми па́дая на брег.

43. В глуши́ что де́лать в э́ту по́ру?
Гуля́ть? Дере́вня той поро́й
Нево́льно докуча́ет взо́ру
Однообра́зной нагото́й.
Скака́ть верхо́м в степи́ суро́вой?
Но конь, приту́пленной подко́вой
Неве́рный зацепля́я лёд,
Того́ и жди, что упадёт.
Сиди́ под кро́влею пусты́нной,
Чита́й: вот Прадт, вот W. Scott.
Не хо́чешь? — поверя́й расхо́д,
Серди́сь иль пей, и ве́чер дли́нный
Кой-как пройдёт, и за́втра тож,
И сла́вно зи́му проведёшь.

---

42. *독자는 벌써 기다리니, '얼음으로'와 '장미로'/이루어진 각운을: 얼음과 장미는 수마로코프(1717-1777), 바젬스키(1792-1878), 또 푸슈킨 자신도 이미 썼던 각운이다. *푸슈킨은 주석 (24)를 붙여 " '이것은 소년들이 스케이트를 타는 것을 뜻한다' 고 우리의 비평가 한 사람이 말했다. 맞는 말이다."라고 하며 윗연에서와는 달리 비평가에게 수긍한다. 푸슈킨이 일상적인 풍경을 시적으로 표현한 것에 대해 비평가가 아마도 부정적으로 지적하며 하나마나한 언급을 한 것에 맞서 푸슈킨은 의도적으로 그러한 문체를 쓴 자신의 시학을 옹호하고 있다.

강추위에 쩍쩍 갈라지는 얼음으로 42.
들판이 은빛으로 반짝거리고
(독자는 벌써 기다리니, '얼음으로'와 '장미로'
이루어진 각운을, 자, 여기 어서 보시라고!)
최신유행 마룻바닥보다 더 미끈하게
얼음으로 옷을 입은 강이 반짝거리고
즐거운 소년들은 스케이트 날을 얼음에 대고
이리저리 자국을 낸다, 소리도 높게.(24)
뒤뚱뒤뚱 거위는 물밑으로 헤엄치려고
빨간 발들로 조심스레 얼음 위를 디디고
살살 밟아 가다가 미끄러진다
아, 즐거운 첫눈이다,
별들처럼 반짝이며 흩뿌리다가
강변으로 휘몰아치며 떨어진다.

이 계절 벽촌에서는 뭘 해야 한다? 43.
산책? 이때의 시골은 어디나 마냥
헐벗어서 저절로 시선을 그냥
지루하게만 할 뿐이다
삭막한 초원에 말을 타고 달려 보나?
징 박은 말이 못 믿을 얼음에 걸려서
말에서 떨어지는 건 시간문제다
그러니 고적한 집에 죽치고 앉아서
프라트나 월터 스콧을 읽어 보게나.
싫다고? 그럼 장부를 점검하거나
화를 내거나 술을 마셔 보게
긴 겨울 저녁이 어떻게든 지나갈 거네,
그리고 내일도 또 똑같이 하면
멋지게 겨울을 보내게 될 거네.

---

43. *프라트(Domique Dufour de Pradt, 1759-1837)는 프랑스의 저널리스트, 나폴레옹의 궁정사제로서 복고기에 자유주의로 경도하였다. 오네긴이 이를 읽는 것은 그가 포도주를 마시는 것과 마찬가지로 시골 지주들과는 다르다는 점을 강조한다. *월터 스콧(Walter Scott, 1771-1832)은 역사소설로서 이름을 떨친 영국소설가. 푸슈킨은 그의 소설을 미하일로프스코예에 있을 때 이웃 영지인 트리고르스코예의 서고에 있던 프랑스어 번역을 읽었다. 그는 스콧을 '영혼의 양식'이라고 불렀다고 한다.

44. Прямы́м Оне́гин Чильд Гаро́льдом
Вдался́ в заду́мчивую лень:
Со сна́ сади́тся в ва́нну со́ льдом,
И по́сле, до́ма це́лый день,
Оди́н, в расчёты погружённый,
Тупы́м кие́м вооружённый,
Он на бильярде в два шара́
Игра́ет с са́мого утра́.
Наста́нет ве́чер дереве́нский:
Билья́рд оста́влен, кий забы́т,
Перед ками́ном стол накры́т,
Евге́ний ждёт: вот е́дет Ле́нский
На тро́йке ча́лых лошаде́й;
Дава́й обе́дать поскоре́й!

45. Вдовы́ Клико́ или Мо́эта
Благослове́нное вино́
В буты́лке мёрзлой для по́эта
На стол тотча́с принесено́.
Оно́ сверка́ет Ипокре́ной ([25]);
Оно́ свое́й игро́й и пе́ной
(Подо́бием того́-сего́)
Меня́ плени́ло: за него́
После́дний бе́дный лепт, быва́ло,
Дава́л я. По́мните ль, друзья́?
Его́ волше́бная струя́
Рожда́ла глу́постей не ма́ло,
А ско́лько шу́ток и стихо́в,
И спо́ров, и весёлых снов!

---

44. 여기서도 오네긴과 푸슈킨의 공통점을 볼 수 있다. 푸슈킨도 추위 때문에 목욕탕물이 얼어붙어 얼음 섞인 목욕물에서 목욕하였으며 미하일로프스코예에 있는 푸슈킨의 집에는 당구대가 있었고 서재에는 나폴레옹 입상이 있었다.

45. *과부 클리코, 모에트(모에)는 고급 샴페인 이름. 클리코는 1772년 설립된 샴페인 회사의 설립자 이름인데 그의 과부가 된 며느리가 1805년부터 회사를 매우 잘 운영하여 나폴레옹 전쟁 이후 전 세계에 이 고급 샴페인을 수출하였고 그녀가 직접 샴페인을 흔들어 따는 법도 고안해 내었다고 한다. 1841년부터 일선에서 물러난 그녀는 1866년에 89세의 나이로 죽었다. 이 샴페인은 1820년대에 유럽에서 매우 유명하였다. 우리나라에서는 샴페인바에서 한 병에 10만원 정도 한다(2005년 네이버

오네긴은 바로 차일드 해럴드처럼 홀로 44.
사색의 한가함에 깊이 빠졌다. 그는
깨어나면 얼음 섞인 목욕물에 앉았다가는
하루 종일 집에서 홀로
아침 일찍부터 당구대에서
뭉툭한 당구키로 무장하고
점수계산에 정신을 집중하면서
당구공 두 개로 치고 또 치고.
이제 시골의 저녁이 다가오고
당구대는 비고 당구키도 잊혀지고
벽난로 앞에 차려진 식탁에 앉아
예브게니가 기다린다. 저기 렌스키가
회색 얼룩말을 맨 트로이카를 타고 오네
자, 어서 식사를 하세!

시인을 위하여 차게 식혀진 45.
축복받은 멋진 샴페인,
과부 클리코나 모에,
당장 대령이다, 식탁 위에!
샴페인은 히포크레나처럼 빛나며
장난질하고 거품을 일으켜[25]
(이 비유는 다른 것들에도 어울려!)
나를 유혹했었다. 나 그걸 사들이려
달랑 마지막 동전까지 내주곤 했었지
지금도 기억하는가, 친구들이여,
그 매혹적인 액체가 흘러흘러
정말 어리석은 짓을 많이도 하게 했었지
정말 얼마나 많은 농담과 시구들,
논쟁들, 또 유쾌한 공상들을 일으켰는지!

지식 in). 모에는 러시아어로 시인을 의미하는 'поэт'(poet, 포에트)와 각운을 맞추느라 '모에트'라고 발음되었을 것으로 보인다. 모에는 1742년 처음 제조되었고 1794년부터 좀 더 좋은 맛의 샴페인으로 거듭나 전 유럽과 미국에까지 수출되었다. 1832년에 '모에와 샹동'이라는 상표로 바뀌었지만 오네긴과 렌스키가 이 샴페인을 마실 당시에는 상표가 모에였다. '모에와 샹동'은 그 뒤 여러 소유자들을 거쳐 1990년대 말에 과부 클리코와 합병되어 현재는 가장 널리 팔리는 고급 샴페인이 되었다. 과부 클리코보다 가격이 약간 싸다. *샴페인은 히포크레나처럼 빛나며: 히포크레나는 그

46. Но изменяет пеной шумной
Оно желудку моему,
И я *Бордо* благоразумный
Уж нынче предпочёл ему.
К *Аи* я больше не способен;
Аи любовнице подобен
Блестящей, ветреной, живой,
И своенравной, и пустой...
Но ты, *Бордо*, подобен другу,
Который, в горе и в беде,
Товарищ завсегда, везде,
Готов нам оказать услугу
Иль тихий разделить досуг.
Да здравствует *Бордо*, наш друг!

47. Огонь потух; едва золою
Подёрнут уголь золотой;
Едва заметною струёю
Виётся пар, и теплотой
Камин чуть дышит. Дым из трубок
В трубу уходит. Светлый кубок
Ещё шипит среди стола.
Вечерняя находит мгла...
(Люблю я дружеские враки
И дружеский бокал вина
Порою той, что названа
Пора меж волка и собаки,
А почему, не вижу я.)
Теперь беседуют друзья:

리스 헬리콘 산에 위치한 샘이며, 그리스 신화에서 시적 영감의 원천이다. 푸슈킨은 주석 (25)에서 이와 관련하여 동생에게 보낸 편지에 쓴 시구를 인용한다: 내 꽃다운 시절에/시적인 아이는 내 마음에 들었네/거품소리 좋아서/사랑이나 미친 듯한 젊음 등등과 유사해서.

46. *보르도는 붉은 포도주, 아이는 모에가 생산되는 프랑스의 지역이름이다. 바라틴스키의 '향연' 등에도 아이는 이 고급 샴페인을 의미하는 것으로 사용되었다. 푸슈킨이나 당시 젊은이들이 이 외에도 라피트나 보르도 등 고급 외국산 포도주에 대해 상당한 지식이 있다는 것은 그들이 이런 포도주들을 즐겨 마셨기 때문이다.

허나 소리 내는 거품으로 샴페인, 46.
이제 내 위를 배반하네
이제 나 사려 깊은 **보르도**,
샴페인보다 선호하네
아이는 나 더 이상 견뎌내지 못하네
아이는 연인과 비슷하다네
빛나고 바람 같고 생기 넘치고
변덕스럽고 또 공허하고...
허나 **보르도**, 너는 슬플 때도
기쁠 때도 영원한 동지, 어디서나
우리에게 도움을 주거나
고요한 한가함을 나누려고
기다리는 친구 같다
만세, 우리의 친구, **보르도**!

불이 꺼졌다. 황금빛으로 불타다가 47.
이제 석탄은 재로 살짝 덮이고
희끄무레하고 가느다란 연기가
휘감으며 위로 날아 올라가고.
벽난로가 꺼져 가고, 파이프 연기만이
연통 속으로 날아가고 빛나는 술잔이
아직 식탁 가운데 쉬식거리고.
저녁 안개가 찾아올 모양이고....
(나는 늑대와 개 사이라고 부르는
그런 어스름한 저녁 시간에
나누는 우정 어린 한담에
우정 어린 술잔을 사랑하는데,
그 이유는 나 자신도 모른다.)
이제 두 친구는 이야기를 나눈다.

---

47. *늑대와 개 사이라고 불리는 시간이란 프랑스어를 직역한 것으로 늑대인지 개인지 구별하지 못하게 되는 저녁 어스름한 시간을 말한다. *두 친구는 이야기를 나눈다: 두 친구는 나이가 8년 차이가 나지만 이제 사귄 지 웬만큼 오래되었고 렌스키는 결혼을 두 주 앞두고 있는 몸이고 해서 둘이 심리적으로 대등한 관계를 가지고 있는 것으로 느껴져서 이 뒤 연들에 나오는 둘의 대화를 번역할 때 말투를 제3장의 둘의 대화와는 달리 그냥 반말을 하고 서로 자네라고 부르는 것으로 번역하였다.

48. "Ну, что сосе́дки? Что Татья́на?
Что Ольга ре́звая твоя́?"
— Нале́й ещё мне полста́кана...
Дово́льно, ми́лый... Вся семья́
Здоро́ва; кла́няться веле́ли.
Ах, ми́лый, как похороше́ли
У О́льги пле́чи, что за грудь!
Что за душа́!.. Когда́-нибу́дь
Зае́дем к ним; ты их обя́жешь;
А то, мой друг, суди́ ты сам:
Два ра́за загляну́л, а там
Уж к ним и но́су не пока́жешь.
Да вот... како́й же я болва́н!
Ты к ним на той неде́ле зван. —

49. "Я?" — Да, Татья́ны имени́ны
В суббо́ту. О́линька и мать
Веле́ли звать, и нет причи́ны
Тебе́ на зов не приезжа́ть. —
"Но ку́ча бу́дет там наро́ду
И всякого́ тако́го сбро́ду..."
— И, никого́, уве́рен я!
Кто бу́дет там? своя́ семья́.
Пое́дем, сде́лай одолже́нье!
Ну, что ж? — "Согла́сен". — Как ты мил! —
При сих слова́х он осуши́л
Стака́н, сосе́дке приноше́нье,
Пото́м разговори́лся вновь
Про О́льгу: такова́ любо́вь!

---

48. 이 연과 다음 연에서 올가 생각에 흠뻑 빠져 있는 렌스키는 갑자기 오네긴이 타티아나의 명명일에 초대받은 것을 생각해 내고 그 모임이 가족 모임이라고 오네긴에게 말한다. 그 이유는 여러 가지로 생각할 수 있겠다. 샴페인을 마구 마신 렌스키가 좀 취해서, 또 올가에 대한 사랑으로 정신 못 차려서 그랬을 수도 있고, 오네긴이 친구로서 꼭 참석해 주기를 바라서 그랬을 수도 있다. 또는 그에게는 가족 모임이라고 생각된 일이 오네긴에게는 전혀 그렇지 않았을 수도 있다. 또는 렌스키 생각에 시골명명일 파티쯤은 대도시에서 온 오네긴에게는 가족모임 같으리라 생각하고 오네긴이 많은 사람을 만나는 것을 꺼리는 것을 생각 못하고 그렇게 말했을 수도 있다. 이 둘은 떨어질 수 없는 사이가 되고 친구가 되었으나 말과 생각과 행동에서

"이웃 처녀들은 어때? 타티아나는? 48.
자네의 활기찬 올가는?"
— "좀 더 부어 주게, 반잔만 더...
됐어, 친구, 가족들 모두 다
잘 지내. 자네에게 안부 전하라고 했네.
아, 친구, 올가의 어깨가 어떻게나
아름다워졌는지, 가슴은 또 어떻고!
아름다운 영혼에... 언제 한번 자네,
방문하게. 고마워할 거네, 정말,
이 친구야, 생각해 보게, 한번.
두 번 들여다보고 나서는 정말
코빼기도 보이지 않으니, 한 번도...
근데.. 나 오늘 정말 말만 많네!
참 자네 이번 주에 초대받았네."

"내가?" — "그래, 타티아나의 명명일이 49.
토요일이네. 이쁜 올가와 어머니가 자네는
꼭 와야 한다고 했네, 그리고 자네는
부르는데 가지 않을 이유가 없지..."
"헌데 거긴 사람들이 무더기로 올 텐데
잡다한 군상들도 많을 텐데..."
"아냐, 확신하는데 아무도 없을 거야!
누가 오겠어? 그냥 가족뿐이야.
부탁이네, 함께 가세, 나를 위하여!
자, 어때?" — "그러세." — "자넨 보배다!"
이렇게 말하며 그는 타티아나를 위하여
건배하며 잔을 단숨에 비웠다
그러고 나서 다시 올가에 대해
말하고 또 말했다. 사랑이란 이런 거다!

얼음과 불처럼, 파도와 바위처럼 그렇게 서로 다른 채로 남았다. 오네긴도 타티아나에게 자신이 거절했던 것을 괘념치 않는지 그곳을 방문할 생각을 한다. 타티아나가 극도로 당황하리라는 것을 그는 생각하지 못했을까? 그녀를 내치면서도 그녀에게 오빠보다 더 살뜰히 사랑한다고 말해 놓고 그녀가 어찌 지내나 궁금해진 걸까?

49. *명명일: 타티아나의 이름을 따온 성자의 탄생일. 이 날은 생일보다 더 중요하게 여겨졌다. 순교자 타티아나는 1월 12일에 탄생하였다.

50. Он ве́сел был. Чрез две неде́ли
Назна́чен был счастли́вый срок.
И та́йна бра́чныя посте́ли
И сла́достной любви́ вено́к
Его́ восто́ргов ожида́ли.
Гиме́на хло́поты, печа́ли,
Зево́ты хла́дная чреда́
Ему́ не сни́лись никогда́.
Меж тем как мы, враги́ Гиме́на,
В дома́шней жи́зни зрим оди́н
Ряд утоми́тельных карти́н,
Рома́н во вку́се Лафонте́на... ([26])
Мой бе́дный Ле́нской, се́рдцем он
Для о́ной жи́зни был рождён.

51. Он был люби́м... по кра́йней ме́ре
Так ду́мал он, и был счастли́в.
Стокра́т блаже́н, кто пре́дан ве́ре,
Кто, хла́дный ум угомони́в,
Поко́ится в серде́чной не́ге,
Как пья́ный пу́тник на ночле́ге,
Или, нежне́й, как мотылёк,
В весе́нний впи́вшийся цвето́к;
Но жа́лок тот, кто всё предви́дит,
Чья не кружи́тся голова́,
Кто все движе́нья, все слова́
В их перево́де ненави́дит,
Чьё се́рдце о́пыт остуди́л
И забыва́ться запрети́л!

---

50. *라퐁텐(August Lafontaine, 1758-1831)은 독일작가로 160권 이상의 감상적 속류 가정소설을 썼다. 푸슈킨은 주석 (26)에서 많은 가정소설을 쓴 작가라고 라퐁텐을 소개하며 렌스키의 감상적 취향을 비판하고 있다.

51. 앞의 8행은 렌스키, 뒤의 6행은 오네긴에 대해 이야기하고 있다. 모든 인간사를 분석하는 오네긴은 멋모르는 희망에 들떠 세상사에 눈멀어 있는 렌스키와 대조된다. 여기서 오네긴은 푸슈킨과 바이런에 가깝다. 셋 다 주어진 텍스트를 번역하는 사람처럼 세상사라는 텍스트를 스스로(독자적으로) 해석하고 번역하여 자신의 언어로 대(처)한다. 제1장 56연의 역자주석에서 이야기되었던 바이런과 푸슈킨의 친밀한 관계가 나타나는 오쿤좌바의 시 「스탈린이 푸슈킨을 증류하다」를 이참에 소개한

그는 들떠 있었다. 두 주일 뒤 50.
행복한 날짜가 잡혀 있었으니
결혼 침대의 비밀과 그 뒤
달콤한 사랑의 월계관이
그의 열광을 기다리고 있었다
결혼의 신의 고민도, 슬픔도,
권태라는 가차 없는 순서도
그는 꿈에도 생각하지 못했다
반면 우리들, 결혼의 신의 적들은
가정생활에서 다만 괴로운
정경들의 줄잇기를 볼 뿐이다,
라퐁텐 취향의 소설들을 말이다...(26)
내 불쌍한 렌스키, 그는 진심으로
그런 생활을 위해 태어났던 것이다.

그는 사랑받고 있었다... 적어도 그는 51.
그렇게 생각했고 그래서 행복했고...
믿음에 몸을 맡기고 차가운 이성을 몰아내고
심장의 달콤한 도취 속에 고이 쉬는 자는
잠자리를 찾아낸 술 취한 길손처럼
또는, 좀 더 사랑스레 말하자면,
꽃 속에 꿀을 빠는 봄나비처럼
수백 번 수천 번 행복하며,
반대로, 모든 것을 예견하며
머리가 혼란스러운 일이 없으며
모든 말과 행동을 스스로 해석하고
번역하여 자신의 언어로 증오하고
경험이 심장을 차갑게 하여 자신을
잊는 것을 금지한 자는 불쌍하다!

다. 푸슈킨을 기념비화하는 데 앞장섰으나 아무래도 '마술의 수정구'를 들여다볼 수 없었던 스탈린이 푸슈킨을 이해한 결과는 결국 "그가 바이런과 친했다면/아마 그는 영국의 스파이가 아닐까?.../아 참 정말 에티오피아 황제의/에이전트는 아니었을까?"였다고 시인은 노래한다. 스탈린이 푸슈킨 기념비화를 통하여 살아 있는 자신을 기념비화하려고 한 것은 널리 알려진 사실인데 그의 푸슈킨 이해의 수준을 이렇게 그의 정치적 성향과 연결하여 표현하는 것은 1960년대 탈스탈린 숭배의 바르드(작사, 작곡하여 직접 노래한 시인) 노래들 가운데서도 매우 독하고 신랄한 예이다.

5 ГЛАВА ПЯТАЯ

О, не зна́й сих стра́шных снов
Ты, моя́ Светла́на!

Жуко́вский

제5장

오, 이런 무서운 꿈들을 겪지 말아 그대, 내 스베틀라나!

쥬코프스키

제5장은 미하일로프스코예에서 1825-26년 집필했고 제5장을 끝마친 날짜를 1827년 12월 29일이라고 썼다. 1828년 1월, 제4장과 함께 출판했다. 제5장의 이 제사는 쥬코프스키의 유명한 발라드 「스베틀라나」(1812)의 에필로그로부터 취한 것이다(제3장 5연의 역자주석 참조). 제사는 타티아나의 꿈이 이 장의 중심임을 암시한다. 그녀의 불길한 꿈은 또 현실이 되지 않는가! 그녀의 사랑은 꿈속에서 삶과 죽음을 넘나든다. 이 제사로 스베틀라나가 꾸는 꿈과 타티아나의 꿈이 중첩되게 되며, 발라드의 에필로그에서 쥬코프스키가 스베틀라나에게 이런 무서운 꿈들을 겪지 말라고 하는 것은 그의 조카딸이 겪은 남편과의 악몽 같은 결혼생활을 겪지 말라는 뜻이므로 이 제사는 타티아나의 꿈과 현실 둘 다를 염두에 두고 쓴 셈이다.

1. В тот год осе́нняя пого́да
Стоя́ла до́лго на дворе́,
Зимы́ ждала́, ждала́ приро́да.
Снег вы́пал то́лько в январе́
На тре́тье в ночь. Просну́вшись ра́но,
В окно́ уви́дела Татья́на
Поу́тру побеле́вший двор,
Курти́ны, кро́вли и забо́р,
На стёклах лёгкие узо́ры,
Дере́вья в зи́мнем серебре́,
Соро́к весёлых на дворе́
И мя́гко у́стланные го́ры
Зимы́ блиста́тельным ковро́м.
Всё я́рко, всё бело́ круго́м.

2. Зима́!.. Крестья́нин, торжеству́я,
На дро́внях обновля́ет путь;
Его́ лоша́дка, снег почу́я,
Плетётся ры́сью как-нибу́дь;
Бразды́ пуши́стые взрыва́я,
Лети́т киби́тка удала́я;
Ямщи́к сиди́т на облучке́
В тулу́пе, в кра́сном кушаке́.
Вот бе́гает дворо́вый ма́льчик,
В сала́зки *жу́чку* посади́в,
Себя́ в коня́ преобрази́в;
Шалу́н уж заморо́зил па́льчик:
Ему́ и бо́льно и смешно́,
А мать грози́т ему́ в окно́...

---

2. 마차 안에 앉아 있는 사람은 보이지 않으나 바깥 마부석에 앉아 있는 사람은 보인다.

그해에는 가을 날씨가 1.
오랫동안 정원에 머물렀다
자연은 겨울을 오래 기다렸다
눈은 정월 초삼일 밤에야
내렸다. 일찍 잠에서 깨어서
타티아나는 유리창을 통해서
이른 아침 하얗게 된 뜰,
뜰에 즐거운 까치들,
지붕, 울타리, 화단들,
유리창의 살짝 진 무늬들,
겨울의 빛나는 융단들로
부드럽게 덮인 산들,
겨울 은빛을 입은 나무들을
보았다. 온통 모든 것이 밝고 하얬다.

겨울!... 농부는 환호하며 눈 위로 2.
통나무썰매를 타고 길을 새로 내고
그의 작은 말은 차가운 눈을 느껴도
애쓰고 앞으로 나아간다, 속보로.
솜털 같은 이랑들을 흩날리게 파헤치고
용감한 포장마차가 날아간다
털가죽옷을 입고 빨간 혁대를 매고
마부는 마부석에 앉아 있다
저기 지줏집 하인아이가 썰매에는
똥강아지 **쥬치카**를 앉히고 자기는
말로 변신해서 뛰어간다
장난꾸러기의 손가락은 벌써 얼었다
아이는 얼얼하기도 하고 재미있기도 하다
엄마는 창문을 통해 아이를 야단하나....

3. Но, мо́жет быть, тако́го ро́да
Карти́ны вас не привлеку́т:
Всё э́то ни́зкая приро́да;
Изя́щного не мно́го тут.
Согре́тый вдохнове́нья бо́гом,
Друго́й поэ́т роско́шным сло́гом
Живописа́л нам пе́рвый снег
И все отте́нки зи́мних нег (27);
Он вас плени́т, я в том уве́рен,
Рису́я в пла́менных стиха́х
Прогу́лки та́йные в саня́х;
Но я боро́ться не наме́рен
Ни с ним пока́мест, ни с тобо́й,
Пе́вец Финля́ндки молодо́й (28)!

4. Татья́на (ру́сская душо́ю,
Сама́ не зна́я, почему́)
С её холо́дною красо́ю
Люби́ла ру́сскую зиму́,
На со́лнце и́ней в день моро́зный,
И са́ни, и зарёю по́здной
Сия́нье ро́зовых снего́в,
И мглу креще́нских вечеро́в.
По старине́ торжествова́ли
В их до́ме э́ти вечера́:
Служа́нки со всего́ двора́
Про ба́рышень свои́х гада́ли
И им сули́ли ка́ждый год
Мужьёв вое́нных и похо́д.

---

3. *저열한 자연: 당시 기성 문단에서는 우미한 것만을 예술의 대상으로 삼지 일상적이고 평범한 것은 예술적 대상이 될 수 없다고 생각했다. 새로운 미학을 추구하던 사람들은 이에 대항했다. 그래서 '저열한'이라는 말은 당시 예술의 원칙에 대한 논쟁에서 중요한 단어이다. 최정운은 「뿌쉬낀의 서정시에 나타난 자연」(고려대 박사학위논문, 2003)에서 이 부분을 인간과의 삶과 유리되지 않은 현실 속에 있는 실체로서 고상한 것과 저급한 것의 경계를 허물어뜨린 자연묘사의 예로 들었다. *영감에 의해 데워진 한 시인: 주석 (27)에서 말하는 뱌젬스키의 시 「첫눈」은 겨울의 눈 내린 아름다운 풍경을 멋지게 묘사한다. 제1장 제사의 역자주석을 보시오. *핀란드 처녀를 읊은 그대: 푸슈킨은 주석 (28)에서 바라틘스키의 「에다」에 나오는 핀란드 겨울

허나 아마도 이런 장면들이 3.
그대들의 마음을 끌지 못할 것이다
이 모든 것은 저열한 자연이니
여기에는 우아한 것이 별로 없다
영감의 신에 의해 데워진 한 시인이
첫눈과 겨울이 주는 즐거움들을, 이
세밀한 뉘앙스들을 세세히 다
화려한 문구로 우리에게 묘사했다(27)
열렬한 시구로 그가 이만저만
썰매 위의 비밀스런 산책을
묘사해서 그대들의 마음을
끈 것을 나는 확신하지만
나는 아직 그와도, 핀란드 처녀를
읊은 그대와도(28) 겨룰 마음이 없다!

타티아나는(영혼 깊이 러시아 4.
여성이나 그 이유는 자신도 모른다)
차가운 아름다움을 지닌, 아,
그 러시아의 겨울을 사랑했다
겨울날 햇볕에 반사되는 성애,
썰매, 늦은 저녁노을에
장밋빛으로 빛나는 눈,
주현절 밤의 안개, 그녀는
이 모두를 사랑했다. 사람들은
풍습에 따라 주현절 밤을 집집마다
잔치하며 보냈다. 귀족아가씨마다
점을 쳐주는 온 집안의 하녀들은
해마다 아가씨들에게 장교남편과
원정을 예언해 주었다.

의 묘사를 보라고 한다. 이 시는 겨울 눈보라가 울부짖고 회색빛 구름에 태양이 가려진 어둑한 핀란드의 얼음 덮인 바위산을 묘사하고 있다. 뱌젬스키나 바라틘스키의 작품을 언급하며 푸슈킨은 겨울을 시적으로 묘사하는 것에 대해 부드럽고 섬세하게 논쟁한다.

4. *타티아나는(영혼 깊이 러시아/여성이나 그 이유는 자신도 모른다): 이 작품의 한가운데 위치하는 이러한 문장은 작품내용에 매우 큰 의미를 가지는 표현이다. 석영중은 역서 『뿌쉬낀』(열린책들, 1999) 해설에서 이와 관련하여 러시아 겨울묘사의

5. Татья́на ве́рила преда́ньям
Простонаро́дной старины́,
И снам, и ка́рточным гада́ньям,
И предсказа́ниям луны́.
Её трево́жили приме́ты;
Таи́нственно ей все предме́ты
Провозглаша́ли что-нибу́дь,
Предчу́вствия тесни́ли грудь.
Жема́нный кот, на пе́чке си́дя,
Мурлы́ча, ла́пкой ры́льце мыл:
То несомне́нный знак ей был,
Что е́дут го́сти. Вдруг уви́дя
Младо́й двуро́гий лик луны́
На не́бе с ле́вой стороны́,

6. Она́ дрожа́ла и бледне́ла.
Когда́ ж паду́чая звезда́
По не́бу тёмному лете́ла
И рассыпа́лася, — тогда́
В смяте́нье Та́ня торопи́лась,
Пока́ звезда́ ещё кати́лась,
Жела́нье се́рдца ей шепну́ть.
Когда́ случа́лось где-нибу́дь
Ей встре́тить чёрного мона́ха
Иль бы́стрый за́яц меж поле́й
Перебега́л доро́гу ей,
Не зна́я, что нача́ть со стра́ха,
Предчу́вствий го́рестных полна́,
Ждала́ несча́стья уж она́.

대목에서 푸슈킨과 타티아나가 '시인과 뮤즈의 관계를 맺게 된다'고 말했다. 이 부분에서 러시아 민간에 퍼져 있는 종교의식, 점, 미신, 예언, 꿈들을 믿는 타티아나는 모순으로 가득 차 있는 알 수 없는 신비한 자연과 저도 모르게 영혼 깊이 연결되어 있다. 타티아나, 러시아의 영혼을 상징하는 러시아 여성이 러시아 남성이면서도 러시아에 낯설어하는 오네긴, 전형적인 러시아 인텔리 남성의 정체를 꿈속에서 가슴으로 저도 모르게 알아차렸을까? *주현절은 예수가 세례를 받은 1월 6일이고 주현일 저녁이란 그 전날 밤. *하녀들이 쳐준 점이 올가와 타티아나의 경우에는 장교남편을 얻게 된다는 점에서 맞아떨어졌다.

타티아나는 옛날부터 민간에 5.
전해 오는 이야기들을 믿었다
또 그녀는 꿈에, 카드 점에,
달의 예언들까지 믿었다
전조들은 그녀를 불안하게 했다
모든 사물들이 그녀에게 다
무엇인가를 비밀스레 예언했다
또 예감은 종종 그녀의 가슴을 죄었다
고양이가 벽난로가에 웅크리고 앉아서
가르랑거리며 발로 얼굴을 닦으면
이는 그녀에게 손님이 찾아온다는
틀림없는 표시였으며, 하늘의 왼쪽에서
양 끝이 뾰족한 초생달이
갑자기 나타나면,

그녀는 창백해지며 몸을 떨었으며, 6.
유성이 깜깜한 하늘에서
날다가 흩어져 떨어지면, 어머머,
타티아나는 당황해서
별이 아직 굴러 떨어지고 있을
동안 서둘러 마음속 바람을
별에게 가만히 속삭였다
어딘가에서 길을 오가다
검은 수도복의 신부를 만나거나
들판 가운데 발 빠른 토끼가
그녀 앞을 가로질러 가면 뭐가
잘못될까 두려워 어쩔 줄 모르거나
슬픈 예감으로 가득 차
벌써 불행을 기다렸다.

---

6. *유성이 날아오는 방향에서 신랑이 나타난다고 한다. *검은 수도복의 신부를 만나거나 토끼가 앞을 가로질러 가면 나쁜 징조라고 한다. 푸슈킨 자신도 1825년 12월 봉기 직전에 페테르부르그로 가려고 했으나 길에서 검은 수도복의 신부와 가로지르는 토끼를 보고 돌아갔다고 한다. 페테르부르그로 갔다면 푸슈킨은 그의 친구들인 젊은 귀족 장교들이 12월 봉기에 가담하는 것을 보고 비록 그들의 생각에 동의하지 않았더라도 참가했을 것이며 12월 봉기가 사전에 누설되어 실패로 돌아간 뒤 그도 시베리아 유형을 당했을 수도 있다.

7. Что ж? Та́йну пре́лесть находи́ла
И в са́мом у́жасе она́:
Так нас приро́да сотвори́ла,
К противуре́чию склонна́.
Наста́ли свя́тки. То́-то ра́дость!
Гада́ет ве́треная мла́дость,
Кото́рой ничего́ не жаль,
Перед кото́рой жи́зни даль
Лежи́т светла́, необозри́ма;
Гада́ет ста́рость сквозь очки́
У гробово́й свое́й доски́,
Всё потеря́в невозврати́мо;
И всё равно́: наде́жда им
Лжёт де́тским ле́петом свои́м.

8. Татья́на любопы́тным взо́ром
На воск пото́пленный гляди́т:
Он чу́дно-вы́литым узо́ром
Ей что́-то чу́дное гласи́т;
Из блю́да, по́лного водо́ю,
Выхо́дят ко́льца чередо́ю;
И вы́нулось коле́чко ей
Под пе́сенку стари́нных дней:
"*Там мужички́-то всё бога́ты,*
Гребу́т лопа́той серебро́;
Кому́ поём, тому́ добро́
И сла́ва!" Но сули́т утра́ты
Сей пе́сни жа́лостный напе́в;
Миле́й *кошу́рка* се́рдцу дев (29).

---

7. *자연은 우리를 그렇게 바로/모순으로 기울도록 만들었으니: 이 부분 역시 소설 한가운데 위치하는데 이 문장은 이 작품의 성격과 직결되어 흥미롭다. 헌시에서 푸슈킨 자신이 작품의 성격을 모순적인 것으로 묘사하고 있고 또 제1장 마지막 연에서 푸슈킨은 모순이 많으나 고치기 싫다고 말한다. 모순을 인간과 자연, 사물 보편의 속성으로 보고 이에 대해 너그러운 유머러스한 거리를 유지하는 것이 푸슈킨 시학의 핵심으로 보인다. *성탄절 주간: 예수 탄생일인 12월 25일부터 세례일인 1월 6일까지의 기간. 이때는 특히 예언이나 주술이 잘 들어맞는다고 여겨졌다.

어쩌리? 그녀는 공포 속에서 바로 7.
비밀이라는 매혹을 찾았으니
자연은 우리를 그렇게 바로
모순으로 기울도록 만들었으니.
성탄절 주간이 다가왔다. 즐거운 날들이!
아무것도 애석해하지 않는, 끝없이
삶의 지평선이 밝고 무한하기만 한,
가볍기가 바람 같기만 한
젊은이들이 미래에 대해 점을 친다
돌이킬 수 없이 모든 것을 잃고 나서
자신의 칠성판 부근에 다가와서
늙은이들도 안경을 쓰고 점을 친다
모두에게 똑같이 희망은
어린애 같은 혀로 거짓을 속삭여 준다.

타티아나는 호기심 어린 시선을 던져 8.
찬물에 부은 양초의 모양을 살핀다
양초는 기이한 모양으로 굳어져
그녀에게 무언가 기이한 것을 말해 준다
물로 가득 찬 큰 접시에서
반지들을 차례로 건져 냈는데
그녀의 반지를 꺼낼 차례에
불려진 가락은 노래 중에서
"**그곳 남자들 다들 부자**
삽으로 파내는 건 다 은이다
우리 노래 듣는 사람 누구나
부와 영광 얻는다"였으나
한탄스런 곡조가 죽음을 예언한다
처녀들 맘에는 **암고양이** 부르는 게 더 좋은데.(29)

---

8. *찬물에 부은 양초: 찬물에 녹은 양초를 부어 굳어지는 모양에 따라 미래를 점쳤다. 양초점에서 타티아나에게는 무엇인가 남다른 기이한 미래가 점쳐졌다. 반지를 꺼내는 점에서는 죽음이 점쳐졌다. 죽음을 넘나드는 사랑을 하는 타티아나에게 잘 맞는 점괘다. 점을 치는 것은 이교도적인 풍습인데 러시아 민간에서 기독교의식과 연결되었다. *푸슈킨이 주석 (29)에서 말하듯이 수고양이가 암고양이를 벽난로에서 자러 가자고 부르는 것은 혼인을 암시한다.

9. Моро́зна ночь; всё не́бо я́сно;
Свети́л небе́сных ди́вный хор
Течёт так ти́хо, так согла́сно...
Татья́на на широ́кий двор
В откры́том пла́тьице выхо́дит,
На ме́сяц зе́ркало наво́дит;
Но в тёмном зе́ркале одна́
Дрожи́т печа́льная луна́...
Чу... снег хрусти́т... прохо́жий; де́ва
К нему́ на цы́почках лети́т
И голосо́к её звучи́т
Нежне́й свире́льного напе́ва:
Как ва́ше и́мя? (30) Смо́трит он
И отвеча́ет: Агафо́н.

10. Татья́на, по сове́ту ня́ни
Сбира́ясь но́чью ворожи́ть,
Тихо́нько приказа́ла в ба́не
На два прибо́ра стол накры́ть;
Но ста́ло стра́шно вдруг Татья́не...
И я — при мы́сли о Светла́не
Мне ста́ло стра́шно — так и быть...
С Татья́ной нам не ворожи́ть.
Татья́на поясо́к шелко́вый
Сняла́, разде́лась и в посте́ль
Легла́. Над не́ю вьётся Лель,
А под поду́шкою пухо́вой
Деви́чье зе́ркало лежи́т.
Ути́хло всё. Татья́на спит.

---

9. *이름이 뭐예요?: 푸슈킨은 주석 (30)에서 "이런 식으로 미래의 신랑을 알게 된다."라고 말한다. 처녀가 주현절 눈 온 날 밤 문밖에 나가 지나가는 행인에게 이름을 물었을 때 그가 대답하는 이름이 나중에 남편이 될 사람의 이름이라고 한다. *아가폰은 매우 러시아적이고 서민적인 이름이다. 시골 귀족 아가씨의 남편의 이름으로도 어울리지 않을 만큼 우스꽝스러울 정도이다. 나중에 타티아나의 남편의 이름일까? 독자는 알 수 없다.
10. *유모들이 러시아 민간의 의식을 귀족 처녀에게 전달하는 경우가 많았다. 목욕

밤은 차디찼다. 하늘은 온통 밝았다 9.
밤별들의 멋진 합창이 그리도
고요하고 조화롭게 흘렀다...
타티아나는 옷을 채 여미지도
않은 채 넓은 마당으로 나와서
떨리는 손으로 거울에 달을 비추니
깜깜한 거울 속에는 파르르하니
슬픈 달만이 떨고 있어서...
가만! 사각 사각... 눈 밟는 소리,
처녀는 발끝으로 다가간다, 날 듯이.
그녀는 목동의 피리소리보다
더 달콤한 목소리로 묻는다,
"**이름이 뭐예요?**"(30) 그는 그녀를
쳐다보고 답한다. "아가폰이오."

타티아나는 유모의 말에 따라서 10.
한밤중에 점을 치려고
목욕탕에 이인분 식사를 차리라고
남모르게 명했다. 그러고 나서
갑자기 타티아나는 무서워졌다...
나도 스베틀라나가 생각나 무서워졌다
아, 할 수 없었다...
같이 점을 칠 수 없게 되었다...
타티아나는 비단 허리띠를 풀고
옷을 벗고 침대로 누웠다
머리 위로 사랑의 신이 날아다니고
깃털 베개 밑에는 거울이 놓였다
모든 것이 고요해졌다
타티아나는 잠들었다.

탕은 따로 지어져 있었다. *나도 스베틀라나가 생각나 무서워졌다: 발라드 「스베틀라나」에서 스베틀라나가 2인분 식사를 차려놓고 촛불 빛에 거울을 비쳐보니 그 안에 일 년 동안 사라졌던 연인이 나타나서 그녀를 업고 그의 무덤으로 간 것을 말한다. *허리띠를 푸는 것은 자신을 자기도 모르는 힘, 예를 들어 악마의 힘에 내맡기는 것을 의미한다. *사랑의 신이 날아다니고: 이 신은 고대 슬라브의 신으로 사랑하는 사람들, 목자들, 그리고 시인들을 보호하는 신이다.

11. И сни́тся чу́дный сон Татья́не.
Ей сни́тся, бу́дто бы она́
Идёт по снегово́й поля́не,
Печа́льной мглой окружена́;
В сугро́бах сне́жных перед не́ю
Шуми́т, клуби́т волно́й свое́ю
Кипу́чий, тёмный и седо́й
Пото́к, не ско́ванный зимо́й;
Две жёрдочки́, склеёны льди́ной,
Дрожа́щий, ги́бельный мосто́к,
Поло́жены через пото́к:
И пред шу́мящею пучи́ной,
Недоуме́ния полна́,
Останови́лася она́.

12. Как на доса́дную разлу́ку,
Татья́на ро́пщет на руче́й;
Не ви́дит никого́, кто ру́ку
С той стороны́ пода́л бы ей;
Но вдруг сугро́б зашевели́лся,
И кто ж из-под него́ яви́лся?
Большо́й, взъеро́шенный медве́дь;
Татья́на ах! а он реве́ть,
И ла́пу с о́стрыми когтя́ми
Ей протяну́л; она́ скрепя́сь
Дрожа́щей ру́чкой оперла́сь
И боязли́выми шага́ми
Перебрала́сь через руче́й;
Пошла́ — и что ж? медве́дь за ней!

11-12. 러시아 민간신앙에서 꿈에서 강을 건너는 것은 결혼하는 것으로, 꿈에서 곰을 보아도 결혼하거나 시집을 가는 것으로 풀이되었다.

기이한 꿈이 타티아나에게 보인다 11.
꿈속에서 그녀는 마치
슬픈 안개에 둘러싸인 채
눈 덮인 벌판을 가는 것 같다
커다란 눈더미들 사이에
겨울추위로도 묶어 버릴 수 없게
들끓는 검푸른 강물이 소리 지르고
세찬 파도로 소용돌이치며 흐르고
얼음으로 연결된 두 긴 막대기,
흔들흔들하는 위험천만한 다리가
강물 위로 놓여 있다. 여기
소리 지르는 심연 앞에 그녀가
온통 어찌할 바를 몰라
우뚝 멈추어 섰다.

안타까운 이별을 원망하듯이 12.
타티아나는 강물을 원망한다
건너편에서 손 내밀어 줄 사람이
아무도 보이지 않는다
갑자기 눈더미 하나가 움직였다. 뭘까?
도대체 누가 그 밑에서 나타났을까?
커다란 털북숭이 곰이었다
타티아나는 아악! 소리쳤다
곰은 그녀에게 으르렁거리며
날카로운 발톱이 달린 길고 큰 발을
내민다. 그녀는 용기를 내어 그 발을
떨리는 손으로 붙잡고 의지하며
두려운 발걸음으로 강을 건너왔다
헌데 어쩌나? 곰이 쫓아온다!

13. Она́, взгляну́ть наза́д не сме́я,
Поспе́шный ускоря́ет шаг;
Но от косма́того лаке́я
Не мо́жет убежа́ть ника́к;
Кряхтя́, вали́т медве́дь несно́сный;
Пред ни́ми лес; недви́жны со́сны
В свое́й нахму́ренной красе́;
Отягчены́ их ве́тви все
Клока́ми сне́га; сквозь верши́ны
Оси́н, берёз и лип наги́х
Сия́ет луч свети́л ночны́х;
Доро́ги нет; кусты́, стремни́ны
Мете́лью все занесены́,
Глубо́ко в снег погружены́.

14. Татья́на в лес; медве́дь за не́ю;
Снег ры́хлый по коле́но ей;
То дли́нный сук её за ше́ю
Заце́пит вдруг, то из уше́й
Златы́е се́рьги вы́рвет си́лой;
То в хру́пком сне́ге с но́жки ми́лой
Увя́знет мо́крый башмачо́к;
То вы́ронит она́ плато́к;
Подня́ть ей некогда́; бои́тся,
Медве́дя слы́шит за собо́й,
И да́же тре́петной руко́й
Оде́жды край подня́ть стыди́тся;
Она́ бежи́т, он всё восле́д:
И сил уже́ бежа́ть ей нет.

그녀는 뒤돌아볼 엄두도 못 내고서 13.
서두르는 발걸음을 더욱 재촉한다
하인처럼 졸졸 따라오는 털짐승에게서
벗어날 길은, 어쩌나, 전혀 없다
지긋지긋한 곰이 신음하며 덮쳐 온다
그들 앞에는 깊은 숲이 있었다
우울한 아름다움을 보이며 미동도 없는,
가지들마다 눈 덩어리들로 잔뜩 눌린
전나무, 사시나무, 자작나무들,
벌거벗은 보리수들, 그 꼭대기 사이로
밤별들이 빛나고 있을 뿐, 눈보라로
관목들도, 골짜기도 다들
눈 속에 깊이 파묻혀 버려서
길이 어딘지 도무지 알 수 없다.

타티아나는 숲으로 들어가고 곰이 뒤따르고 14.
부드러운 눈은 그녀의 무릎까지.
긴 나뭇가지가 목 뒤에서 목걸이까지
휙 걸어 잡아당기기도 하고
귀에서 금귀고리를 힘껏 빼기도 한다
푸석한 눈 속에 젖은 신발이 벗겨져
사랑스러운 발만 빠져나온다
머릿수건이 눈 위로 떨어져
밟혀도 주울 경황이 없다. 무서워!
뒤에 곰의 소리가 들리니 부끄러워
떨리는 손으로 치맛자락을 조금
올리는 것조차도 꺼려진다. 다시금
힘을 내서 달려보는데 곰은 내내 따라온다
이제 이미 달릴 힘도 없다.

15. Упа́ла в снег; медве́дь прово́рно
Её хвата́ет и несёт;
Она́ бесчу́вственно-поко́рна,
Не шевельнётся, не дохнёт;
Он мчит её лесно́й доро́гой;
Вдруг меж дере́в шала́ш убо́гой;
Круго́м всё глушь; отвсю́ду он
Пусты́нным сне́гом занесён,
И я́рко све́тится око́шко,
И в шалаше́ и крик, и шум;
Медве́дь промо́лвил: *здесь мой кум:*
Погре́йся у него́ немно́жко!
И в се́ни пря́мо он идёт,
И на поро́г её кладёт.

16. Опо́мнилась, гляди́т Татья́на:
Медве́дя нет; она́ в сеня́х;
За две́рью крик и звон стака́на,
Как на больши́х похорона́х;
Не ви́дя тут ни ка́пли то́лку,
Гляди́т она́ тихо́нько в щёлку,
И что же ви́дит?.. за столо́м
Сидя́т чудо́вища круго́м:
Оди́н в рога́х с соба́чьей мо́рдой,
Друго́й с пету́шьей голово́й,
Здесь ве́дьма с ко́зьей бородо́й,
Тут о́стов чо́порный и го́рдый,
Там ка́рла с хво́стиком, а вот
Полу-жура́вль и полу-ко́т.

16-17연에서 타티아나는 곰에 의해 예브게니에게 인도되어 귀신들의 우두머리인 예브게니에게 유혹되며 아마도 그와 영혼의 결혼식(그를 진정으로 알게 되고 그를 영원히 사랑하게 된다는 의미에서는 결혼식이지만 그녀가 막연히 상상했던 오네긴과 작별하게 된다는 의미에서는 성대한 장례식이기도 한) 같은 의식, 또 예브게니가 렌스키를 죽이는 것을 꿈속에서 경험한다. 손을 내밀던 곰이 계속 신음하며 쫓아오다가 그녀를 업어서 문지방에 눕히는 것, 마녀의 부엌 같은 오두막집의 소동, 사나

그녀는 눈 속으로 쓰러졌다. 곰은 발로 15.
잽싸게 그녀를 안아서 등에 업고 달린다
그녀는 무감각하게 몸을 맡긴 채로
미동도 않고 숨도 쉬지 않는다
곰은 그녀를 업은 채 숲길로 질주한다
갑자기 나무 사이에 초라한 통나무집이 보인다,
주위는 온통 적막강산이고 사방이
황량한 눈으로 덮인 통나무집이.
작은 창문이 환히 빛나고 집안에선
떠드는 소리, 쿵쿵소리 소란하다
곰이 입을 떼어 말한다.
"**여기 내 대부가 살아. 이 집에서 넌**
몸 좀 녹여 봐!" 하더니 곧장 현관으로
들어가 그녀를 문지방에 눕힌다.

타티아나가 정신을 차려보니, 웬수처럼 16.
따라오던 곰은 없고 그녀만 누워 있다
문 안에서는 성대한 장례식에서처럼
떠드는 소리, 달캉달캉 술잔 소리 울린다
도무지 영문을 알 수가 없어서
문틈으로 몰래 들여다보니, 보이는 게
이게 뭔가? 식탁에 둘러앉은 게
도깨비들이 아닌가. 맙소사,
어떤 놈은 뿔이 나고 개주둥이를 했고,
어떤 놈은 닭대가리가 달렸고,
여기 염소수염이 달린 마귀,
또 거만하고 젠체하는 해골빼다귀,
저기 꼬리 달린 난쟁이, 그리고 또
몸이 반은 학이고 반은 고양이인 괴물.

운 예브게니가 벤치에 그녀를 눕히는 것 등은 그녀가 무의식적으로 육체적 욕구를 느끼고 있다는 점을 보여준다. 여성의 본능적 욕구에 대한 긍정은 푸슈킨의 작품 전반에 걸쳐 나타나는 특징이다. 「가브릴리아다」의 마리야, 「집시」의 젬피라, 「눌린 백작」의 나탈리아, 『폴타바』의 마리야, 「석상손님」의 라우라뿐만 아니라 「안젤로」의 이자벨라나 「석상손님」의 돈나 안나까지도(두 경우에는 본인들이 자각하지 못하고 있다) 느끼고 있는 자연스러운 욕구이다.

17. Ещё страшне́й, ещё чудне́е:
Вот рак верьхо́м на пауке́,
Вот че́реп на гуси́ной ше́е
Верти́тся в кра́сном колпаке́,
Вот ме́льница вприся́дку пля́шет
И кры́льями трещи́т и ма́шет:
Лай, хо́хот, пе́нье, свист и хлоп,
Людска́я молвь и ко́нский топ (31)!
Но что поду́мала Татья́на,
Когда́ узнала́ меж госте́й
Того́, кто мил и стра́шен ей,
Геро́я на́шего рома́на!
Оне́гин за столо́м сиди́т
И в дверь укра́дкою гляди́т.

18. Он знак пода́ст: и все хлопо́чут;
Он пьёт: все пьют и все крича́т;
Он засмеётся: все хохо́чут;
Нахму́рит бро́ви: все молча́т;
Он там хозя́ин, э́то я́сно:
И Та́не уж не так ужа́сно,
И любопы́тная тепе́рь
Немно́го раствори́ла дверь...
Вдруг ве́тер ду́нул, загаша́я
Ого́нь свети́льников ночны́х;
Смути́лась ша́йка домовы́х;
Оне́гин, взо́рами сверка́я,
Из-за стола́ гремя́ встаёт;
Все вста́ли; он к дверя́м идёт.

꿈은 푸슈킨의 작품에서 자주 예고의 의미로 쓰이는데 「눈보라」에서도 마리아 가브릴로브나가 몰래 결혼식을 하려고 집을 떠나기 전날 밤, 신랑 블라디미르가 죽어가는 꿈을 꾼다. 『대위의 딸』에서는 주인공 그리뇨프가 수염이 난 푸가쵸프를 만나기 전에 꿈에 수염이 난 농부를 보는데 그가 갑자기 도끼를 휘둘러 피로 낭자해지는 불길한 꿈을 꾼다.

점점 더 무시무시하고 점점 더 괴상하다 17.
새우가 거미 위에 타고 앉았고
거위 목 위에 해골이 빨간 실내모를 쓰고
얽힌 채로 함께 뱅글뱅글 돈다
풍차가 통통 앉은뱅이 춤을 추고
날개를 퍼드득거리며 흔들어대고
멍멍, 하하호호, 흥얼흥얼 노랫가락,
휘휘 휘파람, 짝짝, 웅얼웅얼, 탈칵탈칵,(31)
온갖 소리 요란한데 손님들 사이에서
그녀에게 사랑스럽고도 무서운 그이가,
즉 우리 소설의 주인공이 앉은 것을 보고서
타티아나는 무슨 생각을 했겠는가!
오네긴은 식탁에 앉아
몰래 문 쪽을 바라본다.

그가 신호를 보내면 모두들 손뼉 치고 18.
그가 마시면 모두들 마시며 소리 지르고
그가 웃음을 터뜨리면 모두들 웃어대고
그가 눈썹을 찌푸리면 모두들 침묵하고
하니 그는 이곳의 주인, 이 점은 분명하다
이제 타냐도 그렇게 무서워하지 않는다
호기심이 많은 그녀가 자,
이제 조금 더 문을 열자....
갑자기 바람이 불어닥치며
등잔의 불을 꺼 버렸다
집 귀신 무리는 당황했다
오네긴은 시선을 번뜩이며
식탁에서 쿵 소리 내며 일어난다
모두들 일어난다. 그가 문으로 온다.

---

17. *풍차: 물방앗간의 풍차 같은 것을 말한다. *짝짝(박수소리), 웅얼웅얼(말소리), 탈칵탈칵(말발굽소리): 이에 붙인 푸슈킨의 주석 (31)에서 이런 단어들이 성공하지 못한 신조어라고 비판받는데 실상 이는 원래 러시아 단어라고 말하며 출전에서 인용하고 있다. 그가 말하는 출전의 하나인 『고대 러시아 시』는 고대 러시아 구전시가 모음집의 하나인 키르샤 다닐로프의 것이다.
18. *집 귀신 무리: 집에 사는 귀신. 모든 집에 귀신이 산다고 여겨졌다.

19. И стра́шно ей; и торопли́во
Татья́на си́лится бежа́ть:
Нельзя́ ника́к; нетерпели́во
Мета́ясь, хо́чет закрича́ть:
Не мо́жет; дверь толкну́л Евге́ний:
И взо́рам а́дских привиде́ний
Яви́лась де́ва; я́рый смех
Разда́лся ди́ко; о́чи всех,
Копы́та, хо́боты кривы́е,
Хвосты́ хохла́тые, клыки́,
Усы́, крова́вы языки́,
Рога́ и па́льцы костяны́е,
Всё указу́ет на неё,
И все крича́т: моё! моё!

20. *Моё!* — сказа́л Евге́ний гро́зно,
И ша́йка вся сокры́лась вдруг;
Оста́лася во тьме моро́зной.
Млада́я де́ва с ним сам-дру́г;
Оне́гин ти́хо увлека́ет (32)
Татья́ну в у́гол и слага́ет
Её на ша́ткую скамью́
И кло́нит го́лову свою́
К ней на плечо́; вдруг О́льга вхо́дит,
За не́ю Ле́нский; свет блесну́л;
Оне́гин ру́ку замахну́л,
И ди́ко он оча́ми бро́дит,
И не́званых госте́й брани́т;
Татья́на чуть жива́ лежи́т.

---

19. 단편 「장의사」(1830)에서 장의사 아드리얀의 꿈에 그의 초대에 응해 나타난 망령들의 모임을 연상시킨다. 이들도 나중에 한꺼번에 아드리얀에게 달려든다.

20. *푸슈킨은 주석 (32)에서 어떤 비평가가 이 시구에서 외설스러움을 본 듯하지만 우리는 이를 이해할 수 없다고 말한다. 이로써 그는 자신의 에로틱한 표현을 부각한다. 이 비평가는 보리스 표도로프로서 1828년 제4장, 제5장이 함께 출판되었을 때 푸슈킨을 비도덕적이고 '외설스럽다'고 비난했었다. 이로써 푸슈킨은 이 시구의 에로티시즘을 강조한다.

타티아나는 무서워졌다. 그래서 19.
서둘러 도망가려 애썼지만
아무래도 안 된다. 초조해져서
몸부림치며 소리 지르고 싶었지만
할 수가 없다. 예브게니가 문을 열어젖혔다.
지옥의 유령들 앞에 처녀가 나타났다
요란한 웃음이 거칠게 울렸고
모두들 눈으로, 발굽으로,
구부러진 코로, 수염으로
털이 일어선 꼬리로,
송곳니로, 핏빛 혓바닥으로,
뿔로, 뼈뿐인 손가락으로,
이 모든 것으로 그녀를 가리키며
일제히 소리 지른다, 내 것, 내 것이야!

내 것이야! 예브게니가 무섭게 말하자 20.
무리 전체가 갑자기 숨어 버렸다
차가운 어둠 속에는 그러자
젊은 처녀와 그만이 단둘이 남았다
오네긴은 가만히 타티아나를
구석으로 끌고 가서(32) 그녀를
흔들거리는 벤치에 눕히고 그대로
자기의 머리를 그녀의 어깨 위로
기울이는데 갑자기 올가가 들어오며
뒤에 렌스키가 따라온다, 불이 켜지고
오네긴은 손을 내젓고
사납게 눈을 굴리며
이 불청객들에게 욕을 한다
타티아나는 거의 죽은 듯이 누워 있다.

21. Спор гро́мче, гро́мче; вдруг Евге́ний
Хвата́ет дли́нный нож, и вмиг
Пове́ржен Ле́нский; стра́шно те́ни
Сгусти́лись; нестерпи́мый крик
Разда́лся... хи́жина шатну́лась...
И Та́ня в у́жасе просну́лась...
Гляди́т, уж в ко́мнате светло́;
В окне́ сквозь мёрзлое стекло́
Зари́ багря́ный луч игра́ет;
Дверь отвори́лась. О́льга к ней,
Авро́ры се́верной але́й
И ле́гче ла́сточки, влета́ет;
"Ну, — говори́т, — скажи́ ж ты мне,
Кого́ ты ви́дела во сне?"

22. Но та, сестры́ не замеча́я,
В посте́ле с кни́гою лежи́т,
За ли́стом лист перебира́я,
И ничего́ не говори́т.
Хоть не явля́ла кни́га э́та
Ни сла́дких вы́мыслов поэ́та,
Ни му́дрых и́стин, ни карти́н;
Но ни Вирги́лий, ни Раси́н,
Ни Скотт, ни Ба́йрон, ни Сене́ка,
Ни да́же Да́мских Мод Журна́л
Так никого́ не занима́л:
То был, друзья́, Марты́н Заде́ка (33),
Глава́ халде́йских мудрецо́в,
Гада́тель, толкова́тель снов.

---

22. *여성패션 잡지: 1797-1838년 사이에 발간되었던 당시의 여성패션을 주도하던 프랑스 잡지 *Journal des dames et des modes*일 것. *마틴 자데카는 가명이다. 푸슈킨은 주석 (33)에서 마틴 자데카는 아무런 예언서를 쓴 적이 없다고 표도로프가 지적한

말다툼 소리 점점 더 커진다. 예브게니, 21.
갑자기 긴 칼을 잡는다. 순식간에 렌스키는
베어졌다. 허깨비들이 무시무시하니
두껍게 뭉쳐가지고 참아낼 수 없는
비명을 지른다... 오두막집이 흔들거린다...
타냐는 무서워 떨며 잠에서 깨어났다...
눈을 떠보니 방안은 이미 환하다
창문에는 얼어붙은 유리창마다
아침노을 붉은 빛이 즐겁게 뛰논다
문이 열렸다. 올가가 그녀에게로
북방의 오로라보다 더 상기된 얼굴로
제비보다 더 날렵하게 날아온다
"자, 내게 말 좀 해 봐,
도대체 꿈에 누굴 본 거야?"

허나 동생도 알아보지 못하고서 22.
그녀는 침대에 책을 들고 누워서
책장만 한 장 한 장 넘긴다
그녀는 아무 말도 하지 않는다
이 책이 비록 시인의 달콤한 착상도
현명한 진리도, 그림을 보여주는 것도
아니지만 베르길리우스도, 라신도,
스콧도, 바이런도, 세네카도,
여성패션 잡지조차도 자,
이렇게까지 사람을 사로잡을 수는
없을 것이네, 친구들이여, 이 책은
바로 가르데야 현자 중의 으뜸이자
예언자이고 꿈 해몽자인
마틴 자데카가 쓴 것이었네.(33)

다고 썼다. 표도로프는 푸슈킨 시대의 작가이자 비평가이다. 자데카의 이름으로 나온 책은 독일이나 스위스의 꿈 해몽 책의 번역이다. *가르데야 현자: 고대동방국가 가르데야(바빌론)의 이름을 따서 점성술사나 예언자를 그렇게 불렀다.

23. Сие́ глубо́кое творе́нье
Завёз кочу́ющий купе́ц
Одна́жды к ним в уедине́нье
И для Татья́ны наконе́ц
Его́ с разро́зненной Мальви́ной
Он уступи́л за три с полти́ной,
В прида́чу взяв ещё за них
Собра́нье ба́сен площадны́х,
Грамма́тику, две Петриа́ды,
Да Мармонте́ля тре́тий том.
Марти́н Заде́ка стал пото́м
Люби́мец Та́ни... Он отра́ды
Во всех печа́лях ей дари́т
И безотлу́чно с не́ю спит.

24. Её трево́жит сновиде́нье.
Не зна́я, как его́ поня́ть,
Мечта́нья стра́шного значе́нье
Татья́на хо́чет отыска́ть.
Татья́на в оглавле́нье кра́тком
Нахо́дит а́збучным поря́дком
Слова́: бор, бу́ря, ве́дьма, ель,
Ёж, мрак, мосто́к, медве́дь, мяте́ль
И про́чая. Её сомне́ний
Марты́н Заде́ка не реши́т;
Но сон злове́щий ей сули́т
Печа́льных мно́го приключе́ний.
Дней не́сколько она́ пото́м
Всё беспоко́илась о том.

---

23. *『말비느』(1800)는 마리아 (소피) 코탱(1770-1807)의 6부작 소설이다. 코탱은 제3장 9연의 역자주석에서도 언급하였다. *페트리아다: 볼테르의 『앙리아드』를 모방하여 18세기풍으로 알렉산드르 그루진초프가 만든 표트르 대제에 대한 역사물(1812)과 세르기이 시호마토프가 쓴 8개의 노래로 된 표트르 대제에 대한 서정시(1810) 또는 에르. 슬라드코프스키의 6개의 노래로 된 표트르 대제에 대한 영웅서사시(1803) 중에 하나인 듯하다. *마르몽텔 전집의 제3권에 『우정의 학교』가 들어 있다. 그 여주인공은 델피느이다. 마르몽텔(1723-1799) 전집은 1787년에 17권으로 나왔는데 상당히 비도덕적이었지만 매우 인기가 높았다고 한다. 제3권은 1761년 출판되었다. 카람진이 번역한 것일 수도 있다. 델피느는 자존심이 강하고 행동이 당시의

이 심오한 창작물을 가져온 사람은 23.
외떨어진 그들에게 가끔 어쩌다
찾아오던 보따리장사였는데 그는
타티아나에게 지지난 봄엔가
한참 실랑이한 끝에 이 책을
권수가 모자라는 말비느를
끼워 주는 조건으로 마침내
양도했다, 3루블 반에. 참 내,
싸기도 해라! 하다가 그는 뻿다시피
외설 우화집에 페트리아다 두 권,
문법책 한 권, 마르몽텔 제3권을
덤으로 챙겨 갔다. 그때부터 보다시피
자데카는 타냐의 총아, 모든 슬픔 속에서도
기쁨을 주었고, 잘 때도 그녀를 떠나지 않았다.

꿈이 그녀를 불안하게 한다 24.
꿈을 어떻게 이해해야 할 줄 몰라서
타티아나는 무서운 꿈의 의미를 어서
찾아서 알아내고 싶다
타티아나는 짧은 목차에서
가나다순으로 해서
고슴도치, 곰, 눈보라, 다리,
숲, 어둠, 전나무, 폭풍, 허깨비 무리
등등을 찾아본다. 그녀의 의혹은
마틴 자데카도 해결할 수 없을 듯.
허나 불길한 꿈은 그녀에게 많은
슬픈 사건들을 예고한 듯
이후 며칠 동안 그녀는
내내 그것에 대해 불안해했다.

관례에 어긋난다는 점에서 타티아나와 비슷한 데가 있다. 푸슈킨의 서재에는 마르몽텔 전집 18권(1818-1819)(그가 가진 전집이 출판된 연도)이 다 있었다고 한다.

24. *꿈풀이 책의 목차에서 타티아나가 찾아보는 사항들은 번역에서 가나다순에 맞추느라 원문의 순서와 약간 다르다. 푸슈킨은 정확하게 러시아 알파벳의 순서에 따라 나열하지 않았다. 타티아나가 불안해서 꿈의 의미를 어서 찾아서 알아내고 싶어서 찬찬히 순서대로 찾지 않고 고슴도치처럼 털을 세운 괴물 등을 급하게 찾느라 해서 그럴 수도 있다. 타티아나가 점을 치려고 하다가 꿈을 꾸고 나서 명명일 파티

25. Но вот багря́ною руко́ю (34)
Заря́ от у́тренних доли́н
Выво́дит с со́лнцем за собо́ю
Весёлый пра́здник имяни́н..
С утра́ дом Ла́риных гостя́ми
Весь по́лон; це́лыми семья́ми
Сосе́ди съе́хались в возка́х,
В киби́тках, в бри́чках и в саня́х.
В пере́дней толкотня́, трево́га;
В гости́ной встре́ча но́вых лиц,
Лай мо́сек, чмо́канье деви́ц,
Шум, хо́хот, да́вка у поро́га,
Покло́ны, ша́рканье госте́й,
Корми́лиц крик и плач дете́й.

26. С свое́й супру́гою доро́дной
Прие́хал то́лстый Пустяко́в;
Гвозди́н, хозя́ин превосхо́дный,
Владе́лец ни́щих мужико́в;
Скоти́нины, чета́ седа́я,
С детьми́ всех во́зрастов, счита́я
От тридцати́ до двух годо́в;
Уе́здный фра́нтик Петушко́в,
Мой брат двою́родный, Буя́нов,
В пуху́, в карту́зе с козырько́м (35)
(Как вам, коне́чно, он знако́м),
И отставно́й сове́тник Фля́нов,
Тяжёлый спле́тник, ста́рый плут,
Обжо́ра, взя́точник и шут.

가 12일에 있는 것으로 봐서 일주일 정도 꼬박 불안해한 것이다.

25. *아침노을이 붉은 손길로: 푸슈킨은 주석 (34)에서 로마노소프(1711-1765)의 「1748년 엘리자베타 페트로브나 여황제가 옥좌에 오르신 날에 대한 송가」의 시작 부분을 조금 인용하고 나머지는 '등'으로 처리하며 이 시의 패러디라고 말한다.

26. 명명일 파티의 묘사에서도 제7장 모스크바의 사교계 모임과 제8장의 오네긴이 다시 타티아나를 만나는 페테르부르그 사교계모임의 묘사에서처럼 푸슈킨은 여기에 모인 인간 군상들을 하나하나 자세히 묘사한다. 이름이 그들의 성격을 나타내기에 번역에서 그것을 살려 보았다. 예를 들어 농업의 생산성을 높이기보다는 자신의 농노를 착취하여 수입을 올리려는 그보즈딘은 송곳이라고 별명을 붙였다.

허나 이제 아침노을이 붉은 손길로(34) 25.
새벽의 골짜기로부터 자기 뒤로
태양을 데리고 타티아나의 즐겁고
명랑한 명명일을 꺼내 오고...
아침부터 라린 가(家)는 온통 손님들로
가득 찼다. 이웃의 온 가족들이
상자마차로, 포장마차로,
반개마차로, 썰매로 달려왔으니.
현관 앞에는 북적북적 우왕좌왕,
객실에는 처음 만나는 사람들의 인사소리,
강아지 짖는 소리, 소녀들의 입맞춤소리,
왁자지껄, 하하호호, 문지방은 이왕
터질 지경인데 손님들의 절과 거동은 꽤나
느리고 유모들 야단하고 아이들 울어대네.

뚱뚱한 아내를 동반하는 26.
뚱뚱한 건깡깽이 푸스탸코프에 이어
뛰어난 지주이자 걸식하는
농노들의 소유자인 송곳 그보즈딘, 연이어
서른 살에서 두 살까지, 원 참,
모든 나이의 아이들을 가진 한참
백발의 짐승 스코티닌 부부,
군에서 제일가는 멋쟁이 수탉 페투슈코프,
온몸에 베개 털, 챙 달린 모자,
(여러분들도 물론 잘 아는 그 꼬라지)
바로 내 사촌 말썽꾼 부야노프(35), 또 뭐든지
부풀려 허풍을 떠는 늙은 사기꾼이자
걸귀에다 뇌물 좋아하는 광대,
퇴역한 참사관 빈둥이 플랴노프가 도착했다.

푸슈킨이 작품에 사용하는 이름은 김희숙이 역서 『스페이드의 여왕』(문학과지성사, 1997)에서 『벨킨 이야기』 중 「눈보라」를 해설하며 그 이름 속에 이미 '폭풍(burja)'이 들어 있는 "부르민은 눈보라로 구체화되는 운명의 힘의 도구"라고 환기하듯이 작품의 의미구조에 중요한 역할을 한다. *내 사촌 말썽꾼 부야노프: 푸슈킨은 주석 (35)에서 「위험한 이웃」(1811)에 나오는 방탕한 주인공으로 소개한다. 「위험한 이웃」은 푸슈킨의 백부인 바실리 르보비치 푸슈킨(1766-1830)의 짧은 서사시이다. 백부의 작품에 나오는 가상의 인물을 푸슈킨은 사촌이라고 장난스럽게 표현하고 있다.

27. С семьёй Панфи́ла Харлико́ва
Прие́хал и мосье́ Трике́,
Остря́к, неда́вно из Тамбо́ва,
В очка́х и в ры́жем парике́.
Как и́стинный францу́з, в карма́не
Трике́ привёз купле́т Татья́не
На го́лос, зна́емый детьми́:
Réveillez-vous, belle endormie.
Меж ве́тхих пе́сен альмана́ха
Был напеча́тан сей купле́т;
Трике́, дога́дливый поэ́т,
Его́ на свет яви́л из пра́ха,
И сме́ло вме́сто belle Nina
Поста́вил belle Tatiana.

28. И вот из бли́жнего поса́да
Созре́вших ба́рышень куми́р,
Уе́здных ма́тушек отра́да,
Прие́хал ро́тный команди́р;
Вошёл... Ах, но́вость, да кака́я!
Музы́ка бу́дет полкова́я!
Полко́вник сам её посла́л.
Кака́я ра́дость: бу́дет бал!
Девчо́нки пры́гают зара́не (36);
Но ку́шать по́дали. Чето́й
Иду́т за стол рука́ с руко́й.
Тесня́тся ба́рышни к Татья́не;
Мужчи́ны про́тив; и, крестя́сь,
Толпа́ жужжи́т, за стол садя́сь.

---

27. *「깨어나라, 아름다운 여인이여」는 두프레스니(1648-1724)의 서정시를 그랑발이 작곡하여 널리 알려져 있었다. 17세기 말에 유행하던 노래로 이 소설의 시간인 19세기 초에는 너무나 잘 알려진 옛 노래인 셈이다. 그래서 트리케가 이 노래를 함으로써 자신을 더욱 우스꽝스럽게 만든다. 가사는 타티아나에게 꿈 깨라는 의미가 될 수 있겠다. 차이코프스키의 오페라 『예브게니 오네긴』에서 트리케가 부르는 노래는 이 노래가 아니라 19세기 초의 프랑스 가곡 「Dormez, dormez chers amours」〔뷰플랑(Beauplan)의 시〕이다.

얼마 전 탐보프에서 온 풍자시인 무슈 트리케, 27.
안경 자시고 붉은 가발 쓰고
난쟁이 판필 하를리코프네
가족과 함께 이제 막 도착했고.
진짜 프랑스 남자로서 무슈 트리케는
주머니에 어린애들도 다 아는 곡조인
깨어나라, 아름다운 여인이여에
맞춰 부를 시를 넣어 가지고 왔는데
이 프랑스 시는 잡지에 실렸던 것,
낡은 노래시들 가운데서 베낀 시구들,
통찰력 있는 시인 트리케는 이 시를
먼지로부터 빛을 보게 했던 것,
용감하게도 **아름다운 니나** 대신
아름다운 타티아나라고 고쳐서.

이웃고 가까운 군대 주둔지인 28.
○○○지구에서 성숙한 아가씨들의 우상이자
이 고장 어머니들의 큰 기쁨인
중대지휘관이 도착했다. 자
그가 들어와서... 전하는 굉장한 뉴스, 아!
연대의 군악대가 올 것이라고.
연대장이 직접 보냈다고.
무도회가 열린다고, 아이 좋아라!
여자애들은 미리부터 깡충깡충 뛴다(36)
허나 식탁이 준비되니 모두들 그리로 간다,
짝을 지어서 손에 손을 잡고.
아가씨들은 타티아나에게로 몰려오고
남자들은 맞은쪽이다. 모두들 식탁에 앉아
성호를 긋고 웅웅거린다.

---

28. *여자애들은 미리부터 깡충깡충 뛴다: 푸슈킨은 여기에 "진정으로 여성을 존경하는 우리의 비평가들은 이 시구의 점잖지 못함을 강하게 비판하였다."라고 주석 (36)에서 거창하게 언급하는데 이는 제4장 41연에서 오두막에서 노래하며 실을 잣는 처녀에 붙인 주석 (23)에서 그가 "조금 뒤에 나오는 귀족 아가씨들이 여자애들이라고 불려진 반면에 시골 여자아이를 어떻게 처녀라고 부를 수 있는지 잡지에서 놀라워했다."에 연결되는 것이다. 제4장 41연의 역자주석을 보시오.

29. На миг умо́лкли разгово́ры;
Уста́ жую́т. Со всех сторо́н
Гремя́т таре́лки и прибо́ры
Да рю́мок раздаётся звон.
Но вско́ре го́сти понемно́гу
Подъе́млют о́бщую трево́гу.
Никто́ не слу́шает, крича́т,
Смею́тся, спо́рят и пища́т.
Вдруг две́ри на́стежь. Ле́нский вхо́дит,
И с ним Оне́гин. "Ах, творе́ц! —
Кричи́т хозя́йка: — Наконе́ц!"
Тесня́тся го́сти, всяк отво́дит
Прибо́ры, сту́лья поскоре́й;
Зову́т, сажа́ют двух друзе́й.

30. Сажа́ют пря́мо про́тив Та́ни,
И, у́тренней луны́ бледне́й
И тре́петней гони́мой ла́ни,
Она́ темне́ющих оче́й
Не подыма́ет: пы́шет бу́рно
В ней стра́стный жар; ей ду́шно, ду́рно;
Она́ приве́тствий двух друзе́й
Не слы́шит, слёзы из оче́й
Хотя́т уж ка́пать; уж гото́ва
Бедня́жка в о́бморок упа́сть;
Но во́ля и рассу́дка власть
Превозмогли́. Она́ два сло́ва
Сквозь зу́бы мо́лвила тишко́м
И усиде́ла за столо́м.

---

29. *찬찬찬 술잔 부딪히는 소리: 작은 술잔으로 아마도 보드카나 포도주를 건배해 가며 마시는 것 같다. 이 장의 16연에서 곰의 대부인 오네긴이 주인인 오두막의 귀신무리들의 식탁에서는 큰 유리잔들이 부딪히며 달캉달캉 울리는 소리가 났었다.
*'오 주여! 왔군요, 드디어!': 오네긴과 렌스키는 파티에 좀 늦게 도착하는데 라린 부인이 '오 주여! 왔군요, 드디어!'라고 하는 것으로 보아 그들을 몹시 기다린 것을 알 수 있다.

순식간에 멈춘 대화. 입들이 무지 29.
바쁘니 들리는 건 오로지
갖가지 그릇이 달그락거리는 소리,
연신 찬찬찬 술잔 부딪히는 소리.
허나 금새 손님들은 점차로
다시 온통 떠들썩해진다
아무도 서로에게 귀 기울이지 않고
빽빽 소리 지르고 말다툼하고 웃어댄다
갑자기 문이 활짝 열렸다. 렌스키가 들어오고
오네긴도 같이 왔다. "오, 주여!" —
여주인이 외친다 — "왔군요, 드디어!"
손님들은 모두들 조금씩 좁혀 앉고
접시와 의자를 재빨리 옆으로 움직여
자리를 만들어 두 친구를 불러 앉힌다.

앉힌 곳은 타티아나의 바로 맞은편, 30.
아침 달보다 더 창백하고
쫓기는 사슴보다 더 떠는 편
그녀는 깜깜해지는 두 눈을 내리깔고
겨우 서 있다. 속에선 정열의 불길이 마구
폭풍처럼 인다. 숨이 막히고 어지럽다, 막.
그녀에게는 두 친구의 인사말이
전혀 들리지 않는다. 두 눈에선 벌써 눈물이
막 떨어지려 한다. 불쌍한 여자는
이미 기절해 쓰러질 지경, 어쩌나,
그녀의 의지와 이성의 힘이 허나
이를 극복했다. 그녀는 들릴락 말락 하는
인사말 두 마디를 잇새로
조용히 말한 다음 식탁에 앉았다.

31. Траги́-нерви́ческих явле́ний,
Деви́чьих о́бмороков, слёз
Давно́ терпе́ть не мог Евге́ний:
Дово́льно их он перенёс.
Чуда́к, попа́в на пир огро́мный,
Уж был серди́т. Но, де́вы то́мной
Заме́тя тре́петный поры́в,
С доса́ды взо́ры опусти́в,
Наду́лся он и, негоду́я,
Покля́лся Ле́нского взбеси́ть
И уж поря́дком отомсти́ть.
Тепе́рь, зара́не торжеству́я,
Он стал черти́ть в душе́ свое́й
Карикату́ры всех госте́й.

32. Коне́чно, не оди́н Евге́ний
Смяте́нье Та́ни ви́деть мог;
Но це́лью взо́ров и сужде́ний
В то вре́мя жи́рный был пиро́г
(К несча́стию, пересолённый);
Да вот в буты́лке засмолённой,
Ме́жду жарки́м и блан-манже́,
Цимля́нское несу́т уже́;
За ним строй рю́мок у́зких, дли́нных,
Подо́бно та́лии твое́й,
Зизи́, криста́лл души́ мое́й,
Предме́т стихо́в мои́х неви́нных,
Любви́ прима́нчивый фия́л,
Ты, от кого́ я пьян быва́л!

---

31. *처녀들의 기절: 기절은 당시 18세기부터 유행처럼 나타났다. 푸슈킨의 다른 작품에도 기절은 가끔 나타난다. 예를 들어 단편소설집 『벨킨 이야기』에 들어 있는 「역참지기」나 「발사」에서도 기절이 나오는데 여성들은 매우 놀라거나 자신의 처지가 곤란할 때 기절한다. 앞 연에서 보듯이 타티아나의 경우에는 정말 그녀가 기절할 지경이었으나 의지와 이성의 힘으로 이를 극복한다.

32. *여기서 말하는 만두는 이스트 반죽에 여러 가지 소를 넣어 만든 요리로 러시아

비극증적-신경증적 현상들, 31.
처녀들의 기절, 눈물 따위들을
예브게니는 오래전부터 참아낼 수 없었다
그는 그것들을 참을 만큼 참아 주었던 것이다
이 괴짜는 커다란 연회에 부딪히게 되자
이미 짜증이 났는데 처녀의 못 견디게
괴로운 듯한 몸을 떠는 열정을 알아차리자
유감스러워 눈을 내리깐 채 시무룩하게
화가 올라 있었다. 그는 분노를 누르면서
렌스키가 분노로 미친 듯이 날뛰게, 음,
된통 복수해 주리라 맹세한 다음
미리 승리의 쾌재를 부르면서
모든 손님들의 캐리커처를
머릿속으로 그리기 시작했다.

타냐의 당황한 모습을 본 사람은 32.
물론 예브게니 혼자만이 아니었다
허나 이때 시선과 판단의 목표는
기름진 고기만두였다
(불행하게도 너무 짰다)
고기요리가 끝나고 크림젤리
후식이 나오기 전에 이미
송진으로 봉한 병에 치믈랸스코예가 나왔다
병 뒤에 열을 지은 좁고 긴 술잔들,
그대의 허리를 닮은 술잔들,
지지, 내 영혼의 크리스털이여,
내 무구한 시의 대상이여,
매혹적인 술잔, 사랑의 술잔이여!
나 그대 때문에 종종 취하곤 했었지!

인들이 매우 좋아하는 민속음식이다. *치믈랸스코예 샴페인은 돈 지방의 샴페인으로 가격이 외국산 샴페인보다 저렴했다. 제1장에서 오네긴은 혜성주를 마셨고 제4장에서는 렌스키와 함께 모에를 마셨다. *지지는 푸슈킨이 미하일로프스코예에 머물렀을 때(1824-1826) 이웃영지 트리고르스코예에 살던 오시포프-불프의 세 딸 중의 하나인 예브프락시야 니콜라예브나 불프(1810-1883)이다. *좁고 긴 술잔: 허리가 잘록하고 길고 날씬한 샴페인 잔.

33. Освободя́сь от про́бки вла́жной,
Буты́лка хло́пнула; вино́
Шипи́т; и вот с оса́нкой ва́жной,
Купле́том му́чимый давно́,
Трике́ встаёт; пред ним собра́нье
Храни́т глубо́кое молча́нье.
Татья́на чуть жива́; Трике́,
К ней обратя́сь с листко́м в руке́,
Запе́л, фальши́вя. Пле́ски, кли́ки
Его́ приве́тствуют. Она́
Певцу́ присе́сть принуждена́;
Поэ́т же скро́мный, хоть вели́кий,
Её здоро́вье пе́рвый пьёт
И ей купле́т передаёт.

34. Пошли́ приве́ты, поздравле́нья;
Татья́на всех благодари́т.
Когда́ же де́ло до Евге́нья
Дошло́, то де́вы то́мный вид,
Её смуще́ние, уста́лость
В его́ душе́ роди́ли жа́лость:
Он мо́лча поклони́лся ей,
Но ка́к-то взор его́ оче́й
Был чу́дно не́жен. Оттого́ ли,
Что он и впра́вду тро́нут был,
Иль он, коке́тствуя, шали́л,
Нево́льно ль иль из до́брой во́ли,
Но взор сей не́жность изъяви́л:
Он се́рдце Та́ни оживи́л.

---

34. 명명일 파티에서의 오네긴의 행동은 여러 가지 추측을 가능하게 한다. 페테르부르그 생활에서 권태를 느끼고 여러 가지 쓴 경험으로 인하여 세상 사람들이 싫고 사는 것이 지루하고 의미를 찾을 수 없어 방황하다가 시골로 와서 타티아나와 올가, 그리고 과거의 자신의 모습도 일부 생각나게 하는 렌스키도 만나게 되었다. 예전에 그는 타티아나의 사랑을 거절했다. 사랑에 열리지 않았고 인간에게 열리지 않았고 자신 속에만 머무르며 어찌 살아야 될지도 모르는 상태에서 결혼이라는 것의 일상적 궤도와 그 지루함에 대해서만 생각했기 때문이었다. 명명일 파티에서 타티아나가 그

축축한 마개에서 해방되면서 33.
펑 소리 높더니 치믈랸스코예,
쉬쉭거리고 저기 아까부터 벌써
시구 때문에 답답해 못 견디던 트리케,
젠체하며 일어난다. 그 앞에
군중들은 깊은 침묵을 지킨다
타티아나는 거의 죽을 듯했다
종잇장을 손에 든 트리케,
그녀를 향해서 가락도 안 맞는
노래를 한 곡조 뽑았다. 사람들은
박수 치고 휘파람 불고, 야아! 그녀는
이 가수 옆에 앉아야 했다. 시인은
비록 위대하나 겸손해서 첫 번째로
건배한 후 그녀에게 시구를 건네준다.

인사와 축하가 이어진다 34.
타티아나는 모두에게 감사한다
예브게니 차례가 되니
처녀의 괴로운 모습이
그녀의 당황함이, 지친 모습이
그의 마음속에 동정을 불러일으켰다
그는 말 없이 그녀에게 절했다
허나 그의 시선은 어쩐 일인지
놀랄 만큼 다정했다. 진정으로 감동해서인지
일부러 꾸미며 장난을 하는 건지
저절로 그렇게 되어서인지,
아니면 선의에서 그런 건지
알 수 없으나 이 시선은 정말 다정했고
그것은 타냐의 심장을 살아나게 했다.

녀의 편지에서 바랐듯 타티아나에게 시선을 보내, 그것도 놀랄 만큼 다정한 시선을 보내서 그녀의 심장을 살아나게 했으면서도 올가를 유혹하는 것은 자신은 가지지 못한, 렌스키의 순진한 사랑과 결혼에 대한 긍정적인 확신에 대한 부러움과 그것을, 그것의 허구를 파괴하려는 심사, 그리고 그를 사랑하는 타티아나를 좋아하면서도 그녀의 사랑과 그녀와의 결혼을 거절한 자신이 타인에 대한 아무런 배려 없이 여자를 유혹하고 순간을 즐기는 그런 남자라는 것을 스스로에게 그리고 타티아나에게 인식시키려는 복잡한 마음에서 나온 것으로 보인다. 세상은 결혼을 하고 사랑을 하

35. Гремя́т отдви́нутые сту́лья;
Толпа́ в гости́ную вали́т:
Так пчёл из ла́комого у́лья
На ни́ву шу́мный рой лети́т.
Дово́льный пра́здничным обе́дом
Сосе́д сопи́т перед сосе́дом;
Подсе́ли да́мы к камельку́;
Деви́цы ше́пчут в уголку́;
Столы́ зелёные раскры́ты:
Зову́т задо́рных игроко́в
Босто́н и ло́мбер старико́в,
И вист, доны́не знамени́тый,
Однообра́зная семья́,
Все жа́дной ску́ки сыновья́.

36. Уж во́семь ро́бертов сыгра́ли
Геро́и ви́ста; во́семь раз
Они́ места́ переменя́ли;
И чай несу́т. Люблю́ я час
Определя́ть обе́дом, ча́ем
И у́жином. Мы вре́мя зна́ем
В дере́вне без больши́х суе́т:
Желу́док — ве́рный наш бреге́т;
И к ста́те я заме́чу в ско́бках,
Что речь веду́ в мои́х строфа́х
Я столь же ча́сто о пира́х,
О ра́зных ку́шаньях и про́бках,
Как ты, боже́ственный Оми́р,
Ты, тридцати́ веко́в куми́р!

며 살아야 할 만한 곳이 아니라는 것을 스스로에게 확신시키듯 그는 그렇게 행동했다. 아, 불쌍한 오네긴! 이후 그는 렌스키와의 결투를 피하고 싶었으나 피하지 못했고 결국 렌스키를 죽인 것은 그에게 큰 충격이자 인생관을 전환하는 계기가 된다. 여행을 하다가 돌아와 타티아나를 보고 비로소 그는 자신이 원하는 것을 알게 되었

의자들 미는 소리 요란하다 35.
무슨 벌떼가 벌집에서 내몰렸나 싶게,
떼지어 붕붕 들판으로 날아가나 싶게
사람들이 객실로 몰려간다
이웃들은 잔치음식에 만족했고
이제 마주 보며 부른 배로 식식거리고
부인들은 벽난로가로 앉고
처녀들은 구석에서 소근거리고
초록색 탁자들이 펼쳐지고
걸핏하면 다투는 도박꾼들을 부르고
옛날같이 보스톤과 롬베,
아직까지 유명한 휘스트, 내내
똑같은 이 가족들, 탐욕스런 권태의
이 모든 아들들이 등장한다.

휘스트의 영웅들은 벌써 여덟 번 36.
자리를 옮겨 앉으며 여덟 번
로베르트를 쳤다. 이제 차가
나온다. 나는 식사, 차,
밤참에 따라 시간 맞추기를
좋아한다. 시골에서 별 번잡 떨지 않고
그저 배를 믿을 만한 브레게 시계라고
믿으며 별 탈 없이 살았던 시절을
그리워한다. 게다가 잠깐 괄호 쳐서
말하고 싶은 것은, 내가 잔치나
요리나 술병마개를 내 시구들 속에서
이토록 자주 언급한다는 것, 언제나
그대처럼, 신성한 호메로스여,
그대, 삼천 년의 우상이여!

고 그녀의 사랑을 구하고 그녀의 마음을 확인하고 그녀의 사랑에 답하고 싶었으나 이미 때는 늦는다.

35. *보스톤, 롬베, 휘스트: 카드게임

36. *로베르트: 세 판 단위로 계산하는 카드게임의 세 판. 새로 세 판이 시작할 때 자리를 바꿔 앉는다.

37. Но чай несут: девицы чинно
38. Едва за блюдечки взялись,
39. Вдруг из-за двери в зале длинной
Фагот и флейта раздались.
Обрадован музыки громом,
Оставя чашку чаю с ромом,
Парис окружных городков,
Подходит к Ольге Петушков,
К Татьяне Ленский; Харликову,
Невесту переспелых лет,
Берёт тамбовский мой поэт,
Умчал Буянов Пустякову,
И в залу высыпали все,
И бал блестит во всей красе.

40. В начале моего романа
(Смотрите первую тетрадь)
Хотелось вроде мне Альбана
Бал петербургский описать;
Но, развлечён пустым мечтаньем,
Я занялся воспоминаньем
О ножках мне знакомых дам.
По вашим узеньким следам,
О ножки, полно заблуждаться!
С изменой юности моей
Пора мне сделаться умней,
В делах и в слоге поправляться,
И эту пятую тетрадь
От отступлений очищать.

---

37. 38. 39. 오네긴의 시대에 무도회는 폴로네즈로 시작되어 왈츠, 마주르카, 코티용 순서로 진행되었다. 『예브게니 오네긴』에서 폴로네즈가 한 번도 언급되지 않은 것은 의미심장하다. 페테르부르그에서 저자는 무도회 군중들이 마주르카에 열중하는 순간, 즉 축제의 절정에 있는 무도회장으로 독자를 이끄는데 이는 오네긴이 당시 최신 유행 행동 방식에 따라 무도회에 늦게 나타났던 것을 강조한다(제1장 28연). 여기 라린 가의 무도회에서는 폴로네즈가 생략되고, 왈츠가 첫 번째 춤이다. *파리스: 그리스 신화에 나오는 트로이의 왕자. 빼어난 미남으로서 스파르타의 왕비 헬레네를 빼앗아 감으로써 트로이 전쟁을 일으켰다. 푸슈킨은 아이러니하게 시골 멋쟁이 수탉 페투슈코프를 파리스에 비유하고 있다.

자, 차가 나온다. 얌전을 빼면서 37.
처녀들은 찻잔을 살짝 잡고 있다 38.
갑자기 긴 홀의 입구에서 39.
파곳과 플루트가 울린다
음악소리에 하도 기뻐서
럼을 탄 차도 팽개치고서
이 근방에서 파리스로 이름난 그이,
수탉 페투슈코프가 올가에게 다가가니
타티아나에게는 렌스키가 다가간다
하를리코프에게는 탐보프의 내 시인이
농익은 신붓감을 데려다 주니
부야노프는 푸스탸코프 부인을 끌고 간다
모두들 홀 안쪽으로 쏟아져 들어가니
무도회는 그야말로 아름답게 빛난다.

내 소설의 시작부분에서 40.
(제1장을 보시라, 무척 앞이긴 하나)
나는 알바니의 화풍으로써
페테르부르그의 무도회를 그리려 했었으나
쓸데없는 공상에 정신이 팔려서
아는 여인들의 발을 머릿속에서
다시 기억하느라 바빴다
오, 발이여, 날씬한 자취들마다
쫓아다니느라 길을 잃는 일은
이제 그만! 내 청춘이 나를 배반하니
이제 좀더 현명해질 때가 왔으니
내용과 운율을 수정하는 일,
이 제5장을 일탈로부터 청산하는 일,
그것이 지금 내가 할 일이다.

---

40. *알바니: 18세기부터 널리 알려져 러시아에서 유행하던 이탈리아 화가 프란체스코 알바니(1578-1660)를 말함. 그는 신화에 나오는 아름다운 신이나 인물들을 목가적인 자연풍경을 배경으로 그렸고 당시 토르쿠아토 타소의 작품들에 넣는 삽화를 그리기도 했다. 아폴로가 메르쿠리우스와 자연 풍경을 배경으로 나체로 이야기하는 1623년경의 그림이나 1620-30년에 그려진 포동포동한 작은 큐피드들이 10명가량 나체로 나무 아래, 나뭇가지 위에, 그리고 구름 위에 어머니와 함께 있는 그림이 널리 알려져 있다. 사실화는 아니고 상상화인데 매우 밝고 사랑스런 그림들이다.

41. Однообра́зный и безу́мный,
Как ви́хорь жи́зни молодо́й,
Кружи́тся ва́льса ви́хорь шу́мный;
Чета́ мелька́ет за чето́й.
К мину́те мще́нья приближа́ясь,
Оне́гин, вта́йне усмеха́ясь,
Подхо́дит к О́льге. Бы́стро с ней
Верти́тся о́коло госте́й,
Пото́м на стул её сажа́ет,
Заво́дит речь о том, о сём;
Спустя́ мину́ты две пото́м
Вновь с не́ю вальс он продолжа́ет;
Все в изумле́нье. Ле́нский сам
Не ве́рит со́бственным глаза́м.

42. Мазу́рка раздала́сь. Быва́ло,
Когда́ греме́л мазу́рки гром,
В огро́мной за́ле всё дрожа́ло,
Парке́т треща́л под каблуко́м,
Трясли́ся, дребезжа́ли ра́мы;
Тепе́рь не то́: и мы, как да́мы,
Скользи́м по ла́ковым доска́м.
Но в города́х, по деревня́м
Ещё мазу́рка сохрани́ла
Первонача́льные красы́:
Припры́жки, каблуки́, усы́
Всё те же: их не измени́ла
Лиха́я мо́да, наш тира́н,
Неду́г нове́йших россия́н.

---

41. 왈츠를 푸슈킨은 "한결같이 미친 듯이"라고 부른다. 이러한 형용어는 춤추는 사람들의 감정만을 의미하는 것이 아니다. '한결같이'라는 말은 이 시기에 독무와 새로운 모습들을 고안하는 것이 특징이었던 마주르카와는 달리, 춤놀이인 코티용과는 더더욱 달리, 왈츠가 똑같이 계속해서 반복되는 동작들로 이루어졌기 때문이다. 단조로움의 느낌은 왈츠를 지금처럼 3보가 아니라 2보로 추었기 때문에 더욱 강했다. '미친 듯이'라고 왈츠를 정의하는 것은 다른 의미를 지니고 있다. 1820년대에 왈츠는 보편적인 확산에도 불구하고 지나치게 자유로운 춤이라는 평판을 얻었다.

청춘의 회오리가 치듯이 41.
끝없이 한결같이 미친 듯이
왈츠의 시끌시끌한 회오리가 돌아간다
한 쌍 한 쌍 어른어른 지나간다
복수의 순간에 다가가면서
오네긴은 몰래 속으로, 으흐흐,
웃으며 올가에게 다가가 손님들 근처에서
그녀와 빠르게 한 바퀴 돌고 난 후
그녀를 만지며 의자에 앉힌다
그녀와 이런저런 이야기를 나누다가
한 이 분쯤 함께 활짝 웃다가
다시 그녀와 왈츠를 계속 춘다
모두들 놀란다. 렌스키 자신도
자기의 두 눈을 믿을 수 없다.

마주르카가 울렸다. 예전엔 42.
마주르카의 뇌성이 울리면
커다란 홀의 모든 것이 떨었고
마룻바닥이 뒤축 아래 쩡쩡 갈라졌고
창틀들이 덜컹덜컹 흔들거렸다
지금은 다르다. 우리도 여인들처럼 이제는
래커 칠한 마룻판 위를 미끄러진다
허나 소도시나 시골에서는
아직도 마주르카가 원래의
아름다움을 간직하고 있어서, 뛰어오르기,
구두 뒤축, 날리는 수염, 이 모든 것이
여전하다. 최근 러시아인들의
병이자 폭군인 간악한 유행도
그것들을 배반하지 않았던 것.

열정적이고 미친 듯한, 본성에 가까워서 위험한 왈츠는 구시대의 예의범절을 차리는 춤과 대립되었다.

42. *마주르카는 무도회의 중심을 이루었으며 무도회의 절정을 알렸다. 마주르카는 수많은 복잡한 동작들과 춤의 핵심을 이루는 남자들의 독무로 이루어졌다. 마주르카를 추는 사람들은 창조적이고 즉흥적인 능력을 보여야만 했다. 활기찬 마주르카에서 젊은이들은 장화의 징과 높은 뒤축으로 무자비하게 발을 쿵쿵 구르기도 했다. 200명 정도 젊은 남성이 있었던 공개적인 모임에서 마주르카 음악이 연주됐을 때

43. Буя́нов, бра́тец мой задо́рный,

44. К геро́ю на́шему подвёл
Татья́ну с О́льгою; прово́рно
Оне́гин с О́льгою пошёл;
Ведёт её, скользя́ небре́жно,
И наклоня́сь ей ше́пчет не́жно
Како́й-то по́шлый мадрига́л,
И ру́ку жмёт — и запыла́л
В её лице́ самолюби́вом
Румя́нец я́рче. Ле́нский мой
Всё ви́дел: вспы́хнул, сам не свой;
В негодова́нии ревни́вом
Поэ́т конца́ мазу́рки ждёт
И в котильо́н её зовёт.

45. Но ей нельзя́. Нельзя́? Но что́ же?
Да О́льга сло́во уж дала́
Оне́гину. О бо́же, бо́же!
Что слы́шит он? Она́ могла́...
Возмо́жно ль? Чуть лишь из пелёнок,
Коке́тка, ве́треный ребёнок!
Уж хи́трость ве́дает она́,
Уж изменя́ть научена́!
Не в си́лах Ле́нский снесть уда́ра;
Прока́зы же́нские кляня́,
Выхо́дит, тре́бует коня́
И ска́чет. Пистоле́тов па́ра,
Две пу́ли — бо́льше ничего́ —
Вдруг разреша́т судьбу́ его́.

그들의 쿵쿵거림은 음악소리를 덮었다고 한다. 1820년대에 도시에서는 프랑스 식의 사교계의 '경쾌한' 마주르카를 추는 방식이 댄디즘과 관련된 영국식으로 교체되었다. 후자는 남자 파트너가 자신의 뜻과는 상관없이 억지로 춤을 추며 지루하다고 느낀다는 점을 강조했던, 늘어지고 굼뜬 동작들을 요구했다. 남자 파트너는 마주르카를 추면서 하던 잡담을 거부했고, 춤을 출 때 음울하게 침묵했다. 제1장 4연에서 오네긴이 경쾌하게 마주르카를 추었다는 것은, 그의 영국식 댄디즘과 우울증, 환멸이 반은 가짜였다는 것을 보여준다. 그는 그것들 때문에 경쾌하게 내키는 대로 마주르카를 추는 즐거움을 거절할 수는 없었던 것이다.

내 사촌 말썽꾼 부야노프가 43.
우리의 주인공에게로 올가와 44.
타티아나를 데려온다. 잽싸게
오네긴이 나서서 올가를 이끌고 그녀와
내키는 대로 미끄러지면서 어쩌자고
그녀에게 고개를 잔뜩 기울이고서
무슨 닳아빠진 찬가를 속삭이면서
손을 꼭 쥔다. 그녀는 자부심으로 가득 차고
얼굴에는 홍조가 더욱 선명하게 불탄다
내 렌스키는 모든 것을 보았다
그는 열이 올라 제정신이 아니었다
시인은 불타는 질투의 분노에 휩싸였다
그는 마주르카가 끝나기를 기다려
그녀에게 코티용을 추자고 청한다.

허나 그녀가 안 된단다. 안 돼? 왜? 45.
올가는 이미 오네긴에게 약속했단다
오 맙소사, 맙소사! 뭐, 안 된다?
무슨 말이야? 그녀가 어떻게...왜...
이럴 수가? 기저귀를 갓 벗어난 게
교태꾼, 바람둥이라니!
벌써 교활한 짓거리에
배반하는 것까지 배웠다니!
렌스키는 충격을 견뎌낼 수 없어서
여자들의 장난질을 저주하면서
밖으로 나가 말을 달라고 해서
달려 나간다. 한 쌍의 권총에서
나올 두 발의 총알이 — 더 이상은 아니다 —
갑자기 그의 운명을 결정하리라.

---

43. 44. *내 사촌 말썽꾼 부야노프가/우리의 주인공에게로 올가와/타티아나를 데려온다. 마주르카의 동작 중 하나를 의미한다. 남자 파트너에게(혹은 숙녀에게) 그중 한 명을 파트너로 선택할 수 있도록, 두 명의 숙녀들(혹은 두 명의 남자 파트너들)을 데려온다. 자신의 파트너를 선택하는 것은 홍미나 호의 아니면 연모의 표시(렌스키가 해석했던 것처럼)로 받아들여졌다. *코티용 춤: 제6장 1연의 역자주석을 보시오.

6 ГЛАВА ШЕСТАЯ

La sotto i giorni nubilosi e brevi,
Nasce una gente a cui 'l morir non dole.
Petr.

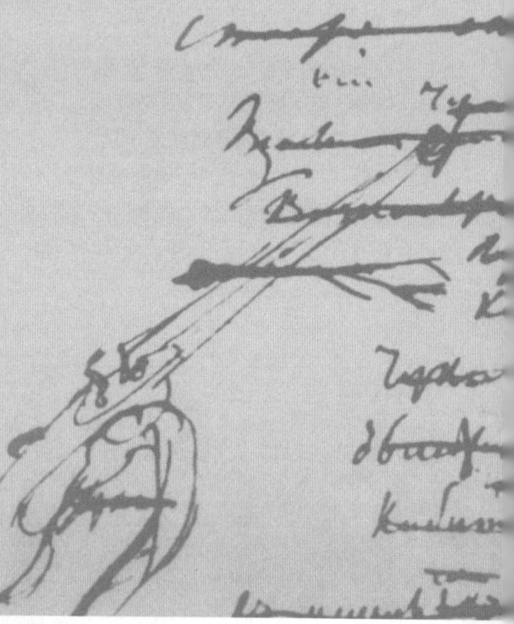

제6장

안개 끼고 짧은 낮이 있는 그 곳에서
죽음이 고통스럽지 않은 민족이 태어난다.
페트라르카

제6장은 대개 미하일로프스코예에서 1826년 제5장과 함께 집필해 1828년3월 출판했다. 제6장의 이 제사는 프란체스코 페트라르카(1304-1374)의 「마돈나 라우라의 생애」의 노래 XXVIII의 제49행과 51행에서 따온 것이다. 페트라르카는 아마도 이 제사에서 언급된 민족을 러시아 민족이라고 생각하고 쓴 것 같다. 푸슈킨은 제50행 '태생적으로 평화의 적인 민족'을 빼고 두 행만 인용하였다. 제6장의 중심 테마는 렌스키와 오네긴의 불행한 결투이야기이다. 귀족 문화가 이상적으로 생각하는 삶은 두려움을 완전히 극복하고, 행동의 기본 원칙으로서 명예를 확실하게 지키며 살아가는 삶이었고 귀족은 자신이 무엇도 두려워하지 않는다는 것을 보이는 것이 매우 중요했다. 죽음에 직면하는 위험을 감수하는 것은 귀족이 자신의 인간적인 가치를 지키는 수단이었다. 귀족들의 결투는 이러한 이유로 일어났던 것이다. 그러나 푸슈킨은 결투행위의 무모함과 그것을 지배하는 허위의식에 대해서 깊이 통찰하고 있고 이를 논쟁화한다. 이 제사로 푸슈킨은 러시아에서는 공연히 결투하고 죽음을 무릅쓴다는 것, 나아가 러시아에서는 죽는 것이 고통스럽지 않다는 것까지 말하려는 것 같다.

1. Заме́тив, что Влади́мир скры́лся,
Оне́гин, ску́кой вновь гони́м,
Близ О́льги в ду́му погрузи́лся,
Дово́льный мще́нием свои́м.
За ним и О́линька зева́ла,
Глаза́ми Ле́нского иска́ла,
И бесконе́чный котильо́н
Её томи́л, как тя́жкий сон.
Но ко́нчен он. Иду́т за у́жин.
Посте́ли сте́лют; для госте́й
Ночле́г отво́дят от сене́й
До са́мой де́вичьи. Всем ну́жен
Поко́йный сон. Оне́гин мой
Оди́н уе́хал спать домо́й.

2. Всё успоко́илось: в гости́ной
Храпи́т тяжёлый Пустяко́в
С свое́й тяжёлой полови́ной.
Гвозди́н, Буя́нов, Петушко́в
И Фля́нов, не совсе́м здоро́вый,
На сту́льях улегли́сь в столо́вой,
А на полу́ мосье́ Трике́,
В фуфа́йке, в ста́ром колпаке́.
Деви́цы в ко́мнатах Татья́ны
И О́льги все объя́ты сном.
Одна́, печа́льна под окно́м
Озарена́ лучо́м Диа́ны,
Татья́на бе́дная не спит
И в по́ле тёмное гляди́т.

---

1. *끝날 줄 모르는 코티용: 무도회를 마무리하는 춤들의 하나이며, 카드릴(4인무)의 한 종류인 코티용은 왈츠의 멜로디에 맞춰 추는 가장 격의 없고 다양하며 장난스러운 춤놀이였다. 교차하고 원을 만들기도 하고, 귀부인을 앉히고 그녀가 춤추고 싶은 사람을 선택하도록 남자 파트너들을 그녀에게 데려가기도 하고, 남자 파트너들이 그녀 앞에 스스로 자신을 선택하도록 무릎을 꿇기도 한다. 그러나 남자들도 자기를

블라디미르가 사라진 것을 알아채자 1.
오네긴은 다시 권태에 쫓겨서
올가 옆에서 깊이 생각에 빠졌다,
복수한 것에 그만하면 만족해서.
오네긴 따라 올린카도 하품하다
눈으로 렌스키를 찾았다
허나 끝날 줄 모르는 코티용이
그녀를 악몽처럼 괴롭혔다, 아이!
드디어 코티용이 끝났다. 밤참 먹는 동안에
잠자리가 준비된다. 손님들을 위하여
현관방부터 하녀 방까지 다 치워져
잠자리로 제공된다. 모든 사람들에게
평온한 잠이 필요하다. 오네긴만이
잠자러 집으로 돌아갔다.

모든 것이 잠잠해졌다. 객실에서는 2.
몸이 무거운 푸스타코프가 자신의
무거운 반쪽 옆에 누워 코를 골고
그보즈딘, 부야노프, 페투슈코프하고
술취한 플랴노프는 모여서
식당 의자들 위에 길게 누웠고,
마룻바닥에 누운 트리케는 추워서
스웨터를 입고 낡은 털모자를 썼고
처녀들은 타티아나와 올가의 방에서
모두들 잠에 흠뻑 빠졌지만
잠들지 못한 불쌍한 타티아나만
슬픔에 잠겨서 홀로 창가에서
디아나 여신의 빛을 받으며
어두운 들판을 바라본다.

선택해 준 데 대한 감사의 표시로 귀부인에게 춤을 청하기도 한다. 그러고 나서 장난스런 동작들(무도회 전체에서 추었던 동작들 중에서)이나, 손수건으로 묶은 매듭이나 카드 건네기, 춤을 출 때 한 사람이 다른 사람을 속이면서 피하거나 파트너가 되기를 거절하는 것, 수건 높이 뛰어넘기 등이 이어진다.

2. *무거운 반쪽: 뚱뚱한 아내를 말한다.

3. Его́ нежда́нным появле́ньем,
Мгнове́нной не́жностью оче́й
И стра́нным с О́льгой поведе́ньем
До глубины́ души́ свое́й
Она́ прони́кнута; не мо́жет
Ника́к поня́ть его́; трево́жит
Её ревни́вая тоска́,
Как бу́дто хла́дная рука́
Ей се́рдце жмёт, как бу́дто бе́здна
Под ней черне́ет и шуми́т...
"Поги́бну", Та́ня говори́т,
"Но ги́бель от него́ любе́зна.
Я не ропщу́: заче́м ропта́ть?
Не мо́жет он мне сча́стья дать".

4. Вперёд, вперёд, моя́ исто́рья!
Лицо́ нас но́вое зовёт.
В пяти́ верста́х от Красного́рья,
Дере́вни Ле́нского, живёт
И здра́вствует ещё доны́не
В философи́ческой пусты́не
Заре́цкий, не́когда буя́н,
Картёжной ша́йки атама́н,
Глава́ пове́с, трибу́н тракти́рный,
Тепе́рь же до́брый и просто́й
Оте́ц семе́йства холосто́й,
Надёжный друг, поме́щик ми́рный
И да́же че́стный челове́к:
Так исправля́ется наш век!

---

3. *질투의 고통: 이러한 감정은 푸슈킨이 잘 알고 있고 본인도 깊이 느낀 감정인 듯하다. 「발사」, 「모차르트와 살리에리」의 주제는 모두 질투이다. *내 파멸이 눈앞에 온 듯. 허나 그로 인한 파멸은 소중하다: 타티아나가 읽은 책들에서 여주인공이 사랑하는 남자로 인한 죽음을 달콤하게 여기는 것에 영향을 받았을 수 있다.

4. *철학자의 황야: 제1장 23연에서 "우리네 18세의 철학자의 서재"라고 했을 때 철학자를 독신이라는 의미로 장난스럽게 사용한 것처럼 여기서도 그렇게 여겨진다. *자레츠키는 작가가 실제 인물 페.이. 톨스토이(제4장 19연의 역자주석을 보시오)를 따라서 만들었다는 견해가 있다. 그는 도박을 즐겨 하였고 전쟁에 참가한 것을 자랑스러워했으며 결투를 즐기고 남들이 결투를 하게 만들곤 했다. 러시아에서 엄격하

그의 예기치 않은 나타남, 3.
두 눈의 순간적인 다정함,
그리고 올가와의 이상한 행동이 다
그녀의 영혼 깊숙히 파고들었다
그가 전혀 이해할 수 없는 사람처럼
여겨졌다. 질투의 고통이 미친 듯이
그녀를 흔들었다, 마치 차가운 손이
그녀의 가슴을 짓누르는 것처럼,
마치 검푸른 심연이 발밑에서 삼킬 듯
소리 지르는 것처럼.... 타냐는 말한다,
"이제 내 파멸이 바로 앞에 온 듯.
허나 그로 인한 파멸은 소중하다,
나 한탄하지 않을 거야. 한탄해서 뭐해?
그는 내게 행복을 줄 수 없는걸."

앞으로, 앞으로, 내 이야기여! 자, 4.
새 얼굴이 우리를 부른다, 가자!
렌스키의 마을, 크라스노고리에에서
5베르스타 떨어진 철학자의 황야에서
자레츠키가 지금까지 건재하시다
그는 한때 난폭하기로 유명했고
도박꾼 대장이고 망나니 두목이고
또 선술집을 누비는 웅변가였다
그러나 지금은 독신인 몸으로
가족을 이끄는 선량하고 평범한
아버지이자 믿을 만한 친구로,
평화로운 지주로, 심지어는
명예를 아는 사람으로 알려져 있다
이렇게 우리 시대가 개선되고 있다.

게 금지되었던 결투는 엄격하고 면밀하게 거행되는 의식(儀式)의 존재를 상정했다. 규칙을 엄격하게 준수해야 했으나 러시아에는 엄격하게 코드화된 결투의 법칙이 없었다. 결투가 공식적으로 금지되어 있었기 때문에 러시아 인쇄물에는 어떠한 결투 법칙도 나올 수 없었다. 프랑스의 법전을 이용할 수도 있었겠지만, 거기에 서술된 법칙들은 러시아의 결투 전통과 완전히 일치하는 것은 아니었다. 결투자들은 살아 있는 법전이자 명예의 문제에서 중재자 역할을 했던 달인들의 권위에 의지해서 법칙을 준수했다. 『예브게니 오네긴』에서 이런 역할을 하는 것은 자레츠키이다.

5. Бывáло, льсти́вый гóлос свéта
В нём злýю хрáбрость выхвалял:
Он, прáвда, в туз из пистолéта
В пя́ти сажéнях попадáл,
И то сказáть, что и в сражéньи
Раз в настоя́щем упоéньи
Он отличи́лся, смéло в грязь
С коня́ калмы́цкого свалясь,
Как зю́зя пья́ный, и францу́зам
Достáлся в плен: драгóй залóг!
Новéйший Рéгул, чéсти бог,
Готóвый вновь предáться у́зам,
Чтоб кáждым утром у Вери́ (37)
В долг осушáть буты́лки три.

6. Бывáло, он труни́л забáвно,
Умéл морóчить дуракá
И у́много дурáчить слáвно,
Иль я́вно, иль исподтишкá,
Хоть и емý ины́е штýки
Не проходи́ли без наýки,
Хоть иногдá и сам в просáк
Он попадáлся, как простáк
Умéл он вéсело поспóрить,
Остро́ и тýпо отвечáть,
Порóй рассчётливо смолчáть,
Порóй рассчётливо повздóрить,
Друзéй поссóрить молоды́х
И на барьéр постáвить их,

---

5. *1사젠은 3아르쉰. 2.134미터. 5사젠은 대략 10-12보로 결투에서 총을 쏘는 거리. 오네긴과 렌스키는 결투할 때 32보 떨어져 서로를 보며 각자 9보씩 걸어왔다. 그런 후에 서로를 쏘았다. 그러니까 서로가 쏠 때 떨어져 있던 거리는 14보 이하에서 10보 사이였다. *레굴루스(Marcus Atilius Regulus, 기원전 260년경): 그는 제1차 포에니 전쟁에서 카르타고의 포로가 된 로마의 장군이다. 그는 카르타고 사람들로부터 평화를 제안하는 의무를 띠고 로마로 다시 보내졌는데 그는 여기서 원로원에 전쟁을 계속하라고 조언한다. 그러고 나서 카르타고로 돌아가는데 그곳에 죽음이 기다

사교계가 아침 떠는 어조로 5.
그의 위험천만한 용기를 찬양했었다
그는 5사젠 거리에서 정말로
카드 에이스를 맞출 수 있었다
전투에서도 이름을 날렸는데 한번은
술독에 빠진 주정뱅이처럼 그는
곤드레만드레 취한 상태로
칼믜크 준마에서 진흙바닥으로
용감하게 떨어져서 프랑스인들에게
포로로 잡혔다. 값비싼 인질, 흠!
이 최신판 레굴루스, 명예의 화신은, 흠!
매일 아침 식당 베리(37)에서 그에게
외상으로 술 세 병을 주기만 한다면
언제라도 다시 포승에 묶일 태세이다.

재미 삼아 사람들을 놀리고, 심심풀이로 6.
바보들을 속이는 건 물론이고,
때론 공공연히, 때론 은근슬쩍 무시로
똑똑한 자를 멋지게 바보 만들고
고소해했다, 비록 그의 이런 짓들이
따끔한 교훈 없이 무사히 행해진 것이
아니었고 그 자신도 바보처럼
가끔 곤경에 빠지기도 했지만, 아무렴!
그는 유쾌하게 논쟁할 줄 알았으며
혹은 날카롭게 혹은 무디게 답변하고
때론 계산적으로 침묵하고
때론 계산적으로 말다툼할 줄 알았으며
젊은 친구들을 싸움 붙여
결투선에 세우거나, 아니면

리고 있는 것은 명백한 일이었다. 푸슈킨은 포로로 잡혔던 자레츠키를 "최신판 레굴루스, 명예의 화신"이라 아이러니하게 칭하며 그가 주석으로 겨우 알 수 있는 알려지지 않은 그저 그런 식당에서 외상술을 먹기 위해 파리로 돌아갈 태세가 되어 있다고 말한다. 그가 명예를 아는(지키는) 사람으로까지 알려지게 되고(4연), 제법 달라졌다고는 하나(7연) 결투를 부추기는 것은 그대로이다. 오네긴이 아마도 끝까지 결투를 피하고 싶어 "어쩌지, 시작해야지?"라고 했을 때 그는 더 이상 자레츠키가 결투를 중지시키리라는 것을 기대할 수 없었던 것이다.

7. Иль помири́ться их заста́вить,
Дабы́ поза́втракать втроём,
И по́сле та́йно обессла́вить
Весёлой шу́ткою, враньём.
Sed alia tempora! Уда́лость
(Как сон любви́, друга́я ша́лость)
Прохо́дит с ю́ностью живо́й.
Как я сказа́л, Заре́цкий мой,
Под сень черёмух и ака́ций
От бурь укры́вшись наконе́ц,
Живёт, как и́стинный мудре́ц,
Капу́сту са́дит, как Гора́ций,
Разво́дит у́ток и гусе́й
И у́чит а́збуке дете́й.

8. Он был не глуп; и мой Евге́ний,
Не уважа́я се́рдца в нём,
Люби́л и дух его́ сужде́ний,
И здра́вый толк о том, о сём.
Он с удово́льствием, быва́ло,
Вида́лся с ним, и так нима́ло
Поу́тру не был удивлён,
Когда́ его́ уви́дел он.
Тот по́сле пе́рвого приве́та,
Прерва́в нача́тый разгово́р,
Оне́гину, оскла́бя взор,
Вручи́л запи́ску от по́эта.
К окну́ Оне́гин подошёл
И про себя́ её прочёл.

---

7. *벚나무와 아카시아 그늘 아래로: 바튜슈코프의 목가시의 아이러니한 인용이다. *호라티우스처럼 양배추를 심고: 호라티우스는 기원전 1세기에 살았던 로마 시인으로 시민전쟁에 참가한 이후 그에게 하사된 영지에서 시골의 소박한 삶을 찬양하며 살았다. 그러나 자레츠키는 "독신인 몸으로 가족을 이끄는", 아이들에게 철자를 가르치는 아버지라는 표현에서 그가 많은 여자들과 관계하여 아이를 낳았다는 뜻이 숨어 있어 역시 아이러니한 뉘앙스가 느껴진다.

8-17. 결투는 결투를 신청하는 것으로 시작된다. 결투 신청에는 통상 갈등이 선행하는데, 그 갈등의 결과 한쪽은 자신이 모욕당했다고 생각하고 모욕당한 사람으로서 배상을 요구한다. 이 순간부터 이미 양 당사자들은 어떠한 접촉도 할 수 없다. 모든

셋이서 아침을 먹으려는 의도에서 7.
둘을 화해시키고 나서 뒤에서 사방에다
멋대로 농담이나 거짓말을 퍼트려서
그들의 명예를 깎아내리는 사람이었다
이제는 시절이 다르다! 용감한 행동도
(또 다른 무모함인 사랑의 꿈도)
생생한 청춘과 함께 지나가는 법.
이미 말한 대로 내 자레츠키는 제법
달라져 벚나무와 아카시아 그늘 아래로
폭풍우로부터 드디어 몸을 피해서
진정한 현자처럼 조용히 살면서
호라티우스처럼 양배추를 심고
오리와 거위를 치면서
아이들에게 철자를 가르친다.

그는 바보가 아니었다. 내 예브게니는 8.
그의 마음을 존경하지는 않았지만
그의 판단력과 세상사 이것저것에 대한
건전한 이해를 사랑했다. 예브게니는
그와 기꺼이 만나곤 했기에
아침에 찾아온 그를 보았을 때
전혀 놀라지 않았다. 그는 웬일로
그날은 첫 인사를 나눈 다음 바로
시작된 대화를 끊더니 뜸을 들여가며
렌스키가 보냈다고 말하며 웬 쪽지를
웃는 건지 우는 건지 째지게 상을 쓰며
오네긴에게 전해 주었다. 시인의 쪽지를
오네긴은 창가로 다가가서
혼잣말로 나직하게 읽었다.

것은 그들의 대리인인 입회인들을 통해 이루어진다. 모욕을 당한 사람은 입회인을 선택하여 그와 함께 자신이 당한 모욕의 강도를 판단하는데, 이에 따라 앞으로 있을 결투의 성격—형식적으로 서로 총을 한 번씩 쏘는 정도의 결투에서부터 누구든 하나가 죽어야 끝나는 정도의 결투까지—을 결정한다. 그러고 난 후, 입회인은 상대에게 서면으로 결투를 신청한다. 입회인들의 역할은 다음과 같이 요약될 수 있다. 우선, 입회인은 당사자들 사이의 중재자로서 무엇보다도 먼저 그들을 화해시키기 위해 최대한 노력해야만 한다. 명예의 의미를 훼손시키지 않으면서, 그리고 특히

9. То был прия́тный, благоро́дный,
Коро́ткий вы́зов иль *карте́ль:*
Учти́во, с я́сностью холо́дной
Звал дру́га Ле́нский на дуэ́ль.
Оне́гин с пе́рвого движе́нья,
К послу́ тако́го поруче́нья
Оборотя́сь, без ли́шних слов
Сказа́л, что он *всегда́ гото́в*.
Заре́цкий встал без объясне́ний;
Оста́ться до́ле не хоте́л,
Име́я до́ма мно́го дел,
И то́тчас вы́шел; но Евге́ний
Наедине́ с свое́й душо́й
Был недово́лен сам с собо́й.

10. И подело́м: в разбо́ре стро́гом,
На та́йный суд себя́ призва́в,
Он обвиня́л себя́ во мно́гом:
Во-пе́рвых, он уж был непра́в,
Что над любо́вью ро́бкой, не́жной
Так подшути́л вечо́р небре́жно.
А во-вторы́х: пуска́й поэ́т
Дура́чится; в осьмна́дцать лет
Оно́ прости́тельно. Евге́ний,
Всем се́рдцем ю́ношу любя́,
Был до́лжен оказа́ть себя́
Не мя́чиком предрассужде́ний,
Не пы́лким ма́льчиком, бойцо́м,
Но му́жем с че́стью и с умо́м.

자신의 의뢰인의 권리를 지키는 것에 유의하면서 충돌을 평화적으로 해결하기 위한 가능성을 찾는 것이 입회인의 의무이다. 심지어는 결투장에서조차도 화해를 위한 마지막 시도를 해야만 한다. 이렇듯 화해를 유도하는 것 외에 입회인들이 하는 일은 결투의 조건을 정하는 일이다. 자레츠키는 화해의 시도는 전혀 하지 않은 것으로 보인다. 결투의 유일한 관리자인 자레츠키, 더욱이 "결투의 고전주의자이며 현학자"(제6장 26연)인 그가 피의 결과를 막을 수 있는 모든 방법을 의도적으로 무시하고 매우 태만하게 일을 처리한 것은 분명하다. 결투신청서를 전하기 위해 처음 오네긴을 방문했을 때, 그는 화해의 가능성에 대해 논했어야만 했다. 결투가 시작되기 전에 화해의 시도를 하는 것 역시 그가 반드시 지켜야 하는 명시적인 의무 사항

그것은 좋은 문장으로 품위 있게 9.
쓴 짧은 도전장, 이른바 **결투신청서**였다
렌스키는 정중하고 차갑도록 명확하게
친구에게 결투를 신청하고 있었다
오네긴은 즉각 그 자리에서
심부름하는 사절을 향해서
언제라도 좋다 전하라고
꼭 필요한 한 마디만 던졌고
한마디 말도 없이 자레츠키,
갑자기 일어나 집에 할 일이 많다며
더 이상 머무를 수 없다며
당장 나갔다. 이제 예브게니,
홀로 남아 자기 영혼을 마주하니
자신이 못내 못마땅했다.

그건 당연했다. 그는 엄격하게 10.
자신을 비밀 재판에 소환했다
그는 여러 가지 점에서 자신을 책망했다
첫째로 그가 어젯저녁 공연스레
수줍고 다감한 사랑을 함부로
비웃고 놀린 것부터가 옳지 않았고
둘째로 시인이 바보같이 날뛰어도 그대로
놔두었어야 했다. 시인이 아직 뭘 모르고
한 일이니 그만 용서할 것을, 열여덟 살이면
뭘 알겠나, 온 마음으로 청년을 사랑한다면
자신이 편견들이 가지고 노는 공이 아니라
열 올리는 소년, 싸움꾼이 아니라
명예를 알고 지각이 있는
남자라는 것을 보였어야 했다.

이었다. 더욱이 격심한 모욕이 있었던 것도 아니었으며, 18세의 어린 렌스키를 제외한 다른 모든 사람들은 모든 것이 오해였다는 것을 알고 있지 않았던가! 화해시키는 대신 "한마디 말도 없이 자레츠키 갑자기 일어나 집에 할 일이 많다며 더 이상 머무를 수 없다며 당장 나갔다". 이런 식으로 자레츠키는 "바보가 아니었"는데도 불구하고 엄격한 결투 규칙의 수호자로서 행동하지 않았음은 물론, 극도의 추문을 일으키는 소란스러운 결과, 즉 피의 결과를 초래하는 행동을 했다. 12연에서 자레츠키는 "웅변이 뛰어난 이웃"이라 칭해지는데 이는 부야노프를 이르는 말이었다(제5장 26연의

11. Он мог бы чу́вства обнару́жить,
А не щети́ниться, как зверь;
Он до́лжен был обезору́жить
Младо́е се́рдце. "Но тепе́рь
Уж по́здно; вре́мя улете́ло...
К тому́ ж — он мы́слит — в э́то де́ло
Вмеша́лся ста́рый дуэли́ст;
Он зол, он спле́тник, он речи́ст...
Коне́чно, быть должно́ презре́нье
Цено́й его́ заба́вных слов,
Но шо́пот, хохотня́ глупцо́в..."
И вот обще́ственное мне́нье (38)!
Пружи́на че́сти, наш куми́р!
И вот на чём верти́тся мир!

12. Кипя́ враждо́й нетерпели́вой,
Отве́та до́ма ждёт поэ́т;
И вот сосе́д велеречи́вый
Привёз торже́ственно отве́т.
Тепе́рь ревни́вцу то́-то пра́здник!
Он всё боя́лся, чтоб прока́зник
Не отшути́лся как-нибу́дь,
Уло́вку вы́думав и грудь
Отвороти́в от пистоле́та.
Тепе́рь сомне́нья решены́:
Они́ на ме́льницу должны́
Прие́хать за́втра до рассве́та,
Взвести́ друг на́ друга куро́к
И ме́тить в ля́жку иль в висо́к.

역자주석을 보시오). 자레츠키의 이미지에 말썽꾼 부야노프의 이미지가 드리워지게 된다. 11연에서 오네긴은 결투가 바보 같은 짓이지만 여론 때문에 하지 않을 수 없다고 그리보예도프의 시구로 혼잣말을 한다. 푸슈킨은 주석 (38)에서 그리보예도프의 시구라고 밝히는데 이는 알렉산드르 세르게예비치 그리보예도프(1795-1829)의 희극 『지혜의 슬픔』(1823)(제7장 제사의 역자주석을 보시오), 제4막의 차츠키의 독백(어리석은 사람들이 그대로 믿고 다른 사람들에게 전하면/노파들은 순식간에 동네방네 떠들어 댄다./자, 이것이 바로 여론이라는 물건이다!)에 들어 있다. 사람들을 끌어들이고 그들의 의지를 빼앗아 그들을 장난감이나 자동인형으로 만드는 결투의 속성이 잘 간파되었다. 인간의 개성을 모두 똑같은 것으로 만들어 버리는 외부의

감정을 솔직히 털어놓아야 했지 11.
짐승처럼 털을 곤두세우지 말았어야 했다
렌스키의 젊은 심장을 무장해제
시켰어야 했다. "허나 이제는 늦었다,
이미 늦어 때를 놓쳤다...
게다가 여기에 — 그는 생각한다 —
늙은 결투쟁이가 개입을 했지
심술쟁이에 말재기에 수다쟁이지...
물론 그의 장난 같은 말에는 그저 '체'
경멸하는 게 알맞은 값이지만... 에이,
또 바보들이 숙덕거리고 비웃을 테니...."
자, 이것이 바로 여론이라는 물건이다!(38) 체,
공명심의 태엽이자 우리의 우상인 바로
이 축 위에 세상이 돌아가는 법이다!

참을 수 없는 적개심에 끓으며 12.
시인은 집에서 답변을 기다린다
여기 웅변이 뛰어난 이웃이 으쓱대며
축사하듯 답변을 전해 왔다
이건 바로 질투의 화신에겐 축제다!
그는 자나깨나 난봉꾼이 혹시나
무슨 책략을 생각해 내서
가슴에서 권총을 피하고 나서
모든 걸 농담으로 얼버무리면 어쩌나
걱정했었다. 허나 이제 의심은
해결됐다. 내일 동트기 전에 그들은
물방앗간에 도착해서 서로의 넓적다리나
관자놀이를 겨누고
방아쇠를 당길 수밖에 없게 되었다.

모든 형식과 동떨어져 있어 보이는 오네긴은 여기서 다른 모습을 보인다. 자신이 바랐던 바와는 다르게 자레츠키와 '여론'이 그에게 강요하는 옳지 않은 행동 규범을 인정한 순간 그는 자유를 잃고 결투라는 개성이 개입할 여지가 없는 의식의 손안에 든 자동인형이 된 것이다. 오네긴이 경멸하는 사회가 여전히 그의 행동을 통제하는 것이 가능했던 중요한 메커니즘은 우스워지거나 구설수에 휘말리는 것에 대한 두려움이다. 그 자신이 "편견들이 가지고 노는 공"이 된 것이다. 이제 어쩔 수 없이 "서로의 넓적다리나 관자놀이를 겨누고 방아쇠를 당"겨야 한다. 모욕이 자신의 대담성을

13. Реша́сь коке́тку ненави́деть,
Кипя́щий Ле́нский не хоте́л
Пред поеди́нком О́льгу ви́деть,
На со́лнце, на часы́ смотре́л,
Махну́л руко́ю напосле́док —
И очути́лся у сосе́док.
Он ду́мал О́линьку смути́ть
Свои́м прие́здом порази́ть;
Не ту́т-то бы́ло: как и пре́жде,
На встре́чу бе́дного певца́
Прыгну́ла О́линька с крыльца́,
Подо́бно ве́треной наде́жде,
Резва́, беспе́чна, весела́,
Ну то́чно так же, как была́.

14. "Заче́м вечо́р так ра́но скры́лись?"
Был пе́рвый О́линькин вопро́с.
Все чу́вства в Ле́нском помути́лись,
И мо́лча он пове́сил нос.
Исче́зла ре́вность и доса́да
Пред э́той я́сностию взгля́да,
Пред э́той не́жной простото́й,
Пред э́той ре́звою душо́й!..
Он смо́трит в сла́дком умиле́нье;
Он ви́дит: он ещё люби́м;
Уж он раска́яньем томи́м,
Гото́в проси́ть у ней проще́нье,
Трепе́щет, не нахо́дит слов,
Он сча́стлив, он почти́ здоро́в...

증명해 보이기만 하면 될 정도로 그리 심각하지 않았다고 판단되면 형식적으로 결투를 할 수도 있고(양자 모두가 어떠한 유혈 사태도 원하지 않을 때 서로 형식적으로 총을 한 번씩 쏘거나 칼을 한 번씩 휘두른 후에 화해하는 방식이다), 만일 모욕이 피로써만 씻길 수 있을 정도로 이보다는 좀 더 심각한 것이었다면, 결투는 누구든 한 사람이 상처를 입어야 끝이 나게 된다. 이러한 경우에 모욕을 받은 이의 명예는 상대에게 피해를 주거나 그에게 복수함으로써 회복되는 것이 아니라 피를 흘렸다는 사실 자체로(자신이 피를 흘린 것도 포함하여) 회복되는 것이기 때문에 누가

교태꾼을 증오하기로 결심하고 13.
들끓는 렌스키는 결투 전에 결코
올가를 보지 않으려고 작정하고
애를 써 보았으나 해를 쳐다보고
시계를 보고 결국은 손을 내젓고
이웃집에 나타났다
그는 올가가 방문한 그를 보고
놀라서 당황하리라 생각했다
전혀 그런 것은 없었다. 예전처럼
바람같이 가벼운 희망처럼
활기차고 태평하고 즐거운 모습으로
올가는 불쌍한 시인을 맞이하러
현관에서 막 뛰어나왔다
이전과 똑같은 그녀였다.

"어제 왜 그렇게 일찍 사라졌어요?" 14.
올가의 첫 번째 질문이었다. 오,
렌스키 속의 모든 감정들이 뒤엉켰다
말없이 그는 코를 떨어뜨렸다
이 티 없는 시선 앞에
이 다정한 소박함 앞에
이 활기찬 영혼 앞에
질투와 유감은 어느 결에
사라져 버렸다. 달콤한 감격 속에서
그는 아직 사랑받고 있다는 것을 알았다
벌써 그는 후회로 괴로워하면서
그녀에게 용서를 구할 태세가 되었다
그는 떨면서 할말을 찾지 못한다
그는 행복하다, 그는 거의 정상이다...

피를 흘렸느냐는 중요하지 않다. 이런 경우 넓적다리를 겨눌 것이다. 모욕이 결투를 통해 누구 한 사람이 죽어야만 벗겨질 정도로 매우 심각한 것이었다고 판단될 경우 관자놀이를 겨눌 것이다. 이와 같이 결투에서 가장 중요한 것은 '명예'의 개념이다. 제6장 10연에서 오네긴은 진정한 명예에 대해 생각하긴 하지만 결투에 임하고 여기서 걸어가면서 되는대로 겨누면서 결투거리표시선에 닿기 전에 렌스키를 쏘았다.
14. *정상이다: 그는 질투 때문에 제정신이 아니었었다.

15. И вновь заду́мчивый, уны́лый
16. Пред ми́лой О́льгою свое́й,
17. Влади́мир не име́ет си́лы
Вчера́шний день напо́мнить ей;
Он мы́слит: "бу́ду ей спаси́тель.
Не потерплю́, чтоб разврати́тель
Огнём и вздо́хов и похва́л
Младо́е се́рдце искуша́л;
Чтоб червь презре́нный, ядови́тый
Точи́л лиле́и стебелёк;
Что́бы двуху́тренний цвето́к
Увя́л ещё полураскры́тый".
Всё э́то зна́чило, друзья́:
С прия́телем стреля́юсь я.

18. Когда́ б он знал, кака́я ра́на
Мое́й Татья́ны се́рдце жгла!
Когда́ бы ве́дала Татья́на,
Когда́ бы знать она́ могла́,
Что за́втра Ле́нский и Евге́ний
Заспо́рят о моги́льной се́ни;
Ах, мо́жет быть, её любо́вь
Друзе́й соедини́ла б вновь!
Но э́той стра́сти и случа́йно
Еще никто́ не открыва́л.
Оне́гин обо всём молча́л;
Татья́на изныва́ла та́йно;
Одна́ бы ня́ня знать могла́,
Да недога́длива была́.

---

15. 16. 17. 셰익스피어의 소네트 94번을 연상시키는 백합에 대한 표현 등 당시 널리 쓰이던 시적 관용구들로 된 렌스키의 언어와 여기에 바로 이어지는 작가화자의 짤막한 산문적 요약이 서로 대조를 이룬다.

그러다 다시 우울한 생각에 잠긴다 15.
사랑스러운 자신의 올가 앞에서 16.
렌스키는 어제 일에 대해서 17.
이제 와서 아무 말도 못한다
그는 생각한다, '그녀의 구원자가 되리라.
방탕자가 불길과 한숨과 찬사로
젊은 심장을 유혹하지 못하게 하리라.
경멸스러운 독충이 마음대로
백합의 줄기를 갉아먹는 일은,
아직 반밖에 피어나지 않은
이틀 된 꽃이 시드는 일은 결코
없을 것이다. 내가 아직 숨을 쉬고
있는 동안은!' 이 모든 것이 의미하는 것은
친구들이여, 친구와 총질을 하겠다는 것이다.

어떤 상처가 내 타티아나의 심장을 18.
불태웠는지 그가 알았더라면!
렌스키와 예브게니가 내일 아침이면
무덤의 그늘을 두고 싸우게 될 것을
타티아나가 알았더라면,
그녀가 알 수가 있었더라면,
아, 그녀의 사랑은 아마도
두 친구를 다시 화합하게 했을지도!
허나 이 열병에 대해 우연이라도
아는 사람은 아직 아무도 없었다
오네긴은 아무 말도 하지 않았다, 한 마디도.
타티아나는 몰래 괴로워하고 있었다
유모 한 사람만은 알 수 있을 법도 한데
그녀는 도무지 추측할 능력이 없었고.

---

18. *그가 알았더라면: 그는 렌스키를 말한다. *이 열병: 타티아나의 사랑의 열병일 수도 있고 두 친구의 결투계획이라는 열병일 수도 있다.

19. Весь вечер Ле́нский был рассе́ян,
То молчали́в, то ве́сел вновь;
Но тот, кто му́зою взлеле́ян,
Всегда́ тако́в: нахму́ря бровь,
Сади́лся он за клавико́рды
И брал на них одни́ акко́рды,
То, к О́льге взо́ры устреми́в,
Шепта́л: не пра́вда ль? я счастли́в.
Но по́здно; вре́мя е́хать. Сжа́лось
В нём се́рдце, по́лное тоско́й;
Проща́ясь с де́вой молодо́й,
Оно́ как бу́дто разрыва́лось.
Она́ глядит ему́ в лицо́.
"Что с ва́ми?" — Так. — И на крыльцо́.

20. Домо́й прие́хав, пистоле́ты
Он осмотре́л, пото́м вложи́л
Опя́ть их в я́щик и, разде́тый,
При све́чке, Ши́ллера раскры́л;
Но мысль одна́ его́ объе́млет;
В нём се́рдце гру́стное не дре́млет:
С неизъясни́мою красо́й
Он ви́дит О́льгу пред собо́й.
Влади́мир кни́гу закрыва́ет,
Берёт перо́; его́ стихи́,
Полны́ любо́вной чепухи́,
Звуча́т и лью́тся. Их чита́ет
Он вслух, в лири́ческом жару́,
Как Де́львиг пья́ный на пиру́.

---

19. *클라비코드: 피아노의 전신.

20. *촛불 아래 실러를 펼쳐 놓고: 19세기 초 러시아의 '낭만주의적'인 청년들이 실

저녁 내내 렌스키는 안절부절못했다 19.
침묵하다가는 다시 유쾌해하기도 하고
시의 신이 어루만진 자가 다
항상 그렇듯이 눈썹을 찌푸리고
클라비코드에 앉아서
똑같은 곡조만 치면서
올가에게로 시선을 향하고
속삭였다, 나 행복하지요? 하고.
허나 늦었다. 돌아갈 시간이다
괴로움으로 가득 찬 가슴이 죄이며
아파 왔다. 젊은 처녀와 작별하며
그의 심장은 터질 것 같았다
그녀는 그의 얼굴을 살핀다, "무슨 일 있어요?"
— 그냥 — 그리고 그는 현관문을 나섰다.

집에 돌아와서 그는 권총들을 20.
손보고 다시 그것들을
가방에 넣고 나서 옷을 벗고
촛불 아래 실러를 펼쳐 놓고
읽어 보나 한 가지 생각만이 그를
휩싸고 슬픈 심장은 잠들지 않는다
말할 수 없이 아름다운 올가를
블라디미르는 바로 눈앞에 본다,
그는 책을 덮고 펜을 잡는다
그의 시는 사랑의 헛소리로 가득 차서
울리며 흐른다. 시적 열기에 가득 차서
그는 소리 내어 그것들을 읽는다
술 취한 델비그가
파티에서 그러듯이.

러에 심취했다. *술취한 델비그: 안톤 안토노비치 델비그(1798-1831)는 리체이 시절부터의 푸슈킨의 가까운 친구였다. 그는 술을 마시면 즉흥시를 읊곤 했다.

21. Стихи́ на слу́чай сохрани́лись;
Я их име́ю; вот они́:
"Куда́, куда́ вы удали́лись,
Весны́ моей златы́е дни?
Что день гряду́щий мне гото́вит?
Его́ мой взор напра́сно ло́вит,
В глубо́кой мгле таи́тся он.
Нет ну́жды; прав судьбы́ зако́н.
Паду́ ли я, стрело́й пронзённый,
Иль ми́мо пролети́т она́,
Всё бла́го: бде́ния и сна
Прихо́дит час определённый,
Благослове́н и день забо́т,
Благослове́н и тьмы прихо́д!

22. "Блеснёт зау́тра луч денни́цы
И заигра́ет я́ркий день;
А я — быть мо́жет, я гробни́цы
Сойду́ в таи́нственную сень,
И па́мять ю́ного поэ́та
Поглоти́т ме́дленная Ле́та,
Забу́дет мир меня́; но ты
Придёшь ли, де́ва красоты́,
Слезу́ проли́ть над ра́нней у́рной
И ду́мать: он меня́ люби́л,
Он мне еди́ной посвяти́л
Рассве́т печа́льный жи́зни бу́рной!..
Серде́чный друг, жела́нный друг,
Приди́, приди́: я твой супру́г!.."

21-22. 여기 나오는 표현들도 역시 당시 낭만주의 문학인들의 스테레오타입의 표현들이다. 이 부분은 죽음을 앞에 두고도 감상에 빠져 상투적인 낭만주의적 표현들을 늘어놓는 바보 같으며 우스꽝스럽기까지 한 렌스키를 보여준다. 푸슈킨이 렌스키를 동정하면서도 그를 거리감을 가지고 그리고 있는 것은 틀림없는 사실이다. 차이코프스키의 오페라 『예브게니 오네긴』에서는 이 부분이 렌스키의 매우 진지한 서정

이 시들이 우연히 보존되었다, 나 21.
그것들을 입수했는데 자, 보시라!
"어디로, 어디로 그대는 떠나 버렸나?
내 봄날의 황금빛 날들이여! 아!
미래의 날은 내게 무엇을 준비하고 있나?
내 시선은 헛되이 잡아 보려 하네, 그것을,
깊은 안개 속에 감추어져 있는 그것을.
소용없는 일이어라, 운명은 법칙대로 되리라.
나 화살로 관통되어 쓰러지거나
화살이 옆으로 비껴가거나
모든 것은 축복이어라. 깨어남과 잠듦의
정해진 시간이 곧 다가올 것이매
근심의 낮도 축복이요,
어둠의 도착도 축복이어라!

내일도 아침노을이 빛나고 22.
밝은 날이 뛰놀 것이니.
허나 나는 아마도 무덤, 그곳
비밀스런 그늘 아래로 가리니
느릿한 레테 강은 젊은 시인의 기억을
온통 삼켜 버리겠지, 세상은 나를
잊어버리고 말겠지, 허나 그대,
미의 처녀여, 오시려나? 그대,
때 이른 유골 위에 눈물 흘리고
말해 주시려나? 그는 나를 사랑했다,
폭풍 같은 인생의 슬픈 새벽을 다
오직 내게만 바쳤노라! 하고...
내 마음의 친구여, 보고 싶은 친구여,
내게로 오라, 오라. 나는 그대의 신랑!..."

적인 아리아로 되어 있다. 렌스키의 입장에서 노래를 부를 때는 그렇게 처리하는 것이 푸슈킨의 원작의 정신에 어긋나는 것이 아닐 것이다. 그의 우스꽝스러운 면을 표현하려면 다른 표현 방법, 예를 들어서 분장이나 제스처를 동원할 수 있을 것이다.

23. Так он писáл *темнó и вя́ло*
(Что романти́змом мы зовём,
Хоть романти́зма тут ни мáло
Не ви́жу я; да что нам в том?)
И наконéц перед зарёю,
Склоня́сь устáлой головóю,
На мóдном слóве *идеáл*
Тихóнько Лéнский задремáл;
Но тóлько сóнным обая́ньем
Он позабы́лся, уж сосéд
В безмóлвный вхóдит кабинéт
И бýдит Лéнского воззвáньем:
"Порá вставáть: седьмóй уж час.
Онéгин вéрно ждёт уж нас".

24. Но ошибáлся он: Евгéний
Спал в э́то врéмя мёртвым сном.
Ужé редéют нóчи тéни
И встрéчен Вéспер петухóм;
Онéгин спит себé глубóко.
Уж сóлнце кáтится высóко
И перелётная метéль
Блести́т и вьётся; но постéль
Еще Евгéний не поки́нул,
Еще над ним летáет сон.
Вот наконéц проснýлся он
И пóлы зáвеса раздви́нул;
Гляди́т — и ви́дит, что порá
Давнó уж éхать со дворá.

---

23. *애매하고 희미하게: 이는 푸슈킨의 동창생 큐헬베케르가 비가를 비판할 때 썼던 단어들이다. *푸슈킨은 낭만주의라는 개념을 스탈 부인을 통하여 받아들였는데 이는 아우구스트 빌헬름 슐레겔(1767-1845)에게로 귀착한다. 1825년에 그는 다음과 같이 말했다. "어떤 시가 낭만주의 시인가? 옛날 사람들은 모르는 시, 그리고 예전

이렇게 그는 **애매하고 희미하게** 썼다 23.
(우리는 이런 것을 낭만주의라 부른다
비록 여기 낭만주의라 할 만한 건
조금도 없지만, 그게 무슨 상관?)
마침내 아침노을이 뜨기 전에
피곤한 머리를 떨구고서
유행하는 단어 **이데알** 위에서
렌스키는 고요히 잠들었다. 이제
잠의 어루만짐으로 그는 자신을
잊을 수 있었다. 벌써 이웃이 온다
이웃은 고요한 서재로 들어와 그를
부르며 큰 소리로 깨운다
"일어날 시간일세. 벌써 여섯 시가 지났네.
필시 오네긴이 벌써 기다리고 있을걸세."

허나 그는 잘못 생각했다. 예브게니는 24.
이때 죽은 듯 자고 있었다
벌써 밤의 그림자가 엷어지고 사라지는
새벽. 닭이 '꼬끼오' 금성을 맞이했다
아직 오네긴은 깊이 자고 있고.
이미 태양이 높이 떠 하늘을 돌고
건듯 부는 눈보라가 반짝거리며
회오리쳐도 아직 계속 잠자며
침대를 떠나지 않는 예브게니,
아직 그 위에 잠의 신이 날아다닌다
이제 드디어 그가 잠에서 깨어난다
커튼 자락을 옆으로 밀고 내다보니
아, 벌써 오래전에
집에서 떠났어야 했다!

의 형식이 변화했거나 이미 다른 것으로 대체된 시가 낭만주의 시이다." *이데알: 당시 이데알(이상)이라는 말은 저열한 현실에 대비되는 고양된 아름다운 것, 꿈을 나타내는 말이었다. 렌스키는 밤새 쓰다가 피곤하여 책상 위에 노트를 펼친 채 그 단어 위에 고개를 대고 잠이 들었다. 그가 그 단어 위에서 잠들었다가 결국 결투로 죽게 되는 것을 생각하면 우습기도 하고 가슴 아프기도 하다.

25. Он поскоре́й звони́т. Вбега́ет
К нему́ слуга́ францу́з Гильо́,
Хала́т и ту́фли предлага́ет
И подаёт ему́ бельё.
Спеши́т Оне́гин одева́ться,
Слуге́ вели́т приготовля́ться
С ним вме́сте е́хать и с собо́й
Взять та́кже я́щик боево́й.
Гото́вы са́нки беговы́е.
Он сел, на ме́льницу лети́т.
Примча́лись. Он слуге́ вели́т
Лепа́жа (39) ство́лы роковы́е
Нести́ за ним, а лошадя́м
Отъе́хать в по́ле к двум дубка́м.

26. Опе́ршись на плоти́ну, Ле́нский
Давно́ нетерпели́во ждал;
Меж тем, меха́ник дереве́нский,
Заре́цкий жо́рнов осужда́л.
Идёт Онегин с извине́ньем
"Но где же, — мо́лвил с изумле́ньем
Заре́цкий, — где ваш секунда́нт?"
В дуэ́лях кла́ссик и педа́нт,
Люби́л мето́ду он из чу́вства,
И челове́ка растяну́ть
Он позволя́л — не как-нибу́дь,
Но в стро́гих пра́вилах иску́сства,
По всем преда́ньям старины́
(Что похвали́ть мы в нём должны́).

---

25. 푸슈킨의 주석 (39)는 레파쥬를 유명한 무기 제조업자라고 소개하고 있다. 오네긴의 무기는 파리에서 만든 최고급의 프랑스제이다. 보통 결투를 하는 두 사람 모두 두 자루의 권총을 준비해 온다. 제비를 뽑아 누구의 권총들을 사용할 것인지 결정하여 각각 한 자루씩 나누어 가진다. 1834년 사교계에 나타난 단테스, 양아버지인 네덜란드 공사 게케른과 동성애관계에 있다는 소문까지 있던 미남자와 아내 나탈리아에 관한 소문들과 익명의 모욕적인 편지들로 심한 모욕을 느끼던 푸슈킨은 1837년 1월 24일, 알렉산드라 곤차로바(아내의 작은 언니, 큰 언니 예카테리나는 단테스와 결혼한 사이였다)에게 부탁하여 그녀의 은제품을 전당포에 맡기고 2,200루블을 구해서 레파쥬 두 자루를 준비했고 그다음 날 게케른에게 편지(푸슈킨은 게케른에

그는 서둘러 종을 울린다 25.
달려오는 프랑스 하인 기요,
실내복과 슬리퍼를 대령하고
새 속옷도 얼른 내온다
오네긴은 서둘러 옷을 입고서
하인에게 어서 채비를 차려서
권총가방을 들고 함께 갈
것을 명한다. 둘이 타고 갈
빠른 썰매가 준비되자 곧 썰매에
올라앉아 물방앗간으로 날아간다. 단숨에
도착했다. 그는 프랑스 하인에게 뒤따라
숙명의 **레파쥬**(39) 권총들을 들고 오라
이르고 말들은 두 기둥에 매어
들판에서 쉬게 하라 명한다.

제방에 기댄 렌스키, 26.
벌써부터 초조하게 기다렸고
시골의 기계전문가, 자레츠키,
그사이 물레방아를 점검했고.
오네긴은 용서를 구하며 다가온다
자레츠키가 놀라서 묻는다
"헌데 어디, 어디 있소, 당신 입회인은?"
결투의 고전주의자이며 현학자인 그는
감각 있는 방식을 좋아해서
사람을 아무렇게나가 아니라
이 기술의 엄격한 법칙에 따라
예전부터 전해 오는 방식을 모두 지켜서
뻗쳐 눕히는 것을 허용했던 것이다
(이 점에 있어 그를 칭찬해야만 한다).

게 단테스의 비열한 행동과 편지들이 게케른의 지휘 아래 이루어졌다고, 그가 '부끄러움을 모르는 노파'처럼 그의 '사생아', 소위 '아들'의 사랑을 나탈리아에게 전하느라 모든 곳에 매복하였고, 단테스가 '매독'을 앓느라 집에 있었을 때, 그가 나탈리아를 향한 사랑 때문에 병으로 죽어 간다고 말했고 그녀에게 내 아들을 돌려달라고 중얼거렸다고 썼고, 병영에서나 하는 저열한 말장난을 하면서 나탈리아를 사랑하는 불행한 사람인 척하는 사기꾼이자 비열한 단테스가 더 이상 아내를 모욕하는 것을 허락할 수 없다고 썼다)를 보내 1월 27일 쵸르나야 레치카에서의 결투가 피할 수

27. "Мой секунда́нт? — сказа́л Евге́ний, —
Вот он: мой друг, monsieur Guillot.
Я не предви́жу возраже́ний
На представле́ние моё:
Хоть челове́к он неизве́стный,
Но уж коне́чно ма́лый че́стный".
Заре́цкий гу́бу закуси́л.
Оне́гин Ле́нского спроси́л:
"Что ж, начина́ть?" — Начнём, пожа́луй, —
Сказа́л Влади́мир. И пошли́
За ме́льницу. Пока́ вдали́
Заре́цкий наш и *че́стный ма́лый*
Вступи́ли в ва́жный догово́р,
Враги́ стоя́т, поту́пя взор.

28. Враги́! Давно́ ли друг от дру́га
Их жа́жда кро́ви отвела́?
Давно́ ль они́ часы́ досу́га,
Трапе́зу, мы́сли и дела́
Дели́ли дру́жно? Ны́не зло́бно,
Врага́м насле́дственным подо́бно,
Как в стра́шном, непоня́тном сне,
Они́ друг дру́гу в тишине́
Гото́вят ги́бель хладнокро́вно...
Не засмея́ться ли им, пока́
Не обагри́лась их рука́,
Не разойти́ться ль полюбо́вно?..
Но ди́ко све́тская вражда́
Бои́тся ло́жного стыда́.

없는 것이 되도록 하였다. 기록에 남은 푸슈킨의 28번째 결투였다.

27. 오네긴이 입회인 대신에 하인과 함께 나타난 것은 자레츠키에게 직접적인 모욕(결투 당사자들의 사회적 지위가 동등해야 하는 것과 마찬가지로 입회인들의 지위도 동등해야 했다. 프랑스인이며 사적으로 고용된 하인이었던 기요는, 입회자의 역할을 함에 있어 형식적으로는 데리고 올 수 없는 사람이었다. 그러나 오네긴은 기요를 "명예를 아는 사람"이라고 하면서 "명예를 아는 사람"이라고 알려진 자레츠키와 동등하다고 주장하는 셈이다. 이 모든 것은 자레츠키에 대한 모욕이었다)이었을 뿐만 아니라 자기 멋대로 규칙을 어긴 것이기도 했다. 입회인들은 결투 전날 당사자들

예브게니가 말한다 “내 입회인 말이오? 27.
여기 이 사람, 내 친구 무슈 기요요.
내 제안에 무슨 특별한 반대가
있으리라 생각하지 않소. 그가
비록 유명하지는 않으나
명예를 아는 사람임은 물론이라.”
자레츠키는 입술을 깨물었다
오네긴은 렌스키에게 묻는다
“어쩌지, 시작해야지?” — “좋아, 그러지!” —
블라디미르가 말했다. 둘은 서둘러서
물방앗간 뒤로 갔다. 좀 떨어진 곳에서
우리 자레츠키와 **명예를 아는 사람**이
중요한 합의에 들어갈 때까지
두 원수지간은 시선을 떨구고 서 있다.

원수지간! 피의 갈증이 그들을 28.
서로서로 떼어놓은 것이 오래전인가?
여가와 식사, 또 생각과 일을
사이좋게 함께한 것이 오래전인가?
지금은 분노에 가득 차서
무슨 철천지원수나 되는 것처럼
무섭고 이해할 수 없는 악몽처럼
서로서로에게 고요 속에서
냉혹하게 파멸을 준비하고 있다니...
그들의 손이 붉게 물들기 전에 아니
그냥 웃어 버리고 말 수는 없는 걸까?
사이좋게 그냥 헤어질 수는 없는 걸까?...
그러나 사교계의 적대관계라는 것은
거짓된 수치(羞恥)를 몹시 두려워한다.

없이 만나 규칙을 만들어야 하기 때문이다. 자레츠키는 이런 이유만으로도 결투를 못하게 할 수 있었다. 그는 오네긴을 결투 장소에 나오지 않게 하여 피의 결과를 피해갈 수 있는 모든 가능성을 가지고 있었던 것이다. 게다가 결투의 장소에서 자신을 기다리게 한 것도 매우 불손한 것이다. 제시간에 나온 사람은 상대를 15분은 기다려야 하지만, 이 시간이 지나면 먼저 나온 사람은 상대가 나오지 않았음을 증명하는 조서를 작성해야만 한다. 그런데 오네긴은 한 시간 이상 늦게 왔다. 아마도 일부러 그렇게 함으로써 그는 결투를 피하고 싶었을 것이다.

29. Вот пистоле́ты уж блесну́ли,
Греми́т о шо́мпол молото́к.
В гранёный ствол ухо́дят пу́ли,
И щёлкнул в пе́рвый раз куро́к.
Вот по́рох стру́йкой серова́той
На по́лок сы́плется. Зубча́тый,
Надёжно вви́нченный креме́нь
Взведён ещё. За бли́жний пень
Стано́вится Гильо́ смуще́нный.
Плащи́ броса́ют два врага́.
Заре́цкий три́дцать два шага́
Отме́рял с то́чностью отме́нной,
Друзе́й развёл по кра́йний след,
И ка́ждый взял свой пистоле́т.

30. "Тепе́рь сходи́тесь".
Хладнокро́вно,
Ещё не це́ля, два врага́
Похо́дкой твёрдой, ти́хо, ро́вно
Четы́ре перешли́ шага́,
Четы́ре сме́ртные ступе́ни.
Свой пистоле́т тогда́ Евге́ний,
Не престава́я наступа́ть,
Стал пе́рвый ти́хо подыма́ть.
Вот пять шаго́в ещё ступи́ли,
И Ле́нский, жму́ря ле́вый глаз,
Стал та́кже це́лить — но как раз
Оне́гин вы́стрелил... Проби́ли
Часы́ уро́чные: поэ́т
Роня́ет, мо́лча, пистоле́т,

---

29. 오네긴과 렌스키의 결투조건은 그 정도가 푸슈킨과 단테스의 결투조건(이는 프랑스어로 작성되었다)보다는 약하지만 매우 심한 편이다. 푸슈킨과 단테스는 20보 간격으로 섰으며, 결투거리표시선은 10보, 둘은 각각 5보씩 앞으로 움직일 수 있었다. 첫 번째 발사 후에 뒤로 움직여서는 안 된다는 조항이 있었으니 이 결투에서 죽음은 예정된 것과 다름없었다. 푸슈킨은 결투거리표시선까지 먼저 도착했으나 단테스가 먼저 쏘았고 푸슈킨은 쓰러진 채 팔꿈치로 기대고 단테스를 쏘아 가벼운 상처를 입혔다. 자레츠키는 이 두 사람을 32걸음의 간격을 두고 서게 했고, 결투거리표시선은 “품위 있는 거리”(33연 12행), 즉 10보의 거리를 두고 있었던 것이 분명

여기 벌써 권총들이 번쩍거리고 29.
꽂을대를 때려 박는 망치소리 울린다
육각 총신에 총알이 재어지고
일차로 방아쇠가 당겨진다
회백색 화약연기가 약실에
퍼진다. 톱니 모양을 한 역시
잘 조여진 장전쇠가 다시
한번 올려진다. 가까운 그루터기 뒤에
당황해서 서 있는 기요.
두 원수는 망토를 벗어던졌고
자레츠키는 탁월한 정확함을
내보이며 32보를 재어 두 친구를
그 마지막 두 금에 마주 세웠다
각자 자기 권총을 잡았다.

"자, 앞으로" 냉혹한 마음으로 30.
아직 겨누지는 않은 채 두 원수는
조용히 확실한 걸음걸이로
꼭 네 걸음을 걸어갔다. 이는
네 걸음 죽음의 계단이었다
예브게니는 걸음을 멈추지 않고
먼저 권총을 조용히 올렸고
둘은 또 다섯 걸음을 갔다
렌스키도 왼쪽 눈을 찡그리며
마찬가지로 오네긴을 겨누며
쏘려 했으나 오네긴이 먼저 쏘았다....
시인에게 정해진 시각이 울린 것이다
시인은 말없이
권총을 떨어뜨렸고,

하기 때문에 각자는 11보씩 움직일 수 있었다고 볼 수 있다. 적의 첫 발사 후에 움직여서는 안 된다는 조건은 없었는데, 그것은 그들을 훨씬 더 위험한 방식—걸어가면서 쏘지 않고, 결투거리표시선 쪽으로 빠르게 나아가 가장 가까운 거리에서 움직이지 않는 상대를 쏘는 것—으로 결투하게끔 만들 수 있다. 오네긴은 자신의 의지에 반하여 휘말리게 된, 그리고 아직까지도 그 심각성을 믿지 않는 이 사건에 대해 자신의 신경질적인 경멸을 드러내 보이기 위해서 결투를 했고, 자레츠키는 결투를 수다와 승부의 대상이 되는 재밋거리로 여겼기 때문에 결투를 유도했다고 볼 수 있다.

31. На грудь кладёт тихо́нько ру́ку
И па́дает. Тума́нный взор
Изобража́ет смерть, не му́ку.
Так ме́дленно по ска́ту гор,
На со́лнце и́скрами блиста́я,
Спада́ет глы́ба снегова́я.
Мгнове́нным хо́лодом обли́т,
Оне́гин к ю́ноше спеши́т,
Гляди́т, зовёт его́... напра́сно:
Его́ уж нет. Младо́й певе́ц
Нашёл безвре́менный коне́ц!
Дохну́ла бу́ря, цвет прекра́сный
Увя́л на у́тренней заре́,
Поту́х ого́нь на алтаре́!..

32. Недви́жим он лежа́л, и стра́нен
Был то́мный мир его́ чела́.
Под грудь он был навы́лет ра́нен;
Дымя́сь, из ра́ны кровь текла́.
Тому́ наза́д одно́ мгнове́нье
В сём се́рдце би́лось вдохнове́нье,
Вражда́, наде́жда и любо́вь,
Игра́ла жизнь, кипе́ла кровь:
Тепе́рь, как в до́ме опусте́лом,
Всё в нём и ти́хо и темно́;
Замо́лкло навсегда́ оно́.
Закры́ты ста́вни, о́кны ме́лом
Забелены́. Хозя́йки нет.
А где, бог весть. Пропа́л и след.

오네긴이 결투에서 하게 되는 행동은 저자가 그를 "이미 늦어 때를 놓쳐" 어쩔 수 없이 살인한 사람으로 만들고자 했다는 것을 증명해 준다. 무조건 상대를 죽이고자 하는 사람은, 오네긴처럼 걸어가면서 쏘지도 않고, 먼 거리(10보 이상)에서 쏘지도, 주의를 다른 데로 돌리게 하는 상대 총구를 신경 쓰면서 쏘지도 않고, 위험을 감수하면서도 자기가 가장 유리하게 쏘아 맞출 수 있는 거리, 즉 상대도 결투거리표시선까지 오기를 기다려 가까운 거리에서 움직이지 않는 표적을 쏘듯이 상대방을 쏜다.

가슴에 조용히 손을 얹고 그대로 31.
쓰러진다. 흐릿한 시선은 고통이 아니라
죽음을 나타낸다, 마치 눈덩이 하나
산비탈 따라 아래로
햇빛에 불붙은 듯 반짝이며
천천히 미끄러져 내리는 듯하다
순간적으로 오싹해지며
오네긴이 젊은이에게로 달려간다
그를 바라보며 부르나... 소용없다
그는 이미 존재하지 않는다. 없다.
젊은 시인에게 때 이른 종말이
온 것이다! 폭풍이 강하게 불더니
아름다운 꽃은 아침노을에 이미
시들었다. 제단의 불은 꺼졌다!..

그는 꼼짝 않고 누워 있었는데 32.
이마의 지친 평화가 기이했다
심장 밑에 관통상을 입었는데
상처에서 김이 나며 피가 흘렀다
한순간 전만 해도
이 심장 속에는 아직도
영감, 증오, 희망, 사랑이 뛰었는데
생명이 뛰놀았으며 피가 끓었는데
지금은 빈집처럼 그 안의 모든 게
고요하고 깜깜해졌다
심장은 영원히 침묵했다
덧창은 닫혔고 유리창은 분필로 하얗게
칠해졌다. 안주인이 없다. 어디로 갔는지
아무도 모른다. 흔적조차 사라졌다.

---

31. *젊은 시인에게 때 이른 종말이/온 것이다! 폭풍이 강하게 불더니/아름다운 꽃은 아침노을에 이미/시들었다: 이러한 표현은 당시 비가의 특징들을 뭉뚱그려 놓은 것이다.

32. 타티아나의 명명일 파티 다음날 자레츠키가 오네긴을 찾아왔었고 그리고 그다음 날 오네긴과 렌스키가 결투를 하여 렌스키가 쓰러진 것이다. *안주인이 없다: 러시아어로 영혼이 여성이므로 안주인이라고 하였다. 그런데 영혼이 영원히 사라졌다는 것은 기독교 교리에는 위배된다.

33. Прия́тно де́рзкой эпигра́ммой
Взбеси́ть опло́шного врага́;
Прия́тно зреть, как он, упря́мо
Склони́в бодли́вые рога́,
Нево́льно в зе́ркало гляди́тся
И узнава́ть себя́ стыди́тся;
Прия́тней, е́сли он, друзья́,
Заво́ет сду́ру: э́то я!
Ещё прия́тнее в молча́нье
Ему́ гото́вить че́стный гроб
И ти́хо це́лить в бле́дный лоб
На благоро́дном расстоя́нье;
Но отосла́ть его́ к отца́м
Едва́ ль прия́тно бу́дет вам.

34. Что ж, е́сли ва́шим пистоле́том
Сражён прия́тель молодо́й,
Нескро́мным взгля́дом, иль отве́том,
Или безде́лицей ино́й
Вас оскорби́вший за буты́лкой,
Иль да́же сам в доса́де пы́лкой
Вас го́рдо вы́звавший на бой,
Скажи́те: ва́шею душо́й
Како́е чу́вство овладе́ет,
Когда́ недви́жим, на земле́
Пред ва́ми с сме́ртью на челе́,
Он постепе́нно костене́ет,
Когда́ он глух и молчали́в
На ваш отча́янный призы́в?

33-35. *품위 있는 거리: 18세기 말에서 19세기 초 러시아 결투에서 결투거리표시선 사이가 일반적으로 10-12걸음이었을 때 결투자들이 단지 6걸음만 떨어져 서는 일도 드물지 않았다. 6걸음은 물론 품위 있는 거리가 아니다. 19세기 말에는 조건이 훨씬 완화되었다. 1894년 5월 20일에서 1910년 5월 20일까지의 기간 동안 결투거리표

과오를 범한 거칠고 뻔뻔스런 적을 33.
대담한 경구로 광분시키는 일은 통쾌하다
그가 분노에 차서 들이받으려고 뿔을
막무가내 빳빳이 아래로 구부리다
우연히 거울 속에서 제 모습을 보고서
창피해서 어쩔 줄 모르며 바보처럼 굴면서
'이게 나란 말인가 하고' 울부짖으면
더 통쾌하다. 보다 더 통쾌한 것이라면
말없이 그를 위해 명예로운 무덤을
준비해 놓고 품위 있는 거리를
둔 채 조용히 창백해진 이마를
겨누는 것이다. 그러나 정말로 그를
조상들한테 보내는 것은 여러분에게
아마 통쾌한 일은 아닐 것이다.

어떨까? 뻔뻔스런 시선이나 말대꾸나, 34.
또는 다른 사소한 일로 해서
술자리에서 당신을 모욕했거나
아니면 스스로 불같이 분이 나서
당신을 거만하게 결투장으로 부른
젊은 친구가 당신의 총을 맞은
직후에 바로 쓰러져 꼼짝 않고
이마에 죽음의 표지를 드러내고
당신 앞에서 점차로 굳어갈 때
당신이 필사적으로 흔들고
불러도 아무 소리 못 듣고
아무 말도 못할 때
말해 보시라, 어떤 감정이
당신 마음을 지배하게 될까?

시선이 12보 미만인 경우는 322명 중에서 한 명도 없었고, 단 한 명만이 12보의 결투거리표시선을 정했다고 한다. 결투자들 다수가 19세기 초에는 생각도 할 수 없었던 20-30보의 결투거리표시선에서 결투를 하였고 322명의 결투자들 가운데 15명만이 치명적인 부상을 입었다. 그러나 오네긴 시대에는 결실 없는 결투는 냉소적인

35. В тоске́ серде́чных угрызе́ний,
Руко́ю сти́снув пистоле́т,
Гляди́т на Ле́нского Евге́ний.
"Ну, что ж? уби́т", — реши́л сосе́д.
Уби́т!.. Сим стра́шным восклица́ньем
Сражён, Оне́гин с содрога́ньем
Отхо́дит и люде́й зовёт.
Заре́цкий бере́жно кладёт
На са́ни труп оледене́лый;
Домо́й везёт он стра́шный клад.
Почу́я мёртвого, храпя́т
И бью́тся ко́ни, пе́ной бе́лой
Стальны́е мо́чат удила́,
И полете́ли как стрела́.

36. Друзья́ мои́, вам жаль поэ́та:
Во цве́те ра́достных наде́жд,
Их не сверши́в ещё для све́та,
Чуть из младе́нческих оде́жд,
Увя́л! Где жа́ркое волне́нье,
Где благоро́дное стремле́нье
И чувств, и мы́слей молоды́х,
Высо́ких, не́жных, удалы́х?
Где бу́рные любви́ жела́нья,
И жа́жда зна́ний и труда́,
И страх поро́ка и стыда́,
И вы, заве́тные мечта́нья,
Вы, при́зрак жи́зни неземно́й,
Вы, сны поэ́зии свято́й!

반응을 불러일으켰다. 확고하게 확립된 규칙들이 없었을 때에는, 결투 당사자들 주위에 결투의 전통을 보전하고 있는 결투 애호가들에 의해 조성된 분위기가 엄청난 의미를 갖고 있었다. 이 사람들은 피와 죽음을 부르는 결투를 부추겼다. 결투에 대해 독자적 태도를 가지려면 비범한 정신적인 독립성이 필요했다. 오네긴의 행동은, 렌스키와의 관계에서 느껴지는 자연스러운 인간적인 감정들과 결투의 관례적인 행

심장을 갉는 괴로움 속에서 35.
손으로 권총을 꽉 쥐고서
예브게니는 렌스키를 바라본다
"흠, 어쩌지? 죽었다", 이웃이 결론지었다
죽었다고! 이 무서운 외침에
얻어맞은 오네긴은 부르르 떨고
사람들을 부르면서 물러서고
자레츠키는 썰매에 조심스레
얼음장이 된 시체를 눕히고 나서
무서운 보물을 집으로 운반하려 하고
시체 냄새를 맡은 말들은 힝힝대면서
가쁘게 숨을 몰아쉬며 말을 안 듣고
하얀 거품을 뿜어 쇠로 된 재갈을 적신다
그러더니 화살처럼 날아가기 시작했다.

친구들이여, 그대들은 시인을 동정한다 36.
즐거운 희망들이 피어났는데
세상을 위해 미처 실현하지도 못했다
어린애 옷을 겨우 벗었는데
시들다니! 뜨거운 격정은 어디로 갔나?
청춘의 감정과 사상, 그렇게도
드높고 애정 어리고 대담한 감정과
사상의 고결한 지향은 어디로 갔나?
폭풍 같은 사랑의 열망,
지식과 일에 대한 갈증,
악덕과 수치에 대한 두려움이여,
그대, 남모르는 생각이여,
그대, 천상의 삶의 환영이여,
그대, 신성한 시의 꿈이여, 모두 어디로 갔나?

동 양식을 거부하는 것과 우습고 소심해 보이는 것을 두려워하는 것 사이의 갈등으로 규정할 수 있다. 결국 렌스키와 오네긴 둘 다 결투의 관례적인 행동양식의 희생물이 된 것이다. 렌스키가 죽었다는 말에 그는 부르르 온몸을 떤다. *무서운 보물: 렌스키의 시체가 무서운 보물이라고 표현되었다. 무슨 이유일까? 제7장 47연에서 타티아나는 자신의 심장의 비밀을 눈물과 행복의 비장의 보물이라고 생각한다.

37. Быть мóжет, он для блáга мúра
Иль хоть для слáвы был рождён;
Егó умóлкнувшая лúра
Гремýчий, непреры́вный звон
В векáх поднять моглá. Поэ́та,
Быть мóжет, на ступéнях свéта
Ждалá высóкая ступéнь.
Егó страдáльческая тень,
Быть мóжет, унеслá с собóю
Святýю тáйну, и для нас
Погúб животворя́щий глас,
И за могúльною чертóю
К ней не домчúтся гимн времён,
Благословéние племён.

38. А мóжет быть и то: поэ́та
39. Обыкновéнный ждал удéл.
Прошлú бы ю́ношества лéта:
В нём пыл душú бы охладéл.
Во мнóгом он бы изменúлся,
Расстáлся б с мýзами, женúлся,
В дерéвне счáстлив и рогáт
Носúл бы стёганый халáт;
Узнáл бы жизнь на сáмом дéле,
Подáгру б в сóрок лет имéл,
Пил, ел, скучáл, толстéл, хирéл,
И наконéц в своéй постéле
Скончáлся б посредú детéй,
Плаксúвых баб и лекарéй.

37연은 시적이고 **38, 39**연은 산문적이어서 서로 충돌하고 있다. 렌스키의 미래의 운명에 대한 두 가지 상충되는 추측도 충돌하며, 렌스키의 포즈와 실제 모습도 충돌한다.

그는 세상의 행복을 위해서 또는 적어도 37.
영광을 위해서 태어났을 수도 있었는데.
지금은 침묵해 버린 그의 리라가 아마도
수세기 동안 끊이지 않고 모든 곳에
울렸을 수도 있고, 세상의 층층다리,
그 꼭대기 가장 높은 계단이
시인을 기다리고 있었을 수도 있다
그의 망령이 신성한 비밀을 쥐다
그와 함께 피안으로 가져가 버린 뒤
우리를 위한 창조의 목소리가
영원히 사라져 버려 후대의 찬가,
후대의 축복은 무덤의 경계 뒤
망령에게 아무래도 하나도
다다를 수 없었을 수도 있다.

아마도 시인을 기다렸던 것은 38.
흔한 운명이었을 수도 있다 39.
청춘시절이 지나가고 남는 것은
식어 버린 영혼의 불이었을 것이다
그는 많은 점에서 변했을 것이고
시혼과 헤어져 결혼을 하고
시골에서 행복하고 속는 남편이 되고
누빈 가운을 입게 되고
진정으로 인생을 알게 되고
40세에 통풍을 앓고, 먹고 마시고
지루해하고 뚱뚱해지고 쇠약해지고
그러다 결국 침대에 드러눕고
자식들과 잘 우는 여인들, 그리고
의사들에 둘러싸여 죽었을 수도 있다.

푸슈킨은 38, 39연을 한 연으로 처리하여 흔한 운명을 간단히 서술하고 있다.

40. Но что бы ни́ было, чита́тель,
Увы́, любо́вник молодо́й,
Поэ́т, заду́мчивый мечта́тель,
Уби́т прия́тельской руко́й!
Есть ме́сто: вле́во от селе́нья
Где жил пито́мец вдохнове́нья,
Две со́сны ко́рнями сросли́сь;
Под ни́ми стру́йки извили́сь
Ручья́ сосе́дственной доли́ны.
Там па́харь лю́бит отдыха́ть,
И жни́цы в во́лны погружа́ть
Прихо́дят зво́нкие кувши́ны;
Там у ручья́ в тени́ густо́й
Поста́влен па́мятник просто́й.

41. Под ним (как начина́ет ка́пать
Весе́нний дождь на злак поле́й)
Пасту́х, плетя́ свой пёстрый ла́поть,
Поёт про во́лжских рыбаре́й;
И горожа́нка молода́я,
В дере́вне ле́то провожда́я,
Когда́ стремгла́в верхо́м она́
Несётся по поля́м одна́,
Коня́ пред ним остановля́ет,
Ремя́нный по́вод натяну́в,
И, флёр от шля́пы отверну́в,
Глаза́ми бе́глыми чита́ет
Просту́ю на́дпись — и слеза́
Тума́нит не́жные глаза́.

---

40. '옳지 못한' 결투뿐만 아니라 모든 결투가 러시아에서는 형사상의 범죄였다. 모든 결투는 재판의 대상이 되었다. 결투자들도 입회인들도 형사상의 책임을 졌다. 재판은 법전에 써 있는 그대로 결투자들에게 사형까지 선고했는데, 최종판결에서는 대개 장교는 사병으로 강등되어 일정기간 근무해야 하는 것으로 경감되었다 (카프카즈로의 전임은 장교로 다시 빨리 복귀할 수 있는 가능성을 주는 것이었다). 복무하지 않는 귀족인 오네긴은 한두 달 감옥에 있다가 나와 교회에서 참회하는 것 정도의 벌로 끝났을 것이 분명하다. 그러나 텍스트를 통해 판단해 보건대, 오네긴과

어쨌거나, 독자여, 슬프다, 40.
젊은 연인이자 시인인
생각에 잠기곤 했던 공상가는
친구의 손에 죽었다!
그곳, 영감에 의해 길러지던 그가
자랐던 마을 왼쪽으로 두 전나무가
뿌리가 붙어 하나로 자라고 그 밑으로
이웃 계곡의 시냇물 줄기들이 서로
만나 굽이쳐 흐르는 곳,
밭 가는 농부가 즐겨 쉬고
추수하는 여인이 물을 긷는 곳,
물항아리 쟁그랑 쟁그랑 울리고
나무들이 짙은 그늘을 드리우는
시냇물가에 소박한 묘비가 세워졌다.

그 밑에서 (봄비가 들판에서 41.
목초를 적시기 시작하면) 목동은 해마다
알록달록한 제 짚신을 삼으면서
볼가 강의 어부를 노래한다
시골에서 여름을 보내는
젊은 도시여인은
들판에 홀로 나와서
말을 타고 내달리면서
그 앞에서 말을 멈추고 고삐를
바짝 당기면서 모자에서
얇은 베일을 들어 올려서
빠른 눈길로 소박한 묘비명을
읽는다. — 그러자 눈물이
애정 어린 두 눈을 흐리게 한다.

렌스키의 결투는 재판의 대상이 되지 않았다. 이것은 교구사제가 렌스키의 죽음을 불의의 사고의 결과나 자살로 규정했다면 가능한 것이었다. 렌스키의 묘에 "젊은 시인"의 무덤에 씌어지는 보통의 슬픈 묘비명이 씌어 있기는 하지만(제7장 6연), 그가 교구 공동묘지의 울타리 안에 묻힌 것은 아니라는 사실은 그가 자살자로 규정되었다는 것을 추론할 수 있게 해준다.

41. 시골에서 여름을 보내며 말을 타고 지나가는 젊은 도시여인은 제7장 5연의 "내 변덕스런 시혼"으로 연결된다.

42. И ша́гом е́дет в чи́стом по́ле,
В мечта́нья погрузя́сь, она́;
Душа́ в ней до́лго понево́ле
Судьбо́ю Ле́нского полна́;
И мы́слит: "что́-то с О́льгой ста́ло?
В ней се́рдце до́лго ли страда́ло,
Иль ско́ро слёз прошла́ пора́?
И где тепе́рь её сестра́?
И где ж бегле́ц люде́й и све́та,
Краса́виц мо́дных мо́дный враг,
Где э́тот па́смурный чуда́к,
Уби́йца ю́ного поэ́та?"
Со вре́менем отчёт я вам
Подро́бно обо всём отда́м,

43. Но не тепе́рь. Хоть я серде́чно
Люблю́ геро́я моего́,
Хоть возвращу́сь к нему́ коне́чно,
Но мне тепе́рь не до него́.
Лета́ к суро́вой про́зе кло́нят,
Лета́ шалу́нью ри́фму го́нят,
И я — со вздо́хом призна́юсь —
За ней лени́вей волочу́сь.
Перу́ стари́нной нет охо́ты
Мара́ть лету́чие листы́;
Други́е, хла́дные мечты́,
Други́е, стро́гие забо́ты
И в шу́ме све́та, и в тиши́
Трево́жат сон мое́й души́.

---

43. *애쓰고 각운 맞추는 데: 원어로는 남자가 애써서 여인의 비위를 맞추듯 각운에 봉사한다는 부차적 의미가 느껴진다.

황량한 벌판에서 도시여인은 42.
공상에 잠겨 느릿느릿 말을 타고 간다
어쩔 수 없이 그녀의 마음은
온통 렌스키의 운명으로 가득해진다
그녀는 생각한다 "올가는 어찌 되었나?
그 심장은 오랫동안 괴로워했나?
아니면 눈물의 시간이 곧 지나갔나?
그녀 언니는 지금 어디에 있나?
또 사람들과 세상을 피하던 도망자,
최신유행 미인들의 최신유행 대적자,
젊은 시인의 살인자, 그 음울한
괴짜배기는 어디에 있나? 얼마간
시간이 지난 후에 나 그대들에게
모든 것을 자세히 알릴 것이다.

허나 지금은 아니다. 비록 나 43.
진심으로 내 주인공을 사랑하지만,
그에게로 물론 다시 돌아갈 것이지만
지금은 그를 생각할 겨를이 없다
세월이 메마른 산문에 기울고
세월이 유희로운 각운을 쫓아내니
나도 — 한숨쉬며 고백하는데 — 애쓰고
각운 맞추는 데 게을러졌으니
붓이 예전처럼 기꺼이 종이 위에다
날개 돋친 듯 쓰지 않는다
다른 차가운 생각들이
다른 심각한 근심들이
사교계의 소음 속에서나 고요 속에서나
내 영혼의 꿈을 흔든다.

44. Познáл я глас ины́х желáний,
Познáл я нóвую печáль;
Для пéрвых нет мне уповáний,
А стáрой мне печáли жаль.
Мечты́, мечты́! где вáша слáдость?
Где, вéчная к ней ри́фма, *млáдость*?
Ужéль и впрáвду наконéц
Увя́л, увя́л её венéц?
Ужéль и впря́мь и в сáмом дéле
Без элеги́ческих затéй
Веснá мои́х промчáлась дней
(Что я шутя́ тверди́л досéле)?
И ей ужéль возврáта нет?
Ужéль мне скóро три́дцать лет?

45. Так, пóлдень мой настáл, и ну́жно
Мне в том сознáться, ви́жу я.
Но так и быть: прости́мся дру́жно,
О ю́ность лёгкая моя́!
Благодарю́ за наслаждéнья,
За грусть, за ми́лые мучéнья,
За шум, за бу́ри, за пиры́,
За все, за все твои́ дары́;
Благодарю́ тебя́. Тобóю,
Среди́ тревóг и в тишинé,
Я наслади́лся... и вполнé;
Довóльно! С я́сною душóю
Пускáюсь ны́не в нóвый путь
От жи́зни прóшлой отдохну́ть.

---

44. *'달콤함'의 영원한 각운 '젊음': '젊음'은 항상 꿈의 '달콤함', 삶의 쓰라림을 아직 모르는 상태와 연결되어 자주 각운으로 쓰여 왔다. 푸슈킨 자신도 예전에 자주 썼던 각운이다.

이 연을 쓸 때 푸슈킨의 나이는 27세, 또는 28세. 푸슈킨은 1799년 5월 26일(러시아 구력, 현재의 달력으로는 6월 6일) 모스크바 근교에서 태어났다. 푸슈킨 자신이 항상 의식했던 대로 아버지 세르게이 르보비치 푸슈킨(1770-1848)은 600년의 명성을 자랑하는 유서 깊은 귀족가문에서 태어났고, 어머니 나데쥬다 오시포브나 푸슈키나(1775-1836)는 아브람(이브라힘) 한니발의 손녀였다. 아브람 한니발은 아베시니아의 영주의 아들로서 콘스탄티노플에 볼모로 잡혀와 표트르 대제의 양자가 되었다. 황나 다른 욕구들을 알게 되었고 44.
나 새로운 슬픔을 알게 되었다
처음의 욕구들은 이제 흥미가 없고
예전의 슬픔은 유감스럽다
꿈이여, 꿈이여, 다 어디 갔나, 그대의 달콤함?
'달콤함'의 영원한 각운 '**젊음**'?
아, 정말로 청춘의 화관은 다
시들고 말았나? 결국 시들고 말았나?
아무런 비가적 과장이 아니라
말 그대로 내 인생의 봄이 실제로
날아가 버렸단 말인가, 정말로?
(여태까지 농담 삼아 자주 썼던 표현이다)
그 봄은 아마 다시 돌아오지 않겠지?
나 이제 곧 30세가 되겠지?

그렇다, 내 한낮이 다가왔다, 45.
이 점 인정해야 한다는 것, 나 안다
허나 할 수 없다, 사이좋게 작별하자,
오 내 가벼운 청춘이여! 자,
나 이제 모든 선물에 감사한다
즐거움, 슬픔, 사랑의 고통,
소동, 향연, 반란의 폭풍,
그대가 준 이 모든 선물에 감사한다
나 그대에게 감사한다. 그대는 내게
소란 속에서도 고요 속에서도
즐거움을 주었다... 그것도 차고 넘치게.
이제 그만 됐다! 밝은 정신으로
나 이제 새로운 길로 내려간다,
지난 삶에서 휴식을 취하려고

제는 그를 교육시켰고 그는 나중에 장군의 지위에까지 올랐다. 푸슈킨이 태어날 당시 그의 아버지는 꽤 많은 영지와 1,000명 정도의 농노를 가지고 있었지만 당시 사교생활을 하는 도시귀족들이 보통 그랬듯이 지출이 많아서 돈에 넉넉하지 못한 상태였다. 푸슈킨에게는 두 살 위인 누나 올가 세르게예브나(1797-1868)와 여섯 살 아래인 남동생 레프 세르게예비치(1805-1852)가 있었다. 푸슈킨은 자신이 귀족출신이라는 것에 각별한 의미를 부여하였는데 그것은 귀족층이 그 나라의 문화를 가꾸어 간다는 뜻에서였다. 당시의 귀족들은 집에 프랑스 서적을 사들여서 도서관을 마

46. Дай оглянýсь. Простúте ж, сéни,
Где дни мои́ теклú в глушú,
Испóлнены страстéй и лéни
И снов задýмчивой душú.
А ты, младóе вдохновéнье,
Волнýй моё воображéнье,
Дремóту сéрдца оживля́й,
В мой ýгол чáще прилетáй,
Не дай осты́ть душé поэ́та,
Ожесточúться, очерствéть
И наконéц окаменéть
В мертвя́щем упоéнье свéта,
В сем óмуте, где с вáми я
Купáюсь, мúлые друзья́ (40)!

련하고 문학인 모임을 집에서 자주 열며 문학 및 문화 전반에 대해 이야기를 나누고 창작품을 낭독하곤 했는데 푸슈킨의 아버지도 그런 모임을 자주 열었고 그곳엔 카람진(1766-1826), 쥬코프스키(1783-1852), 바튜슈코프(1787-1855), 백부인 시인 바실리 르보비치 푸슈킨(1766-1830) 등 당대의 유명한 문학인들도 참석하였다. 이들은 후에 푸슈킨이 귀족기숙학교에 들어가는 데 힘이 되었고 그의 시베리아 유형을 남부좌천으로 바뀌도록 노력하였다. 또한 어린 시절부터의 이러한 문화체험은 일생내내 푸슈킨의 창작의 힘이 되었고 그는 '즐거움, 슬픔, 사랑의 고통, 소동, 향연, 반란의 폭풍'의 '가벼운 청춘'을 거치면서 20대 끝자락까지 창작을 하며 살아왔다.
46. *벽지에서 내 나날들이 흘러갔던 곳: 이는 푸슈킨의 1824년 8월부터 1826년 9월까지의 미하일로프스코에 체류를 말한다. 창작의 열정과 여유로운 사색이 함께했던 이곳에서 푸슈킨은 이 소설의 제3장을 마쳤고 제4장, 제5장, 제6장을 썼다. 이제 푸슈킨은 이곳에 작별을 고하고 모스크바로 향한다. *주석 (40)은 46연 전체에

한번 돌아보고. 부디 안녕히, 내 안식처, 46.
벽지에서 내 나날들이 흘러갔던 곳,
열정과 여유에 가득 찼던 곳,
생각에 잠긴 영혼의 꿈들로 가득 찼던 곳이여!
허나 그대, 젊은 영감이여,
내 상상력을 설레게 해다오,
심장의 꿈을 되살려다오, 그대여,
내 방으로 더 자주 날아와다오,
시인의 영혼이 딱딱하게 굳어서
가혹해지고 거칠게 메말라 버려서
마침내 돌이 되지 않도록 해다오!
사교계의 독약 같은 환락 속에서, 오,
나와 그대들이 함께 헤엄치는
이 늪 속에서, 사랑스런 친구들이여!(40)

붙인 것으로 1828년 3월 첫 출판 당시의 제6장의 끝을 보여준다. 차이코프스키는 오페라 『예브게니 오네긴』을 만들 때 이 주석에 나오는 구절들을 리브레토의 일부로 사용하여 타티아나와의 결혼을 사교계에서 보석을 얻었다고 여기는 그레민 공작이 부르도록 하였다. 이 오페라와 더불어 러시아 3대 오페라에 속하는 『스페이드 여왕』도 차이코프스키가 작곡하였다. 러시아 3대 오페라는 모두 푸슈킨의 작품을 바탕으로 만든 것으로 『보리스 고두노프』(1874년 초연)는 이를 작곡한 무소르그스키가 직접 리브레토를 썼고, 『예브게니 오네긴』(1879)과 『스페이드 여왕』(1890)에도 작곡가 차이코프스키가 리브레토에 깊숙이 관여하였다. 푸슈킨의 작품에 바탕을 둔 그 외 잘 알려진 것들로, 『루슬란과 류드밀라』, 『마제파』, 『석상손님』, 『인색한 기사』, 『모차르트와 살리에리』, 『알레코』, 『마브라』 등을 꼽을 수 있는데 푸슈킨의 작품들, 또는 푸슈킨의 생애를 작품화한 오페라는 100편 이상이다.

7 ГЛАВА СЕДЬМАЯ

Москва́, России дочь люби́ма,
Где ра́вную тебе́ сыска́ть?
Дмитриев

Как не любить родно́й Москвы́?,
Бараты́нский

Гоне́нье на Москву́! что зна́чит ви́деть свет!
Где ж лу́чше?
Где нас нет.
Грибое́дов

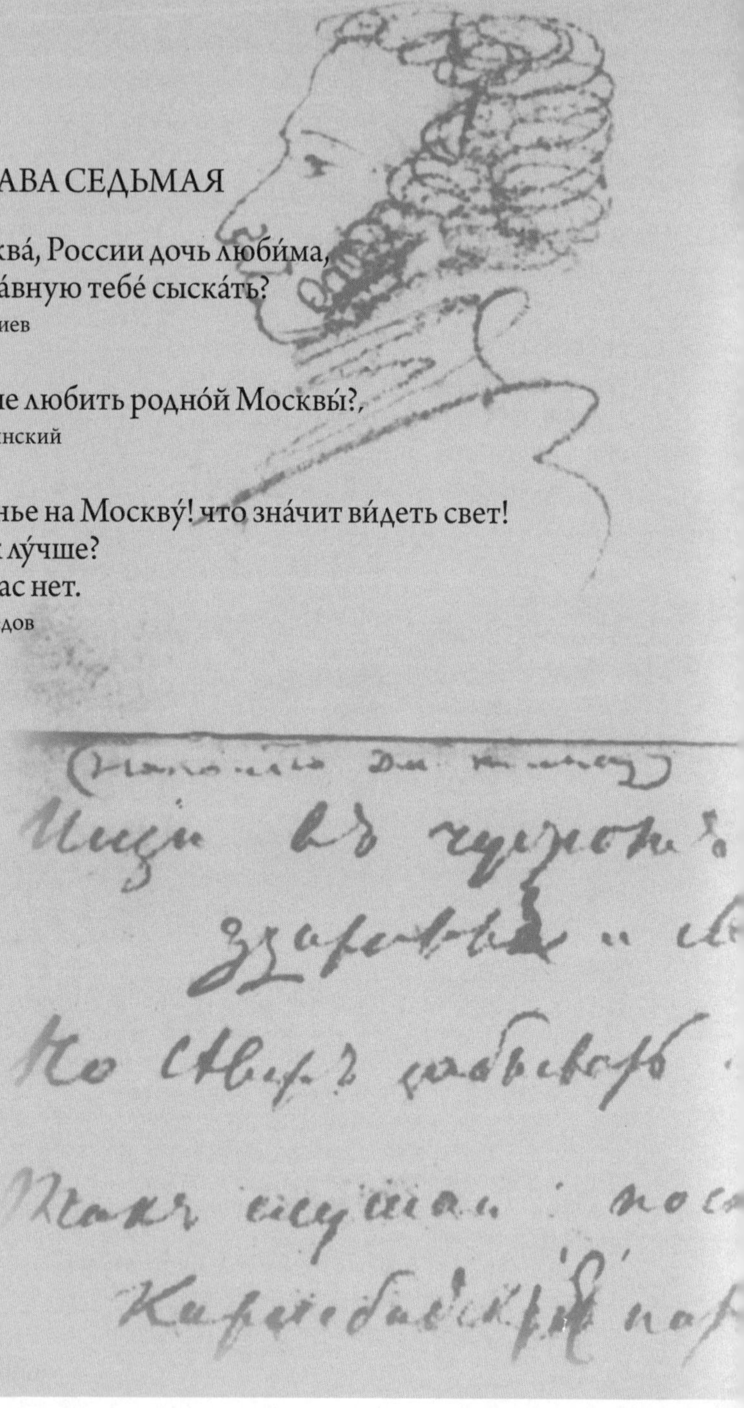

제7장

모스크바, 러시아가 사랑하는 딸,
어디서 그대만 한 곳을 찾을 수 있을까?
드미트리예프

혈육 같은 모스크바를 어찌 사랑하지 않을 수 있으리?
바라틘스키

모스크바를 공격하다니! 세상 돌아다녀 뭣 좀
안다는 게 고작 눈이 먼 거군요! 더 나은 곳이 어디예요?
우리가 없는 곳이오.
그리보예도프

제7장은 푸슈킨이 1826년 9월 모스크바로 돌아온 후 이듬해 1827년 봄 3월에 시작하여 1828년 11월까지 집필하였다. 점점 커지는 절망감 속에서 이에 대항하듯 창작에 몰두하여 이룬 결과물로서 1830년 3월 출판했다. 실패한 1825년 12월봉기로 푸슈킨의 가까운 친구들이 시베리아로 유형을 가게 되고 다섯 명은 교수형을 받게 된 얼마 후 니콜라이 1세는 푸슈킨을 모스크바로 불렀고 푸슈킨은 1826년 9월 8일 모스크바에서 황제와 만난 이후 황제의 검열을 받으며 작품 쓰기를 허락받는다. 다시 그의 도시 생활(무도회, 연애, 도박)이 시작되었고 곧 그는 도시 생활에서 내면의 황폐함을, 검열과 관련하여 황제의 덫에 걸린 듯한 부자유를 느끼게 되었다.

제7장의 이 제사들 중에서 첫 번째 것은 이반 이바노비치 드미트리예프(1760-1837)의 시 「모스크바의 해방」(1795)에서, 두 번째 것은 바라틘스키의 「향연」(1821)에서, 세 번째 것은 그리보예도프(1795-1829)의 희극 『지혜의 슬픔』(1823)에서 따온 것이다. 첫 번째 제사는 모스크바의 웅장한 외관에 대한 송가적 찬양이고, 두 번째 제사는 사적인 문화의 중심으로서의 모스크바(유명한 맛있는 연회 음식 같은 것 포함)에 대한 찬양이고, 세 번째 제사는 러시아의 모든 것에 염증을 느끼는 차츠키(『지혜의 슬픔』의 주인공)가 느끼는 바와 같은 모스크바에 대한 회의적 태도를 보여준다. 푸슈킨은 1825년 1월 말 베스투줴프에게 보내는 편지에서 『지혜의 슬픔』이 인물의 성격과 당대의 풍속의 날카로운 묘사를 목표로 하고 있다고 높이 평가했고 시행의 언어들은 어찌나 멋이 있는지 반은 속담으로 되어야 할 매력적인 드라마라고 했다. 『지혜의 슬픔』은 당시 출판이 허용되지 않았다. 이제 이야기는 모스크바를 향한다.

1. Гони́мы ве́шними луча́ми,
С окре́стных гор уже́ снега́
Сбежа́ли му́тными ручья́ми
На потоплённые луга́.
Улы́бкой я́сною приро́да
Сквозь сон встреча́ет у́тро го́да;
Сине́я бле́щут небеса́.
Ещё прозра́чные, леса́
Как бу́дто пу́хом зелене́ют.
Пчела́ за да́нью полево́й
Лети́т из ке́льи воскво́й.
Доли́ны со́хнут и пестре́ют;
Стада́ шумя́т, и солове́й
Уж пел в безмо́лвии ноче́й.

2. Как гру́стно мне твоё явле́нье,
Весна́, весна́! пора́ любви́!
Како́е то́мное волне́нье
В мое́й душе́, в мое́й крови́!
С каки́м тяжёлым умиле́ньем
Я наслажда́юсь дунове́ньем
В лицо́ мне ве́ющей весны́
На ло́не се́льской тишины́!
Или мне чу́ждо наслажде́нье,
И всё, что ра́дует, живи́т,
Всё, что лику́ет и блести́т,
Наво́дит ску́ку и томле́нье
На ду́шу мёртвую давно́,
И всё ей ка́жется темно́?

---

1. 봄에 자연이 깨어나는 모습이 의인화되어 있다. *보송보송해지고: 숲의 나무들에 보드랍고 여린 고운 잎들이 돋아나는 것을 말함. *계곡은 마르고 알록달록해지고: 봄이 되어 여러 색깔의 꽃들이 핀 모양. *공물을 찾아 들로 날아가고: 벌이 들판의 꽃들로부터 공물을 모아들이는 모습이 지배자가 피지배자로부터 공물을 받는 것에 비유되었다. 제1장 18연에서 러시아 관객들은 오제로프와 세묘노바의 민족의 역사극을 보면서 저도 모르게 눈물을 흘리고 박수를 치면서 커다란 감동의 지배자인

눈은 이미 봄빛에 공격당하여 1.
주위의 산으로부터 녹아내려
벌써 탁한 시내를 이루고
물에 잠긴 초원으로 흘러내리고
자연은 잠에서 깨어나 기지개 펴고
밝은 미소로 한 해의 아침을 맞고
하늘은 푸르러지며 빛나고
숲은 아직 휑하긴 해도 보송보송해지고
나날이 더 초록빛을 띠어가고
벌들은 밀랍에서 나와가지고
공물을 찾아 들로 날아가고
계곡은 마르고 알록달록해지고
가축들 웅성거리고 밤꾀꼬리
벌써 밤의 정적 속에서 노래한다.

네가 나타난 것이 얼마나 슬픈지 2.
봄이여, 봄이여! 사랑의 시간이여!
내 영혼 속에, 내 피 속에, 오,
얼마나 애타는 설레임이 이는지!
시골의 고요한 품에서 살랑살랑
내 얼굴로 불어대는 맨살의 봄을
맛보며 나 얼마나 가슴속에 울렁울렁
견디기 어려운 감동을
느끼는지! 즐거움은 낯선 것이 되었나?
기쁨을 주고 생기를 주는 것이나
환호하고 빛나는 것은 모두 오래전에
죽은 영혼에 권태와 괴로움만 일으켜
그 영혼에는 이제 무엇이나
어둡게만 보이는 것일까?

그들에게 공물을 바친 셈이다. 제1장 52연에서 오네긴의 백부는 이미 땅에 바쳐질 공물처럼 장례탁자 위에 놓여 있었다. 인간은 땅에서 태어나 살았으니 지배자인 땅에 내야 할 몫을 내야 하는 법이니 자연에게 공물을 바쳐야 하는 것이 인간의 도리다. 제1장 60연에서 푸슈킨은 이 작품에게 네바강변으로 가서 이 작품을 창조한 그에게 곡해, 욕설, 소동이라는 공물을 가져오라고 말한다. 제7장 52연에서 매혹적인 여인에게 빠지는 미친병에 공물 다 바쳤으니 정신 차리라고 스스로에게 경고한다. 그런 미친 짓을 할 때는 치를 만큼 고통을 다 치러야 하게 마련. 사랑의 미친 감정, 사랑의

3. Или, не ра́дуясь возвра́ту
Поги́бших о́сенью листо́в,
Мы по́мним го́рькую утра́ту,
Внима́я но́вый шум лесо́в;
Или с приро́дой оживлённой
Сближа́ем ду́мою смущённой
Мы увяда́нье на́ших лет,
Кото́рым возрожде́нья нет?
Быть мо́жет, в мы́сли к нам прихо́дит
Средь поэти́ческого сна
Ина́я, ста́рая весна́
И в тре́пет се́рдце нам приво́дит
Мечто́й о да́льней стороне́,
О чу́дной но́чи, о луне́...

4. Вот вре́мя: до́брые лени́вцы,
Эпикуре́йцы-мудрецы́,
Вы, равноду́шные счастли́вцы,
Вы, шко́лы Лёвшина (41) птенцы́,
Вы, дереве́нские Приа́мы,
И вы, чувстви́тельные да́мы,
Весна́ в дере́вню вас зовёт,
Пора́ тепла́, цвето́в, рабо́т,
Пора́ гуля́ний вдохнове́нных
И соблазни́тельных ноче́й.
В поля́, друзья́! скоре́й, скоре́й,
В каре́тах, тя́жко нагруже́нных,
На до́лгих или на почтовы́х
Тяни́тесь из заста́в градски́х.

미친병이라는 지배자는 자신의 공물을 요구한다.

3. 화자는 봄이 고통스러운 설렘을 주는 이유를 스스로 생각해 본다.

4. 바실리 알렉세예비치 료프쉰(1746-1826)을 푸슈킨은 주석 (41)에서 가계경영 부문에 많은 책을 쓴 작가라고 그의 저작의 한 성격을 소개한다. 그는 매우 왕성한 활동을 했던 작가이자 민속학자, 프리메이슨, 노비코프의 동료이다. 그는 약 90권의 저서를 냈다. 그중에는 영지생활에 필요한 구체적인 내용을 다룬 것도 많았다. 그래서 푸슈킨은 영지를 가진 귀족, 시골지주를 료프쉰 학파라고 하는 모양이다. 사실

아니면 봄숲의 웅성거림 듣고 3.
가을에 죽은 나뭇잎들이 하나하나
새로 돋아나는 것을 즐거워하지 않고
이제 쓰라린 상실만을 기억하는 것일까?
아니면 다시 살아난 자연에
돌이킬 수 없는 인간의 시들음을
도리 없이 당혹스러운 마음으로
연결시키게 된 것일까, 저도 모르게?
아마도, 시적 상상 가운데서
다른 봄, 저 예전의 봄이 부활해서
우리의 머릿속으로 도달해
우리의 심장을 먼 나라에 대해
경이로운 밤에 대해, 달에 대해...
꿈꾸며 떨게 하는 것이겠지...

바야흐로 봄이 왔구려, 4.
선량한 한량들이여,
쾌락주의자-현자들이여,
그대들, 태평한 행운아들이여,
그대들, 료프쉰(41) 학파의 제자들이여,
그대들, 시골의 프리아모스들이여,
그리고 그대들, 감수성이 예민한 숙녀들이여,
봄이 그대들 모두를 시골로 부르는구려
온기와 꽃과 노동의 계절,
영감에 차서 산책하는 계절,
고혹스러운 밤의 계절이 왔으니
친구들이여, 들판을 향해, 어서 빨리,
집마차건, 역마차건 짐을 가득 싣고
도시의 관문으로부터 달려나가게!

그들이 영지생활에 대해 구체적인 내용을 아는 것이 얼마나 있겠냐마는. *시골의 프리아모스들: 프리아모스는 고대 그리스 신화에 나오는 트로이의 왕으로서 많은 가족을 거느린 가장이다. 그래서 시골의 프리아모스들이란 수많은 사람을 시골에 거느리고 있는 지주를 말한다. *집마차건 역마차건: 집마차는 자기 집 말들을 매고 가는 것으로 역마차처럼 역참에서 말들을 바꿀 수가 없으므로 훨씬 더디 간다.

5. И вы, чита́тель благоскло́нный,
В свое́й коля́ске выписно́й
Оста́вьте град неугомо́нный,
Где весели́лись вы зимо́й;
С мое́ю му́зой своенра́вной
Пойдёмте слу́шать шум дубра́вный
Над безыме́нною реко́й
В дере́вне, где Евге́ний мой,
Отше́льник пра́здный и уны́лый,
Ещё неда́вно жил зимо́й
В сосе́дстве Та́ни молодо́й,
Мое́й мечта́тельницы ми́лой;
Но где его́ тепе́рь уж нет...
Где гру́стный он оста́вил след.

6. Меж гор, лежа́щих полукру́гом,
Пойдем туда́, где ручеёк
Ви́ясь бежи́т зелёным лу́гом
К реке сквозь ли́повый лесо́к.
Там солове́й, весны́ любо́вник,
Всю ночь поёт; цветёт шипо́вник,
И слы́шен го́вор ключево́й, —
Там ви́ден ка́мень гробово́й
В тени́ двух со́сен устаре́лых.
Прише́льцу на́дпись говори́т:
"Влади́мир Ле́нский здесь лежи́т,
Поги́бший ра́но сме́ртью сме́лых,
В тако́й-то год, таки́х-то лет.
Поко́йся, ю́ноша-поэ́т!"

---

5. *외국산 마차: 이는 겨울에는 도시에서 여름에는 시골 영지에서 보내는 여유로운 생활을 하는 부유한 사람들이 가진 마차를 말한다. 네 바퀴의 열린 마차로, 접는 지붕이 달린 프랑스제인 듯하다. 오네긴은 렌스키가 죽은 1월 14일 이후 이삼 주 지나 페테르부르그로 떠난 것으로 보인다. 이는 그가 양심의 가책을 느껴서이기도 하지

그리고 그대, 고마운 독자여! 5.
겨울 동안 즐겁게 지냈던, 밤낮으로
지칠 줄 모르는 도시를 떠나, 어서
멋진 외국산 반개마차를 타고
이름 모를 강 위로 가지를 드리우고
웅성거리는 참나무숲도 보고
숨 좀 쉬러 내 변덕스런 시혼과 같이
시골로 달려가세, 내 예브게니,
한가하고도 우울한 은자가
바로 얼마 전 겨울에
내 사랑스런 공상녀, 젊은 타냐의
이웃으로 살았던 곳, 허나 그가
사라지고 없는 지금, 그의
슬픈 흔적만이 남아 있는 곳으로.

반원형으로 펼쳐진 산들 사이로 해서 6.
달리세, 시냇물이 보리수 수풀을 지나고
강을 향해 굽이치면서
초록빛 들판을 달리는 곳,
봄의 연인, 밤꾀꼬리 밤새도록 노래하고
들장미 환히 피어 있는 곳,
샘물이 두런거리는 그곳으로.
거기, 늙은 전나무 두 그루
그늘 아래로 묘석이 보이고
묘비명은 방문객에게 말하네,
"아무 해, 아무 살의 나이에
영웅적 죽음으로써 때 이르게 생을 마감하고
블라디미르 렌스키 이곳에 눕다,
고이 쉬소서, 청년-시인이여!"라고.

만 결투를 재판의 대상이 되지 않도록 하기 위한 것일 수도 있다. 교구사제는 렌스키의 죽음을 불의의 사고의 결과나 자살로 규정한 것이 틀림없다.

6. 렌스키의 묘비명은 토마스 그레이의 비가 「시골 교회 묘지에서 쓴 비가」(1751)를 연상시키는 바가 있다.

7. На ве́тви со́сны преклоне́нной,
Быва́ло, ра́нний ветеро́к
Над э́той у́рною смире́нной
Кача́л таи́нственный вено́к.
Быва́ло, в по́здние досу́ги
Сюда́ ходи́ли две подру́ги.
И на моги́ле при луне́,
Обня́вшись, пла́кали оне́.
Но ны́не... па́мятник уны́лый
Забы́т. К нему́ привы́чный след
Загло́х. Венка́ на ве́тви нет;
Оди́н, под ним, седо́й и хи́лый
Пасту́х по-пре́жнему поёт
И о́бувь бе́дную плетёт.

8. Мой бе́дный Ле́нский! изныва́я,
9. Не до́лго пла́кала она́.
10. Увы́! неве́ста молода́я
Свое́й печа́ли неверна́.
Друго́й увлёк её внима́нье,
Друго́й успе́л её страда́нье
Любо́вной ле́стью усыпи́ть,
Ула́н уме́л её плени́ть,
Ула́н люби́м её душо́ю...
И вот уж с ним пред алтарём
Она́ стыдли́во под венцо́м
Стои́т с пони́кшей голово́ю,
С огнём в поту́пленных оча́х,
С улы́бкой лёгкой на уста́х.

---

7. *두 여자는 올가와 타티아나. *초라한 신발: 제6장의 41연에서 렌스키의 슬픈 묘비가 아직 잊혀지지 않았을 때는 목동이 알록달록한 짚신을 삼았었는데 이제 머리가 세고 몸이 허약해진 목동이 초라한 신발을 삼는다고 하니 렌스키의 잊혀진 슬픈 묘비가 더 가슴 아프게 여겨진다.

8. 9. 10. 원래 초고에는 8연과 9연에 올가가 렌스키의 무덤에 찾아왔다가 멋진 경기병과 눈이 맞아 타티아나처럼 창백한 얼굴이 되고 말이 없다가 그 이후로 무덤에 찾아오지 않았고 렌스키가 무관심하게 잊혀졌다는 내용이 쓰여 있었다. 올가도 타티아나처럼 창백해졌다는 초고의 표현은 이 장의 12연에서 올가를 창기병과 떠나

아침 바람이 솔솔 불어오다 7.
온화해진 유골 위로 고개를 숙인
전나무 가지 위에 걸린
비밀의 화관을 흔들곤 했었다
늦은 한적한 시간에
두 여자가 이리로 오곤 했었다
두 친구는 무덤가에서 달빛 속에
서로 껴안고 눈물 흘리곤 했었다
허나 지금… 슬픈 묘비는 잊혀져 버렸다
그리로 가는 길도 자란 풀에 덮여 버렸다
가지 위에는 아무 화관도 없고 이미
머리가 세고 몸이 허약해진 목동만이
예전처럼 그 밑에서 노래 부르며
초라한 신발을 삼는다.

내 불쌍한 렌스키! 그녀는 8.
슬피 울었었지만, 오랫동안은 아니었다 9.
오, 슬프다, 젊은 약혼녀는 10.
자신의 슬픔에 충실하지 않다
다른 남자가 그녀의 관심을 끌어서
사랑의 위안으로써
그녀의 고통을 잠재우는 데 성공했던 것
한 창기병이 그녀를 매혹시켰던 것.
그는 그녀의 영혼 깊이 사랑받았고….
자, 여기 그녀는 그와 함께 벌써
혼인의 제단 앞에 부끄러이 서서,
화관을 쓰고 고개를 숙이고
내리깐 두 눈 속엔 불을 담고
두 입술엔 살짝 미소를 머금고 있다.

보낼 때 타티아나의 '슬픈 얼굴이 죽음 같은 창백함으로 덮였다'와 연결되는 듯하다. 그렇다면 이 두 경우에 그녀들이 제5장 4연에서 미래에 군인 신랑을 만날 거라는 하녀들의 점괘가 들어맞는 것을 보고 놀라고 불안해하기 때문인지도 모른다. *창기병: 별로 등급이 높은 군인이 아니다. 푸슈킨은 창기병이라는 직책을 가진 사람을 좀 우스꽝스러운 인물로 본 듯하다. 그의 단편소설집 『벨킨 이야기』(1830) 속에 있는 「눈보라」에서도 그렇다.

11. Мой бе́дный Ле́нский! за моги́лой
В преде́лах ве́чности глухо́й
Смути́лся ли, певе́ц уны́лый,
Изме́ны ве́стью рокова́й,
Или над Ле́той усыпле́нный
Поэ́т, бесчу́вствием блаже́нный,
Уж не смуща́ется ниче́м,
И мир ему́ закры́т и нем?..
Так! равноду́шное забве́нье
За гро́бом ожида́ет нас.
Враго́в, друзе́й, любо́вниц глас
Вдруг мо́лкнет. Про одно́ име́нье
Насле́дников серди́тый хор
Заво́дит непристо́йный спор.

12. И ско́ро зво́нкий го́лос О́ли
В семе́йстве Ла́риных умо́лк.
Ула́н, свое́й нево́льник до́ли,
Был до́лжен с не́ю ехать в полк.
Слеза́ми го́рько облива́ясь,
Стару́шка, с до́черью проща́ясь,
Каза́лось, чуть жи́ва бы́ла,
Но Та́ня пла́кать не могла́;
Лишь сме́ртной бле́дностью покры́лось
Её печа́льное лицо́.
Когда́ все вы́шли на крыльцо́,
И всё, проща́ясь, суети́лось
Вокру́г каре́ты молоды́х,
Татья́на проводи́ла их.

---

12. 비통하게 눈물을 흘리면서 죽을 듯이 슬퍼하며 작별하는 라린 부인과 달리 타티아나는 울 수 없었고 그녀의 슬픈 얼굴이 죽음 같은 창백함으로 덮인 것은 타티아나가 밖으로 드러내며 슬픔을 풀어 버리는 다른 여인들과는 달리 속으로 슬픔을 깊이 간직하는 것을 보여준다. 이 장의 32연에서 그녀가 고향땅과 작별하며 소리 없이 눈물을 흘리기는 하지만 남들에게 보이지 않는다. 이 장의 21연에서 예브게니의 서재에서도 혼자가 되었을 때 그녀는 오랫동안 울었다. 예브게니만이 제4장 17연과 제8장 40연에서 그녀의 눈물을 본다.

내 불쌍한 렌스키! 무덤 뒤의 11.
아득한 영원의 영역에서
우울한 시인은 당혹했을까, 약혼녀의
배반, 그 치명적인 소식으로 해서?
아니면 레테 강 위에서 온화해져서
무감각으로 축복받아 잠잠해져서
이미 무엇으로도 당황하지 않게 되었을까?
그에게 세상은 닫혀 있고 아무 소리 안 들릴까?...
그렇다! 무심한 망각이 뒤에서
우리를 삼키려고 기다리고 있다
적들, 친구들, 연인들의 목소리, 모두가
갑자기 침묵할 것이다. 오직 재산에 대해서
후손들이 부르는 성오른 합창소리만이
지극히 무례한 언쟁을 부를 뿐.

그리고 곧 올라의 음성은 12.
라린 집안에서 울리기를 멈추었다
자신의 운명에서 벗어날 수 없는 창기병은
그녀와 함께 연대로 떠나야 했던 것이다
비통하게 눈물 흘리면서
노파는 딸과 헤어지면서
거의 죽을 것 같이 보였다
그러나 타냐는 울 수 없었다
다만 그녀의 슬픈 얼굴이 온통
죽음 같은 창백함으로 덮였다
모든 사람들이 현관으로 나갔다
젊은 부부의 마차 주위에서 온통
작별하느라 부산스러울 때
타티아나는 그들을 전송했다.

13. И до́лго, бу́дто сквозь тума́на,
Она́ гляде́ла им вослéд...
И вот одна́, одна́ Татья́на!
Увы́! подру́га сто́льких лет,
Её голу́бка молода́я,
Её напе́рсница родна́я,
Судьбо́ю вдаль занесена́,
С ней навсегда́ разлучена́.
Как тень она́ без це́ли бро́дит,
То смо́трит в опусте́лый сад...
Нигде́, ни в чём ей нет отра́д,
И облегче́нья не нахо́дит
Она́ пода́вленным слеза́м —
И се́рдце рвётся попола́м.

14. И в одино́честве жесто́ком
Сильне́е страсть её гори́т,
И об Оне́гине далёком
Ей се́рдце гро́мче говори́т.
Она́ его́ не бу́дет ви́деть;
Она́ должна́ в нём ненави́деть
Уби́йцу бра́та своего́;
Поэ́т поги́б... но уж его́
Никто́ не по́мнит, уж друго́му
Его́ неве́ста отдала́сь.
Поэ́та па́мять пронесла́сь
Как дым по не́бу голубо́му,
О нём два се́рдца, мо́жет быть,
Ещё грустя́т... На что грусти́ть?

---

13. 오랫동안 안개 속을 뚫고 보듯이 타티아나는 결혼해서 떠나는 올가와 창기병의 뒤를 바라보며 무슨 생각을 했을까? 자신과는 다른 길을 간 올가, 렌스키와 결혼하려다가 그가 죽자 다른 남자에게 얼른 마음을 주고 결혼해 떠나는 여자, 아마도 얼마 후 창기병에게 싫증나 눌린 백작의 나탈리아처럼 몰래 리딘 같은 정부를 둘지도 모르는(렌스키가 죽지 않았다면 속는 남편이 되었을 수도 있었다고 푸슈킨은 제6장 38, 39연에서 말했다!) 올가와 자기 자신의 운명은 다르다는 것을 느꼈을 것이다. 그

오랫동안 안개 속을 뚫고 보듯이 13.
그녀는 떠나는 그들 뒤를 바라보았다...
이제 타티아나는 혼자다, 혼자다!
슬프도다! 그토록 오랜 세월의 친구인
그녀의 젊은 비둘기를,
그녀의 혈연의 자매, 올가를
운명은 멀리로 데려갔다
그녀와 영원히 작별시켰다
망령처럼 그녀는 목표 없이 헤매고
황량한 정원을 들여다보기도 하는데
어디에도 무엇에도 기쁨은 없고
누르고 참아서 삭힌 눈물에
아무런 위안을 찾아 줄 수 없고
가슴은 둘로 찢어진다.

가차 없는 고독 속에서 14.
그녀의 열정은 더욱 더 강하게 불탄다
심장은 멀리 있는 오네긴에 대해서
더욱 더 큰 소리로 말한다
그녀는 그를 보지 못할 것이다
그녀는 그를 증오해야 한다,
자기 형제의 살인자로서.
시인은 죽었다... 그러나 벌써
아무도 그를 기억하지 않는다
약혼녀는 이미 다른 남자에게 넘어갔고
시인에 대한 기억은 저 푸르고
푸른 하늘로 연기처럼 날아가 버렸다
아마도 두 심장이 아직 그에 대해
슬퍼하리라... 허나 슬퍼한들 무슨 소용인가?..

것도 안개 속에 있는(안개 낀) 남성 인물들과 달리 안개 속을 뚫고 보듯이 확실히 느꼈을 것이다. (제8장 27연, 28연의 역자 주석을 보시오.)

14. *자기 형제의 살인자: 여기서 형제라는 표현은 아주 가까운 사람이라는 뜻으로 쓰인 것 같다. 제부가 되었을 사람이라는 뜻으로 쓰였을 수도 있다. *두 심장은 타티아나와 오네긴의 심장일 것이다.

15. Был ве́чер. Не́бо ме́ркло. Во́ды
Струи́лись ти́хо. Жук жужжа́л.
Уж расходи́лись хорово́ды;
Уж за реко́й, дымя́сь, пыла́л
Ого́нь рыба́чий. В по́ле чи́стом,
Луны́ при све́те серебри́стом
В свои́ мечты́ погружена́,
Татья́на до́лго шла одна́.
Шла, шла. И вдруг перед собо́ю
С холма́ госпо́дский ви́дит дом,
Селе́нье, ро́щу под холмо́м
И сад над све́тлою реко́ю.
Она́ гляди́т — и се́рдце в ней
Заби́лось ча́ще и сильне́й.

16. Её сомне́ния смуща́ют:
"Пойду́ ль вперёд, пойду́ ль наза́д?..
Его́ здесь нет. Меня́ не зна́ют...
Взгляну́ на дом, на э́тот сад".
И вот с холма́ Татья́на схо́дит,
Едва́ дыша́; круго́м обво́дит
Недоуме́нья по́лный взор...
И вхо́дит на пусты́нный двор.
К ней, ла́я, ки́нулись соба́ки.
На крик испу́ганный ея́
Ребя́т дворо́вая семья́
Сбежа́лась шу́мно. Не без дра́ки
Мальчи́шки разогна́ли псов,
Взяв ба́рышню под свой покро́в.

15-16. 나보코프에 의하면 이 부분은 코즐로프(1779-1840)의 서사시 「나탈리아 돌고루키 공녀」(1827년부터 알려져 1828년 출판)에 나오는 부분과 매우 흡사한데 이 작품은 역사물로서 표트르 대제의 야전사령관 보리스 쉐레메테프의 딸 나탈리아의 불행한 운명을 그린 것으로 이 부분은 그녀가 예전의 자기 집으로 다가갈 때의 마음을 표현한 것이라고 한다. 이 서사시의 다른 한 부분에서는 그녀의 죽은 남편의 유령이 나타나 자신이 목이 잘렸다는 것을 보여주기 위해서 머리를 모자처럼 벗었

저녁이었다. 하늘이 어두워졌다. 강물이 15.
고요히 흘렀다. 풍뎅이가 웅웅거렸다
원무를 추던 이들도 벌써 흩어졌다
강 건너에서 벌써 어부의 모닥불이
연기를 피우며 타고 황량한 벌판에
달은 은빛을 발하는데
혼자만의 상념에 빠져 타티아나는
홀로 오래도록 걸었다. 그녀는
걷고 또 걸었다. 문득 발아래로
지주 저택과 멀리 농가가 보인다
언덕 아래 수풀과 빛나는 강 너머로
커다란 정원이 보인다
이를 바라보는 그녀의 심장은
더 빨리 더 강하게 고동쳤다.

그녀는 갈팡질팡하며 망설인다 16.
"앞으로 갈까? 돌아갈까?..어쩐다?
그는 없고, 사람들은 나를 모르지...
집과 저 정원을 한번 들여다봐야지."
이제 언덕에서 타티아나가 내려온다
불안으로 가득 찬 시선으로
숨 막힌 채 주위를 돌아본다...
이윽고 인적 없는 마당으로
다가가니 개들이 짖으며
달려든다. 그녀의 놀란 비명에
하인 아이들 무리가 시끄럽게
몰려와 서로 싸움까지 해가며
지주아가씨를 보호한다며
개들을 쫓아 버린다.

다고 한다. 이 작품의 출판 연도로 볼 때 이 장을 쓸 때 푸슈킨이 이 작품을 읽었음은 분명하고 당시 독자들은 이 부분을 읽으며 코즐로프의 서사시를 떠올렸을 것이다. 코즐로프는 쥬코프스키와 푸슈킨의 영향을 강하게 받은 시인으로 1821년 눈이 먼 후 시인이 되어 1825년에는 매우 큰 성공을 하여 당대를 풍미하는 작가가 되었다. 눈먼 시인이 이렇게 구체적으로 공간적인 묘사를 했다는 것이 매우 인상 깊다.

17. "Уви́деть ба́рский дом нельзя́ ли?" —
Спроси́ла Та́ня. Поскоре́й
К Ани́сье де́ти побежа́ли
У ней ключи́ взять от сене́й;
Ани́сья то́тчас к ней яви́лась,
И дверь пред ни́ми отвори́лась,
И Та́ня вхо́дит в дом пусто́й,
Где жил неда́вно наш геро́й.
Она́ гляди́т: забы́тый в за́ле
Кий на билья́рде отдыха́л,
На смя́том канапе́ лежа́л
Мане́жный хлы́стик. Та́ня да́ле;
Стару́шка ей: "а вот ками́н;
Здесь ба́рин си́живал оди́н.

18. Здесь с ним обе́дывал зимо́ю
Поко́йный Ле́нский, наш сосе́д.
Сюда́ пожа́луйте, за мно́ю.
Вот э́то ба́рский кабине́т;
Здесь почива́л он, ко́фей ку́шал,
Прика́зчика докла́ды слу́шал
И кни́жку поутру́ чита́л...
И ста́рый ба́рин здесь жива́л;
Со мной, быва́ло, в воскресе́нье,
Здесь под окно́м, наде́в очки́,
Игра́ть изво́лил в дурачки́.
Дай бог душе́ его́ спасе́нье,
А ко́сточкам его́ поко́й
В моги́ле, в мать-земле́ сыро́й!"

---

18. *바보놀이: 카드놀이의 일종.

"나리 저택을 보면 안 될까?" 하고 17.
타냐가 묻는다. 서둘러
아이들은 현관문 열쇠를 가지러
아니샤네 복도로 달려갔고
당장 아니샤가 그녀에게로 나타났다
그들 앞에 문이 열렸다
타냐는 얼마 전에 우리의 주인공이
살았던 빈집으로 들어간다. 바라보니
홀 안에는 잊혀진 당구키가 고이
당구대 위에 쉬고 있다
구겨진 소파 위엔 승마용 채찍이
그대로 놓여 있고. 타냐는 더 안으로 간다
노파가 그녀에게 말한다, "여기 벽난로 가에
주인님이 혼자 앉아 계시곤 했지요."

"겨울에는 우리 이웃 고 렌스키님이 여기서 18.
나리와 식사를 들곤 했지요
자, 이리로 저를 따라오세요, 어서,
여기가 나리의 서재예요
여기서 주무시고 커피를 마시고
집사의 보고를 듣고
아침마다 책을 읽곤 하셨지요...
예전 나리도 여기서 지내셨지요
일요일에는 안경을 끼시고
창 밑에서 저와 함께 한참
바보놀이를 하셨지요, 참.
하느님, 그의 영혼을 구원하시고
축축한 어머니-대지 속 무덤에 있는
유골에 평안을 주소서!"

19. Татья́на взо́ром умилённым
Вокру́г себя́ на всё гляди́т,
И всё ей ка́жется бесце́нным,
Всё ду́шу то́мную живи́т
Полу-мучи́тельной отра́дой:
И стол с поме́ркшею лампа́дой,
И гру́да книг, и под окно́м
Крова́ть, покры́тая ковро́м,
И вид в окно́ сквозь су́мрак лу́нный,
И э́тот бле́дный полусве́т,
И ло́рда Ба́йрона портре́т,
И сто́лбик с ку́клою чугу́нной
Под шля́пой с па́смурным чело́м,
С рука́ми, сжа́тыми кресто́м.

20. Татья́на до́лго в ке́лье мо́дной
Как очаро́вана стои́т.
Но по́здно. Ве́тер встал холо́дный.
Темно́ в доли́не. Ро́ща спит
Над отума́ненной реко́ю;
Луна́ сокры́лась за горо́ю,
И пилигри́мке молодо́й
Пора́, давно́ пора́ домо́й.
И Та́ня, скрыв своё волне́нье,
Не без того́, чтоб не вздохну́ть,
Пуска́ется в обра́тный путь.
Но пре́жде про́сит позволе́нья
Пусты́нный за́мок навеща́ть,
Чтоб кни́жки здесь одно́й чита́ть.

---

19. *찌푸린 이마에 챙 넓은 모자에 팔짱을 끼고 받침대 위에 서 있는 작은 철제 인형은 나폴레옹의 입상을 말한다.

타티아나는 감동 어린 시선으로 19.
주위의 모든 것을 바라보았다,
불 꺼진 램프가 놓인 책상, 그 위에다
쌓아 놓은 책무더기, 창 밑으로
양탄자가 덮인 침대, 창밖에 어스름
달빛 아래 보이는 광경, 모든 곳에
창백한 어스름 박명(薄明), '으음'
하며 찌푸린 이마에 챙 넓은 모자에
팔짱을 끼고 받침대 위에 서 있는
작은 철제 인형, 벽에 걸린
바이런의 초상화, 이 모든 것이 다
그녀에게 비할 데 없이 소중해 보인다
이 모든 것은 그녀의 지친 영혼을
고통 섞인 기쁨으로 생기롭게 한다.

타티아나는 이 유행스런 방안에 20.
오랫동안 도취되어 서 있었다
허나 늦은 시간. 찬바람이 일었다
계곡은 어둡다. 수풀이
안개 낀 강 위에 잠들었고
달은 산 뒤로 사라졌다
젊은 여순례자는 벌써 그만하고
돌아가야 했다. 너무 늦어 버렸다
타냐는 한숨을 쉬면서
그러나 흥분을 감추면서
어쩔 수 없이 귀로에 올랐다.
그러나 그 전에 허락을 구한다
이곳에서 홀로 책을 읽으러
버려진 성채를 방문해도 되냐고.

---

20. *여순례자: 순례라는 표현 때문에 그녀가 오네긴의 서재를 방문함으로써 영적인 깨우침을 얻는다는 암시가 느껴진다.

21. Татья́на с клю́чницей прости́лась
За ворота́ми. Через день
Уж у́тром ра́но вновь яви́лась
Она́ в оста́вленную сень,
И в молчали́вом кабине́те,
Забы́в на вре́мя всё на све́те,
Оста́лась наконе́ц одна́,
И до́лго пла́кала она́.
Пото́м за кни́ги приняла́ся.
Сперва́ ей бы́ло не до них,
Но показа́лся вы́бор их
Ей стра́нен. Чте́нью предала́ся
Татья́на жа́дною душо́й;
И ей откры́лся мир ино́й.

22. Хотя́ мы зна́ем, что Евге́ний
Изда́вна чте́нье разлюби́л,
Одна́ко ж не́сколько творе́ний
Он из опа́лы исключи́л:
Певца́ Гяу́ра и Жуа́на,
Да с ним ещё два-три рома́на,
В кото́рых отрази́лся век,
И совреме́нный челове́к
Изображён дово́льно ве́рно
С его́ безнра́вственной душо́й,
Себялюби́вой и сухо́й,
Мечта́нью пре́данной безме́рно,
С его́ озло́бленным умо́м,
Кипя́щим в де́йствии пусто́м.

---

21. *적막한 서재: 이 표현은 제8장 34연에서도 오네긴의 서재를 표현할 때 쓰였다.
22. *갸우르와 주안의 시인은 바이런을 말한다. 갸우르는 1813년 발표된 바이런의 운문서사시 「갸우르. 터키 이야기의 단편」의 주인공 이름이다. 『돈 주안』은 바이런이 1819년경부터 장별로 발표한 미완성 운문소설이다. 『예브게니 오네긴』에 커다란 영향을 준 것으로 여겨진다. *두세 권의 소설이란 『멜모트』, 『르네』, 『아돌프』라고 푸슈킨은 초고에 썼었다. 『멜모트』는 영국작가 찰스 로버트 마튜린(Charles Robert Maturin, 1782-1824)의 소설 『방랑자 멜모트』(1820년, 프랑스어 번역 1821년)를 말

타티아나는 가정부와 대문 뒤에서 21.
작별했다. 하루가 지나갔다
다음날 그녀는 이른 아침 벌써
두고 왔던 은둔지에 다시 나타났다
그리고 적막한 서재에서
얼마 동안 세상의 모든 것을 잊고서
드디어 혼자가 되었다
오랫동안 그녀는 울었다
얼마 후 책을 읽어 보려 했으나
처음엔 별로였다. 허나 제목들이 다
그녀에게 낯설고 기이하게 보였다
곧 타티아나는 무척이나
탐욕스런 영혼으로 독서에 빠졌다
이제 그녀에게 다른 세계가 열렸다.

우리는 예브게니가 몇 년 전부터는 22.
독서에 흥미를 잃은 것을 안다
그래도 그는 몇 권의 책은
그의 실총에서 제외하였다
갸우르와 주안의 시인이 쓴 책에다
두세 권의 소설이 그것들이다
이 소설들에는 시대가 반영되어 있었고
비도덕적이고 이기적이고
메마른 영혼을 지닌, 터무니없는
공상에 빠지는 영혼을 지닌,
공허한 행위 속에 들끓고 있는
분노한 지성을 지닌
동시대의 인간이
꽤 진실하게 그려져 있었다.

한다. 주인공 멜모트는 괴테의 파우스트처럼 인식욕 때문에 초인간적인 인식능력과 150년의 수명을 보장받는 악마와의 계약을 맺는다. 이 계약에서 벗어나려면 그는 그를 대신할 사람을 찾아야 한다. 악마와의 계약에서 벗어나고자 그는 방랑하며 여러 사건들을 겪는다. 살인, 사랑, 애인의 죽음, 도주 등등, 결국 아무것도 찾지 못한 그는 고향집에 돌아와 갑자기 매우 늙은 모습으로 지옥으로 간다. 그의 모습은 우울하고 그의 말은 쓰디쓰다. 『르네』는 샤토브리앙(Chateaubriand, 1768-1848)의 일종의 성장소설로서 1802년에 출판되었다. 주인공 르네는 예민한 감성의 소유자로서 어려서

23. Храни́ли мно́гие страни́цы
Отме́тку ре́зкую ногте́й;
Глаза́ внима́тельной деви́цы
Устремлены́ на них живе́й.
Татья́на ви́дит с трепета́ньем,
Како́ю мы́слью, замеча́ньем
Быва́л Оне́гин поражён,
В чём мо́лча соглаша́лся он.
На их поля́х она́ встреча́ет
Черты́ его́ карандаша́.
Везде́ Оне́гина душа́
Себя́ нево́льно выража́ет
То кра́тким сло́вом, то кресто́м,
То вопроси́тельным крючко́м.

24. И начина́ет понемно́гу
Моя́ Татья́на понима́ть
Тепе́рь ясне́е — сла́ва бо́гу —
Того́, по ком она́ вздыха́ть
Осуждена́ судьбо́ю вла́стной:
Чуда́к печа́льный и опа́сный,
Созда́нье а́да иль небе́с,
Сей а́нгел, сей надме́нный бес,
Что ж он? Уже́ли подража́нье,
Ничто́жный при́зрак, иль ещё
Москви́ч в Гаро́льдовом плаще́,
Чужи́х причу́д истолкова́нье,
Слов мо́дных по́лный лексико́н?..
Уж не паро́дия ли он?

부모를 잃고 삶의 의미를 찾으려 여행하고 고국에 돌아오니 모든 것이 타락한 것에 실망하고 주변사람들에 염증을 느끼고 권태롭게 살다가 대자연 속으로 도피하여 보나 여전히 고독 속에 허덕이는데 그때 그의 앞에 나타난 사랑해서는 안 될 사람(누나)에게 사랑을 느끼고 사랑을 받은 회한 속에서 미국 루이지애나에서 살아가는 청년이다. 『아돌프』(1816년 출판)는 벵자맹 콩스탕(Henri Benjamin Constant, 1767-1830)의 연애 감정을 다룬 자전적 고백체 심리소설이다. 주인공 아돌프는 사교계의 공허

책에는 많은 페이지들이 23.
확연한 손톱자국을 간직하고 있었다
주의 깊은 처녀의 두 눈이
그 자국들에 더 생생하게 향해졌다
타티아나는 전율하면서
오네긴이 어떤 생각과 관찰에서
충격을 받았는지를
어디에 말없이 동의했는지를
알게 되었다. 페이지 가장자리에서
그녀는 그의 연필이 남긴 흔적을
만나기도 했다. 짧은 문장들,
십자 표시들 또 물음표들로써
어디나 오네긴의 영혼이 저도 모르게
스스로를 드러내고 있었다.

내 타티아나는 이제 차츰차츰 24.
강력한 운명이 그녀로 하여금
그리워 한숨 짓도록 정해준 사람, 오,
그녀의 예브게니를 진정으로
이해하기 시작한다. 다행이다, 이제나마!
슬프고도 위험한 괴짜,
때론 지옥이, 때론 천국이 빚어낸 자,
이 천사, 이 거만한 악마,
그는 도대체 뭘까? 모방일까?
아무것도 아닌 허깨비? 아니면
해럴드의 망토를 걸친 모스크바 사람일까?
외국 괴짜들의 종합해석판? 아니면
유행어들로 가득 찬 사전?...
그렇다면 그는 패러디가 아닐까?

함과 주변 인물들에게 견딜 수 없는 염증을 느끼고 자기의 신분에 걸맞지 않은 여자를 허영심에서 구애하고 갈등 속에서 사랑하다가 결국 그 사랑의 상처를 안고 자신에게서 도피하지도 못하고 살아가는 지성과 감성을 두루 갖춘 귀족 청년이다.

23. 이 연은 오네긴이 책을 매우 집중하여 주의 깊게 읽었다는 것을 보여준다.

24. 이 연은 푸슈킨 연구가들에게 매우 잘 알려져 있는데 그것은 푸슈킨 연구가들이 이 연을 인용하며 오네긴의 정체에 대해 논쟁했기 때문이다.

25. Ужéль загáдку разреши́ла?
Ужéли слóво найденó?
Часы́ бегýт; онá забы́ла,
Что дóма ждут её давнó,
Где собрали́ся два совсéда
И где об ней идёт бесéда.
— Как быть? Татья́на не дитя́, —
Старýшка мóлвила кряхтя́. —
Ведь О́линька её молóже.
Пристрóить дéвушку, ей-ей,
Порá; а что мне дéлать с ней?
Всем наотрéз однó и тó же:
Нейдý. И всё грусти́т онá
Да брóдит по лесáм однá. —

26. "Не влюбленá ль онá?" — В когó же?
Буя́нов свáтался: откáз.
Ивáну Петушкóву — тóже.
Гусáр Пыхти́н гости́л у нас;
Уж как он Тáнею прельщáлся,
Как мéлким бéсом рассыпáлся!
Я дýмала: пойдёт авóсь;
Кудá! и снóва дéло врозь. —
"Что ж, мáтушка? за чем же стáло?
В Москвý, на я́рманку невéст!
Там, слы́шно, мнóго прáздных мест".
— Ох, мой отéц! дохóду мáло. —
"Довóльно для однóй зимы́,
Не то уж дам хоть я взаймы́".

---

25. *정말로 그녀는 수수께끼를 풀었을까?: 타티아나는 오네긴이 주의 깊게 읽은 책들을 주의 깊게 읽으면서(또 읽었기에) 그를 머리로 이해하게 되었다. 슬프고도 위험한 괴짜, 때론 지옥이, 때론 천국이 빚어낸 자로 보이는 오네긴, 천사이자 악마인 그의 정체를 그녀는 이제 알게 되었을까? 그는 누굴까? 모방? 허깨비? 해럴드의 망토를 걸친 모스크바 사람? 소설에 나오는 여러 외국 괴짜들의 종합해석판? 유행어 사전? 모방을 의식하는 모방인 패러디? 등으로 주의 깊게 오네긴을 시험대에 올려놓는다. 소설 속의 주인공들을 생각하면서이기는 하나, 아니 그렇기 때문에 어쩌면 더 정확하게 곰곰이 생각해 보면서 그녀는 수수께끼를 풀었다. 그녀는 사랑하는 남자를 냉철하게 파악한다는 어려운 일을 해내고 아무리 발버둥쳐도 독자들 누구에

정말로 그녀는 수수께끼를 풀었을까? 25.
정말로 알맞은 단어를 찾아냈을까?
시간은 달려간다. 집에서 기다리는 것도 다
잊고 그녀는 책상에 오래 앉아 있었다,
집에서는 두 이웃이 마주 앉아
그녀에 대해 얘기하고 있었는데.
"어쩌지요? 타티아나는 어린애가 아닌데..."
노파는 신음하며 말했다, "올린카
나이가 더 아래지요.
에이-에이, 맹세코 정말 시집 보낼 때가
됐어요, 근데 그 애를 어쩌지요?
누구에게도 한결같이 단호하게 딱 잘라
안 간다고 말하니. 그리고 항상 슬퍼하며
혼자 숲을 돌아다니지요." —

"사랑에 빠진 건 아니오?" — "도대체 누굴까요? 26.
부야노프가 청혼했더니 — 거절.
이반 페투슈코프에게도 — 역시 거절.
기병대위 픽흐틴이 손님으로 와 있었지요.
그가 얼마나 타티아나에게 무턱대고
아첨하고 알랑거렸는지요!
난 생각했지요, 어쩌면 가게 되겠다고.
웬걸! 일이 또 그르쳐졌지요." —
"오, 어쩌다 그리됐소? 이보오,
모스크바로, 신부시장으로 가보오!
듣자하니 거기 자리가 많이 비었다던데."
— "오호, 수입이 얼마 안 돼서요, 근데." —
"겨울 한철 지내기는 충분하잖우,
아니면 내 빌려라도 주리다."

게나 풀 수 없는 수수께끼인 그의 정체를 알아내었다. 아돌프, 멜모트, 르네와 자신을 동일시하며 세상에 회의를 느끼고 절망하는 예민하고 지적인 인물인 오네긴이 왜 그러는지, 왜 세상에서 권태를 느끼고 세상만사에 부정적인지, 왜 자기 자신에게서 도피하지 못하는지, 왜 그녀를 완벽하다고 말하면서도 그녀와의 결혼을 거절했는지 모두 이해했다. 그녀는 그의 '이데알'이다. 대부분의 독자들이 오네긴을 끝까지 이해할 수 없지만 그녀는 이해한다. 그녀는 이제 자신의 사랑을 혼자 속으로 간직한다, 영원히. 그녀는 불행을 느끼지만 그럴 수밖에 없다는 것을 안다.

27. Старýшка óчень полюби́ла
Совéт разýмный и благóй;
Сочлáсь — и тут же положи́ла
В Москвý отпрáвиться зимóй.
И Тáня слы́шит нóвость э́ту.
На суд взыскáтельному свéту
Представить я́сные черты́
Провинциа́льной простоты́,
И запоздáлые наря́ды,
И запоздáлый склад речéй;
Москóвских фрáнтов и цирцéй
Привлéчь насмéшливые взгля́ды!..
О страх! нет, лýчше и вернéй
В глуши́ лесóв остáться ей.

28. Вставáя с пéрвыми лучáми,
Тепéрь онá в поля́ спеши́т
И, умилёнными очáми
Их озирáя, говори́т:
"Прости́те, ми́лые доли́ны,
И вы, знакóмых гор верши́ны,
И вы, знакóмые лесá;
Прости́, небéсная красá,
Прости́, весёлая прирóда;
Меня́ю ми́лый, ти́хий свет
На шум блистáтельных суéт...
Прости́ ж и ты, моя́ свобóда!
Кудá, зачéм стремлю́ся я?
Что мне сули́т судьбá моя́?"

---

27. *키르케는 호메로스의『오뒤세이아』에 나오는 바다를 여행하는 사람들을 유혹하는 마녀. 여기서는 교태꾼을 의미한다.

노파는 이 이성적이고 고마운 충고를 27.
매우 마음에 들어했다
계산을 해보고 당장 겨울에 그녀를
모스크바로 데려가기로 작정했다
타냐도 이 소식을 들었다
소박한 시골떼기 행동거지에다
유행에 뒤진 옷차림을,
또 유행에 뒤진 말투를
마음대로 심판해 보라고
까다로운 사교계에 내보이거나
모스크바의 멋쟁이 남자들이나
키르케들의 비웃는 시선이나 끌라고!
오, 생각만 해도 끔찍해! 벽촌에
숲속에 남아 있는 게 더 좋고 더 진정해.

동이 트자마자 그녀는 들판을 28.
만나러 서둘러 밖으로 나간다
감동 어린 시선으로 들판을
둘러보며 모두에게 말한다
"잘 있거라, 사랑스런 골짜기야,
너희들도, 낯익은 산꼭대기야,
낯익은 숲아, 잘 있거라,
하늘의 아름다움아,
즐거운 자연이여, 안녕히.
나 이 사랑스럽고 고요한 빛을
번쩍거리는 번잡함의 소음으로
바꾸다니, 내 자유여, 안녕히!
나, 무엇을 위하여 어디로 향하는 것일까?
내 운명은 내게 무엇을 예정하는가?

---

28. *여기서 타티아나가 고향에게 하는 말은 쥬코프스키가 1824년 번역 출판한 실러의 『오를레앙의 처녀』 서곡에서 요한나가 고향을 떠날 때 하는 말을 연상시킨다. 한편 이 말은 제6장 마지막 연, 1-4행까지 푸슈킨이 미하일로프스코예를 떠나오며 한 말을 상기시킨다.

29. Её прогу́лки дли́тся до́ле.
Тепе́рь то хо́лмик, то руче́й
Останавля́ют понево́ле
Татья́ну пре́лестью свое́й.
Она́, как с да́вними друзья́ми,
С свои́ми ро́щами, луга́ми
Ещё бесе́довать спеши́т.
Но ле́то бы́строе лети́т.
Наста́ла о́сень золота́я.
Приро́да тре́петна, бледна́,
Как же́ртва, пы́шно убрана́...
Вот се́вер, ту́чи нагоня́я,
Дохну́л, завы́л — и вот сама́
Идет волше́бница зима́.

30. Пришла́, рассы́палась; клока́ми
Пови́сла на сука́х дубо́в;
Легла́ волни́стыми ковра́ми
Среди́ поле́й, вокру́г холмо́в;
Брега́ с недви́жною реко́ю
Сравня́ла пу́хлой пелено́ю;
Блесну́л моро́з. И ра́ды мы
Прока́зам ма́тушки зимы́.
Не ра́до ей лишь се́рдце Та́ни.
Нейдёт она́ зиму́ встреча́ть,
Моро́зной пы́лью подыша́ть
И пе́рвым сне́гом с кро́вли ба́ни
Умы́ть лицо́, плеча́ и грудь:
Татья́не стра́шен зи́мний путь.

---

29. 렌스키의 슬픈 묘비가 잊혀지고 그리로 가던 길도 자란 풀에 덮여 버린 것은 아마도 초여름 올가가 창기병과 결혼하고 고향을 떠났기 때문이다. 타티아나가 예브게니의 서재에서 책을 읽고 초원과 이야기하고 하는 동안 여름이 가고 가을이 되고 겨울이 온다. *화려하게 치장된 제물처럼: 이교도들은 신의 노여움을 달래기 위해 짐승이나 사람을 제물로 바쳤는데 이때 이들을 꽃이나 리본으로 치장하고 제단에 올렸다.
30. * 서리김: 제1장 16연에도 같은 표현이 사용되었는데 거기서는 하얀 서리김이 해리털 외투깃에 얼어붙어 은빛으로 반짝거리고 여기서는 눈에서 나오는 매우 차가

그녀의 산책은 점점 더 길어졌다 29.
이제 때로는 언덕이 때로는 시내가
그 매력으로써 우리의 타티아나가
어쩔 수 없이 사로잡히도록 붙잡는다
그녀는 오랜 친구들과 하듯,
수풀들과 초원들과 아쉬운 듯
못다 한 이야기를 하느라 바쁘다
어느덧 빠른 여름은 날아간다
황금빛 가을이 되었다
화려하게 치장된 제물처럼
자연은 떨며 창백하다...
이제 북쪽이 구름을 양떼처럼
몰아대며 숨을 내쉬고 울부짖고 —
이제 마법사 겨울이 오고 있다.

와서 흩뿌리더니, 눈송이가 되어서 30.
떡갈나무 가지들 위에 걸렸고
들판 위에 언덕들을 빙 둘러서
굽이치는 융단이 되어 누웠고,
부드러운 베일로 얼은 강을 둑까지 덮었다
얼어붙은 눈서리가 반짝이면 우리는
다 어머니 겨울의 장난을 즐거워하는데...
허나 우리 타냐는 우울해한다
그녀의 심장은 겨울을 기뻐하지 않는다
그녀는 겨울을 맞으러 가지 않는다
하얀 서리김을 들이쉬면서
목욕탕 지붕에서 첫눈을 떼 내서
얼굴, 어깨, 가슴을 씻으러 가지 않는다
타티아나는 겨울여행을 두려워한다.

운 하얀 서리김을 들이쉬는 것으로 되어 있다. 매우 차가운 날씨에 미세한 얼음가루가 들어 있는 하얀 공기, 수증기가 얼어붙은 하얀 공기를 말하는 듯하다. 입김 때문에 차가운 공기가 하얗게 되었을 수도 있다.

31. Отъе́зда день давно́ просро́чен,
Прохо́дит и после́дний срок.
Осмо́трен, вновь оби́т, упро́чен
Забве́нью бро́шенный возо́к.
Обо́з обы́чный, три киби́тки
Везу́т дома́шние пожи́тки,
Кастрю́льки, сту́лья, сундуки́,
Варе́нье в ба́нках, тюфяки́,
Пери́ны, кле́тки с петуха́ми,
Горшки́, тазы́ et cetera,
Ну, мно́го вся́кого добра́.
И вот в избе́ между слуга́ми
Подня́лся шум, проща́льный плач:
Веду́т на двор осьмна́дцать кляч,

32. В возо́к боя́рский их впряга́ют,
Гото́вят за́втрак повара́,
Горо́й киби́тки нагружа́ют,
Браня́тся ба́бы, кучера́.
На кля́че то́щей и косма́той
Сиди́т форе́йтор борода́тый,
Сбежа́лась че́лядь у воро́т
Проща́ться с ба́рами. И вот
Усе́лись, и возо́к почте́нный,
Скользя́, ползёт за ворота́.
"Прости́те, ми́рные места́!
Прости́, прию́т уедине́нный!
Уви́жу ль вас?.." И слёз руче́й
У Та́ни льётся из оче́й.

---

31. 라린 부인은 집마차[좀 더 정확하게 말하면 여행용 포장마차에 썰매를 단 것을 말한다. 완전히 트인 마차(의자들만 있다)에 썰매를 단 것은 '썰매'라고 표현되어 있다(제1장 17연, 제5장 3연, 제8장 39연). 타티아나의 명명일 파티에 오는 시골지주들은 상자마차, 반개마차, 포장마차에 썰매를 달고 왔으며 '썰매'를 타고 온 사람들도 있었다(제5장 25연)]를 타고 모스크바로 간다. 이 경우에 역에 도착하거나 밤이 되면 말들을 쉬게 했기 때문에 여행속도가 느렸다. 마차에는 모든 일용품, 침구, 취사도구, 식료품들을 다 실었다. 이런 식으로 움직이면 돈이 적게 들었다. 역마차를 이용하는 경우에는 역참에 닿으면 말을 바꾸어 매고 곧장 다시 출발하고 밤에도 쉬지 않고 갈 수 있었다. 「역참지기」(1830)에서도 부자이고 귀족인 기병대위 민스키는 역

출발일은 벌써 기한을 넘겼고 31.
마지막 기한마저 지나가고 있어서
처박아 두었던 마차들을 점검하고
새로 수선하고 조이고 해서
흔히 보는 여행행렬을 꾸렸다
마차 세 대에 자잘한 일용품에다
냄비며, 의자며, 궤짝들,
과일 조림, 깃털 이불, 방석들,
닭장 속의 닭들, 사이사이에
단지, 대야 등등까지 갖가지
물건들을 다 싣고 간다. 이제까지
잠잠하던 오두막에서는 하인들 사이에
떠들썩한 소동과 작별의 울음이 일어난다
18필의 여윈 말을 마당에 이끌고 와서

지주의 마차행렬에 매고 나니 32.
요리사들은 아침을 준비한다
마차에 짐을 산더미처럼 실으니
마부들과 아낙들이 싸우며 야단이다
초췌하고 털이 엉클어진 말 위에
수염 난 선두마부가 올라앉으니
하인들이 대문에 몰려와서
주인들과 작별한다. 이제 와서
생각하니 모든 것이 아쉽다!
지체 높은 행렬이 미끄러지면서
대문 밖으로 나가니 타냐의 두 눈에서
눈물이 시내가 되어서 흐른다
"안녕, 사랑하는 장소여! 안녕히,
고독한 은둔처여! 너희들을 다시 보게 될는지?"

참에 닿자마자 당장 말을 바꾸어 매라고 삼손 븨린에게 채찍과 언성을 높였으나 삼손 븨린의 딸 두냐의 아름다운 모습을 보고 마음을 바꾸어 식사를 주문하고 꾀병을 부리면서 그곳에 머물다가 두냐와 함께 페테르부르그로 떠난다.

32. 겨울 여행이 기한을 넘기고 또 넘겼으나 눈이 녹기 전에 모스크바로 출발한다. *주인의 마차행렬은 썰매 위로 놓은 차체들로 된 마차들을 말한다. *수염 난 선두마부: 선두마부는 키가 작아야 하기에 보통 소년인 것이 당시 유행이었다. 그러나 라린 씨네는 가부장적인 질서대로 나이 든 사람이 선두마부로 앉았다.

33. Когда́ благо́му просвеще́нью
Отдви́нем бо́лее грани́ц,
Со вре́менем (по расчисле́нью
Философи́ческих табли́ц,
Лет чрез пятьсо́т) доро́ги ве́рно
У нас изме́нятся безме́рно:
Шоссе́ Росси́ю здесь и тут,
Соедини́в, пересеку́т.
Мосты́ чугу́нные чрез во́ды
Шагну́т широ́кою дуго́й,
Раздви́нем го́ры, под водо́й
Проро́ем де́рзостные сво́ды,
И заведёт крещёный мир
На ка́ждой ста́нции тракти́р.

34. Тепе́рь у нас доро́ги пло́хи (42),
Мосты́ забы́тые гнию́т,
На ста́нциях клопы́ да бло́хи
Засну́ть мину́ты не даю́т;
Тракти́ров нет. В избе́ холо́дной
Высокопа́рный, но голо́дный
Для ви́ду прейскура́нт виси́т
И тще́тный дра́знит аппети́т,
Меж тем, как се́льские цикло́пы
Перед медли́тельным огнём
Росси́йским ле́чат молотко́м
Изде́лье лёгкое Евро́пы,
Благословля́я коле́й
И рвы оте́ческой земли́.

---

33. *철학적 도표는 듀팽 샤를르(1784-1873)의 『프랑스의 생산과 무역의 역량』(1827)을 의미하는 듯한데 여기에서 저자는 러시아를 비롯한 유럽 국가들의 경제상태를 나타내는 비교 수치를 보여주었다.

34. "우리나라에는 길이 형편없다"에 푸슈킨은 주석 (42)를 달아 뱌젬스키의 「역참」(1829) 중에서 비슷한 내용을 말하는 부분을 인용한다. 주석에 인용된 뱌젬스키의 시구 중에서 '지나가는 사람들에게'라는 표현은 드미트리예프의 「지나가는 사람」이라는 우화(1818)에서 나온 것이다. 이 이야기에는 수도원에 들른 한 지나가는 사람(관광객)이 종탑 밑의 아름다운 경치를 감탄하는 이야기가 나온다: 그는 외쳤다. "얼마나 매혹적인 장소인가! 갑자기 산, 숲, 호수, 계곡을 다 보니! 얼마나 굉장한

고마운 문명세례의 경계선을 33.
우리가 좀 더 확장하게 되면
점차로 (철학적 도표의 계산을
따르자면, 한 오백 년 지나면)
우리나라의 형편없는 도로들은
무한대로 변할 것이다. 대로들은
러시아 땅을 이리저리 연결하고
사방팔방으로 가로지르게 될 것이고
철교들은 커다란 아치모양으로
강을 건널 것이고, 우리는 산들을
옮길 것이며 대담하게 길들을
만들어 낼 것이다, 바다 아래로도.
그리고 문명세례를 받은 세상에는
역마다 여관이 생겨날 것이다.

지금 우리나라에는 길이 형편없다(42) 34.
버려진 다리들이 썩어 간다
역참마다 들끓는 이와 벼룩에 물리다
한시도 잠을 이루지 못한다
여관도 없다. 추운 오두막 역참에
요란하나 먹을 것 없는 메뉴판이
장식용으로 걸려 있어 공연히
우리의 식욕을 자극하는 동안에
시골의 키클롭스들은 대장간에서
별로 시원찮은 용광로 불 앞에서
유럽의 섬세한 마차를 수선한다며
러시아 망치로 냅다 두들기며
조국 땅의 마구 패인 마찻길과
웅덩이들을 신나게 찬미한다.

그림인가! 그렇지 않아?" 하고 그는 그와 함께 서 있던 남자들 중 하나에게 물었다. "그래요—한숨을 쉬며 일꾼은 그에게 대답했다—지나가는 사람들에게나 그렇지요." 뱌젬스키는 길 만들기에 강제로 동원되어 한숨 짓는 일꾼의 말을 엉망인 길 옆에 졸속으로 심은 보기 좋은 나무는 마차 타는 사람에게도 도움이 안 된다는 맥락에서 사용하였다. "겨울이 우리의 막-아담이나 막-에바를 실현시킬 때인데"라는 시행에서 막 아담은 영국인 기술자 막 아담이 발명한 것으로 작은 벽돌 조각으로 덮인 도로를 말한다. 뱌젬스키는 농담으로 눈이 오는 겨울이 우리나라에 막-아담이

35. За то зимы́ поро́й холо́дной
Езда́ приятна и легка́.
Как стих без мы́сли в пе́сне мо́дной
Доро́га зи́мняя гладка́.
Автомедо́ны наши бо́йки,
Неутоми́мы на́ши тро́йки,
И вёрсты, те́ша пра́здный взор,
В глаза́х мелька́ют как забо́р (43).
К несча́стью, Ла́рина тащи́лась,
Боя́сь прого́нов дороги́х,
Не на почто́вых, на свои́х,
И на́ша де́ва наслади́лась
Доро́жной ску́кою вполне́:
Семь су́ток е́хали оне́.

36. Но вот уж бли́зко. Перед ни́ми
Уж белока́менной Москвы́,
Как жар, креста́ми золоты́ми
Горя́т стари́нные главы́.
Ах, бра́тцы! как я был дово́лен,
Когда́ церкве́й и колоко́лен
Садо́в, черто́гов полукру́г
Откры́лся предо мно́ю вдруг!
Как ча́сто в го́рестной разлу́ке,
В мое́й блужда́ющей судьбе́,
Москва́, я ду́мал о тебе́!
Москва́... как мно́го в э́том зву́ке
Для се́рдца ру́сского слило́сь!
Как мно́го в нём отозвало́сь!

나 막-에바를 눈으로 만들어 낸다고 말한 것이다. *시골의 키클롭스들: 키클롭스는 고대 그리스 신화에 나오는 외눈박이 거인으로 불의 신의 대장간에서 일했다. 시골의 키클롭스는 러시아의 대장장이를 뜻한다. *유럽의 섬세한 물건이라는 표현은 유럽에서 수입한 외국산 마차는 러시아의 나쁜 도로에는 맞지 않는다는 뉘앙스를 가지고 있다.

35. *우리의 힘센 마차꾼(Автомедоны наши): 푸슈킨은 호메로스의 『일리아스』에 나오는 장수 아킬레우스의 전차를 모는 인물인 아우토메돈을 러시아 마차꾼에게 적용

그 대신 추운 겨울날에는 35.
여행이 편안하고 쉽다
겨울길은 유행가의 의미 없는
시행처럼 매끄럽다
우리의 힘센 마차꾼은 민활하고
우리의 삼두마차는 지칠 줄 모르고.
이정표들은 심심한 시선을 위로하면서
눈앞을 스쳐간다, 울타리처럼 이어져서.(43)
허나 마차 삯이 겁나서 라린 부인은
역마차가 아니라 집마차로
느릿느릿 기어가듯 가므로
불행하게도 우리의 처녀는
여행의 지루함을 실컷 맛보아야 했다
그들은 7일을 달렸다.

드디어 가까이 왔다. 그들 앞으로 36.
벌써 하얀 돌 모스크바의
유서 깊은 지붕들이 그 금빛 십자가로
불이 난 듯 타고 있다, 아,
형제들이여! 내 앞에 갑자기
교회와 종루들과, 정원들, 궁전들이
궁형으로 펼쳐졌을 때 나
얼마나 만족스러워했나!
슬픈 이별 속에, 길 잃은 운명 속에
나 얼마나 자주 너를 생각했던가,
모스크바, 모든 러시아인의 가슴은 느낀다,
얼마나 많은 것이 이 소리 속에
녹아 있는지! 얼마나 많은 것이
이 소리 속에 반향하고 있는지!

하였다. *푸슈킨이 주석 (43)에서 이정표들이 눈앞에 울타리처럼 이어지게 빨리 달린다는 과장적이고 유희로운 비유를 아넥도트 모음집에서 인용하며 표현하듯 겨울에는 마차가 눈 위로 매우 빨리 달릴 수 있었다.

36. 모스크바는 하얀 돌로 된 성벽으로 둘러싸여 있었다. *아,/형제들이여! 내 앞에 갑자기/교회와 종루들과: 푸슈킨은 1826년 9월 5일 아침 미하일로프스코예에서 프스코프를 향해 떠났고 1826년 9월 8일 드디어 모스크바에 도착하였다. 1820년대 초 모스크바에는 다 합쳐 300개 이상의 교회가 있었다.

37. Вот, окружён свое́й дубра́вой,
Петро́вский за́мок. Мра́чно он
Неда́внею горди́тся сла́вой.
Напра́сно ждал Наполео́н,
После́дним сча́стьем упоённый,
Москвы́ коленопреклонённой
С ключа́ми ста́рого Кремля́:
Нет, не пошла́ Москва́ моя́
К нему́ с пови́нной голово́ю.
Не пра́здник, не приёмный дар,
Она́ гото́вила пожа́р
Нетерпели́вому геро́ю.
Отсе́ле, в ду́му погружён,
Глядéл на гро́зный пла́мень он.

38. Проща́й, свиде́тель па́дшей сла́вы,
Петро́вский за́мок. Ну! не стой,
Пошёл! Уже́ столпы́ заста́вы
Беле́ют; вот уж по Тверско́й
Возо́к несётся чрез уха́бы.
Мелька́ют ми́мо бу́дки, ба́бы,
Мальчи́шки, ла́вки, фонари́,
Дворцы́, сады́, монастыри́,
Буха́рцы, са́ни, огоро́ды,
Купцы́, лачу́жки, мужики́,
Бульва́ры, ба́шни, казаки́,
Апте́ки, магази́ны мо́ды,
Балко́ны, львы на ворота́х
И ста́и га́лок на креста́х.

---

37. *표트르 성은 1776년에 지어졌는데 현재의 모습은 1840년 재건축의 결과이다.
38. 작가는 타티아나를 모스크바의 중심과 변두리를 모두 통과하도록 이끈다. 도시의 경계 밖에 있었던 표트르 성으로부터, 트베르스카야 관문을 통과하여, 트베르스카야-얌스카야 거리를 따라, 트리움팔나야(현재의 마야코프스카야) 광장을 지나, 트베르스카야 거리를 따라, 그리스도 수난 성당(현재 푸슈킨 광장이 있는 곳에 위치한) 옆을 지나, 계속하여, 분명, 카메르게르스키 골목을 따라, 볼쇼야 드미트로프카(푸슈킨 거리)를 가로질러, 쿠즈네츠키 다리와 먀스니츠카야를 따라 하리톤 성당의 골목길까지.

여기 표트르 성이 숲으로 둘러싸여 있다 37.
어둑한 모습으로 표트르 성은
얼마 전의 영광을 자랑스러워하고 있다
마지막 행운에 도취한 나폴레옹은
유서 깊은 크레믈린의 열쇠들을
가져올 무릎 꿇은 모스크바를
헛되이 기다렸었다. 그러나 결코
내 모스크바는 고개를 수그리고
그에게로 다가가지 않았다
모스크바는 이 참을성 없는
영웅에게 환영의 선물 또는
축제는커녕 화재를 준비했었다
여기서 그는 생각에 잠긴 채
무서운 불길을 보았었다.

추락한 영광의 목격자, 표트르 성이여! 38.
잘 있거라, 자 멈추지 말고, 가자, 어서!
저기 도시를 둘러싼 성곽 기둥들이
하얗게 보인다. 벌써 트베르스카야 거리,
마차행렬이 오목 패인 마찻길을
달린다. 스쳐가는 것들은 초소들,
여자들, 배달 소년들, 가게들, 가로등불들,
궁전들, 정원들, 사원들, 십자가들,
부하라 상인들, 썰매들, 채소밭들,
상점 상인들, 가판대 상인들,
대로들, 종루들, 카자크인들,
약국들, 유행품 상점들,
발코니들, 대문 위 사자들,
그리고 십자가 위 까마귀떼들.

아메, 아르망, 베상, 모로, 팡스말, 샬메, 쉐뉴 등등 쿠즈네츠키 다리에는 프랑스 유행품 상점들이 매우 많았는데, 상점들은 계속해서 바뀌었다. *부하라 상인들: 부하라(우즈베키스탄)나 다른 남부나 동부에서 온 상인들로 주로 중앙아시아에서 생산된 물품(특히 여인용 숄이 유행이었다)을 팔았다. 그들은 알록달록한 옷차림으로 모스크바 사람들의 눈길을 끌었다. *대문 위 사자들: 집의 문장을 받치고 있는 사자 모양의 짐승들을 말한다. 문장의 빛깔로 채색되었었다.

39. В сей утоми́тельной прогу́лке
40. Прохо́дит час-друго́й, и вот
У Харито́нья в переу́лке
Возо́к пред до́мом у воро́т
Останови́лся. К ста́рой тётке,
Четвёртый год больно́й в чахо́тке,
Они́ прие́хали тепе́рь.
Им на́стежь отворя́ет дверь
В очка́х, в изо́рванном кафта́не,
С чулко́м в руке́, седо́й калмы́к.
Встреча́ет их в гости́ной крик
Княжны́, простёртой на дива́не.
Стару́шки с пла́чем обняли́сь,
И восклица́нья полили́сь.

41. — Княжна́, mon ange! — "Pachette!" —
Али́на! —
"Кто б мог подумать? — Как давно!
Надо́лго ль? — Ми́лая! Кузи́на!
Сади́сь — как э́то мудрено́!
Ей-бо́гу, сце́на из рома́на..."
— А э́то дочь моя́, Татья́на. —
"Ах, Та́ня! подойди́ ко мне —
Как бу́дто бре́жу я во сне...
Кузи́на, по́мнишь Грандисо́на?"
— Как, Грандисо́н?.. а, Грандисо́н!
Да, по́мню, по́мню. Где же он? —
"В Москве́, живёт у Симео́на;
Меня́ в соче́льник навести́л;
Неда́вно сы́на он жени́л.

---

39. 40. 하리톤 성당 뒷골목: 모스크바의 주소에서 도시지역의 표기 다음에는 보통 교회의 관구가 나왔다. 푸슈킨은 정확히 이것을 따랐다. 모스크바의 주소는 관련된 교구를 출발점으로 표시하였다. *안경을 끼고 손에는 깁던 양말을 들고/다 떨어진 카프탄을 입은 머리 센/칼믜크인: 18세기에는 칼믜크 소년을 하인으로 두는 것이 유행이었다. 라린 가족이 모스크바에 도착했을 시기에는 이미 이런 유행은 낡은 것. 그 소년은 이제 머리 센 노인이 되었고 문지기는 따로 없고 그가 문지기 겸 집안일도 하였다.

사람 피곤하게 하는 이런 여행이 39.
한두 시간 더 계속되더니 40.
이제 하리톤 성당 뒷골목으로 들어서서
한 커다란 저택의 대문 앞에서
멈춘 마차행렬. 벌써 4년째로
폐병을 앓는 늙은 아주머니에게로
이제 도착한 것이다. 안경을 끼고
손에는 깁던 양말을 들고
다 떨어진 카프탄을 입은 머리 센
칼믜크인이 대문을 활짝 연다
객실에서는 소파에 눕혀진
공작부인의 외침이 그들을 맞이한다
노파들은 눈물 흘리며 껴안고
감격스런 외침이 연이어 넘쳐흐른다.

— "공작부인, 내 천사!" — "파세테!" — "알리나!"
"누가 생각이나 했겠니?— 정말 오랜만이야! 41.
오래 머무를 거지? — 사랑하는 사촌! 앉아! —
얼마나 멋진 일이야!
어머나 정말 소설 장면 같아..."
— "얘는 내 딸 타티아나." —
"아, 타냐! 내게로 가까이 와 —
마치 꿈을 꾸는 것 같아...
사촌, 기억나, 그랑디손?"
— "누구? 그랑디손?.. 아, 그란디손!
그래 기억해, 기억해. 지금 어디 살아?" —
"모스크바에, 시메온 가에 살아.
그 사람 주현절에 날 방문했었어.
아들을 얼마 전에 결혼시켰대.

---

41. * "파세테!": 라린 부인의 이름인 프라스코비아를 줄여 부르는 파셴카를 프랑스식으로 말한 것으로 우스운 느낌을 준다. *시메온 가에 살아: 역시 교회의 관구를 주소로 사용하고 있다.

42. А тот... но по́сле всё расска́жем,
Не пра́вда ль? Всей её родне́
Мы Та́ню за́втра же пока́жем.
Жаль, разъезжа́ть нет мо́чи мне;
Едва́, едва́ таска́ю но́ги.
Но вы заму́чены с доро́ги;
Пойдёмте вме́сте отдохну́ть...
Ох, си́лы нет... уста́ла грудь...
Мне тяжела́ тепе́рь и ра́дость,
Не то́лько грусть... душа́ моя́,
Уж никуда́ не го́дна я...
Под ста́рость жизнь така́я га́дость..."
И тут, совсе́м утомлена́,
В слеза́х раска́шлялась она́.

43. Больно́й и ла́ски и весе́лье
Татья́ну тро́гают; но ей
Не хорошо́ на новосе́лье,
Привы́кшей к го́рнице свое́й.
Под занаве́скою шелко́вой
Не спи́тся ей в посте́ле но́вой,
И ра́нний звон колоколо́в,
Предте́ча у́тренних трудо́в,
Её с посте́ли подыма́ет.
Сади́тся Та́ня у окна́.
Реде́ет су́мрак; но она́
Свои́х поле́й не различа́ет:
Пред не́ю незнако́мый двор,
Коню́шня, ку́хня и забо́р.

---

43. *교회의 이른 종소리는 아침 4시에 울려 모스크바를 깨웠다. 페테르부르그는 경비대의 북이 깨웠다. *그녀 눈에 들어오는 것은 그녀의 들판이 아니다: 타티아나는 모스크바에 와서 창밖으로 펼쳐지는 광활한 경치의 부재에 놀란다. 시골 지주 귀족의 저택에는 발코니가 있었고 발코니와 창문으로부터 원경이 펼쳐졌다. 시골 지주들의 저택은 무명의 목수 조합들과 농노 건축가들에 의해 세워졌지만 그들은 주위의 풍경 속으로 조화롭게 스며들도록 건축물을 세우는 옛 러시아 건축기술을

근데 그 사람... 나중에 다 얘기하게 될 거야, 42.
그렇지 않아? 모든 친척들에게
내일 당장 타냐를 보여주자. 근데
마차 타고 다닐 힘도 없으니 유감이야.
다리를 거의 못 쓰니 말이지...
헌데 너희들 여행하느라 꽤 지쳤겠지.
우리 함께 좀 쉬도록 해...
오, 기력이 없어.. 가슴이 피곤해...
내겐 슬픔뿐이 아니라 이제는
기쁨도 힘들단다... 얘야,
난 아무짝에도 쓸모가 없어, 이제는...
늙으면 사는 게 정말 말이 아니야..."
하더니 그녀는 완전히 기진맥진해져서
눈물을 흘리며 기침을 해댔다.

병든 여인의 다정함과 기쁨은 43.
타티아나를 감동시킨다
허나 자기 방에 익숙한 그녀는
새 집에서 마음이 편치 않다
비단 휘장 아래 새 침대에서
그녀는 잠들지 못한다. 벌써
아침의 노동을 예고하는
교회의 이른 종소리는
그녀를 침대에서 일어나게 한다
타냐는 창가에 앉아 있다. 이제
어둠이 엷어진다. 그러나 그녀 눈에
들어오는 것은 그녀의 들판이 아니다
그녀 앞에는 낯선 집 마당, 마구간,
부엌, 그리고 울타리가 있을 뿐이다.

전수했기 때문에 저택건물들이 교회의 건물이나 종각과 함께 러시아 풍경을 아우르는 지점들이 되도록 하였다. 저택은 평면에도 바람에 노출된 언덕 꼭대기에도 세워지지 않았고 대개 언덕의 사면에 한쪽은 평면에 있는 듯하고(여기에 보통 입구가 나 있었고, 보리숫길로 이어진다) 다른 한쪽으로는 강 혹은 호수로 내려가는 비탈, 수풀, 들판, 정원, 멀리 지평선까지 조망이 펼쳐지게 세워졌다. 이렇게 미하일로프스코예의 푸슈킨 저택과 트리고르스코예의 오시포프의 저택이 세워졌다. 모스크바의 저택에서는 이를 기대할 수 없다.

44. И вот: по ро́дственным обе́дам
Разво́зят Та́ню ка́ждый день
Предста́вить ба́бушкам и де́дам
Её рассе́янную лень.
Родне́, прибы́вшей издале́ча,
Повсю́ду ла́сковая встре́ча,
И восклица́нья, и хлеб-со́ль.
"Как Та́ня вы́росла! Давно́ ль
Я, ка́жется, тебя́ крести́ла?
А я так на руки́ брала́!
А я так за уши́ драла́!
А я так пря́ником корми́ла!"
И хо́ром ба́бушки твердя́т:
"Как на́ши го́ды-то летя́т!"

45. Но в них не ви́дно переме́ны;
Всё в них на ста́рый образе́ц:
У тётушки княжны́ Еле́ны
Всё тот же тю́левый чепе́ц;
Всё бе́лится Луке́рья Льво́вна,
Всё то же лжёт Любо́вь Петро́вна,
Ива́н Петро́вич та́кже глуп,
Семён Петро́вич та́кже скуп,
У Пелаге́и Никола́вны
Всё тот же друг мосьё Финму́ш,
И тот же шпиц, и тот же муж;
А он, всё клу́ба член испра́вный,
Всё так же сми́рен, так же глух,
И так же ест и пьёт за двух.

---

45. *똑같은 삽살개: 18세기 후반부터 집안에 강아지를 기르는 것이 유행이었다.
*클럽의 성실한 멤버: 1770년에 만들어진 회원만이 들어갈 수 있는 영국 클럽. 멤버

이제 친척들의 식사초대로 44.
할머니 할아버지들에게로 매일마다
산만하고 내키지 않는 모습으로
인사 드리러 끌려다닌다
멀리서 온 친척처녀에게 어디서나
다정한 환영과 감탄의 소리 드높다
맛있는 음식도 내놓는다
"타냐가 얼마나 성숙했는지! 어머나!
내가 세례 준 지 정말 오래됐는데!
내가 이렇게 손을 잡아 주었는데!
내가 이렇게 귀를 잡아당겼는데!
내가 이렇게 과자를 먹였는데!"
말하는 할머니들의 결론은 한결같이
"우리 세월은 얼마나 빨리 날아가는지!"

허나 그들에게서 변화는 보이지 않는다 45.
모든 것이 옛날 그대로이다
공작부인 엘레나 아주머니는 여전히 예전하고
똑같은 레이스 장식 벙거지를 썼고
루케리아 르보브나는 여전히 하얗게 분을 발랐고
류보프 페트로브나는 여전히 똑같은 거짓말을 하고
이반 페트로비치는 여전히 어리석고
세묜 페트로비치는 여전히 노랭이고
펠라게야 니콜라브나에게는 여전히
똑같은 정부, 무슈 핀무슈하고
똑같은 삽살개, 똑같은 남편이 있고
그는 여전히 클럽의 성실한 멤버로 여전히
온순하고 귀먹었고 여전히
이인분을 먹고 마신다.

가 되려면 상당한 금액을 내야 할 뿐 아니라 모스크바 궁정사회에서 평판도 좋아야 한다.

46. Их до́чки Та́ню обнима́ют.
Млады́е гра́ции Москвы́
Снача́ла мо́лча озира́ют
Татья́ну с ног до головы́;
Её нахо́дят что́-то стра́нной,
Провинциа́льной и жема́нной,
И что́-то бле́дной и худо́й,
А впро́чем, о́чень недурно́й;
Пото́м, поко́рствуя приро́де,
Дружа́тся с ней, к себе́ веду́т,
Целу́ют, не́жно ру́ки жмут,
Взбива́ют ку́дри ей по мо́де
И поверя́ют нараспе́в
Серде́чны та́йны, та́йны дев,

47. Чужи́е и свои́ побе́ды,
Наде́жды, ша́лости, мечты́.
Теку́т неви́нные бесе́ды
С прикра́сой лёгкой клеветы́.
Пото́м, в отпла́ту лепета́нья,
Её серде́чного призна́нья
Уми́льно тре́буют оне́.
Но Та́ня, то́чно как во сне,
Их ре́чи слы́шит без уча́стья,
Не понима́ет ничего́,
И та́йну се́рдца своего́,
Заве́тный клад и слёз и сча́стья,
Храни́т безмо́лвно ме́жду тем
И им не де́лится ни с кем.

---

46. *모스크바의 우아한 처녀들은 1818년 궁정시녀로 봉해진 세 여인의 아이러니한 별명이기도 했다. 이들은 아름답지는 않았으나 몹시 자존심이 높아서 적당한 신랑감을 찾지 못했었다.

그들의 딸들이 타냐를 포옹한다 46.
모스크바의 우아한 처녀들은 말없이
머리부터 발끝까지 다 한번 찬찬히
훑어 가며 우선 그녀를 살펴본다
그녀가 어딘가 이상하고 촌스럽고
젠체하는데다가 어딘가 창백하고
말랐지만 매우 아름다운 것을
알아채고 나서는 그만 모두들
본성이 부르는 대로 그녀와 사귀려고
그녀를 잡아당겨 입을 맞추고
다정하게 그녀의 손을 잡고
그녀의 머리카락을 만지고
유행대로 곱슬거리게 해주고
가슴속 비밀, 처녀의 비밀,

다른 처녀들의 성공담, 자신의 성공담, 47.
희망, 장난, 꿈들을 앞다투어 말한다
무구한 이야기들이 끝없이 흐른다,
가벼운 비방들도 섞여서, 어쩐담.
또 재잘거림의 보상으로 자꾸만
그들은 떼쓰며 응석부리듯이
타냐의 심장의 고백을 요구하지만
그녀는 마치 꿈을 꾸듯이
그들의 말을 무심히 듣고
아무것도 알아듣지 못하고
자신의 심장의 비밀을,
눈물과 행복의 비장의 보물을
그들 사이에서 말없이 간직하며
그것을 누구와도 나누지 않는다.

48 Татья́на вслу́шаться жела́ет
В бесе́ды, в о́бщий разгово́р;
Но всех в гости́ной занима́ет
Тако́й бессвя́зный, по́шлый вздор;
Всё в них так бле́дно равноду́шно;
Они́ клеве́щут да́же ску́чно;
В бесплóдной су́хости рече́й,
Расспро́сов, спле́тен и весте́й
Не вспы́хнет мы́сли в це́лы су́тки,
Хоть невзнача́й, хоть наобу́м;
Не улыбнётся то́мный ум,
Не дро́гнет се́рдце, хоть для шу́тки.
И да́же глу́пости смешно́й
В тебе́ не встре́тишь, свет пусто́й.

49. Архи́вны ю́ноши толпо́ю
На Та́ню чо́порно глядя́т
И про неё ме́жду собо́ю
Неблагоскло́нно говоря́т.
Оди́н како́й-то шут печа́льный
Её нахо́дит идеа́льной,
И, прислони́вшись у двере́й,
Эле́гию гото́вит ей.
У ску́чной тётки Та́ню встре́тя,
К ней ка́к-то Вя́земский подсе́л
И ду́шу ей заня́ть успе́л.
И, близ него́ её заме́тя,
Об ней, попра́вя свой пари́к,
Осведомля́ется стари́к.

---

48. 여기서 타티아나가 보는 모스크바 사교계는 제8장에서 표현된 페테르부르그 사교계보다 훨씬 권태롭고 무의미하고 공허한 장소이다. 그것은 아마도 타티아나가 아직 사교계의 여주인이 아니기 때문이기도 하겠고 모스크바 사교계 자체가 페테르부르그 사교계보다 지겨운 것이었을 수 있다.

49. *먹물청년들(Архивны юноши)이란 당시 군대에 가지 않고 외무성 연감부에서 일하던 청년들을 말한다. 그들은 주로 독일 낭만주의 철학자 셸링의 영향을 받은 문학가들이었다고 한다. 특히 독문학자이자 셸링파인 푸슈킨의 손아래 친구 쉐브료프는 러시아에서 처음으로 본격적으로 괴테를 연구한 사람이기도 하다. 1827년 괴테의 「헬레나 환상극 단편」들을 번역하고 서평을 썼는데 이를 독일어로 번역한 보르

타티아나는 공통의 대화나 이야기들에 48.
귀 기울여 듣고 싶기도 했지만
객실의 모든 사람들을 사로잡는 건
그렇게도 맥락 없는 시시한 이야기들,
빛이 다 바랜 하나마나한 것들이다
그들의 비방조차 지루하다
그들의 이야기, 질문, 비방, 뉴스 속에서는
그 불모의 메마름 속에서는
하루 종일 우연한 실수로라도
단 한 번 사상이 불탄 적 없다
민감한 이성은 웃지 않으며 농담으로라도
한 번, 심장이 떨리는 법 없다
그대 속에서는 웃기는 어리석음조차도
만날 수가 없다, 공허한 사교계여.

먹물 청년들이 떼지어서 49.
타냐를 격식 차려 쳐다본다
자기들끼리 그녀에 대해서
자못 못마땅하게 이야기한다
한 시시한 익살꾼은 그 누구보다
그녀를 이상적이라고 여겨서
문설주에 기대어 서서
그녀에게 바칠 비가를 준비한다
뱌젬스키가 지루한 아주머니 댁에서
타냐를 만나 그녀에게로 다가앉아서
그녀의 마음을 사로잡는 데 성공했다
헌데 뱌젬스키 옆에 있는 그녀를 어쩌다
한 노인이 발견하고는 자기의 가발을
고쳐 쓰며 그녀에 대해 묻는다.

하르트에게 괴테가 1828년 5월 1일 보낸 감사의 편지가 독일어와 러시아어로 『모스크바 통보』 제21호에 실렸는데 이와 연관하여 푸슈킨은 1828년 7월 1일 포고딘에게 보낸 편지에서 '우리의 독일 대부' 괴테의 편지를 실은 것을 칭찬하고 있다. 괴테는 프랑스의 앙페르(J. J. Ampere)가 작품의 이해를, 스코틀랜드의 칼라일(Th. Carlyle)이 내용으로 뚫고 들어가는 것을 '헬레나' 수용의 특징으로 한다면 쉐브료프의 수용은 강한 자기화의 성격을 보인다고 생각했다. 괴테는 바이마르 시절에 1804년부터 러시아 문학가들의 방문을 받았고 카람진과 쥬코프스키에 대해 잘 알고 있

50. Но там, где Мельпоме́ны бу́рной
Протя́жный раздаётся вой,
Где ма́шет ма́нтию мишу́рной
Она́ пред хла́дною толпо́й,
Где Та́лия тихо́нько дре́млет
И пле́скам дру́жеским не вне́млет,
Где Терпсихо́ре лишь одно́й
Диви́тся зри́тель молодо́й
(Что бы́ло та́кже в пре́жни ле́ты,
Во вре́мя ва́ше и моё),
Не обрати́лись на неё
Ни дам ревни́вые лорне́ты,
Ни тру́бки мо́дных знатоко́в
Из лож и кре́сельных рядо́в.

51. Её приво́зят и в Собра́нье.
Там теснота́, волне́нье, жар,
Музы́ки гро́хот, свеч блиста́нье,
Мелька́нье, ви́хорь бы́стрых пар,
Краса́виц лёгкие убо́ры,
Людьми́ пестре́ющие хо́ры,
Неве́ст обши́рный полукру́г,
Всё чу́вства поража́ет вдруг.
Здесь ка́жут фра́нты записны́е
Своё наха́льство, свой жиле́т
И невнима́тельный лорне́т.
Сюда́ гуса́ры отпускны́е
Спеша́т яви́ться, прогреме́ть,
Блесну́ть, плени́ть и улете́ть.

었다. 최정옥은 「라인홀트 렌츠의 삶과 문학」(서울대 박사학위논문, 1994)에서 렌츠(1751-1792)가 모스크바에서 카람진의 문학 스승이 되었고 그의 영향 아래 1789년 카람진이 서유럽을 여행했다고 밝히는데, 실상 카람진은 그의 「한 러시아 여행자의 편지」(1791-1792)에서 렌츠가 여러 가지 불행한 사건들의 결과로 깊은 우울에 빠져 있으면서도 시적 착상이나 인내심, 선량함으로 감동시켰다고 썼다. 렌츠의 제자인 카람진이 바이마르로 괴테를 방문했고 괴테는 그를 통하여 러시아 문학에 대해 알게 되었으며 이후 많은 러시아 문학가들의 방문을 받았고 러시아 문학가들의 관심을 지속적으로 끌었던 반면, 렌츠는 1792년에 이미 모스크바 길거리에서 변사체로 발견되었다. 1771부터 스트라스부르그에 머물던 시절 렌츠는 괴테를 알게 되어 그

그러나 폭풍 같은 멜포메나의 50.
긴 울음이 울리는 곳,
그녀가 냉담한 군중들 앞에
번쩍거리는 망토를 펄럭이는 곳,
탈리야가 몰래 조느라고
우정 어린 박수소리 듣지 못하고
젊은 관객이 테릅시호라만을 넋 놓고
경탄하는 곳에서 (옛날에도 그랬었고
또 그대와 나의 시절에도
마찬가지로 그랬다....) 이층의
특별석에 앉은 귀부인들의
시기에 찬 오페라 안경도
일등석에 앉은 유행차림 감식가들의
망원경도 그녀에게로 향해지지 않았다.

그녀를 귀족 사교 클럽에도 데리고 간다 51.
온통 북적대고 들떠 있고 열기가 뜨겁고
음악이 울리고 촛불들이 환히 타는 곳이다
춤추는 쌍들이 회오리처럼 돌아가고
미인들의 옷차림은 날아갈 듯 가볍고
사람들이 오만가지 목소리로 떠들고
정말 이곳은 신붓감들의 넓은 무대다
모든 것이 갑자기 오관을 놀라게 한다
이름난 멋쟁이들은 이곳에서
안경을 건성으로 눈에 대고,
자기의 오만함과 조끼를 내보이고
퇴역한 기병대위들은 서둘러서
이곳으로 나타나 유명해지고
빛나다가 유혹하고 달아난다.

를 매우 존경했고 괴테도 렌츠와 가까이 지냈다. 나중에 한 사람은 계속 성공한 문학가로 다른 사람은 현실비판과 개혁지향 때문에 낙오한 정신병자로 다른 길을 가면서 이렇게 러시아문학과 연관되었다.

50. 표트르 1세가 처음으로 공공극장을 만든 후 그의 딸인 옐리자베타 여황제 시기에는 이미 궁정귀족들이 극장에 가는 것이 궁정생활의 일부가 되었으며 이탈리아 오페라나 프랑스 고전극까지 관람할 수 있었다. 1803년 알렉산드르 1세가 황제극장을 재정립하여 외국의 배우들과 가수들의 공연을 허락하여 극장에서는 희극, 비극,

52. У но́чи мно́го звёзд преле́стных,
Краса́виц мно́го на Москве́.
Но я́рче всех подру́г небе́сных
Луна́ в возду́шной синеве́.
Но та, кото́рую не сме́ю
Трево́жить ли́рою мое́ю,
Как велича́вая луна́,
Средь жён и дев блести́т одна́.
С како́ю го́рдостью небе́сной
Земли́ каса́ется она́!
Как не́гой грудь её полна́!
Как то́мен взор её чуде́сный!..
Но по́лно, по́лно; переста́нь:
Ты заплати́л безу́мству дань.

53. Шум, хо́хот, беготня́, покло́ны,
Гало́п, мазу́рка, вальс... Меж тем,
Ме́жду двух тёток, у коло́ны,
Не замеча́ема нике́м,
Татья́на смо́трит и не ви́дит,
Волне́нье све́та ненави́дит;
Ей ду́шно здесь... она́ мечто́й
Стреми́тся к жи́зни полево́й,
В дере́вню, к бе́дным посели́нам,
В уединённый уголо́к,
Где льётся све́тлый ручеёк,
К свои́м цвета́м, к свои́м рома́нам
И в су́мрак ли́повых алле́й,
Туда́, где он явля́лся ей.

오페라, 발레, 희가극(보드빌)들이 공연되었다. 1820년부터 러시아 귀족들이 오페라, 발레, 연극을 관람하는 것은 그들 생활의 일부가 되었다. 특히 니콜라이 황제시절에는 오페라 관람이 가장 성행했다고 한다. 당시 공적인 장소가 부족한 진보적인 젊은이들에게는 극장이 매우 적당한 그들의 만남의 장소였다. 푸슈킨은 극장을 '자유의 장소'라고 불렀다. 이곳에서 사람들은 오페라 안경이나 망원경을 손에 들고 다른 사람들을 마음대로 관찰할 수도 있었다. 푸슈킨은 당시 비극, 희극 모두 저조하다고 보았다. *멜포메나는 고대 그리스 신화에 나오는 9명의 뮤즈 여신들 가운데 비극의 여신. 당시의 러시아 비극에 대해서 푸슈킨은 회의적이었다. 1825년『보리스 고두노프』를 쓸 때 그는 새로운 셰익스피어적인 비극을 써야 한다고 말했다. 그녀의 번

밤하늘에는 멋진 별들이 많고, 52.
모스크바에는 멋진 미인들이 많다
하늘의 여러 여자친구들 하고많아도
그중에 제일은 창공에 뜬 달이다
아, 내가 내 리라로써 감히
동요시킬 엄두도 못 내는 그녀는 마치
고상한 달처럼 홀로
부인들과 처녀들 가운데 빛난다. 실로
그 얼마나 하늘 높은 자존심을 지니고
그녀가 땅에 발을 스치고 있는지!
얼마나 달콤한 도취로 가득 찬 가슴인지!
얼마나 멋진 애타하는 시선인지!
허나, 이제 그만, 그만, 멈추게,
그대는 미친병에 공물 다 바쳤네.

소란, 웃음소리, 법석, 인사에 53.
갈롭, 마주르카, 왈츠... 타티아나는
두 아주머니 사이, 기둥 가까이에
안 보이게 앉아 모든 것을 보기는
하지만 무엇도 눈에 들어오지 않는다
그녀는 사교계의 들뜬 기운이 싫다
그녀는 막 숨이 막힌다...
그녀는 상상 속에서 막 달려간다,
들판, 시골, 소박한 마을들을 향해
그녀의 고독한 방을 향해
빛나는 시내가 흐르는 들,
그녀의 꽃들, 그녀의 소설들,
그가 그녀에게로 나타났던 어둑한
보리숫길을 향해.

찍거리는 망토는 비극이 지나치게 장식적이고 형식적인 것을 말하는 것 같다. *탈리야는 그리스 신화에 나오는 9명의 뮤즈 여신들 가운데 희극의 여신. 당시 『지혜의 슬픔』이 검열로 금지되고 1820년대 중반 러시아 희극이 답보상태라 푸슈킨은 희극에 대해서 회의적이었다. *테릅시호라는 춤의 여신.

52. *아, 내가 내 리라로써 감히 동요시킬 엄두도 못 내는 그녀: 뱌젬스키에 따르면 그녀는 마리아 이바노브나의 딸이고 나중에 뱌젬스키의 사촌과 결혼하여 뱌젬스키 공작부인이 되는 알렉산드리나 코르사코바를 말한다. 푸슈킨은 그녀에게 매혹되었었다.

54. Так мысль её дале́че бро́дит:
Забы́т и свет и шу́мный бал,
А глаз меж тем с неё не сво́дит
Како́й-то ва́жный генера́л.
Друг дру́гу тётушки мигну́ли
И ло́ктем Та́ню враз толкну́ли,
И ка́ждая шепну́ла ей:
— Взгляни́ нале́во поскоре́й. —
"Нале́во? где? что там тако́е?"
— Ну, что бы ни́ было, гляди́...
В той ку́чке, ви́дишь? впереди́,
Там, где ещё в мунди́рах дво́е...
Вот отошёл... вот бо́ком стал...
"Кто? то́лстый э́тот генера́л?"

55. Но здесь с побе́дою поздра́вим
Татья́ну ми́лую мою́,
И в сто́рону свой путь напра́вим,
Чтоб не забы́ть, о ком пою́...
Да, кста́ти, здесь о том два сло́ва:
Пою́ прия́теля младо́го
И мно́жество его́ причу́д.
Благослови́ мой до́лгий труд,
О ты, эпи́ческая му́за!
И ве́рный по́сох мне вручи́в,
Не дай блужда́ть мне вкось и вкрив.
Дово́льно. С плеч доло́й обу́за!
Я классици́зму о́тдал честь:
Хоть по́здно, а вступле́нье есть.

---

55. *6행에서 11행까지(나 젊은 친구와 ... 우왕좌왕하지 않도록 하소서)는 호메로스와 베르길리우스를 따라 서사시의 초두에 뮤즈를 부르며 내용을 알리는 고전주의적인 규범에 대한 패러디이다. 이로써 푸슈킨은 자신의 이 운문소설을 호메로스나 베르길리우스의 역사와 운명 속의 인간의 서사시와 비교해 보게 한다. 이 운문소설이 당대 러시아 역사와 운명 속의 인간의 서사시인 것은 물론이다.

이렇게 그녀는 사교계도 소란한 무도회도 54.
다 잊고 생각 속에서 멀리 배회한다
그 사이 한 당당한 장군이 잠시도
그녀에게서 눈을 떼지 않는다
아주머니들은 서로 눈짓을 해 가며
동시에 팔꿈치로 타냐를 밀어 가며
제각기 그녀에게 속삭인다 — "얘, 얘,
왼쪽으로 빨리 고개 좀 돌려 봐, 얘!" —
"왼쪽으로요? 왜요? 뭐가 있는데요?"
— "글쎄, 뭐가 있든지 간에, 좀 봐...
저쪽 사람들 모인 데, 맨 앞에, 보여?
저기 제복 입은 사람 둘과 서 있다.., 오!
딴 데로 간다... 이제 저기 비스듬히 섰네."
"누구요? 저 뚱뚱한 장군 말예요?"

허나 여기서 내 사랑스런 여자 55.
타티아나의 승리를 축하하고
우리 길의 방향을 다른 데로 돌리자
부디 내 주인공을 잊지 말라고
나 여기 지나가는 말 두 마디만 하겠소.
나 젊은 친구와 그의 갖가지
기이한 행동들을 노래하니
내 긴 작업을 축복해 주오,
오, 그대, 서사의 뮤즈여!
내게 믿을 만한 지팡이를 맡겨
우왕좌왕하지 않도록 해 주오!
이제 됐다. 어깨의 짐을 벗었다! 오!
드디어 고전주의에 경의를 표했으니
비록 늦었으나 입문은 한 셈이다.

8 ГЛАВА ВОСЬМАЯ

Fare thee well, and if for ever
Still for ever fare thee well.
Byron

제8장

안녕히, 영원히라면
영원히라도 안녕히.

바이런

제8장은 1829년 말 페테르부르그에서 시작하여 1830년 9월 25일 볼디노에서 마쳤다. 오네긴의 편지는 1831년 10월에 썼다. 1832년 이 장을 따로 출판할 때 푸슈킨은 서문에서 제7장과 이 마지막 장 사이에 공백이 있는데 이 동안 오네긴이 여행을 했다고 말한다. 1833년 초판 시에 '예브게니 오네긴에 부치는 주석' 뒤에 이 서문과 함께 '오네긴 여행기의 일부'를 수록하였다. '오네긴의 여행기'는 푸슈킨이 1828년 말 모스크바의 무도회에서 나탈리아 곤차로바를 만난 뒤 청혼했으나 장모로부터 신부가 어리다는 핑계의 완곡한 거절을 받고 카프카즈, 아르즈룸으로 떠돌고 나서 쓴 것이다. 그는 1830년 4월 다시 청혼하여 5월 약혼하고 볼디노에서 가을을 보내면서 『예브게니 오네긴』을 완성하고 단편집 『벨킨 이야기』, 『작은 비극』, 주옥같은 서정시들을 썼다. 푸슈킨은 1831년 2월 결혼하여 아내 나탈리아와의 사이에 1832년 딸 마리야, 1833년 아들 알렉산드르, 1835년 아들 그리고리, 1836년 딸 나탈리아, 이렇게 네 명의 자녀를 두었다. 1833년 푸슈킨은 학술원 회원이 되는 등 작가로서 명성을 누리고 풍성한 창작(「안젤로」, 「스페이드 여왕」, 「청동기사」 등)을 하였으나 그해 마지막 날 푸슈킨의 아내 나탈리아를 가까이 자주 보고 싶어하는 황제가 그를 시종무관으로 임명한 후 나탈리아의 두 언니와도 함께 사느라 심리적으로나 물질적으로 부담이 커졌고 빚은 점점 불어났다. 가장 고통스러웠던 것은 이런 여러 가지 방해물 때문에 창작의 여건이 점점 나빠지는 것이었다. 1836년 내내 아내와 염문이 있던 단테스가 아내의 큰언니와 결혼한 후에도 계속 그녀를 따라다니는 것과 익명의 조롱의 편지들 때문에 결국 그와 결투하여 1837년 1월 29일 37세의 나이로 사망했고 시신은 미하일로프스코예로 옮겨져 스뱌토고르스크 묘지, 어머니(1836년 사망) 곁에 묻혔다.

제8장의 이 제사는 바이런이 그의 이혼한 아내에게 보낸 「이별시」(1816)의 처음 부분이다. 이제 작가는 독자들과 작별한다. 작가는 자신의 기이한 동반자 오네긴과 이데알 타티아나, 그리고 자신의 작업과도 작별한다.

1. В те дни, когда́ в сада́х Лице́я
Я безмяте́жно расцвета́л,
Чита́л охо́тно Апуле́я,
А Цицеро́на не чита́л,
В те дни, в таи́нственных доли́нах,
Весно́й, при кли́ках лебеди́ных,
Близ вод, сия́вших в тишине́,
Явля́ться Му́за ста́ла мне.
Моя́ студе́нческая ке́лья
Вдруг озари́лась: Му́за в ней
Откры́ла пир млады́х зате́й,
Воспе́ла де́тские весе́лья,
И сла́ву на́шей старины́,
И се́рдца тре́петные сны.

2. И свет её с улы́бкой встре́тил;
Успе́х нас пе́рвый окрыли́л;
Стари́к Держа́вин нас заме́тил
И, в гроб сходя́, благослови́л.
. . . .
. . . .
. . . .
. . . .
. . . .
. . . .
. . . .
. . . .
. . . .
. . . .

---

1. 제8장의 앞 다섯 연은 1827년 페테르부르그로 다시 오기 전 푸슈킨의 뮤즈의 변화를 묘사하고 있는데 여기에는 푸슈킨 자신의 자전적 요소가 들어 있다. 첫 번째 연은 차르스코예 셀로의 기숙학교시절(1811-1817), 공원과 감방같이 답답한 기숙사 방에서 푸슈킨의 시가 시작되었음을 말한다. 이 기숙학교는 국가에서 세운 매우 수준 높은 교육을 제공한 예외적인 기관이었다. 푸슈킨의 정신적 · 문화적 계발이 그곳 교육의 덕분이었음을 푸슈킨도 잘 알고 있었다. 로마 시인 아풀레이우스(125-?)는 『변신 이야기』(170)를 썼는데 이 작품은 라틴어로 남은 유일한 완성된 소설이다. 이 소설은 한 젊은이가 마술에 걸려 당나귀가 되어 많은 기이하고 에로틱한 모험을 보고 듣게 되는 것을 내용으로 한다. 작가는 "이야기의 화려한 화관을 엮으며 아름

나 리체이의 정원에서 그때 1.
온순하게 피어나고 있었을 때
아풀레이우스를 즐겨 읽었다
키케로는 읽지 않았다
그 시절에, 신비스런 계곡에
봄에, 백조 울음소리 들리고
고요 속에 호수가 빛나는 곳에
뮤즈가 내게로 나타났고
내 학창시절의 감방은 순식간에
갑자기 환해졌다. 뮤즈가 방안에서
청춘의 무모한 상상의 잔치를 벌여서
유년의 즐거운 일들, 우리 역사의
옛 영광, 그리고 심장의
떨리는 꿈을 노래했던 것이다.

사교계는 그녀를 미소 지으며 맞이했다 2.
첫 성공이 그녀와 나를 날개 돋게 했다
늙은 데르좌빈이 우리를 알아보고
무덤으로 가면서 축복했고.

. . . .
. . . .
. . . .
. . . .
. . . .
. . . .
. . . .
. . . .
. . . .
. . . .

다운 소리로써 귀를 간지르겠다"고 했는데 그중에서 「큐피드와 프시케」의 이야기가 유명하다. 프시케는 신랑 큐피드의 정체를 알고자 하는 호기심 때문에 그를 잃게 되나 여러 시련을 거친 후 결국 그를 다시 얻게 된다. 이 이야기는 후대 여러 작가들이 새로이 다루었다. 아풀레이우스의 작품은 키케로(기원전 1세기에 살았던 정치가)의 저서가 라틴어 교재로 쓰인 것과 달리 금서였다. 푸슈킨은 「루슬란과 류드밀라」에서 『천일야화』나 유럽의 여러 환상적 이야기들과 함께 「큐피드와 프시케」의 이야기의 영향을 과시적으로 드러냈다.

3. И я, в закóн себé вменя́я
Страстéй еди́ный произвóл,
С толпóю чу́вства разделя́я,
Я Му́зу рéзвую привёл
На шум пирóв и бу́йных спóров,
Грозы́ полу́ночных дозóров;
И к ним в безу́мные пиры́
Онá неслá свои́ дары́
И как Вакхáночка резви́лась,
За чáшей пéла для гостéй,
И молодёжь мину́вших дней
За нéю бу́йно волочи́лась —
А я горди́лся меж друзéй
Подру́гой вéтреной моéй.

4. Но я отстáл от их сою́за
И вдаль бежáл... онá за мной.
Как чáсто лáсковая Му́за
Мне услаждáла путь немóй
Волшéбством тáйного расскáза!
Как чáсто, по скалáм Кавкáза,
Онá Ленóрой, при лунé,
Со мной скакáла на конé!
Как чáсто по брегáм Таври́ды
Онá меня́ во мгле ночнóй
Води́ла слу́шать шум морскóй,
Немóлчный шёпот Нереи́ды,
Глубóкий, вéчный хор валóв,
Хвалéбный гимн отцу́ мирóв.

---

2. *가브릴라 로마노비치 데르좌빈(1743-1816)은 18세기 가장 중요한 러시아 시인. 16세의 푸슈킨이 공개 졸업 시험 때 그 앞에서 자신이 지은 시를 읊어 커다란 찬사를 받았다. 이로써 푸슈킨은 공식적으로 문단에 들게 된 셈이었다.

3. 극장과 무도회를 즐기고 술과 여인을 사랑하며 향연을 즐기는 한편, 친구들과 어울려 진보적인 사상과 행동에 대해 이야기를 나누고 하던 1817-1820년까지 푸슈킨의 페테르부르그 생활을 요약한 것이라 할 수 있다. 그의 시가 인기 있었던 것도 알 수 있다. *바쿠스 여제: 고대 그리스 신화에 나오는 포도주와 풍요의 신 바쿠스를 경

나는 열정의 전횡만을 3.
내 법칙으로 삼고
군중들과 감정을 나누었고
내 활기찬 뮤즈를
향연과 거친 논쟁의 소란 속으로
한밤의 감시의 위협 속으로 이끌고 갔다
그녀는 미친 듯한 향연 속으로
그녀의 재능을 가지고 갔다
그녀는 바쿠스 여제처럼 활기찼고
그녀의 축배의 노래는 언제고
기쁨을 절로 솟게 하였다
그 시절 젊은 내 친구들은 모두 다
그녀 뒤를 왁자지껄 따라다녔다. 나는
내 바람 같은 여자친구를 퍽 자랑스러워했고.

허나 곧 나는 그들 연합으로부터 떨어져서 4.
멀리로 달아났다... 그녀가 내 뒤를 따랐다
얼마나 비밀스런 이야기의 마술로써
사랑스런 뮤즈가 내 뒤를 따라오다
내 말없는 길을 종종 위로했던가!
얼마나 자주 그녀는 내 뒤에 타고서
달빛 아래 레노레가 되어서
나와 함께 카프카즈 바위산 속을 말달렸던가!
얼마나 자주 그녀는 나를 이끌어 그리로
갔던가, 우리를 부르는 타브리다 해변으로,
나와 함께 밤안개 속에서 바다의 소리를,
네레이다의 그칠 줄 모르는 속삭임을,
파도들의 깊고 영원한 합창,
세상의 아버지에 대한 찬가를 들으려고.

배하는 여사제. 흥을 돋구는 아름답고 쾌활한 모습으로 문학작품에 자주 등장한다.
4. 남부로 좌천되어 1820년 5월 예카테리노슬라프로 도착한 이후 푸슈킨은 곧 라예프스키 가족과 함께 카프카즈와 크림을 여행하였다. *그들과의 연합: 친구들과의 어울림. *남부로 좌천된 것을 스스로 멀리로 달아난 것으로 표현한다. *레노레는 쥬코프스키의 번안 「류드밀라」(1808)나 카테닌(1792-1853)의 번안 「올가」(1816)로 당시 러시아 문단에 1816년경부터 민족문학 논쟁을 불러일으킨 독일 작가 뷔르거의 발라드 「레노레」(1773)의 여주인공이다. 레노레는 죽은 신랑과 말을 타고 달린

5. И, позабы́в столи́цы да́льной
И блеск и шу́мные пиры́,
В глуши́ Молда́вии печа́льной
Она́ смире́нные шатры́
Племён бродя́щих посеща́ла,
И ме́жду и́ми одича́ла,
И позабы́ла речь бого́в
Для ску́дных, стра́нных языко́в,
Для пе́сен сте́пи ей любе́зной...
Вдруг измени́лось всё круго́м:
И вот она́ в саду́ моём
Яви́лась ба́рышней уе́здной,
С печа́льной ду́мою в оча́х,
С францу́зской кни́жкою в рука́х.

6. И ны́не Му́зу я впервы́е
На све́тский ра́ут (44) привожу́;
На пре́лести её степны́е
С ревни́вой ро́бостью гляжу́.
Сквозь те́сный ряд аристокра́тов,
Вое́нных фра́нтов, диплома́тов,
И го́рдых дам она́ скользи́т;
Вот се́ла ти́хо и гляди́т,
Любу́ясь шу́мной тесното́ю,
Мелька́ньем пла́тьев и рече́й,
Явле́ньем ме́дленным госте́й
Перед хозя́йкой молодо́ю,
И тёмной ра́мою мужчи́н
Вкруг дам как о́коло карти́н.

다. *타브리다는 크림 반도를 말하고 푸슈킨의 남부서사시의 하나인 『바흐치사라이의 분수』 등 이곳과 연관된 작품들을 연상하게 한다. *네레이다: 바다의 요정. **5.** *몰다비아: 키쉬뇨프 시절, 푸슈킨은 얼마 동안 집시무리 속에서 함께 생활하기도 했으며 이후 집시들과 푸슈킨의 관계는 항상 각별했다. 몰다비아는 푸슈킨의 집시 테마와 연관되어 있는 장소로 서사시 「집시」와 연관되며 그 작품에서도 언급되는 오비디우스와도 관계가 깊은 곳이다. 푸슈킨은 자신이 '영광에 있어서는 뒤지지만' 오비디우스와 같은 운명을 가진 시인이라고 생각했다. 키쉬뇨프의 리프란디의 서재에서 오비디우스를 빌려 읽었고 오비디우스의 무덤을 그가 생전에 살던 곳에서 100킬로쯤 떨어진 도나우 강 하류에 있다고 잘못 알고 찾으려고 하였다. *신의 말:

그때 그녀는 먼 수도를 잊고서 5.
화려함도 소란한 향연도 다 잊고
슬픈 몰다비아 벽지에서
방랑족의 소박한 천막을 방문했고
그들 사이에서 거칠어졌었다
거기서 그녀는 신의 말을 잊었었다,
초라하고 이상한 말을 하느라고,
그녀가 사랑하는 초원의 노래를 하느라고...
문득 주위의 모든 것이 달라졌었다
그녀가 내 시골 정원으로
시골 귀족아가씨의 모습으로
홀연 나타났었다,
두 눈에 슬픈 생각을 머금고
두 손에 프랑스 책자를 들고.

그리고 이제 나 처음으로 뮤즈를 6.
사교계 무리(44) 속으로 데리고 온다
나 그녀가 풍기는 초원의 매력을
부러움 섞인 수줍음을 느끼며 바라본다
그녀는 귀족들, 멋쟁이 무관들, 외교관들,
그리고 자존심 높은 귀부인들의
빽빽한 대열을 뚫고 미끄러져 가서
이제 여기 조용히 앉아서
소란스런 북적거림을
옷과 말의 번쩍거림을,
젊은 여주인 앞에 천천히 나타나는 손님들,
또 그림 주위에 검은 틀처럼 숙녀들을
둘러싸고 있는 남자들을
감상하듯 바라본다.

고전문학에서 시어를 말한다. *문득 주위의 모든 것이 달라졌었다: 푸슈킨 자신이 오데사에서 미하일로프스코예로 옮긴 것을 말한다. *독서는 19세기 초 귀족 영애의 지적 세계의 큰 부분을 차지했다. 18세기 중반에는 책 읽는 여성을 찾아보기 어려웠고 1770년대에만 해도 책, 특히 소설을 읽는 것은 위험천만한 일로, 여성들의 독서는 교양 없는 행위로 여겨졌다.

6. 사교계 무리: 이 말은 1916년까지도 페테르부르그 사교계모임을 지칭할 때 쓰였다고 한다. 푸슈킨은 마지막 주석 (44)에서 영어로 rout라고 표기하고 춤이 없는 저

7. Ей нра́вится поря́док стро́йный
Олигархи́ческих бесе́д,
И хо́лод го́рдости споко́йной,
И э́та смесь чино́в и лет.
Но э́то кто в толпе́ избра́нной
Стои́т безмо́лвный и тума́нный?
Для всех он ка́жется чужи́м.
Мелька́ют ли́ца перед ним,
Как ряд доку́чных привиде́ний.
Что, сплин иль стра́ждущая спесь
В его́ лице́? Заче́м он здесь?
Кто он тако́в? Уже́ль Евге́ний?
Уже́ли он?.. Так, то́чно он.
— Давно́ ли к нам он занесён?

8. Всё тот же он, иль усмири́лся?
Иль ко́рчит так же чудака?
Скажи́те, чем он возврати́лся?
Что нам предста́вит он пока́?
Чем ны́не я́вится? Мельмо́том,
Космополи́том, патрио́том,
Гаро́льдом,ква́кером, ханжо́й,
Иль ма́ской щегольнёт ино́й,
Иль про́сто бу́дет до́брый ма́лой,
Как вы да я, как це́лый свет?
По кра́йне ме́ре мой сове́т:
Отста́ть от мо́ды обветша́лой.
Дово́льно он моро́чил свет...
— Знако́м он вам? — И да и нет.

녁 모임이며 원래 군중을 의미한다고 써서 군중과 사교계모임이 연결되도록 만들었다. 푸슈킨은 「시인과 군중」(1828)에서 시인의 말을 의미 없이 듣는 둔감하고 냉담하고 무식한 군중(천민)과 시인과의 대화를 소개하는데 이 시의 제사는 이 운문소설의 제1장 6연에서 언급한 베르길리우스의 『아이네이스』의 제6권에 나오는 여사제 시빌이 지하에 들어가고자 하는 아이네이아스에게는 칼을 뽑아 용기를 가지고 들어가라며 허락하면서 하는 말 중에서 인용한 라틴 문구 "물러나라, 속된 자들아"이다.
*그녀(뮤즈)가 풍기는 초원의 매력: 푸슈킨은 1826년 9월 모스크바로 돌아온 이후 1827년 페테르부르그로 가도 좋다는 허락을 받아 이곳 사교계에 들어왔는데 그의 뮤즈는 아직 시골과 초원의 매력을 풍기고 있고 푸슈킨은 지난날에 대한 부러움을

최상류층 대화의 균형 잡힌 형식과 7.
평온과 냉정을 잃지 않는 자존심이,
이 관등과 연륜의 혼합이 그녀는 좋다
헌데 이 선택된 무리 속에 말없이
안개 낀 듯 서 있는 저 사람은
누굴까, 도대체? 모든 사람에게 그는
낯설게 여겨지는 듯. 그 앞에 지루한
망령들의 행렬처럼 얼굴들이 어른어른
지나간다. 그럼 그의 얼굴에 보이는
건 뭘까? 병적인 오만? 스플린?
그는 도대체 누굴까? 혹 예브게니?
혹 그? 그래, 바로 그다. 그가 여긴
왜 왔나? 여기 우리에게로
온 것이 오래되었나?

여전한 그인가? 아니면 온순해졌나? 8.
아니면 괴짜인 체하는 건가?
말해 봐요, 그가 무엇으로 돌아왔나?
그는 우리에게 무엇을 보여줄 건가?
지금은 무엇으로 나타날까? 멜모트?
코스모폴리탄? 애국자? 해럴드?
퀘이커 교도?, 가짜 신도? 아니면
다른 마스크로 나타날까? 그는
그냥 선량한 보통 사람일 수도 있다
그대나 나처럼, 세상 모든 사람처럼.
그렇다면 적어도 내 충고는 헌옷처럼
낡은 유행과는 작별하라는 것이다,
그는 충분히 세상을 속였다...
— 그를 아오? — 그렇기도 아니기도 하오.

느끼며 동시에 자신의 뮤즈를 내보이며 수줍음을 느끼며 그것을 본다.

7. 앞 4행에 페테르부르그 최상류층 귀족들의 품격 있는 대화와 행동이 그려짐.

8. *여기에서 칭해진 마스크들은 1820년 초에 널리 퍼져 있었던 모방적 행동양식들. *멜모트: 제3장 12연, 제7장 22연의 역자주석을 보시오. *푸슈킨은 코스모폴리탄과 애국자를 대비시킴으로써 나중에 러시아 지성층이 서구파와 슬라브파로 나뉘게 되는 것을 예고한 셈. *퀘이커(당시 공식적 국교를 받아들이지 않았던 교파)나 가짜 신자는 신성동맹 당시 알렉산드르 1세를 둘러싸고 있던 종교적인 인물들을 암시한다.

9. — Зачéм же так неблагосклóнно
Вы отзывáетесь о нём?
За то ль, что мы неугомóнно
Хлопóчем, сýдим обо всём,
Что пы́лких душ неосторóжность
Самолюби́вую ничтóжность
Иль оскорбля́ет иль смеши́т,
Что ум, любя́ простóр, тесни́т,
Что сли́шком чáсто разговóры
Приня́ть мы рáды за делá,
Что глýпость вéтрена и зла,
Что вáжным лю́дям вáжны induced вздóры,
И что посрéдственность однá
Нам по плечý и не страннá?

10. Блажéн, кто с мóлоду был мóлод,
Блажéн, кто вó-время созрéл,
Кто постепéнно жи́зни хóлод
С летáми вы́терпеть умéл;
Кто стрáнным снам не предавáлся,
Кто чéрни свéтской не чуждáлся,
Кто в двáдцать лет был франт иль хват,
А в три́дцать вы́годно женáт;
Кто в пятьдеся́т освободи́лся
От чáстных и други́х долгóв,
Кто слáвы, дéнег и чинóв
Спокóйно в óчередь доби́лся,
О ком тверди́ли цéлый век:
N. N. прекрáсный человéк.

---

9. 이 연은 예브게니 오네긴이 부정적으로 묘사된 바로 앞 연과 대비된다. ＊"넓은 지평을 사랑하는 지성이 답답해하기 때문일까요?"라는 표현은 표트르 대제가 자신에게 등을 돌리고 황태자 알렉세이의 반란 음모에 가담했던 신하 알렉산드르 바실리에비치 키킨(1718년 처형됨)에게 "지성인인 그대가 어떻게 나를 거스르는가?"라고 했을 때 그가 "지성인이고 말고요! 지성은 넓은 지평을 사랑하지요. 그러나 당신이 계신 곳에서는 지성이 답답해합니다."라고 대답한 데서 따온 표현이다. 표트르의 전제정치가 러시아 지성의 자유를 압박한다는 뜻으로 해석된다. 오네긴 같은 인텔리가 답답해하는 것이 정치적인 이유라는 뜻이 될 수 있다.

— 그렇다면 도대체 이유가 뭡니까? 9.
무엇 때문에 그를 못마땅해하나요, 도대체?
우리가 지칠 줄 모르고 바쁘게
모든 것을 애써 심판하기 때문입니까?
조심을 모르는 불타는 정신이
시시한 자기애를 모욕하고 비웃어서요?
넓은 지평을 사랑하는 지성이
답답해하기 때문일까요?
너무나 자주 우리가 소문을 진실로서
받아들이기를 좋아해서?
어리석음이 경박하고 심술궂어서?
대단한 사람들의 엉터리 짓은 대단해서?
범속함만이 우리에게 견딜 만하고
낯설지 않아서 그럴까요?

청년시절 진정으로 청년인 사람, 10.
때맞춰 성숙하고 가는 세월을
따라가며 삶의 차가움을
점차로 견딜 수 있게 된 사람,
이상한 공상에 몰두하지 않으며
세상의 우중들을 꺼려하지 않으며
20세에 멋쟁이나 호기로운 남자이다가
30세에 좋은 조건에 결혼한데다
50세에 이런저런 사채나
다른 빚들에서 벗어난 사람,
영예나 돈이나 관직이나
다 착착 순조롭게 차지한 사람,
일생 내내 N. N.은 멋지다고 불리는
그런 사람은 복받은 사람이다.

---

10. *이런저런 사채나 다른 빚들에서 벗어난: 대부분의 지주들은 사채를 쓰거나 영지를 은행에 담보로 잡혀 빚을 얻었다. 영지를 담보로 대출받은 돈으로 사는 것을 '빚으로 산다'고 했다. 이 방법은 파산에 이르는 지름길이었다. 언뜻 생각하기에는, 귀족들이 대출받은 돈을 새로운 영지를 구입하거나 기존에 가지고 있었던 영지를 개선시키는 데 사용하여 수입을 늘리고 대출금과 이자를 갚는 데 사용할 것 같지만, 대부분의 경우 빌린 돈은 대도시에 집을 사거나 새로 짓는 데 사용되거나 치장하거나 무도회를 여는 데 사용되는 등 투자되지 않고 소비되었다〔"한 해에 세 번씩 무

11. Но гру́стно ду́мать, что напра́сно
Была́ нам мо́лодость дана́,
Что изменя́ли ей всеча́сно,
Что обману́ла нас она́;
Что на́ши лу́чшие жела́нья,
Что на́ши све́жие мечта́нья
Истле́ли бы́строй чредо́й,
Как ли́стья о́сенью гнило́й.
Несно́сно ви́деть пред собо́ю
Одни́х обе́дов дли́нный ряд,
Гляде́ть на жизнь как на обря́д,
И вслед за чи́нною толпо́й
Идти́, не разделя́я с ней
Ни о́бщих мне́ний, ни страсте́й.

12. Предме́том став сужде́ний шу́мных,
Несно́сно (согласи́тесь в том)
Ме́жду люде́й благоразу́мных
Прослы́ть притво́рным чудако́м,
Или печа́льным сумасбро́дом,
Иль санани́ческим уро́дом
Иль да́же Де́моном мои́м.
Оне́гин (вновь займу́ся им),
Уби́в на поеди́нке дру́га,
Дожи́в без це́ли, без трудо́в
До двадцати́ шести́ годо́в,
Томя́сь в безде́йствии досу́га
Без слу́жбы, без жены́, без дел,
Ниче́м заня́ться не уме́л.

도회를 열던"(제1장 3연)]. 그리 부자도 아니고 시집 보낼 딸도 없는 귀족에게 일년에 세 번의 무도회는 엄청난 사치였다. 예브게니의 부친은 바로 이런 식으로 살았기 때문에 그가 세상을 떠났을 때 유산에 엄청난 빚이 가해져 있었음은 놀라운 일이 아니다["오네긴 앞에 탐욕스런 빚쟁이들이/한 부대는 모였다."(제1장 51연)]. 푸슈킨 자신은 죽을 때 14만 루블의 엄청난 빚이 있었다(그는 연봉 5,000루블을 받고 있었다). 불라트 오쿤좌바는 시 「행운아 푸슈킨」(1967)에서 푸슈킨이 행운아인 이유 중의 하나로 죽을 때까지 빚을 얻을 수 있었던 것을 꼽지만 푸슈킨 자신이

허나 우리에겐 젊음이 결국 11.
헛되이 주어졌다는 것,
끊임없이 우리가 젊음을 배반하고 결국
젊음이 우리를 배반하는 것,
최선의 희망들도 신선한 꿈들도
궂은 가을 나뭇잎처럼 그리도
빨리 차례차례 다
썩어 간다는 것을 생각하면 슬프다
또 우리 앞에 놓여진 지겹게도
똑같은 식사의 긴 행렬을 보고
예식을 바라보듯 삶을 바라보고
점잔 빼는 무리들과 생각도 열정도
공유하지 않은 채 그들 뒤를
따라간다는 것은 참기 어려운 일이다.

현명하다는 사람들 사이에서 12.
요란한 심판의 표적물로써
가짜 괴짜로, 비참한 미치광이로,
마귀 같은 괴물로, 심지어 내 악마로,
동네방네 유명해지는 일,
정말 참기 어려운 일이다
(여러분도 동의할 것이다)
오네긴(다시 나 그에게 몰두할 일!),
결투에서 친구를 죽인 그,
목표도 하는 일도 없이
26세까지 살아온 그,
봉직도, 아내도, 대업도 없이
무엇에도 흥미를 느낄 수 없어
할일을 못 찾고 괴로워했던 그를

자기가 죽으면 아내가 거리로 나앉게 되고 아이들이 무일푼이 될 거라고 1833년 처남에게 보내는 편지에 썼을 만큼 그 빚의 양이 엄청났던 것은 틀림없다.

12. * "내 악마"는 푸슈킨이 쓴 시 「악마」의 주인공으로 동시대인들은 당시 널리 알려진 오데사에 있던 알렉산드르 라예프스키라고 여겼었는데 푸슈킨은 이를 부정하며 '항상 부정(不正)하는 정신'이라고 말했다. 괴테의 『파우스트』에 나오는 메피스토펠레스도 '부정하는 정신(Geist der Verneinung)'이다.

13. Им овладе́ло беспоко́йство,
Охо́та к переме́не мест
(Весьма́ мучи́тельное сво́йство,
Немно́гих доброво́льный крест).
Оста́вил он своё селе́нье,
Лесо́в и нив уедине́нье,
Где окрова́вленная тень
Ему́ явля́лась ка́ждый день,
И на́чал стра́нствия без це́ли,
Досту́пный чу́вству одному́;
И путеше́ствия ему́,
Как всё на све́те, надое́ли;
Он возврати́лся и попа́л,
Как Ча́цкий, с корабля́ на бал.

14. Но вот толпа́ заколеба́лась,
По за́ле шёпот пробежа́л...
К хозя́йке да́ма приближа́лась,
За не́ю ва́жный генера́л.
Она́ была́ нетороплива,
Не холодна́, не говорли́ва,
Без взо́ра на́глого для всех,
Без притяза́ний на успе́х,
Без э́тих ма́леньких ужи́мок,
Без подража́тельных зате́й...
Всё ти́хо, про́сто бы́ло в ней,
Она́ каза́лась ве́рный сни́мок
Du comme il faut... (Шишко́в, прости́:
Не зна́ю, как перевести́.)

---

13. *차츠키는 그리보예도프의 희극 『지혜의 슬픔』의 주인공(제7장 제사의 역자주석을 보시오). 그는 3년의 외국 체류를 마치고 모스크바 사교계로 "갑판에서 곧장 무도회장으로" 나타났었다.

14. *뒤 콤므 일 포: '그래야 하는 대로'라는 뜻으로 '흠 잡을 데 없는', '격에 맞는',

불안, 장소를 바꾸고 싶은 욕구가 13.
(몇몇 사람들은 자발적으로 짊어지는 십자가!
정말 고통스러운 성질이다) 완전
휩싸게 되자 그는 피가 뚝뚝 떨어지는
망령이 매일 눈앞에 나타나는
자기의 시골 마을을 떠나서
숲과 들판의 고독을 떠나서
감정에만 따르면서 내내
목표 없이 떠돌아다니다
세상의 모든 것과 마찬가지로
여행도 지겨워지자
그는 다시 돌아와 바로
차츠키처럼 갑판에서 곧장
무도회장으로 들어왔던 것.

헌데 여기 군중들이 요동하고 14.
홀 전체에 속삭이는 소리가 지나간다...
한 귀부인이 여주인에게 다가오고
그 뒤를 당당한 장군이 따른다
그녀는 서두르지 않았으며
차갑지 않았고 말수가 없었으며
과하게 여길 만큼 빤히 쳐다보고
함부로 시선을 던지지 않았고
자신의 성공을 과시하지도 않았다
이 모든 작은 흠도 없이
모방하려는 의도도 없이...
그녀의 모든 것은 고요하고 단순했다
바로 **뒤 콤므 일 포**(쉬슈코프, 용서해 줘요,
나 번역 못하겠으니)의 진정한 재생이었다.

'격이 있는', '격이 높은'으로 해석할 수 있겠다. 이 작품 속에서 벌거(vulgar)의 대립어로 쓰였다. *작가 알렉산드르 세묘노비치 쉬슈코프(1754-1841)는 제독이자 문화부장관, 학술원의장이었는데 국어의 순수성을 주장하였다. 1837년판에는 그 이름이 ****으로 처리되어 있다.

15. К ней да́мы подвига́лись бли́же;
Стару́шки улыба́лись ей;
Мужчи́ны кла́нялися ни́же,
Лови́ли взор её оче́й;
Деви́цы проходи́ли ти́ше
Пред ней по за́ле: и всех вы́ше
И нос и пле́чи подыма́л
Воше́дший с не́ю генера́л.
Никто́ б не мог её прекра́сной
Назва́ть; но с головы́ до ног
Никто́ бы в ней найти́ не мог
Того́, что мо́дой самовла́стной
В высо́ком ло́ндонском кругу́
Зовётся *vulgar*. (Не могу́...

16. Люблю́ я о́чень э́то сло́во,
Но не могу́ перевести́;
Оно́ у нас пока́мест но́во,
И вряд ли быть ему́ в чести́.
Оно́ б годи́лось в эпигра́мме...)
Но обраща́юсь к на́шей да́ме.
Беспе́чной пре́лестью мила́,
Она́ сиде́ла у стола́
С блестя́щей Ни́ной Воронско́ю,
Сей Клеопа́трою Невы́;
И ве́рно б согласи́лись вы,
Что Ни́на мра́морной красо́ю
Затми́ть сосе́дку не могла́,
Хоть ослепи́тельна была́.

---

16. 타티아나 옆에 앉은 귀부인이 클레오파트라로 비유되어 있다. 제1장의 17연에서 '클레오파트라'가 나오는데 이는 단어를 반복해서 쓰기를 좋아하는 푸슈킨이 여기서 예전에 극장에서 상연되었으나 1819년에는 상연되지 않았던 오페라나 발레의 여주인공 이름으로 슬쩍 집어넣었을 수도 있겠다고 생각해 볼 수 있다. 어쨌거나 클레오파트라가 언급될 때 제1장이나 제8장 안에서의 위치가 거의 비슷하다는 점은 흥미롭다. 푸슈킨이 대칭구조를 좋아했다는 건 알려진 사실이다. *니나 보론스카야는 누구를 지칭하는지 확실하지 않으나 당시 무척 아름답고 스캔들도 많았던 정열적인 여인, 커다란 보석이 달린 터번으로 머리를 장식했던 아그라페나 표도로브나 자크레프스카야(1800-1879)를 말하리라는 것이 지배적인 해석이다. 타티아나

그녀에게로 부인들이 가까이 다가왔고 15.
노파들은 그녀에게 미소 지었다
남자들은 더 깊이 절하고
그녀의 눈길을 끌려 했다
처녀들은 그녀 앞에서 더 가만히
홀을 지나갔다. 그 누구보다 더 높이
코와 어깨를 쳐들고 으쓱댄 사람은
그녀와 함께 들어온 장군.
그 누구도 그녀를 미인이라고 부를 수는
없을 것이나 머리에서 발끝까지 살펴도
그녀의 모든 것에서 그 누구도
상류층 런던 사교계에서 전제군주 같은
유행이 **벌거** *vulgar*라고 부를 만한 점을
발견할 수 없을 것이다. (나 못하겠다...

퍽이나 사랑하는 이 단어도 16.
나 아무래도 번역은 못하겠다
아직 우리에게 생소하니 제대로
대접받기 어려운 단어 같다
아직은 경구에나 맞을 것 같다...)
허나 나 우리 귀부인에게 다시 돌아가리라.
그녀는 식탁 부근에 네바 강의 클레오파트라,
번쩍거리는 니나 보론스카야와 함께 있었다
니나가 대리석 같은 아름다움으로
눈부시게 아름답기는 했으나, 그 옆으로
말없이 앉아 평온한 매력을 발산하는
아름다운 우리의 귀부인을 빛바래게는
할 수 없었음에 여러분들도
진정으로 동의할 것이다.

의 취미로 볼 때 보석으로 머리를 장식하는 것을 천하게(vulgar) 생각했을 것이다. 제5장에서 시인입네 하는 트리케는 타티아나에게 바치려고 베껴온 시에 나오는 '니나'를 '타티아나'라고 용감하게 고쳐 시를 낭송하였다. 또 하나 여기서 눈길을 끄는 것은 '클레오파트라'와의 비교이다. 클레오파트라는 푸슈킨이 흥미를 가지고 있었던 주제이다. 「이집트의 밤」(1835) 이전에 이미 푸슈킨은 클레오파트라에 대한 작품을 써보고 싶어 하였다. 클레오파트라라는 인물의 중요한 특징은 아름다움과 분방함 그리고 그녀의 매력이 가지는 파멸적인 냉혹한 힘이다. 그런데 그녀의 차가운 눈부신

17. "Ужéли, — дýмает Евгéний, —
Ужéль онá? Но тóчно... Нет...
Как! из глуши́ степны́х селéний..."
И неотвя́зчивый лорнéт
Он обращáет поминýтно
На ту, чей вид напóмнил смýтно
Емý забы́тые черты́.
"Скажи́ мне, князь, не знáешь ты,
Кто там в мали́новом берéте
С послóм испáнским говори́т?"
Князь на Онéгина гляди́т.
— Агá! давнó ж ты нé был в свéте.
Постóй, тебя́ представлю я. —
"Да кто ж онá?" — Женя́ моя́. —

18. "Так ты женáт! не знал я рáне!
Давнó ли?" — Около двух лет. —
"На ком?" — На Лáриной. — "Татья́не!"
— Ты ей знакóм? — "Я им сосéд".
— О, так пойдём же. — Князь подхóдит
К своéй женé и ей подвóдит
Родню́ и дрýга своегó.
Княги́ня смóтрит на негó...
И что ей дýшу ни смути́ло,
Как си́льно ни былá онá
Удивленá, поражена́,
Но ей ничтó не измени́ло:
В ней сохрани́лся тот же тон,
Был также тих её поклóн.

아름다움이 그녀 옆에 앉은 타티아나의 평온한 매력을 빛바래게 할 수 없다고 하는 표현은 독자로 하여금 타티아나와 클레오파트라를 비교하도록 한다. 14연에서 표현되었듯이 타티아나는 말이 없으나 차갑지 않고, 함부로 시선을 던지며 자기의 성공을 과시하지도 않으며 남들을 빤히 쳐다보고 함부로 시선을 던질 만큼 타인을 제압하려 하지 않는다. 그녀의 아름다움은 눈부시게 숨 막히게 빛나는 것이 아니라 고요하고 단순한 자연스러움에 있다.

17. *안경: 손잡이가 달린 요즘의 오페라 안경을 생각하면 된다. 이 운문소설에 안경이 몇 차례 나오는데 대부분 이 안경을 말한다. 무도회나 파티, 극장에서 귀족들이 사용했던 이 안경은 18세기 말-19세기 초 프랑스에서 널리 유행하였다. 그러나

'혹, — 예브게니는 생각했다 — 17.
혹 그녀인가? 허나 바로 그녀다...
아니야... 어떻게! 초원의 벽촌에서 저렇게...'
그는 안경을 계속 집요하게
매순간마다 그녀에게로 향한다
그녀의 모습은 이제 그에게
잊혀진 자태를 희미하게 상기시킨다
"공작, 저기 말이야, 여보게,
산딸기 빛 베레모를 쓰고 저기
스페인 공사와 얘기하는 저 여인이 누군지
말해 줄 수 있겠나?" — "아, 자네는 정말이지
여기 사교계를 너무 오래 비웠군. 저기,
잠깐, 자네를 소개해 줌세." —
"그 여자가 누군데?" — "내 아낼세." —

"그래 자네 결혼했군! 미처 몰랐네! 18.
오래됐나?" — "2년 가깝네." —"누구와?"
— "라린 양이네." — "타티아나!"
— "자네 그녀를 아나?" — "이웃에 살았네."
— "오, 그럼 이리 오게." —
공작은 자기 아내에게
친척이자 친구를 데리고 간다
공작부인은 그를 쳐다본다...
그녀가 속으로 얼마나 혼란스러웠는지,
얼마나 심하게 놀라고 또
어떤 강한 충격을 받았는지
알 수 없으나, 겉으로는 조금도
흔들림이 없었다. 그녀의 말씨는 여전했고
그녀의 인사도 여전히 고요했다.

당시에도 얼굴에 쓰는 안경은 있었다. 제5장 명명일 파티의 무슈 트리케의 안경은 손잡이가 달린 안경을 끈으로 해서 목에 매달았을 수도 있고 얼굴에 쓰는 안경이었을 수도 있다.

18. 타티아나는 1822년 1월 말 늦겨울에 모스크바로 떠나 와서 사교계로 끌려다니던 중 한 당당한 장군의 관심을 끄는데 아마도 그와 그해 1822년 늦가을에 결혼한 듯하다. 그러니 결혼한 지 2년 가까이 되었을 것이다. 렌스키를 죽이고 나서 곧 시골을 떠나 페테르부르그로 갔다가 여름부터 여행하여 3년 이상 여행을 하고 돌아

19. Ей-е́й! не то, чтоб содрогну́лась,
Иль ста́ла вдруг бледна́, красна́...
У ней и бровь не шевельну́лась;
Не сжа́ла да́же губ она́.
Хоть он гляде́л нельзя́ приле́жней,
Но и следо́в Татья́ны пре́жней
Не мог Onéгин обрести́.
С ней речь хоте́л он завести́
И — и не мог. Она́ спроси́ла,
Давно́ ль он здесь, отку́да он
И не из их ли уж сторо́н?
Пото́м к супру́гу обрати́ла
Уста́лый взгляд; скользну́ла вон...
И недвижи́м оста́лся он.

20. Уже́ль та са́мая Татья́на,
Кото́рой он наедине́,
В нача́ле на́шего рома́на,
В глухо́й, далёкой стороне́,
В благо́м пылу́ нравоуче́нья
Чита́л когда́-то наставле́нья,
Та, от кото́рой он храни́т
Письмо́, где се́рдце говори́т,
Где всё нару́же, всё на во́ле,
Та де́вочка... иль э́то сон?..
Та де́вочка, кото́рой он
Пренебрега́л в смире́нной до́ле,
Уже́ли с ним сейча́с была́
Так равноду́шна, так смела́?

온 오네긴은 타티아나를 쫓아다니며 털목도리를 걸쳐 주고 편지를 보내고 한다. 그래도 아무 답장이 없어 우울하게 집안에 틀어박혀 있다가 네바 강의 얼음이 녹기 시작하는 봄, 그는 타티아나를 방문하여 그녀로부터 사랑의 고백을 듣는다. *겉으로는 조금도 흔들림이 없었다: 겉으로 흔들림이 없는 여자들의 속을 알 수 없다는 것은 「석상손님」(1830)에 나오는 아무도 마음을 흩트려 놓을 것 같지 못하던 죽은 남편에게 정절을 지키며 그의 무덤으로 기도를 드리러 오던 돈나 안나나 「안젤로」(1833)에서 루치오로부터 오빠에 관한 낯 뜨거운 이야기를 듣고 속으로는 매우 복

에이, 에이! 맹세코 정말 떨고 19.
붉으락푸르락하는 것은 전혀 없었다
눈썹 하나 까딱하지 않았고
입술을 꼭 다무는 일도 없었다
아무리 찾아봐도 오네긴은
예전의 타티아나의 흔적이라고는
발견할 수 없었다. 그는 당황하면서도
대화하려고 애써 봤으나 아무래도
할 수 없었다. 그녀가 물었다,
그가 여기 온 지 오래됐냐고,
어디서 왔냐고, 고향에서 온 거냐고?
그리고 남편에게 지친 시선을 향했다
그리고는 고요히 미끄러져 나갔다....
그는 꼼짝없이 서 있었다.

저 여자가 우리 소설의 초두에서 20.
멀리 외떨어진 시골마을에서
언젠가 그가 단둘이 만나서
고상한 도덕적 열정 속에서
교훈을 줄줄 읽어 준 그녀,
그가 아직 간직하고 있는 편지를 쓴 그녀,
편지에 심장이 말하는 그대로
모든 것을 솔직히 내키는 대로
마음껏 드러낸 그 여자란 말인가?
그 타티아나란 말인가, 아니면 이게
꿈인가? 어떻게 그 소녀가 그를 이렇게
무심하고 용감하게 대한단 말인가,
그때 그 소박한 시골의 언덕에서
그가 내쳤던 그 소녀가 지금?

잡한 생각을 하면서도 평온한 모습을 보이는 이자벨라에게서도 나타나고 있다. 그녀는 안젤로가 왜 자신의 판결이 심한 것이라고 했냐고 그녀에게 따졌을 때 용서해 달라고 하면서 "저도 모르게 그때 제 영혼이 솔직하지 못했네요. 저 스스로에게 모순되게 굴었어요."라고 고백하는데 셰익스피어의 이사벨라가 안젤로에게 "원하는 것을 갖기 위해 마음에 없는 말을 하는 경우가 많지요."라고 말한 것과는 약간 다르다. 푸슈킨의 이자벨라는 스스로도 알 수 없는 여자의 속을 고백한 것으로 보인다.

21. Он оставля́ет ра́ут те́сный,
Домо́й заду́мчив е́дет он;
Мечто́й то гру́стной, то преле́стной
Его́ встрево́жен по́здний сон.
Просну́лся он; ему́ прино́сят
Письмо́: князь N. поко́рно про́сит
Его́ на ве́чер. "Бо́же! к ней!..
О, бу́ду, бу́ду!" и скоре́й
Мара́ет он отве́т учти́вый.
Что с ним? в како́м он стра́нном сне!
Что шевельну́лось в глубине́
Души́ холо́дной и лени́вой?
Доса́да? су́етность? иль вновь
Забо́та ю́ности — любо́вь?

22. Оне́гин вновь часы́ счита́ет,
Вновь не дождётся дню конца́.
Но де́сять бьёт; он выезжа́ет,
Он полете́л, он у крыльца́,
Он с тре́петом к княги́не вхо́дит;
Татья́ну он одну́ нахо́дит,
И вме́сте не́сколько мину́т
Они́ сидя́т. Слова́ нейду́т
Из уст Оне́гина. Угрю́мый,
Нело́вкий, он едва́, едва́
Ей отвеча́ет. Голова́
Его́ полна́ упря́мой ду́мой.
Упря́мо смо́трит он: она́
Сиди́т поко́йна и вольна́.

---

21. *N. 공작은 타티아나의 남편이다. 저자는 이름을 밝히지 않는다.

그는 북적거리는 야회를 떠나서 21.
생각에 잠겨 집으로 향한다
혹은 슬픈 꿈을, 혹은 멋진 꿈을 꾸면서
그는 늦게까지 잠잔다
깨어나니 그에게 온 편지를
가지고 온다. N. 공작이 삼가 그를
야회로 초대하신다. "오 하느님! 그녀에게
오, 갈 거야, 갈 거야!" 그는 급히 공작에게
정중한 답장을 쓴다. 그가 웬일일까?
어떤 이상한 꿈을 꾸는 걸까? 대체
그의 차갑고 게으른 영혼 깊은 곳에
꿈틀거리고 있는 것은 무엇일까?
유감일까? 허영일까? 아니면
다시 청춘의 근심거리 — 사랑일까?

오네긴은 또 시계를 들여다본다 22.
날 저물기 기다리기가 또 어렵다
그러나 10시가 친다. 그는 외출을 한다
그는 날아가 벌써 현관에 닿았다
그는 떨면서 공작부인에게로 들어간다
그는 타티아나가 혼자 있는 것을 본다
둘은 함께 몇 분간 앉았어도
오네긴의 입에서는 아무래도
말 한마디 나오지 못한다
우울하고 거북하게 그는 겨우겨우
그녀에게 답한다. 그의 머리는 매우
고집스러운 생각으로 가득 찼다
그는 집요하게 그녀를 바라본다
그녀는 평온하고 자유롭게 앉아 있다.

23. Прихóдит муж. Он прерывáет
Сей неприя́тный tête-à-tête;
С Онéгиным он вспоминáет
Прокáзы, шýтки прéжних лет.
Они́ смею́тся. Вхóдят гóсти.
Вот крýпной сóлью свéтской злóсти
Стал оживля́ться разговóр;
Перед хозя́йкой лёгкий вздор
Мелькáл без глýпого жемáнства,
И прерывáл егó меж тем
Разýмный толк без пóшлых тем,
Без вéчных и́стин, без педáнства,
И не пугáл ничьи́х ушéй
Свобóдной жи́востью своéй.

24. Тут был однáко цвет столи́цы,
И знать и мóды образцы́,
Вездé встречáемые ли́цы,
Необходи́мые глупцы́;
Тут бы́ли дáмы пожилы́е
В чепцáх и рóзах, с ви́ду злы́е;
Тут бы́ло нéсколько деви́ц,
Не улыбáющихся лиц;
Тут был послáнник, говори́вший
О государственных делáх;
Тут был в души́стых сединáх
Стари́к, по-стáрому шути́вший:
Отмéнно тóнко и умнó,
Что ны́нче нéсколько смешнó.

---

23. *테트 아 테트: 둘만의 대화. *자유롭고 생기로운 대화는 누가 들어도 좋다: 이 장의 7연에서 최상류사교계 대화의 균형 잡힌 형식이 언급되는데 여기서 그 내용을 좀 더 구체적으로 보여준다.

남편이 온다. 그는 이 불편한 23.
테트 아 테트를 중지시킨다
그는 오네긴과 함께 무모한
젊은 시절의 장난들을 회상한다
그들은 웃는다. 손님들이 들어온다
이제 사교계 특유의 심술궂은 농담이
(험담, 악담, 뒷담), 이 굵은 소금이
쳐지면 대화는 눈에 띄게 생기를 띠어간다
여주인 앞에서 가벼운 농담들이
바보 같은 부자연스러움 없이
재치로 반짝인다. 여기에 천박한
테마가 빠진, 영원한 진리와 현학이 빠진
현명한 견해가 가끔 끼어들면 자유롭고
생기로운 대화는 누가 들어도 좋다.

여기에 모인 이들은 수도의 정수들— 24.
귀족이자 유행의 모범들,
어디서나 만나는 얼굴들,
꼭 있어야 하는 얼간이들,
머리에 모자를 쓰고 장미를 꽂은
보기에도 심술이 뚝뚝 떨어지는
나이 먹은 귀부인들,
미소 짓지 않는 한심한 처녀들,
국사에 대해서 얘기하는 공사,
잘 만들어지고 재치도 들어 있는,
허나 지금은 다소 어색하게 느껴지는
낡은 농담을 하는(아뿔사!
모든 농담이 낡게 되는 거군!)
향수 뿌린 백발의 노인도 있었다.

25. Тут был на эпигра́ммы па́дкий
На всё серди́тый господи́н:
На чай хозя́йский сли́шком сла́дкий,
На пло́скость дам, на тон мужчи́н,
На то́лки про рома́н тума́нный,
На ве́нзель, двум сестри́цам да́нный,
На ложь журна́лов, на войну́,
На снег и на свою́ жену́.
. . . .
. . . .
. . . .
. . . .
. . . .
. . . .

26. Тут был Прола́сов, заслужи́вший
Изве́стность ни́зостью души́,
Во всех альбо́мах притупи́вший,
St.-Priest, твои́ карандаши́;
В двеpя́х друго́й дикта́тор ба́льный
Стоя́л карти́нкою журна́льной,
Румя́н, как ве́рбный херуви́м,
Затя́нут, нем и недвижи́м,
И путеше́ственник залётный,
Перекрахма́ленный наха́л,
В гостя́х улы́бку возбужда́л
Свое́й оса́нкою забо́тной,
И мо́лча обменённый взор
Ему́ был о́бщий пригово́р.

---

26. *프롤라소프는 러시아 말로 '기다(пролесть)'라는 단어와 연결된다. 1837년판에는 그 이름 대신 ***로 처리되어 있었다! *상-프리 엠마누엘 백작(1806-1828)은 멋쟁이 기병대위로서 풍자화가였는데 앨범에 풍자화를 많이 그렸다. 이유가 불분명한 자살로서 생을 마감하였다. 프롤라소프가 그의 연필을 닳게 했다는 것은 그가 프롤라소프에 대해 풍자화를 많이 그렸다는 뜻이 된다. *잡지그림이란 최신유행 차림

어떤 신사는 경구에 빠져 있었다 25.
그는 모든 것에 대해 분노했다,
여주인의 지나치게 단 차에 대해
숙녀들의 천박함에 대해, 남자들의 품격에 대해
안개 낀 소설에 대한 견해에 대해
두 자매에게 주어진 이니셜에 대해
잡지들의 거짓말에 대해, 전쟁에 대해
눈(雪)과 자기 아내에 대해.
. . . .
. . . .
. . . .
. . . .
. . . .
. . . .

저열한 정신적 수준으로 악명 높은, 26.
모든 앨범에다, 상 프리여, 그대가 그리느라
그대의 연필깨나 닳게 한
프롤라소프도 있었다
무도회의 또 다른 독재자는 문가에
부활절의 천사처럼 불그레한 볼에
꼭 붙는 옷을 입고 말없이 꼼짝 않고
잡지그림처럼 서 있었고,
어쩌다 지나가다 들린 무뢰한,
지나치게 뻣뻣하게 풀 먹인 목수건에
온몸에 뻣뻣하게 힘을 준 신경 쓴 자세,
손님들은 쓴웃음 짓고 말없는
시선의 교환으로 이 여행가에게
동일한 판결을 내렸다.

을 그린 판화로서 손으로 색깔을 입혔는데 잡지구독률을 올리려고 부록으로 첨가되어 있었다. *지나치게 뻣뻣하게 풀 먹인 목수건에: 1820년대에는 신사들이 살짝 풀 먹인 무명으로 된 목수건을 착용하는 것이 멋이었는데 지나치게 풀을 먹인 것은 여자들이 지나치게 머리 장식을 한 것처럼 천하게(vulgar) 여겨졌다.

27. Но мой Оне́гин ве́чер це́лый
Татья́ной за́нят был одно́й,
Не э́той де́вочкой несме́лой,
Влюблённой, бе́дной и просто́й,
Но равноду́шною княги́ней,
Но непристу́пною боги́ней
Роско́шной, ца́рственной Невы́.
О лю́ди! все похо́жи вы
На прароди́тельницу Э́ву:
Что вам дано́, то не влечёт;
Вас непреста́нно змий зовет
К себе́, к таи́нственному дре́ву:
Запре́тный плод вам подава́й,
А без того́ вам рай не рай.

28. Как измени́лася Татья́на!
Как твёрдо в роль свою́ вошла́!
Как утесни́тельного са́на
Приёмы ско́ро приняла́!
Кто б смел иска́ть девчо́нки не́жной
В сей велича́вой, в сей небре́жной
Законода́тельнице зал?
И он ей се́рдце волнова́л!
Об нём она́ во мра́ке но́чи,
Пока́ Морфе́й не прилети́т,
Быва́ло, де́вственно грусти́т,
К луне́ подъе́млет то́мны о́чи,
Мечта́я с ним когда́-нибудь
Сверши́ть смире́нный жи́зни путь!

---

27. *오, 인간들이여, 그렇게도/그대들은 모두 이브를 닮았다/이미 주어진 것은 마음을 끌지 않는다: 성서에서 사탄에게 유혹당하는 이브에 대한 이야기이다.

28. 타티아나는 네바강의 사교계를 제압하는 여인이 되었는데 그러면 그녀가 사교계의 다른 여인들과 구별되는 점은 무엇인가? 이 작품에서 제1장, 제7장, 제8장에서 소개되는 사교계 여인들은 성공적이기 위해 남자들을 유혹하고 게임을 하는 여인들이거나 차가운 냉혹한 여인이고 또 남편들을 속이는 여자들이다. 타티아나는 그렇지 않

그러나 나의 오네긴은 27.
저녁 내내 오직 타티아나,
수줍어하고 사랑으로 어쩔 줄 모르는
불쌍하고 소박한 처녀가 아니라
무심한 공작부인, 화려하고도
위풍당당한 네바 강변의 감히
범접할 수 없는 여신에게만 열심히
몰두했다. 오, 인간들이여, 그렇게도
그대들은 모두 이브를 닮았다
이미 주어진 것은 마음을 끌지 않는다
그래서 뱀은 항상 그에게로
비밀의 나무에게로
금단의 열매를 따러 오라 부른다
그것 없이 천국은 천국이 아니다.

타티아나는 얼마나 변했는지! 28.
얼마나 자신의 역할을 확실하게 해내는지!
얼마나 빨리 답답한 귀족층의 갖가지
격식들을 받아들였는지!
고상하고 거침없는 이 여인 속에서,
무도회를 제압하는 이 여인 속에서
사랑에 녹은 여자애를 찾을 엄두가 나겠는가?
그녀의 가슴을 설레게 했다니, 그가!
그녀가 밤의 어둠 속에서
잠의 신이 오기를 기다리면서
그를 생각하고 처녀답게 슬퍼하면서
그와 함께 언젠가는 둘이서
소박한 인생길을 가기를 꿈꾸며
애타는 두 눈으로 달을 바라보곤 했다니!

다. 결혼한 그녀는 아마도 프랑스 사교계 기혼녀들을 모방하는 여인들과는 달리 그녀의 유모처럼 남편에게 충실하고자 한다. 갖가지 사교계 격식을 익혔으나 그녀는 과거의 순수하고 용감한 열정과 사랑의 아픔과 소중함을 보물처럼 가슴에 품고 있고 이제는 기혼녀로서 남편에게 충실한 여자인 점이 사교계의 다른 여인들과 가장 두드러지는 차이이다.

29. Любви́ все во́зрасты поко́рны;
Но ю́ным, де́вственным сердца́м
Её поры́вы благотво́рны,
Как бу́ри ве́шние поля́м:
В дожде́ страсте́й они́ свеже́ют,
И обновля́ются, и зре́ют —
И жизнь могу́щая даёт
И пы́шный цвет и сла́дкий плод.
Но в во́зраст по́здний и беспло́дный,
На поворо́те на́ших лет,
Печа́лен стра́сти мёртвый след:
Так бу́ри о́сени холо́дной
В боло́то обраща́ют луг
И обнажа́ют лес вокру́г.

30. Сомне́нья нет: увы́! Евге́ний
В Татья́ну как дитя́ влюблён;
В тоске́ любо́вных помышле́ний
И день и ночь прово́дит он.
Ума́ не вне́мля стро́гим пе́ням,
К её крыльцу́, стекля́нным се́ням
Он подъезжа́ет ка́ждый день;
За ней он го́нится как тень;
Он сча́стлив, е́сли ей наки́нет
Боа́ пуши́стый на плечо́,
Или коснётся горячо́
Её руки́, и́ли раздви́нет
Пред не́ю пёстрый полк ливре́й,
Или плато́к поды́мет ей.

29, 30. 제3장에서 타티아나가 어린애처럼 사랑에 조건 없이 그대로 헌신하듯이 오네긴은 타티아나에게 어린애처럼 사랑에 빠졌다. 김기열은 「알렉산드르 뿌쉬낀의 예브게니 오네긴 연구」(한국외국어대 박사학위논문, 1999)에서 이 부분과 연관하여 오네긴과 타티아나의 관계에서 사랑이 결혼과는 별개로 '인간을 변모시키고 새롭게 만든다고' 보았으며, 김원한은 「『예브게니 오네긴』과 뿌쉬낀의 낭만주의」(서울대 박사학위논문, 1999)에서 '오랫동안 식어 버린 정열로 인해 유령처럼' 살던 오네긴이 아무런 유보 없이 사람을 믿는 순수한 '어린아이처럼' 사랑에 빠져 마음의 고통을 느끼며 이제 타티아나와 연결되기를 원하는 것으로 보았고 사랑으로 인하여 고통스러우나 그의 내면이 채워져 가는 것으로 보았는데, 이현우는 「푸슈킨과 레르몬토프

모든 나이의 사람들이 다 사랑에 복종하지. 29.
그 열정은 젊은 가슴, 처녀같이
순진한 가슴에는 유익하지.
봄의 폭우가 들판에게 그런 것같이.
열정의 빗속에서 젊은 가슴은 신선해지고
새로워지고 깊어 가고 성숙해 가고
그 강력한 생명의 힘은 가슴마다
화려한 꽃과 달콤한 열매를 선사한다
허나 늙은 불모의 나이,
우리 나이 고개에 열정이 타다
죽어 간 흔적은 슬프다,
차가운 가을 폭풍이
초원을 늪으로 만들고
주위의 숲을 앙상하게 하듯.

의심의 여지가 없다. 오호, 예브게니는 30.
타티아나에게 어린애처럼 사랑에 빠졌다
사랑의 그리움으로 애타하는
그는 밤낮을 겨우 보낸다
이성의 엄격한 질책을 듣지 않고서
그녀의 현관, 유리창 달린 복도를 향해서
그는 매일 마차로 달려간다
그는 그녀의 뒤를 그림자처럼 쫓는다
그녀의 어깨에 털목도리를 걸쳐 주거나
불타오르며 그녀의 손을 스치거나,
잡다한 제복을 입고 이제나저제나
그녀 앞에 몰려드는 무리를 막아 주거나
그녀에게 머릿수건을 주워 줄 때
그는 행복하다.

의 비교시학」(서울대 박사학위논문, 2004)에서 오네긴이 '어린아이처럼' 사랑에 빠진 것을 '죽어 버린 열정의 흔적'을 되살리려고 하고 그녀와 연결되기를 원하는 것으로 보지만 이를 슬픈 결말을 예정하는 것으로 풀이하였다. 오네긴이 어린아이에서 더 성장하지 못한 채 때늦게 '엄마'에게 애정을 무제한적으로 요구하지만 그런 엄마는 존재하지 않으며 오네긴은 성숙으로의 도약에 실패했다는 것이다. 오네긴이 예전이나 지금이나 어린애처럼 자기중심적인 태도에서 벗어나지 못한 점에서 볼 때 가혹하긴 하지만 맞는 말이다. 어쨌거나 이 푸슈킨 연구가들은 모두 오네긴의 애타는

31. Она́ его́ не замеча́ет,
Как он ни бе́йся, хоть умри́.
Свобо́дно до́ма принима́ет,
В гостя́х с ним мо́лвит сло́ва три,
Поро́й одни́м покло́ном встре́тит,
Поро́ю во́все не заме́тит:
Коке́тства в ней ни ка́пли нет —
Его́ не те́рпит вы́сший свет.
Бледне́ть Оне́гин начина́ет:
Ей иль не ви́дно, иль не жаль;
Оне́гин со́хнет, и едва́ ль
Уж не чахо́ткою страда́ет.
Все шлют Оне́гина к врача́м,
Те хо́ром шлют его́ к *вода́м*.

32. А он не е́дет; он зара́не
Писа́ть ко пра́дедам гото́в
О ско́рой встре́че; а Татья́не
И де́ла нет (их пол тако́в);
А он упря́м, отста́ть не хо́чет,
Ещё наде́ется, хлопо́чет;
Смеле́й здоро́вого, больно́й
Княги́не сла́бою руко́й
Он пи́шет стра́стное посла́нье.
Хоть то́лку ма́ло вообще́
Он в пи́сьмах ви́дел не вотще́;
Но, знать, серде́чное страда́нье
Уже́ пришло́ ему́ невмо́чь.
Вот вам письмо́ его́ точь-в-то́чь.

마음에 대해 성원을 보내거나 동정을 표하고 있다. 역자도 마찬가지다. *유리창 달린 복도: 페테르부르그의 저택은 현관을 통해 들어오면 저택의 한 면을 이루는 긴 홀(복도)이 있었으며, 그 홀에는 촘촘히 유리창들이 있어서 온실처럼 투명했다.

그가 아무리 발버둥쳐도, 죽는다 해도 31.
그녀는 알은체하지 않는다
자유롭게 집으로 그를 맞아들이긴 해도
고작 인사말 두세 마디 건넨다
어떤 때는 인사만 할 때도 있고,
어떤 때는 전혀 알아채지도 못하고.
교태의 기미는 눈곱만큼도 없다. 제법
고상한 사교계라면 교태를 허용 않는 법.
오네긴이 핏기를 잃어 가기 시작한다
그녀는 아는지, 아니면 그러거나 말거나인지,
오네긴은 어찌나 바짝 야위었는지
거의 폐병에 걸릴 지경이다
모두들 오네긴을 의사들에게 보내고
의사들은 이구동성 그를 **온천**으로 보내려 한다

허나 그는 가지 않는다. 그는 삼가 32.
조상님들께 곧 뵙겠다고 일찌감치
편지 쓸 준비가 되어 있다. 그래도 타티아나,
아랑곳하지 않는다(여자들이란 그런 거지)
허나 그는 고집스레 물러날 줄 모르며
아직 희망을 품고 병든 몸으로 애쓰며
건강한 사람보다 더 용감한 어조로
공작부인에게 힘없는 손으로
열정적인 편지를 쓴다. 편지에는
도대체 거의 의미를 두지 않았지만
(그리고 그것은 맞는 얘기지만)
심장의 고통이 이미 그에게는
견딜 수 없게 되었던 것이다. 여기
그가 쓴 편지를 그대로 소개한다.

---

31. *이구동성 그를 온천으로 보내려 한다: 1820년대에 귀족층이 온천욕을 하는 것에 매우 열심이었다는 기록이 있다.

Письмо́ Онегина к Татья́не

Предви́жу всё: вас оскорби́т
Печа́льной та́йны объясне́нье.
Како́е го́рькое презре́нье
Ваш го́рдый взгляд изобрази́т!
Чего́ хочу́? с како́ю це́лью
Откро́ю ду́шу вам свою́?
Како́му зло́бному весе́лью,
Быть мо́жет, по́вод подаю́!

Случа́йно вас когда́-то встре́тя,
В вас и́скру не́жности заме́тя,
Я ей пове́рить не посме́л:
Привы́чке ми́лой не дал хо́ду;
Свою́ посты́лую свобо́ду
Я потеря́ть не захоте́л.
Ещё одно́ нас разлучи́ло...
Несча́стной же́ртвой Ле́нский пал...
Ото всего́, что се́рдцу ми́ло,
Тогда́ я се́рдце оторва́л;
Чужо́й для всех, ниче́м не свя́зан,
Я ду́мал: во́льность и поко́й
Заме́на сча́стью. Бо́же мой!
Как я оши́бся, как нака́зан!

Нет, помину́тно ви́деть вас,
Повсю́ду сле́довать за ва́ми,
Улы́бку уст, движе́нье глаз
Лови́ть влюблёнными глаза́ми,

오네긴이 타티아나에게 보내는 편지 *모든 사람들에게 타인이 된 나는/누구와도 연결되지 않은 채 생각했었소/자유와 평온이 행복을 대신한다고: 이는 제8장의 22연에서 타티아나가 "평온하고 자유롭게 앉아 있다"는 표현과 대비를 이룬다. 오네긴은 이제 렌스키의 죽음, 그리고 여행으로 변화한 모양이다. 그는 이제 타티아나를 사랑하게 되었고 그 사실을 스스로에게 부정하지 않는다. 그는 이제 과거에 그가 소중한 것 없이 누구와도 연결되지 않은 채 모든 사람들에게 타인이 되어 살아가며 그때 자유와 평온을 위해서 자신 속에 갇힌 채 타티아나를 거절한 것을 후회한다. 오네긴에게는 '남들과 동떨어져 있는', '외떨어진', '고독한', '외로운' 같은 표현이 자주 쓰였다. 제1장에서부터 그는 '철학자'로 표현되어 있고 제1장 23연에는 고독한

오네긴이 타티아나에게 보내는 편지

모든 것을 예견하오. 슬픈 비밀의 고백이
당신에게 모욕이 될 거요.
당신의 자존심 넘치는 시선이, 오,
얼마나 쓰디쓴 경멸을 나타낼 것인지!
도대체 나 무엇을 바라고
무슨 목적으로 내 영혼을 당신에게
열어 보이는 거요? 어떤 심술궂은 쾌감에,
아마도, 빌미를 주는가 말이오!

언젠가 우연히 당신을 만나서
사랑의 불꽃을 간직한 것을 보고서
나 감히 믿으려 하지 않았소.
사랑스런 습관이 오도록 하지 않았소.
내 썩어빠진 알량한 자유를 도대체
잃을 마음이 없었소, 체!
우리를 헤어지게 한 또다른 이유도 있었소...
렌스키가 불행한 희생물로서 쓰러진 것이오...
그 시절 심장에 소중한 모든 것에서 나는
내 심장을 떼어놓았었소.
모든 사람들에게 타인이 된 나는
누구와도 연결되지 않은 채 생각했었소,
자유와 평온이 행복을 대신한다고. 맙소사! 이
얼마나 잘못 생각했는지, 어찌나 벌을 받는지...

잘못 생각했었소, 매순간 당신을
보는 것, 어디서나 당신을 뒤쫓고
입술의 미소, 눈의 움직임을
사랑에 빠진 눈으로 포착하는 것,

그만의 서재가 소개되었으며 제1장 54연에서 오네긴은 외딴 시골에 있는 '외떨어진 들판', 외따로 서 있는 지주저택에서 곧 권태를 느끼며, 제4장 36, 37연에서 그는 '은둔자'처럼 살았다고 되어 있고, 제7장 5연에서 푸슈킨은 예브게니를 '내 한가하고도 우울한 은자'라고 불렀고 제8장의 13연에서 자기 마을, 숲과 들판의 '고독'을 떠나서 방랑하다 돌아온 오네긴은 여전히 다른 사람과 동떨어져 있었다. 이제 그 자신이 그 사실을 스스로 말하고 있다.

Внима́ть вам до́лго, понима́ть
Душо́й всё ва́ше соверше́нство,
Пред ва́ми в му́ках замира́ть,
Бледне́ть и га́снуть... вот блаже́нство!

И я лишён того́: для вас
Тащу́сь повсю́ду науда́чу;
Мне до́рог день, мне до́рог час:
А я в напра́сной ску́ке тра́чу
Судьбо́й отсчи́танные дни.
И так уж тя́гостны они́.
Я зна́ю: век уж мой изме́рен;
Но чтоб продли́лась жизнь моя́,
Я у́тром до́лжен быть уве́рен,
Что с ва́ми днём уви́жусь я...

Бою́сь: в мольбе́ мое́й смире́нной
Уви́дит ваш суро́вый взор
Зате́и хи́трости презре́нной —
И слы́шу гне́вный ваш уко́р.
Когда́ б вы зна́ли, как ужа́сно
Томи́ться жа́ждою любви́,
Пыла́ть — и ра́зумом всеча́сно
Смиря́ть волне́ние в крови́;
Жела́ть обня́ть у вас коле́ни,
И, зарыда́в, у ва́ших ног
Изли́ть мольбы́, призна́нья, пе́ни,
Всё, всё, что вы́разить бы мог.

**내 삶이 얼마 안 남았다는 걸 아오/허나 내 생명을 그나마 더 끌기 위해서는/아침마다 확신을 가져야 하오/낮에 당신을 만날 수 있다는....: 이는 마야코프스키가 자신이 푸슈킨 탄생 125주년에 부친 기념시인 「축시」에 대해 소개하면서 1924년 5월 26일 '문학과 연극의 관제들에 대한 토론' 석상에서 인용한 부분으로, 자신이 푸슈킨의 이 네 행의 매력에 이틀 동안이나 사로잡혀 있었다고 말하며 이 예술작품(『예브게니 오네긴』을 말한다)으로 돌아가 마음속 깊이 느껴지는 생각들에 진정한

당신에게 오래 귀 기울이고
영혼으로 당신의 완벽함을 이해하는 것,
당신 앞에서 고통스러워 꼼짝 못하고,
창백해지고 여위어 가는 것... 이것이 행복이오!

그런데 내게 그 행복이 없소,
어디나 당신을 막무가내 따라다녀도
하루가 귀중하고 한 시간이 귀중한데
운명이 정해 준 날들이 얼마 안 남았는데
헛된 우울 속에서 허우적거리오.
남은 날들도 이미 부담스럽소.
내 삶이 얼마 안 남았다는 걸 아오.
허나 내 생명을 그나마 더 끌기 위해서는
아침마다 확신을 가져야 하오,
낮에 당신을 만날 수 있다는....

난 두렵소. 내 공손한 애원 속에서
당신의 엄격한 시선이 비열하고
교활한 의도를 볼까봐서.
당신의 성난 질책이 들리오
사랑의 갈망으로 괴로워하는 것,
불타면서도 이성으로 매 시각마다
핏속의 흥분을 진정시켜야 하는 것,
당신의 무릎을 껴안고 흐느끼다
가슴속 이야기, 고백이고 질책이고
내가 표현할 수 있는 모든 것을 다
당신의 발아래 쏟아놓길 원하면서도
냉정을 가장하여 말과 시선을 무장하고

형식을 주는 그 성실한 창조적인 방법을 배워야 한다고 말했다. 현대의 뱃전에서 푸슈킨을 던져 버리자고 했던 마야코프스키는 「축시」에서 푸슈킨 동상으로 다가가 유일한 대화의 상대자로 푸슈킨의 손을 잡으며 질 낮은 낡은 시가 징징거리는 것을 꼬집으며 푸슈킨이 죽은 것을 애석해한다. 그는 푸슈킨과 자신의 동일성을 시대의 진실을 표현하는 새로운 언어, 적확한 언어를 위하여 낡은 언어 낡은 형식과 투쟁하는 외로운 모습에서 보았다.

А ме́жду тем притво́рным хла́дом
Вооружа́ть и речь и взор,
Вести́ споко́йный разгово́р,
Гляде́ть на вас весёлым взгля́дом!..

Но так и быть: я сам себе́
Проти́виться не в си́лах бо́ле;
Всё решено́: я в ва́шей во́ле,
И предаю́сь мое́й судьбе́.

33. Отве́та нет. Он вновь посла́нье:
Второ́му, тре́тьему письму́
Отве́та нет. В одно́ собра́нье
Он е́дет; лишь вошёл... ему́
Она́ навстре́чу. Как суро́ва!
Его́ не ви́дят, с ним ни сло́ва;
У! как тепе́рь окружена́
Креще́нским хо́лодом она́!
Как удержа́ть негодова́нье
Уста́ упря́мые хотя́т!
Впери́л Оне́гин зо́ркий взгляд:
Где, где смяте́нье, сострада́нье?
Где пя́тна слёз?.. Их нет, их нет!
На сём лице́ лишь гне́ва след...

---

*할 수 없소: 상황이 어떻든 간에 어쩔 수 없이 편지를 썼고 어쩔 수 없이 사랑에 빠지게 되었고 이렇게밖에 할 수 없는 자신을 고백하면서 할 수 없다고 말하는 것이다. '할 수 없다'는 표현은 앞서도 이야기했듯이 이 소설에 서너 차례 나오는데 헌시에서부터 푸슈킨은 멋진 작품을 내놓으려 했으나 내 역량이 이것밖에 안 되어 할 수 없으니 받아 달라고 말하며, 타티아나가 오네긴에게 쓰는 편지를 마무리하며 어쩔 수 없이 그를 사랑할 수밖에 없어 될 대로 되도록 운명을 맡긴다는 마음을 표하며, 제6장 45연에서 가벼운 청춘과 작별할 때도 푸슈킨은 한낮의 나이가 된 것

평온한 대화를 이끌면서 당신을
유쾌한 표정으로 바라봐야 하는 것, 아,
이것이 얼마나 끔찍스러운 일인지
당신이 알 수만 있다면...

허나 할 수 없소. 나는 더는
자신과 싸울 힘이 없소. 모든 것은
결정되었소. 나는 당신의 뜻에 달렸소,
이제 운명에 나를 맡기오.

답장이 없다. 그는 다시 편지를 보낸다 33.
두 번째, 세 번째 편지에도 그녀는
답장이 없다. 파티석상에서만은 어쩌다
그가 객실로 들어서면... 곧 그녀는
맞이하러 나온다. 허나 얼마나 엄격한지!
쳐다보지 않을뿐더러 말 한마디 없다. 오!
그녀가 얼마나 주현절의 오,
그 혹독한 차가움으로 둘러싸여 있는지!
입술을 얼마나 꼭 다무는지!
분노를 누르느라 얼마나 애쓰는지!
오네긴은 날카로운 시선으로 살핀다, 어디
당황하거나 동정하는 구석이 있나? 혹시
눈물자국이라도?... 그런 것은 없다, 전혀
이 얼굴에는 분노의 흔적만이 있다...

은 할 수 없는 일이니 사이좋게 작별하자고 말하며 실제로 사이좋게 작별한다. 제5장 10연에서 목욕탕에 2인분 식사를 차려 놓고 점을 치려 하다가 타티아나도 무서워졌고 푸슈킨도 스베틀라나가 생각나 무서워졌다. 이래서 할 수 없이 점을 치지 못했던 것. 인간 스스로 어쩔 수 없는 일에 대해서는 그냥 되어가는 대로 두자는 것이 푸슈킨의 입장이다. 무리한 일을 할 때나 너무 억지로 자신을 제어할 때는 길게 보면 결국 불행한 일이 닥친다. 예를 들어 『보리스 고두노프』의 그리고리가 그렇고 「스페이드 여왕」의 게르만이 그렇다.

34. Да, мóжет быть, боя́зни тáйной,
Чтоб муж иль свет не угадáл
Прокáзы, слáбости случáйной...
Всегó, что мой Онéгин знал...
Надéжды нет! Он уезжáет,
Своё безýмство проклинáет —
И, в нём глубóко погружён,
От свéта вновь отрёкся он.
И в молчали́вом кабинéте
Емý припóмнилась порá,
Когдá жестóкая хандрá
За ним гналáся в шýмном свéте,
Поймáла, зá ворот взялá
И в тёмный ýгол заперлá.

35. Стал вновь читáть он без разбóра.
Прочёл он Ги́ббона, Руссó,
Манзóни, Гéрдера, Шамфóра,
Madame de Staël, Бишá, Тиссó,
Прочёл скепти́ческого Бéля,
Прочёл творéнья Фонтенéля,
Прочёл из нáших кой-когó,
Не отвергáя ничегó:
И альманáхи, и журнáлы,
Где поучéнья нам твердя́т,
Где ны́нче так меня́ браня́т,
А где таки́е мадригáлы
Себé встречáл я иногдá:
E sempre bene, госпо дá.

---

35. *에드워드 기번(1737-1794): 『로마제국의 쇠퇴와 몰락』으로 유명한 영국 역사학자. 푸슈킨 시대에 그의 저서는 고전. *알레산드로 만초니(1785-1873): 이탈리아 작가로 나폴레옹 숭배자, 낭만주의자. 푸슈킨은 만초니의 『약혼자들』(1827)을 1830년경 프랑스어 번역으로 읽고 감탄했고 만초니도 푸슈킨에 대해서 알고 있었다. *요한 고트프리드 헤르더(1744-1803): 독일의 시인이자 철학가. *샹포르(1741-1794): 비관적인 저서를 쓴 프랑스 작가. 푸슈킨은 그의 아포리즘에 관심이 많았다. "남자와 여자가 열렬히 사랑할 때는 남편이나 양친 같은 방해물이 그들을 떼어놓으려고 해도 사랑하는 두 사람은 법률이나 어떠한 인간의 관습에 구애되지 않고 마치 자연에

아마도 남편이나 사교계가 혹시나 34.
그녀의 모험이나 우연한 약점을,
오네긴이 알고 있는 그 모든 것을
알아차릴까 몰래 두려워하는 흔적이나
혹 보일까... 희망은 없다! 그는 떠나와
마구 저주한다, 이놈의 미친병아! —
그러다 자신의 그 미친병에 깊이 빠져서
다시 세상을 등진다. 적막한 서재에서
그가 기억하는 것은 언젠가
잔인한 우울이 시끄러운 사교계에서
그의 뒤를 졸졸 쫓아다니다가
결국 그를 사로잡아서
문을 열어 어두운 방으로
처박던 그 시절이다.

그는 다시 닥치는 대로 읽기 시작했다 35.
먼저 기번, 만초니, 루소,
헤르더, 샹포르를 읽었다
그러고 나서 스탈 부인, 비샤, 티소,
회의적인 벨을 읽었고
퐁트넬의 저작들을 읽었고
우리나라 작가의 것까지 읽었다
아무것도 내치지 않고 모두 읽었다
게다가 이런저런 훈계를 되풀이하는,
요즈음엔 나를 몹시도 비난하는,
예전에는 나를 찬가들로 추켜세우는
평론들도 가끔은 게재한
내게는 **에 셈프레 베네**지만, 여러분,
정간, 부정간 잡지들도 읽었다.

의해서 또는 신의 법률에 따라서 결합되어 있는 것처럼 나에게는 생각된다", "사교계라든가 구락부라든가 살롱이라든가 요컨대 상류사회라고 하는 것은 빈약한 각본 같은 것, 즉 장치와 장식 때문에 약간 볼 만한 것이기는 하지만 조금도 재미없는 서투른 오페라 같은 것이다" 등의 멋진 말을 했다(쇼펜하우어, 『삶과 죽음의 번뇌』, 송영택 옮김, 삼진기획, 1987, pp. 41, 130). *스탈 부인(1766-1817): 앞에서 언급된 『독일론』, 『델피느』의 작가, 나폴레옹의 적. *하비에 비샤(Xavier Bichat, 1771-1802): 프랑스 의학자. 조직학의 창시자로 여겨진다. *티소는 프랑스 혁명에 동조했던 작가이자

36. И что ж? Глаза́ его́ чита́ли,
Но мы́сли бы́ли далеко́;
Мечты́, жела́ния, печа́ли
Тесни́лись в ду́шу глубоко́.
Он меж печа́тными строка́ми
Чита́л духо́вными глаза́ми
Други́е стро́ки. В них-то он
Был соверше́нно углублён.
То бы́ли та́йные преда́нья
Серде́чной, тёмной старины́,
Ни с чем не свя́занные сны,
Угро́зы, то́лки, предсказа́нья,
Иль дли́нной ска́зки вздор живо́й,
Иль пи́сьмы де́вы молодо́й.

37. И посте́пенно в усыпле́нье
И чувств и дум впада́ет он,
А перед ним воображе́нье
Свой пёстрый ме́чет фарао́н.
То ви́дит он: на та́лом сне́ге,
Как-бу́дто спя́щий на ночле́ге,
Недви́жим ю́ноша лежи́т,
И слы́шит го́лос: что ж? уби́т.
То ви́дит он враго́в забве́нных,
Клеветнико́в, и тру́сов злых,
И рой изме́нниц молоды́х,
И круг това́рищей презре́нных,
То се́льский дом — и у окна́
Сиди́т *она́*... и всё она́!

1820년대 프랑스 언론에 왕정을 비판한 글을 많이 썼던 피에르 프랑수아 티소(Pierre-Francois Tissot 1768-1854) 또는 스위스의 의사로서 오나니즘을 병으로 취급한 책(1758)을 쓴 시몽 앙드레 티소(Simon Andre Tissot, 1728-1797)이다. *베르나르 부비에 드 퐁트넬(Bernard Le Bovier de Fontenelle, 1657-1757): 프랑스의 회의론자, 철학가. 칸테미르가 번역한 그의 저서는 당시 종교적 이유로 금서였다. 피에르 벨의 동시대인 동지. *회의적인 벨(Бель): 피에르 벨(Pierre Bayle, 1647-1706). 프랑스의 회의론자, 자유주의자. 『역사-비평 사전』의 저자로서 푸슈킨이 다른 작품에 언급한 바 있다. 푸슈킨의 서재에 1820-1824년에 나온 그의 저서 16권짜리 전집이 있었다고 한다. 『연애론』(1822)이나 『라신과 셰익스피어』(1823), 『적과 흑』(1830)의

헌데 어쩌지? 눈으로는 읽으나 36.
그의 생각은 먼 곳을 헤매고 있으니.
꿈, 희망, 슬픔이 너무나
깊숙이 그의 영혼을 죄어 왔으니
영혼의 눈으로 그는 인쇄된 글줄들
가운데서 다른 글줄들을
읽었다. 그리고 그는 그것에다
온 정신을 빼앗기게 되었다
그것은 진정어리고 아득한 옛날,
그 비밀스런 전설들이거나
맥락 없는 꿈들이거나
징조, 해석, 예언들,
또는 생생하고 말도 안 되는 이야기,
또는 젊은 처녀의 편지였다.

그러다가 그는 감정과 정신의 37.
수면 속으로 스르르 빠진다
상상력이 파라오의 물주처럼 그 앞에
울긋불긋 카드패를 펼쳐 놓는다
가끔 녹은 눈 속에서 그는
자는 듯 꼼짝 않고 누워 있는
젊은이를 본다. '어쩌지? 죽었다'
외치는 목소리도 듣는다
그는 잊혀진 적들,
모함꾼, 사악한 비겁자들,
젊은 배반녀 무리들,
경멸할 만한 친구들,
또 시골집을 본다, 창가에
그녀가 앉아 있다... 여전히 그녀가!

저자 스탕달(1783-1842)의 본명도 벨(Henri Beyle)이다. 푸슈킨은 당시 다른 러시아 문학인들처럼 위의 스탕달의 작품들이나 빅토르 위고(1802-1885)의 『크롬웰』(1827), 『에르나니』(1830), 『노트르담의 꼽추』(1831)들을 출판되자마자 곧 읽은 것으로 보이며 당시 외교관들과 가깝게 지내던 히트로보 부인에게 이런 책들을 빌려 보고 1831년 6월 9일(?) 그녀에게 쓴 편지에 『적과 흑』을 매우 높이 평가했는데 『노트르담의 꼽추』에 대해서는 유보적이었다. 스탕달에 대한 것은 제4장 8-10연의 역자주석을 보시오. *에 셈프레 베네: 이탈리아어로 '아무래도 좋다'는 뜻이다.

38. Он так привы́к теря́ться в э́том,
Что чуть с ума́ не свороти́л,
Или не сде́лался поэ́том.
Призна́ться: то́-то б одолжи́л!
А то́чно: си́лой магнети́зма
Стихо́в росси́йских механи́зма
Едва́ в то вре́мя не пости́г
Мой бестолко́вый учени́к.
Как походи́л он на поэ́та,
Когда́ в углу́ сиде́л оди́н,
И перед ним пыла́л ками́н,
И он мурлы́кал: *Benedetta*
Иль *Idol mio* и роня́л
В ого́нь то ту́флю, то журна́л.

39. Дни мча́лись; в во́здухе нагре́том
Уж разреша́лася зима́;
И он не сде́лался поэ́том,
Не у́мер, не сошёл с ума́.
Весна́ живи́т его́: впервы́е
Свои́ поко́и заперты́е,
Где зимова́л он как суро́к,
Двойны́е о́кны, камелёк
Он я́сным у́тром оставля́ет,
Несётся вдоль Невы́ в саня́х.
На си́них, иссечённых льдах
Игра́ет со́лнце; гря́зно та́ет
На у́лицах разры́тый снег.
Куда́ по нём свой бы́стрый бег

---

36. 예브게니는 자신의 지난날을 오래전 옛날이라고 생각한다. 그가 영혼의 눈으로 읽는 다른 글들은 타티아나의 편지를 받고 그녀에게 사랑의 감정을 느꼈던 자신의 지난날, 타티아나의 사랑의 감정과 연관되어 제3장부터 6장까지 서술된 것들이고 그가 37연에서 감정과 영혼의 수면 상태에 빠져 보는 것들은 모두 이 운문소설에 담긴 것들로 예브게니 자신이 이 운문소설을 함께 읽어 온 독자인 셈이고 이제 그를 통하여 독자들 모두는 이 소설에서 진행되어 온 것들을 머릿속에 환기하게 된다.
37. 상상력이 파라오의 물주처럼 그 앞에/울긋불긋 카드패를 펼쳐 놓는다: 그의 기억 속에 지나간 인생 중에서 어떤 그림이 어디에 놓이느냐에 따라 그는 승리하거나 패배할 수 있는 것이다. 제2장 17연의 역자주석을 보시오.

이같은 수면에 빠지는 데 38.
습관이 되어 버린 그는 정말 까딱하면
미치거나 시인이 될 뻔했는데
정말 감사드려야 할 일이었을텐데, 고백하자면.
정말로 내 이해력 없는 제자는
알 수 없는 힘, 마그네티즘으로 하마터면
러시아 시의 메커니즘을 깨칠 뻔
했으니... 정말로 그는
얼마나 시인과 닮아 있었나!
그가 방에 혼자 앉아 있거나
벽난로 앞에서 **베네데타**
아니면 **이돌 미오**를 흥얼거리거나
불 속으로 어떤 때는 신발을
어떤 때는 잡지를 잃어버렸을 때.

날들이 질주했다. 따뜻한 대기는 39.
벌써 겨울을 풀었다. 그러나 그는
시인이 되지 않았다. 또 죽거나
미치지도 않았다. 어쨌거나
봄이 그를 생기롭게 한다
맑은 아침 처음으로
그는 겨울잠에서 깨어 밖으로
닫혀진 방, 이중창, 작은 벽난로를 떠나
네바 강을 따라 썰매로 달린다
금이 간 푸른 얼음 위에
햇볕이 경쾌하게 뛰놀고 있다
거리에는 파헤쳐진 눈이 지저분하게
녹고 있다. 오네긴은 지금
눈 위로 질주하여 어디로

---

38. *정말 감사드려야 할 일이었을 텐데, 고백하자면./정말로 내 이해력 없는 제자는: 고백하건대 그가 정말 시인이 되었다면 나는 그에게 감사드려야 했을 것이라고 매우 정중한 표현을 하지만 이해력 없는 제자가 마그네티즘의 힘을 빌려 러시아시의 메커니즘을 하마터면 깨칠 뻔 했다는 표현은 꽤 장난스럽게 들린다. 또 오네긴이 사랑에 빠져 「베네데타」나 「이돌 미오」 같은 유행가를 흥얼거리고 불 속으로 신발이나 잡지를 떨어뜨리는 모습은 마치 사랑에 빠진 렌스키가 올가와 장기를 두다가 자기 졸로 자기 차를 잡을 때(제4장 26연)와 같다. 그래서 그가 시인이 된다면 그리

40. Стреми́т Оне́гин? Вы зара́не
Уж угада́ли; то́чно так:
Примча́лся к ней, к свое́й Татья́не
Мой неиспра́вленный чуда́к.
Идёт, на мертвеца́ похо́жий.
Нет ни одно́й души́ в прихо́жей.
Он в за́лу; да́льше: никого́.
Дверь отвори́л он. Что ж его́
С тако́ю си́лой поража́ет?
Княги́ня перед ним, одна́,
Сиди́т, не у́брана, бледна́,
Письмо́ како́е-то чита́ет
И ти́хо слёзы льёт реко́й,
Опе́ршись на́ руку щеко́й.

41. О, кто б немы́х её страда́ний
В сей бы́стрый миг не прочита́л!
Кто пре́жней Та́ни, бе́дной Та́ни
Тепе́рь в княги́не б не узна́л!
В тоске́ безу́мных сожале́ний
К её нога́м упа́л Евге́ний;
Она́ вздрогну́ла и молчи́т,
И на Оне́гина гляди́т
Без удивле́ния, без гне́ва...
Его́ больно́й, уга́сший взор,
Моля́щий вид, немо́й укор,
Ей вня́тно всё. Проста́я де́ва,
С мечта́ми, се́рдцем пре́жних дней,
Тепе́рь опя́ть воскре́сла в ней.

진정한 시인이 되지는 않았으리라고 생각하게 된다. 게다가 아무리 가르치려고 애썼어도 약강조와 강약조를 구별하지 못했던 제자인지라(제1장 7연) 최면술의 힘으로 그것을 알게 된다는 것 또한 아이러니한 표현이다. *마그네티즘은 여기서 최면술을 말한다. 1820-30년대에 알 수 없는 힘의 지배라는 뜻으로 널리 쓰였던 신어였다. *베네데타: 당시 유행하던 이탈리아 노래 「어머니여, 축복 받으소서」의 일부분에서 따온 것이다. '축복 받으소서'라는 뜻. *이돌 미오: 당시 유행하던 이탈리아 작곡가 빈첸조 가부시(1800-1846)의 노래 「사랑하는 그대가 미소 지어 주신다면」이라는 노래의 후렴 "내 우상이여, 내게는 평온이 없어요"에서 따온 것으로 '내 우상이여'라는 뜻이다. 1825년부터 이 노래는 러시아어로도 불렸다.

가는 것일까? 여러분들은 벌써 40.
짐작할 것이다. 맞다. 바로 그렇다
시체가 다 되어서
나의 구제불능 괴짜,
오네긴은 그녀에게로, 그의 타티아나에게로
간다. 입구에 아무도 없어 홀 안으로
들어간다. 계속 가도 아무도 없다
그는 문을 연다. 무엇이, 아,
그를 그렇게 심히 놀라게 하나?
그의 눈앞에 공작부인이 홀로
치장도 하지 않고 창백한 모습으로
앉아 어떤 편지를 읽는다. 어쩌나!
그녀는 고요히 눈물을 강물처럼
흘리고 있다, 손에 턱을 괴고.

그 누가 그녀의 말없는 고통을 41.
그 순간 읽지 못할 것인가!
그 누가 예전의 타냐, 가련한 타냐를
이 공작부인 속에서 보지 못할 것인가!
미칠 듯한 연민으로 아파하다
예브게니는 그녀의 발아래 쓰러진다
그녀는 흠칫 떨더니 침묵하며
놀라지도 않고 화내지도 않으며
고요히 오네긴을 바라본다
그의 병자 같은, 꺼져 가는 눈망울,
애원하는 모습, 또 말없는 질책을
그녀는 다 느낄 수 있었다
그녀 속에 꿈들을, 예전의 심장을 가진
소박한 처녀가 이제 다시 되살아났다.

---

39. 네바의 얼음이 녹는 시기는 3월 말에서 4월 말이고 오네긴이 방에서 나오는 날은 4월 초쯤이다. *'금이 간 푸른 얼음 위에'로 번역하면 네바 강의 얼음이 깨지기 시작한 것을 묘사하게 되고 '베어 낸 푸른 얼음 위에'로 번역하면 네바에서 베어낸 얼음덩어리들이 필요한 곳으로 보내지기 위해 쌓여 있는 것을 묘사하게 된다. 전자로 번역했다.

40. *입구에 아무도 없어 홀 안으로/들어간다. 계속 가도 아무도 없다/그는 문을 연다. 19세기 초 페테르부르그의 저택 구조는 대개 정면출입구가 있었고, 이 출입구

42. Она́ его́ не подыма́ет
И, не сводя́ с него́ оче́й,
От жа́дных уст не отыма́ет
Бесчу́вственной руки́ свое́й...
О чём тепе́рь её мечта́нье?
Прохо́дит до́лгое молча́нье,
И ти́хо наконе́ц она́:
"Дово́льно, вста́ньте. Я должна́
Вам объясни́ться открове́нно.
Оне́гин, по́мните ль тот час,
Когда́ в саду́, в алле́е нас
Судьба́ свела́, и так смире́нно
Уро́к ваш выслуша́ла я?
Сего́дня о́чередь моя́.

43. "Оне́гин, я тогда́ моло́же,
Я лу́чше, ка́жется, была́,
И я люби́ла вас; и что же?
Что в се́рдце ва́шем я нашла́?
Како́й отве́т? одну́ суро́вость.
Не пра́вда ль? Вам была́ не но́вость
Смире́нной де́вочки любо́вь?
И ны́нче — бо́же — сты́нет кровь,
Как то́лько вспо́мню взгляд холо́дный
И э́ту про́поведь... Но вас
Я не виню́: в тот стра́шный час
Вы поступи́ли благоро́дно.
Вы бы́ли пра́вы предо мной:
Я благода́рна всей душо́й...

쪽으로 문지기 및 다른 하인들의 방에서 나오는 문이 향해 있었다. 이 출입구에서 벨에타쥬(건물의 가장 좋은 층, 보통 2층)로 계단이 나 있고 거기에는 입구, 홀, 객실이 있었는데, 대개 객실로부터 침실과 서재로 들어가는 문들이 있었다. 「스페이드 여왕」에 나오는 백작부인의 집(이 집은 말라야 모르스카야 거리 10번지에 있었던 골리친 백작부인의 집을 모델로 하여 그려졌다)이 바로 이러한 구조를 가지고 있다. "... 게르만은 현관 계단을 걸어 올라가 매우 밝게 조명된 입구로 들어갔다. 수위는 없었다. 게르만은 계단을 뛰어올라가 문을 열고, 램프 아래의 낡고 더러운 의자에서 자고 있는 하인을 보았다. 게르만은 가볍고 조심스러운 걸음으로 그의 옆을 지나갔다. 홀과 객실은 어두웠다. 입구의 램프가 희미하게 방들을 비추고 있었다. 게르만은

그를 일으키지도 않고 그로부터 42.
그녀는 눈을 떼지도 않는다
또 그의 뜨거운 입술로부터
무감각한 자기 손을 떼지도 않는다....
그녀는 무슨 생각을 하는가? 지금
긴 침묵이 흐르는 이 시각에 다시금.
마침내 조용히 그녀가 말한다
"그만 일어나세요, 이제. 제가
솔직하게 고백해야지요, 오네긴,
보리숫길에서 운명이 우리를 만나게 했을 때,
당신의 설교에 귀 기울였던 그때
그렇게 공손했던 저를, 오네긴,
당신은 기억하시지요?
오늘은 제 차례입니다.

오네긴, 저는 그때 더 젊었어요. 43.
아마도 더 아름다웠겠지요
그리고 전 당신을 사랑했어요
그런데 전 무엇을 찾아냈나요?
제가 당신의 가슴속에서 찾아낸
대답은 가혹함뿐이었어요.
맞지요? 소박한 처녀의 사랑은
당신에게 새로운 것이 아니었지요.
그 차가운 시선과 설교가 떠오르면, 맙소사,
지금도 피가 얼어 가요,
그러나 당신을 탓하지 않겠어요
그 무서운 시간에 당신은 제 앞에서
올바르셨고 고결하게 행동하셨어요
온 마음으로 감사드립니다...

침실로 들어갔다." 오네긴이 소설의 결말에서 타티아나를 만나러 갔을 때에도 입구, 홀, 객실을 모두 통과하고 나서 서재 또는 침실로 난 문을 열어 타티아나를 만난다. 폴레보이는 이 소설의 마지막 장에 대한 평론에서, 오네긴에 대해 "독자가 그를 마지막으로 보는 것은 공작부인이 된 타티아나의 침실에서였다"고 했는데(『모스크바 망원경』, 1832년, 제1호, 118쪽) 푸슈킨은 손님들이 들어오지 않는, 집의 내부에서 사건이 일어나고 있음을 지적하면서도 그것이 어떤 방이었는지는 구체적으로 규정하지는 않았다.

44. "Тогда́ — не пра́вда ли? — в пусты́не,
Вдали́ от су́етной молвы́,
Я вам не нра́вилась... Что ж ны́не
Меня́ пресле́дуете вы?
Заче́м у вас я на приме́те?
Не потому́ ль, что в вы́сшем све́те
Тепе́рь явля́ться я должна́;
Что я бога́та и знатна́,
Что муж в сраже́ньях изуве́чен,
Что нас за толаска́ет двор?
Не потому́ ль, что мой позо́р
Тепе́рь бы все́ми был заме́чен
И мог бы в о́бществе прине́сть
Вам соблазни́тельную честь?

45. "Я пла́чу... е́сли ва́шей Та́ни
Вы не забы́ли до сих пор,
То зна́йте: ко́лкость ва́шей бра́ни,
Холо́дный, стро́гий разгово́р,
Когда́ б в мое́й лишь бы́ло вла́сти,
Я предпочла́ б оби́дной стра́сти
И э́тим пи́сьмам и слеза́м.
К мои́м младе́нческим мечта́м
Тогда́ име́ли вы хоть жа́лость,
Хоть уваже́ние к лета́м...
А ны́нче! — что к мои́м нога́м
Вас привело́? кака́я ма́лость!
Как с ва́шим се́рдцем и умо́м
Быть чу́вства ме́лкого рабо́м?

---

44. *남편이 전쟁에서 부상당해서인가요? 그 대가로 궁정이 우리를 우대해서?: 정부는 전쟁에 참가해서 부상당하는 것은 물론 국가를 위해 복무한 귀족을 매우 우대한 반면 국가를 위한 복무를 하지 않은 귀족들에 대해 매우 부정적이었다. 이들 귀족들은 수도에서든 마차 길에서든 '계급장을 단' 사람들에게 길을 양보해야만 했고 관직을 얻고자 한다면 좋은 자리를 기대할 수 없었다. 귀족들에게 있어 국가를 위해 복무한다는 것은 도덕적으로 올바르고 애국심을 가지고 있다는 의미이므로 결국 명예의 개념과 유기적으로 결부되는 행위였다. 하지만 이와는 반대되는 전통도 존재했다. 이 전통에서는 국가에 복무를 하지 않는 것이 개인의 자유, 자신이 할 일을 스스로 결정할 권리, 국가의 간섭이나 사회적 관례에 구애되지 않고 자신의 삶을 설계할

허황된 명성으로부터 멀리 떨어져서 44.
벽촌에 있던 저는 당신의 마음속에서
하찮은 존재에 불과했지요? 맞지요?
당신은 지금 왜 저를 쫓아다니는 거죠?
어찌하여 제가 당신의 목표물인가요?
요새 상류사교계라면 제가 나타나야 하고
우리가 부유하고 신분이 높고
남편이 전쟁에서 부상당해서인가요?
그 대가로 궁정이 우리를 우대해서?
또 제가 치욕적 행동을 한다면 이제는 바로
모든 사람이 알아차릴 수 있고, 바로
그것이 당신에게 사교계에서
잘나가는 유혹자라는 명예를 가져다줄 수
있기 때문에 그러는 건가요?

저는 웁니다... 당신의 타냐를 45.
당신이 여태껏 잊지 않았다면
알아두세요. 전 지금 할 수만 있다면
차라리 당신의 그 날카로운 책망을,
그 차갑고 엄격한 말씨를 택하겠어요.
당신의 모욕적인 열정보다는
당신의 이런 편지와 눈물보다는요.
당신은 제 소녀다운 꿈에는
그때 동정이라도 하셨지요...
제 나이를 존중하기라도 하셨지요...
그러나 지금 당신은 얼마나 시시한가요?
뭐가 당신을 제 발아래로 이끌었나요?
당신의 심장과 이성을 가지고 어떻게
이렇게 시시한 감정의 노예가 될 수 있나요?

수 있는 권리를 수호하기 위한 투쟁의 의미를 가진다. 복무하지 않을 수 있는 권리, 자기 자신 그 자체로 큰 인물이 될 권리, 자기 자신을 존중하는 것에 충실할 권리는 성숙해 가는 푸슈킨의 계율이었다. 오네긴이 전쟁에 참가하지도 국가에 복무하지도 않았다는 점에서 푸슈킨의 이 계율을 지킨 셈이다. 이 점에서 타티아나의 남편과 오네긴은 대조적인 인물이다. 타티아나의 남편 N. 공작은 30대 전후로 오네긴 또래이다. 차이코프스키 오페라에서는 타티아나의 남편 그레민이 나이 든 장군인데 이는 타티아나가 애정 면에 있어서 부족한 삶을 산다는 점을 더욱 두드러지게 할 수

46. "А мне, Оне́гин, пы́шность э́та,
Посты́лой жи́зни мишура́,
Мои успе́хи в ви́хре све́та,
Мой мо́дный дом и вечера́,
Что в них? Сейча́с отда́ть я ра́да
Всю э́ту ве́тошь маскара́да,
Весь э́тот блеск, и шум, и чад
За по́лку книг, за ди́кий сад,
За на́ше бе́дное жили́ще,
За те места́, где в пе́рвый раз,
Оне́гин, ви́дела я вас,
Да за смире́нное кладби́ще,
Где ны́нче крест и тень ветве́й
Над бе́дной ня́нею мое́й...

47. "А сча́стье бы́ло так возмо́жно,
Так бли́зко!.. Но судьба́ моя́
Уж решена́. Неосторо́жно,
Быть мо́жет, поступи́ла я:
Меня́ с слеза́ми заклина́ний
Моли́ла мать; для бе́дной Та́ни
Все бы́ли жре́бии равны́...
Я вы́шла за́муж. Вы должны́,
Я вас прошу́, меня́ оста́вить;
Я зна́ю: в ва́шем се́рдце есть
И го́рдость, и пряма́я честь.
Я вас люблю́ (к чему лука́вить?),
Но я друго́му отдана́;
Я бу́ду век ему́ верна́".

있지만 그레민이 타티아나의 가치를 잘 알고 그녀를 소중하게 여긴다는 점에서는 독자들이나 예브게니나 안심이 된다. *'명예'가 사용된 맥락에 유의하시오.

46. 타티아나가 사랑에 빠진 것을 고백했던, 오네긴에게 쓴 편지를 전해 주었던 마음의 친구인 유모가 그간 죽어 공동묘지에 묻힌 것을 알 수 있다.

47. *행복은 그렇게도 가능했고 그렇게도/가까웠지요!...: 타티아나는 이제 오네긴을 거절한다. 그녀는 그가 예전에 자기를 거절했을 때의 차가운 품위를 생각하며 운다. 명성 높은 귀부인인 자기를 정복해서 잘나가는 유혹자로서의 명성을 떨칠 거냐고

그러나, 오네긴, 이 화려함이며 46.
이 역겨운 삶의 번쩍거리는 허식이며
사교계 소용돌이 속 제 성공이며
제 최신식 저택과 야회며
이것들이 무슨 의미가 있나요? 당장에라도
이 모든 가장무도회 누더기 소품들,
이 모든 번쩍거림, 소음, 번잡을 다 주고라도
책꽂이와 다듬지 않은 정원들,
우리의 가난한 시골, 오네긴, 그곳
제가 당신을 처음 만난 장소들,
또 십자가와 나뭇가지 그림자들이
죽은 가련한 유모 위로 드리워진 곳,
그 소박한 공동묘지.. 이것들만
가질 수 있다면 얼마나 좋을까요...

행복은 그렇게 가능했고 그렇게도 47.
가까웠지요!... 그러나 이미 전 결혼했어요.
제 운명은 결정되었어요. 아마도
제가 조심성 없이 행동했는지도 몰라요.
어머니가 애원의 눈물로 제게 간청했지요
불쌍한 타냐에게는 어떤 운명도 마찬가지...
그래서 저는 결혼했어요.
당신은 저를 내버려둬야 해요,
당신께 간청합니다, 진정으로요.
압니다. 당신의 가슴속에 자존심이 있고
진정한 명예가 있다는 것을. 그리고
저는 당신을 사랑합니다(무엇 때문에 속이나요?),
그러나 저는 다른 사람에게 주어졌습니다.
저는 한평생 그에게 충실할 것입니다."

오네긴에게 듣기 거북한 말, 자기도 천해서 입에 올리고 싶지 않았을 말까지 해가며 그를 거절한다. "행복은 그렇게 가능했고 그렇게도 가까웠"는데 이제 때는 이미 늦은 것이다. 그래서 그녀는 편지를 보며 운다. 어쩌나! 과거는 되돌릴 수 없다. 이제 그녀는 오네긴이 그녀가 그를 사랑한다는 사실을 알고 속으로 그것을 간직하며 명예롭게 살아가기를 바라고 있다. 이제 공은 오네긴에게로 넘어왔다.

48. Она́ ушла́. Стои́т Евге́ний,
Как бу́дто гро́мом поражён.
В каку́ю бу́рю ощуще́ний
Тепе́рь он се́рдцем погружён!
Но шпор неза́пный звон разда́лся,
И муж Татья́нин показа́лся,
И здесь геро́я моего́,
В мину́ту, злу́ю для него́,
Чита́тель, мы тепе́рь оста́вим,
Надо́лго... навсегда́... За ним
Дово́льно мы путём одни́м
Броди́ли по́ свету. Поздра́вим
Друг дру́га с бе́регом. Ура́!
Давно́ б (не пра́вда ли?) пора́!

49. Кто б ни был ты, о мой чита́тель,
Друг, не́друг, я хочу́ с тобо́й
Расста́ться ны́нче как прия́тель.
Прости́. Чего́ бы ты за мной
Здесь ни иска́л в строфа́х небре́жных,
Воспомина́ний ли мяте́жных,
Отдохнове́нья от трудо́в,
Живы́х карти́н, иль о́стрых слов,
Иль граммати́ческих оши́бок,
Дай бог, чтоб в э́той кни́жке ты
Для развлече́нья, для мечты́,
Для се́рдца, для журна́льных сши́бок
Хотя́ крупи́цу смог найти́.
За сим расста́немся, прости́!

---

48. 오이디푸스 왕이 자신이 그토록 끈질기게 매달렸던 수수께끼인 자신의 정체를 알게 되었을 때 그는 벼락 맞은 듯 충격을 받으며 말한다. “아, 모든 것이 이루어졌고 모든 것이 사실이었구나!” 오네긴은 타티아나의 마음을 알고 싶어 했고 이제 그는 자신이 사랑받고 있다는 것을 확실히 알게 되었다. 또 그를 사랑하는 그녀를 놓쳐 버린 것의 원인인 자신에 대해서도 깨닫게 되었다. 사랑하는 사이이면서도 영원히 헤어져 살아야 한다는 사실 앞에서 자신의 정체를 알게 된 그는 벼락 맞은 것처럼 꼼짝 않고 서 있다. 차이코프스키의 오페라에서는 예브게니가 “позор(pozor)포조르! тоска(toska)토스카! О жалкий, жребий мой!(O zhalkii, zhrebii moi!) 오, 좔키, 쥬레비 모이”라고 노래한다. 이는 ‘치욕, 슬픔, 오 비참한 내 운명!’이라는 뜻이다.

그녀는 갔다. 예브게니는 그야말로 48.
벼락을 맞은 것처럼 꼼짝 않고 서 있다. 아,
어떤 감정의 폭풍우 속으로
그의 심장이 가라앉았는가!
허나 갑작스레 박차소리 울린다
타티아나의 남편이 나타난 것이다
여기서 독자여, 우리는 그냥 이렇게,
이 순간, 그에게는 운 나쁜 이 순간에
내 주인공과 작별하오, 이제
오랫동안 영원히... 그의 뒤를 따라
그야말로 오로지 그 한 길만을 따라
이 세상을 충분히 헤매고 다녔으니. 이제
해안에 닿은 것을 서로 축하합시다. 만세!
오래전에(그렇지 않나?) 때가 된 것이었소!

오 내 독자여, 그대가 누구이건 간에 49.
친구이건, 적이건 간에,
이제 친한 사이로 작별하고 싶소,
안녕히. 그대가 나를 따라오면서
여기 내키는 대로 쓴 연들에서 무엇을 찾든지
여전히 잠잠해지지 않는 추억이든지
일에서의 휴식이든지
생생한 그림, 또는 날카로운 말이든지,
또는 문법적 오류든지 간에 새록새록
이 작은 책에서 재미와 희망을 위해,
심장의 꿈을 위해, 잡지의 토론을 위해
그대가 작은 조각이라도 아무쪼록
발견할 수 있기를 바라오
이제 우리 작별합시다, 안녕히!

차이코프스키의 이 세 말 중에서 가운데 말 '토스카(슬픔)'가 예브게니의 마음속에 있다는 점에 대해서는 누구나 동의할 것이다.

49. 푸슈킨은 이제 독자와 작별하면서 이 큰 선물을 작은 책이라고 겸손하게 말하며 내키는 대로 쓴 연들에서 독자들이 나름대로 자신을 돌이켜 보고 여유롭게 긴장을 풀고 휴식하듯 이 작품 속으로 자유롭게 들어와 대화하고 맞네 틀리네 토론하고 재미를 느끼고 가슴속에 희망과 꿈을 조금이라도 얻기를 바라며 친한 사이로 작별하자고 웃으며 말한다. 그렇게 하지 않을 사람이 어디 있겠나!

50. Прости́ ж и ты, мой спу́тник стра́нный,
И ты, мой ве́рный идеа́л,
И ты, живо́й и постоя́нный,
Хоть ма́лый труд. Я с ва́ми знал
Всё, что зави́дно для поэ́та:
Забве́нье жи́зни в бу́рях све́та,
Бесе́ду сла́дкую друзе́й.
Промча́лось мно́го, мно́го дней
С тех пор, как ю́ная Татья́на
И с ней Оне́гин в сму́тном сне
Яви́лися впервы́е мне —
И даль свобо́дного рома́на
Я сквозь маги́ческий криста́лл
Ещё нея́сно различа́л.

51. Но те, кото́рым в дру́жной встре́че
Я стро́фы пе́рвые чита́л...
Ины́х уж нет, а те дале́че,
Как Са́ди не́когда сказа́л.
Без них Оне́гин дорисо́ван.
А та, с кото́рой образо́ван
Татья́ны ми́лый идеа́л...
О мно́го, мно́го рок отъя́л!
Блаже́н, кто пра́здник жи́зни ра́но
Оста́вил, не допи́в до дна
Бока́ла по́лного вина́,
Кто не дочёл её рома́на
И вдруг уме́л расста́ться с ним,
Как я с Оне́гиным мои́м.

— Коне́ц —

---

50. *마술의 수정구를 들여다보며 그곳에 나타난 형체를 가지고 자신의 운명을 점친다. *이 연과 다음 연에서 말하고 있는 희미하게 보았던 모습, 그리고 처음 연들을 읽어 주었던 이들에 대한 언급은 괴테가 『파우스트』의 헌사에서 '희미하게 보았던 모습들(schwankende Gestalten)'에게 이야기를 건네면서 그가 처음 노래를 들려주었던 사람들이 그 다음 노래는 이미 듣지 못하게 되었다고 말한 것을 상기시킨다. 괴테의 『파우스트』 1부는 1808년 출판되었다. 푸슈킨은 이 작품을 스탈 부인의 『독일론』을 통하여 알고 있었고 1825년 「파우스트 속의 한 장면」을 쓴 것으로 보아 이를 읽은 것을 알 수 있다. 푸슈킨은 『파우스트』에 대해 관심이 컸고 이는 「스페이

부디 안녕히! 내 기이한 동반자도, 50.
그리고 그대, 내 진정한 이데알도,
그리고 그대, 비록 작긴 해도
생생하고 변함없는 내 작업도!
나 그대들과 함께 시인이라면 누구라도
진정 부러워할 만한 모든 것을 알았소,
사교계의 비바람 피해 현실을 잊는 것,
친구들과 진정 어린 대화를 나누는 것을.
나 젊은 타티아나와 오네긴을
몽롱한 꿈속에서 처음 보고
마술의 수정구를 눈에 대고
자유로운 내 소설의 먼 길을
아직 희미하게 보던 때부터
많은 날이, 정말 많은 날이 흘렀소.

허나 우정 어린 만남 속에서 내가 51.
첫 연들을 읽어 주었던 이들...
'이들은 이제 없거나 멀리 있소', 언젠가
사디가 말했듯이. 잊지 못할 이들...
이들 없이 오네긴이 끝까지 그려졌소
그리고 타티아나라는 사랑스런 이데알을
이루는 데 함께한 그녀는... 오! 많은 것을,
정말 많은 것을 운명은 앗아갔소!
가득 찬 술잔을 끝까지 마시지 않고
삶이라는 축제를 일찌감치 끝내고
떠난 사람, 삶의 소설을 끝까지
읽지 않고 내가 내 오네긴과 그랬듯이
갑자기 그것과 작별할 수 있었던
사람은 축복받은 사람이오. —끝—

드 여왕」, 「청동마상인」에도 나타나며 그는 『파우스트』 1, 2부의 제대로 된 러시아어 번역이 나오도록 죽을 때까지 신경 썼다.

51. 이 마지막 연에는 이데알, 삶, 운명, 이 소설에서 가장 중요한 세 단어가 나온다. 이제 이데알과 운명으로 꾸려지는 삶이 '미완성'이듯이 소설도 '미완성'인 채 독자에게 쥐어졌다. "가득 찬 술잔을 끝까지 마시지 않"은 미완성의 삶이 축복받은 것이듯이 이 미완성의 소설도, 그의 오네긴과 갑자기 작별할 수 있었던 푸슈킨도, 그의 미완성의 삶도 축복받은 것임은 분명하다. *사디(1212-1292)는 13세기 페르시아의 시인이다. 이는 푸슈킨이 자신이 1823년에 쓴 『바흐치사라이의 분수』에서 따온 것이다.

ПРИМЕЧАНИЯ К ЕВГЕНИЮ ОНЕГИНУ

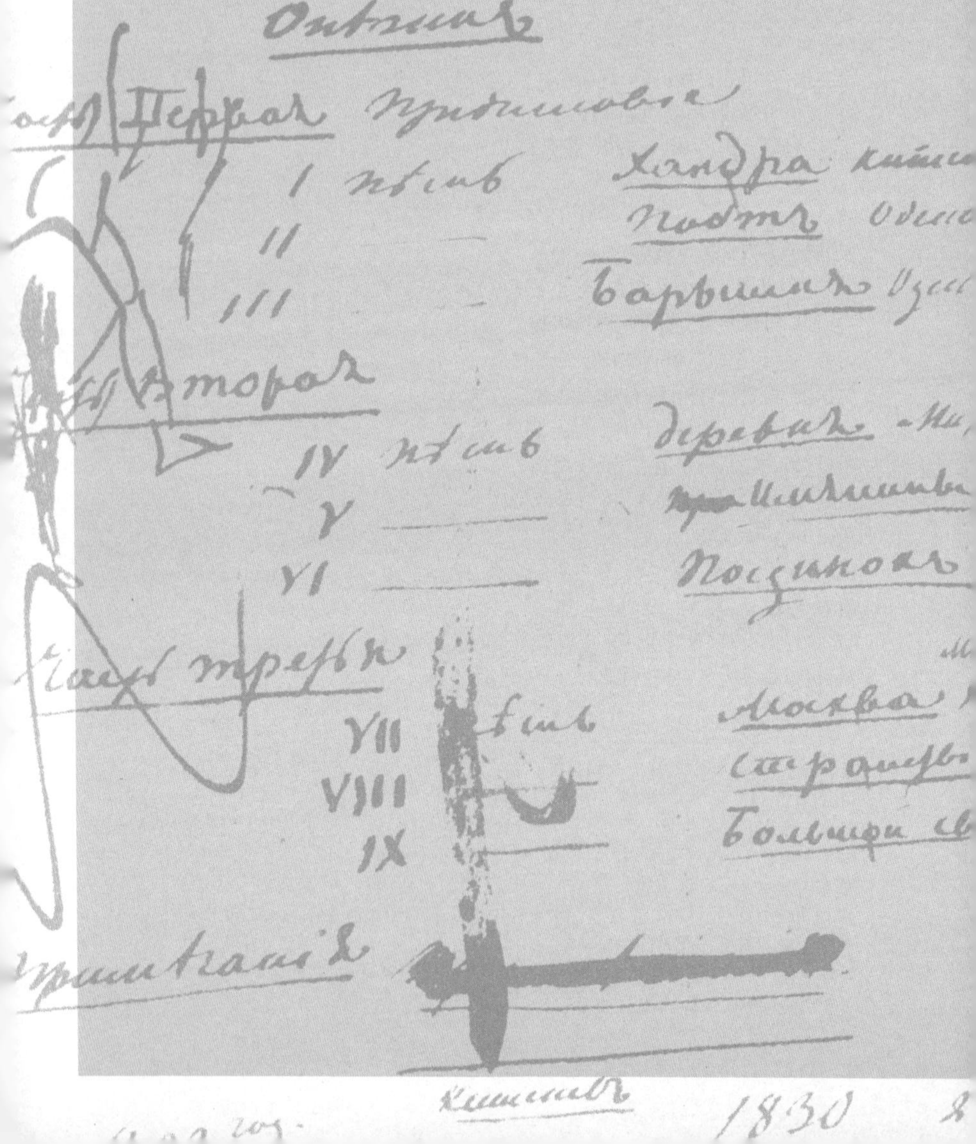

예브게니 오네긴에 붙이는 주석

'예브게니 오네긴에 붙이는 주석'은 운문의 소설 텍스트 밖에 붙여진 산문으로 된 주석 텍스트이다(인용은 운문이 큰 부분을 차지한다). 푸슈킨이 작품 전체를 9장으로 출판할 계획을 세우며 이 작품의 집필과정을 돌이켜보는 1830년 9월 26일의 기록에 이미 주석을 붙일 계획이 들어 있었다. 주석은 1-11이 제1장, 12-16이 제2장, 17-22이 제3장, 23-26이 제4장, 27-36이 제5장, 37-40이 제6장, 41-43이 제7장, 44가 제8장의 본문에 붙인 것으로 합쳐서 모두 44개이다. 주석에는 러시아어에 프랑스어, 영어, 이탈리아어까지 알록달록 섞였고 여러 종류의 코멘트와 인용이 들어 있다. 소설 텍스트와 주석 텍스트 간의 관계는 다양하다. 이들을 우호적인 관계, 비판적인 관계, 성찰적 관계, 의미보충 관계, 의미해석 관계, 의미무화 관계, 사족적 관계, 유희적 관계 등 여러 가지 말로 성격화할 수 있을 것이다. 중요한 것은 주석 텍스트가 소설 텍스트와 다른 소리를 내면서 존재하는 것이고 그것은 저자가 자기 텍스트에 대해 여러 다른 입장을 보여줌으로써 자기가 저자라는 것을 나타내는 동시에 자신에 대해서도 항상 자유롭게 열린 채 여유롭게 독자를 향한다는 점이다. 내키는 대로 이리저리 맘대로 이런저런 주석을 붙이는 저자는 자유롭게 자기 자신에게 열려 있기에 진정으로 타자에게 여유롭게 열려 있다고 말할 수 있다. 또 이러한 점이 독자를 작품 안으로 끌어들이게 되는 비밀이라고 여겨진다. 이 주석들에 대해서는 소설 텍스트에 역자주석을 붙일 때 함께 언급하였다.

(1) Писано в Бессарабии.

(2) Dandy, франт.

(3) Шляпа à la Bolivar.

(4) Известный ресторатор.

(5) Черта охлажденного чувства, достойная Чальд-Гарольда. Балеты г. Дидло исполнены живости воображения и прелести необыкновенной. Один из наших романтических писателей находил в них гораздо более поэзии, нежели во всей французской литературе.

(6) Tout le monde sut qu'il mettait du blanc; et moi, qui n'en croyais rien, je commençai de le croire, non seulement par l'embellissement de son teint et pour avoir trouvé des tasses de blanc sur sa toilette, mais sur ce qu'entrant un matin dans sa chambre, je le trouvai brossant ses ongles avec une petite vergette faite exprès, ouvrage qu'il continua fièrement devant moi. Je jugeai qu'un homme qui passe deux heures tous les matins à brosser ses ongles, peut bien passer quelques instants à remplir de blanc les creux de sa peau.

(*Confessions de J. J. Rousseau*)

Грим опередил свой век: ныне во всей просвещенной Европе чистят ногти особенной щеточкой.

(7) Вся сия ироническая строфа не что иное, как тонкая похвала прекрасным нашим соотечественницам. Так Буало, под видом укоризны, хвалит Лудовика XIV.

Наши дамы соединяют просвещение с любезностию и строгую чистоту нравов с этою восточною прелестию, столь пленившей г-жу Сталь. (*См. Dix années d'exil.*)

(1) 베사라비아에서 씌어졌다.

(2) Dandy, 멋쟁이

(3) 볼리바르 식의 모자.

(4) 유명한 레스토랑 주인.

(5) 차일드 해럴드에 걸맞는 차갑게 식어버린 감정의 특징. 디들로씨의 발레들은 상상의 생생함과 독특한 매력으로 가득 차 있다. 우리의 낭만주의 작가들 중 한 사람은 그의 발레들 속에서 프랑스문학 전체에서 보다 훨씬 더 많은 시정(詩情)을 발견했다.

(6) 모든 사람들이 그가 분을 사용하는 것을 알고 있었다. 나도 처음에는 이를 믿지 않았지만 이런 의견으로 기울게 되었는데 이는 그의 얼굴색이 좋아졌고 그의 화장대에 넘치는 분가루 밑으로 분곽들이 놓인 것이 보였기 때문만이 아니라, 어느 날 아침 그의 방으로 들어갔는데 그가 특별한 작은 솔을 가지고 손톱에 광택을 내고 있는 것을 보았기 때문이다. 그는 내 앞에서도 자랑스레 이 일을 계속하였다. 나는 매일 아침 두 시간을 손톱을 광택 내는 일에 허비하는 사람은 분가루로 자신의 피부의 고르지 못한 부분을 메우는 데 몇 분을 허비할 수 있으리라고 생각하였다.

— **루소, 『참회록』** —

그림은 그의 시대보다 앞서 갔다. 지금은 개화된 유럽 전체에서 특수 솔로 손톱을 깨끗하게 한다.

(7) 이 아이러니컬한 연 전체가 바로 우리나라 여성에 대한 교묘한 찬사에 다름 아니다. 이는 마치 브알로가 루이 14세를 질책하는 체하며 찬양한 것과 같다. 우리의 숙녀들은 교양에다 상냥함을, 또 엄격한 도덕적 순결에다 스탈 부인을 그토록 매혹시킨 이런 동방적 매력을 결합하고 있다. (『**유배 10년**』을 보시오.)

(8) Читатели помнят прелестное описание петербургской ночи в идиллии Гнедича:

«Вот ночь; но не меркнут златистые полосы облак.
Без звезд и без месяца вся озаряется дальность.
На взморье далеком сребристые видны ветрила
Чуть видных судов, как по синему небу плывущих.
Сияньем бессумрачным небо ночное сияет,
И пурпур заката сливается с златом востока:
Как будто денница за вечером следом выводит
Румяное утро. — Была то година златая,
Как летние дни похищают владычество ночи;
Как взор иноземца на северном небе пленяет
Слиянье волшебное тени и сладкого света,
Каким никогда не украшено небо полудня;
Та ясность, подобная прелестям северной девы,
Которой глаза голубые и алые щеки
Едва отеняются русыми локон волнами.
Тогда над Невой и над пышным Петрополем видят
Без сумрака вечер и быстрые ночи без тени;
Тогда Филомела полночные песни лишь кончит
И песни заводит, приветствуя день восходящий.
Но поздно; повеяла свежесть на невские тундры;
Роса опустилась; . . . .
Вот полночь: шумевшая вечером тысячью весел,
Нева не колыхнет; разъехались гости градские;
Ни гласа на бреге, ни зыби на влаге, все тихо;
Лишь изредка гул от мостов пробежит над водою;
Лишь крик протяженный из дальней промчится деревни,
Где в ночь окликается ратная стража со стражей.
Все спит. . . . .

(9) Въявь богиню благосклонну
Зрит восторженный пиит,
Что проводит ночь бессонну,
Опершися на гранит.

- *Муравьев*. '*Богине Невы*' -

(8) 독자들은 그네디치의 목가에 나오는 페테르부르그의 밤의 매력적인 묘사를 기억하고 있다.

"이제 밤. 허나 구름의 금빛 색채가 어두워지려 하지 않는다.
별도 달도 없는데 온통 먼 곳이 환하게 빛난다.
푸른 하늘을 항행하는지 멀리로 가버린 배들
은빛 돛폭들만 먼 해변에 보이고
밤하늘은 밝은 광채로 빛난다.
석양의 선홍빛 노을이 동쪽의 황금빛과 섞이고
아침노을이 저녁의 자취를 이어
홍색의 아침을 내오듯 하다. 때는 황금 계절이었다.
여름 낮이 밤의 지배를 삼키고
한번도 남국하늘을 그렇게 장식한 적이 없는
그런 빛, 어둠과 달콤한 빛의 매혹적인 혼합이
북국 하늘을 보는 타국인의 시선을 사로잡는 계절,
푸른 두 눈과 붉은 두 뺨이
붉은 파도 같은 고수머리로 그늘지지 않는
북국의 처녀를 닮은 이 밝음.
이때 사람들은 네바와 화려한 페트로폴 위로
어두워지지 않는 저녁과 그늘 없는 짧은 밤을 보고
이때 밤꾀꼬리는 한밤의 노래를 마칠 것이고
떠오르는 낮을 반기는 노래를 시작할 것이니
허나 늦은 밤. 네바 초원 위로 신선함이 감돌고
이슬이 내렸다..
이제 한밤. 저녁에 천 개의 노가 소리 내던
네바는 이제 미동도 없다. 도시의 사람들이 흩어지고
강변엔 아무 소리 없고 물위에도 파문 하나 없이, 모든 것이 고요하다.
간혹 물위에 걸린 다리들에서 둔탁한 소리만 울릴 뿐
밤에 보초병들이 서로 신호하는
먼 교외에서 들려오는 긴 외침소리만이 들릴 뿐
모든 것이 잠자고..

(9) 영감에 찬 시인은
은혜로운 여신을 눈앞에 마주하며
대리석에 몸을 기대고
불면의 밤을 보낸다.

— **무라비오프, 『네바의 여신에게』** —

(10) Писано в Одессе.

(11) См. первое издание Евгения Онегина.

(12) Из первой части Днепровской русалки.

(13) Сладкозвучнейшие греческие имена, каковы, например: Агафон, Филат, Федора, Фекла и проч., употребляются у нас только между простолюдинами.

(14) Грандисон и Ловлас, герои двух славных романов.

(15) Si j'avais la folie de croire encore au bonheur, je le chercherais dans l'habitude (Шатобриан).

(16) «Бедный Иорик!» — восклицание Гамлета над черепом шута. (См. Шекспира и Стерна.)

(17) В прежнем издании, вместо *домой летят*, было ошибкою напечатано *зимой летят* (что не имело никакого смысла). Критики, того не разобрав, находили анахронизм в следующих строфах. Смеем уверить, что в нашем романе время расчислено по календарю.

(18) Юлия Вольмар — Новая Элоиза. Малек-Адель-герой посредственного романа M-me Cottin. Густав де Линар — герой прелестной повести баронессы Крюднер.

(19) Вампир — повесть, неправильно приписанная лорду Байрону. Мельмот — гениальное произведение Матюрина. Jean Sbogar — известный роман Карла Нодье.

(20) Lasciate ogni speranza voi ch'entrate. Скромный автор наш перевел только первую половину славного стиха.

(21) Журнал, некогда издаваемый покойным А. Измайловым довольно неисправно. Издатель однажды печатно извинялся перед публикою тем, что он на праздниках *гулял*.

(22) Е. А. Баратынский.

(23) В журналах удивлялись, как можно было назвать девою простую крестьянку, между тем как благородные барышни, немного ниже, названы *девчонками!*

(24) «Это значит, — замечает один из наших критиков, — что мальчишки катаются на коньках». Справедливо.

(25) В лета красные мои
Поэтический аи
Нравился мне пеной шумной,

(10) 오데사에서 씌어졌다.

(11) 예브게니 오네긴 초판본을 보시오

(12) '드네프르 강의 루살카' 제1부에서.

(13) 예를 들어 아가폰, 필라트, 페도라, 표클라 등과 같은 달콤한 울림을 가지는 그리스 이름들은 우리나라에서는 평민들 사이에서만 사용되고 있다.

(14) 그란디손과 러블라스는 두 유명한 소설의 주인공들이다.

(15) 내게 만약 아직 행복을 믿는 분별없음이 있다면 나는 행복을 습관 속에서 찾을 것이다. (샤토브리앙)

(16) "불행한 요릭!"은 광대의 해골 위에서 햄릿이 외친 말이다. (셰익스피어와 스턴을 보시오.)

(17) 지난번 출판에는 '**집으로 날아간다**' 대신 오류로 '**겨울에 날아간다**'로 인쇄되어 있었다(이는 아무 의미도 나타내지 못했다). 비평가들은 그것을 이해하지 못하고 이어지는 연들에서 시간의 착오를 찾아내었다. 우리의 소설에서는 시간이 달력에 따라 구분되었다고 감히 확언하는 바이다.

(18) 줄리 볼마르는 신판 엘로이즈이다. 말렉 아델은 코탱 부인의 중류소설의 주인공. 구스타프 드 리나르는 크류드너 백작부인의 매력적인 단편소설의 주인공이다.

(19) 흡혈귀(밤피르)는 바이런경이 썼다고 잘못 여겨진 단편소설. 멜모트는 마튜린의 천재적인 작품. 장 스보가르는 카를 노디에의 유명한 소설.

(20) 영원히 희망을 버리라, 이리로 오는 자여! 우리의 겸손한 작가는 이 유명한 시구의 처음 반만을 번역하여 썼다.

(21) 고인이 된 아. 이즈마일로프가 언젠가 상당히 엉성하게 발간했던 잡지. 편집인은 그가 축제 때 **술을 진창 마셨다**고 한번은 독자들 앞에서 서면으로 사과를 구했다.

(22) 예.아. 바라튄스키

(23) 조금 뒤에 귀족 아가씨들이 **여자애들**이라고 불려진 반면에 시골 여자아이를 어떻게 **처녀**라고 부를 수 있는지 잡지들에서 놀라워했다.

(24) '이것은 소년들이 스케이트를 타는 것을 뜻한다'고 우리의 비평가 한 사람이 말했다. 맞는 말이다.

(25) 내 꽃다운 시절에
시적인 아이는 내 마음에 들었네,
거품소리 좋아서,

Сим подобием любви

Или юности безумной, и проч. (*Послание к Л. П.*)

(26) Август Лафонтен, автор множества семейственных романов.

(27) Смотри «Первый снег», стихотворение князя Вяземского.

(28) См. описания финляндской зимы в «Эде» Б+аратынского.

(29) Зовет кот кошурку

В печурку спать.

Предвещание свадьбы; первая песня предрекает смерть.

(30) Таким образом узнают имя будущего жениха.

(31) В журналах осуждали слова: *хлоп*, *молвь* и *топ* как неудачное нововведение. Слова сии коренные русские. «Вышел Бова из шатра прохладиться и услышал в чистом поле людскую молвь и конский топ» (*Сказка о Бове Королевиче*).

Хлоп употребляется в просторечии вместо *хлопание*, как *шип* вместо *шипения*:

Он шип пустил по-змеиному.

(*Древние русские стихотворения*)

Не должно мешать свободе нашего богатого и прекрасного языка.

(32) Один из наших критиков, кажется, находит в этих стихах непонятную для нас неблагопристойность.

(33) Гадательные книги издаются у нас под фирмою Мартына Задеки, почтенного человека, не писавшего никогда гадательных книг, как замечает Б.М.Федоров.

(34) Пародия известных стихов Ломоносова:

Заря багряною рукою

От утренних спокойных вод

Выводит с солнцем за собою, — и проч.

(35) Буянов, мой сосед,

. . . .

Пришел ко мне вчера с небритыми усами,

Растрепанный, в пуху, в картузе с козырьком...

(*Опасный сосед*)

(36) Наши критики, верные почитатели прекрасного пола, сильно осуждали неприличие сего стиха.

(37) Парижский ресторатор.

또 사랑이나 미친 듯한 젊음 등등과
그토록 유사해서

(「**엘.페.에게 보내는 편지**」)

(26) 아우구스트 라퐁텐, 많은 가정소설을 쓴 작가.

(27) 뱌젬스키 공의 시 '**첫눈**'을 보라.

(28) 바라틴스키의 '에다'에 나오는 핀란드의 겨울을 묘사한 것을 보라.

(29) '숫고양이가 암고양이를
벽난로에서 자자고 부르네'
결혼의 예고. 이 앞의 노래는 죽음을 예고한다.

(30) 이런 식으로 미래의 신랑을 알게 된다.

(31) 잡지들에서 **짝짝, 웅얼웅얼, 탈칵탈칵** 같은 단어들은 성공적이지 못한 신조어로 비판받았다. 그러나 이런 단어들은 원래 러시아 단어이다. "보바가 천막으로부터 몸을 식히러 나왔더니 벌판에서 웅얼웅얼 말소리와 탈칵탈칵 말발굽소리가 들려왔다."(「**보바-왕자 이야기**」). '**짝짝**'은 일상어에서 '**짝짝 박수치는 소리**' 대신 쓰인다, '**쉿**'이 일상어에서 '**쉿하는 소리**' 대신 쓰이듯:

그는 뱀처럼 쉿 내쉬었다.

(『**고대 러시아시**』)

풍요롭고 아름다운 우리말의 자유를 방해하지 말아야 한다.

(32) 우리 비평가들 중에 한 사람은 이 시구에서 우리가 이해할 수 없는 외설스러움을 본 것으로 보인다.

(33) 우리나라의 예언서는 존경할 만한 마틴 자데카의 명의 아래 출판되지만 그는 한번도 예언서를 쓴 적이 없다고 베.엠. 표도로프는 지적하고 있다.

(34) 로모노소프의 유명한 시구들:

아침노을이 붉은 손길로
평온한 아침 바다로부터
자기 뒤에 태양을 데리고 나온다 - 등의 패러디이다.

(35) '부야노프, 내 이웃은
....
어제 면도도 하지 않고 진이 다 빠져서
털부스러기를 온몸에 묻히고 챙 달린 모자를 쓰고 내게로 왔다.'

(「**위험한 이웃**」)

(36) 진정으로 여성을 존경하는 우리의 비평가들은 이 시구의 점잖지 못함을 강하게 비판하였다.

(37) 파리의 식당주인

(38) Стих Грибоедова.

(39) Славный ружейный мастер.

(40) В первом издании шестая глава оканчивалась следующим образом:

А ты, младое вдохновенье,
Волнуй мое воображенье,
Дремоту сердца оживляй,
В мой угол чаще прилетай,
Не дай остыть душе поэта,
Ожесточиться, очерстветь
И наконец окаменеть
В мертвящем упоенье света,
Среди бездушных гордецов,
Среди блистательных глупцов,

47.

Среди лукавых, малодушных,
Шальных, балованных детей,
Злодеев и смешных и скучных,
Тупых, привязчивых судей,
Среди кокеток богомольных,
Среди холопьев добровольных,
Среди вседневных, модных сцен,
Учтивых, ласковых измен,
Среди холодных приговоров
Жестокосердой суеты,
Среди досадной пустоты
Расчетов, душ и разговоров,
В сем омуте, где с вами я
Купаюсь, милые друзья.

(41) Левшин, автор многих сочинений по части хозяйственной.

(38) 그리보예도프의 시구
(39) 유명한 무기제조업자
(40) 처음 출판 당시 제6장이 다음과 같이 끝났다.

그리고 그대, 젊은 영감이여,
내 상상력을 설레게 해다오, 그대여
심장의 꿈을 되살려다오
내 방으로 더 자주 날아와 다오
시인의 영혼이 딱딱하게 굳어서
가혹해지고 거칠게 메말라버려서
마침내 돌이 되지 않도록 해다오
사교계의 독약 같은 환락 속에서, 오,
영혼이 없는 거만한 자들 가운데서
이 번쩍거리는 바보들 가운데서.

47.

교활하고 지각없고
경박하고 버릇없는 아이들 가운데
우스꽝스럽고 지루한 악당들 가운데
둔한 트집쟁이 심판자들 가운데
경건하신 교태꾼들 가운데
자발적인 노예들 가운데
일상적인, 유행하는 장면들 가운데
정중한 배신과 사랑스런 배신들 가운데
잔혹한 심장의 공연한 소동 가운데
냉혹한 심판 가운데
유감스러운 공허 한가운데
계산과 머리굴리기와 대화들 가운데
나와 그대들이 함께 헤엄치는
이 늪 속에서, 사랑하는 친구들이여!

(41) 료프쉰은 가계경영 부문에 많은 책을 쓴 작가이다.

(42) Дороги наши — сад для глаз:
Деревья, с дерном вал, канавы;
Работы много, много славы,
Да жаль, проезда нет подчас.
С деревьев, на часах стоящих,
Проезжим мало барыша;
Дорога, скажешь, хороша —
И вспомнишь стих: *для проходящих!*
Свободна русская езда
В двух только случаях: когда
Наш *Мак-Адам* или *Мак-Ева*
Зима свершит, треща от гнева,
Опустошительный набег,
Путь окует чугуном льдистым,
И запорошит ранний снег
Следы ее песком пушистым.
Или когда поля проймет
Такая знойная засуха,
Что через лужу может вброд
Пройти, глаза зажмуря, муха.

(«*Станция*». *Князь Вяземский*)

(43) Сравнение, заимствованное у К**, столь известного игривостию изображения. К... рассказывал, что, будучи однажды послан курьером от князя Потемкина к императрице, он ехал так скоро, что шпага его, высунувшись концом из тележки, стучала по верстам, как по частоколу.

(44) Rout, вечернее собрание без танцев, собственно значит толпа.

(42) 우리의 길은 눈요기용 정원과 같다
나무 심고 떼를 입혀 둑을 쌓고 운하를 파고
일도 많이 했고 칭송도 많이 받았다
허나 때때로 마차가 지나갈 수 없는 것은 유감이다
보초처럼 버티고 서 있는 나무들은
마차 타고 가는 사람에게 득 될 것은 하나도 없다
길이 아름답다 말들 하는데
'**지나가는 사람들에게나 그렇지요**'라는 시구가 떠오른다
러시아 마차여행이 자유로울 때는 단 두 경우.
그 한 경우는 겨울이 우리의 **막-아담**이나 **막-에바**를
실현시킬 때인데,
이 때는 분노에 떨면서
모든 것을 황량하게 하는 습격이
얼음의 주철로 길을 두껍게 덮고
그 위로 일찍 내린 눈이 가는 솜털모래로
겨울의 자취를 덮을 때이고
다른 한 경우는 너무나 뜨거운
가뭄이 들판을 사로잡아
파리도 눈을 감고
웅덩이를 건널 수 있을 때이다.

(「**역참**」, **뱌젬스키 공**)

(43) 상상력의 유희스러움으로 유명한 카.에게서 빌려온 비유이다. 카.는 말하기를 한번은 포툠킨공작부터 여황제에게로 전령으로 보내졌는데 어찌나 빨리 달렸는지 마차로부터 끝이 빠져나온 칼이 울타리를 치고 가듯 베르스타 표식 막대(이정표)들을 치고 갔다고 이야기하곤 했다.

(44) 라우트(Rout). 춤이 없는 저녁 모임. 원래 군중을 의미한다.

역자후기

푸슈킨의 작품세계에서 서정시가 아닌 장르로 된 주요 세 작품 중에서 두 작품, 단편소설집 『벨킨 이야기』와 희곡 『보리스 고두노프』 번역에 이어 오랫동안 매달렸던 운문소설 『예브게니 오네긴』 번역을 일단 마무리하였다. 푸슈킨은 이 작품의 맨 끝에서 오네긴과 갑자기 작별한다고 말했는데 역자도 마찬가지로 번역작업과 도중하차 하는 기분으로 갑자기 작별하였다. 역시 기쁜 마음으로였다. 그것은 번역이 만족스러워서가 아니라 서울대학교출판부에서 강세 표시한 원어와 번역을 모두 싣는 기회를 주기 때문에 역자의 경험에 비추어 그것만으로도 이 작품을 즐겨 읽는 사람들에게 도움을 줄 수 있으리라는 생각이 들었기 때문이었다. 미루면 기회가 없어질지 모른다는 조급함도 있었다.

오네긴 연이라고 불리는 약강 4보격의 14행으로 이루어진 연 366개(14행이 안 되는 것들 포함)와 편지 두 점, 처녀들의 노래, 헌시, 모두 합쳐서 5,275행, 그리고 제사들, 예브게니 오네긴에 붙이는 주석(1837년판이나 1975년판에 이 뒤에 나오는 '오네긴의 여행에서의 단편들'은 번역하지 않았다. 소설은 이미 끝났다고 푸슈킨이 밝혔으므로)을 번역하는 동안 역자는 우리말과 러시아말 사이에서, 아는 것과 모르는 것 사이에서, 있는 책과 없는 책 사이에서, 운문과 산문 사이에서 이리저리 헤매었다. 헤매다가 갑자기 마무리한 번역을 내놓는 것이 송구스럽지만 핑계가 있으니 다행이라는 생각도 든다. 게다가 어차피 인생은 헤맴이 아니던가. 그러고 보니 번역하는 동안의 역자의 삶도 푸슈킨이나 이 작품의 주인공들처럼 홀로 있음과 어울림, 희망과 좌절, 사랑과 권태, 자유와 부자유, 평온과 열정, 삶과 죽음, 현재와 과거, 이성과 감정, 이상과 현실, 책과 일상, 침묵과 말, 타문화와 우리 문화 사이에서 더듬거리며 헤매었다는 사실이 새삼스럽게 다가온다.

번역의 텍스트로는 1974년에서 1978년까지 모스크바에서 10권으로 출판된 푸슈킨 전집 제4권(1975년판)을 사용하였고 주석은 1995년 산크트-페테르부르그에서 출판된 유리 로트만의 저서 『푸슈킨』(Ю.М.Лотман. Пушкин. Санкт-Петербург. 1995г. 로트만은 예브게니 오네긴에 대한 부분은 1980년에 타르투 대학에서 출판하였다)을 주로 참조하였다. 이 저서는 푸슈킨 연구가들에게 서지를 포함하여 여러 가지 유용한 정보를 줄 수 있을 것이다. 나보코프의 '예브게니 오네긴' 영어번역(*Eugene Onegin*, Tr. with a commentary by V. Nabokov, 1964, by Bollingen Foundation. Revised Ed. 1975 by Princeton University Press. 1998년 페테르부르그에서 그 주해의 러시아어 번역이 출판되었다)에 붙인 방대한 주해를 유감스럽게도 제대로 참조하지 못했다. 그러나 영어판을 구할 수 없었던 필자가 이 책의 러시아번역판 맨 뒤에서 1837년 재판 당시의 텍스트 상태를 알 수 있어서 매우 다행한 일이었다. 1937-1959년에 나온 아카데미 판 푸슈킨전집을 손에 넣을 수 없었던 역자로서는 더더욱 그랬다. 그림은 푸슈킨이 직접 그린 것들이다.

예브게니 오네긴과 타티아나의 고뇌와 불행, 그들의 어긋난 사랑을 보면서 이들의 고뇌가 오늘날 이 땅에 사는 소위 지식인들에게 어떤 의미가 있을까를 생각해 보았다. 물론 먹고 사는 일에 매달려야 하는 많은 사람들에게, 운명적으로 여러 가지 현실적 의무에 묶여 있는 사람들에게 이들의 고뇌와 불행은 사치스럽게 보일 수도 있다. 자신의 내면의 문제에 매달리는 이들에게 공감하기보다는 부러움이나 비판을 보낼지 모른다. 이들은 우선 먹고 사는 일은 태어났을 때부터 해결되어 있고 여러 가지 현실적인 의무에서도 비교적 자유로운 편이다. 이들이 주변의 현실을 어쩌면 하찮게 보면서 권태로워하고 자신의 정체성의 문제 때문에 일생을 고민하면서 보내는 것을 보며 오만을 탓할 수도 있다. 또 개성을 잃어가는 현대인들에게 이들의 예민한 지성은 정신적 유희 이외에 아무것도 아닐 수 있다. 그리고 공연히 스스로를 들볶는다고 치부할 수도 있다. 그러나 이러한 비판을 비단 오늘날 이 땅에 사는 사람들만이 하는 것은 아닐 것이다. 당대부터 이렇게 그들을 비판한 사람들이 적지 않았다. 그러나 인간이 잘 살아가는 세상을 위해 끊임없이 노력해 온 많은 사람들이 있는 한편 그런 노력은 없이 소위 지식인이고 이 땅에서 상류층으로 살면서 탐욕과 본능에 갇혀 권력과 돈만을 추구하며 다른 사람들에게 상처 입히는 답답한 인간들이 있는 것을 볼 때 이러한 종류의 인간들이 이 땅에 좀더 필요하다는 생각이

든다. 결국 민족의 운명은 지성인들에게 상당히 좌우되는 법이므로 주변의 현실에 대해 회의하며 고독해하고 자신의 길을 찾으려 애쓰고 헤매며 다시 타인과의 어울림에 희망을 걸어보다가 좌절하고, 사랑을 겁내고 자유와 평온을 선택하다가 다시 불안과 부자유의 열정을 느끼며 삶과 죽음을 넘나드는 사랑을 갈구하는 두 남녀의 정신성과 용기, 말하자면 이들의 지적, 내면적 고뇌의 차원이 이 시대에 특히 소중하게 여겨지는 것이다. 이렇게 역자는 예브게니와 타티아나를 어쩔 수 없이 사랑하는 모양이다.

"부디 안녕히! 내 기이한 동반자도,
그리고 그대, 내 진정한 이데알도,
그리고 그대, 비록 작긴 해도
생생하고 변함없던 내 작업도!
나 그대들과 함께 시인이라면 누구라도
진정 부러워할 만한 모든 것을 알았소
사교계의 비바람 피해 현실을 잊는 것,
친구들과 진정어린 대화를 나누는 것을.
나 젊은 타티아나와 오네긴을
몽롱한 꿈속에서 처음 보고,
마술의 수정구를 눈에 대고
자유로운 내 소설의 먼 길을
아직 희미하게 보던 때부터
많은 날이, 정말 많은 날들이 흘렀소."(제8장 50연)

운명의 지고한 뜻에 따라서 교실에서
오네긴 연들을 함께 읽던 젊은이들(1)...
그들은 이제 어디 있나? 어느 곳에서
어떻게 살고 있나? 예전의 푸른 꿈들
이젠 다 잊었을까, 별도 사랑도 '타티아나'도
'오네긴'도? 그래도 학창시절 그렇게도
아끼며 읽고 또 읽던 '오네긴'이 아닌가!
마음 속 깊은 곳에 간직한 것 아닌가?
나 이제 그들에게 다시 '오네긴'을
꺼내 펴서 소리 내서 좀 읽으면서
우리말 번역도 좀 읽어 가면서

두 남녀에 대해 생각해 보자는 제안을
하고 싶다. 이 젊은이들이 없었으면
그나마 이만한 번역도 없었을 뻔...

러시아말을 전혀 모르는 젊은이라도
'오네긴'을 읽지 못하라는 법은 없다
우리말로 읽다 보면 주인공들도
우리나라 친구들처럼 느껴질 법하다
그들처럼 우리들도 사랑하고 고민하고
고민하고 사랑하고 사는 게 뭐냐고
골머리를 썩일 때가 많지 않은가!
그것이 다 젊은 지성의 특권 아닌가!
읽고 또 읽다 보면 그대들도 다
오네긴과 타티아나를 사랑하지 않을 수
없을 것이다, 푸슈킨과 역자도 그럴 수
밖에 없었으니. 이제 그대들도 다
오네긴과 타티아나를 사랑하게 된다면
정말 그렇게만 될 수 있다면....

각설하고, '오네긴'을 번역하며 웬일인지
노다지 '각운'이 어찌나 신경이 쓰이던지
자나깨나 전전긍긍 아으 으아 신음하다
구구절절 우왕좌왕 어머머 어~쩌지 하다
다 그만둘까 한 적도 한두 번이 아니었다
예브게니 오네긴 연은 약강 4보격 14행으로
교대운, 병열운, 고리운, 차례 지켜 4행씩에다
쌍운 2행인데 얼기 설기라도 맞추자니, 억지로
한행 길이를 그야말로 두서너 마디에서
예닐곱 마디까지 들쑥날쑥 하게 해놓고
'교대운', '병열운', '고리운'을 차례 없이 줄 세우고
'쌍운'을 포기해도 무리였으나 시작한 일이어서
으쌰 가자 으쌰 가자 으쌰 으쌰 가자 가자
하며 쓰고 쓰고 하며 가자 가자, 가고 보자

달리다가 너무 이상해지면 고쳐보려다
에라 모르겠다, 오기까지 생겨버렸다
어불성설 지지배배 다 하니, 다 그냥
그럭저럭 읽을 만큼 된 셈이다. 이왕
시작한 일이니 웬만하면 끝까지 다

그렇게 한번 버텨보라 말하던
동지들, 모두 고맙네,(2) 나 끝까지 다
어쨌든 버텨 왔네, 누가 뭐래던.
하고 하고 하다 다 하면 면발 바르르
다 풀어져 국수 맛이 젬병이듯(3)
애만 쓰고 뭣도 아닌 번역이 될 듯
하여 국수 먹는 애꿎은 남편에게 파르르
짜증낸 것 미안해라, 이제 입 다물게,
남편이여, 고맙네, 이제 정말 끝, 끝 낼게.

어지러운 책상, 찬장, 옷장, 마음과 머리까지
일단 치울 건 치우고 비울 건 비워야지. 그렇지?
요즘 들어 부쩍 시간이 없다는 핑계로
얼토당토 메뉴에 엉터리 간편 요리로
끼니를 때우자니 식생활총책이자 식도락가,
그대가 얼마나 답답하고 섭섭했을까?
그나저나 우리 인생도 벌써 저무는가,
석양빛이 어쩌자고 저토록 눈부신가!
어쨌거나 정말이지 꽤나 오래 함께 한
이번 번역물이니 그대도 한번 읽어 보게,
심심할 때 쉬엄쉬엄! 모쪼록 잊지 말게,(4)
비록 그대 마음처럼 웅숭깊고 기운찬
것이 못되고 내 마음처럼 여리고 답답해도
모처럼 억수로 아껴주고 감싸줘야 함을.

2005년 2월 시작한 역자후기를 2006년 1월에 마치며(5)

최 선

고맙게도 개정판을 내게 되어 몹시도
기쁘지만 여러모로 준비가 모자란
상태라 부끄럽다. 그동안 읽어보고
싶었던 나보코프의 영어번역 '오네긴',
그의 긴 주해, 동독의 노문학자 브라운의
(Maximilian Braun 1903-1984) 필생의
작업, 노어-독어 산문대역 '오네긴'
(1994년 괴팅겐 후학들의 사후출판),

독일의 노장 푸슈킨 연구가 카일
(Rolf-Dietrich Keil, 1923-)의 주도로
1989년부터 가끔 나오고 있는 책으로
내용이 야무진 '아리온 Arion' (독일
푸슈킨학회의 회지로 5권까지 나왔다),
또 이런저런 '푸슈킨'관련 책들에다

2002년 역자도 참석했던 푸슈킨
국제학회 논문들까지 책상 위에
꽂아 놓고 새로운 정보나 좋은
해석을 찾아 읽어가며 이 기회에
카일의 운문번역 '오네긴'(1980년)처럼
최선의 운문번역 '오네긴'(!)도, 아무렴,
'오네긴'을 정말 자연스레 재생했다
여겨져 사랑스레 읽혔으면 좋겠다
바래서 잘 고치려 했지만 힘에 부쳐서
주로 로트만의 '오네긴' 주해만
좀 더 읽고 주석에 써넣었지만
충분하지 못하다. 꽂아놓은 책들에서
급한 마음에 모자라는 주의력으로
이것저것 읽고 나서 되는 대로

이리저리 좀 써넣기도 했는데 괜히
그랬나? 허긴 고마운 책들이지!(6)
'오네긴'의 매력은 자유롭게 독자들이
작품 속으로 들어가 여유롭게 이리저리
대화하게 하는 저 신비한 능력인가!
말을 아끼는 게 그저 상책이다,
아는 체 잘난 체 정신없이
이말 저말 하다간 도리 없이
들켜버린다 생각하긴 했어도
독자들이 읽어보며 '오네긴'을
읽는데 도움을 받거나, 이 책을
읽고 나서 오네긴을 좀 다르게도
보게 되거나 (이를 죽을 둥 살 둥
바라는 건 아니다, 아무리 발버둥

쳐봐도 누구에게나 우리의 사랑스런

오네긴은 풀 수 없는 수수께끼니!)
나아가 푸슈킨을 더 읽고 싶은
마음이 생기고 러시아문학을 많이
사랑하게 되라고 주석을 미주에서
각주로 옮길 때 웬만큼은 생각해서
고치고 덧붙였고, 무엇보다 러시아어로
재생하는 데 편리한 한글표기방식으로
저도 모르게 푸슈킨이 다가오도록
하려는 '좋은 목적'에서 '일러두기'를
붙였고, 번역도 이리저리 고쳤거늘
초판보다 낫다고 여겨져서 모쪼록
사랑스레 읽혔으면 좋겠다. 개정판이
또 나오면(알 수 없는 일이지만) 많이

좋아지게 하리라 다짐은 하지만....
자, 이제 작별이다! 내 정든
작업이여! (아직 재교가 남았지만)
이번 개정판을 준비하는 동안
나 얼마나 무지하고 무모한가,
알게 된 것만도 큰 선물이었다!.
그야말로 큰 선물! 이제 앞으로는
주의 깊게 읽고 엄밀하게 생각하는
독자이자 연구가, 번역가가 되리라!
또 다른 선물이라면 본문 번역에서
다 못했던 '쌍운' 2행도 마저 맞춰서
'교대운', '병렬운', '고리운', '쌍운', 다
차례 지켜 14행의 연으로 8연 넘게
개정판 내면서 덧붙인 역자후기에

하고픈 말 한 일! 허긴 그게 뭐라고
뭐하려고 무지하게 무모하게 우리말로
각운을 맞추느라 애쓰는지 나 자신도
모르지만 이 작업은 나에게 그야말로
도무지 시간가는 줄 모르게 재밌는
일! 이 재미를 알 길 없는 남편은
자꾸만 '혼자서 틀어박혀 뭐가
그리 재밌어?' 툴툴거린다. 뭔가
못마땅해서 그가 부르르 하면

못 들은 척하는 게 그저 상책이지!
온통 고요해졌다. 나를 정말이지
이토록 새록새록 즐겁게 해주는
'오네긴'과 초판이 나왔을 적에
기뻐해준 동료, 제자들, N.N.들에게

버젓이 감사하는 기회를 갖게 되니
나 얼마나 무섭도록 행운아인지!
얼마나 고마운지, 모자라는 이
역자를 넘치도록 사랑해준 이들이!
이들 모두가 타티아나와 오네긴을,
알렉산드르 세르게예비치 푸슈킨을
더 가까이 사랑하게 된다면
정말 그렇게만 될 수 있다면
....

2008년 12월 개정판을 내면서(7)
최 선

역자후기에 붙이는 주석

(1) 노어노문학을 함께 공부한 모든 젊은이들을 말한다.
(2) 특히 송호경, 러시아문학연구가이자 문학애호가.
(3) 국수를 너무 오래 삶으면 면발이 쫄깃쫄깃하지 못하다. (요리책에서)
(4) 이 행은 대부분 러시아문학연구가이자 번역가인 박재만이 최근 책과 함께 보내온 사연에 사용한 단어들로 되어 있다.
(5) 원고가 책으로 만들어지는 동안 크고 따뜻한 도움을 준, 갓 구워내는 이 책의 가장 신선한 독자, 서울대학교출판부의 신선규님께 진심으로 감사드린다.
(6) 엄밀하게 말하면 이 러러 러한/저 러독 독한 영독 영한사전/독독사전, 국어사전, 이러저러한/인터넷 정보들, 우리말로 된/이런 저런 번역서, 저서,/박사 논문, 두서없이 포함해서./
(7) 초판의 역자후기와 그 주석을/읽고 웬일로 섭섭한 얼굴로 이의를/제기했거나, 그렇게 느껴졌던/이 자리에서 떠오르는 고마운/이름들은 다음과 같다(가나다순):/김선안, 김철균, 김혁, 김혜란, J.+L.Verstraten/백용식, 北川東子, C.Essner, 이강은, 이규환,/이승원, 이영복, 이우복, 이장욱, 이효원,//전성회, 정영자, 정지윤, K.-D. Seemann,/조완재, 최웅, 최정운, 최학, 최훈./이 명단이 부당하게 여겨지면/너그럽게 용서하기 바라며, 그간/최선의 운문번역 '오네긴' 개정판을/기다려준 몇몇 소중한 N.N.들,/앞으로 찾아오면 책 빌려 줄게./아 참, '역자후기에 붙이는 주석'에/(6)번, (7)번의 '각운'은 이어지네,/그러니 개정판 내면서 덧붙인/역자후기 뒷부분과 합치면/세어 보게나, '8연 넘게' 맞네.^^/아! 참 아쉽지만 이제 정말 작별이니/내 작업도 고마운 독자들도 부디 안녕히!//

Abstract

Evgenii Onegin

Pushkin, Aleksandr Sergeevich
Translation and footnotes by Choi, Sun

Evgenii Onegin (1833) is the greatest work by Aleksandr Sergeevich Pushkin, who is sometimes called the "Goethe of Russia," or the "Shakespeare of Russia." The work tells the tragic love story of Evgenii and Tatiana. Evgenii represents the intellectuals of Pushkin's time, who lived as outsiders or "superfluous men" in Russian society; Tatiana is "a true Russian woman deep inside of her soul" who loved Evgenii with courage, passion and sincerity.

Given the generic name of "a novel in verse" by Pushkin himself, *Evgenii Onegin* remains the unique "novel in verse" in Russian literature. It contains 366 Onegin stanzas, a fourteen-line stanza in iambic tetrameter with the rhyme scheme of ababccddeffegg. The translator tried to create the Korean version of the "Onegin stanza" in which she maintains the fourteen lines with four lines 'rhyming' in three different ways as in original "Onegin stanza", although they are not always in original order.

In addition, by adding footnotes, the book seeks to give its readers a better understanding of this great masterpiece of Russian literature and to promote the readers' interest in Russian literature in general.

저자 최선은 서울대학교 문리과대학 독어독문학과를 졸업하고, 독일 자유베를린 대학교 노어노문학과 졸업, 같은 대학에서 문학박사학위를 받았다. 한국러시아문학회회장을 역임하고 현재 고려대학교 노어노문과 교수로 재직 중이다.
번역서로 『율리 김, 자유를 노래하다』(율리 김, 도서출판 뿌쉬낀하우스), 『보리스 고두노프』(푸슈킨, 고려대학교출판부), 『벨킨 이야기/스페이드 여왕』(푸슈킨, 민음사), 『삶이 그대를 속일지라도』(푸슈킨, 민음사), 『끝없는 평원의 나라의 시들지 않는 말들: 러시아명시 200선』(천지), 『슬라브문학사』(민음사), 『한국지』(공역, 을유문화사), 『강아지를 데리고 다니는 귀부인』(체호프, 고려대학교출판부)이 있고, 저서로는 『소련노래시 연구』(고려대학교출판부), 『뿌슈낀의 서사시』(공저, 천지), 『빠스쩨르나끄』(공저, 건국대학교출판부) 등과 다수의 푸슈킨 관련 논문이 있다.

예브게니 오네긴

펴낸곳 서울대학교출판문화원
펴낸이 성낙인
역주자 최선

초판 1쇄 발행 2006년 2월 25일
개정판 1쇄 발행 2009년 4월 30일
개정판 3쇄 발행 2016년 8월 30일
출판등록 제15-3호

주소 (08826) 서울 관악구 관악로 1
대표전화 02-880-5252 **팩스** 02-888-4148
마케팅팀(주문상담) 02-889-4424, 02-880-7995
이메일 snubook@snu.ac.kr
홈페이지 www.snupress.com

ISBN 978-89-521-0986-6 03890